嫡嫁千金

DIJIA QIANJIN

千山茶客 著

【上册】

江苏凤凰文艺出版社
JIANGSU PHOENIX LITERATURE AND ART PUBLISHING, LTD

图书在版编目（CIP）数据

嫡嫁千金 ： 全2册 / 千山茶客著. 一南京： 江苏凤凰文艺出版社，2018.6

ISBN 978-7-5594-2038-1

Ⅰ.①嫡… Ⅱ.①千… Ⅲ. ①长篇小说－中国－当代 Ⅳ.①I247.5

中国版本图书馆CIP数据核字（2018）第093407号

书　　名	嫡嫁千金
作　　者	千山茶客
出版统筹	侯　开　黄小初
选题策划	孙红彦
责任编辑	姚　丽
文字编辑	孙红彦
责任监制	刘　巍　江伟明
出版发行	江苏凤凰文艺出版社
出版社地址	南京市中央路165号，邮编：210009
出版社网址	http://www.jswenyi.com
印　　刷	北京海石通印刷有限公司
开　　本	700毫米×980毫米　1/16
字　　数	482千字
印　　张	34
版　　次	2018年6月第1版，2019年7月第2次印刷
标准书号	ISBN 978-7-5594-2038-1
定　　价	59.80元

影视版权抢订热线　13911704013

江苏凤凰文艺版图书凡印刷、装订错误可随时向承印厂调换

目 录【上册】

目 录【下册】

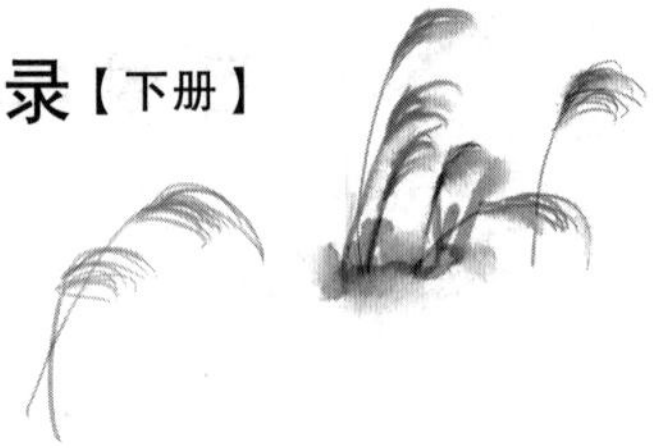

第一章　千金

五月，暮春刚过，天气便急不可待地炎热起来。

日头热辣辣地照着燕京大地，街边小贩都躲到树荫下。这样热的天气，大户人家的少爷小姐都不耐烦出门，唯有做苦力的长工穷人，挑着在井水里浸泡得冰凉的米酒，不辞劳苦地穿梭于各大赌坊茶苑，指望渴累的人花五个铜板买上一碗，自己便能多买一袋米，多熬两锅粥，多扛三日的活路。

城东转角，有这么一处崭新的宅子，牌匾挂得极高，中间上书“状元及第”四字，金灿灿的。这是洪孝帝赐给新科状元的府邸和御赐牌匾，代表着极高的荣耀。读书人倘若得上这么一块，就该举家泣涕告慰祖先了。

崭新的宅子，御赐的牌匾，庭院中穿梭的下人来往匆匆，只是外头炎炎夏日，宅子里却冷飕飕的。

靠墙的最后一间房，门外坐着三人。两个穿粉衫裙的年轻丫鬟，还有一个圆胖的婆子，三人一边吃茶一边闲话，竟比主子还要自在。

其中一个丫鬟看了一眼窗户，道：“天热，屋里的药味也散不出去，难受死了，真不知什么时候是个头。”

“小蹄子，背后议论，”年长些的婆子警告道，“当心主子扒你的皮。”

粉衣丫鬟不以为然：“怎么会？老爷已经三个月都没来夫人院子里了。”说着又压低声音，“那事情闹得那样大，咱们老爷算是有情有义，若换了别人……”她撇了撇嘴，“要我说，这样赖活着，有什么意思。”

那婆子还要说话，另一个丫鬟也道：“其实夫人也可怜，生得那样美，才学又好，性子宽和，谁知道会遇上这种事……”

她们三人的声音虽然压低了，奈何夏日的午后太寂静，隔得又不远，便是一字一句，清清楚楚地传到了屋里人的耳中。

榻上，薛芳菲仰躺着，眼角泪痕半干。一张脸因为消瘦，越发病容楚楚，有种动魄惊心的清艳。

她的容颜向来是美的，否则也当不起燕京第一美人。她出嫁那日，燕京有无聊的公子哥儿令乞儿冲撞花轿，盖头遗落，娇颜如花，教街道两边的人看直了眼。那时候，她的父亲、襄阳桐乡的县丞薛怀远在她远嫁京城之前，还忧心忡忡道：“阿狸长得太好了，沈玉容怕是护不住你。”

沈玉容是她的丈夫。

沈玉容中状元之前，只是一个穷秀才。沈玉容家住燕京，外祖母曹老夫人生活在襄阳。四年前，曹老夫人病逝，沈玉容及母回襄阳奔丧，和薛芳菲得以相识。

桐乡只是襄阳城的小县，薛怀远是个小吏，薛芳菲母亲在生薛芳菲弟弟薛昭的时候难产去世。薛母死后，薛怀远没有再娶，家中人口简单，只有薛芳菲姐弟和父亲相依为命。

薛芳菲也到了要出嫁的年纪，她生得太好，远近公子哥儿高门大户都来提亲，薛怀远为她的亲事发了愁。高门大户固然锦衣玉食，无奈身不由己，薛怀远看上了沈玉容。

沈玉容虽是白身，却才华横溢，一表人才，出人头地是迟早的事。只是这样一来，薛芳菲便不得不跟随沈玉容远嫁燕京。

不过最后，薛芳菲还是嫁给了沈玉容，因她喜欢。

嫁给沈玉容，来到燕京，虽然她的婆母行事刻薄，也有许多委屈，不过沈玉容对她体贴备至，于是那些不满也就烟消云散了。

去年开春，沈玉容高中状元，策马游街，皇帝钦赐府邸、牌匾，不久后他更被点任中书舍人。九月，薛芳菲怀了身孕，适逢沈母诞辰，双喜临门，沈家宴请宾客，邀请燕京贵人。

那 口是薛芳菲的噩梦。

她其实也不知是怎么回事，只是在席上喝了一点梅子酒，便觉得困乏，迷迷糊糊地被丫鬟搀回房中休息……等她被尖叫声惊醒的时候，便见屋里多了一个陌生的男人，而她自己衣衫不整，婆母和一众女眷都在门口，讥讽厌恶或是幸灾乐祸地看着她。

任凭她怎么解释，新科状元发妻当着满屋宾客偷人的事还是传了出去。

她该被休弃，然后被撵出府，可沈玉容偏偏没有给她一纸休书。她因忧思过重小产，躺在床上的时候，却听闻薛昭因为此事赶到燕京，还未到沈府便在夜里遇着强盗，死后被弃尸河中。

她闻此噩耗，不敢将此消息传回桐乡，强撑着一口气见了薛昭最后一面，替他办好后事，便病倒了，而后三个月，整整三个月，沈玉容没有来见她一面。

她在病榻上胡思乱想着，沈玉容是心里有了隔阂，不肯见她，或是故意冷落她发泄怒气？可躺得久了，加之从仆从嘴里零零碎碎听到的只言片语，她便也想通了一些事，真相永远更加不堪入目。

薛芳菲努力从榻上坐起来，床边摆着的一碗药已经凉了，只散发出苦涩的香气。她探过半个身子，将药碗里的药倒入案前的一盆海棠里，海棠已经枯萎了，只剩下伶仃的枝干。

门吱呀一声被推开了。

薛芳菲抬起头，映入眼帘的是一片织金的衣角。

年轻女子衣装华贵，眉毛微微上挑，带出几分骄矜。她目光落在薛芳菲手里的药碗上，面上浮起恍然的神情，笑道："原来如此。"

薛芳菲平静地放下碗，看着来人进了屋，两个身材粗壮的仆妇将门掩上，外头闲谈的丫鬟仆妇不知什么时候已经不见了，只有寂静空气里传来的阵阵蝉鸣，焦躁得仿佛有什么事要发生。

薛芳菲道："永宁公主。"

永宁公主笑了笑，一笑，发簪上一颗拇指大的南海珠便跟着晃了晃，莹润的光泽几乎要晃花了人眼。

南海一颗珠，良田倾万亩。皇亲国戚永远用着最好的东西，他们锦衣玉食，不知人间疾苦，拥有旁人一生都不敢想象的一切，却还要觊觎别人的东西，甚至去偷，去抢。

"你好像一点也不惊讶。"永宁公主奇道，"莫非沈郎已经告诉你了？"

沈郎，她喊得如此亲密，薛芳菲喉头一甜，险些抑制不住，片刻后，才淡声道："我正在等，等他亲口告诉我。"

薛芳菲一点也不傻，薛怀远将她教得十分聪明。自打她病倒后，自打她发现自己被软禁，一举一动都有人监视后，她便联系前前后后，包括薛昭的死因，觉察出不对来。

她从仆妇嘴里套话，到底是知道了。

沈玉容高中状元，少年得志，身份不比往日。她薛芳菲纵然才貌双全，却到底只是一个县丞的女儿。沈玉容得了永宁公主的青眼，或许他们已经暗度陈仓，总之，她薛芳菲成了绊脚石，要给这位金枝玉叶的皇家公主腾位置。

薛芳菲想起出事的那一日，沈母宴请宾客的那一日，永宁公主也在人群之中，回忆的时候，她甚至能记起永宁公主唇角那抹得意的笑容。

就此真相大白。

"沈郎心软。"永宁公主不甚在意地在椅子上坐下来，瞧着她，"本宫也不是心狠之人，本来想成全你，谁知道你却不肯善了。"她扫了一眼桌上的药碗，叹息般道，"你这是何苦？"

薛芳菲忍不住冷笑。

日日一碗药，她早就察觉到不对，便将药尽数倒在花盆中。他们想要她"病故"，顺理成章地让永宁公主嫁进来，她偏不肯。薛怀远自小就告诉她，不到最后一刻，不可自绝生路。况且凭什么？凭什么这对奸夫淫妇设计陷害了她，却要她主动赴死？她绝不！

薛芳菲的声音里带了数不尽的嘲讽，道："夺人姻缘，害死原配，杀妻害嗣，公主的'好意'，芳菲领教了。"

永宁公主的怒意一瞬间勃发，不过片刻，她又冷静下来，站起身，走到桌子前，拿起那盆已经枯萎的海棠。海棠花盆只有巴掌大，精巧可爱。永宁公主把玩着花盆，笑盈盈地道："你可知，你弟弟是如何死的？"

薛芳菲的脊背瞬间僵硬。

"你那弟弟倒是个人物，就是年轻气盛了些。"永宁公主欣赏着她的表情，"竟能查出此事不对，还真被他找着了些证据，说要告御状，差点连本宫也被连累了。"永宁公主拍了拍胸口，仿佛有些后怕，"他也算聪明，连夜找到京兆尹，可他不知道，京兆尹与我交情不错，当即便将此事告知我。"永宁公主摊了摊手，遗憾地开口，"可惜了，年纪轻轻的，本宫瞧着文韬武略都不差，若非如此，说不定是个封妻荫子的命，可惜。"

薛芳菲险些将牙咬碎。

薛昭！薛昭！她早已怀疑薛昭的死另有蹊跷，薛昭在桐乡跟随拳脚师傅习武，自小又聪明，怎么会死在强盗手中！可她万万没想到，真相竟然如此！想来她的弟弟为了替她抱不平，查出永宁公主和沈玉容的首尾，一腔热血，以为找到了官，要告官，谁知道官官相护，仇人就是官！

她道："无耻！无耻！"

永宁公主柳眉倒竖，跟着冷嘲道："你清高又如何？日日躺在这里不曾出门，怕是不知道你父亲的消息，本宫特意来告诉你一声，你父亲如今已得知你败坏家门的事，也知你弟弟被强盗害死，生生被气死了！"

薛芳菲一愣，失声叫道："不可能！"

"不可能？"永宁公主笑道，"你不妨出去问问丫鬟，看看是不是可能！"

薛芳菲心神大乱，薛怀远年事已高，做桐乡县丞清明一生，分明是个好人，怎么会落得如此下场？白发人送黑发人，甚至还生生被气死。薛芳菲甚至不敢想象薛怀远得知此事后的心情。

永宁公主说了许久，终是不耐烦，将那盆海棠随手放在桌上，示意两个仆妇上前。

薛芳菲意识到了什么，高声道："你要做什么？"

永宁公主的笑容带着畅快和得意，道："你薛芳菲品性清高、才貌无双，当然不能背负与人私通的罪名。这几个月苦苦挣扎，虽然沈郎待你一如往昔，你却不愿意饶过自己，趁沈郎不在府上，悬梁自尽。"罢了，她轻笑起来，"怎么样？这个说法，可还全了你的脸面？"她复又换了一副面孔，有些发狠道，"若非为了沈郎的名声，本宫才不会这样教你好过！"

“你怎么敢？你怎么敢！”薛芳菲心中涌起一阵愤怒，可她还未动作，那两个仆妇便动身将她压制住了。

“本宫和沈郎情投意合，可惜偏有个你，本宫当然不能容你。若你是高门大户的女儿，本宫或许还要费一番周折。可惜你爹只是个小小的县丞，燕京多少州县，你薛家一门不过草芥。下辈子，投胎之前记得掂量掂量，托生在千金之家。”

绝望陡生，薛芳菲不肯放弃，苟延残喘，抓住生机指望翻身，她没有自绝生路，却拼不过强权欺压，拼不过高低贵贱！

抬眼间，却瞧见窗外似有熟悉人影，依稀辨得清是枕边人。

薛芳菲心中又生出一线希望，她高声叫道：“沈玉容！沈玉容，你这样对我，天理不容！沈玉容！”

窗外的人影晃了一晃，逃也似的躲避开去。

永宁公主骂道：“还愣着干什么？动手！”

仆妇扑将过来，用雪白的绸子勒住她的脖颈。那绸子顺滑如美人肌肤，是松江赵氏每年送进宫的贡品，一匹价值千金。薛芳菲挣扎之际，想着便是杀人放火的凶器，竟也是这般珍贵。

永宁公主立在三尺外的地方，冷眼瞧着她如濒死之鱼一般挣扎，讥嘲道：“记住了，便是你容颜绝色、才学无双，终究只是个小吏的女儿，本宫踩死你，就如踩死一只蚂蚁一样容易！”

那一盆海棠，在她挣扎之际被碰倒，摔在地上落了个粉碎，花盆之中花泥泛着苦涩香气，枯萎的枝干跌落出来，描摹的彩绘残缺不堪。

人间四月，芳菲落尽。

风吹得窗户砰砰作响，丫鬟伸手将窗户关上，地上铜做的青牛肚腹中盛着沉甸甸的冰块。

屋子里凉爽又清新，靠近小几前的榻上坐着一名美妇人，正懒洋洋地瞧着面前的账本。妇人的身边还有一名十三四岁的姣美少女，一边吃着加了碎冰的冰糖果子酪，一边随手翻着眼前小山一样高的帖子。两个婢子安静地站在身后，轻柔地为她二人打着扇。

“雨下得真大……”少女看着窗外有些发呆。

美妇人看了她一眼，道：“少吃些凉的，省得晚上你爹回来你又吃不下饭。”说罢对身边的婢子道：“如意，把果子酪端走，这壶茶凉了，换壶热的香茶来。”

少女有些不满，如意放下扇子，弯腰将桌上的果子酪端起，正要出门，自外头走进个穿绸布衣衫的嬷嬷，见了她，并未打招呼，直直往美妇身边走，显然是有急事。

如意顿了顿，端着果子酪和冷茶出了门，隐隐听到身后有说话的声音传来。

“……说是病得不轻……知道了三小姐的亲事，同静安师太狠狠闹了一场……”

“身体不好哩，已经病得下不了床了……”

“大夫说熬不过这个夏日，要不要告诉老爷……”

屋中静寂了一会儿，美妇人温和的声音响起：“老爷最近公务繁忙，这些小事就不必叨扰他了，等空暇的时候，我亲自与他说吧。”

紧接着，少女娇俏的声音响起：“管她做什么，死了才好。”

“别说这个了。”妇人却换了一个话头，“听说新科状元的夫人前几日病逝了，明日还得登门吊唁。”她的声音听起来充满同情，“年纪轻轻的怎么就病故了，真是个可怜人啊。”

真是个可怜人啊。如意心里这么想着，脚步未停，托着银盘往厨房去了。

屋子里的夫人是当今首辅姜元柏的继室夫人，季淑然。那少女便是首辅千金，季淑然的亲生女儿，姜家三小姐姜幼瑶。

至于她们说的那位“熬不过这个夏日”的人，应当就是姜家二小姐姜梨了。

姜二小姐姜梨，八年前因犯错被送到庙里学规矩，八年来，姜家似乎都没这么个人。如今家中做主的是季淑然，姜家嫡出的千金小姐也就只剩下姜幼瑶一个。首辅大人正室嫡出的千金小姐，如今快要熬不过这个夏日，而府里上上下下却无一人知道。

可就算知道了，似乎也没什么变化。

如意心中叹息一声，看了看手里冷掉的茶，又能如何？先夫人已经去了，二小姐又是这么个不惹人爱的名声。

世道就是这样，人走茶凉呢。

青城山上的鹤林寺是名寺。

山路虽崎岖，山上松石深秀、茂林修竹，景色很好，住持通明大师更是远近闻名。

离鹤林寺不远，有一处庵堂。比起鹤林寺香客络绎不绝，这庵堂看起来冷冷清清。

下了一夜的雨，山风更寒，庵堂靠柴房的一间屋子里，有女子的抽泣声不断传来。

“姑娘……姑娘可怎么办呀……”

薛芳菲甫　睁开眼，便觉得耳边嘈杂。她费力地动了动手指，只觉得身了沉得要命，再一动，忽然明白过来，并非身子沉得要命，而是身上盖的被子太沉了。

棉被本来很薄，却因为发了潮变得冰冷沉重，捂在身上难受得要命。她掀开被子，慢慢坐起身。

身边的哭泣声戛然而止。就着桌上昏暗的烛光，映入眼帘的是一张难掩惊喜的脸，她道：“姑娘醒了！”

姑娘？薛芳菲一愣，打量着面前人。面前的丫头不过十五六岁的模样，眼睛肿得跟桃核似的，瘦骨嶙峋。她穿着不合身的深蓝布衣，浑身上下没有一件首饰，看着薛芳菲傻兮兮地笑。

叫她姑娘，莫非是丫鬟？可就算她在桐乡未出嫁时，身边的丫鬟也不至于穿得这样寒碜。

薛芳菲一个激灵回过神来，她不记得自己有这么一个丫鬟。她嫁到燕京后，有四个贴身丫鬟，两个后来嫁了人，剩下两个在宴客那一日出事后，沈玉容的亲娘要把两人打死，薛芳菲苦苦哀求才拦住，两人便给放了出去，后来伺候她的那些人，想来也是永宁公主的眼线了。

永宁公主！眼前突然闪过一些画面，薛芳菲想起来了，分明是永宁公主来挑衅，她被永宁公主的下人勒死了，难道她没死吗？怎么可能？永宁公主这样斩草除根的人，不可能留下她的性命。

难道……她被人救了？是沈玉容，还是其他人？

薛芳菲看着小丫头不说话，小丫头有些害怕，小声道："姑娘？姑娘？"

"你是谁？"薛芳菲问。话一出口她就愣住了，似乎觉得有什么不对劲，却又想不起究竟是哪里不对劲。

小丫头更着急了，说："姑娘，奴婢是桐儿啊！"

桐儿？薛芳菲想不起来有这个人。

"姑娘，"桐儿看起来像是要哭了，道，"姑娘，奴婢知道您心里不痛快。三小姐她们怎么能抢了您的亲事，那是夫人在的时候为姑娘定下的亲事。宁远侯他们家怎么能干出背信弃义的小人勾当。奴婢知道您怨老爷，可是您不为自己想想，也要为夫人想想，夫人在天之灵看到您这样，该有多难过啊！"

薛芳菲茫然地看着小丫头哭天抢地，心里想着这和宁远侯有什么关系。薛芳菲知道宁远侯世子，燕京城出了名的美男子，沈玉容的妹妹沈如云、她的小姑子就很爱慕宁远侯世子。可这和她有什么关系？

小丫头兀自哭得出神，外面突然一个惊雷，照亮了屋中，寒屋破旧，被衾冰冷，也照亮了薛芳菲自己。

薛芳菲突然明白什么地方不对劲了。

这个声音……娇娇脆脆的，虽然疲惫，却泛着少女特有的软糯。

这不是她的声音。

"我是谁？"薛芳菲问。

桐儿一愣。

"我是谁？"薛芳菲再一次问。

"您在说什么啊？"桐儿还以为她是在不忿，立刻道，"您是当今内阁首辅姜大人府上嫡出的小姐，姜家二小姐。"又补充了一句，"正经的金枝玉叶，首辅千金！"

姜家，首辅千金，姜二小姐，姜梨。

薛芳菲闭了闭眼。

她成了姜梨。

即使看了很多次，薛芳菲仍很不习惯。

镜中的少女十四五岁的模样，却和她的丫鬟桐儿一样，瘦得令人吃惊。

薛芳菲的思绪不由得飞远了，她万万没想到，自己竟然没死，或者说，自己死了，却又活了过来，成了燕京姜家的二小姐，当今的首辅千金姜梨。

只是这个首辅千金过得实在不怎么样，姜梨的生母出身燕朝有名的富商——襄阳叶家。叶家家财万贯，当初姜元柏还不是内阁大学士时，叶老爷看中了他，就将叶家的小女儿叶珍珍嫁给了姜元柏。

谁知道叶珍珍嫁过去三年才怀上姜梨，姜梨不到一岁的时候她就病死了。姜元柏新娶了副都御史家的嫡女季淑然。季淑然嫁过去，头一年就生了姜幼瑶，等季淑然怀上第二胎的时候，姜梨七岁，宴客的时候，当着诸位夫人的面把季淑然推下阶梯，季淑然小产，流下一个儿子，伤了根本，再也无法怀上孩子。

姜元柏大怒，多亏季淑然替姜梨求情，即便如此，姜梨还是被送到家庙静心。

只是姜梨的一个毒害嫡母、谋杀嫡弟的罪名是跑不了的，燕京人提起姜二小姐，也只会记得她的毒辣之名。

其实叶珍珍死后，怕继母虐待姜梨，叶家也曾派人来接过姜梨，如果姜梨愿意，可以去襄阳叶家生活，但且不提姜家如何，姜梨自己却不肯，长此以往，叶家也不再来了。

薛芳菲也知道这些传言，只是没想到那个所谓的毒辣千金竟然过得这样狼狈，而朝中名声极好的姜元柏，菩萨心肠的季淑然，却对濒死的姜梨不闻不问。

或许，这就是他们安排的。

姜梨是自己寻死的。

起因是当初叶珍珍还在的时候，姜家同宁远侯关系不错，宁远侯世子先出生，恰好比姜梨大一岁。叶珍珍同侯夫人想着不若定个娃娃亲，两家门当户对，彼此相熟，日后也好照应。

本是口头之约，结果宁远侯知道了，不久就让侯夫人正经与姜家写婚书。叶珍珍虽然有些迟疑，但想到能和侯夫人成亲家也欢喜。侯夫人心地仁善，有这样的婆婆，必然能过得安稳。

后来虽然叶珍珍死了，宁远侯世子和姜梨的这门亲事却还是作数的。虽然燕京城里没有宣扬，可两家都有婚书为证。

然而前几日，来尼姑庵里送米粮的下人说，宁远侯世子定亲了，定的是姜家三小姐姜幼瑶。

姜梨当时便惊呆了。

和宁远侯世子定亲的明明是她，怎么会变成姜幼瑶？姜梨性如烈火，要回燕京讨说法，被来的婆子冷嘲热讽了一番。

如今燕京人只知姜三小姐，谁知道姜二小姐是谁。便是知道了，也只道是个毒害嫡母幼弟的毒辣女子。这样的人怎么和宁远侯世子相配？想来宁远侯府上也并不将姜梨当回事，否则也不会同意亲事换人之事了。

那婆子还嘲讽，若是姜二小姐闹回去，也只是个笑话，就算最后宁远侯府上不得已娶了姜梨，也不会认真待她，反而会厌恶她。

姜二小姐转身就投了湖。

被救起来后她大病一场，日渐消瘦，原本就很羸弱，如今更是风一吹就倒。然而就算是病成这副模样，燕京也无人来看她。

或许只有等她死了，才会有人来为她收尸。

也许他们就是要让姜梨熬死在尼姑庵，让她自然“病故”，一切就由他们说了算了。

就像当初永宁公主和沈玉容要熬死薛芳菲一样。

桐儿愤愤地在一边劈柴，山上倒是不热，却又冷又潮。主仆两个衣食住行都要自己动手，美其名曰“磨炼心智，修身养性”，实则被尼姑庵里的这些拿了银子的尼姑不动声色地折磨。

“早知道这样，当初还不如回襄阳叶家呢。”桐儿道，“咱们姑娘现在过的是什么日子啊。”

襄阳……

薛芳菲微微动容。姜梨的外祖家叶家在襄阳，她想回襄阳桐乡。

她想回去祭拜父亲，想回去对着父亲磕头，是她不孝，嫁得狼心狗肺人，惹得无妄之灾，害老父气死、幼弟丧命。

想要回襄阳，她要先回燕京，可她现在连这座尼姑庵都出不了。

举头三尺有神明。下雨日，举头只有黑夜惶惶，看不到神明。

无碍，她一步一步走，总能走到想走到的地方。

永宁公主在她临死之际给她忠告，要她下辈子投胎在千金之家。如今她已在千金之家，虽是落魄千金，却再也不会任人宰割。不知道这一回，他们可曾准备好？

薛芳菲已经死了，从今之后，她不是薛芳菲。

“我是姜梨。”她对自己说。

重新活过来的，姜家二小姐姜梨。

下了一夜雨，第二日天放晴，屋里的褥子全湿了。桐儿在晒褥子，姜梨坐在屋里，桌上放着一沓鞋底。这是她每日要做的事，纳完五十个鞋底，可得一串铜钱。铜钱在山里没什么用，桐儿不能下山，只能等上山来的货郎到了，从他手里买点糖糕吃。这就是两人唯一的奢侈。

桐儿晾完褥子回来，坐在姜梨身边。她怕姜梨一个不注意又投湖，这几日都寸步不离地守着姜梨，见姜梨发呆，就自己拿起鞋底做起来。姜梨看着小丫头指尖密密麻麻的针眼，夺过鞋底一扔，道：“别做了。”

“咦？”桐儿不解，“再过三日货郎就要来了，姑娘不是想吃麦芽糖了吗？”

姜梨摇了摇头，反问道：“你想一辈子坐在这里，就等着每个月的麦芽糖吗？”

“当然不愿意。”桐儿道，“可咱们现在在这里也出不去呀。”说罢又嘟哝道，“之前给老爷、给叶家老夫人都写过信了，怎么都没个回音呢？不会是忘了咱们吧？”

姜梨叹息，别说是递信，这里的尼姑刁难她们，姜梨生病后，甚至大夫也没请，只怕都是那位继室夫人的主意。她的手指抚过面前缝好的鞋垫，鞋垫针脚细密，桐儿虽然聒噪了点，不过针线活确实不错。

她得想个办法离开这里。

燕京城里的薛芳菲应当是死了，可永宁公主和沈玉容两个畜生是怎么圆谎的，她不知道。她还要再去看一看薛昭，还得想法子回桐乡一趟，薛怀远死了，两个儿女也死了，谁给他收尸呢？她还没见薛怀远最后一面。

她要离开这里，可如今燕京城里乃至整个燕朝，没有人记得起她姜梨，一个无人记起的人，是不会被人带离这里的。

既然如此，那就只有主动离开。

没人记起，就让世人记起，这并不是难办的事。

姜梨突然笑了。

桐儿吃惊地看着她，这是这些日子，姜梨第一次笑。

“桐儿，”姜梨问她，“你说有货郎会上山？”

“是啊，”桐儿道，“张货郎每年五月初十晌午到这里，咱们都和他说好了，要是有了好吃的糕饼糖果，先到咱们这儿来，任咱们挑。”

倒是大户人家的丫鬟，即便落魄了，即便只拿得出一串铜板，说起话来还是颇有气势。

“有很多糖吗？”姜梨问。

“很多呀。”桐儿问，“姑娘想吃糖了吗？”

姜梨笑了笑：“想啊。”

桐儿兴高采烈地道：“姑娘想吃糖了就好，前些日子咱们多攒了些铜板，能换好几筐呢，姑娘想吃多少都行！”

姜梨道：“你说这附近就是鹤林寺了吧？”

桐儿呆呆地看着她，问：“姑娘也想去上香吗？”

“不。”姜梨道，“我不信佛。”

桐儿不解。

姜梨的笑意更柔和了一点，说：“佛有什么好信的。”

一连又过了十几日。

姜梨很快适应了山上的清苦生活，或许是这段日子她表现得太安静顺从，尼姑庵的静安师太还破天荒来看了她一次。

静安师太是个二十来岁的年轻女人，听说曾是大户人家的夫人，死了丈夫后来山里削发为尼。

前些日子，姜梨因为宁远侯世子的婚事，吵着闹着要回燕京，还差点和静安师太动了手。

静安师太过来瞧了姜梨一眼，说了些客气的关心话便离开了，一点东西也没送。

桐儿叉着腰，对着静安师太离开的背影吐唾沫，道："呸，抠门老太婆！"

姜梨有些发笑，说："她可比老太婆年轻多了。"

事实上，静安师太即使穿着灰扑扑的缁衣，也掩饰不了她窈窕有致的身材，模样更是清丽，就是对待她主仆二人的态度居高临下了些，神情冰冷了些，反倒像她们才是仆人一般。

"年轻有什么用。"桐儿撇了撇嘴，"都已经在这儿当尼姑了，还不是只能青灯古佛一辈子？能吃肉穿花衣吗？"

"不知道吃不吃肉，但肯定比你我二人吃得好。至于穿不穿花衣，她那缁衣肯定比你我二人的衣裳厚实。"姜梨道。

"可恶！"桐儿愤愤。

"不仅如此，"姜梨继续为她解释，"她虽没有戴首饰，却用了燕京城杏春坊的脂粉、红袖楼的银盒香膏，还用了香秀斋的桂花头油。"

桐儿张了张嘴，半晌才道："这也……太花哨了吧！可是，"她复又反应过来，双眼亮晶晶地盯着姜梨，"姑娘是怎么知道的？"

姜梨指了指鼻子："闻到的。"

"奴婢知道是姑娘闻到的，奴婢是想问，姑娘怎么知道是杏春坊的脂粉、红袖楼的银盒香膏和香秀斋的桂花头油？"

姜梨想，她自然是知道的。刚嫁给沈玉容来到燕京的时候，她怕给沈玉容丢脸，便努力钻研燕京夫人小姐间流行的衣着首饰，一点点纠正乡音。

她学东西历来都很快，薛怀远曾说，若非她是女儿身，说不准能同薛昭一起，给薛家挣个功名光耀门楣。

这些脂粉香膏桂花头油，八年没有下山的姜二小姐不会知道，她却能分辨。

姜梨道："我自然能闻出来。"

桐儿还要说什么，忽地听到外头传来一声嘹亮的吆喝，是个男人的声音。桐儿竖着耳朵听了一听，猛地蹦起来道："姑娘，是张货郎来了！张货郎今年来送东西了！"

姜梨跟着望向窗外，笑道："那就把所有的铜钱都找出来，咱们买糕饼去。"

"所有？"桐儿诧异地回过头。

"所有。"

等桐儿从屋里搜刮出所有的铜板，用一个蓝布包整个包起来抱在怀里，才和姜梨一同往庙外走去。

庙门口果然有个头戴斗笠的中年男人，穿着短褐麻衣麻裤，腰间一根白绸带，黑布鞋，一副挑货郎的打扮。

张货郎与她二人也相熟了，告诉桐儿她又长高了，桐儿闻言十分高兴，转头问姜梨："姑娘，可想要那些糕饼？"

姜梨这才看向张货郎，冲张货郎笑了一笑，把桐儿手里的布包拿过来，解开，里面整整齐齐地码着一串串铜钱。这些铜钱，都是姜梨和桐儿过去半年纳鞋垫凑齐的，加上头几年背着静安师太攒下来的，一共四十串。

"张大叔，"姜梨笑道，"这些铜钱全都换成果子糕饼吧，什么样的都行。"

桐儿瞪大眼："姑娘！"

"怎么？"姜梨仍然笑着，"花几个铜板买糕饼都不行了？那还算什么千金大小姐？"

张货郎看着姜梨有些发呆。他认识这两个小姑娘，听说是大户人家的小姐犯了错被送到这庵堂里。那丫鬟还活泼些，做小姐的却动辄发火，今天还是第一次瞧见姜梨这么和颜悦色地对他说话。

"您买这么多糕饼，吃不完是要坏掉的。"张货郎忍不住提醒道。

"无妨，"姜梨道，"吃得完的。"

话已至此，张货郎便不再多说什么。铜板是别人家的铜板，姜梨买走了他几乎大半个挑担里的糕饼，他能早些下山回家，高兴还来不及，又有什么好担心的？

倒是桐儿，虽对姜梨的话不解，但从未违抗过姜梨的命令，只得按捺下心中焦急，抱着一大抽屉的糕饼回去。等回到了屋子，桐儿把装糕饼的篮屉放在桌上，关上门，终于忍不住问："姑娘怎么买了这么多……这？"

姜梨没有看桐儿，她推开窗户，窗户正对着青城山绵延的山岗，秀峰起伏，冬日积雪早就化了，漫山遍野的桃花将平日里肃杀的山峰染上一层粉霞。

"你看。"她指着远处让桐儿看。

桐儿走近一看，远处的一株桃树上，蹲着一只巴掌大的卷尾巴猴子，正捧着个果子啃得兴高采烈。

"是猴子啊。"桐儿不解，"猴子有什么可看的？"

青城山上的猴子多，和人相处得都不错，尤其是鹤林寺那头。平日里来往的香客络绎不绝，有时候见了这些猴子，也会扔些花生糖果一类。

不过，尼姑庵这边，猴子是鲜少来的。讨不到食物的地方，总是没什么乐趣能吸引它们。

"你去拿些糕饼来。"姜梨道。

桐儿依言去取了几块核桃糕来。

姜梨将核桃糕掰成小块，远远地对树上的猴子挥了挥，核桃的香气很快吸引了那只卷尾巴猴，它几下蹿到窗前，跃跃欲试，却不敢上前。

姜梨又往前伸了伸手，猴子终于忍不住诱惑，伸出爪子摸了一块转身就跑，跑到一边的石头后面，背对着姜梨吃完了糕饼，又转过头来看姜梨，见姜梨仍笑眯眯地站在窗前，手里拿着一些碎糕饼，胆子越发大了起来，又回头去找姜梨拿吃的。

一来二去，等猴子将姜梨手里的吃的摸完后，姜梨对着这只胆大的卷尾巴猴拍了拍手，示意自己也没有了。猴子恋恋不舍地看了姜梨的手心一会儿，才翘着尾巴离开了。

目睹了整个过程的桐儿问："姑娘是想要喂猴子？为何要用糕饼喂？不如用山里摘的野果，这糕饼可贵哩，不划算。"

姜梨摸了摸桐儿的脑袋，笑道："可是比起野果，猴子更喜欢美味呀。"

桐儿还要说什么，听见姜梨道："桐儿，从明日起，你就拿这些糕饼去喂猴子。"

桐儿瞪大眼睛："姑娘，这是为什么？奴婢不明白。"

人都吃不饱还要管猴子？这是什么道理？

"我要这些猴子帮我做一件事，"姜梨笑笑，"这些糕饼就当是买路钱吧。"

"可是……"

"只是几个糕饼而已，"姜梨打断她的话，"把这些糕饼分成十五份，每日喂这些猴子一份，一直喂到十九。"

桐儿应了："奴婢知道了。"

"这里离鹤林寺有半个时辰的路，"姜梨道，"我每日不得出庵堂大门，只得你去。你每日亥时出门，子时便拿这些糕饼在鹤林寺后面的林间喂猴子，一直喂到十九日，十九日的晚上，你便不用去了。"

青城山经常有宅门贵妇来上香，为保证安全，山里也无甚土匪，十分安全，否则桐儿夜里出门，姜梨也会担心。

桐儿听完姜梨的一席吩咐，突然问："姑娘做这些，是不是在为回京做打算？"

姜梨看着她笑了："你怕了？"

桐儿闻言，非但没有害怕，反而摩拳擦掌道："不怕！奴婢早就想这么做了！"

"很好。"姜梨点头，"就从今夜开始吧。"

接下来的日子，桐儿果然每日都去山里。

尼姑庵的尼姑们只觉得桐儿每日出门比从前更频繁了些，但暗中跟着她去，也没发现什么不对，桐儿砍柴砍得更卖力了。

桐儿每晚亥时出门，子时才偷偷溜回来。等到了五月十九这一日，一篮屉的糕饼已经空了。桐儿扒在篮边上，小心翼翼地用木勺将篮底的糕饼屑挖出来盛在碟子里，问姜梨："姑娘先吃点这个填填肚子吧。"

她们已经一天一夜没有吃饭了。昨日庵里的尼姑故意打落了送来的稀粥，厨房里没有其他饭菜，剩下的所有糕饼也拿去喂了鹤林寺后林里的猴子，两人此刻都是饥肠辘辘。

姜梨抬眼看向窗外，太阳快要下山了，过不了多久，就要到夜里。她道：“我不吃了，你吃吧。”

桐儿咽了咽口水，摇头：“姑娘不吃，桐儿也不吃。”

“无妨，我们等下吃点好的。”　　　姜梨笑了笑。

桐儿更疑惑了。

姜梨起身走到屋里的角落，角落里放着一口大木箱，她打开木箱，从里面抖出一件缁衣来。

庵里的人自然不会给姜梨做新衣服，姜梨平日里穿的都是不合身的短了一截的衣服。唯一的一件缁衣，是今年过年的时候有个小尼姑还俗了，多出了一件缁衣，就给了姜梨，恰好与她的身量差不多。

桐儿问：“姑娘要穿这件？”

姜梨点头，道：“就这件吧。”

待她穿好缁衣，日头已经完全消失不见。桐儿和姜梨二人守着屋里的煤油灯，等到亥时过了许久，姜梨才站起身，道：“出去吧。”

桐儿问：“去哪里？”

“当然是吃东西了。”姜梨笑道。

桐儿满心疑惑，直到姜梨带她去了前面的佛堂。佛堂里供着女菩萨，香案上放着供果，她将碟子拿起，递给桐儿：“吃吧。”

桐儿大惊失色，道：“姑娘，这可是菩萨吃的供果！”

“嗯。”

“明日一早那些尼姑发现了该怎么办？”桐儿摆了摆手，“还是放回去吧。”

“没关系。”姜梨安慰她，“发现了也不能怎样。”

“可这是菩萨，”桐儿不敢接，“咱们吃了菩萨的供果，是对菩萨的大不敬。”

闻言，姜梨笑了：“泥菩萨自身都难保，你还指望她能来救你护你？路是自己走出来的，靠菩萨可不行。”

桐儿目瞪口呆地看着姜梨，从前的姜二小姐可不会说这样惊世骇俗的话。

正呆着，突然听到自头上传来一声轻笑，笑声虽轻，可在静寂的夜里，落进无人的佛堂，便显得格外清晰。

桐儿抬头一看，一下子傻了，指着远处，结结巴巴地开口：“花、花妖？”

小佛堂的屋顶上，不知何时坐了一人。这人一身黑衣，外头却罩着一件深红绣黑牡丹的长披风，便显得格外妖冶艳丽。

月明雾薄，夜里的白雾在此刻一层层散去，月光寸寸照亮了屋顶上年轻男人的容颜。他长眉斜飞入鬓，格外张扬，又生了一双狭长含情的凤眼，睫毛长长。挺直的鼻梁下，薄唇微微勾起，仿佛在笑，却又让人觉得他的笑也带着几分讥讽。微挑的眼角处，有一颗米粒大小的殷红小痣，让他本就在月色下俊美到不似凡人的侧脸，多了一丝缠绵。

人间四月芳菲尽，山上桃花始盛开。青城山的桃花开得晚，到了五月中，才层层叠叠绽放开来。艳丽多情的桃花色，亦不能夺走此人一分风采。反是他在其中，却让漫山遍野的桃花都变成了点缀，而他仿佛身处万丈软红之外，噙着淡薄的微笑，冷漠地看着俗世中人苦苦挣扎。

姜梨穿着尼姑穿的灰色缁衣，长发未束，青丝如瀑披在脑后，仿佛皈依佛祖脚下的莲花仙童，而她秉烛抬头往上看，目光平静，恰好与屋顶上的男人目光相接。

一个清丽寡淡与世无争，一个艳丽妖冶勾魂夺魄，三千大世界，整齐地一分为二，一半明媚如春日，一半黑暗如深渊，那明媚是假象，深渊却是诱人的礼物。

二人遥遥相望，目光相触，也是短兵相接。

无人洞悉姜梨心中一闪而过的讶然。

怎么是他?

谁也没有说话。

桃花林下，屋顶之上，容貌艳丽的男人沾染了满身风月，垂眸看向姜梨。

他的笑意也带点邪佞，却让人摸不清他是敌是友、是正是邪。

倒是一直发呆的桐儿忍不住疑惑地反问：“花仙？”

姜梨还没来得及说话，就听见外面突然传来吵嚷的声音，姜梨心下一凛，再抬眼看向屋顶，却见屋顶上貌美的年轻人已然不见，只余微微晃动的桃枝。

桐儿同样惊讶，揉了揉眼睛，道：“奴婢不会是在做梦吧？”

姜梨道：“不是做梦，不过现在……”她听着越来越近的人声，嘴角一勾，“咱们去佛堂跪着吧。”

桐儿疑惑的事情多了去了，便也不多问，径自和姜梨去佛堂泥菩萨面前跪着，将那一盘供果也放了回去。二人刚刚跪好，就听见外头传来热闹的人声，有人在用力拍打尼姑庵的大门。

拍门声惊动了庵里的尼姑，有人去开门，灯笼依次亮了起来，外头的人声越来越大，姜梨沉住气和桐儿跪着。

突然，有人冲进了佛堂，为首的是个手提灯笼的嬷嬷，她似乎也没料到佛堂里会有两个人跪着，毕竟这么晚了。她冲身后道：“夫人，这儿还有两个尼姑呢。”

于是，又自这人身后陆陆续续上前一行人，有夫人小姐，亦有男子，皆是衣着富贵的打扮。那嬷嬷所称的夫人，是个肤色白皙、身材窈窕的温婉妇人，她上前看见姜梨，先是愣了一愣，随即对那嬷嬷摇头道：“她不是尼姑，她还蓄着发，身边的怕是丫鬟吧。”

姜梨惊讶地看着一行人闯了进来，她长发乌黑，衬得小脸更加苍白，瘦弱的身子拢在灰色缁衣中，眉目间安然平和，虽然气色虚弱，却在菩萨座下显得越发清丽无争，看着极为温纯，让人很容易生出好感。

许是怜她年纪小，那夫人连对她说话的声音都放柔了，轻声问道："小姑娘，这么晚了，你怎么会在这里？"

姜梨道："我犯了错，师太让我跪在这里静心。"

前来的一众男男女女都诧异极了，有人愤言道："这么晚了，是犯了什么错，非要一个小姑娘跪在佛堂，伤了身子怎么办？不是说出家人慈悲为怀吗？怎生如此恶毒！"

桐儿眼珠子一转，这会儿机灵劲上来，立刻换了一副戚戚的神情，道："是奴婢，奴婢昨日给姑娘端斋菜的时候不小心摔坏了盘子，静安师太说让姑娘和奴婢在这佛堂跪着。"她又抹了把眼泪，"奴婢倒是没什么，可咱们姑娘、咱们姑娘一天都没吃饭呢。"

此话一出，这些人立刻又是一副愤怒质问的神情。既然前来寺庙拜佛，自然都是"心善之人"，瞧见小姑娘被人欺压，必然要怒一怒的。

只听有人道："难怪，难怪会做出这等丑事，分明就是心肠歹毒的妖尼。"

"不错。"

姜梨四处看了看，并未看到尼姑庵里的尼姑，便奇道："请问，庵堂里的小师傅们去哪里了？"

听完这话，面前的一众男女都露出各异的神色，似乎难以启齿。

最开始那位和姜梨说话的温婉妇人看着姜梨，试探地问道："这位姑娘似乎不是庵堂里的人？"

"我家小姐是燕京姜家的姜二小姐。"桐儿脆生生地答道。

"姜家？"另一位年轻些的小姐闻言目光一动，问道，"可是那位首辅姜元柏大人的姜家？"

"正是！"桐儿答得肯定。

"这怎么可能？"那年轻的小姐看起来比姜梨的年纪还小一些，迟疑道，"只知道姜家有个三小姐姜幼瑶，却不晓得有个二小姐。"

"姜二小姐"四个字一出来，年轻的小姐们没什么动静，夫人们却是各有心思。八年前，姜二小姐将姜大人的继室推倒小产的事燕京人都晓得，不过时间隔得太久，自那以后听闻姜二小姐就被送到家庙里教养规矩，多年未曾回京。没见过她的人，自然想不起她来。

没料到会在这里见到。

而眼前的姜二小姐姜梨，却并不似传言中谋害幼弟嫡母性命般恶毒，跪在佛堂里，这样瘦弱温顺的模样能毒害嫡母？说出去也没人相信吧！

姜梨盯着最先与她说话的那位夫人，犹豫了一下，才道："夫人……是承德郎柳大人府上的柳夫人吗？"

那位夫人愣了愣，问："姑娘认得我？"

姜梨低下头，似是赧然，微微笑道："多年前牡丹花节，夫人曾来府上赏过牡丹，小女子还记得。"

柳夫人闻言，略略思忖一下，便道："不错。"看向姜梨的目光更柔和了一些，"难为你还记得。"

承德郎柳元丰的夫人柳夫人，曾与姜梨的生母叶珍珍十分要好。叶珍珍甫嫁到燕京城时，与这位柳夫人也多有往来。后来叶珍珍去世，留下姜梨，柳夫人因着惦念好友，还时常去看望姜梨。

只是后来季淑然进门，柳夫人便不好再去探望姜梨，渐渐地关系也就淡了。姜梨所说的那一次牡丹花节，应该是柳夫人最后一次见姜梨的时候，如今被姜梨提起来，柳夫人眼前立刻浮现起早逝的好友叶珍珍的模样来。

柳夫人仔细打量着姜梨，越发觉得亲切。她道："姜大人便是将你送到这里来了？"

姜梨微微颔首。

"你是姜大人的亲生女儿，怎么能住在这种地方？初夏低潮，整夜跪着，生病了该如何？姜二姑娘，我看，你明日随我一道回燕京吧。"柳夫人突然道。

跪在地上的桐儿眼睛一亮，柳夫人这话就是要给姜梨出头的意思。

只是，柳夫人话说完了，却并没有听到想要的回答，面前的女孩子闻言，抬起头，目光诧异地看着她，似乎有喜色一闪而过，然而立刻变得迟疑起来，随即便坚定地摇了摇头，道："多谢夫人一片好意，不过，这恐怕不行。"

站在柳夫人身后的一众夫人老爷，先是被柳夫人莫名其妙的一番话惊住，更对姜梨的回答诧异极了。柳夫人探询地看向她，问道："姜二姑娘这是何故？"

姜梨笑道："父亲送我来家庙，便是让我修身养性，虽然吃苦，却能为一家求得平安康健。我若是半途而废，便是亵渎了菩萨。况且父亲也还没令人接我回去，我怎好自作主张？"

她的话里丝毫不提当初毒害嫡母犯错被罚一事，只说自己是被送来修身养性，为一家求福。这话落在旁人耳中，只觉得姜二小姐避重就轻，落在柳夫人耳中，却是另有深意。

柳夫人和叶珍珍做好友多年，晓得叶珍珍为人敦厚纯善，自然不相信叶珍珍的女儿是那等恶毒之人。只是当初姜梨出事的时候，柳夫人和姜家已经多年未有往来，而姜梨又是当着诸多夫人的面将季淑然推倒令她小产，证据确凿。柳夫人虽然不信，却也无可奈何。

如今看到昔日故交的女儿在这里被人欺凌，又生得如此温软纯善，柳夫人心中顿时疑窦丛生，姜梨不提犯错一事，或许因为本就没有错。

柳夫人心中窝火，只见姜梨抬头看向她，不解道："说起来，还不知道夫人为何会出现在这里。现在也太晚了，诸位夫人大人并不是来上香的吧？"

此话一出，在场的众人又是面色各异。柳夫人却是突然想到了什么，若有所思了一会儿，突然对姜梨道：“这家庙却不是好的家庙。你父亲既然将你送过来，也当寻个正经的家庙。也罢，既然你不愿随我离开，我明日便启程回燕京，不过我想，你父亲应当很快就会接你回去了。”

姜梨像是听懂了，又像是没有听懂，只笑着道：“那就多谢夫人了。”

“玉香，”柳夫人对身边的丫鬟道，“这几日你便留在这里好好照顾姜二姑娘，姜二姑娘身边只有一个丫头，恐是照顾不周。”又看着姜梨开口：“姜二姑娘不必推辞，我与你母亲是故交。玉香是我的贴身丫鬟，又有点拳脚功夫，她在你身边，我也放心些。等你回到燕京后，再让玉香回我身边。”

姜梨谢过柳夫人，柳夫人带着一众太太小姐都歇在了尼姑庵。玉香果真跟着姜梨，姜梨和桐儿也换了一间平日里其他尼姑住的舒适屋子。而那些尼姑，一个都没见到。

趁着玉香出去倒水的工夫，桐儿小声问姜梨：“姑娘，这是怎么回事啊？”

“我不是让你去喂猴子吗？”姜梨淡声道，“鹤林寺的住持通明大师，底下有个大弟子了悟，同咱们庵堂里的静安师太有染。每月十九，他们会在鹤林寺的后林中幽会。这山上的猴子被你大半个月用糕饼喂，每日晚上都守在那里。今夜十九，猴子照常去等你投食，见到静安和了悟，便将他二人当作投食的人，上前讨要。二人本就做贼心虚，只怕乍惊之下弄出动静，惊动了诸位夫人。这里的夫人小姐非富即贵，怎能容忍佛门净地的腌臜之事，必然要来讨说法，将尼姑庵里的尼姑们都抓起来。”

桐儿听得惊住，喃喃道：“怎么会……”她复又紧张起来，“这么隐秘之事，姑娘是怎么知道的？”

“我听到的。”姜梨端起桌上的茶抿了一口，“两个小尼姑闲话，被我听到了。”

桐儿还是觉得很不可思议：“这太可怕了。”

姜梨笑了笑，她自然知道。在她还是薛芳菲的时候，永宁公主每日让人用汤药想让她油尽灯枯，她被软禁在屋里出不去，那些仆妇说话不避讳着她，权当她是个死人，她也就晓得了，原来永宁公主和沈玉容幽会的地方，便是离燕京不远的一处寺庙。

那些仆妇就又说起一桩秘闻，鹤林寺的了悟实则是个艳僧，被他糟蹋的女子不少，就连邻近的尼姑庵里的尼姑也不放过。永宁公主就是从了悟这里得了想法，才同沈玉容在寺庙幽会。

等她醒来变成姜二小姐，知道不远处就是鹤林寺后，第一个想起的就是这桩秘闻。看到静安师太的第一眼，姜梨便晓得，静安师太必然有个情郎。一个出家人，生得年轻美貌，若无情郎，何必用头膏脂粉，何必把自己打扮得香气袭人。

姜梨的脑中浮现起一个完整的计划，当然，这桩计划并不是一定能成。或许那些仆妇说的并不是实话，或许静安师太的情郎并不是了悟，又或许他们幽会的时候没有惊呼出声，那么这些事情便全都作废，不得成真。

到那时，姜梨也只有寻其他的法子了。

不过，她的运气不会一直这么糟，就这么巧，就这么成功了。

桐儿双手合十："多亏姑娘听到了她们的闲话，多亏姑娘想到了这个法子，说不定这都是咱们今晚见到的那个花妖……不，花仙显的灵，让那些恶人有恶报！"

花仙？姜梨的眼前立刻浮现出屋顶上年轻男人的脸来。

"他不是花仙。"姜梨笑了笑，"他是肃国公。"

"太仆少卿杨华亭的折子被扣下，成王连夜召右相进府，皇上现在在四处找您。"

"嗯。"

"大人刚刚……"佩刀的高大侍卫刚说到一半，身边的年轻人便嘘了一声，打断了他的话。

山上静悄悄的，远处的寺庙依旧灯火通明，这一夜注定是不眠之夜。那年轻人不紧不慢道："文纪，看戏的时候不要多嘴。"

叫文纪的侍卫便不再说话了。

屋里，姜梨正对桐儿解释。

"姑娘，您说那是……那是肃国公？"桐儿问。

姜梨点头："不错。"

燕朝百年人才辈出，肃国公却是如今最年轻的国公爷。说起来，他如今也不过二十有四。

肃国公姬蘅，父亲姬暝寒乃金吾将军，随先帝开拓疆土，立下汗马功劳。先帝感念其心，袭封肃国公。

金吾将军英武不凡，皇宠不衰，是所有燕朝女儿的梦里人。只是这位大将军姬暝寒却偏偏迎娶了一位罪臣之女，虞红叶。

虞红叶的父亲当时被卷入一场贪墨案，查出后家眷皆受其牵连。虞红叶作为虞家庶女，辗转被贬入青楼。年轻的姬暝寒同同僚应酬，对虞红叶一见钟情。

虞红叶生得国色天香，机敏狡黠，事实上，即便她是罪臣之女，燕京城的公子哥儿也巴巴地上赶着讨好她。后来，姬暝寒为虞红叶赎身，将她迎娶进门。

和姬暝寒成亲一年后，虞红叶生下姬蘅。姬蘅一岁的时候，东夏来侵，姬暝寒领命出征，待凯旋，却得知虞红叶重病不治的消息。

谁也不知道到底发生了什么事，只晓得姬家里里外外的下人都被换掉了，贴身伺候虞红叶的那几个丫鬟从此再也没出现过，而姬暝寒也和族里断了联系，从此肃国公一家再无后族。

处理好一切后，姬暝寒就消失了，只剩下幼子姬蘅，由祖父老肃国公抚养。再后来，先帝病故，洪孝帝登基，姬蘅少年继承爵位，十四岁便成了燕朝最年轻的国公爷。

姬蘅父亲的一生颇具传奇色彩，轮到姬蘅自己，也不遑多让。

让燕朝百姓津津乐道的，首先非姬蘅的容貌莫属。

听闻姬蘅的生母虞红叶便是天下有名的美人，一颦一笑皆如画中人，当得起“妖女”之称。姬蘅的容貌大多继承母亲的美貌，生生叫人看痴。

姬蘅此人，极美极冷，内心残酷，喜怒无常。也许上一秒还在对你柔声相待，下一秒他便能眼都不眨地令人将你拖出去砍头。燕京百姓称他为“玉面修罗”，但无论性子怎样阴沉，仍旧有大把大把的少女前赴后继。

而他本人也十分张扬，传闻燕京官家，别说是大臣，就是亲王皇子，见了他也要忌惮几分。姬蘅心机深沉，若是得罪了他，也就是给自己找了一堆麻烦。他喜穿艳色，更衬得人浓艳，也喜美恶丑，府中上上下下哪怕是倒夜香的小厮都生得明媚俊秀。

姬蘅有两个爱好，一是赏花，二是看戏。他的府中收集了各种世间奇花，喜欢招戏班子听戏。听得不错的，赏金千两；听得不好的，就叫人连人带戏班子滚出燕京千里之外，燕京城里的伶人都对他又爱又恨。

有人说，姬蘅喜欢看戏是因为有养戏子的爱好，燕京城许多高门大户的公子哥儿也有这样见不得人的爱好。直到后来那位京城有名的吉祥戏班的台柱柳生，被打折了四肢扔出国公府，听说是爬床不成被丢出来的，这个谣言才不攻自破。

总而言之，肃国公姬蘅就是个飞扬跋扈、喜怒无常、阴沉可怕、不懂怜香惜玉的绝色美人。

美人有毒，还是美人。

桐儿也是听闻过肃国公的大名的，八年前她们来到这个庵堂，当时的姜梨才七岁，那时候肃国公已经十六了，燕京何人不知，没想到会在这里见到。

“姑娘怎么认出那是肃国公的？”桐儿问，“姑娘从前可从没见过肃国公呀。”

姜梨微微一笑。

她是怎么认识肃国公的？在她还是薛芳菲的时候，嫁到燕京，渐渐地，燕京第一美人的名声落在了她身上。作为喜美恶丑的肃国公，当时也听说了薛芳菲的名号。

而肃国公是怎么评价薛芳菲的？据说肃国公有一次在大街上瞧见薛芳菲与沈玉容的妹妹一起逛珠宝铺子，只瞧了一眼，便嘲道：“美则美矣，毫无灵魂。”

这话被当作燕京城的笑谈传了好一阵子，薛芳菲自己没觉得什么，沈玉容却为此气闷，沈玉容的妹妹和娘亲觉得薛芳菲让沈家闹了笑话，为此令她禁足，三个月不得出门。

现在想来，她仍是对肃国公的话不怎么生气，甚至觉得姬蘅的话说得很对。那时候嫁给沈玉容，为了讨好沈母和小姑子，她收起自己的天性，拘着手脚过日子，学做贤妻良母，却不复少女时候的灵动欢乐。

爱一个人爱到牺牲自我，变成了另一个人，可不就是卑微到了尘埃里，没有灵魂？

姜梨道：“燕朝里能长成这样的，也就只有肃国公了。何况，他眼角还有红痣。”

桐儿不疑有他，只是疑惑地问：“可肃国公怎么会来这里？也是来上香吗？”

当然不是了。

“也许他是来赏花。”姜梨想着想着，不由得失笑，“没想到看了一场好戏。人生两大乐事在一天都满足了，他现在心情一定很不错。”

桐儿听完姜梨的话，跟着点头，又想起了什么，道：“那位柳夫人可真是好人。”说罢看向姜梨，“过了这么多年，奴婢都想不起来了，没想到姑娘还记得那位柳夫人的样貌。”

姜梨笑了笑，她作为薛芳菲时，嫁到燕京，也时常和一些夫人小姐闲话，和旁人不同的是，她自幼记忆力便极好，承德郎府上的柳夫人和原先襄阳叶家的叶珍珍也被人提起过两人的关系。

而她自己曾与柳夫人短暂接触过，晓得柳夫人此人心地仁善，颇有几分疾恶如仇的侠气。今日她以故交女儿引柳夫人同情在先，暗示当初被送往庵堂之事内有蹊跷在后，于情于理，柳夫人都不会袖手旁观。

“但是姑娘，”桐儿犹犹豫豫地开口，“即便柳夫人回京之后与老爷提起您，老爷真的会立刻派人接您回京吗？要不，咱们还是明日一早跟着柳夫人一道走吧。”

“放心，父亲一定会派人来的。”姜梨道。

三年前，承德郎曾与副都御史，也就是季淑然的父亲季彦霖推荐的门生有所嫌隙。承德郎本可以再往上升迁，季彦霖推荐的门生却因为季彦霖的关系，抢了承德郎的肥差。

夺人功劳，阻人仕途。柳大人和季彦霖之间本就不算风平浪静，只要柳夫人回到燕京后将此事与承德郎说过，承德郎这个聪明人自然不会放过让季彦霖吃瘪的机会。

这件事本就是季家的错，再者她那位乐善好施、心胸宽广的首辅亲生父亲更是个注重名声的好人，怎么会留下一个刻薄亲女的把柄在自己的政敌手里。

“等着吧。”姜梨弯了弯眼眸，“就快了。”

第二日一早，柳夫人就启程回燕京了。临走之时，她又留下几个小厮护卫在这里，免得姜梨在这里不安全。柳夫人的贴身丫鬟玉香也留在姜梨身边。

马车即将启程，柳夫人掀开马车帘子，担忧道：“姜二姑娘真的要留在这里吗？我左思右想都觉得不妥，不如还是跟着我们一道回京吧。”

姜梨温和又坚决地拒绝了她，笑道：“多谢夫人一片好意，只是我既然答应了父亲，就一定会做到。”

柳夫人叹了口气，道：“罢了，既然你如此坚决，我也不劝你。放心，我一定会说服你父亲尽快派人来接你。”又对玉香道，“玉香，好好照顾姜二小姐。”

玉香点头应了。

一行马车在滚滚烟尘中渐渐消失，桐儿望着车马远去，眼里不由得浮起几分怅惘。这一去，不知什么时候才会有人再来……

桐儿忍不住道：“姑娘，真的能回去吗？”

“会的。”姜梨微笑。

她当然要回去，姜二小姐的这个身份将会为她谋取无数便利，而最大的便利，就是能名正言顺地接近永宁公主。

永宁公主，沈玉容，甚至京兆尹，还有那些助纣为虐的人。父亲和薛昭的死仇，她时时刻刻放在心上，一分一秒都不敢忘却。

燕京，是个繁华的好地方。

燕京，也是个复仇开始的好地方。

姜梨嘴角的微笑渐渐加深，站在身侧的玉香见了，眼中不由得浮起一丝诧异。姜家二小姐温柔无争，笑起来如花般澄澈。

却无端有丝隐隐的凄厉。

燕京城近日来发生了不少事情，街边酒楼说书人的唱本都增添了许多。

说得最热闹的，还是“俏尼姑夜会苦行僧，卷尾猴惊撞风月局”。

前些日，去鹤林寺上香的一众贵人回来，带回来一个骇人听闻的消息。

青城山的鹤林寺里，住持通明最爱护的弟子了悟竟是个艳僧，糟蹋了邻近不少妇人，甚至连旁边尼姑庵里的师太也不放过。

要知道鹤林寺是名寺，许多夫人小姐都曾在此上香祈福，有人上奏此事，洪孝帝看过之后震怒，重惩一行相关人士，甚至连那百年名寺鹤林寺也跟着一道闭寺了。

这桩风流韵事，除了惹得皇帝震怒之外，还牵扯出了个意想不到的人，便是京城首辅姜元柏的嫡女姜梨。

八年前，姜家二小姐姜梨推倒继母致其小产，姜元柏罚她去家庙修身养性，从此消失在众人视线之中。这次了悟出事，众人发现姜二小姐居然在那静安师太的尼姑庵中。

即便姜二小姐再如何恶毒跋扈，送到家庙也罢，哪怕是真的铰了头发做姑子也无可厚非，但送到这样一个妖尼的手中，这事姜元柏做得也太不地道了。

承德郎柳元丰的夫人去鹤林寺上香，在静安师太的庵堂里见着了这位姜二小姐，当时已是深夜，姜二小姐却被妖尼刁难，跪在佛堂滴水未进。柳元丰的折子上得极有技巧，姜元柏人脉众多，难以撼动，不好得罪，他这折子里也就丝毫未提姜元柏的错处，反是说虽然当初姜梨犯错，可年纪尚小，况且子不教父之过，怎么能将亲生嫡女交到德行败坏之人的手中，任其自生自灭。身为姜元柏后宅主宰者的季淑然，为人母实在太过严苛。

参季淑然，也就是参季家，打季彦霖的脸。折子里明里暗里都是说季淑然是为报私仇，故意将姜梨送往静安师太手下，没安好心，授意折磨。

本来这折子只是件小事，但是当今陛下洪孝帝并非先皇后所出，他的生母在他出生后就死了，养在皇后名下。柳元丰的这封折子，立刻让洪孝帝想到了当初的自己。再找姜元柏到御书房说话的时候，洪孝帝也就提点了两句。

等姜元柏离开御书房，出宫回到首辅府后，第一件事就是令人立刻接姜梨回燕京。

季淑然得了这个消息，匆匆忙忙赶来，进屋就道：“老爷，怎么这么突然就将二小姐……”

姜元柏啪的一下将手中的折子按在桌上，季淑然一下子闭了嘴。

姜元柏转过头。

虽然已过不惑之年，姜元柏依然不负年轻时候的英俊潇洒，又多了几分成熟男人才有的独有魅力，清隽如松，颇有文气。

只是他平日里温和的神色，此刻全然不见，隐有怒意。

“今日皇上召我去御书房，承德郎柳元丰虽没有在折子里道明我的名字，可我也被连累了。”姜元柏道，“接梨儿回来，这是皇上的意思！”

季淑然吃了一惊：“皇上的意思？皇上怎么会过问这种事？”

“当今陛下的生母可非太后。”姜元柏只说了一句话。

既然洪孝帝亲自过问了此事，自然就是要姜元柏这么做。

“况且，梨儿确实是我姜家的女儿。”姜元柏叹道，“一直让她流落在外，我于心不忍。夫人，”他看向季淑然，轻声问，“你不会怪我吧？”

季淑然笑了笑，顺势依偎过去，道：“老爷这是说的哪里话，当我是心肠歹毒之人不是？二小姐也是老爷的亲生女儿，当初是二小姐年纪小才会犯错，这么多年过去了，我早就不放在心上了。老爷要去接二小姐，我便让嬷嬷去准备些东西，也早早地将屋子都腾出来。”

“夫人的体贴，天下找不出第二个。”姜元柏将她搂在怀中叹道。

“这些都是我该做的，只是……”季淑然的声音有些小心翼翼，“希望能与二小姐好好相处吧。”竟是有些害怕。

姜元柏闻言，想到八年前姜梨做的那些事，不由得皱了皱眉，安抚季淑然道：“如今她可不是小孩子了，若是敢言行无状，我必不会轻饶！”

又安抚了季淑然几句，姜元柏才离开，应当是去吩咐接人的人手去了。

姜元柏刚走，姜幼瑶就带着丫鬟闯了进来，一进门就道：“母亲，你知不知道姜梨她……”

“幼瑶！”季淑然喝止她，令人关上门窗，才斥道，“你怎么如此莽撞！”

姜幼瑶委屈地开口：“母亲，不是我莽撞！听说父亲要将姜梨接回来了，怎么回事，好端端的，怎么会突然想起接她回来？”

季淑然蹙眉：“幼瑶，我跟你说过多少次了，不要盯着姜梨看。她不过是根草，迟早都要被踩灭，你是姜家嫡出的千金小姐，何必与她计较。”

“可是……”姜幼瑶不甘心地还要说话。

“便是她真的回来了又如何？如今这个府里，管事的是你娘我，她回来就讨得了好处？这次不过是她运气好，撞上了而已。”

“娘能让她不回来吗？”姜幼瑶气恼地问。

季淑然摇了摇头。此事连皇帝都过问了，要是中途出什么岔子，整个姜家都得吃不了兜着走。姜梨不但不能出事，还必须好好地接回来，给洪孝帝看。

想想真是令人不痛快。

“无妨，”季淑然冷声道，“不过是多给了她八年时间活头，就不知天高地厚了。她回来也好，回来后，我自然有办法收拾她。”

“到那个时候，她就不会觉得回京是件好事情了。”

青城山上，六月初二的时候，尼姑庵外突然有了嘈杂人声。

桐儿奇道：“外面出什么事了？”

坐在下首并着桐儿听玉香说话的姜梨眼眸一动，轻声道：“来了。”

“什么来了？”桐儿不解。

姜梨微微一笑：“接我们的人来了。”

玉香心中思量了几分，站起身道：“奴婢先去外面瞧一瞧，二小姐先在此坐一坐。”

“不必。”姜梨笑着站起身，“我也跟着一道去吧。”不等玉香说话，她便率先往屋外走去。桐儿见状，急忙跟着起身追出门，道：“奴婢也去！”

刚出了庵堂的大门，便见门口早已陆陆续续站着一群人，约有二十个人。大半人穿着护卫家丁的衣裳，还有些丫鬟，为首的是个黑壮妇人，穿着绸缎小衫，头发上插着晃花人眼的足金钗子，眼神带了几分轻蔑。

那妇人打量了一下走出门来的三人，目光落在姜梨身上，上前一步，道：“奴婢见过二姑娘。”

姜梨没有回答，含笑接了这个礼。

妇人见姜梨从容受了她的礼，不由得有些诧异，忍不住抬头打量姜梨，只觉得眼前的少女陌生至极。当初姜梨被送往尼姑庵时尚且是个女童，然而眼前的女孩子衣裙素净，眉眼清澈，亭亭玉立地站在这里，便让人心中有说不出的熨帖。

桐儿眨了眨眼睛，语气古怪地道：“孙嬷嬷，您怎么来了？”

孙嬷嬷笑道：“夫人命奴婢接二小姐回府，二小姐在此待了几年，夫人心中挂念不已，多次同老爷说起想将二小姐接回府中，前些日子老爷总算答应了，夫人立刻就让奴婢带人来接二小姐。”

只说夫人季淑然想接回姜梨，首辅姜元柏反而百般阻挠，听起来她这个女儿的确很不得生父喜爱。

姜梨笑着冲孙嬷嬷颔首，道：“多谢母亲挂念，姜梨在庵里也时时刻刻惦记着母亲，不能在母亲跟前尽孝，一直颇为遗憾。如今总算要回府了，母亲的一片心意，姜梨不敢忘怀，今生今世，一定会想法子报答。”

她说话的声音轻柔温顺，孙嬷嬷听着听着，却觉得自己的胳膊不知为何遍布了一层细细的鸡皮疙瘩。

玉香笑道："既然如此，姜二小姐能回府，是件再好不过的事，敢问嬷嬷，打算带二小姐何时动身？"

孙嬷嬷嘴里回答着："夫人当然是希望二小姐越早回府越好，等二小姐收拾好行李，即刻动身。"

"如此，"姜梨嘴角一翘，"正好，咱们现在就出发吧。"

此话一出，周围人都愣住了，孙嬷嬷掩住眼中的鄙夷："二小姐不必如此心急，夫人既然说了，就一定会让二小姐回府，何必……"

"不是心急，"姜梨打断了她的话，"而是没什么可收拾的。"

孙嬷嬷一愣。

"我没什么行李，当初带过来的那些行李，八年了，嬷嬷该不会以为还剩下什么吧。整个尼姑庵里，我唯一有的就是桐儿，至于那些木头凳子碗筷……莫非首辅府里还需要？需要的话，我便让桐儿把它们都收起来。"

孙嬷嬷的脸一下子就红了。

当着玉香的面，姜梨这话岂不是说首辅府虐待了她这个嫡出的女儿，不名一文，如今要离开了，连行李都收拾不出来一件。她这个下人都还有几件首饰呢！

要知道玉香府上的男主子、承德郎柳元丰可是和夫人季家不对盘，晓得了这些事，谁知道会怎么做文章！

姜梨一脸认真地看着她，一瞬间，孙嬷嬷觉得有些棘手。

这个离开了姜家八年的二小姐，并非如书信中所说的冲动无脑，她温柔客气，却并不能让人轻易讨了好去。

孙嬷嬷勉强挤出一个笑，道："那好吧，二小姐，容这些护卫喝口茶歇歇脚，咱们就启程出发。"

姜梨感激地笑笑："多谢嬷嬷。"

从青城山到燕京城，路途并不算很遥远，不紧不慢地赶路，十日也就到了。

从山上到山下，变化的不只是天气，还有沿途的风景。

马车轮子骨碌碌地行驶着，到城门口时，已快近中午。

城守备瞧过孙嬷嬷一行人的行令后，便放了行。

一进燕京城，耳朵边似乎都热闹了起来。

孙嬷嬷的声音从外面传来："二小姐，这就进城了。"

桐儿扯了扯姜梨的袖子，小声道："姑娘，等回了府，奴婢一定会好好保护姑娘的。"

姜梨嘴角微微一翘："没什么可怕的。"她并不惧怕首辅府中将要到来的未来，哪怕前方是刀山火海、豺狼虎豹，她也无所畏惧。死过一次的人，连胆气都铸炼成铁。既然成为了姜家二小姐，那么从此以后，姜二小姐的未来和过去，她都一力承担。

马车一路行驶，不知过了多久，终于在一处停了下来。

外面的熙熙攘攘似乎都远去了。

孙嬷嬷的声音在外面响起："二小姐，到家了。"

到家了。

这，就是姜梨的家了。

马车外，宅门口，四处都是看热闹的民众。前几日，姜二小姐即将回府的消息传遍了整个燕京城。八年前，姜二小姐毒害继母的事可是热闹了好一阵子，而姜元柏又是如今朝廷的股肱之臣，姜家的事，自然吸引了无数人的眼球。

包括这八年不曾回府的姜二小姐。

姜府大门外，也正站着一大群人。为首的妇人温柔美丽，颇有风韵，而站在她身边的少女更是娇俏可人，五官精致，如同画中仕女。站在她二人身边的男子，身材高大，形容清俊，十分儒雅。

这便是姜元柏，以及他的夫人季淑然和女儿姜幼瑶了。

百姓窃窃私语的声音传进耳朵。

"姜三小姐生得真是貌美极了，不知姜二小姐生得怎么样？"

另一人啐道："姜三小姐那是肖母，也不看姜夫人是如何仙姿琼态。我听说姜二小姐的生母，先头那位姜夫人可是容貌平平，若是姜二小姐也随母，噫，差之远矣。"

"那也不能这样说，你又没见过。"

"没见过怎么了？且不说容貌，姜二小姐可是在庵堂里待了八年，规矩礼仪都不懂，怎及得上姜三小姐的谈吐修养？再说，那庵堂不干不净，说不准还沾染了什么不得劲，那就更入不得眼了……"说话声音小了下去，似乎怕被人追究口舌之祸。

姜幼瑶听着这些议论，差点忍不住翘起嘴角，但看一边的季淑然仍是端庄得体的模样，便隐没了心思。

孙嬷嬷叫了这么久，马车里却没什么动静，这边，姜元柏微微蹙眉，百姓都有些不耐烦的时候，突然，马车里响起了一个脆生生的声音。

"姑娘，奴婢扶您下车。"

马车帘被掀开，一个穿褐色短布衣的小丫鬟梳着双鬟，搀扶着另一人下了马车。

女孩子不过十四五岁的模样，正是豆蔻年华，穿着洗得发白的灰色缁衣，缁衣宽大，更衬得她娇小羸弱。乌黑长发以一支木钗半绾，剩下的随意披在脑后，乌发如瀑，显得唇红齿白，一双眼睛如林中小鹿，温纯良善，清秀异常。

她腕间只有一串木质的佛珠，脚上是最简单的灰色布鞋，双手合十，微垂着眼帘，睫毛长长，雪肤黑发，让人忍不住屏住呼吸。

就像朝生的蜉蝣，美丽脆弱，却又温顺得不识人间险恶。像观音座下的童女，纯澈如白纸一张。

六月无风，这女孩子下马车的瞬间，却让人觉得四周都清凉舒服了起来。她五官不及姜幼瑶精致夺目，却天然灵秀，许是在深山寺庙中长大，钟灵毓秀，无欲无求，一步步走来，灵澈如晚风。

小丫鬟扶着女孩子走到姜府门口，女孩子站住，微微行礼，声音也如模样一般温顺柔和，她说："姜梨不孝，见过父亲母亲。"

她这么一说话，周围的百姓似乎才被惊醒，皆是呆呆地看着她，突然有人叫道："姜二小姐生得像首辅大人啊！"

姜梨的睫毛微微一颤，嘴角微抿，姿态却更加温顺。

姜元柏神情复杂地注视着这个女儿。八年不见，姜梨变化之大，几乎让他认不出这是自己那个性如烈火的女儿。如今听闻百姓之言，姜元柏突然发现，长大了的姜梨便是容貌上更像自己，比姜幼瑶更甚。

姜幼瑶继承了季淑然的美貌，精致小巧如瓷器，姜梨却像长养在深山里的一树梨花，清落高洁，气质卓然，更像是他们文人的风骨。

许是姜梨的模样肖似自己，让姜元柏觉得亲切，姜元柏心软了，伸手扶住姜梨下弯的腰，温声道："回来了就好，进去吧，你祖母她们还在等着你。"

姜元柏一出声，季淑然的笑意便僵硬了一瞬，随即更加真切，也跟着握住姜梨的手，笑道："总算是回来了。"

姜幼瑶眨了眨眼睛，突然道："二姐，你回府，怎么还穿着庵堂里的衣裳，母亲不是让孙嬷嬷给你做了新衣裳吗？何必穿得如此简陋？不知道的，还以为母亲苛待了你呢。"

周围都静了一静，季淑然喝止道："幼瑶，别胡说！"又转头安抚地拍了拍姜梨的手，笑道："你妹妹是有口无心，你莫要放在心上。"

门口还未散去的百姓便盯着姜梨，季淑然饱含歉意的安抚，姜幼瑶隐含得色的目光，以及姜元柏看着她微微变色的神情，都被姜梨尽收眼底。

连家门口都没进，便给她这么一记下马威。这话如何接？姜梨回府，明明有新做的衣裳，却偏偏要穿尼姑的缁衣，是对季淑然不满所以不穿她准备的衣服，还是故意要让百姓瞧着首辅府亏待了自己？在姜元柏看来，姜梨的这番作为总归是不顾念姜府，对姜府含有怨愤。

姜梨微微一笑，眼神比季淑然还要纯澈，笑道："母亲的一片好意，姜梨心领了。孙嬷嬷送过来的衣裳，用的是上好的丝绸，繁复的刺绣，还镶着珠宝翡翠，让人一看就欣喜极了。"

姜幼瑶接道："既然如此，你为何不穿？"

"定是梨儿习惯了简衣素食，暂时不能习惯罢了。"季淑然赶紧道，她突然有种不好的预感，直觉不能让姜梨开口，便率先阻拦下来。

“怎会？只是……”姜梨遗憾地摇了摇头，“姜梨毕竟八年未曾回府见过母亲，八年间也极少通信，母亲不晓得姜梨身长几寸，做的那些华服，竟无一件是合身的。”

无一件是合身的！

周围的百姓一片哗然，八年不曾回府便罢了，八年间极少通信，只怕不是极少，是根本就没有吧！否则做母亲的做衣裳，怎么会不知道女儿的身长尺寸？那必是因为八年来，根本就不晓得姜梨是什么情况，又长得如何高了！

可真是心狠啊，即使姜梨犯了再大的错，那也是自己亲生的血脉啊！

周围的指点落在姜元柏身上，姜元柏心中暗恼，面上不动声色，季淑然却晓得姜元柏是不高兴了，情急之下，季淑然看向孙嬷嬷，这么大的事，孙嬷嬷回来的途中怎么一点都未提过？

孙嬷嬷心中也是叫苦不迭，她之前将那些衣裳给姜梨，姜梨不穿，孙嬷嬷问她为何不穿，姜梨只说不喜欢穿这些。孙嬷嬷便也没劝，只以为姜梨是使性子，甚至觉得这样使性子更好，回府的时候，正好是个把柄给季淑然拿捏，让姜梨吃个闷亏。

那时候，姜梨只说是不喜欢，没说是不合身啊，孙嬷嬷想着之前姜梨的种种行径，不由得恍然，敢情一开始姜梨就挖了坑，正等着夫人和三小姐往里跳呢！

姜梨心下失笑，她可没故意给别人挖坑，只是顺手如此罢了。你害我，焉知我不能害你？

姜梨对着季淑然一笑，道：“母亲虽然将衣裳做得不太合身，可到底是一片心意，姜梨不敢忘怀。只是八年的庵堂生活，姜梨深知不可浪费。衣裳既然做了，不合适也不能在我这里放着。”她突然看向一边的姜幼瑶。

季淑然心中一跳，只听姜梨笑道：“我瞧着三妹的身材和母亲做的衣裳尺寸恰恰好，不如将母亲做的衣裳全都送给三妹，现在想想，那些款式和颜色，三妹穿着更是契合无比，十分好看。”

季淑然面色发白。

压死骆驼的最后一根稻草！只怕从明天起，燕京城里就会四处流传姜家新来的这位夫人如何对待继女和亲女。亲疏有别，一看便知。姜梨刚回府，就打破了她苦心经营多年的贤良名声！

好一个姜二小姐！

姜梨不等季淑然继续说话，便看向姜元柏，道：“父亲，我们进去吧。”

姜元柏回过神，看了一眼季淑然，才对姜梨点头道：“好。”率先迈步走了进去。

季淑然袖中的指尖顿时掐入掌心，姜元柏那一眼，分明是对她不满，可容不得她说什么，姜元柏和姜梨已经往屋里走去。她只得按捺下心中情绪，笑盈盈地跟了上去。

姜幼瑶急急地道：“母亲，你看她……”

“闭嘴！”季淑然低声喝道，顿了顿才开口道，“方才你父亲已经恼了，等到了厅中，你一句话也不要说。”

见季淑然的神情不似作伪，姜幼瑶也有些害怕，纵然心中委屈不满，面上也不敢显露出来。

待在门外的孙嬷嬷踌躇不安地绞着手里的帕子，倒是一边的玉香，心下一块石头落了地。

另一头，姜梨正随姜元柏走入姜家府邸。

姜府倒不是一味极尽奢华，反而布置得颇为风雅。廊院亭桥，花草檐角，以黑白色为主，清雅素净，却又精美奇巧。独特，自然也要花费不少银子，只是相比大大咧咧的镶金涂银，显得高贵了许多。

姜梨甚至瞧见花园一角还栽有翠竹，看起来真像有隐士之风。

她毕竟不是真正的姜二小姐，甫进姜府，入眼全然陌生。姜梨也并不打算掩饰自己对姜府的陌生，行走之间多有打量。这打量的目光落在宅院里仆妇小厮的眼中，便觉得府里这位二小姐果真是在山野间待久了，见不得富贵。

可落在姜元柏眼里，却觉得十分不是滋味，自己府上的嫡女，再如何不好，出去这般小家子气，也是打自己姜家的脸。

待到了晚凤堂，门口立着两个丫鬟，一左一右，穿着嫩黄色水仙裙，模样俊俏，看见姜梨一行人走来，左边那位未近眼前就先笑开了，道："老爷，夫人，老夫人正等着二小姐回家，总算是回来了。"然后将一行人迎了进去。

厅里正坐着许多人，见姜梨一行人进来，除了最前方的软座上的人，其余人都站起身来。

"娘，梨儿回来了。"姜元柏朝座位上的人拱了拱手。

座位上的人便开口了，声音沉稳，一时间听不出喜怒，她说："回来了就好，二丫头，上前来让我瞧瞧。"

姜梨依言上前，慢慢抬头。

座位上的老妇人大约已过古稀之年，满头银发一丝不苟地梳在脑后，打理得十分干净。她穿着松绿色丝绸薄袍，玉色盘扣令她看起来又添了几分华贵。一张爬满皱纹的脸有些苍老，那双眼睛却很有神，威严十足。

这是一个很利落的老妇人，即便是年纪大了，穿着也讲究，大约对自己对他人都挑剔严厉，不显得慈爱，却足够挑起一个府邸的担子，可见是个聪明有魄力的妇人。

想来也是，姜老太爷去世得早，姜老夫人未到四十就开始守寡，一介妇人养出了当朝首辅，当然不简单。

姜梨已经从桐儿那里听得，这位姜老夫人待人严苛，但处事还算公平。叶珍珍去世后，季淑然进门，姜老夫人也没有因此忽略姜梨。只是后来姜梨害得季淑然小产，失去姜家长房嫡孙，姜老夫人就对姜梨失望了。姜梨被送往青城山时，姜老夫人也没有说一句阻止的话。

正想着，突然听到自外面传来凌乱的脚步声，伴随着孩童稚嫩的呼喊："娘，祖母！"

姜梨扭头，门外走来一名仆妇，仆妇手里还牵着个穿金丝小衫的孩童，五六岁的模样，生得也算瓷白可爱。

那孩童一进门，就挣脱了仆妇的手，径自跑向了姜老夫人。姜老夫人忙让身边嬷嬷扶着他，孩童熟门熟路地爬上姜老夫人的膝，搂着姜老夫人的脖子，突然看向姜梨，然后脆生生道：“你就是害死我哥哥的坏人？”

哥哥？坏人？

此话一出，周围都静了一瞬，季淑然斥道：“吉哥儿，不得胡说！”

那吉哥儿嘴巴一扁，委屈地看向姜老夫人。

姜老夫人没说话，姜元柏轻咳一声，才对姜梨道：“梨儿，这是你的弟弟，丙吉。”

姜丙吉？弟弟？

姜梨看向姜老夫人怀里的孩童，再看看扬起嘴角的姜幼瑶，恍然大悟。

被姜老夫人如此宠爱，又称呼季淑然为娘，看来当初姜二小姐谋害继母腹中胎儿之事，至少说什么继母再无法有孕是假的。

而面前这个，就是姜家长房嫡出的孙子、季淑然后来生下的儿子、姜幼瑶的亲弟弟、姜元柏唯一的儿子姜丙吉了。

一瞬间，很多事情姜梨都明白了。

难怪姜幼瑶敢明目张胆地抢姜二小姐的亲事，原来是季淑然生下了儿子，站稳了脚跟，叶珍珍彻底成为过去，长房完全翻篇。

这是有恃无恐啊！

姜丙吉的一句话，让姜梨此刻的处境十分尴尬。姜梨却像没听到姜丙吉的话一般，笑容丝毫不减，道：“这就是弟弟？真是可爱。”

姜丙吉高声道：“谁是你弟弟？你是杀人凶手！”

这话说一遍也就罢了，说两遍便有些刺耳。姜元柏沉下脸：“谁教你这么说的？”

姜丙吉脖子一缩，有些害怕，不再说话了。

姜老夫人瞪了一眼姜元柏：“说话就说话，朝孩子发火算什么？”她又看向姜梨，淡淡道：“二丫头，来见见你叔婶们吧。”

姜梨依言，这才抬眼看向其他人。

除了长房姜元柏以外，姜府还住着二房姜元平一家、三房姜元兴一家。

姜元平是姜元柏嫡出兄弟，如今是燕京城三品通政。夫人是乘务郎嫡女卢氏，门当户对。

姜元平生得大腹便便，笑眯眯的，倒是对姜梨十分和气。卢氏是典型的燕京贵女，穿着打扮十分讲究，长得纤细柔美，目光却透着精明。她褪下腕间一串碧玉珠子做礼，嘴里说着“回来就好”，不住地打量姜梨。

姜梨从善如流地接了。

至于三房姜元兴，是姜老太爷妾室的儿子，是庶子。虽是庶子，和姜家其余两房倒也相安无事，只是姜老夫人不怎么喜欢三房，对三房总是淡淡的。三房姜元兴生得清秀羸弱，有些腼腆，他的夫人杨氏是个泼辣性子，听说是司直郎府上的庶女。虽是庶女，司直郎怎么着也比姜元兴这个校书品级高，大约正因如此，杨氏总认为自己是低嫁，对待姜元兴十分强势。

姜梨与三房见礼的时候，杨氏就给了姜梨一对珍珠耳环。这珍珠耳环还是旧的，也不知是三房窘迫还是杨氏小气，总之和卢氏给的碧玉珠子一比，实在不值一提。

这便是姜梨的二叔二婶和三叔三婶，而卢氏身边还站着两个少年。年纪大点的十六七岁，长得肖似姜元平，胖乎乎、笑眯眯的。年纪小点的和姜梨差不多大，模样肖似卢氏，仪表堂堂，正盯着姜梨使劲瞅，见姜梨看过来，立刻将目光移开。

姜元柏道："这是你大堂兄景佑和二堂兄景睿。"

原来是二房的两位嫡孙。

三房杨氏有两位女儿，看上去和姜梨差不多大。大点的叫姜玉燕，模样平平，穿着也极为普通，看起来有些懦弱。小点的叫姜玉娥，倒是颇有小家碧玉的风情，穿着也比姜玉娥更鲜艳一些，盯着姜梨不知在想什么。

这，就是姜二小姐的家人了。

姜元柏见姜梨已经与亲人都打过招呼，便对季淑然道："夫人，你让人带梨儿去她的院子，奔波一路也累了，今日就早些休息。"

季淑然笑道："老爷就算不吩咐，妾身也早就安排好了。孙嬷嬷，"她吩咐道，"带二小姐去住的院子。"突然又想起了什么，对姜梨笑着开口："梨儿方回府，我瞧着你身边只有一个小丫鬟，用着也不妥当，便想着给你安排两个丫鬟伺候你。"她又对着高座上的姜老夫人道："妾身院子里的香巧和芸双不错，勤快又乖巧，想做主给二小姐，娘觉得如何？"

姜老夫人淡淡道："你看着办吧。"

季淑然便笑了，询问姜梨："梨儿喜不喜欢？"

姜梨瞧着季淑然温柔体贴的模样，只觉好笑。她实在想不明白，如今的季淑然有了嫡子，姜元柏的心也在季淑然身上，她为何还是如此不安，刚回府，便送了自己一双人在她身边。

姜梨笑笑："母亲的一片心意，梨儿自然喜欢，梨儿就却之不恭了。"

看着妻子和女儿相处和气，姜元柏轻松了许多，道："那便不要耽误了，先带梨儿住下。"

孙嬷嬷赶紧带姜梨离开。

姜府既然住了三房人，占地自然不小。姜梨随孙嬷嬷走着，姜府的路她并不熟悉，桐儿却是认识的，越往里走，桐儿的表情就越是古怪。

这一处院子实在很远，等到了的时候，姜梨看着院子门前的三个字，目光怔然。

院门口有块木质的小匾，字迹不算好看，却有种莫名的洒脱可爱。

芳菲苑。

姜梨心中说不出是什么感受，顿了半晌，才喃喃道："芳菲啊……"

"这是夫人当初养病的院子。"身边的桐儿小声提醒。

姜二小姐的生母叶珍珍嫁进姜家三年无子，一直到了姜元柏的通房都生下庶长女后，叶珍珍才怀上姜梨。可惜叶珍珍命薄，生下姜梨后身子便一日不如一日，半年后就去了。姜元柏正是考虑到幼女需要人照顾，才会不久后就娶季淑然进门。

叶珍珍当初养病的院子，就是这芳菲苑。

等孙嬷嬷离开后，屋里只剩下姜梨和桐儿二人。玉香也回承德郎府上柳夫人身边了，临走时，姜梨还托玉香向柳夫人表示感谢，改日定会亲自登门道谢。

到了晚上，芳菲苑热闹起来。先是季淑然派的裁缝过来给姜梨做衣裳，白日在姜府门口姜梨当着众人的面说的话，季淑然无论如何都糊弄不过去，为了挽回破碎的形象，季淑然自然要下血本，给姜梨做几件真正华贵的衣裳，还送了一匣子首饰。

姜老夫人也让人送了一些银子过来。比起首饰，银子倒更为实用些，没有银子，在这个姜府，姜梨可无法差遣人做事。

姜元柏也来了一回，瞧见芳菲苑布置得还算妥帖，说了几句话后就离开了。

等屋里点起灯时，季淑然送的两个丫鬟香巧和芸双来了。

这两个季淑然嘴里"勤快又乖巧"的丫鬟就站在姜梨的面前，给姜梨请安。

季淑然送来的丫鬟，只能做姜梨的贴身丫鬟。这二人穿的比桐儿实在金贵多了，尤其是香巧，腕间的一只金镯子竟是赤金的，色泽鲜亮。

芸双虽然站着请安，眼神却透出些倨傲，礼也行得漫不经心。香巧是个精明的，嘴巴也甜，一双眼睛转个不停，在季淑然送来的首饰匣子上打了个转，毕恭毕敬地向姜梨请安。

无论是什么形态，总归都是季淑然派来盯着她的人。姜梨只看了一眼这二人的神情动作，心中对这二人的秉性就有了大致了解。

芸双捧高踩低，目中无人，香巧贪婪拜金，见风使舵。都是小人，虽不是自己人，未必不可利用。

桐儿对这二人是横看竖看都看不顺眼，便将不喜直直白白地摆在脸上。

姜梨就摆了摆手，道："我这里没什么事了，香巧，你留下替我说说府里如今的情况，芸双，你先下去吧。"

芸双巴不得早点离开，立刻就应了。香巧留了下来，姜梨让她坐下，香巧连称不敢。

等香巧推辞一番坐下后，姜梨打开季淑然给的首饰匣子，从里面挑出一支红宝石蜻蜓发钗，塞到香巧手中，道："我刚回府不久，还得倚仗香巧姐姐提点，香巧姐姐也与我说说府里的情况吧。"

香巧咽了咽口水，她本该推辞的，可手里的宝石发钗沉甸甸的，她就怎么也说不出推辞的话。

姜二小姐不出手则已，一出手便是让人无法拒绝的诱惑！谁能抵抗？

思索了一下，香巧便想，看来二小姐是个没脑子的，既然如今自己在二小姐身边伺候，只要把二小姐哄高兴了，岂不是日日都能赚得盆满钵满。要说府里的情况，反正姜梨身边也没什么聪明人，还不是靠自己一张嘴来说？这样也没有背叛夫人，甚至还有两份银子拿。

想到这里，香巧高兴起来，便道："二小姐万万不可这样说，为您解惑是奴婢的本分，如今这府里……"却再也没把握着钗子的手放开。

桐儿急得抓耳挠腮，这香巧分明是不安好心，姜梨竟还给她这么厚重的打赏，要知道人心不足，可看姜梨眼下又分明听得很认真。

香巧直说得唾沫横飞，口干舌燥。眼见姜梨听得仔细，她不由得心中得意，她说的这些看似细致，其实大多都是在讲二房三房，至于长房夫人这边，可是一字也没透露。这二小姐也是傻，竟然听得深信不疑，自己说些无关紧要的话，就能得宝石发钗，可是难得的美差。

待说了半个时辰，总算是说得没话说时，香巧就道："回二小姐，这就是府里如今的情况了。"

姜梨听得入神，此刻香巧停住，她似乎有些意犹未尽，想了想，便道："既然府里没什么可说的，那就说说府外的趣事吧。"

"府外？"香巧一愣。

"对，就是燕京城近几年有什么有趣的事吗？听闻荣信陵的老太太三年前去世了，我记得我小时候她还给过我一方观音双面绣呢。还有，我听玉香姐姐说起过燕京城第一美人，她的夫君还是新科状元，听说前些日子她病逝了，是真的吗？"

没头没脑的，怎么突然说起这些无关紧要的事？香巧先是有些发蒙，再看姜梨仍是一脸认真地看着她，突然反应过来，姜二小姐在深山里太久了，想听些新鲜趣事。

香巧就道："确实是呢，荣信陵里的老太太三年前去世时，咱们府里的老夫人还去吊唁来着。您说的燕京第一美人的夫君是去年的新科状元郎，如今的中书舍人沈玉容沈大人吧。"

姜梨的心紧紧一缩，面上反而笑起来，说："正是此人。"

"沈大人可是个厉害的，奴婢听老爷曾和夫人提起过，这京城里的朝堂新秀，沈大人便是升迁最快的一个，是个真正有才华之人。他那夫人漂亮是漂亮，只是……"说到此处，香巧便停了下来，变得吞吞吐吐了起来。

"是那位夫人与人私通一事吗？"姜梨问。

香巧大吃一惊："您连这也知道了？"她赔笑道，"原本还怕说这事污了您的耳朵，没想到您早就知道了。也是，沈夫人妇德败坏一事早就尽人皆知了，您想想，沈大人哪里不好，年轻有为，青年才俊，这沈夫人居然还在外偷人，真是不知如何想的。”

“妇德败坏？尽人皆知？”

香巧有些犹豫地开口：“二小姐？”

姜梨笑了笑：“没事，你接着说。”

香巧顿了顿，就道：“这沈夫人做尽了下作之事，偏偏沈大人痴情，不仅不怪沈夫人，还待她一如往昔。许是老天爷看不过去，这沈夫人自从私通之事被人发现之后就病了，直到前些日子，大约一月前，喏，去了。所以说这就是报应。”香巧摇摇头，唏嘘道，“状元郎晓得妻子去了，很是伤心，在家不吃不喝三天三夜，差点跟着去了。陛下责备他堂堂丈夫气短无状，责备他告假不上朝的事，却也感念他重情重义，听老爷说，沈大人大约又要晋升了吧。”

姜梨笑着端起茶来喝了一口，道：“这沈大人还真是个长情之人呢。”

“确实如此。”香巧点头。

姜梨掩嘴，打了个哈欠，道：“行吧，今日你们陪我也乏了，我也准备早些休息，这里有桐儿伺候就行了，你先下去吧。”

香巧是季淑然的人，本该寸步不离地守着姜梨，不过今日她急于回去欣赏姜梨赏的这支宝石发钗，便立刻欢欢喜喜地应了，退了下去。

等香巧走后，桐儿才将门关上，着急道：“姑娘，那香巧不是个好的，是看您人好欺负，哄您银子呢。”

“她哄我，焉知我不是哄她？”姜梨微笑道，想的却是另一件事。

沈玉容和永宁公主狼狈为奸，害死了原配薛芳菲，却成全了自己的长情之名，以长情之名，还要博一个好名声，借机平步青云。

可这个长情之人，内心有多寡廉鲜耻、薄情寡义，只有天知道。老天若真的有眼，就不该如此不公。

好一个长情之人！

如今的沈玉容已经站到了足够高的位置，甚至因为身后有了永宁公主的支持，就算薛芳菲死而复生，与他也是云泥有别，无法伸手将他从云端拽下来。而一旦失去先机，沈玉容只会越走越高，越走越远，远到一个她无法触碰的地方。

幸而，如今她是姜二小姐，姜家在燕京城的官家里地位不低，背靠大树好乘凉，这是一条捷径。

只是，她必须想想办法，奠定自己在姜家的地位。一个说话有分量的姜二小姐做一些事情，总比一个无人问津的姜二小姐来得容易。

且不提心怀鬼胎的继母一家，也不提并不熟稔的二房三房，就连血缘关系最近的姜元柏，对她的那点感情，也不见得有多深厚。

怎么才能在姜家站稳脚跟呢？

薛怀远曾经说过，任何时候都要有自己的价值。

她必须让姜家人明白她的价值。

首辅府上的床榻，比青城山上的木板床软和多了。

桐儿一大早来服侍姜梨的时候，笑容都比往日灿烂了许多，叽叽喳喳说着昨夜里的床有多软，睡得有多舒服，屋子又是多宽敞多明亮。

芸双和香巧立在一边，伺候姜梨这种事，芸双压根儿就不愿意做，香巧做样子擦擦桌子陪姜梨说说话，粗活重活却一点也不沾手。

不过姜梨一点也不在意，等芸双去外头的时候，她拉了拉香巧的衣角，道："有件事想劳烦香巧姐姐。"

香巧一愣，笑道："二小姐有什么事吩咐奴婢就是了。"

"我这院子里如今人手怕是不太够，母亲没有给我这边安排粗使丫鬟，你和芸双姐姐是伺候我贴身起居的，桐儿一人也忙不过来。香巧姐姐在府里待了多年，应该与买卖丫鬟的婆子那头很熟，烦请香巧姐姐帮我安排一下，我去挑些洒扫的人。"

香巧听过，蹙起眉："二小姐，院子里丫头的人手都是要经过夫人同意的。"

"母亲爱怜我，却偏偏忘记了要与我这里安排人手，只会是平日里庶务忙碌，以至于忘记了我这边，我怎么好再叨扰她。不过是几个丫鬟，我想亲自挑一挑，香巧姐姐安排一下。"她随手从一边的匣子里拿起一只金镯子，套在对方手上，笑道，"可以吗？"

可以吗？

明晃晃的金镯子就套在香巧的手上，和她手上那只沉甸甸的赤金镯子不同，这只纤细、精巧，看起来不如自己手上那只厚重，可香巧知道，这样的做工和纹路，却比自己手上的那只更值钱。

"当然可以！"香巧一个劲点头，目光黏在镯子上怎么都挣脱不开。她跟了季淑然多年，季淑然出手可没有这位山野来的二小姐大方。香巧心中不由得纳闷，这位二小姐莫不是不知道这些首饰值多少银子，才会如此轻易地送给她？

姜梨便笑道："那就麻烦香巧姐姐了。"

香巧得了金镯子，心中既紧张又兴奋，当即就道："奴婢一定替二小姐办妥这件事，二小姐等着吧。"边说边退出屋去。

香巧走后，桐儿立在一边，姜梨看她欲言又止的模样，就道："我们出去走走吧，既然回家了，总要熟悉熟悉自己的府苑。"

"好啊！"桐儿暂时将心中的疑惑抛之脑后，"奴婢陪着您。"

姜梨和桐儿起身出了门，姜府很大，才出了芳菲苑，没走几步，听见前面有人声传来，姜梨停住脚步，抬眼一看，便瞧见几个人站在不远处的小亭里闲谈。

那几人也看见了姜梨，说话声停住，最中间的人一身桃红金丝软纱裙，花容月貌，格外娇艳。

正是姜府三小姐，姜幼瑶。

凉亭里，姜幼瑶的身边是三房的两位庶女。桌上放着一些茶点，姜玉燕和姜玉娥一左一右坐在姜幼瑶身边。

姜幼瑶见了姜梨，并未主动开口打招呼，倒是她身边的姜玉燕踌躇了一下，怯生生地喊了一声："二姐姐。"

姜梨在姜家行二，姜元柏娶了叶珍珍三年无子，身边的通房丫鬟却先怀了身子，按规矩这孩子不该生下来，只是叶珍珍心软，不忍心误了一双人命，孩子也就生了下来。那孩子出生第二年，姜梨就出生了，那位通房也顺势抬了姨娘。

听闻桐儿说，这位姨娘是个本分的老实人，从前是姜老夫人身边的丫鬟，平日里不争不抢，可惜仍旧是命不好。姜梨三岁的时候，也就是季淑然进门两年后，姜家大小姐在花园里玩耍的时候不慎从假山上掉下来摔死了，这位姨娘失去女儿，日日夜夜伤心，不久就没了。

姜梨对着姜玉燕点了点头，道了一声："四妹。"

姜玉燕容貌平常，胆子也很小，飞快低下头，好似在惧怕什么。

姜玉娥盯着姜梨看了又看，突然笑起来，道："几年不见，二姐和气了许多，难怪说家庙里磨炼人的性子呢。"

她一笑，颇有些柔弱摇曳的小家碧玉风情，只是话语却是刺人。姜幼瑶闻言，眼中闪过一丝轻蔑。

姜梨微微一笑，回道："家庙的确磨炼人的性子，五妹也不必遗憾，说不准日后有机会也能体会一番，来日方长。"

"谁要体会……"姜玉娥气急，刚开口，一直没作声的姜幼瑶却拉了一把她的袖子。

姜梨看向姜幼瑶。

季淑然的亲生女儿的确肖似季淑然，模样十分姣美，瓜子脸，琼鼻樱唇，杏眼桃腮，长得娇娇嫩嫩，穿着桃粉色的纱裙，就如吉祥楼里最珍贵的珠宝一般。她一扬眉，顿生千娇百媚姿态，和薛芳菲倾城绝艳的容貌不同，姜幼瑶的美是少女的、完完全全正在盛开的青涩之美。

老实说，生着这样的容貌，被人宠爱也是应该的。

姜幼瑶也在打量姜梨，在她的脑海中，庵堂里养了八年，姜梨就该是小心翼翼、任人践踏的卑微模样，谁知道八年过去后，姜梨回府的第一天，就在府门口狠狠将了自己和母亲一军。她心中痛恨地发现，即便姜梨穿戴皆不如自己精致，但并没有被自己比下去。

姜幼瑶深深吸了口气，率先露出一个笑容，道："二姐。"季淑然叮嘱过她，在姜府里，外人面前，万万不可表现出对姜梨的敌意。

"三妹。"姜梨也笑道。和姜幼瑶努力挤出来的笑不一样，姜梨的笑容自然而诚挚。

姜幼瑶只觉得恶心极了，突然道：“二姐已经及笄了吧？”

“是。”

姜幼瑶扬起笑容：“过几日我也要及笄了，二姐可不要忘记送妹妹礼物。”

姜梨怔了怔，回道：“是吗？既然三妹要及笄了，我一定会送上贺礼。”

“那就好，我听祖母说，及笄那一日，邀请了许多人前来，二姐刚回京，也好多认识一些人，说不准还会遇见熟人。”她意味深长地道。

姜梨没在意姜幼瑶的言外之意，想着姜二小姐当初及笄的时候，可是孤零零被扔在青城山，无一人记起。姜三小姐及笄日，就要大肆操办，明明都是姜府嫡出的女儿，差别未免也太大了。

她觉得有些没意思，便转身和桐儿往另一个方向走去，没想到才走了两步，差点就迎面撞上了一人。

“你走路没长眼睛啊！”那人没好气地道。

“是你先撞上我家姑娘的！”桐儿忍不住分辩道。

“这哪有你个下人插嘴的份。”那声音更怒，人一转眼却愣了，道，“姜梨？”

眼前的少年和姜梨年纪相仿，肤色微黑，生得也算俊俏，正是二房卢氏所生的姜景睿。

二房的两位少爷，大少爷姜景佑长得像姜元平，胖乎乎、笑眯眯的；二少爷姜景睿长得像卢氏，英俊些，脾气也坏多了。

此刻，姜景睿手里提着个巴掌大的竹笼，里面传来蝈蝈的叫声，他衣裳凌乱，额上冒汗，风风火火，姿态又嚣张，十足的纨绔子弟模样。

他看见姜梨，没有像姜幼瑶一般表现出强烈的敌意，也没像姜玉燕一般避之不及，这个态度似乎还很熟悉。

姜梨斟酌了一下，想了想，才温声道：“堂兄。”

此话一出，姜景睿仿佛吓了一跳，后退一大步，面上露出了嫌恶的表情，嚷道：“你胡乱叫些什么？”

姜梨面上带笑，心里却打着鼓，姜景佑比姜梨大一岁，姜景睿却只比姜梨大十来天，不晓得从前的姜二小姐是如何称呼姜景睿的。

姜梨还没想好接下来应当说些什么，姜景睿又看向她，突然啐了一口道：“你现在怎么这个样子？”

现在？这个样子？

姜梨不解。

那以前是什么样子的？

姜梨想着姜景睿方才的举动，试探地开口：“姜……景睿？”

此话一出，姜景睿的表情顿时缓和了，道：“这才像话嘛！叫什么堂兄，鸡皮疙瘩都起了一身！”

姜梨心想，看来姜二小姐与这位堂兄的感情倒是不错，私下里互唤对方名字。

姜景睿双手抱胸，道：“我还以为这辈子都见不到你了，没想到大伯父还有点良心，又把你给接回来了。”

“多谢你关心。”

姜景睿道：“不过你也别掉以轻心，有时间多讨好讨好大伯父，我那些兄弟都晓得了你回京的事……我看整个燕京现在都晓得了。他们背地里说你恶毒，我可都听见了。你要是不想再被赶出去，就放聪明点。”

姜梨无言。

姜景睿斜眼瞟了瞟远处，凉亭里，姜幼瑶三人的影子还在。姜景睿问：“喂，你刚才过来的时候，她们有没有为难你？”

“没有。”姜梨道，“说了几句话而已。”

姜景睿一听，好奇地看向她：“说了什么？”

“过几日就是三妹的及笄，三妹嘱咐我不要忘了礼物。”

姜景睿闻言，嗤笑一声，道：“一个及笄礼，还真当自己是公主了。”又看向姜梨，恨铁不成钢地指着她，“你是不是傻？她的话你没听出来什么意思？”

“什么意思？”姜梨不解。

“唉。”姜景睿老气横秋地叹了口气，“姜幼瑶的及笄礼一过，宁远侯家的人就该过来商定亲事了。你难道不知道，姜幼瑶的及笄礼，周彦邦一定会来的吗”

周彦邦，姜梨恍然，桐儿提过，宁远侯世子就叫周彦邦，也就是与姜二小姐原本定下亲事的夫君，后来被姜幼瑶鸠占鹊巢了。

难怪姜幼瑶方才说什么及笄礼邀请了许多人，说不准会遇见熟人，这熟人应当指的是周彦邦吧。若是真的姜梨，在及笄礼上看到周彦邦，要么悲伤难言不能自已，要么激动性烈失态于人前，总之是不痛快的，不亚于被人在心上捅上几刀。

桐儿担心地扶着姜梨，姜景睿还在兀自喋喋不休：“我看及笄礼你还是不要去了，你小时候就那么喜欢他，现在见了，只怕更不能割舍。木已成舟，你再不甘心也于事无补，还不如不见。”

姜景睿可真不会说话，要是真的姜二小姐听他这么劝自己，无异于火上浇油，雪上加霜，没被气死就不错了。

见姜梨不说话，桐儿小心翼翼道：“姑娘？”

姜梨笑道：“我没事。”

姜景睿问：“就算周彦邦来，你也要去吗？”他看着姜梨的脸，试图从姜梨脸上找出一丝伤心或者难过的神情。

不过他失败了。

“我如果不去，母亲和三妹会伤心的，父亲也会责怪我，我怎么能不去？况且，我的确有想见的人。”姜梨道。

姜景睿和桐儿了然，姜梨这还是对周彦邦割舍不下吧？不过这神情怎么又一点不像余情未了？

他二人都以为姜梨说的想见的人指的是周彦邦，却不知，她真正想见的人并不是他。

姜元柏是当朝首辅，千金及笄，必然有无数文人官眷前来观礼。沈玉容作为新科状元、朝廷文臣新贵，面上会和姜元柏打好关系。沈玉容的妹妹定会来观礼。

而且，她还是薛芳菲的时候就知道，沈如云心中爱慕宁远侯世子。沈如云心胸狭隘，争强好胜，肯定会来瞧一瞧周彦邦的未来妻子是何模样。

姜梨想见的人，就是薛芳菲的故人，沈家人。

她等着那些人来。

见过姜幼瑶，又见过姜景睿，姜梨这才花了许多时间将姜府的路摸清楚。

接下来的几天，出人意料般相安无事。这一日早晨，雨过天晴，难得地凉爽。姜梨用过早饭之后就告诉香巧，自己打算出门一趟。

芸双站得远一些，不动声色地侧耳听香巧问姜梨道：“二小姐怎么突然要出门？”

“我回府已经半月，整日都在府中，实在很闷。燕京城里这几年是什么模样，我也不晓得，只想出去走走逛逛。”不等香巧说话，她又道，“况且再过几日就是三妹的及笄礼，我总不能两手空空。”

香巧的眼珠子转了转，问：“姑娘是要去给三小姐挑及笄礼吗？”

“不错。”姜梨笑道，“顺便看看有什么其他的新鲜玩意儿。”

香巧的心顿时被勾得痒痒的，姜梨出去买东西，若是自己也跟去，说不准会得些赏赐。这位二小姐虽在庵堂里长大，出手却十分阔绰。单就是在姜梨身边待了半月，香巧得赏的首饰都快赶得上从前一年了。

她故意问：“二小姐，您这几日的花销也不小……”

“祖母送我的银子还没花。”姜梨打断了她的话，笑道，“足够买些不错的东西了。”

香巧一想，也是，姜梨打赏她的都是首饰，银子却一直未动，便道：“既然如此，奴婢就陪二小姐一道出门瞧瞧，奴婢从前跟三小姐出门过，知道燕京哪些铺子好。”

芸双有些不满香巧的反应，姜梨已经开口了，道：“那好，桐儿你也陪着我，麻烦香巧姐姐了。”

却是有意无意忽略了芸双。

等姜梨和香巧二人一道出了屋子后，芸双恨恨地啐了一口，转头就去淑秀园季淑然身边了。

出了姜府大门，桐儿松了口气。她在姜府这段日子也憋得慌，怕给姜梨惹麻烦，每日小心得不能再小心，一出来，顿时觉得连一向看不顺眼的香巧都没那么可恶了。

香巧也没含糊，出门就道：“二小姐，奴婢知道燕京最好的珠宝铺子就是吉祥楼了。”

“那就去吉祥楼吧。”姜梨好说话得不像样。

等到了吉祥楼，吉祥楼的伙计一看香巧来了，热络地与香巧打招呼，只是看到她身边的姜梨时，愣了愣，脱口而出：“这位贵人……”

往日都是香巧和季淑然、姜幼瑶一道来的，今日香巧单独陪着一位小姐模样的人。这位姑娘明明坐的是姜家的马车，模样却陌生极了。伙计心里嘀咕，不是姜家的庶女，莫非是姜家哪位亲戚。

正这样想着，却见香巧面上露出一个古怪的神情，迟疑了一下，她才别扭地开口：“这是我们府上的二小姐。”

伙计刚一听到“二小姐”这几个字，还没反应过来，面上热情地笑着，纳闷姜家什么时候有了位二小姐。待看到姜梨的脸时，他才猛地反应过来，差点被自己的口水呛住。

二小姐？姜家那位毒害继母幼弟，被送进庵堂修身养性的二小姐！

不是传言中的狰狞鬼面、煞气汹汹，也不是想象中的尖酸刻薄、凶狠好斗，面前的女孩子着月白罗裙、玉色小衫，妆容素净，正微微侧头看着他，仿佛觉得他很有趣，唇角还带着一抹微笑。

澄澈温和，眉眼秀媚，分明是菩萨座下的仙女玉童。

娘哎，这怎么能是姜家二小姐？

伙计只觉得脑袋晕乎乎的，什么都转不清楚了。

桐儿皱了皱眉，生气道：“这位小哥，是不打算迎客了？”

伙计立刻回过神，连声道歉，又偷眼看姜梨，见姜梨仍是笑容温和，并没有发怒的模样，本来清醒的脑子一瞬间又有些犯蒙。

他一边将几人迎进店里，一边想，今日怎么偏偏客人不多呢。眼下厅堂一个客人都没有，否则，让那些客人瞧瞧，这位恶毒的姜二小姐长成这副模样，肯定吃惊的不止他一人！

姜梨一行人进了吉祥楼，吉祥楼不远的对面矗立着一栋华美楼宇，金碧辉煌，仙乐飘飘。

楼上靠窗坐着两人，一人开口道：“你看，姜家人。”

对面，一只手提着茶壶轻轻斟了一杯茶，骨节分明的手竟然比细长茶壶还要瓷白几分。

“哦。”声音里也带了几分懒散的兴味，“熟人。”

吉祥楼里，姜梨三人还在挑首饰。

不知是不是惧怕姜梨的“恶名”，掌柜的和伙计皆是提起了十二万分的精神来应付姜梨。今日恰好也没别的客人，掌柜的几乎把所有新做的首饰都端出来任姜梨挑选了。

香巧本以为姜梨给姜幼瑶挑礼物，别说是尽心，指不定还会暗中下什么绊子，却没想到姜梨居然认真地挑选起来，甚至大方地买下一套红翡滴珠凤头头面，这一套头面，便是整整三百两银子。

姜老夫人给姜梨的那一匣子银子，统共也只有四百两，买下这套头面，可就只有一百两银子了。

再看姜梨，一点也不心疼，香巧觉得，自己实在不知道这位二小姐究竟在想些什么。

那掌柜的和伙计今日本是战战兢兢地伺候着，谁知道姜梨从头到尾都没刁难过他们，甚至比燕京别的高门千金还要随和，也觉得有些匪夷所思。

买过这套头面，姜梨三人出了门，正往马车边走去时，桐儿突然指着不远处的一家当铺对姜梨道：“姑娘，奴婢当初离京前在那里当了一块过世的娘给的玉佩，奴婢想再去瞧瞧，看那块玉佩还在不在，若是在，赎回来做个念想也好。”

姜梨就道：“你去吧。”又将方才剩下的银子交给桐儿，“用这些。”

桐儿推辞不了，只好拿着银子往当铺走去。剩下香巧呆呆地看着姜梨，姜梨对下人实在太好了，就连自己都在姜梨这里得了不少好处，真心实意地讲，有这样的主子，远比跟着三小姐或是季淑然要好得多。香巧心中有些遗憾，如果姜梨不是姜家的二小姐，注定会被季淑然对付，下场凄惨，那她其实愿意跟着这位主子，想来一定滋润得多。

她们三人在吉祥楼前的这番形状，尽数落入一边望仙楼窗前二人的眼中。

黄梨木桌前坐着的二人，一人浓眉大眼，黑色甲衣边缘绣着黄色绶带，似是军中人，灌茶的动作粗犷带着侠气。他大大咧咧地开口道：“那是姜家哪位小姐？怎么还去当铺？”

过了一会儿，对面的人慢吞吞地答道：“行二。”

“行二？”甲衣军士咂了咂嘴，突然回过味儿来，“姜二小姐？最近回京的姜元柏的长女？你说那个杀弟弑母的恶女？不能够吧？！”

站在吉祥楼前的二人，丫鬟打扮的不必说，另一人却是身材纤细，弱柳扶风。这甲衣军士可能眼力也不错，能大致瞧见姜二小姐的模样，嘴里喃喃道：“长得这么可怜，这是姜二小姐？我孔六看人从没走过眼，要么你认错人了，要么这小姑娘根本就没做那种事！”

对面的人没有理会他。

叫孔六的见友人不理，又追问了一句：“真的是？”

对面的人还是不理，孔六就明白了，这的确是真的。他道：“娘的，还真是人不可貌相。不过你怎么知道这是姜二小姐，你见过？”

对面的人答：“见过。”

“哎。”孔六摇了摇头，“传言不可信，都说这姜二小姐奇丑无比，我看着长得挺好的，清清秀秀的，是不是？”他问。

“寡然无味。”

孔六噎了一下：“那姜三小姐呢？姜三小姐长得可水灵吧？”

“庸脂俗粉。”

“啥？薛芳菲怎么样？那可是燕京第一美人，你必须承认她好看！”

“好看？”对面的人语气凉薄，“你让我评价一个……死人？”

他说话的时候，终于收回目光，看向对面的孔六。

这年轻人穿着一件绯红衣袍，领口处绣着黑金凤蝶，将他的脸也映得迷离妖冶。他有一双狭长的凤眼，眼尾微微上挑，本应是高傲的姿态，但因为眼角处的一颗红痣，就让他的高傲多了几分内敛的风情。

而他的唇薄薄的，偏又生得红艳，皮肤太白，于是深邃的五官就显得格外清晰。这年轻人的艳丽遮也遮不住，可他的姿态又是冷淡的，连提起的兴味看起来都有几分薄情。

孔六看得差点噎着。

不得不感叹，对面的人的确有资格挑剔世间美人，因他的长相，令他有资格将所有名声在外的美人都不放在眼里。

这就是肃国公姬蘅。

“算了算了，不提女人。”孔六挠了挠头，“右相最近的动作越来越大，已经在暗中拉拢去年的状元沈玉容。沈玉容大概还在观望，如果沈玉容能拉拢，右相和姜家在朝中的势力也就不分伯仲。”

“那你就去帮帮右相他老人家，”姬蘅的语气很温柔，“让状元郎务必被他拉拢。”

“过几日就是姜家三小姐的及笄礼，我看沈家要派人去探姜元柏底细。”

姬蘅道：“沈玉容被洪孝帝看重，姜元柏和右相争相拉拢他。不过，”他唇角弯弯，“他可不能被姜家拉拢。”

“我知道了。”孔六会意，“姜家以后的日子麻烦了。”

“可怜。”姬蘅轻轻叹息了一声，孔六顿感毛骨悚然，他知道，对面的这个家伙可不会真正可怜谁，相反，被他说可怜的人，结果一定很可怜。

也许是对姜家的未来感叹，孔六再看向吉祥楼前的人影时，心中带了几分唏嘘。他说：“你说姜家二小姐这么清纯可人的面相，那杀弟弑母的事，说不准是个误会，指不定人家没干过这种事。”

“不。”出乎意料地，姬蘅竟接话了，“以这位姜二小姐的面相，绝对有可能干出杀弟弑母这种事。”

孔六翻了个白眼，不说话了。

姜梨并不晓得自己在吉祥楼前的动作，被旁人尽收眼底。等到桐儿从当铺那头回来，对着她摇了摇头，道："奴婢之前的那块玉已经被人赎走了，不过在当铺里发现了一块很漂亮的玉佩，就买了回来。"说着摊开掌心。

桐儿掌心的玉佩成色一般，若说有什么特别的，就是玉上雕着一只胖狸猫，惟妙惟肖，栩栩如生。

香巧只看了一眼就移开了目光，倒是姜梨，看得目不转睛，接过来爱不释手，对桐儿道："确实很漂亮。"

"奴婢知道姑娘一定会喜欢，姑娘喜欢就拿着。"

姜梨也没有推辞就收下了，香巧看着在心中嘲笑，到底是在山上待了八年的土包子。

待回到姜府芳菲苑，天色已经很晚了。香巧不知道什么时候一溜烟不见了，姜梨心知肚明，她必然是回淑秀园给季淑然回话去了。

桐儿见屋里终于没人了，便掩上门，给姜梨倒了一杯热茶，轻声询问："姑娘，为何突然要奴婢赎回这块玉佩呢？这块玉佩又是谁的，有什么特别的？"

今日出门之前姜梨就告诉她，务必要帮自己赎回一枚玉佩，在吉祥楼前的一番话都是姜梨之前就教桐儿说的。什么过世的娘，都是瞎编的。

姜梨朝她笑了笑："你做得很好。"又摩挲着手中的玉佩，道，"这块玉佩是一位故人的，那位故人已经不在了。"

手中的这块玉佩，是当初她出生的时候，薛怀远亲自拿刀一刀刀刻的。薛芳菲的娘亲生薛芳菲的前一天晚上，薛怀远做梦梦见一只花狸猫来自家门前像模像样地作揖。薛芳菲出生后，阴阳先生给薛芳菲看命，说她一生飘零，红颜薄命，一向稳重端方的薛怀远气得提着棍子差点打死阴阳先生，嘴上说着不信，心中终究还是介意。远近的乡邻都说命薄的人最好取一个低贱的乳名，阎王小鬼听了，也懒得收贱命。

于是，薛怀远就没给薛芳菲取小字，而是直接添了乳名阿狸。

这块玉佩也是薛怀远攒了半年的俸禄，才从一个远游的商人手中买来的，并不昂贵，薛怀远亲自求了高僧开光，亲自凿刻，希望保佑薛芳菲一生平安顺遂。

后来这块玉佩陪着薛芳菲一起到了燕京城，沈玉容中状元被点中书舍人后，上下都需要打点应酬。沈家家底太薄，薛芳菲将自己的嫁妆全部拿出来，最窘迫的时候，连这块玉都当了。

本想着等过些日子家里好转些，就把玉佩赎回来。谁知道没过多久就出了寿宴一事，她名声尽毁，无颜出门，到死也没能赎回这块玉。

桐儿见姜梨不知想到什么，眼神竟十分苍凉，忍不住开口："姑娘……"

姜梨回过神，笑道："无事，虽然故人不在了，我还在。"

虽然薛芳菲不在了，姜梨还在。薛芳菲没能赎回这块玉，姜梨却赎回来了。

薛芳菲乳名阿狸，姜梨单名一个梨字，或许冥冥之中的这点缘分，就让她代替了这位可怜的姑娘，重新回到了燕京城。

姜梨，将离，名字的寓意并不好，可原先的薛芳菲一辈子到底也没有繁盛芳菲，可见命运终究还是在人自己的手里。

桐儿眨了眨眼睛，见姜梨笑了，也跟着舒了口气，又想到了什么，道："淑秀园的两个丫鬟平日里什么活都不干，今日来的外院几个洒扫的也惯会偷懒。姑娘不能一直由着她们，季氏不管这事，老爷不好插手后院，老夫人总得管管吧！"

"老夫人对我并不亲近，我要是提出此事，管得了一时，管不了一世。此事还是我自己来解决。"姜梨摇头。

"姑娘打算做什么？"

"你这几日就多在芸双面前嘀咕嘀咕我给了香巧多少好处。"姜梨道，"我那一匣子季氏送的首饰，大半也都在她那儿了。"

"姑娘是想离间她们？"桐儿立刻问道。

"她们之间本就不算亲密，谈不上离间。"姜梨笑笑，"这只是给她们一点小小的考验罢了。"

淑秀园里，香巧站在屋中，桌前，姜幼瑶正在练字，却是心不在焉。

季淑然问："红宝石头面？"

"是的，吉祥楼里出的红宝石头面，四百两银子，奴婢亲眼看到的。"香巧道。

"四百两银子的头面算什么，果真寒酸。"姜幼瑶不屑。

"虽说不算多少，却也不会掉脸面。"季淑然沉吟，"大约和二房你两个堂兄送的差不离，按理来说，也挑不出错处。"

香巧闻言，心中有了计较，季淑然这话的意思，分明就是要在姜幼瑶的及笄礼上做文章。

"娘，怎么能让她好过？"姜幼瑶放下笔，急忙看向季淑然。

"这些日子她刚回京，柳元丰这头看着，你爹也对她心有愧疚。不过，要得到人的厌恶，也很简单。"季淑然道。

"怎么做？"姜幼瑶眼睛一亮。

"别忘了，她还有一个恶女的名声，杀弟弑母的过去，哪有那么轻易被抹杀。眼下是时间过得太久，人们都快忘了。一旦人们记起来，她就没有活路了。"季淑然笑得贤淑，"燕京的贵人们，最沾不得污泥。"

香巧心中一跳，眼睁睁瞧着季淑然朝她看过来。

第二章　**燕京**

七月初三是姜幼瑶的及笄礼。

从头天晚上开始，整个姜府都忙碌了起来。桐儿自己去厨房找了点剩下的糕点，一边拿给姜梨，一边愤愤然道："不过是个及笄礼，都是正经的姜家小姐，厚此薄彼到这个地步，实在太过分了！"

姜梨宽慰她："姜幼瑶本就是大房的掌上明珠，及笄礼是大事，当然不能怠慢。"

"姑娘，您说话的语气，不知道的还以为您是外人呢。"桐儿道，"芳菲苑的下人，除了外面洒扫的，一个人都没了。那芸双说到底只是个丫鬟，成日动不动就甩脸子给人看，这也罢了，那香巧拿了您那么多首饰，今儿个人影都没见着，大约又去季氏那头邀功去了，真是养不熟的白眼狼！"

"香巧是季氏的人，我的匣子都给她掏空了，她当然没理由再在我跟前讨好。至于芸双，我对香巧那么好，她什么便宜也没占到，当然心中更恨我偏心。"姜梨吃完一块糕点，喝了半口茶水漱口。

桐儿道："姑娘，今日三小姐的及笄礼，他们该不会不让姑娘去观礼吧？"

姜梨笑了笑："不会的。"

桐儿问："姑娘怎么如此笃定？"

"戏台子都搭起来了，我若是不出场，这场戏他们怎么唱下去？"姜梨笑得温柔，"不可能的。"

话音刚落，就见香巧从外头走进来，笑眯眯地道："二小姐，您快些梳妆打扮吧，今日三小姐的及笄礼，贵人们陆陆续续都来了，夫人她们都等着您呢。"

姜梨面上浮起一个惊喜的笑容，道："真是太好了。"

真是太好了，戏终于要开场了。

姜府今日来了不少人。

为姜幼瑶行礼的正宾是季淑然的嫡亲姐姐，如今的议郎夫人陈季氏。季淑然有两个姐姐，一个是陈季氏，另一个在洪孝帝的后宫，如今的丽嫔。季淑然如今在姜家说话有地位，除了副都御史季家在朝中地位越发重要以外，也是因为要看在丽嫔的面子上。

洪孝帝十分宠爱丽嫔。

正厅里，已有不少夫人来了，都是燕京的贵人，谈论的都是近来的趣事，甚至承德郎柳元丰的夫人柳夫人也来了。

柳元丰虽和季家不对头，和姜家表面上却没有直接交恶。柳夫人今日来观礼，也只是想借故看看姜梨生活得怎么样。

季淑然坐在诸位夫人身边，她生得温柔美丽，长袖善舞，说话又是八面玲珑，不一会儿就和贵人们打得火热。姜玉娥和姜玉燕也早早来了。姜玉燕穿着紫色深衣，容貌平平，并不起眼，隐没在人群中，一言不发地陪着自己的母亲杨氏坐着。

姜玉娥却是个不甘平凡的，穿了一身鹅黄色轻薄小衫裙，绾了一个红豆髻，越发显得小家碧玉，楚楚动人。她眼角眉梢都是轻快的喜色，也尽力寻着话和一些贵女说，希望能攀上一些关系。

贵女中，厅中往左坐着二人。一人已是中年，眼角都是皱纹，乍一看比周边的夫人衰老许多，却穿得极为华贵，只是那华贵又有些不伦不类，并不怎么适合她的样子。

她的身边坐着一个年轻女子，十七八岁，容貌算清秀，只是脸细而窄，颧骨略高，显得有些刻薄。这女子穿着极尽富贵，在一众贵女中格外引人注目。只是她眉目间隐有不耐，低声问身边的妇人："娘，姜幼瑶怎么还不出来？"

这二人正是当今中书舍人、去年的状元郎沈玉容的母亲和妹妹，沈夫人和沈如云。

沈如云十分不耐。

自从沈玉容中状元，又被洪孝帝钦点中书舍人后，水涨船高，沈如云的地位也跟着节节攀升。沈玉容前途无量，又是青年才俊，还得了永宁公主青眼，日后他们沈家更是贵不可言。

沈如云心里有个人，便是燕京城出了名的美男子，宁远侯世子周彦邦。在从前，沈如云只得在心里默默地想着他，如果说周彦邦是天上的云，她沈如云就是地上的泥。可现在不一样了，身份的改变让沈如云晓得，自己也有资格站在周彦邦身边，成为周彦邦的妻。

周彦邦自小就有婚约，即是当今首辅千金姜二小姐。只是姜二小姐性情狠毒，小小年纪就杀弟弑母。宁远侯家自然不能让这么一个狠毒的小姐进门，又不能悔婚，于是亲事仍旧作数，成亲的人选却从姜二小姐变成了姜三小姐。

今日是姜幼瑶的及笄礼，众人心知肚明，姜幼瑶一旦及笄，和宁远侯世子的亲事也就将近了。

沈如云正是因为心中不甘，才特意跟着沈母过来瞧瞧周彦邦未过门的妻子是何模样。甚至为了将姜幼瑶比过去，她特意换了鲜艳的衣裳。

一名与季淑然交好的妇人道："听闻府上二小姐前些日子回京了，不知今日会不会观礼？"

"自然会的。"季淑然笑道，"这会儿大约还在梳妆，来得迟了些。"

此话一出，周围的夫人便道："这二小姐许久不回燕京，也不知对燕京的规矩还记得多少。当初年纪还小便难以管教，如今……"话没说完，剩下的意思却不言而喻。

季淑然适时叹了口气，坐在杨氏身边的姜玉娥眼珠子一转，就道："本来二姐是赶不上三姐的及笄礼的，只是上个月待的庵堂出事，不知怎的，大伯父就让人将二姐接了回来。"

姜玉娥这话说得有些囫囵，听在旁的贵夫人耳中却又是另一层意思。最初与季淑然说话的那位夫人轻声道："我看府上二小姐是个有本事的。"

暗示姜梨能回燕京，也是费了好一番周折，是个有心眼的，不好对付。

柳夫人在一边听着这些夫人说话，有心想为姜梨辩解几句，奈何附和的人实在太多，整个来姜府观礼的人，面上都与季淑然交好，只怕她就算这头在说话，也无一人听得进去，甚至给姜梨招来麻烦。

姜玉娥内心得意起来，他们三房在姜府不受重视，只凭杨氏和姜元兴，这辈子也混不出什么名堂。倒不如好好讨好这位大伯母，要是把季淑然哄高兴了，就是吃点残羹冷饭，也是好的。

杨氏一边愤愤自己的女儿对季淑然的巴结丑态，一边又不得不让姜玉娥这么做。

卢氏离他们远些，也兀自坐在一边，嘴角泛起一丝冷笑，似乎十分瞧不上姜玉娥的这般作态。

正说着话，及笄礼开始了。

姜元柏和季淑然站起身，立在庭中，东面台阶位。客人们立在庭外，有司托着铜盘，立在西面台阶。

姜幼瑶在丫鬟的簇拥下缓缓而来。

今日为了成礼，姜幼瑶穿着绯色大袖长裙礼服，梳着双鬟髻，方便等会儿绾发。她本就生得娇媚烂漫，少女独有的芬芳令在场的所有人都觉得美好。姜元柏从小娇养着她，更让她精致如珠玉琳琅。而这般鲜艳的颜色，立刻让她在宾客中十分鲜明。

美人是比出来的，沈如云亦是衣饰鲜艳，然而无论养尊处优的气质，还是美貌，都差得姜幼瑶太多了。

年幼的姜丙吉也来观礼，坐在姜老夫人身边，喊道："三姐好漂亮！"

姜幼瑶闻言，心情愉悦，霎时间扬起一个笑容。晨光熹微，她一笑，明艳动人，极是娇俏，直教人看直了眼。

众人都看得呆住。

姜幼瑶见此情景，心中得意，更为高兴，正要说话，陡然间察觉出有些不对。那些宾客的目光，隐隐越过了她。

他们在看她身后？

身后有什么？

姜幼瑶疑惑地转身，抬眼，就看见有窈窕少女缓步行来。

那女孩子是从庭院另一侧而来，姜家的庭院里花木众多，她便一路分花拂柳，却无端让人觉得柔软芬芳。

和姜幼瑶的明艳不同，这女孩子穿一件浅鸭青色襦裙，衣裙上甚至连朵绣花都没有，素淡至极，更衬得一头长发乌黑如墨，用同色的青玉发簪绾起一小簇。

她脸庞洁白，眼神清澈，唇角含着温柔笑意，如长裙的颜色一般皎洁。

不够明艳，却灵秀通透，如果姜幼瑶是珠宝，她就是未经雕琢的璞玉。

未经雕琢，也不必再雕琢了。

姜幼瑶呼吸一窒，指甲险些掐进了掌心。

他们在看她身后。

身后有什么？

身后是姜梨。

他们看的是姜梨。

迎着庭中众人各异的目光，姜梨脚步轻快，动作闲适，仿佛漫步花丛中的踏青小姑娘。

她走到庭院中，在姜幼瑶身边停下脚步，对姜幼瑶笑道："恭喜三妹今日及笄。"又对台阶上的姜元柏和季淑然歉疚地笑了笑，道，"不知及笄礼在中庭，想找个下人带路，奈何今日繁忙，府中人手不够，找不着带路的人，只得自己找来，费了许多时间，父亲母亲勿要生姜梨的气。"

周围人一听，俱是深思起来。堂堂一个首辅的府邸，怎么会出现人手不够的情况？姜梨找不着下人，分明就是有人故意不带她过来，大约就是为了让她迟到出丑而已。

众人想着想着，突然又回过神，刚才这女孩子说什么？姜梨？

就是那个杀弟弑母的姜二小姐，姜梨？

来观礼的贵人，要么是年纪大姜梨一轮的长辈，要么是和姜梨年纪相仿的小辈。小辈们没见过姜梨，长辈们见过的姜梨，也是许多年前的年幼姜梨。

在燕京城贵人的嘴中，姜二小姐大多是一个想象出来的模样，人们口口相传，姜二小姐虽不是什么青面獠牙的夜叉，至少也是个凶目横眉的刻薄相。

面前的女孩子太过纯澈温柔，甚至于她的柔和和灵秀，都快要把姜三小姐给比下去了。这样的人杀弟弑母，实在难以想象。

季淑然在姜梨出现的一刹那就脸色微变。

姜元柏挥了挥手，道："无事。"

姜梨就站在卢氏身边，作势观礼。

姜梨的出现吸引了庭中众人的目光，姜幼瑶心中气恼极了，却不好表现出来，只得按捺住心中的愤怒，继续这场及笄礼。

宾客落座，姜元柏起身致辞，赞者是燕京城一位德高望重的女夫子，为姜幼瑶梳过头。有司奉上罗帕和发簪。

陈季氏走到姜幼瑶面前，高声吟唱祝词：“令月吉日，始加元服。弃尔幼志，顺尔成德。寿考惟祺，介尔景福。”跪下为姜幼瑶梳头。

姜玉娥站在杨氏身边，眼瞧着姜幼瑶在台上成礼，眼中难掩渴望和羡慕。她的及笄礼，断然不会如姜幼瑶的这般盛大。想到这里，她终究有些不甘，忍不住去看姜梨。

同为姜家嫡出的女儿，姜梨瞧着姜幼瑶的及笄礼，再想想自己，大约会更愤恨难平吧。可当她看去，却见姜梨盯着台上的姜幼瑶，平静得像陌生人。

这怎么可能?

难道姜梨没有感到愤怒，感到不公平不甘心吗?

不仅是姜玉娥，周围的许多宾客也在观察姜梨的神情。

可姜梨就这么看着，唇角噙着的笑容也十分真切，仿佛真心为姜幼瑶感到高兴。

周围的人都迷惑了。

三拜三加完成，姜幼瑶跪在姜元柏和季淑然面前，听完聆训，揖谢礼成。

礼成之后，便是宾客们送上及笄礼的时候。

为了表现出对姜家的友好，这些贵人出手大方，礼物一个比一个珍贵。姜家里，除了三房送的轻些以外，其他都是重礼。

姜幼瑶捧着姜梨让桐儿送上的盒子，笑盈盈地看向姜梨，道：“二姐，我可以现在打开你送的及笄礼吗？”

她的笑容还有些不好意思，介于少女和大姑娘之间的羞怯，让她显得格外烂漫。

宾客们都停下脚步，看向姜梨。

姜梨笑了笑：“当然可以。”

香巧远远地站在人群之后，手心不知何时渗出了一点汗珠。平心而论，这些日子，姜梨对她不错，赏赐丰厚以外，还十分和气，比姜幼瑶和季淑然好了不止十倍。

只是，香巧心中遗憾地想，这世上并非好人就会有好报，人善被人欺，马善被人骑，是三岁小孩都明白的道理。

姜幼瑶低下头拉开盒子，无人看见她嘴角笑容加深，然而只是转瞬，她就惊叫起来，仿佛受到了极大的惊吓，失声道：“天啊，这是什么？”

姜幼瑶的一声惊叫，瞬间将庭中尚且欢乐融融的气氛打破。离得近的宾客，下意识就往姜幼瑶手中的匣子看去。

姜元柏和姜老夫人离得远些，看不清楚匣子里是什么。卢氏和杨氏站起身抬头张望，姜景睿站在男客的一头，想上前看清楚，却被姜元平拉住。

姜幼瑶还未说话，身边的丫鬟金花却伸手将匣子里的东西捧起来，抬头怒视着姜梨，喝道：“二小姐，您这是何意？”

众人这才瞧清楚，丫鬟手里捧着的，是一套红宝石头面。这红宝石头面乍一看价值不菲，只是眼下宝石头面上面，斑斑驳驳全是刀痕，刻得极为细密，让人一看便不由得倒吸凉气。

“二小姐，奴婢们知道您心里不痛快，也不喜欢三小姐，可三小姐的及笄礼，您送这种东西，也实在太过分了吧！”这丫鬟的语气对姜梨实在算不得恭敬，可她的举动没人计较。

姜梨的目光落在红宝石头面上，眼中闪过惊讶之色，眉头随即蹙起，摇头道：“不是的，这红宝石头面自买来后便一直被我收着，从未碰过。我不知道怎么会变成如今的模样。”

“是不是有什么误会？”季淑然也走过来，“是不是这头面的问题，梨儿上当受骗了？”

“怎么会？”桐儿嘴快，立刻道，“这是姑娘特意去吉祥楼为三小姐挑的及笄礼，整整四百两银子。吉祥楼的珠宝，怎么会有问题？”

竟是在吉祥楼买的。

宾客们看向姜梨，神色各异，既然能用四百两银子给姜幼瑶买头面，一来说明姜梨出手大方，二来说明首辅家并未亏待姜梨，姜梨的手头还是很宽松的。

“不是头面的问题，头面好端端的，也不会自己裂开，这分明就是刀割开的口子。”姜玉娥突然开口了，“二姐，你不喜欢三姐就算了，何必平白浪费了这么一副头面呢？”

杨氏没料到女儿会突然开口，想要捂姜玉娥的嘴已经来不及了。姜玉燕怯怯地拉了一把姜玉娥的衣角。

姜梨看向姜玉娥，她的神情有些不解，对姜玉娥道：“五妹何出此言？我并未不喜欢三妹。”

“何出此言？”姜玉娥见季淑然的目光里分明透着满意，心中底气更足，接着道，“你若是喜欢三姐，当初也不会推倒大伯母，害大伯母小产。你在庵堂里待了几年，怕是心中对大伯母有恨。你干脆将恨意发泄在头面上，故意送给三姐，这是诅咒三姐呢！”

“玉娥，住嘴！”杨氏忍不住制止她。要知道这会儿姜玉娥讨好了姜幼瑶不假，可也把姜梨给得罪了。瘦死的骆驼比马大，姜梨再怎么落魄，也是姜元柏的亲生女儿，谁知道会不会有一天又得势？

姜玉娥把想说的都说完了，便也不再开口。再看周围的宾客，看姜梨的目光分明就带着忌惮。

蛇蝎心肠，心狠手辣。

柳夫人终于忍不住了，道：“姜二小姐心地善良，不是那样的人。”

话音刚落，人群中就不知道是哪位夫人小声说了一句：“看起来心地善良的人才最可怕，知人知面不知心。”

话音虽小，却又能清清楚楚地钻进众人耳朵。柳夫人气得脸色铁青。

姜幼瑶却在这时候小声啜泣起来，轻声道："二姐为何如此待我？我本来以为，二姐早已和我们解开心结……"

"我并没有什么心结，也没有破坏这副头面。"姜梨瞧着她，仿佛有些无奈，"只是你们不相信罢了。"

"坏人！坏人！"姜丙吉突然在嬷嬷的手里吵闹起来。

"都闹够了没有！"姜老夫人突然高喝一声，扶着拐杖在丫鬟的搀扶下站起身。她冷冷地环顾了一下周围，宾客们登时噤声。姜老夫人看向姜梨，冷声道："这头面真的不是你刻的？"

姜梨道："不是。"

"你如何证明？"她问。

姜梨看向姜老夫人的身边，姜元柏瞧着她，目光有些动摇。季淑然却是以袖掩面，仿佛十分伤心。卢氏倒是装也不装，一副看好戏的神情。至于杨氏，瞪着眼睛，正和姜玉娥提醒着什么。

整个姜府，都是作壁上观的人。除了一个桐儿，她的身边似乎没有一个人。

"可以让我的丫鬟香巧来为我证明。"姜梨道，"头面买来后，一直都是香巧替我收着，我没有碰过。"

姜老夫人吩咐身边人："把香巧叫过来。"

须臾，香巧被人带了过来。姜梨问她："香巧，那副头面是你替我收在匣子里的，你可看清楚了，我并未碰过。"

香巧低着头，身子微微颤抖，久久不见回话。正当众人心中奇怪的时候，香巧突然一下子跪倒在地，哭道："二小姐，对不起，奴婢不能说谎。"不等姜梨说话，她又面向姜老夫人磕了个头，喊道："老夫人，奴婢全都说出来，那副头面就是二小姐拿刀刻坏的，奴婢亲眼所见！"

一片哗然。

反应最激烈的是桐儿。桐儿立刻挡在姜梨面前，大声反驳："胡说八道！血口喷人！我家姑娘从来没有做过这种事，你的良心都被狼叼了去，竟然如此诬蔑我家姑娘！"

香巧看也不看桐儿，反而对着姜老夫人又砰砰砰一连磕了几个头，哭道："奴婢不敢说谎，若有半句虚言，天打雷劈！"

"你！"桐儿气得说不出话。

姜玉娥嘲讽地开口："二姐，你自己身上一件首饰也没有，却给三姐买一副四百两银子的宝石头面，可真是出手大方。这必然是姐妹情深才能做到如此，你回京都不到一月，没想到与三姐的感情竟然如此之好了。"

这话的意思就是，姜梨本就和姜幼瑶不对盘，又怎么会好心花费大价钱给姜幼瑶买这么一份贵重的及笄礼，分明就是做了手脚。

姜幼瑶抬起头，她的眼圈通红，悲伤地开口道："二姐，你回府，我十分高兴，可没想到，你心中还是对我有怨。"

"梨儿，"季淑然将姜幼瑶搂在怀中，看向姜梨，"你若是对我有什么不满，可以冲着我来。我自认做了你的母亲，事事照顾你，向着你，诚心待你。我不奢求你能接受我，只盼着你能看在你父亲的分上，咱们一家人好好相处。这些便也罢了，可幼瑶是你的亲妹妹，你怎么狠得下心诅咒她，莫非……你真的不顾念血缘亲情了吗？"

这母女二人娇弱可怜，一时间倒是激起了不少人的同情心。尤其是季淑然的最后一句话，让人联想到姜梨曾害得季淑然失去过一个孩子。在场的妇人心软，有了孩子的，更是偏心季淑然。有人窃窃私语道："难怪后娘不好当，摊上这么个小姐，圣人也得被为难。"

姜老夫人面沉如水，好好的一场及笄礼，到了眼下反倒像场闹剧。

姜元柏也有几分恼怒，季淑然的一席话，又勾起了他的愧疚之心。终究是姜梨顽劣，害季淑然失去一个孩子，那也是他的孩子。今日姜梨又做出这等恶毒之事，这些日子因姜梨与他相似而产生的一点亲情顿时烟消云散了。

姜元柏道："劣女，还不跪下？"他被失望冲昏了头，没有顾虑后果，倘若姜梨真的这么跪下去，就算日后还留在姜家，也永远无法在燕京贵人们面前抬起头，更不用说谈婚论嫁。

姜幼瑶的眼中闪过一丝喜色，柳夫人急得正要开口，却见姜梨一扬眉，反问道："为何要跪？"

谁都没料到姜梨竟然会当着众人的面顶嘴，连姜元柏也呆了一呆。

"你心术不正，诅咒嫡妹，我身为你的父亲，必须好好管教你，跪下！"姜元柏怒道。

姜梨看着他，吐出两个字："不跪。"

竟是针锋相对。

不等姜元柏说话，姜梨就又开口了："我犯了错，父亲想要管教我，这是顺理成章的事。不过父亲，在我没有亲口承认我犯下的错之前，您要做的是不是先相信我、帮助我，而不是帮着别人陷害我、管教我？"

"你竟然狡辩？"姜元柏气得浑身发抖。

"梨儿，香巧都说亲眼所见，你到现在还不承认此事是你所为吗？"季淑然道，"你父亲虽然生气，可你是他嫡亲的女儿，你好好认错，道个歉，此事也就不提了。"

季淑然说得十分大度。

姜梨有些好笑，承认错误道个歉，此事就不提了吗？当然不是，一旦承认这个莫须有的罪名，她姜梨便是性情恶毒，永远无法翻身了。

虽然她自己并不在乎这些虚名，可是那个可怜的姑娘，真正的姜二小姐不会这么想的。

姜梨道："做过就是做过，没有做过的，我也不是好脾气的替罪羔羊，谁都能把不知名的脏水往我身上泼。今日我就在这里说了，那副头面上的刀痕，不是我刻的，在这里的诸位，谁信我？”

众人瞧着她。

女孩子说话温温柔柔、和和气气，眉眼秀美婉约，可，竟是不由分说的固执和坚韧，仿佛能从那双溪水一般的眸子里看见不可撼动的倔强。

无一人说话。

那些宾客都将目光投往别处，说到底，这也只是姜家的家务事。姜老夫人盯着姜梨，不知道在想什么。姜元柏的目光里满是恼怒和痛惜，姜幼瑶和季淑然搂在一块儿，伤心流泪。

再往后，姜丙吉充满敌意地瞧着她。姜玉燕诺诺，姜玉娥得意。杨氏的目光闪躲，卢氏看好戏一般。姜元平笑眯眯地作壁上观，姜元兴低着头当没看见。

而姜景佑和姜景睿，此刻凑在一起窃窃私语，仿佛没有听到姜梨的话。

真的没有听到吗？不过明哲保身罢了。

姜梨一一扫视过去，嘴角微微扬起，只是那笑容里却带了三分讽意。

偌大一个姜府，血浓于水的亲人，站在她身边的，相信她的，竟无一人。

姜二小姐真可怜啊，姜梨心中叹息，却不知道这叹息究竟是为了姜二小姐，还是为了她自己。

一片寂静中，突然有一个脆生生的声音响起，十分洪亮，正是挡在姜梨面前的小丫头桐儿。

桐儿大声道：“奴婢相信姑娘！”

姜梨一怔，还未说话，就听见另外一个女声响起，有人道：“我也相信姜二小姐没有做过此事。”

姜梨回头一看，却是青城山上与她有过一面之缘的柳夫人。柳夫人见姜梨看向自己，就对着姜梨露出一个安抚的微笑。柳夫人道：“说到底，现在所谓的证据，也就是这个丫鬟的一面之词。”她看了一眼瑟缩在脚下的香巧，继续道，“这丫鬟可以说姜二小姐做过此事，姜二小姐也可以说自己没有做过此事，无非是各执一词罢了。姜大人身为内阁首辅，不相信自己的女儿，却相信一个非亲非故的丫鬟，如此行事，朝中人只怕不服。”

姜元柏愣了一下，柳元丰和季家有龃龉，和姜家却相安无事。柳夫人这会儿却不惜拼着得罪姜家，为姜梨说话。

姜梨心中涌上一阵暖流。

姜玉娥见季淑然和姜幼瑶不好开口，这件事自然又落到了她头上，就用不轻不重的声音道：“是各执一词，不过姜梨从前不是没有做过这种事，她的确可能做呀！”

对呀，姜梨从前就害得嫡母小产，现在只是诅咒嫡妹，又有什么不可能？

姜梨心思歹毒，性情暴戾，刻薄寡恩，是养不熟的白眼狼，谁都知道。

这样的人，做这样的事，很平常，很自然。

眼看着此事再无转圜余地，姜梨才慢慢开口，问：“香巧，我再问一遍，你可是亲眼所见，我是一刀刀一道道刻在这副头面上？”

香巧抬起头，触到姜梨平静的目光时，不知为何心中一颤。她定了定神，硬着头皮道：“奴婢是亲眼所见，二小姐说恨夫人和三小姐，以为三小姐抢了老爷的宠爱，要诅咒三小姐……”

众人哗然，有人道：“果然如此，真是歹毒啊……”

姜元柏的脸色更不好看，姜幼瑶和季淑然的哭声更大了。陈季氏清了清嗓子，道：“姜大人，这件事你一定要给个说法。幼瑶身上也流着一半季家的血，此事若是不理清楚，咱们就进宫让丽嫔娘娘说理去！”

陈季氏的恐吓也并未吓到姜梨。她只是轻声道：“香巧是母亲赐给我的丫鬟，若是香巧说谎……”

“不可能。”季淑然摇头，“香巧是家生子，是我看着长大的，人品、性情都信得过，手脚又勤快。如果不是梨儿你刚回府缺丫鬟，香巧我本是想留着的。”

桐儿忍不住冷笑一声，人品性情好，手脚又勤快？哄鬼去吧！

姜梨低头看向香巧，香巧仍然匍匐在地上，她低着头，感受到头上姜梨审视的目光，脊背渐渐爬上一层凉意。

本来是万无一失的事，就在此刻，香巧的心中却突然掠过了一丝不安。这不安转瞬间变得大了，让她的心里萌生出退意。这当然是不可能的，她也只能将这出戏唱下去。

“我也觉得香巧很好，这些日子她在我身边，一直陪我聊天解闷，托她的福，我回府后过得也不乏味，所以当她背叛我的时候，我才感到十分伤心。”姜梨道。

香巧连忙道：“二小姐，不是奴婢背叛您，而是奴婢……奴婢实在不能看着您这么一步步错下去，奴婢实在没办法违背自己的良心啊！”

“良心？”姜梨轻声反问，突然笑了，“你有吗？”

香巧道：“奴婢不知道自己做了什么……”

“我也不知道自己做了什么，你要背叛我。”

“够了，二丫头，”姜老夫人终于开口，“你到底要说什么？”

姜梨收回落在香巧身上的目光，环顾周围，慢慢道：“既然大家都不相信我，我就必须要找出此事非我所为的证据，否则这千夫所指白挨一回，我生母的在天之灵也会心疼。”

她伸手，走到姜幼瑶身边的丫鬟金花身边。

最初就是这个丫鬟，从匣子里拿出了红宝石头面。

姜梨走到她身边，重新拿起放回匣子中的头面。宝石在日光下熠熠发光，血色流转，本该是剔透的，却因为上上下下的斑驳刀痕，变得十分黯淡丑陋。

那副头面被姜梨捧在手上，季淑然突然察觉出有些不对，可还没等她开口，姜梨就先说话了。

她说："这副头面就是证据。"

她的手拂过，温柔妥帖，唇角的笑一如既往地皎洁，却像讥嘲。

"这副头面是假的。"她垂下目光，"这不是我的头面。"

人群寂静了一刻。

柳夫人率先开口，问："姜二小姐，你这话是何意？"

姜梨笑了笑，把手中的头面递给柳夫人，淡淡道："我花了四百两银子，在吉祥楼里买了一副红宝石头面。那头面整个吉祥楼统共只有三副，便是因为那宝石成色极好，颜色鲜亮。"顿了顿，姜梨才继续把话说完，"可眼下我手里的这副，做工粗糙，颜色黯淡，别说是四百两银子，连四十两银子都不值。"

"姑娘的意思是……"桐儿忍不住问。

"我便是真的要诅咒我的三妹，也不会用这么寒酸的小物。"姜梨语气轻蔑，"这不是我的那副头面，有人拿走了我的头面，换了这么个破玩意儿来。"

有人拿走了她的头面！

事情一瞬间急转直下，众人陷入了更深的疑惑。

姜老夫人道："梨丫头，有人拿走了你的头面，这是什么意思？"

姜梨回头，对姜老夫人微微一笑，道："老夫人，不急，我现在就来弄清楚，这到底是怎么一回事。"

姜老夫人一怔，当着宾客的面，姜梨唤她老夫人而不是祖母，亲疏远近一听便知。这是对她有怨，是因为自己刚才没有在姜梨身陷困境的时候站在姜梨的一边？

季淑然心中一动，道："梨儿，这宝石头面怎么会是假的，你莫不是认错了？"

"不可能！"说话的是柳夫人，她斩钉截铁地道，"吉祥楼出的东西，不可能是这种品质。诸位都是吉祥楼的常客，一试便知。"柳夫人把头面递给身边的夫人，几位夫人互相摸过，皆是点头。

证实了柳夫人的话。

季淑然望向姜梨，从宝石头面上的裂痕被发现起到现在，无论是众人的指责还是异样的眼光，面对这些，姜梨都没有气急过。

姜梨不解、疑惑、惋惜、歉疚，偏偏就是没有慌乱、愤怒、无奈和绝望。

甚至到了现在，姜梨嘴角还带着一抹温温柔柔的笑容，和最初一模一样。

都什么时候了，为什么还要笑，有什么好笑的？

季淑然越想，越觉得不对，她看见姜梨低头看向地上的人，下意识地，也就随着姜梨的目光一道看去，发现地上的香巧正跪着，看上去却是要瘫倒在地了。

香巧在发抖。

姜梨蹲下身，伸手扶起香巧，看向香巧的目光亲切又温柔，语气还是如以前一般和善。

她说："香巧，是你将我的头面偷走了吧？"

“不、不是。”香巧一口否定，“奴婢没有做这种事。”

“那就奇怪了。”姜梨又带着点不解地喃喃自问，“你既然说是亲眼看着我用刀一刀一刀刻上去的，可眼下那副头面分明被人换过了，你看见的，莫不是……鬼呀？”

最后两个字，姜梨说得格外轻柔，听在香巧耳中，却觉得阴惨惨、鬼森森的。

“三姐，你说香巧拿走了你的头面，可有证据？”姜玉娥不甘心地道。

“证据？”姜梨重新站起身，对着季淑然笑道，“母亲身为大房主母，就请母亲现在立刻派人去香巧房中搜寻那副红宝石头面的下落。诸位夫人姐妹都在这里，恰好做个见证，省得姜梨自证清白以后，还要白担罪名。”

宾客们闻言，有些心虚。

姜梨这话，却是在指责他们方才看戏的时候，将自己摆在一个高高的位置却又置身事外，不由分说就将姜梨当作始作俑者。

季淑然面上含笑，牙关紧咬，她也不蠢，晓得今日算计姜梨的事是无果了。她惊讶于姜梨竟然能后发制人，一个在姜府里没有人脉没有银两的人竟然有本事翻身，可她又怕姜梨还有后招，下意识又看向香巧。

听说姜梨要请搜房时，香巧顿时松了口气，落在季淑然眼里，心中转瞬就有了计较。晓得姜梨大概也搜不出什么，她便指派了几个人，去搜寻香巧的房间了。

整个正庭里又恢复了安静。

姜梨站在中庭，饶有兴致地盯着强作镇定的香巧，突然有些想笑。

季淑然和姜幼瑶打的什么主意，她早就知道了，不过她要做的，并不仅仅是自证清白那么简单。

人无害虎意，虎有伤人心。季淑然的人留在芳菲苑，总归是个祸患，她已经从前生悲惨的经历中吸取了教训，防微杜渐，斩草除根。

不一会儿，派去搜香巧房间的人回来，为了以示公平，姜老夫人还指派身边的嬷嬷一同前去。

张嬷嬷带着人回到姜老夫人身边，看了一眼地上的香巧，道：“回老夫人，从香巧的房间里搜出了红宝石头面，没有刀痕，应当是真的。”

香巧身子一软，喃喃道：“不可能。”

姜幼瑶也是一愣，季淑然见姜梨笑容变大，登时头皮一紧。

果然，张嬷嬷犹豫了一下，又当着诸位宾客的面，道：“奴婢们还在香巧房间里搜出了不少贵重首饰，当是长房夫人送给二小姐的见面礼。”

姜梨惊讶了一瞬，第一次，声音里有了怒意，然而仔细去听，那怒意仿佛又带了三分讥诮。

她说：“原来是香巧贪图财宝，嫁祸于人啊！”

一石激起千层浪，宾客们立刻议论起来。原以为是府上二小姐厌恶三小姐，姐妹龃龉，姜梨诅咒姜幼瑶的恶毒行径，没料到最后，竟然是贴身丫鬟见钱眼开，嫁祸于人。

这样事情就很简单了，原来是姜梨的贴身丫鬟香巧手脚不干净，想偷姜梨送给姜幼瑶的见面礼，却又怕事情暴露查到自己身上，干脆去寻了一块成色逊色许多的头面调包。

香巧拼命摇头，抱着姜梨的小腿道：“不是的，不是的！那些首饰都是二小姐赐给奴婢的，不是奴婢偷的！二小姐快替奴婢说句话啊！”

那些首饰的确不是香巧偷的，不过，姜梨不会承认。

姜梨只是看着她，十分痛惜地开口：“香巧，我待你不薄，你为何如此待我？况且，我自己银钱尚不宽裕，花了所有银子给三妹买了头面后，剩下的首饰便是所有了。这些首饰价值不菲，我赏你一支两支也就罢了，全都赏你，燕京城能做到这么大方的人，只怕也寥寥无几吧！”

香巧怔怔地看着姜梨，姜梨神情真诚，毫无作伪痕迹，让香巧都险些被迷惑。

她只顾着眼红姜梨的一匣子珠宝，姜梨大大方方地赏赐，她就高高兴兴地收下，可没想到，主子赐给下人这么多东西，本就太过反常。她只以为是姜梨土包子不懂人情世故，却没想到接得那么爽快的东西，都变成了催命符。

季淑然让她在姜梨送的及笄礼上做手脚，可香巧近来嘴被养刁了，胆子也大了，看见那副头面，也动了心思。恰好听闻院子里的丫鬟闲谈，说有个珠宝匠专做赝品，她便寻了过去，花了些小钱，做了副一模一样的宝石头面。

除了成色不同，表面上毫无差错。香巧想着，到时候姜梨一旦有口难辩，姜家人惩治姜梨，那副头面自然也会因为不祥被处理掉，这件事就算过去了。

这样一来，既完成了季淑然的交代，陷害了姜梨，自己也能白得一副头面。

香巧没想到的是，姜梨在这样慌乱的情况下，还能一眼发现头面的不对，而那副真头面，姜梨也只摸过一回而已，如何能辨清？更没想到的是，那副红宝石头面竟然会出现在自己的房中。

她明明将头面放在匣子里，埋在了一个安全的地方啊！

是谁做的？香巧抬眼看去，触到姜梨的目光，心中不禁打了一个寒战。

莫非姜梨早就知道自己要做的事，她一直不动声色地看着，现在想想，那些毫不在意大方赏赐的珠宝，到了现在，仿佛更能证明自己是一个盗窃的贼人。

姜梨从那时候就开始密谋了！

她哪里是什么都不懂的土包子，她什么都知道，却装作一无所知！

香巧心中陡然生起一股绝望，她搞砸了季淑然的事情，季淑然自然不会轻饶她。

恰在这时，姜梨又说话了：“只是我还有一事不明白，香巧，你大可换了我的头面，拿劣等的赝品去应付三妹，三妹收到了，也只会以为是我银钱不多，但你为何要冒着被发现的风险，故意在宝石上多刻刀痕，来嫁祸于我，差点害得我被父母厌弃。”姜梨循循善诱，“我思来想去，你也没有做这件事的理由，是不是有什么人在背后指点你呢？”

最后一句话一出，宾客们的表情微妙起来。

背后有什么人，姜家继母继女间错综复杂的关系顿时跃然眼前。季淑然心中一跳，恨不得把姜梨撕个粉碎，她微微侧身，暗地里递给香巧一个警告的眼神。

香巧害怕极了，咬了咬牙，心一横，看着姜梨哭道：“二小姐，分明是你让奴婢这么做的，你说三小姐不配用那头面，让奴婢寻一副一样的头面自己刻了刀痕……”

“真是满口谎言。”姜梨叹息地摇摇头，站直身子，俯视着她，“你方才说的话，现在自己又反悔，这般说谎都不会说。况且，你也没有解释你为何偷我满匣子的首饰。”姜梨又看向季淑然道：“母亲赐我这个丫鬟，说她品性俱佳，手脚勤快，平日里我也不敢怠慢她，没想到这丫头是个手脚不干净还敢陷害主子的，母亲，这回你可是看走眼了。”

季淑然只觉得脸上火辣辣的，仿佛被人当众打了一巴掌。方才她还当着满庭宾客的面信誓旦旦地为香巧的人品做证，此刻却不得不收回自己的话。

季淑然勉强笑道：“都是母亲的不是，母亲……识人不清，害得你受了委屈。”

一个当家主母如何会识人不清，却放这么一个可恶的人在继女身边，之前对季淑然还同情的诸位夫人，心中立刻打了个突。

季淑然将宾客的神情尽收眼底，心中恼怒极了，也就在这时，她明白了姜梨的用意，姜梨是想借此事将香巧送回去，拔掉一颗她安在芳菲苑的钉子。

姜梨心中一笑，季淑然以为她只是想拔掉香巧这颗钉子？不，她并没有太多时间在姜家的琐事上耗费心思，有些事情，一次做得干净，会省去很多麻烦。

“母亲也并非完全识人不清。”姜梨笑道，“这一次的事情，还多亏母亲送我的另一个丫鬟芸双，若非芸双提醒，我也不晓得香巧是这样背主的人。”她一眼就准确地看向站在人群后的芸双，诚心诚意道，“这次，多谢芸双了。”

地上的香巧一愣，电光石火间想明白了许多事情，可她的嘴已经被婆子拿布堵住，说不出话来。

躲在人群后的芸双呆住了，季淑然望向她的目光，让她心中一片冰凉。

隔着人群，芸双仍能感觉到季淑然盯着她的目光，仿佛盯着一个死人。

她下意识想要摇头否认，可姜梨又转向她，很感激地道：“之前芸双就提醒过我，要提防香巧，那时候我还不大相信，如今想来，是我太过自负，多谢芸双了。”又对季淑然道，“母亲虽然误看了香巧，却送了个贴心的芸双在我身边，姜梨多谢母亲一片苦心。”

季淑然挤出一个笑，但此刻她心中是什么滋味，却是无人知晓了。

芸双这会儿要说什么也晚了，况且当着诸位宾客的面，她也实在无法反驳这话。香巧的确是将红宝石头面藏好的，可是一直跟着她的芸双，又把头面挖出来，偷偷地放在了香巧房中。

世上之人，大多不患寡而患不均。她和香巧都是季淑然安在姜梨身边的眼线，可香巧就凭着一张嘴，愣是从姜梨手中得了许多赏赐。那些赏赐，大约她们跟在季淑然身边十来年也未必能得。

芸双眼红，看香巧越发不顺眼。她偷听到桐儿和姜梨的计划，知道为了反将季淑然一军，桐儿会当着宾客的面证明香巧将头面调了包，就悄悄地将那副头面又放回了香巧房中。

即便这样，季淑然的计划就不成了。那又如何，就算香巧将姜梨的计划告诉季淑然，季淑然重新布局，她也不过是邀功，却并未伤到香巧分毫，可是顺着姜梨的计划，香巧却必死无疑。

一个居心叵测、陷害主子的下人，在姜府里是没有活路的，况且办砸了季淑然交代的差事，香巧怎么可能善终？

本来一切到香巧被识破之前，都很顺利，谁知道就在快要结束时，姜梨的一句话，把芸双推入了深渊。

芸双双腿一软，险些跪了下去。

姜梨的笑容更真切了。季淑然是个多疑的人，自己的一句话，就会让季淑然怀疑芸双是否起了反心。

到了眼下，事情已经水落石出，姜老夫人冷声道："还等什么，把这个祸乱宅院的丫头拖下去，乱棍打死！"

香巧双目一瞪，嘴里被布堵着，呜呜呜地说不出话来，只得求助地看向季淑然。这时候，季淑然怎么会为了她扯上不清不楚的关系，甚至还催促着："快些，没听见母亲的话吗？"

香巧挣扎着被拖了下去，宾客们瞧着，心中也生出一丝寒意。姜府家规严苛，不愧是姜元柏，就算平日里看起来和善，手段也不可小觑。

芸双瞧着瞧着，脊背也阵阵发凉。她隐约察觉到，自己顺水推舟陷害香巧，恐怕是做了一件天大的错事。

姜梨双手合十，轻声念了一句阿弥陀佛。众人瞧向她，这事件旋涡的中心，整个风波掀起的风眼，此刻正微微低头，仿佛为香巧的下场不忍，却越发显得侧颜美好纯善。

姜老夫人意味不明地看了一眼姜梨，对季淑然道："梨丫头身边的香巧没了，还得给她指新的丫头。明日府里的婆子领人过来，让梨丫头自己挑几个。"

桐儿立刻脆生生地开口："回老夫人，之前芳菲苑的洒扫丫鬟，也都是香巧给安排的。既然香巧此人德行有失，烦请老夫人也将那些丫鬟一并散去，重新挑人，让芳菲苑里里外外都干干净净的。"

一席话，说得季淑然更是脸上发烫，心中恼火。

姜老夫人道："依你说的办。"

季淑然忙称是，又朝姜梨笑道："之前是母亲识人不清，差点误了大事。这样吧，芸双还是回我身边，梨儿，你的贴身丫鬟，明日就自己亲自挑选，这样可好？"

姜梨露出些许遗憾的神情："本想着芸双挺好，不如继续留在我身边，不过母亲说得也有道理，就全听母亲的。"

芸双听着姜梨说话，吓得魂飞魄散，姜梨这话可是在把她往火坑中推！季淑然已经对她起了疑心，留自己在身边，无非就是为了折磨，偏偏姜梨还火上浇油！

“今日让诸位看了笑话。”姜老夫人见事情都处理得差不多了，便沉声道，“我姜府管教下人无方，生出如此贻笑大方之事，打扰各位兴致，老身代姜府上下给诸位赔个不是。”

宾客们连称不敢，姜元柏也道：“改日再邀诸位同聚。”

今日来观及笄礼的人，便是看了这样一场好戏，却也收获不少。只是本该是主角的姜幼瑶，却隐隐被人忽略了。

沈如云和沈母由着姜家下人引着出门，忍不住与沈母低声议论：“我瞧着那姜三小姐也不过如此，那姜二小姐却是个厉害的，三言两语就扭转了大局，只怕心机不浅。”

正说着，突然听见身边有人喊了一声：“姑娘。”沈如云和沈母回头一看，就看见有二人正往这边走，正是方才大出风头的姜二小姐和她的丫鬟桐儿。

姜二小姐也瞧见了她们，脚步微停，朝她们笑着点了点头，擦身而去了。

本就不熟络，也算不上失礼。

只是那一刻，沈如云猛地觉得，姜二小姐朝她笑着点头的模样，竟然十分眼熟。

在哪里见过呢？

姜梨带着桐儿和沈如云母女擦肩而过。

她的脸上仍旧带着方才一般清淡的笑容，然而仔细去看，嘴角的弧度却有些发冷。

沈如云和沈母，果然来了。

嫁给沈玉容后，她来到京城。沈母并不是一个好相与的婆母，沈如云更是任性自私。薛怀远竭尽所能给她多陪送了许多嫁妆，那些嫁妆都拿来贴补了沈家，而她的衣服首饰又多被沈如云要了去。

她并不是一个圣人，沈如云和沈母令她不悦，还是薛芳菲的她也会表露出来。每当这个时候，沈玉容就会站出来。沈玉容总说，寡母幼妹从小拉扯着他长大，他能有今日的成就，全是她们的功劳，要薛芳菲对她们好一些。薛芳菲到底心善，想到她们单薄女子照顾沈玉容的不容易，也就尽量忍耐些。

但是宽容并没有换来同样的尊重。在她最后半年的日子里，沈母和沈如云从来没有宽慰过她，有时候甚至还在门外，用她能听到的声音交谈，问她做出了那等丑事，怎么还不去死，还要拖累沈家人。

若非薛芳菲心性坚韧，只怕真的会受不了，自尽以证清白。

“姑娘？”桐儿察觉到身边人情绪不对，小声唤了一句。

姜梨回过神，笑道：“我没事。”心中却想着，只怕沈玉容和永宁公主的事，沈母和沈如云绝不可能一无所知。永宁公主能入沈家如入无人之境，显然和沈家人是相熟的。

以沈家人见风使舵的性子，找一个金枝玉叶的皇家公主，的确比找一个小吏的女儿划算得多。今日她也亲眼见到了，沈如云和沈母的衣裳首饰，以沈玉容如今的俸禄，只怕买得也有些勉强。

这大概是永宁公主的“好意”。

姜梨心里想着，只觉得沈家人可悲又可怜。永宁公主固然是金枝玉叶，但永宁公主既然能面不改色地杀妻灭嗣，焉是好相与之人？沈家人只看得见眼前的利益，殊不知哭的日子还在后头。

她乐得看好戏。

沈家人、永宁公主是害得她家破人亡的凶手，这笔债，她会一点一点讨回来。

二人往芳菲苑走回去，走到半路的时候，迎面来了一位男子。

姜家的后院里何时有了外男？姜梨停下脚步，没有近前，与那男子恰好隔开一段距离。那男子也是个守礼的，不再上前。

姜梨侧身想要从另一条路离开，那男子却突然开口了，道：“二小姐？”

二小姐？似是很熟稔的口吻，姜梨侧身看向他。

那男子十七八岁的模样，穿着一身松香色长衫，料子精美。头发以玉簪绾起，长身玉立，俊逸非凡，是个不折不扣的美男子，气质斯文清隽，看向姜梨时目光微动。

姜梨盯着他，或许是眼神太过陌生，让眼前的男人有些不好意思。他迟疑了一下，才道：“二小姐或许不记得了，在下周彦邦。”

周彦邦？姜梨恍然大悟。

原来这就是宁远侯世子周彦邦。在她还是薛芳菲的时候，常从自己小姑子嘴里听到这个名字，但并未见过本人，只晓得是个玉树临风的俊美男子。如今她成了姜梨，周彦邦又成了她的前未婚夫，这未免有些奇妙。

姜梨顿了顿，道：“世子。”

周彦邦有些意外。

和姜梨的婚约，他自小就晓得，后来姜梨因为谋害继母的事被送到庵堂里去了。周彦邦那时候还常听父母说起，是否要退了这桩亲事，但最后不知怎的，未婚妻又变成了姜幼瑶。

周彦邦见过姜幼瑶，是个姣美可人、单纯可爱的姑娘，他对姜幼瑶十分满意，也就对这桩亲事没有异议。

今日来参加姜幼瑶的及笄礼，周彦邦却见到了多年不见的姜梨。

姜梨的出现，让他的心起了涟漪。姜幼瑶是一尊精美的玉器珠宝，适合摆在屋中。姜梨高洁灵秀，像是天上的皎洁月光，可望而不可即。

在姜府后院偶遇，周彦邦心中是惊喜的，可是姜梨看他的眼神像看一个陌生人，这让周彦邦有些失望。

也许自己应该和父亲谈谈，重新商议这门亲事，周彦邦这样想着，再看姜梨时，就仿佛将姜梨当作了自己的未婚妻。

姜梨微微蹙眉，周彦邦的这种目光令人恶心。

她一点也不想和这人扯上关系，正要离开，忽然听得身后传来一声娇喝：“世子哥哥！”

姜梨险些被这一声喊得牙酸，回身一看，姜幼瑶正小跑过来，一口气跑到周彦邦身边，仰起脸笑道："世子哥哥，二姐，你们在说什么，说得这样高兴？"

她虽是笑着的，但看向姜梨的眼神，却俨然正房捉奸，凶光毕露。

姜梨看着对面的二人。

姜幼瑶和周彦邦挨得很近，周彦邦的脸色显得有些不自在。

姜幼瑶又开口道："二姐，你们方才说什么说得那样尽兴，怎么我来了就不继续说了？"

"没有说什么。不过是偶遇世子，刚打了个招呼，你就到了。"姜梨笑笑，"既然三妹来了，三妹就和世子好好相处，我先回去了。"说罢，也不等周彦邦和姜幼瑶回答，带着桐儿径直离开了。

周彦邦忍不住去瞧姜梨离开的背影，姜幼瑶见此情景，暗暗咬了咬牙。

回去的路上，桐儿小声问姜梨："姑娘，您还是莫要搭理周世子为好。"

"你想说什么？"

看姜梨没有生气，桐儿胆子大了些，道："虽然从前姑娘和周世子有婚约，但如今和周世子有婚约的人是三小姐。现在姑娘回来了，可老爷也不会再将婚约变回来，姻缘不是儿戏，两次三番变卦，咱们姜家也会成为燕京城的笑柄。老爷定然不会让这种事发生的。"

"其次，"桐儿一边说一边打量着姜梨的脸色，"那周世子刚才对姑娘也太热络了些，他现在可是三小姐的未婚夫，非但不注意身份，还如此行为，可见并非良配，姑娘……"

"我晓得。"姜梨笑道，"我们的桐儿竟能想到这么多，实在令我刮目相看。"

桐儿笑道："姑娘也不必着慌，咱们姑娘是姜府里嫡出的小姐，莫说是宁远侯世子，便是王妃都做得。佳婿良配日后再慢慢挑。"

姜梨听得失笑，桐儿终究还是天真了些，不知道人言可畏。单是她从前那一条谋害继母的罪名，就足以让她在燕京城里无人问津。

不过，反正她这辈子也不打算嫁人了。

与此同时，淑秀园里，季氏和陈季氏正在说话。

宾客们都已经散去了，今日姜幼瑶的及笄礼实在是一片狼藉，乱七八糟。姜元柏临走时的眼神让季氏也十分气恼，姜元柏分明是在责怪她。

本想着好好收拾姜梨，没想到姜梨全身而退，还折了她一个丫鬟香巧。这也就罢了，今日之事，明眼人都看得出来其中的弯弯绕绕，那些夫人小姐最爱谈论旁人后宅中事，聪明的定能看出其中蹊跷。

季淑然心高气傲，回来后恨得在院子里摔了满屋的花瓶瓦罐。

陈季氏安慰她道："你这是做什么，被别人看到了，还说你沉不住气，哪有首辅夫人的模样。"

“姐姐，我咽不下这口气。”季淑然恨道，“那个小贱人太邪门了！和幼瑶差不多大，心眼却如此之多。这次的事你也看到了，她怎么会有这样深的心机！”

陈季氏道：“她的确是不简单，你也别自乱阵脚。”陈季氏吩咐丫鬟将门掩上，“眼下姜府大房里，是你做主。别忘了你给姜元柏生了一双儿女，姜元柏的心是偏向你的。姜梨一个被冷落的女儿，姜府里可曾有人真的拿她当小姐看待？你要对付她，还不是易如反掌。你切记徐徐图之，莫让人抓住了把柄。看香巧这次，就险些出事。”

季淑然慢慢地平静下来，道：“我晓得。”

芸双已经被带走了，姜梨说的那一番话，终究是让季淑然起了疑心，虽然芸双也解释过是和香巧争风吃醋才造成如今的局面，可无论是真是假，芸双都害得季淑然功败垂成，犯下如此大错，留不得。至于用什么手段，总之旁人问起来，也只会说是芸双受不了香巧的死，收拾东西回老家了。

正说着，外头突然跑进来一人，正是姜幼瑶。她神情愤怒，见陈季氏和季淑然都在，也不顾别的，兜头就道：“母亲，姨母，姜梨那个小狐狸精竟然当着我的面勾引周世子，不要脸！你们一定要替我教训她！”

“她怎么敢？”季淑然腾地站起身。

“她就是敢。”姜幼瑶委屈极了，“母亲，她如此不把我们放在眼里，我们怎么能容忍？母亲一定要为我出这口恶气才行！”

陈季氏和季淑然在商量什么，姜梨并不知道，回到芳菲苑，才坐下休息了不到半个时辰，就来了个不速之客。

是姜景睿到芳菲苑来喝茶。

姜梨问：“你过来做什么？”

姜景睿让桐儿给他斟茶，一点也不客气，歪头看着姜梨，道：“你今天做得很漂亮嘛，姜幼瑶和大伯母都被你反将一军，我都要替你鼓掌了。”

“话可不能乱说，”姜梨淡淡道，“我只是说了实话而已。”

“你干吗瞒着我？”姜景睿摆弄着桌上的茶杯，“我又不会说出去。”

“堂兄这话说的，仿佛我与你很熟络似的。”姜梨笑了笑。

“堂兄”二字一出口，姜景睿正视起姜梨，问：“姜梨，你这话是什么意思？”

“我说得有什么不对？”姜梨的笑容带着一丝奇异的嘲讽，“之前我在庭院被人指责诅咒姜幼瑶时，曾询问可有人相信我。整个姜府里，只有柳夫人和桐儿信我，并没有堂兄你。我若是与堂兄很熟络，堂兄无论如何也得小小相信我一回吧。所以我说，我与堂兄也不是很熟。”

姜景睿的脸唰的一下红了，一边的桐儿却听得十分解气。本来就是嘛，做出一副熟络的样子，好像站在姜梨这边，可到了关键时候，屁都不敢放一个，还不如非亲非故的外人。

“堂兄不愿为了我得罪母亲，我很能理解。姜府里的人都深知明哲保身的道理，我也不怪什么。只是，堂兄以后千万莫说与我很熟的话了，我这个人，最不喜欢做面子。”姜梨不紧不慢地道。

姜景睿只觉得这一席话刺耳至极，不知如何接招。姜梨根本就是在讽刺他没有胆量，不敢出头。到底是个年轻气盛的少年郎，平日里又被娇生惯养，如何能接受这般侮辱，他当即就道：“我知道了，你别这么阴阳怪气地说话，我以后不来就是了！”说完把茶杯往桌上啪地一放，气冲冲地扬长而去。

桐儿吓了一跳，埋怨道：“二少爷怎么是这么个暴烈脾性。”又看向姜梨，“姑娘刚才是不是把他惹急了？”

“姜景睿这个人，本性不坏。”姜梨点了点杯子，“虽然自私，却也没到冷血的地步，否则也不会在那之前就提点我。身在高门大户，利益错综复杂，凡事必然有所顾虑，他这么做我能理解，不过我不喜欢。我如今这么一说，要么他彻底厌恶我，不与我往来，要么对我心生愧疚，从此在我的事上不再作壁上观。”

桐儿听得似懂非懂，点了点头：“姑娘说得有道理，不然的话，今日也不会让香巧自食恶果。”

香巧那一日从淑秀园回来，就暗中拿着姜梨装头面的匣子摆弄，时而露出不舍的神情。桐儿将此事告诉姜梨，姜梨就猜到，季淑然大约要在及笄礼上动手脚。姜二小姐有个杀弟弑母的过去在前，季淑然打什么主意并不难猜。

姜梨就让桐儿买通外头下人，说有个制作赝品的工匠手艺高超。香巧果然去寻了工匠将头面调了包。姜梨又让桐儿在芸双面前说了许多香巧的坏话，又说香巧得了不少姜梨的赏赐。芸双眼红之下，又得知姜梨的反将一军计划，对香巧的妒忌，让芸双决定顺水推舟帮姜梨将香巧置于死地。

而香巧被抓，姜梨对芸双说的一句话，又让季淑然起了疑心。事情十分顺利，芸双替姜梨解决了香巧，季淑然替姜梨解决了芸双，还重新更换了整个芳菲苑的下人，一劳永逸。

这其中，香巧的贪婪，芸双的妒忌，季淑然的多疑，环环相扣，缺一不可。姜梨利用的，也就是人心的险恶。

人心最难揣摩，也最容易把握，稍加利用，就能达到自己的目的。

这一切，从姜梨赏给香巧的第一支发钗开始，就埋下了种子。

这一局，姜梨胜了。

及笄礼过后，姜梨的芳菲苑又恢复了平静。

这一日，桐儿从外面进来，笑道：“新来的三个丫鬟还在外面，姑娘现在要她们进来吗？”

没了香巧和芸双，姜梨就桐儿一个丫鬟，于是在婆子的带领下又挑了三个。这样一来，加上桐儿，两个一等丫鬟，两个二等丫鬟，再挑了一下外院洒扫的，刚刚合适。

“让她们进来吧。”姜梨道。

三个丫鬟都进屋来，两个二等丫鬟一个叫明月，一个叫清风，年纪和桐儿相仿，看起来是活泼机灵的性子，对着姜梨脆生生地请安，之前并未在姜府待过。

还有一个一等丫鬟，叫白雪，年纪比桐儿稍大些，比不得头两个丫鬟活泼，虽叫白雪，却皮肤黝黑，身材称得上壮实，穿着姜府特别缝制的杏红色衣裳，有些格格不入的好笑。

桐儿盯着白雪打量，心里纳闷。一般来说，小姐的贴身丫鬟就是小姐的脸面，模样一定要乖巧清秀，这白雪且不论本事，这模样放在别家里，这辈子也别想当一等丫鬟。

当时婆子挑选的时候，说起白雪，就说她力气大，可以当外院洒扫的，姜梨本也这么打算，可到了最后，不知怎么的变成了一等丫鬟。

那婆子还反复询问过姜梨，可姜梨也很固执。桐儿看着白雪，实在没有看出什么特别之处。

姜梨和三个丫鬟简单说了几句话，清风和明月就出去做事了。白雪留在屋里，姜梨瞧着她，笑道：“听说你家乡是枣花村？”

白雪道：“正是。”

“我从前认识一个丫鬟，也是枣花村的。”姜梨笑道。

记录白雪的册子上写着，白雪来自枣花村，家中有两个哥哥、一个妹妹。爹娘都是农人，种着一亩三分地。白雪就是因为自小跟着爹娘务农，才变得这么黑壮。只是家中人口众多，随着两个哥哥娶妻生子，日子更是难以为继，为了挣口饭吃，白雪就进燕京当丫鬟。

白雪问：“姑娘认识的那个丫鬟叫何名字？兴许奴婢认识。”

“叫海棠。”姜梨笑道，“那个丫鬟如今应当是二十出头，家中有两个弟弟，家住枣花村村西米铺的旁边。海棠高高瘦瘦，白白净净，长得很好看。”

桐儿在一边听得疑惑，姜梨认识的丫鬟她应当都认识，可她从来没听说过有个叫海棠的丫鬟，是姜府里的吗？

白雪想了许久，才挠头笑道：“奴婢记不得有这个人，枣花村说大不大，说小也不小。不过姑娘要是想打听那位海棠姑娘的消息，奴婢写信回去问问爹娘就是了。”

桐儿忍不住问：“你会写字？”

“跟村里的私塾先生偷学过一点。”白雪笑得憨厚。

姜梨对白雪会认字有些意外，随即就对白雪笑道：“那就多谢你了。”

她之所以挑中白雪当自己的贴身丫鬟，除了白雪品性忠厚之外，更重要的是因为白雪来自枣花村。

在她还是薛芳菲的时候，有个贴身丫鬟海棠，也是来自枣花村。薛芳菲的四个贴身丫鬟，两个被打死，剩下的两个被薛芳菲偷偷放出府去。一个杜鹃，一个海棠，杜鹃家中无人，不晓得之后会去哪里；海棠薛芳菲却是晓得的，家乡在枣花村，还有两个弟弟。

海棠的身世沈玉容并不知道，因此不会查到枣花村。而海棠聪明伶俐，心细如发，她思来想去，都觉得海棠很有可能回到了枣花村。

要揭露沈玉容和永宁公主的丑陋嘴脸，必然要找到当初的证人。可惜现在她无法接近沈家，就算接近了，沈家人也未必会帮她出面做证。

可海棠不一样，海棠和她是从小一起长大的，亲如姐妹，如果要海棠站出来做薛芳菲一案的证人，海棠一定会答应的。

而这一切，姜梨看向面前憨厚的姑娘，都要倚仗这位枣花村的白雪了。

不知是不是因为被姜老夫人敲打过一次，季淑然在姜梨重新挑选丫鬟的时候不置一词。全程陪着姜梨挑选丫鬟的是姜老夫人的丫鬟珍珠和翡翠。当然了，姜梨清楚，自己挑了哪几个丫鬟，想必季淑然也能很快打听到。

只是，重新被整治过的芳菲苑，季淑然暂时是没法子插手进来了。

这几日，姜府里暂且相安无事。

淑秀园里，下了朝的姜元柏眉头微锁，任由季淑然替他脱去外袍。

姜元柏虽然身为首辅，但比起同僚来，后院却清净了许多。从前叶珍珍还在的时候，只有两房姜老夫人送他的通房。后来其中一位通房有了身子，被抬为妾室。之后叶珍珍病死，那位妾室又因为女儿的夭折忧思过度疯了。到季淑然进门后，另一位通房也病逝了。

整个大房里，季淑然的地位无可撼动。

姜老夫人虽然之前对姜元柏子嗣单薄一事颇有微词，可姜梨推倒季淑然害她小产，季淑然非但不计较，还替姜梨说情，这让姜老夫人也对季淑然心存歉意。再后来季淑然又有了姜丙吉，姜老夫人便什么话都不说了。

季淑然在姜老夫人的默认、姜元柏的宠爱下，可谓是如鱼得水。自己的一双儿女也是受尽宠爱。这么多年，几个妯娌之间，杨氏不必说，就连卢氏也要矮她一头。

可这一切都被姜梨的回府打破了。姜梨回府不到一月，季淑然就接连吃了几次亏。这一次，甚至连一向待她宽和的姜老夫人也动了怒，季淑然的心中不是不恼火的。

季淑然替姜元柏将外袍收拾好，递上一杯凉茶放到他手心，柔声问道：“老爷怎么愁眉不展的，是有心事？”

姜元柏抬眼看向她。

季淑然的眉眼十分精致，同叶珍珍单纯含糊的圆润不一样，季淑然更像是书香门第里好生教导出来的明秀仕女，一言一行都如画般令人感觉妥帖。姜元柏的目光扫向季淑然的手指，嫩如葱尖的手指上有一点伤痕。桌边的篓子里，还放着未做完的针线。

季淑然在替他做衣裳。

姜元柏的心中一软，拉过季淑然的手，责备道：“怎么弄伤了？这些让下人来做就可以了。”

季淑然笑道：“老爷忘记了，老爷的贴身衣物，妾身从来不假手于人的。”

姜元柏看着她：“辛苦你了。”

“妾身不辛苦，老爷才是真辛苦。”季淑然道。

姜元柏有些感慨。他有两个妻子，第一个妻子叶珍珍并不是他所选，而是姜老夫人为他选择的。他那时在朝中蒸蒸日上，树敌众多，姜老夫人认为他最好韬光养晦，娶个娘家不那么显赫的女子为佳。叶家家财万贯，门路疏通，最为上佳，可又因为不是官家，所以不会招人嫉恨。

姜元柏顺从母意，娶了叶珍珍。叶珍珍天真活泼，不知人间疾苦，虽然不能为他分忧，但二人相处也算融洽。

后来叶珍珍死了，姜元柏在一次夜宴上看中了副都御史的女儿季淑然。那时候季淑然在夜宴上一曲惊人，秀丽窈窕，一下就击中了姜元柏的心。

如果说叶珍珍是听从姜老夫人选择的夫人，季淑然就是姜元柏自己看中的夫人，无论是心中喜爱，还是偏心，都向着季淑然多一些。即便季淑然犯了错，姜元柏也能很快原谅她，况且，季淑然这么多年都将大房收拾得十分妥帖。

姜元柏叹道：“今日退朝的时候，承德郎柳元丰同我说了几句话。”

季淑然握着茶杯的手一紧，面上仍是带着笑容，探寻地问道：“柳大人？柳大人平日和老爷未曾有什么往来，可是有什么事？”

“从前叶氏还在的时候，柳元丰的夫人与叶氏交好，还经常上门小聚。柳元丰是为了梨儿的事情来的。”姜元柏道，“柳元丰提醒我说，梨儿回京，应当为她选个夫子，教习她认字识理了。”

姜元柏想到这里，不禁头疼。当初姜梨犯下大错被逐入庵堂，一待就是足足八年，正是启蒙的最佳时机。如今时间已经过了这么久，姜梨在庵堂里必然没有先生教她认字学习。

他是首席大学士，皇帝恩师，当朝首辅，学问渊博，可他的嫡女却是个大字不识一个的白丁，说出去，岂不是让人笑掉大牙。

柳元丰虽然话说得不大好听，往深里想，却也不是全无道理。姜元柏就寻思着，找个夫子来给姜梨教习一下功课也好。

闻言，季淑然松了口气，笑道：“我当是什么事，原来是如此。老爷也不必心急，世人虽然崇尚才华，可对女子终究宽容一些。梨儿如今年纪不小，便是从现在开始学习，只怕也学不了多少。不如请些琴棋书画的夫子，每样稍加点拨，只要过得去便罢了，这样一来，日后梨儿谈婚论嫁的时候，夫家也会高看她一眼。”

“你说得有理。”姜元柏道，“不过，每样只学些皮毛，我姜家女儿怎能如此……”

“老爷，”季淑然笑道，“凡事不可以绝对论，梨儿之前未曾识字，你若是一味严格，要求过高，只怕会物极必反。”

仔细考虑了一会儿，姜元柏点头道：“就这么办吧。”

姜元柏要给姜梨寻夫子，这件事很快就被姜梨知道了。

告诉姜梨这事的不是别人，正是二房的少爷姜景睿。

姜景睿上回被姜梨讥讽了一顿后，好些日子都没来芳菲苑。平日里看见姜梨，也是绕道而走，可是今日，姜景睿又出现在芳菲苑的门口。

明月和清风在门口做刺绣，看见姜景睿吓了一跳，道：“二少爷。”

姜景睿轻咳一声，问了下姜梨在不在里面后，就大摇大摆地走了进去。

屋里，姜梨正在看书。桐儿晓得上次姜梨和姜景睿闹僵了，便站在一边不说话。白雪在房间一角熬花茶，她是个大大咧咧的，看桐儿没有相迎，便也没起身，还是坐在小板凳上看着茶壶。

见屋里无人搭理自己，姜景睿有些恼羞成怒。他一屁股在姜梨对面坐下，看见姜梨面前的书，道：“你看什么书哪，看得懂吗？”

姜梨抬头看了他一眼，问：“有何贵干？”

见姜梨终于搭理自己了，不知为何，姜景睿竟然十分高兴，也不计较这一屋子丫鬟主子对他态度不敬，立刻道：“我来告诉你一件事情，大伯父要给你请先生了！”

请先生？姜梨有些意外。

“我可是一知道这个消息就赶来告诉你了，我听说大伯母对大伯父说，你这样的资质，想学出什么门道来是不可能的，就找个普通的先生教你一些皮毛，不至于在人前丢脸，做做样子就行了。”

“太过分了！”桐儿手里的帕子掉在地上，“我们姑娘什么资质了？我们姑娘资质好得很！”

姜景睿看了一眼桐儿，摇了摇头：“大伯母哪是认真找人教你家小姐，根本就是恨不得她变成一个草包。我听说大伯父将此事全都交给大伯母办，大伯母找来的夫子，估计能让姜梨吃一些苦头。”

姜梨没说话，姜景睿又轻声咳了咳，道：“我也想出手相助，不过我们二房向来不插手大房的事。我要是和我娘提此事，我娘非骂死我不可。我觉得，你不如去找祖母，祖母这个人还是很公平的，届时我在旁边替你说几句话，如果是祖母挑的先生，应当不会差。”

姜梨盯着他，看来姜景睿经过上次一顿嘲讽，最终还是选择了站在自己这边。她道：“多谢你特意来提醒我。”这一回，语气柔和了许多。

听到姜梨语气的变化，姜景睿莫名有些高兴，回过神来时，恨不得抽自己一大嘴巴。他在姜家是个小霸王，这个瞧不上那个看不起，可对姜梨，一个名声不大好又在府里没什么地位的人，姜景睿总觉得有几分害怕或者是敬畏。

总想着讨好她似的。

姜景睿在心里呸了自己一声，问姜梨道：“你现在怎么打算？什么时候去见祖母，告诉我一声，我也一块儿去。”

姜梨道：“我只是不明白父亲为何要为我挑夫子，要知道，京中贵女向来都是上女子官学的。”

“女子官学？”姜景睿呆了几秒，才道，“你在开什么玩笑？上女子官学的小姐非富即贵，燕京城的明义堂收的女学生都要德才兼备，便是最差的，放在人中，也是不凡。你要是去了……”

你要是去了，就是个笑话！姜梨听得懂姜景睿没说完的话。

“不过，”姜景睿又好奇地问，“你竟然知道燕京城的女子官学，你倒是打听得挺清楚的嘛。”

姜梨笑笑，不置可否。她来燕京城的时候，因貌美而出名，才学也广为人知，甚至还和明义堂的先生们辩过义理，和那些先生交好。

当时做这些，也无非是让沈玉容多条门路。状元郎有个才华横溢的夫人红袖添香，听起来总是一件增光添彩的事。

当然了，她的美貌和她的才华，在她与人私通一事发生后，就都成了她的祸水、她的罪孽。

姜梨并不愿意一直留在姜府，如果一直不走出去，她就没办法接触到沈玉容一行人。倘若姜元柏真的给姜梨请来先生，姜梨只在姜府后宅里读书习字，就势必少了很多机会。

况且，读书识字，她本来做得就不比任何人差。她要进明义堂，并不是为了学习，而是为了扬名。

有了名气，姜家人就不会拿她当一个可有可无的小姐，就会有地位。有地位，就会有人交好，一旦有了友人的圈子，就能一步步接近永宁公主。

用得着很长时间吗？用不着很长时间。在明义堂里，她的才华能让她在最短的时间里扬名，这是最简单的方法。

姜景睿见她不知在想什么，伸手在她眼前挥了挥，问：“你可想好了，什么时候去见祖母？”

“我不见祖母。”姜梨道，“我要见父亲。”

“大伯父？”姜景睿一愣，“你说服不了大伯父，只要大伯父决定了的事情，除非祖母发话，否则没人更改得了。他既然决定了把找先生的事情交给大伯母，就是板上钉钉的事，你去找他是白费力气，别还让自己吃一肚子气。”

“多谢你的提醒。”姜梨道，“但我还是要去见一见父亲。”

“你这人怎么冥顽不灵？”姜景睿没好气地道。

“不是冥顽不灵，”姜梨笑道，“是坚持。”

她会坚持到最后。

姜景睿在芳菲苑把唾沫星子都说干了，也没能改变姜梨的想法。末了，他只得无可奈何地开口："该说的话我都已经说了，你既然这样执迷不悟，我也无话可说。你想去找大伯父就去吧，若是不成，让你的丫鬟跑一趟告诉我一声，我再和你商量去找祖母的事。"

姜梨道："多谢你了。"

姜景睿摇了摇头，姜梨想了想，看着他问："我想问你一个问题。"

"什么事？"

"你的学问如何？"

听姜梨问的是这事，姜景睿蓦地脸红了，拍案而起，大叫道："姜梨，你不要欺人太甚。你取笑我，我还没取笑你呢！你爱怎么就怎么，小爷不管了！"说罢气冲冲地一踹板凳，走了。

桐儿在背后撇嘴："这二少爷一副被戳中痛处的样子，冲姑娘发什么火？"

白雪把花茶熬好了，放在小几上凉冷，问："姑娘，那个劳什子明义堂，很好吗？"

姜梨笑笑："明义堂的先生，大多都是宫里请来的。当今圣上为了广开太学，特设男子女子官学。许多皇亲贵族家的小姐都在明义堂念书，每年明义堂的校考，成绩最优者将得到太后赏赐。"

白雪听得云里雾里，就道："那很难进吧？"

"难进什么，"一边的桐儿小声道，"但凡有银子有头脸，怎么进不去？"

"那咱们姑娘为什么不能进，为什么老爷不让咱们姑娘进去？"白雪问。

为什么？怕给姜家人丢脸呗！

姜梨的语气很平静，她道："才学还是次要的，我品德败坏，若是出去，会被人指点，让姜家蒙羞。"

"姑娘！"桐儿忍不住喊道，"您可不能这么说自己！"

"就是。"白雪认真地看着姜梨，"要是姑娘这样的人都品德败坏，世上就没有好人了！"

姜梨失笑："我也认为我不是品德败坏之人，所以我打算找父亲谈一谈。"

桐儿一愣，迟疑了一下问："姑娘能说服老爷吗？"

"你觉得呢？"姜梨反问。

桐儿还没说话，白雪就抢先开口道："奴婢觉得一定能。姑娘只要好好和老爷说话，老爷定能听进去。"

白雪待人实诚，大约以为所有人的家宅都如枣花村的她家一般和睦，却不晓得深宅大院里，许多事不是那么简单的。

"好。"姜梨笑起来，"我现在就去。"

姜元柏近来有些不顺。

这个时候，姜梨突然来找他，令姜元柏有些吃惊。

一进门，她便觉书房里弥漫着特有的墨香。姜元柏正在房间里练字，雪白的宣纸上，写了一半的静字。姜梨也不说话，安静地站在姜元柏身后，甚至还帮姜元柏磨起墨来。

姜元柏见姜梨磨墨，动作微微一顿，随即又流畅起来。他下笔非常有力，看上去应当是棱角分明的笔锋，落在纸上，却又圆滑和润，暗藏玄机。

见字如见人，姜梨见了姜元柏的字，就晓得姜元柏并不是朝中所言的能力中庸，全凭撞大运成了当朝首辅。此人心思极细，便是那种心知肚明自己是第一，却永远要称第二的人。

姜元柏写完最后一笔，将笔一搁，便见纸上一个静字一气呵成，十分漂亮。

应当称赞的，姜梨却一言不发。姜元柏回头，看向姜梨，还没等他开口询问，姜梨就已经主动发话了。

姜梨道："父亲，我不愿意请夫子来府上教我，我想进明义堂。"

姜元柏眉头一皱："你说什么？"

"我想进明义堂。"姜梨语气不变，又重复了一次。

听到姜梨这般说话，姜元柏一时愣住，竟不知该作何表情。

面前的女孩子不知何时已经长成了亭亭玉立的少女，看起来比姜幼瑶还要纤细柔弱一些。当初送去庵堂的时候姜梨才七岁，是个胖乎乎的小姑娘。八年时间，时光飞逝，把胖乎乎的小姑娘变成了美好的少女，却把最后一丝熟悉也湮灭了。

姜元柏觉得陌生。

他到底错过了姜梨的八年时光，以至于他记忆里的姜梨还是那个骄纵的劣童。当那个孩童站在他面前，平静地提出自己的要求时，姜元柏一时竟不知道该如何回应。

他道："你知不知道自己在说什么，你未曾启蒙，如何跟得上明义堂的功课……"

"父亲，我也是您的女儿。"姜梨打断了他的话，"同样都是您的女儿，三妹就能上明义堂，我却只能跟着从外头请来的先生学些粗浅的道理，父亲，您做得不公平。"

姜元柏又一次语塞。他看着姜梨，脑中突然浮现起季淑然还没进门时，他对叶珍珍拼命生下的姜梨也很怜惜，时常抱着姜梨，让姜梨骑在他的脖子上玩耍。

是有过一些天伦之乐的。只是后来姜梨做得太过分，那些父女情谊就被磨灭了。可是今天，姜元柏看着姜梨，不知为何又想起那些往事来。一句"父亲，您做得不公平"，让他的心中突然生出一股酸意。

不知从什么时候起，姜元柏自己也忘了，自己还有另一个女儿。他把姜幼瑶宠成掌上明珠，待另一个女儿却格外疏离。而姜梨不争不抢，只是站在面前，看着自己平静地叙事，就让姜元柏生出愧意。

这点愧意被姜梨看在眼里，心下也是一阵轻松。

她早就发现，姜元柏对姜二小姐并非全无父女之情。在姜二小姐回府时，姜元柏的眼神里分明还有一些牵挂。诚然姜元柏不是一个好父亲，但这其中，季淑然定然出了不少力。她对姜元柏也没有感情，可是能利用姜元柏的愧意，面上的融洽，她也愿意做到。

如果她长篇大论，一直说姜元柏对她如何不好，姜元柏未必会有所触动。反而是她这样平静说来，姜元柏才会想得更深。

“梨儿，你如今不适合去明义堂。”许久，姜元柏才道，虽是拒绝，语气却和缓了很多。

“父亲之所以不愿意让我去明义堂，无非就是怕人背后指点，让姜家蒙羞。父亲确是一片好意，可是父亲想过没有，当今圣上称赞女子进学，父亲身为当朝首辅，文人之首，却让嫡女在家请先生，不去明义堂，岂不是在打皇上的脸面？”

姜元柏怔住。

他一心考虑姜梨是否会被人指点，姜家会蒙羞，却把洪孝帝给忘记了。

“这是其一。其次，父亲，咱们姜家四个女儿，除去三妹，四妹和五妹也都进了明义堂，偏偏令我在家，一是不公，二是欲盖弥彰。人性如此，大大方方摊开给人看，旁人还不屑议论，越是藏着掖着，别人越是探究。父亲以为将我藏在府上，旁人就不会议论我，错，越是这样，他们越是议论得欢。父亲，”姜梨垂眸，“当初的事情是我做错了。可是，人非圣贤孰能无过，知错能改善莫大焉。当年我年纪小不懂事，如今大了，自然也明了事理。我自小没有母亲教导，走错一步，难道就要用一辈子来偿还？我是愿意，可我是姜家女儿，我不愿意成为姜家的累赘。”

那句“我自小没有母亲教导”，一下子说中了姜元柏的心事，他心下一颤，道：“可是你……”

“父亲，我在青城山的庵堂里并不是没有习字。我知道自己父亲是当朝首辅，不可做一个白丁贻笑大方，便让庵堂里会识字的小师傅教我念书写字，虽然写得不好，启蒙的书籍都看过，会写的字也不少。”

她突然走到桌前，将姜元柏方才写的“静”字挪到一边，重新铺纸。姜梨的动作令姜元柏一怔，下意识看向姜梨。

姜梨提起袖子，慢慢磨墨。她手腕纤细，动作温柔，做来有一种特别的美感，令人赏心悦目，又仿佛这种事已经做了无数遍，自然得不得了。

磨好墨，她提笔蘸饱墨汁，才开始写字，一边写，一边轻言细语：“父亲，明义堂虽然是学堂，但在里头也能交好不少人。我只要在里面不出错，交好的人多，对姜家来说总是有益无害。我姓姜，总是希望姜家越来越好。”

她和姜元柏写字不一样，姜元柏写字慢而深邃，一笔要写得格外漫长。姜梨却不同，她看起来斯斯文文、和和气气，写字的时候却有一种战意在里面，仿佛拿着刀的士兵，即将赶赴杀场，痛战到天明的感觉。

姜元柏瞧着姜梨的侧影，清雅美人，风姿如玉，却杀气腾腾，豪迈丛生。

一笔顿住，姜梨将笔收起，动作十分飒爽，搁到一边，才道："好了。"

姜元柏抬眼去看，乍看之下就惊住了。

字极美，笔力遒劲，这样的字迹，至少需要十年的苦功方能练成，比姜幼瑶的字不知好了多少倍。且字并非女子多用的簪花小楷，而是大开大合、方正平直。

方正中有笔力，平直中见锋芒。

见字如见人，却是个光明磊落、开阔坚韧之人。

姜元柏像打量陌生人一般打量面前的少女，姜梨笑盈盈地看着他，问："现在同意我去明义堂了吗，父亲？"

淑秀园里，姜幼瑶正坐在榻上摆弄新得的流苏络子，听闻姜梨去书房找姜元柏，立刻跳起来道："她去找父亲？她找父亲做什么？"

来回话的下人道："似乎是为请先生的事情去找的大老爷。"

"她想怎么着？难不成还想亲自挑先生？"姜幼瑶问。

"回三小姐，"那人道，"守书房的人在外面，听到里面的人说好像是二小姐想进明义堂，在求大老爷。"

"明义堂？"姜幼瑶忍不住了，尖声道，"凭她？她有什么资格进明义堂？"

季淑然挥了挥手，示意递消息的人下去。待递消息的人走后，季淑然才自言自语道："姜梨刚回燕京就想进明义堂，倒是个心大的。且不论她自己德行和才学如何，如果她进了明义堂，谁知道会惹出什么事。她惯会使绊子，要是在后面耍什么手段，莫要把你给耽误了。"

姜幼瑶激动地道："她一定是想接近周世子，这个贱人！"

女子官学明义堂的对面，就是国子监，宁远侯世子周彦邦就在国子监念书。季淑然一时半会儿没想到这里去，姜幼瑶却一下子想到了。

"我早就知道她不安好心，上次及笄礼那日，她就在花园里勾引周世子，简直不要脸面！如今她一计不成再施一计，娘，你可不能让她得逞！"

季淑然闻言，眉头也跟着皱起来。这桩亲事可是她好不容易为姜幼瑶争取来的，总不能竹篮打水一场空。

"的确不能让她去明义堂。那小蹄子邪门得很，若是让她进了明义堂，指不定还会出什么事。"季淑然站起身，"我这就去找你父亲。"

"老爷，梨儿现在就去明义堂是不是有些不合适……"

书房里，赶过来的季淑然正忧心忡忡地对姜元柏说道。

"好了，你不要再说了，我已经决定了，就送梨儿去明义堂。"

季淑然委屈地道："妾身也是一心为了梨儿着想……"

姜元柏说："幼瑶是我的女儿，梨儿也是我的女儿，都是姜家的小姐，我怎么能厚此薄彼。要是传出去了，我姜元柏的脸往哪里搁？还有你，"他看向季淑然，"梨儿不在府上八年，刚回府，你这个做母亲的要多多关照她一些。你要是把对幼瑶的心放一半在梨儿身上，我就放心了。"

季淑然愕然地看着他，姜元柏说这话，就是在指责自己偏心了。还不等季淑然再说什么，姜元柏就拿起外袍，出了书房，自己离开了。

书房里独剩下季淑然一人，门口的小厮战战兢兢地往里一看，便见到那位素来端庄温婉的大夫人面色扭曲如魔鬼，表情骇人，仿佛变成了另一个人。

季淑然此刻心中全然是恼怒和恨意，不晓得姜梨究竟在姜元柏面前说了什么话，姜元柏前些日子对她的和缓，眼下全都看不到，仿佛一瞬间又回到了从前。

"姜梨……"她咬牙切齿道。

她一定要让姜梨为今日做的一切付出代价！

姜元柏打算送姜梨去明义堂的事，很快整个姜府都知道了。

晚凤堂里，姜老夫人正与姜元柏谈论此事。

"元柏，你到底是怎么想的？"姜老夫人问道。

"娘，梨儿现在已经十五了，平民子弟十五入学，可王侯太子八岁入学，公卿之子十岁入学。梨儿入学的时间虽然晚，但和平民之子也是一样的。"

姜老夫人看着姜元柏："你知道，我问的不是这个。二丫头入学的年纪并不重要。"

姜元柏犹豫了一下："娘，梨儿虽然从前犯下过错，但亡羊补牢犹未为晚，她那时候年纪还太小，不能因年少犯下的过错影响到未来。"

姜老夫人垂眸，不知道在想什么，过了好一会儿，才道："你既然已经决定了，就照这么做吧。珍珠，"她唤来身边的丫鬟，"把库里那套紫木文房四具给二丫头送去。"

珍珠忙起身，姜元柏见状，这才松了口气。

又和姜老夫人说了些入学以后的事，姜元柏才离开。姜元柏离开后，姜老夫人身边的丫鬟翡翠问："老夫人是不希望二小姐入学吗？"

"我若是不希望，就不会送她文具了。"

"那……"翡翠不解。

"元柏是我看着长大的，他这人心思重，我怕他是看中了二丫头，想拿二丫头打什么主意。"姜老夫人长叹一口气，"可是如今的二丫头，也不是什么人都能摆弄得了的了。我怕他们父女因此生了嫌隙，家宅不宁。"

姜老夫人说话的工夫，姜府后园里，姜幼瑶摔碎了一个茶壶。

姜玉娥心疼地看着那只紫砂茶壶，这样的茶壶拿到外面去卖，少说也得一百两银子，姜幼瑶就这么摔碎了，可是一点都不在意。

“姜梨！爹为什么会送姜梨去明义堂？她到底跟爹说了什么！”

姜玉燕胆怯地瑟缩了一下，姜玉娥却附和她道：“定是姜梨在大伯父面前说了什么，姜梨才回府没多久，大伯父的心就偏到她那儿去了。哦，对了，”姜玉娥还有心要刺姜幼瑶一句，就道，“听说祖母送了姜梨一套紫木文具，就是之前三姐你同祖母要祖母没给的那套。姜梨可真是不简单，笼络了大伯父不说，连祖母都讨好了。”

闻言，姜幼瑶一愣，随即追问道：“你说的可是真的？祖母真的送了姜梨一套紫木文具？”

“当然是真的。”姜玉娥耸耸肩，“整个晚凤堂的下人都瞧见了。”

“这个贱人！”姜幼瑶大怒。那套紫木文具她十分喜欢，问姜老夫人要了几次姜老夫人也没给，如今姜老夫人却把那套文具给了姜梨，这可不是活生生在打她的脸！

“不行，我要去找我娘，”姜幼瑶道，“不能让姜梨去明义堂！”

“三姐，”姜玉娥拉住她，“如今老夫人和大伯父都说话了，姜梨进明义堂的事也是板上钉钉了，三姐这会子说也晚了。不过我想着，姜梨进明义堂，根本就是不知天高地厚。她也不想想，明义堂多少勋贵之家的小姐，哪个敢与她交好。而她才学鄙陋，也不知会闹出多少笑话，届时岂不是沦为三姐的陪衬，遭人耻笑？”

姜幼瑶闻言，这才慢慢平静下来，道：“话虽如此，可她总在我面前乱晃，也令人难以忍受！”

“三姐，小不忍则乱大谋。”姜玉娥笑道。

待姜幼瑶平复心情离开后，姜玉燕问：“五妹，你为何要鼓动三姐对付二姐？”

姜玉娥冷笑一声：“谁让她不自量力！”

姜府三房本来就势弱，毕竟是庶子一房。姜玉燕和姜玉娥能进明义堂念书，也是姜元兴成日讨好姜元柏才得来的机会。姜玉娥自卑又自负，却心比天高，立志不比任何人差，才学之上，其实整个姜家最出色的就是姜玉娥。

姜幼瑶不必赢得才女美名也是姜家的掌上明珠，姜玉娥却要这才女美名锦上添花。这是姜玉娥唯一自傲的东西。比姜梨有才华，把姜梨这个嫡女踩在脚下，姜玉娥就会有一种优越感。

可是如今，姜元柏却让姜梨去明义堂。这样一来，姜家的四个女儿都是一样，一个原来比自己差多了的人突然赶上了自己，于是姜玉娥的优越感便没有了，姜梨是造成这一切的罪魁祸首。

要恢复自己的优越感，除非姜梨过得比自己差。姜幼瑶和姜梨本就势同水火，轻轻一挑拨必然有无数矛盾。

姜玉娥只要在一边火上浇油就好。

入学的前一日，就这么过去了。第二日，姜梨起了个大早。

明月和清风看见姜梨起得这样早还有些吃惊，桐儿跟她们解释："姑娘从今日起就要去明义堂念书了，进学每日不可迟到的。"语气十分骄傲。

明月和清风道："听说明义堂很不容易进呢。姑娘以后就可以和三小姐她们一道进学了。"

听到提起姜幼瑶，桐儿立刻哼了一声，嘀咕道："谁稀罕和她们一道去。"

入学第一天，姜幼瑶和姜玉娥却早早地走了。一般来说，府里自家姐妹进学，总需要引见，何况姜梨和京中的贵女并不熟悉，若是去了无人搭理，有姐妹在旁边，也不至于孤单可怜。她们分明是故意的。

正想着，身后的屋门推开，姜梨和白雪一道出来了。

桐儿呆了呆，突然道："姑娘真好看！"

姜家四个女孩子中，容貌最精致出众的是姜幼瑶，娇艳如花；姜玉娥也不错，楚楚风姿，小家碧玉；姜玉燕容貌平平不值一提；至于姜梨，模样端正是端正，就是寡淡了些。

但自从在庵堂里待了八年后再回姜府，从前寡淡的眉眼长开，其中更生出了一种别样的灵秀。和京中的贵女不同，那是一种在生长的难以言喻的东西，仿佛带了些英气，又有了些风韵。

美人在骨不在皮，姜梨的美，更像是风骨之美，姿态之美，风雅之美。

她没有穿昨日季淑然派人送来的一大箱颜色鲜亮的衣衫，只穿着一件月白的齐胸襦裙，胸前用淡黄的绸带绑了，长发在脑后侧扎起一个髻，木钗上点缀着一粒红豆。肤白如玉，明眸皓齿，简单至极的打扮，却清雅秀美得不得了。

白雪道："姑娘，门房那边已经说好了，咱们现在就去马车那边。"

姜梨点了点头，笑道："走吧。"

姜梨和白雪在去往明义堂的路上时，姜幼瑶三人已经提前到了。

从前姜幼瑶也不与姜玉娥姜玉燕同行，毕竟姜玉娥二人是三房的人，姜幼瑶打心底瞧不起她们。不过姜玉娥嘴巴甜，又惯会捧着她，姜幼瑶偶尔也会给姜玉娥点好颜色。

今日是为了气姜梨，姜幼瑶头一遭和姜玉娥姜玉燕乘一辆马车。这落在明义堂众人的眼里，就觉出些不同寻常来。

"幼瑶，"门口一位粉衣少女往后瞧了瞧，好奇地问，"今日不是你们府上二小姐也一道来入学吗？怎么不见她人影？"

姜幼瑶还没说话，姜玉娥就率先开了口，她道："二姐起来得迟了，大约在忙着挑哪件衣裳，今日是她第一日进学，心底很看重。"

平日里姜玉娥这样插嘴，姜幼瑶定会不悦，今日却任由姜玉娥说话。

姜玉娥的话一说完，就有另一位个子高高的女孩子嗤笑一声：“挑哪件衣裳？这里又不是比美选妃，挑哪门子的衣裳？”

“听闻你们府上二小姐刚回府的时候有人见过，说也是个清秀佳人呢。”也有少女试探地看向姜幼瑶，“真的很漂亮吗？不知比起幼瑶你来如何？”

姜幼瑶在明义堂里虽然称不上是才学顶尖、容貌顶尖，可才学比她好的比不上她的容貌，容貌比她好的又比不上她的才学，加之姜元柏的身份地位，姜幼瑶在明义堂一枝独秀。

姜玉娥笑道：“二姐长得的确好看，就是在山里待太久，性情……”她没有说下去。

在深山里待了八年，就是个乡下土包子，刚回燕京，能懂什么呢？

连方才对姜梨怀着好奇心的少女也目露轻视之色。

明义堂的女学生们，看身份，看地位，看容貌，也看才华。来这里的人都是各自家中的掌上明珠，但凡有了新人，都要拿出来比一比。

姜梨除了有个首辅爹，其他的一无是处，而这首辅爹还不见得将她放在心上，这样子，姜梨有什么值得注意的呢？

正说着，突然听到外头不知哪个好事的学生喊了一声：“姜二小姐来了！”

整个学府里的女学子都不约而同地朝门口看去。

但见门口走来两位少女，丫鬟打扮的身材较之普通丫鬟更健壮，连皮肤都是黝黑的，配着杏红色的丫鬟裙，非但没有显出娇俏，反而有几分滑稽，行动间也更像是山野中的村女。

这丫鬟虽然引人注目，但或许是因为她的滑稽，更衬得她身边的女孩子格外出尘。

那少女脸上带着温和的微笑，熨帖如山间暖风，拂过人心间，让人只觉得舒服。她五官生得恰恰好，清秀中眉目间又有英气，这让她的温柔也带了几分坚韧动人。

“那是姜家二小姐吗？”有人小声道，“倒不像是山里养出来的。”

进学第一天，第一次来明义堂，面对不认识的人，这女孩子没有一点不自在，落落大方的模样，做得不比任何人差。

“我看倒像是山里养出来的，”也有人悄声与同伴咬耳朵，“挺有灵气。”

灵气，是一种难以言喻的感觉，不是跟着先生多学几日就能学出来的，也不是多花银子就能买过来的。这女孩子的眼睛干干净净，像是一汪泉水，甘甜而纯善。

即便听过她那么多恶毒的传言，但姜二小姐生得太过温纯良善，让人实在很难生出恶感。

周围人对姜梨态度的一瞬间转变，立刻就被姜幼瑶几人捕捉到了。姜幼瑶气急败坏，姜梨竟没有穿季淑然送去的那些裙子，而是自己有了主意。她分明就是故意的，故意大出风头！

姜幼瑶的想法实在有些无理取闹。若是姜梨穿着季淑然送的那些衣裳，才是真的出风头。只是现在这时候出风头，未必是好事。

姜玉娥很不解。她不明白，姜梨声名狼藉，但看到姜梨的时候，这些学生都并未露出厌恶的表情，难道名声好坏并不重要吗？

姜梨心中慢慢地笑起来。

有些东西，世人的眼睛是看不到的，看不到的东西，就被蒙蔽了。大多数人都愿意相信，自己看到的就是所有。

譬如一个人的好坏，其实一面之缘，怎么能看明白。看明白的，只是另一个判断。

她看起来像是个好人，只要稍加努力，她可能就是一个“好人”。

这时候，刚才那位个子高高的少女率先发话，道：“你就是姜府的二小姐？”

姜梨抬眼看去，这少女她曾见过，在一场官眷府上的家宴中，是承宣使府上的小姐，孟红锦，平日里和姜幼瑶十分要好。

姜梨道：“是。”

“你竟然敢来明义堂？”孟红锦一扬眉，“听闻你七岁就去了庵堂，那里可没人教你启蒙。你这样的不在府里请个先生教，便来明义堂，也不怕听学听得云里雾里，一窍不通？”

这话实在刺耳，学堂里的人都盯着姜梨，看她是何反应。

姜梨笑了笑，道：“那就不劳这位小姐操心了。”

不咸不淡的，又把孟红锦的话堵了回去。

孟红锦没料到姜梨是这么个反应，仿佛一拳打在棉花上，心中窝火极了。姜梨仍旧笑眯眯的，态度也没有丝毫变化。她心中恼火，便用众人听得到的声音“小声”道：“难怪说家庙静心，瞧这窝囊的样子。”

“这位小姐若是希望静心，也可以去家庙待一待。”姜梨小声道。

“你！”孟红锦大怒。

姜幼瑶开口劝道：“二姐，你怎么能这么对红锦说话？”似是很忧心的模样，又对孟红锦道：“红锦，我二姐刚回燕京，不懂规矩，对不住了。”

孟红锦说：“没什么，况且是你二姐的错，你来道什么歉，幼瑶，你这人就是性子太软了，太容易被人欺负。”

姜梨瞧了姜幼瑶一眼，气定神闲地开口：“三妹，你这性子实在是太软了，我什么都没说呢，你倒先替我道歉了。这位小姐说我窝囊，我非但没有生气，还好言相对，这也是错？”

姜幼瑶正要说话，姜梨又开口了：“我听闻在有的地方，不以道理论输赢，而是以身份地位。难道明义堂也是这样的地方？我分明是有道理的，却还是要认输，莫非这位小姐的身份地位比我高许多？那我就不得不认错了。敢问这位小姐，令尊官从几品？”

此话一出，整个学堂里都是一静，孟红锦的脸涨得通红，一句话也说不出来。

谁都知道，姜梨的爹是当朝首辅，孟红锦的爹是承宣使，承宣使再如何也比不过当朝首辅。偏偏姜梨这话还问得认真，让孟红锦顿时沦为笑柄。

气氛尴尬，姜幼瑶也不知如何开口。帮孟红锦说话，就等于在踩自家爹，同意姜梨的话，孟红锦不记恨自己才怪。暗恨姜梨如此狡诈，姜幼瑶无奈之下，只得跟姜玉娥使了个眼色。

不得已，姜玉娥轻咳了两声，打破了沉默，生硬地将话题拉到了另一边："二姐，先不提那些了。刚进学，你得挑个位子，我和四姐同坐一组，三姐和孟小姐同坐一组，因你来得太晚，得问问有没有谁愿意和你一组。"

有谁愿意和自己一组？姜梨不用想也知道，定然是一个人也没有。

果然，姜梨站在学堂中，并没有人出声招呼她往自己身边坐。

白雪不能进学堂内，就在外面的马车外和其他小姐的丫鬟在一处。那些丫鬟也嫌弃白雪生得粗壮，把白雪一个人孤零零地扔在外面。白雪也不介意，自己蹲下来在假山旁边和野猫一起晒太阳。

一片寂静中，突然有一个声音喊道："我这边没人，你过来坐吧。"

姜梨有些意外，只见一个穿青色衫裙的姑娘从前方站起身，往姜梨这边看来。

那姑娘生得算娟秀，不过下颌略方，就显出几分方正坚毅来，眉目间隐隐有柳夫人的影子，姜梨恍然大悟，那是承德郎府上的小姐，柳絮。

姜梨也没有迟疑，就往柳絮旁边的桌子走去。身后有嘲笑声传来："柳絮，你还真敢与她坐在一处，就不怕哪天她也把你从台阶上推下去。"

柳絮仿佛没有听到，姜梨笑盈盈地在柳絮身边坐下。柳絮蹙着眉，隐约能见一点不情愿的表情，不过也没说什么。

姜梨心中了然，大约是柳夫人也得了她会来明义堂进学的消息，与柳絮说好，让柳絮照应自己。

见姜梨打量自己，柳絮绷紧了嘴角，撇过头去。姜梨看得失笑，这也是个可爱的姑娘。

身后的议论声纷纷，还能听到有人询问姜幼瑶的声音。姜梨晓得，姜幼瑶和姜玉燕又会竭尽全力地抹黑自己了。

不过没过多久，就有人进来，来人是个女先生，穿着一身松木色长衫，发髻绾得高高的，细眼薄唇，身材瘦弱。她一进来，明义堂的嘈杂声顿时消失了。

是个严厉的先生。

姜梨瞧着面前的女先生，一时有些失神。

这位女先生姓纪，单名一个萝字。在明义堂里，她教习的是六艺中的"礼"。

纪萝也是个恪守礼仪的人，在姜梨看来，甚至有些守旧古板。纪萝清高，曾十分倾慕沈玉容，当众称赞沈玉容才华横溢，对还是薛芳菲的她有些刻薄。

同为女人，她自然能看出，纪萝心仪沈玉容。

后来薛芳菲私通一事传遍燕京，纪萝还曾登门，当面叱骂她不守妇德，对沈玉容的遭遇深感同情。

不过，姜梨垂下眼眸，不知纪萝得知沈玉容的真正嘴脸，可还会如此深情？

纪萝进来以后，时辰一到就开始授课。明义堂的《燕礼》《仪礼》《女书》《孝经》之类的书，姜梨早就看过了，甚至能倒背如流。不过一边的柳絮听得十分认真，神情很是专注。

纪萝授课，授课中途会令一些学生起身诵背往日的功课。她应当是比较严厉，学生也都惧怕她，上课的时候都规规矩矩的。不过，从头到尾，纪萝都没有问姜梨一句，甚至没有向姜梨这头看上一眼。

待《仪礼》一课结束后，纪萝站在台上，道："再过十日就是今年的校考，今年校考与国子监校考同时进行，能在校考中取得好名次的，会上告太后，得以赏赐，对你们而言，是莫大的荣光。"顿了顿，她又意有所指地道，"而对于不能达到要求者，逐级上报，屏之远方。"

周围顿时响起议论声。

不能达到要求，就会被逐出明义堂。

事实上，逐出明义堂是小，毕竟人人都不是才女，可来明义堂进学的都是京中贵人家的小姐，一旦考核没有达到目标被逐这件事传了出去，实在无地自容。

"希望各位努力。"纪萝干巴巴地说完这句话，就面无表情地带着书离开了学堂。

等纪萝走后，学堂里顿时热闹起来。有人议论道："真的会被逐出明义堂？纪先生不会在诓我们吧，我的书算可是糟透了。"

"我的乐教才是令人头疼。"

"完了完了，若是我御敌不过怎么办？"

吵吵嚷嚷中，突然有个声音响亮地传了出来："你们怕什么？姜二小姐什么都不会，方进明义堂的人都不怕，你们这不是杞人忧天吗？"

正是孟红锦。

孟红锦这番话一出来，周围的人愣了一刻，随即调笑起来："正是，是我们糊涂了。"

"姜二小姐可真是不走运，早知道这样，还来明义堂做什么呢？"话里不无幸灾乐祸。

在这些人看来，姜梨和白丁也差不了多少，至少这些贵女比起姜梨启蒙早了七八年。若是真的要被逐出明义堂，第一个被逐出的也该是姜梨才对。

姜梨将这些话听在耳中，只是笑笑，并不理会。

"纪先生的话未必是真的。"身边的柳絮突然开口道，姜梨看向她，柳絮只收拾着自己的书本，低着头并不看姜梨，"而且姜大人不会让你陷入如此境地，届时同明义堂的保傅解释就是了。"

姜梨弯了弯嘴角，道："我知道，谢谢你。"

似乎对姜梨的感谢有些不自在，柳絮僵硬了一瞬，没有说话。

纪萝授过课后，不久又有别的先生来上课。姜梨对这些先生不陌生，对他们教习的功课更是很熟。不过即便这样，她的态度也很认真，仿佛真的什么都不懂一般。

只是这些先生也都和纪萝一样，不知是有意还是无意，都忽略了姜梨。

这一天总算是风平浪静地过去了，虽然以孟红锦为首的一行人一直在挑衅，不过姜梨一直微笑面对，偶尔反驳几句，却又让人找不着话说。

下学后，白雪和姜梨一道去明义堂等在外面的马车那头，准备一起乘坐马车回府。姜幼瑶和姜玉娥是绝不会和姜梨共乘一车的，姜梨也嫌麻烦得紧。

才出了明义堂，就看见对街不远处，有几人正在拉拉扯扯。姜梨只瞥了一眼便准备离开，燕京城中关系错综复杂，要是一不小心卷入了什么麻烦，要脱身就很难了。更何况她现在是姜家嫡女，做事更要谨慎。

正在这时，那几个拉扯的人中突然有人说了一句："襄阳叶家不是很有银子吗？拿银子砸开国子监大门啊。我这幅画是前朝画师曾子墨的亲笔，有市无价，本少爷今天心情好，你拿三万两黄金，这事我就不计较了。"

襄阳叶家？姜梨脚步一顿。

姜梨的母亲叶珍珍就是襄阳叶家的小女儿，襄阳叶家就是姜梨的外祖一家。

这人是自己的亲戚。

姜梨往那头看去。

只见几个年轻人正围着一个十七八岁的少年郎，少年郎只穿着一件简单的银丝长袍，式样素简，俊眉修目，此刻目光难掩愤怒。而他对面的人，是三个打扮富贵的公子哥儿。另两人扯着少年郎的衣袖，为首的人獐头鼠目，手里拿着一幅字画，正不依不饶地发难。

"怎么样，干是不干啊？"獐头鼠目的人姜梨认识，是太长卿的小儿子刘子敏，就是个不学无术仗势欺人的无赖。

那少年郎咬牙道："不干又如何？"

刘子敏打量了少年一遍，恶狠狠一笑："简单，本少爷送你去见官！"说完，一挥手，对另两人道："带走！"

竟是要押着少年离开。

事已至此，姜梨只得站出来。

"且慢。"她说。

横空里突然传来这么个突兀的声音，几人并着周围看热闹的都往这头看来。

姜梨从一边走了过来。

刘子敏本来在四下搜寻，见从人群里走出个清秀佳人，顿时眼前一亮，语气也带了几分调戏，道："这位姑娘是何意？"

白雪见此情景，紧紧跟在姜梨身边，心中打定主意，若是这个长得跟老鼠一样的小子敢摸姜梨一根小指头，她就揍得这小子满地找牙。

姜梨笑道："敢问这位公子做了何事？"她指了指一边的少年郎。

"做了何事？"刘子敏长长地揶揄了一声，笑嘻嘻道，"这位姑娘是想做见义勇为之事，莫不是以为我们在欺负这位兄台。那我就得辩解一句，我们可不是仗势欺人。这位兄台叶世杰，弄坏了我们府上一幅传世墨宝，喏，就是这幅《雀饮春》。"

《雀饮春》是前朝书画大家曾子墨的杰作，曾子墨死后，他留下的笔墨被人花重金买下，尤其是文人之家，更是以能收藏曾子墨的墨宝为荣。倘若刘子敏的这幅画真是《雀饮春》，叶世杰也算是倒了大霉了。

"这《雀饮春》有市无价，我看在叶兄台并非燕京人，这才愿意妥协，让叶兄赔我三万两黄金可一点儿也不亏。没想到叶兄这人实在过分，一分钱也不愿意出，这还是襄阳叶家出来的呢，这么抠门，这莫非就是商人本性？"说到这里，刘子敏哈哈大笑起来。

周围的人闻言，也跟着笑起来。

燕朝轻商，士农工商，商人排在最低等。叶世杰咬牙，按捺下愤怒，道："那幅画并非我弄坏的，是我在写字的时候，你自己扑上来的！"

"哎呀呀，"刘子敏道，"你竟然还血口喷人，本少爷闲得没事干，会自己毁掉自己的名画吗？"说到这里，他仿佛才记起身边还有姜梨这么个人，"这位姑娘，你来说说理。"

姜梨笑了笑，道："可否让我瞧瞧公子的这幅画，我还从未见过真的《雀饮春》呢，没想到就这么毁了，真是可惜。"她仿佛很遗憾似的。

刘子敏见她这样，大方地将画递过去："姑娘想看，那就看吧！"他看姜梨的打扮似乎不是普通人家，但燕京城里何时来了这么个水灵灵的官家小姐，他还真不知道，心里寻思着等下就让人去打听一下，若是家世次一些的，娶回来当个妾也不错。

人群不远处，马车上的姜幼瑶几人也看到了这一幕。姜幼瑶问："她这是做什么？"

"三姐，"姜玉娥提醒，"那个叶世杰是襄阳叶家的人，二姐外祖家的。"

姜幼瑶恍然，再度看向姜梨："且再看看。"

姜梨接过《雀饮春》，就仔细地看起来。

《雀饮春》画的是春日来临，山谷里的山雀站在低垂于水面的花枝之上，啄饮溪水中自己的倒影。山谷里百花盛开，山雀的活泼机灵，溪水的清澈见底，皆被一一画来，惟妙惟肖。

只是现在那画自底端被人斜斜撕开一条大口子，几乎要将画页一分为二。

因着姜梨的出现，周围看戏的人也越来越多。叶世杰皱着眉，反倒是刘子敏最有耐心。

看了一会儿，姜梨才放下手里的画，但并没有把画还给刘子敏，而是道："曾大师的墨宝果然珍贵，重在意趣，难得无价，只是……”

她每说一句，刘子敏的眉毛就扬高一寸，听到姜梨最后一句话时，刘子敏就下意识接道：“只是什么？”

“这幅画是假的。”姜梨道。

“这幅画是……”刘子敏猛地反应过来，高声道，“怎么可能？”再看向姜梨时，神情已不复最初时候的和善。

叶世杰也愕然地看向姜梨。

“这幅画已经仿得很像了，不过，仍然掩饰不了它是一幅赝品的事实。按如今市上模仿得最像的赝品价值来算，这幅画至多也不过五十两银子。叶公子，”她看向叶世杰，“你只需赔这位公子五十两银子就行了。”

“小姑娘，”刘子敏阴阴地笑起来，“红口白牙的，你说是赝品就是赝品？这幅画就是真品！你可别胡乱说话。”

“是啊，”周围的人起哄，“你怎么证明这是假的？”

姜梨也不急，不紧不慢道：“曾大师是前朝人，前朝的人作画都是用前朝的丝帛。可是，前朝没有双丝绢。”

“双丝绢？”白雪狐疑地问了一句。

“前朝只产出单丝绢，绢粗而稀薄。你看这幅墨宝，洁白细密，分明是双丝绢。前朝的曾大师总不会用如今的双丝绢作画，这是其一。”

“其二，印章不对。前朝并不常用石刻印章，且前朝的印章都带有前朝特有的痕迹，篆文每个字的停笔处都比原笔画略粗一点，但显得较淡，略呈黄色。这幅画的印章篆文停笔流畅，颜色发红，显然不对。”

姜梨一边娓娓道来，一边将手里的《雀饮春》展示给众人看。不说众人还不觉得，一说来，比照着姜梨的话一看，果然觉出些不对。

眼见着刘子敏的脸色越来越难看，叶世杰却越来越惊讶，姜梨笑道：“还有最重要的一点，《雀饮春》这幅图，最高明的就在于曾大师注意细节，山雀啄影时，眼里有水中山雀的倒影，同样，水中山雀的眼睛里，也有花枝上山雀的影子，可是这幅《雀饮春》，水中倒影里的山雀，眼睛里什么都没有。”

“所以，”姜梨笑道，“公子这幅《雀饮春》，是假的。一幅假的《雀饮春》，三万两黄金，这是天方夜谭。”

刘子敏恼羞成怒，伸手就要来抢姜梨手里的画，姜梨哪里会让他得逞，白雪早已灵敏地接过画，举得高高地展示给众人看。

“你知不知道我是谁？”刘子敏终于忍不住，露出嘴脸，恶狠狠道，“你敢这么血口喷人，我爹知道了，你可就麻烦大了！”

闻言，姜梨终于收起脸上的笑容，淡淡道：“我不知道你是谁，但是，你敢这么对我言行无状，我爹知道了，你也麻烦不小。”

“我倒要看看你是哪家的人，报上名来！”刘子敏怒道。

“京城姜家，首辅嫡女，姜二。”姜梨道。

淡淡的一句话，顿时让正吵嚷着议论的人群一静。

刘子敏本来还等着姜梨说出口时好好奚落她一番，听到此言，却是僵在原地。

京城姜家，首辅嫡女，燕京城的首辅千金姜幼瑶这里大多数人都认识。面前的女孩子自报家门，那就是姜家的二小姐，八年前离京的姜梨。

太长卿家的小儿子固然能在燕京城横着走，可谁都知道身为皇帝恩师的姜元柏更是得罪不得。

只是刘子敏此刻已是骑虎难下，要是就在这里认了㞞，日后他怎么在燕京城里混？更何况要是承认了自己的罪名，让人知道他拿一幅假画讹叶世杰的银子，国子监的同窗会笑死他，毁了自家的名声，他爹更会打死他的。

心一横，刘子敏想着，整个燕京城，他又不是没打过比自己地位高的人家的儿子。有些人家的少爷，虽然家大业大，性情却软。姜梨只是个小姑娘，吓唬两句，说不准就会服个软。

刘子敏冷笑着看向姜梨：“你虽是姜家人，你爹却不见得会护你。别以为抬出姜家你就能胡说八道，我说这画是真的就是真的，你和这小子沆瀣一气，小心引祸上身！”说着，扬了扬拳头。

马车里远远望着这一切的姜幼瑶眼睛一亮，只恨不得刘子敏立刻在这里将姜梨打伤，如此一来，姜梨在街上与男子冲突，名声一跌再跌，姜元柏就算再如何偏心，这回也得动怒。

“刘子敏，”叶世杰眉头一皱，将姜梨往身侧一挡，“你我二人的恩怨，与他人无关，莫伤及无辜。”

刘子敏哈哈大笑：“我也是这个意思。”他看向姜梨，意思便是，姜梨最好不要插手此事。

姜梨唇角一扬，道：“可巧，我这个人最不怕惹祸上身，公子大约忘了，八年前我是因何离开燕京城的。”

诸客皆惊。

八年前，姜梨离开燕京城的罪名，就是因为犯下杀弟弑母的大错，旁人忙着掩饰自己的恶事还来不及，姜梨却生怕别人不晓得似的，主动说了出来。

真是哪壶不开提哪壶。

叶世杰诧异地看着姜梨，似乎没想到姜梨会说出这么一句话。姜梨却是神情平静，安然地看着刘子敏。

刘子敏突然觉得自己额上冒出些冷汗。

旁人大约不晓得姜梨这话是什么意思，可刘子敏第一时间就察觉到了，姜梨的意思是，她连杀弟弑母的事情都做得出来，还有什么事情做不出来，一个刘子敏的威胁，还真不放在眼里。

刘子敏本应该为这挑衅感到愤怒的，可看着姜梨的眼睛，他却觉得害怕。

是的，他是个恶霸，在燕京城虽不是无恶不作，不过也差不离。手上甚至还有几条人命，但是，他手上的人命都是比他势力低微许多的平民，而非地位与自己平等，甚至还要高他一头的官户。

当面对比自家势力更大的人家时，刘子敏欺软怕硬的个性就会迫使他有所顾忌，然而当他有所顾忌的时候，对面的人却毫无惧怕，甚至有一种光脚的不怕穿鞋的的狠戾。

于是弱的更弱，强的更强，转瞬之间，刘子敏已经落于下风。

姜梨瞧见刘子敏闪烁不定的眼神，就晓得刘子敏有所动摇了。

薛怀远是桐乡县的县丞，为官清正廉明，铁面无私，有时候对于官阶比自己更高的官员，也敢于揭露。这样的人在百姓之中声望极好，同僚却是恨得不行。

同僚恨，恨屋及乌，同僚的儿女们也恨。从小到大，她和薛昭不知道被那些官家少年少女找了多少麻烦。

她还好，女子间的争斗总不会动手。薛昭可就惨了，那些少年一言不合就大动拳脚，薛昭总是鼻青脸肿地回家。日子久了，薛昭也学出些经验，对于狠人，要做的就是比他们更狠，无论如何，气势不能输。过去有哪些狠事，先摆出来给人看，压一压对方的气势。对方气势一弱，不要给他们机会，自己气势节节攀升，必然获胜。

薛昭就靠着一身气势和他的武艺，最终在桐乡县里无人敢惹。

姜梨一看到刘子敏的做派，就知道刘子敏是个欺软怕硬的。而她有姜家这座靠山，根本不必费什么心思，就能击溃刘子敏。

杀弟弑母是个恶名，可是这恶名在某些时候也能令人胆寒，避免许多无谓的麻烦。

“真是无耻。”姜幼瑶切齿，“这等丑事还拿出来宣扬，真是把父亲的脸都丢光了！”

见刘子敏站在原地不动，姜梨就道：“这位公子非要一口认定我是胡说八道，那就按照公子最初所言，送去报官吧。我也身在此案中，与你一道去就好。”

刘子敏又急又怒。

他当时说报官，不过是为了吓唬叶世杰，只要上下打通门路，要坑一个叶世杰还不是易如反掌，可是姜梨也牵扯进来就不一样了，就算是看在姜家的脸面上，这个案子也只会秉公办理。到了最后，他就是偷鸡不成蚀把米，不仅没赚到叶世杰的银子，反而将自己也坑了进去，连累了自己爹的名声。

转眼之下，刘子敏已经是冷汗涔涔。

“不过，”正在刘子敏进退两难的时候，姜梨忽然笑道，“我想此事大约只是一个误会，毕竟公子看样子也不是会故意讹诈他人之人。想来以为这幅画是真的，也是被人蒙骗了。既然如此，不如讲和，让叶公子赔上二十两银子，此事作罢，如何？”

听在刘子敏的耳中，姜梨这话犹如天籁，这是在给他台阶下啊。

如何？当然好！

周围看热闹不嫌事大的人正兴致盎然地等着看接下来会是怎样一场扯不清的官司，没想到姜梨会突然抛出这么一句话。

“好。”刘子敏却是生怕姜梨反悔，立刻答应了，虽然答应了下来，还是要力求挽回一些面子，便对叶世杰道：“叶公子，这幅画也是我受了蒙骗才造成这么一遭误会，你虽撕了我这幅画，得饶人处且饶人，我也不与你计较了，那二十两银子就算了。今日看在姜二小姐的分上，此事就此揭过，这画送给你，少爷我不要了。”

听见人群中传来唏嘘之声，刘子敏强自按捺下心中的羞耻，又对姜梨拱了拱手，假装镇定地离开了。

他身后的两个跟随的人也一同灰溜溜地走了。叶世杰探究地看向姜梨，正要开口，却见姜梨对他微微点了点头，就跟身边的白雪道：“白雪，把画还给叶公子，我们回去了。”

白雪沉声应了，把手上那幅赝品《雀饮春》卷成一个卷儿，递给叶世杰，就回头扶姜梨去那头的马车，一点儿也没有要和叶世杰多攀谈的意思。

叶世杰愣愣地看着主仆二人上了马车远去，围观的人群也渐渐散开，不由得摇了摇头，将诸多心思甩到一边，朝街的另一头走远了。

却无人发现，离方才街道不远的巷子里，正停着一顶黑凤软轿，轿外，有侍卫正在说话，倘若此刻有人经过，就会发现，这人说的话便是方才叶世杰刘子敏起风波的经过。

话毕，许久之后，轿中有人声传来。

“知道了。”

轿子里的年轻人倚靠窗边，懒懒散散的样子，红衣铺满软榻，神情微妙：“姜家。”

在他的对面，青衫文士捋了捋山羊胡，笑道：“本想借刘家小儿困住叶世杰，逼叶家出面，没想到姜二小姐阴差阳错帮叶世杰解了围，如此一来，大人的计划全乱了。”

虽是说着遗憾的话，神情却丝毫不见遗憾，反而很轻松似的。

“叶世杰只是个小卒，”姬蘅掸了掸袖子上的微尘，道，“起不了太大作用，丢了就丢了，不急。”他容貌艳丽分明，嗓音却带了一丝奇异的低哑，仿佛含着情欲，让人欲罢不能。

“再说，比起刘子敏，”他缓慢地勾了勾唇，“姜二小姐有趣多了。”

白雪和姜梨回到了姜府。

芳菲苑里，桐儿从白雪嘴里听到了姜梨下学后遇着的风波，惊得差点摔了杯子，道：“姑娘这回也太惊险了，虽然心善，可下次最好莫要随意出头，今日连府上的护卫也没带上一个，如果那刘家少爷真动起手，吃亏的还是姑娘。”

姜梨笑而不语。

正说着话，外头的清风挑开门帘进来了，道："姑娘，晚凤堂的翡翠姐姐刚刚让人传话说，老夫人让您过去一趟。"

"现在？"姜梨讶然，现在可不是请安的时候。

"三小姐几人也在晚凤堂，说今日下学的时候姑娘与别人争吵了。"清风不安地道。

"呵，告状的动作还真快！"桐儿义愤填膺，"咱们姑娘那是助人为乐，什么和别人吵架，她也真敢说！"

姜梨站起身："无事，她主动告诉老夫人，正好省了我的事。"

白雪摩拳擦掌，气势汹汹道："姑娘，奴婢陪你一起去。"

"可以。"姜梨笑道，"不过不要打架，我们是去讲道理。"

晚凤堂里，此刻一片安静。

姜丙吉坐在姜老夫人的软榻上，捡着碟子里的窝丝糖吃。姜老夫人却没有如往常一般笑着哄他，而是若有所思。

姜玉燕坐在一边，谨慎地不开口。姜玉娥和姜幼瑶坐在一处，姜幼瑶的神情有些得意，姜玉娥却是眼珠子转个不停。

季淑然也在，她坐在姜老夫人的下首，面上带着和婉笑意，似乎还有些担忧，目光不住地往门口的方向看，似乎在等着什么人。

没过多久，她等的人就到了。

姜梨和桐儿到晚凤堂的时候，姜丙吉一眼看到她，似乎就想大声谩骂，只是突然又想到了什么，硬生生地将话咽了回去。

姜梨只假装没有看到这一幕，仍是笑盈盈地走进去，站在厅中，望向榻上的老夫人，温声道："祖母让人唤姜梨前来所为何事？"

姜老夫人抬起眼皮子看向她。

"听闻你今日下学途中，当街与人争吵？"姜老夫人问。

姜梨看了一眼姜幼瑶和姜玉娥，这二人正竭力掩饰目光中的幸灾乐祸。她笑道："不知老夫人从哪里听来的话，和事实大相径庭。"

姜老夫人说："哦，那是怎么个事实，你且来说说。"

姜幼瑶和姜玉娥有心想要说话却又不敢，姜老夫人说话的时候，是不许她们随意插话的。

姜梨笑了笑："我一人说的话怕有失公允，让我的丫鬟来说吧，白雪。"姜梨叫白雪进来。

白雪进来后，先给姜老夫人行了一礼，姜梨道："今日下学后遇到的事，你现在与老夫人说一遍吧。"

白雪得了姜梨的吩咐，立刻从头到尾原原本本地说了出来。白雪性子憨厚忠直，平日里说话也一板一眼，从来不夸大什么。她便是站在一个看客的角度，将事情完整地还原了一遍，没有偏颇任何人。

姜老夫人听罢，若有所思，再问姜梨道："如此说来，你是仗义执言，不是胡乱争吵了？"

"不敢说仗义执言，只是实话实说罢了。"姜梨笑容依旧。

这时候，姜幼瑶终于忍不住了，道："祖母，二姐帮的那位公子可不是陌生人，是襄阳叶家的人呢。"

襄阳叶家，姜老夫人的面色一下子凝重起来。

要知道，自从叶珍珍死后，姜家和叶家这姻亲就来往得少了，而姜元柏娶了季淑然，和季家做了亲家后，就和叶家几乎断绝了往来。原本叶家和姜家还有一个切不掉的联系，就是姜梨，可姜梨多年前就自己赌咒发誓，不愿和商家为伍，叶家人伤了心，就再也没有和姜家往来了。

季淑然开口道："幼瑶，别胡说，你没有见过叶家人，如何知道人家就是来自襄阳叶家？"

"是我亲耳听见的，还有四妹五妹，"姜幼瑶忙辩解，"那位少爷叫叶世杰，刘子敏说他是襄阳叶家的人。"

"叶世杰……"姜老夫人沉吟了一下，才看向姜梨，"他应当是叶家长房的儿子，你的大表哥。"

姜梨这才晓得，叶世杰和自己是表兄妹关系。

"梨儿，怎么回事？"季淑然道，"你回京不过短短月余，怎么就和叶家表哥认识了？"

这话诛心！

果然，姜老夫人的目光陡然凌厉了起来，直直地看向姜梨。

姜梨才回京不过一月多，连燕京城都没熟悉起来，今日却恰好替自己的表哥解了围，世上之事哪有这么巧。叶家自从和姜家断绝往来后，许多年都不曾进京。这让人难以相信只是一个巧合，莫非姜梨和叶世杰早就有往来，甚至交往多时了？

这在姜老夫人眼中，却是绝对的禁忌！

姜梨笑着看了一眼季淑然，才道："我不认识他，也不晓得他是我的大表哥。如果不是老夫人告诉我，我也不知道他与我的关系。今日若不是他，换作任何一个人，我若是见了这等场景，都要上前阻拦的。"姜梨笑了笑，意有所指道，"这世上，明哲保身虽然不错，有时候也需要见义勇为。尤其是我们这种清流之家，更要保全文人风骨。"

姜老夫人一怔。

姜老夫人的夫君，也就是姜元柏的父亲姜老大人，一生都是个三品的观文殿学士，三十岁的时候是，到了死的时候还是。虽然三品文臣也很不错，可是几十年间没有升迁，必然是有原因的。

原因就是姜老大人太过孤直，直谏这种事做了不少。虽然先帝也知道姜老大人是个好官，却实在难以喜欢起来。姜老大人也因为自己的性子，让仕途止步于此。

对于夫君这样的性子，姜老夫人表面埋怨，内心却为他骄傲。奈何姜家的三个儿子，大儿子姜元柏保守中庸之道，二儿子姜元平是个笑面虎，三儿子姜元兴身为庶子，更是懦弱没主见，一个也没有继承姜老大人的风骨，姜老夫人不可谓不失落。

所以即便姜元柏凭着“中庸”做到了文臣之首，姜老夫人对他也不是全然满意的。世上之事，有得必有失，得到了高官厚禄，就必须要失去一些东西，比如骨气和傲气。

姜梨早就发现了，姜老夫人是个有傲气的人，骨子里也有一些清高，她故意说些大义凛然的话，就是为了引起姜老夫人的共鸣。

果然，姜老夫人看向姜梨的目光渐渐柔和了下来。

季淑然心中一惊，不晓得姜梨短短几句话，怎么就让姜老夫人的态度缓和了下来。

姜梨又道：“我当时帮人是一时兴起，没有考虑后果，可是真的如三妹所说，叶世杰是我大表哥，是襄阳叶家的人，那我的这个举动反而更对了。虽然生母过世，但叶家和咱们府上也曾是姻亲，自家亲戚深陷麻烦，倘若当时的我一走了之，被人看在眼里，日后只会说我们姜家人情冷漠，心硬如铁。父亲在朝为官，一言一行都被人看在眼里，要是有人借此弹劾父亲，又该如何？

“我们只需把自己的事做好，让人挑不出错处，自然就能相安无事。再者，这本来就不是什么大事。刘公子自己都说了，不过是一场误会，动动嘴舌就能化解一场误会，岂不是美事一桩？不需要金子也不需要银子，只需要一句话就能助人为乐，若我还吝啬这一句话的工夫，那可就真的不配为人了。”

最后一句，把姜幼瑶并姜玉娥一起讽刺了。

姜幼瑶听出了弦外之音，气得跳脚，拼命按捺着。姜玉娥却没姜幼瑶沉得住气，道：“我们是姑娘家，平日里当谨言慎行，二姐是行侠仗义了，可女子当街插手男子之事，还是不美，有损德行。”

季淑然心道糟糕，果然，姜玉娥此话一出，姜老夫人就面露不喜，盯着姜玉娥道：“哦？难道见死不救、人情冷漠就是德行无亏？我看你的家训都记到别处去了！”

姜玉娥一呆，没料到姜老夫人会突然对她发难，心中又是羞耻又是委屈，却不敢和姜老夫人争辩，只得低着头不敢吭声，把姜梨恨透了。

季淑然心中也气恼，姜老夫人说见死不救、人情冷漠虽然是对姜玉娥说的，可是连姜幼瑶也一并责骂了。她心中不悦，嘴上却还要宽慰道：“娘莫生气，孩子们年幼，一时遇到这种事，手足无措也平常。玉娥和幼瑶毕竟从未经历过，还是梨儿有勇有谋，”她笑着看向姜梨，“敢于挺身而出。”

姜梨笑道：“凭心而已。”

好一个凭心而已，又不着痕迹地踩了其余人一脚，显得她自己多高尚似的。季淑然的笑容也有几分不自然了。

姜老夫人又道："既是亲戚，我也不知叶家孩子何时到的燕京城，你可知他住在何处，改日请他来府上坐一坐也好。"

季淑然有些惊讶，随即心中更加恼怒。

"当时匆忙，此事解决后我便离开了，未曾和叶家表哥多说一句话，是以也不清楚。"姜梨道。

闻言，姜老夫人有些遗憾，季淑然却是松了一口气，随即眉头又紧锁起来，姜家要真的想在燕京城里找个人又有何难？若是老夫人打定主意要见叶世杰，就算姜梨不清楚叶世杰的情况，找到叶世杰也是早晚的事。

正在这时，在榻上玩耍的姜丙吉拖长声音道："娘，我饿了。"

姜老夫人这才回神，看了姜丙吉一眼，就对季淑然道："你带吉哥儿去用晚饭吧。"又对姜梨几个道："你们下学到现在还没用饭，都回去吧，此事就当揭过，以后不要提了。"说完，便合上双目，似是疲累需要休息。

翡翠和珍珠忙送客。

一齐出了晚凤堂，季淑然带着姜丙吉和心有不甘的姜幼瑶离开了。姜梨正准备往芳菲苑走，却见姜玉娥盯着她冷笑一声，道："二姐真有本事，三言两语就把祖母哄得晕头转向，什么都不提。"

姜梨笑意不减："多谢四妹夸奖。"

见姜玉娥被噎得说不出话，姜梨才施施然带着白雪离开。在她身后，姜玉燕怯怯地拉了拉姜玉娥的袖子，小声道："你不要老是找二姐的麻烦。"

"你走开！"姜玉娥一甩袖子，挣开了姜玉燕的手，眼中划过一丝鄙夷，"我怎么会有你这般胆小如鼠的姐姐，真是窝囊！"说完愤愤地走开了。

姜玉燕低下头，沉默地立在原地，不知在想什么。

姜梨二人回到芳菲苑，桐儿见她们身上一个指头印都没有，这才放下心来，道："姑娘，老夫人怎么会突然提起叶家少爷？是不是要和叶家和好了？"

"我也不知。"姜梨摇了摇头，"大约只是随口一提。"

桐儿思考了一会儿，叹道："若是老夫人真的要和叶家重修于好就好了，姑娘好歹也有外祖家的庇护，那季氏平日里也能收敛着些。"

季淑然在大房地位稳如泰山，除了季淑然生下一双儿女外，还不是因为有季家在背后撑腰。别说是季淑然的父亲季彦霖，就连季淑然一母同胞的姐姐、眼下的丽嫔，也是洪孝帝的心尖宠。

而姜梨只有一个死去的生母和早就不来往的外祖家。在姜家，除了凭自己的力量挡刀拼剑，什么可以借助的手段都没有，这就意味着，她会很辛苦。

"当时若是问一下叶家少爷现在住在哪里就好了。"桐儿犹自不甘心，"也许能通过叶家表少爷和襄阳那头打好关系呢。"

"无事。"姜梨道，"现在也有机会。"

白雪瓮声瓮气地问："姑娘不是没问叶家表少爷的近况吗？"

"不必我问，"姜梨笑着摇了摇头，"他自己会找上门来的。"

桐儿和白雪面面相觑，似乎并不是很相信姜梨这话，但是谁也没想到，就在第二日，姜梨的话就应验了。

襄阳叶家那位表少爷、姜梨名义上的大表哥叶世杰主动找上了门来。

叶世杰在隔壁茶坊里等姜梨。

今日一早，他就托人给姜梨的丫鬟带信儿。叶世杰约她在茶坊小筑里见面，话虽带到，但也不见得姜梨会亲自来赴约。

不过，姜梨终究是到了。

进学的时辰还没到，这里离明义堂也不是很远，和叶世杰简单说说话，也不会影响进学的时辰。姜梨打点妥帖后，才来赴约。

茶坊里，叶世杰穿着一身青灰色长袍，虽是简朴的颜色，仔细去看，那衣裳料子却十分精美，袖口处的暗纹也是难得的双针绣。这少年生得浓眉大眼，颇俊朗，只是打量姜梨的眼神还有几分提防。

"叶表哥。"姜梨一边说着，一边在叶世杰的对面坐了下来。

似乎是被"叶表哥"三个字震了一震，叶世杰呆了呆，一时间竟然不知道该说什么，半晌，他才生硬地开口："昨日你为何帮我？"

昨日情急之中，姜梨的突然出现帮了叶世杰，叶世杰对这个拔刀相助的小姑娘十分感激。可待晚上坐在灯下时，突然觉出有什么不对劲，京城姜家的二小姐，那不是他死去的小姑姑的女儿、他的表妹吗？

若是别人拔刀相助，叶世杰说不准也不会多想，可拔刀相助的义士变成了姜梨，叶世杰就怎么都不肯相信这其中没有阴谋。翻来覆去一夜未眠，叶世杰决定直接找姜梨谈谈，问清楚这是怎么一回事。

"我叫你一声叶表哥，难道要我看着自家的亲戚在街上被人讹诈，自己袖手旁观吗？"姜梨说得十分自然。

叶世杰又被姜梨的理所当然噎了一噎，半晌后，他冷笑一声，道："别开玩笑了，你不是瞧不上我们商户，又何来亲戚一说？"

姜梨闻言，奇道："此话怎解？"

叶世杰怒视着他："当年祖母远赴京城来接你去襄阳，你可是当着整个姜家的面叱骂我叶家乃低贱商户，要与叶家断绝往来的！"叶世杰说到此处，胸膛剧烈起伏，似是很激动，"祖母回去后就大病一场，卧床休养了整整一年才好。你现在说什么亲戚，是在开玩笑吗？"

姜梨盯着他，眨了眨眼睛，啧啧称奇："我原来说过这种话？"

叶世杰：“……”

“莫非是叶表哥记错了。”姜梨摇头，“我不记得我说过这种话。”

“你不记得？”叶世杰嘲讽道，“可我们叶家在场的人都记得！”

“呀，那看来我的确说过这种话。”姜梨心中暗叹，难怪叶家会和姜家断绝往来，不过，她也不会白白承担了这本来不属于她的罪名，“我现在的确记不得了，敢问叶表哥，当初我说这话的时候，年岁几何？”

叶世杰冷冷道：“五岁。”

“五岁。”姜梨蹙眉，“按理来说应当是知事的年纪，我却独独不记得这事，叶表哥不觉得此事有些奇怪吗？”

“你又想说什么推托之词？”叶世杰盯着她。

“我想说，我当时年纪小，外祖母又远在襄阳。我娘走得早，父亲政务繁忙，多是由继母看管。我说了什么，未必就不是有人教我，或是有人威胁我说此话。”

叶世杰一愣。

姜梨这话却是她心底的猜测，当初的姜二小姐年纪尚小，却能说出如此伤人言语。再说了，商户低贱这种事，若真是姜二小姐认为，必然是有人灌输她这样的观点。以姜梨现在对季淑然的观察，季淑然的歹毒，未必就不会用在年幼的姜二小姐身上。

是季淑然诱哄还是威胁，总归一定不是姜二小姐的主意，而有旁人的意志在其中。

叶世杰沉默了一下，姜梨说的话，让他心中有些动摇。

“那你现在想做什么？”过了一会儿，叶世杰才道，“想与叶家重修旧好？”

姜梨笑了：“我不过是举手之劳救了叶表哥一次，叶表哥就觉得我要与叶家重修旧好。不妨告诉叶表哥，我若真想和叶家修复关系，也不会借你的事。”

“哼。”叶世杰轻哼一声，“你说得轻巧，表现得仗义执言，谁不知道骨子里如何精明，否则为何不把刘子敏送官，却给他台阶下。”

昨日刘子敏和叶世杰争执，姜梨出面，三言两语扭转乾坤，本来刘子敏已无翻身之地，姜梨却主动给了刘子敏台阶下，让刘子敏躲过一劫。

“燕京之地，各方势力错综复杂，官户众多。虽然叶家巨富，可叶家没有官职在身，如同没有保护的肥肉，谁都能啃一口。表哥可不是因为你的财富，被刘子敏惦记上了吗？”

叶世杰皱眉。

“叶家是巨富，也是平民。小官尚且不敢与大官相斗，更何况平民。放刘子敏一条生路，其实是为了表哥好，若是表哥纠缠不休，太常卿府上必然不会善罢甘休，刘家耗得起，叶家却不行。”姜梨道。

民不与官斗，姜梨的心中掠过一丝讽笑，她薛家尚且还是官家，不过是因为官位低，在永宁公主这样的高贵人眼中就是草芥，打杀便是。世上公道真理的确有，但那要看倚靠的是什么，倚靠着极权，无理也是有理。

叶世杰道："我当然知道，否则也不会饶他一次了。"

姜梨心中了然，叶家的嫡长孙也不是冲动莽撞之人。她问："忘了问，表哥怎么会在燕京城？"

"我在国子监进学。"叶世杰看着姜梨，语气有几分挑衅，"就如你所说，叶家白身无力保护家产，所以我来京城进学入仕。"

"你想做官？"姜梨恍然。

叶世杰没回答。

"国子监的校考，若成绩优异，是可以被点任官的。"姜梨道，"不过你从襄阳过来做官，莫非外祖母他们日后也会迁过来？"

叶世杰诧异极了，姜梨居然能想到这里，他道："这边稳定以后，他们也许会搬过来。"

"搬过来有好处也有坏处，"姜梨将心中所想娓娓道来，"在京城扎稳脚跟，日后叶家也算有了名望，叶家子弟挑一二入仕，叶家可保百年无忧。不过，一旦搬到京城，许有眼红之人，同样叶家也更危险了。"

叶世杰古怪地盯着她，道："你倒是想得长远。"

姜梨笑道："我毕竟是燕京人。"

叶世杰不屑道："燕京城的人就要高人一等吗？可笑。"

知道这个表哥对自己的敌意一时半会儿还不会消除，姜梨也不生气，只道："国子监进学需要举荐，叶家并无人在朝为官，你如何进来的？"

叶世杰问："你问这个做什么？"

姜梨道："只是好奇。"

"是右相府上的二少爷举荐我进来的。"

"右相？"姜梨不解，"叶家和右相如何扯上关系的？"

说起来，当朝右相正是姜元柏的死对头。右相李仲南的崛起就在这几年，想当初，李仲南还是姜元柏提拔起来的，可后来不知为何，李仲南势力渐大，几乎要达到和姜元柏分庭抗礼的地步，姜元柏后悔也来不及了，只得和李仲南对峙着。

因此，听闻叶世杰提起李仲南，姜梨很是奇怪。

"李仲南的二儿子李濂曾经去襄阳附近探亲，被人算计进官司里，我无意路过，顺手救了他。后来他得知我是叶家人，便提议举荐我进国子监进学。"

能进国子监进学，对叶家人来说无异于天上掉馅饼的事。若是叶世杰能借着在国子监进学谋个一官半职，于叶家的意义便大不一样，因此叶世杰很爽快地就答应了李濂的提议。

姜梨听完叶世杰的话，心中却觉得很奇怪。且不说其他的，李濂因为感激叶世杰出手相助就决心举荐叶世杰？李濂真是这么知恩图报的人吗？

姜梨晓得，沈玉容初中状元春风得意之时，为了了解日后朝堂之上同僚的秉性，可是下了好一番功夫。右相李仲南有两个儿子，大儿子倒是人人嘴里的青年才俊，二儿子李濂却分明是个恶贯满盈的纨绔子弟。这样一个纨绔子弟玩报恩那套，姜梨本能地觉得不对劲。

大约是一想到不对劲，就会把事情想得更深。姜梨突然又想到，昨日里找叶世杰麻烦的刘子敏，正是李濂的狐朋狗友之一，和李濂十分要好。

李濂既然真想报答叶世杰，不会连叶世杰的名字都没告诉过刘子敏。刘子敏知道叶世杰和李濂的关系，又怎么敢找叶世杰的麻烦？

除非，李濂知道刘子敏找叶世杰麻烦的事，甚至默许，甚至就是他指使的。

只是李濂为什么要这么做？

叶世杰不知姜梨心中所想，见姜梨出神，问："你想什么？"

"叶表哥，"姜梨正色道，"李濂此人心术不正，在燕京城名声极差，你若是想入仕，最好不要与他扯上关系，否则将来被连累，你一人也就罢了，叶家可是得不偿失。"

叶世杰表情一肃，问姜梨："你是不是知道了什么？"

好聪明的少年，姜梨心中赞叹，但眼下她也不好胡乱猜测，只得委婉提醒："暂且还不知道，不过我以为，以李濂的秉性，断然不是知恩图报的人，因此他举荐你进国子监，未必没有其他的原因。叶表哥，你将来是要挑起叶家担子的人，凡事都要谨言慎行，至于李濂一类，能远离就远离吧。"

"你……"

不等叶世杰说话，姜梨又道："刘子敏和李濂可是至交好友，昨日你已经看到了刘子敏的德行，物以类聚人以群分，你自己想吧。"

叶世杰目光微动，姜梨晓得，他是听进去了自己的言外之意。

"那你呢？"叶世杰问，"你有什么企图？虽然你说昨日你是无心之举，但我们叶家做生意，最讲究不赊不欠。你帮了我，想要我付出什么代价？想和叶家重修旧好？"

站在一边服侍的桐儿听完这话，险些忍不住跳起来，叶家表少爷说话可真难听，仿佛姜梨就是个算计人的商人一般。

"我怎么会要你帮我和叶家重修旧好呢？"姜梨浑不在意地笑了笑，朝叶世杰摊开手。

叶世杰瞧着伸到自己面前的芊芊玉手，真是指如葱尖，洁白柔嫩，不过……叶世杰也瞧见了姜梨指缝间的茧子。

叶世杰一愣，忽而想到姜梨曾在庵堂里待了八年，八年时间，毕竟是个小姑娘，不知道受了多少苦。他自来是刀子嘴豆腐心，说得再厉害，一看到这些，心下不自觉地软了一截。

却听到姜梨不紧不慢的声音："既然叶表哥非要说我有企图，我若是一直什么都不要，叶表哥也会于心不安，那就请给吧。"

“给什么？”叶世杰蹙眉。

“银子啊。”姜梨说得理所当然，“一百两银子，你们叶家做生意，也应当熟悉一个词，叫银货两讫。”

从茶坊里出来的时候，姜梨怀里多了一百两银票。

桐儿跟在姜梨身边，欲言又止，姜梨道：“想说什么就说吧。”

“姑娘，若是缺银子，大可以去找老夫人，还有老爷……怎么问叶表少爷，叶表少爷虽然与您沾着亲，但到底是外人，传出去了……”

“他不是那等嚼闲话之人。”姜梨道，“况且，拿他一百两银子，也是买他心安。”

“奴婢不明白。”

“叶表哥认为我昨日帮他是有所图谋，虽然方才谈论一番，心下怀疑稍解，但过去的误会不是那么容易烟消云散的。对于我，他不肯完全相信也是常理。与其令他胡思乱想，倒不如拿他一笔银子，将这件事当作一场生意，他也会轻松许多，至少不会抱着‘亏欠之心'与我来往。”

桐儿若有所思地点点头，忽然想到什么，看向姜梨：“姑娘以后还要和叶家表少爷来往吗？”

“当然。”姜梨道，“有外祖家的依靠和没外祖家的依靠，如今你也看到了。姜幼瑶有恃无恐，我在姜家却势单力薄。叶家虽然不是官家，却未必弱于季家。世上之事，来往都需要用到银子，叶家偏偏不缺银子。叶家虽然在地位上是弱了些，可叶世杰如今已经准备入仕，方才我观他言语才能，不是个中庸之人。他若是闯了出来，可领叶家兴旺不衰。”

“姑娘是想和叶家重修旧好？”桐儿这回听明白了，问，“可姑娘刚才为何不与叶表少爷提一下此事呢？姑娘昨日帮了叶表少爷，今日若是提出要叶表少爷修书一封回襄阳，帮姑娘在叶家说几句话，叶表少爷当不会拒绝的。”

姜梨笑了笑：“不用我提，他自己会说的。”

叶世杰对自己怀疑之下，必然会将在燕京城遇到的事写信告诉襄阳叶家。姜梨不担心叶世杰会瞒着叶家人，棘手的是，当初年幼的姜二小姐对叶家人说的话实在太伤人了。但凡有些血气的，都不会轻易忘怀此事。要重修旧好，实在很难。

姜梨暗叹一声，事已至此，只能走一步算一步。若是和叶家关系恢复如初，她就能以探亲之名回襄阳一趟。

父亲最后到底是怎么一回事？薛昭的骨灰还未归乡，总不是个事。父亲的后事又是何人料理的？

远水解不了近渴，她必须尽快回襄阳才行。

心中想着这些事，姜梨来到了明义堂。

明义堂的女子们见姜梨主仆二人到了，依旧不避讳议论之声。姜梨听在耳中，依稀说的是昨日她当街扫刘子敏面子的事。

姜梨毫不在意，走到自己的位子坐了下来。今日的柳絮有些奇怪，甚至主动和她打了个招呼。

柳絮忸怩了一会儿，对姜梨道："昨日你在国子监门口对上刘子敏的事，我都看到了。"

"哦？"姜梨笑了笑，"我做得出格了些。"

"不不不，"柳絮认真道，"刘子敏德行有失，青天白日之下行勒索欺骗之事。围观的人那么多，独有你敢说出真话，无所畏惧，我很佩服你。"

姜梨有些诧异。

"之前我听到了外面那些传言，对你不算友好，如今我知道了你不是传言中那种人。你昨日敢为素未谋面之人挺身而出，比那些只晓得躲在人群里看热闹的人不知道高明了多少倍。"她非常干脆，"过去是我不对，我今日给你赔礼道歉，从今以后，我不会那样做了。"

姜梨笑了，道："你过去对我也很友好呀。"

柳絮不由得有些脸红，道："昨日你同刘子敏议论时，仿佛对鉴定书画真伪一事颇有研究，能不能教教我？"

"这有什么难的，我教你就是。"

薛怀远在桐乡做县丞时，有一次有人去衙门告官，便是一家卖书画大家真迹的店，被人告官说卖的是赝品。那赝品比昨日刘子敏拿的那一幅高明多了，几乎到了以假乱真的地步。两方谁也不让，最后还是有人请了刚好来桐乡游历的一位大师来分辨。

姜梨那时尚且年幼贪玩，藏在薛怀远同行的队伍里一起去了。后来被人发现，薛怀远道歉，姜梨却觉得好玩，那大师见她玉雪可爱，便也教了她些辨别真伪的知识。

名师出高徒，姜梨也算那位大师的半个弟子，水平不说多好，却也不算太差。昨日刘子敏的那幅赝品又不算高明，加之姜梨深知刘子敏的品性，三言两语就能让刘子敏露出马脚。

正和柳絮说着一些鉴定古画真伪的关键，有先生进来了。姜梨抬眼一看，只见一个穿着淡紫大袖窄腰长裙的纤细女子款款而来。这女子眉清目秀，温婉怡人，身后的小丫头手里捧着长琴，是六艺里教琴乐的先生。

比起纪萝，这位先生看起来要好脾性很多，温柔极了。

姜梨看着，心中一笑，这位女子也算是她曾经的"好友"，京城第一女乐师，萧德音。

萧德音进明义堂后，就开始授课。姜梨瞧着她熟悉的身影，思绪飞得很远。

沈玉容中状元后，姜梨和明义堂教习六艺的诸位先生有过几面之缘。除了对她颇有敌意的纪萝以外，其余的先生都各自有各自的脾性。其中的萧德音，和姜梨是最为投缘的。

萧德音性情温婉，每次纪萝针对姜梨时，都是萧德音出来打圆场。姜梨也很欣赏萧德音的才华，萧德音作为燕京城的第一女乐师，一手七音琴弹得出神入化，曾因这一手琴艺差点被太后点进宫去。萧德音却宁愿不做宫廷乐师，只在明义堂做个小小的女先生。

姜梨的琴艺也极高，两人时常切磋，每每有高山流水的知音之感。

但就是这个知音，在姜梨与人私通一事后，从没有来瞧过她。这也许是因为萧德音爱惜声誉，不肯与她这样不知廉耻的人为伍。不过姜梨恰好记得一件事，沈母寿辰那一日，萧德音也在宴请宾客的行列之内，当时就坐在姜梨身边。那时候萧德音频频劝酒，就是萧德音扶她回房休息，可醒来后，一切天崩地裂，萧德音却只说走到半路姜梨就被贴身丫鬟接走了。

没有任何证据证明萧德音也参与了沈母寿辰一事，可姜梨的直觉告诉她，萧德音或许也有份。只是实在不明白她是为了什么，若说是被永宁公主收买，萧德音连进宫做宫廷乐师的机会也不要，证明她并非贪慕富贵之人，可萧德音和自己无冤无仇，为何要助纣为虐？

想不清楚，也没有关系。反正眼下她已经来到明义堂，萧德音如果真有问题，总会露出蛛丝马迹。

而且，倘若萧德音真的参与了沈母寿辰一事，待有朝一日真相大白时，这也是个极好的人证。

姜梨慢慢思索着。

下学后，萧德音又特意说了一下几日后的校考一事。

萧德音道："今年校考成绩顶尖者，宫宴上会面圣授礼。这对你们来说是极佳的机会。若是皇上亲自授礼，对你们日后的前程十分有利，我希望诸位能全力以赴。"

皇上亲自授礼！明义堂的女子顿时兴奋地议论起来。

"同样，校考成绩不合格的，也会面上无光。我与诸位在明义堂也算有几年师生情谊，自然不希望你们谁被逐出明义堂。"萧德音道，"所以剩下还有几日，各位要勤加苦练。明义堂这几日也不再进学，只等校考日来应试。等下堂前会贴上关于此次校考的细则，大家记得看一看。"萧德音含笑说完，就抱着琴离开了。

萧德音走后，明义堂热烈的氛围仍旧没有散去。待小童来贴好校考细则后，女子们就三三两两地前去围看。柳絮拉了拉姜梨的袖子，目光中也难掩兴奋，道："咱们也去看看。"

姜梨拗不过她，跟着去堂前。姜幼瑶和孟红锦也在。柳絮仔细瞧了瞧细则，叹道："今年的校考拔得头筹者可真是风光极了，若是我能……哪怕只一项，我爹必然也会高兴得不得了。"

姜梨见柳絮说得热闹，也含笑道："的确如此，由皇上授礼，荣光无限。"

“哟。”一个突兀的声音插了进来，孟红锦看了一眼姜梨，道，“姜二小姐也想着由皇上授礼的美事？还真是敢想。”

柳絮皱眉：“孟红锦，你这话说得太刻薄了。”

孟红锦一看是柳絮，就道：“我当是谁，原来是柳家小姐，怎么，这是要效仿昨日姜二小姐当街‘仗义执言’？柳絮，可别说我没提醒你，同什么人玩在一处，最好想清楚。姜二小姐有个首辅爹，你可没有，听说近来承德郎柳大人也有些麻烦……”

柳絮倏然变色，咬牙道：“孟红锦，你不要信口雌黄……”

“你要说我是信口雌黄，那就这样呗。”孟红锦笑得得意，“我只是奇怪，你为什么要为一个注定会离开明义堂的人开罪自己的同窗呢？”

“谁说她注定会离开明义堂？”柳絮脑子一热，脱口而出。

“难道不是吗？”孟红锦瞪大眼睛，看了看自己周围的同窗，女孩子们皆是嬉笑着，姜幼瑶面露为难之色，仿佛很想上前劝解，却又十分胆怯。

孟红锦娇笑道：“我们敢不敢来打赌？就赌姜梨在校考后，会不会离开明义堂，若是你输了，你便当着明义堂所有人跪下来给我道歉！”

柳絮一愣，随即面露愤然之色，咬着牙不吭声。若是应了，姜梨方进明义堂，十分有可能垫底；可若是不应，便是当众打了姜梨的脸面。

进退两难！

孟红锦成竹在胸地看着她，周围人奚落的目光一齐落在柳絮身上，让柳絮难以动作。

姜梨瞧着，心中叹了口气，柳絮到底还是个年纪不大的姑娘，一时冲动，很容易落进旁人的陷阱里。

柳絮内心挣扎几番，目光扫向姜梨，见姜梨正沉默地看着自己，目光并无祈求，咬了咬牙，心一横，就道：“赌就……”

“赌就赌。”话没说完，姜梨就打断了柳絮的话，自己接过话头，说，“不用柳絮，我来跟你赌。要是我校考成绩垫底，必须离开明义堂，我就跪下来给你道歉。反之……”

“反之，我就给你道歉。”孟红锦喜不自胜，立刻说道。

“这还不算完。”姜梨微微一笑，“我若是留在明义堂，你就跪下来给我道歉。我若是校考成绩比你好，你还得加上一条，在国子监门口跪下来给我道歉。”

“你！”孟红锦大怒。

她还没说完，就听姜梨继续道：“若是我不仅校考成绩比你好，还在校考中拔得头筹，你就得在国子监门口，脱去外裳，背着荆条，跪下来给我道歉！”

第三章　**赌约**

倘若姜梨没有在校考中垫底，孟红锦就得跪下来给姜梨道歉。

倘若姜梨的校考成绩比孟红锦还要优异，孟红锦就得在国子监门口跪下来给姜梨道歉。

倘若姜梨不仅比孟红锦优异，还比整个明义堂的女学生优异，孟红锦就得在国子监门口负荆请罪，跪下来给姜梨道歉。

三个条件，一个比一个令人吃惊；三个赌注，一个比一个令人胆寒！

明义堂陷入一片可怕的寂静，不仅孟红锦呆住了，姜幼瑶一行人，甚至柳絮都呆住了。

片刻后，孟红锦回过神，气急败坏道："姜梨，你好大的胆子！"

"我的胆子一向很大，"姜梨淡笑，"就是不知道孟小姐胆量如何？方才瞧着很大，现在……这个赌注，你可担得起？"

孟红锦咬牙不吭声，姜梨说得太云淡风轻了，却不知，她们的赌注可算是惊世骇俗，一旦谁赢了，输的那一方在整个燕京城都将脸面无光，甚至连家族都要蒙羞。

姜梨甚至还说国子监……

国子监的学生是整个燕京城的青年才俊，其中不乏官家贵族子弟，而如她们一般的千金小姐，说不准日后便从这群人中择夫。在国子监前丢脸，日后这些儿郎谁会娶一个沦为笑柄的女子，姜梨的用心实在歹毒。

孟红锦只觉得阵阵心惊。

"赌就赌！"站在孟红锦身后的一个娇小的姑娘不屑道，"红锦姐姐快些答应她，姜二小姐自信得很，可未免自信过了头。"

柳絮也回过神来，看向姜梨的目光焦急无比。

孟红锦这才想起来，她提出这个赌注，自然是因为她一开始就没想过自己会输。要知道一个在庵堂里待了八年的女子，纵然庵堂里有经书可以让她习字，可经书、认字和六艺迥然不同。书、数、御、射、乐、礼，每一项都要经过长时间的习练。而姜梨，不说其他，便是这六艺只怕也是初初接触，这么短的时间里，要理解入门都很困难，而明义堂的其他姑娘都是在此进学了好几年的，倘若真的输给姜梨，那才是匪夷所思。

姜梨注定垫底，她的那些赌注注定会成为她为自己挖下的深坑。

想到这里，孟红锦扬起一抹笑容，道："既然姜二小姐有兴致，也有胆量，我当然奉陪到底了。说到做到，今日明义堂所有的姐妹都是见证，待校考结果一出，姜二小姐可不能仗着自己是首辅家的小姐就说话不算数啊。"

"我不会，"姜梨笑笑，"但愿你也不会。"

她神情坦然，无忧无惧，看在孟红锦眼中十分刺眼，当即冷哼一声，扬长而去。

一群人都三三两两散开，看着姜梨，目光有鄙夷也有怜悯。姜幼瑶走过来，道："二姐，你何必要和孟小姐一较高低，红锦在明义堂自来校考都是前三，你此番和她硬碰硬，实在不是明智之举。"

姜梨看着她，道："依三妹的意思，我此刻应当前去找孟红锦，让她取消这个赌注？"

姜幼瑶僵了一下，急急地开口："可是眼下明义堂的所有人都见证了，二姐你若是取消赌注，旁人只会以为你输不起，连累我们整个姜家的名声。"

姜梨道："既然如此，赌注也取消不得了，三妹也不必为我担心，我这个人运气一向极好，万一这一次也是好运，恰恰就赌赢了呢？"

姜幼瑶笑了笑："那当然是极好的。"语气却十分不信。

待姜幼瑶离开后，柳絮走上前来，望着姜幼瑶的背影，鄙夷道："你那三妹分明也是个落井下石之人，等着看你笑话呢。"

"蠢了些。"姜梨笑笑。

"都怪我。"柳絮内疚地看着姜梨，"我方才被她们激将，如果不是为了我，你本来不必这样。"

"也不是为了你。"姜梨安抚她，"她们有心挑刺，即使不是这件事，她们也总会找个借口来生事。哪有千日防贼的道理，不如借着这一次一次做个干净。"

"可是你现在应当怎么办？"柳絮道，"我想你既然敢应下赌注，应当是有几分底气。可是明义堂的六艺本就很难，不瞒你说，我每年校考都会有一两门功课落后，而你刚刚才回燕京。"

"其实我过目不忘。"姜梨对她眨了眨眼。

柳絮一愣："真的？"

"当然是假的。"姜梨笑着拍了拍她的肩，"不过我也没她们想的那么糟就是了。

不必担心我，你好好温习功课，只管等着校考以后，孟红锦跪在国子监门口道歉的那一日。”

柳絮还想说什么，姜梨已经岔开了话题。虽然心中担忧无比，但看着姜梨含笑的样子，不知为何，她又莫名感到安心，对姜梨的话深信不疑。

也许，她真的有什么办法吧。

姜梨心中淡笑，一次校考而已，孟红锦的挑衅的确让她有些不耐烦了。不过，这次校考吸引她的还有另一方面，即倘若拔得头筹，就能进宫面圣授礼。

宫中夜宴，朝廷新贵、如今的中书舍人沈玉容也应当在的，还有永宁公主。

她实在很想见一见这两人，哪怕什么都不能做，哪怕现在还不能手刃仇敌，但就算远远地坐在一边，看着他们的脸也好。

这样，就能时时刻刻提醒她薛家的冤案、至亲的血仇。

不能忘，不敢忘。

承宣使府上千金孟红锦和首辅嫡女姜梨的这个赌约，在燕京城掀起了轩然大波。大大小小的赌坊甚至开始设赌，无论老少，都会买上一波。

望仙楼靠窗的位子，正有三人饮茶。

青衫文士望着对面赌坊门口络绎不绝的人群，笑道：“赌约新鲜，引得人前赴后继。”

“不过都是一边倒。”甲衣军士孔六摇头晃脑道，“这些人都疯了，一股脑地买承宣使府上的大小姐赢，无一人买姜二小姐，啧啧啧，实在难看。”一杯茶下肚，他拍了拍桌子，豪气道，“我这人最怜香惜玉，见不得别人恃强凌弱。文纪，”他招呼站在外面的侍卫，从怀里掏出十两银子，“帮我去楼下，买姜二小姐赢！”

“别说得你很仗义似的。”青衫文士抚了抚胡子，笑盈盈道，“半个时辰前，你才花了一百两银子买孟红锦赢。”

听闻此话，文纪顿时面露鄙夷之色。嘁，花十两银子买姜二小姐，花百两银子买孟家小姐，孔六分明是稳赚不赔，明明和外头那些人一般无二，还要装模作样。

孔六恼羞成怒，看着青衫文士怒道：“姓陆的，你干吗把我的去向摸得一清二楚，你是老鼠成的精？”

陆玑，便是那个青衫文士，没有搭理孔六的质问，而是看向一边的人，问道：“国公爷以为如何？”

姬蘅抬起眼皮子，懒洋洋地往楼下扫了一眼，道：“没兴趣。”

“不是我说，”孔六道，“虽然我也欣赏姜二小姐敢下赌注的胆量，但那可是明义堂的校考，哎哟，明义堂是普通人能进的吗？”孔六咂了咂嘴，“孟家的小娘子好歹也在明义堂待了几年，姜二小姐可是初来乍到，初来乍到也就罢了，之前待的地方还是庵堂。姜二小姐要是能胜过孟家小娘子，那才是见了鬼了。”

“不敢苟同。”陆玑道，“姜二小姐既然敢说出赌注，必然有所倚仗。否则她何必给自己找麻烦。”

“你这人平时看着挺聪明的，怎么这时候变笨了？”孔六嘲笑道，“就跟我们打仗的时候撂狠话一个意思，气势上先压倒对方再说，哪有这么多深意，你们读书人思想就是忒复杂！”

最后一句话把陆玑噎得不轻，半晌，他才吐出一句：“对牛不可弹琴。”

“公鸡不能和鸭讲。”孔六反唇相讥。

姬蘅百无聊赖地支着下巴，便是这样随意的动作，由他做来也是颇有美感。

“大人，”陆玑又看向姬蘅，“叶世杰的事，因姜二小姐的关系打乱了大人的计划，虽不知道是不是偶然，但姜二小姐都不似传言中无脑。此事也许可成为契机，不如静观其变，姜家在计划中不可出错，姜二小姐可成为引子。”

孔六疑惑：“姜二小姐在姜家又不受重视，这如何影响姜家的决定？”

陆玑静静等待着对面人的回答。

过了好一会儿，姬蘅才开口道：“姜家的戏还没开始，不急。”他招了招手，文纪上前俯身，姬蘅道，“拿一万两银子，去燕京最大的赌坊。”

孔六眼睛一亮：“你也打算趁此机会大赚一笔？”

“看戏要看到最后。”姬蘅轻笑一声，“去，买姜二小姐赢。”

燕京城因自己同孟红锦赌约一事闹得沸沸扬扬，姜梨并不知晓。因为从那一日起，她都在姜府里“安心准备校考”。

然而，事关整个姜府的声誉，姜梨的这番举动一旦传出去，传到姜老夫人和姜元柏耳中，就是大事了。

晚凤堂里，姜老夫人盯着姜梨，目光十分复杂，问：“梨丫头，你到底想做什么？”

“娘莫生气。”季淑然小心翼翼道，“梨儿毕竟年幼，容易冲动，才会与人立下赌约。”

“年幼？”姜元柏冷冷道，“都已经及笄了，再过些时日就到说亲的年纪了，做事还这么不知分寸！”

“说不准二姐是成竹在胸，”姜幼瑶毫不犹豫地再往上添了一把火，“才会这样自信地应下孟小姐的赌约，甚至还提出要求。”

不提这话还好，一提这话，姜元柏心中更是怒极，他生平最不喜自负自大之人，看向姜梨的目光里全是苛责：“我知道你字写得不错，不过你要是以为这样就能通过明义堂的校考，那就大错特错了！莫要坐井观天，姜家人重在自知，你连自知都不知，还妄想拔得头筹。你可知，你赔上的不只是你一辈子的名声，还有我姜家的名誉，若是你输了，整个姜家都要被人戳脊梁骨！”

姜梨低眉顺眼道："爹，是我错了，我不该一时意气，只是如今事已至此，满城皆知，当下若取消赌约，也会被人笑话。横竖都被人笑话，不如尽力一搏，尚且还有一丝赢面。"

众人一呆，都没料到姜梨会这么爽快地认错。而她认错的态度太好，姜元柏甚至没法子继续斥责她。

姜梨心下淡定，从薛昭那里学来的"认错就是要真诚爽快，犯错也要头也不回地大步豪迈"，这样的姿态惯来有用。

反正死猪不怕开水烫，那么也只有死马当作活马医了。

从晚凤堂出来的时间比姜梨预料的还要早。

原以为三堂会审要纠缠好一阵子，没想到并没有过多久。姜元柏大概觉得姜梨这头走不通了，便长叹口气，拂袖而去，姜梨猜他是去想别的法子了。

进了屋，桐儿给姜梨倒了杯热茶，道："不管结果如何，便是姑娘输了，那也是堂堂正正地输，总比那些连比都不敢比便打了退堂鼓的人有勇气。"

"我看姑娘不会输。"白雪认真道，"姑娘是有福之人。"

姜梨被白雪这句话逗笑了，才坐下没有半刻，姜景睿又兴冲冲地不请自来，见着姜梨就道："姜梨，你可真厉害，现在外边可都传遍了你的赌约，我的那些好友都知道我有这么个堂妹，很想一睹风采呢。"

"我又不是青楼里的花魁红牌，有什么风采可睹。"

姜景睿大叫道："你这话要是被大伯父听到，你得在祠堂里写一万遍家规。"

"行了，你过来到底有什么事？"姜梨问他。

姜景睿道："喀喀，虽然你应下赌约很有我当年的风采，不过这事做得太冲动了。姑娘家要真的跪下来给人道歉，你日后还想不想嫁人？你当时便应该斟酌一下，孟家那小姐也不是什么好人，分明就是等着你跳进坑里。"

"你就那么肯定，跪下来道歉的是我？"姜梨问。

姜景睿看着她："我知道你不服气，不甘心，不过现在不是赌气的时候。我估摸着，大伯父也许会想法子找其他的门路让你不至于输得太过难看。我这里还有些银子，"姜景睿从怀里掏出三张银票，"借给你，你用这些银子去明义堂看看有没有人愿意帮你。"

这是让姜梨用银子收买同窗，帮她舞弊。

姜梨扫了一眼姜景睿手里可怜巴巴的几张银票，平静地开口："你若是再拿几十张银票出来，或许有这个可能。"

"嫌少？"姜景睿摸了摸鼻子，"这已经是我所有的家当了，我娘平日里给我的银子不多，你若是需要，我还能去找我大哥要点，不过几十张太困难了。"

"姑娘，"一边的桐儿眼睛一亮，"若说银子，叶表少爷一定有不少银子，问他借如何？”

姜梨一怔，一边的姜景睿也反应过来，激动地开口：“不错，你那个表哥是叶家人，应当不缺银子，你这不是才帮了他的忙，你找他，他定不会拒绝你的请求。”

桐儿和姜景睿齐齐看向姜梨，姜梨默了一刻，才道：“罢了吧，他自己也要参加国子监的校考，这时候和我扯上关系，可不是明智之举。”

其实最好的方法就是此次校考中，叶世杰一鸣惊人，她自己同样一举成名，那之后的事情也就顺其自然，水到渠成，再好不过。

姜梨道：“六艺，书、乐、礼、数、御、射，拔得头筹，最好样样第一。”

姜景睿道：“你在说什么胡话？”

姜梨心里盘算着，书乃文书，是她自小所长。乐是琴乐，前生她的七音琴与萧德音不相上下，也是不难。礼更简单，她记忆力超群，况且又是过去所阅。数是商数，小时候家中无女子，便是姜梨管家。御则御马，这个她也和薛昭练过，曾被叫好。射是射箭，她也曾射雀打猎，坐啖野味。

这些过去曾融入她生命里的平凡事，到了明义堂，到了燕京城，被粉饰上一层金，便成了贵女引以为豪的“功课”。

她前生到了燕京城，想着不可招摇，尽量收敛着，尚且得了个才华第一美貌第一的美名。这辈子得姜家庇护，身份尊贵，自然有恃无恐。

冠盖满京华，只是一句寻常话，而她就要做到。

此战，她必定扬名天下。

十日的时间，说快不快，说慢也不慢。对燕京城的人来说，却是件大事。一来这一日是国子监的校考，是青年才俊崭露头角的时候；二来也是明义堂的校考，官家小姐各显神通。

姜家的马车正行驶在去往明义堂的路上。

这一回，姜幼瑶破天荒等了姜梨一遭，两辆马车一前一后，一起出了府门。

姜景佑和姜景睿也要参加国子监的校考，早早就出了门。姜景睿的模样，姜梨估摸着，也只是去国子监的校考走个形式，拿个最次的名次而已。

姜梨坐在马车上，心里想着，不晓得叶世杰此番校考能拿到什么名次。若是叶世杰成绩斐然，国子监校考后，是可以提拔授官的，不必等到来年春闱。中状元固然春风得意，不过以国子监校考为途径，却更为稳打稳扎。毕竟过去有许多状元郎入朝为官后，仕途不见得坦荡。

除了沈玉容，但他走到如今的地位，未必就没有永宁公主在背后的支持。

想到沈玉容，姜梨目光稍暗。

桐儿从糕点盒子里拿出一块蜂蜜枣花碎递给姜梨，宽慰道：“姑娘不必担忧，老爷会安排好一切，您是姜家的嫡女，首辅千金，谁也不敢将您怎样。”

这就是说，即便姜梨输了，也大可以耍赖，不必履行赌约。

姜梨接过枣花碎，笑着摸了摸桐儿的头，桐儿还是太天真了。且不说这事行不行得通，就那承宣郎，孟红锦的父亲，孟大人和右相李家关系匪浅。和右相攀扯上关系，就是姜家的敌人。孟家如何会放过这么一个机会？若是姜梨输了，姜元柏自然可以用权势压下来，只是，孟家也必然会在后面参上一本，让姜元柏在朝中难堪。

于孟家，于姜家，这都不只是两位小姐耍狠争斗的一个赌约，背后含着的深意以及名声，远比这个赌约来得更为深重。

“我知道。”姜梨咬了一口枣花碎，“我尽力而为。”

等到了明义堂门口，校考的屋子外已经来了许多人，见姜梨前来，都上下打量她。

校考六艺，书、礼、数都是在校考屋子里试纸上誊写，五日后出榜。之后的射、御以及乐，都要在明义堂的校考场上当众进行，当场就可出榜。

是以明义堂的校考，都算是十分公正公平，不容半点藏私的。

孟红锦瞧见姜梨，笑着上前佯作舒了口气道：“姜二小姐来得这样迟，我还以为是不敢来了呢。”

“怎会？”姜梨笑笑，“和孟小姐的赌约，我可是放在心上的。”

“那就好。”孟红锦笑得发狠，“但愿姜二小姐夺得佳绩，不负众望。”

姜梨笑着颔首，仿佛没有把孟红锦的话放在心上。姜幼瑶也同姜玉娥一起上前，姜幼瑶担心地看着姜梨，道：“二姐，这几日你都没有在府上练习，今日……莫要勉强自己。”

姜梨笑笑：“三妹倒是日日练习，也希望今日校考能不负三妹这些日子的一片苦心，有所回报。”

“多谢二姐美言。”姜幼瑶心中得意，此番校考，季淑然可是花了心神培养她，为的就是在众目睽睽之下，以姜梨的粗鄙衬托自己的才华。对于踩姜梨一脚为自己铺路，姜幼瑶想想都觉得向往。

各自寒暄了几句，时辰也快到了，众人都进了校考的屋子，端坐在椅子上，只等着监正前来。

成王败寇的一战。

书、数、礼，对于姜梨来说，是手到擒来的小事。

桐乡的学馆不如明义堂富丽，却也并不鄙陋。姜梨认为，学问一事，钟鸣鼎食之家有高贵的学法，平头百姓之家也有普通人家的学法。

思考、落笔、写成，似乎都是一气呵成的事。重来一次，褪去了“状元夫人”这个枷锁，姜梨写得更加得心应手。监正在屋里巡视着，见她下笔如有神，丝毫不停顿，还惊愕了一回。

时辰很快过去，三门考毕，监正将最后一封纸卷收好，叮嘱了一些要事就离开了。

剩下的，就只等五日后放榜，方知是何结果。

姜梨走出明义堂的院子，姜幼瑶就追了上来，远远地道：“二姐，可觉得还好？”

“还好。”姜梨笑着回答。

“二姐不必勉强。”姜玉娥逮着机会就嘲讽姜梨，“今日校考，二姐定然已经绞尽脑汁，疲劳至极，这几日便好好在府里歇息。等放榜那日，妹妹们会帮着你一起瞧的。”

“那就有劳了。”姜梨颔首。

孟红锦站在门口，看着姜梨挑衅地笑道：“姜二小姐莫要忘记你我的赌约，放榜那日，咱们都要到明义堂门口来，可别到时候以推托之词不肯来。”

“彼此彼此。”姜梨仍是波澜不惊。

孟红锦冷哼一声，转身走了。柳絮担忧地看向姜梨，问她：“方才……你可觉得艰难？”

“我若说不难你也不会相信。”姜梨拍了拍她的手，“不必担心，接下来的几日只管敞开了休息，五日后再见吧。”

她笑着和桐儿白雪一道走远了。

临上马车时，姜梨瞧见了站在国子监门口的叶世杰。叶世杰正和身边人说着什么，瞧他神情轻松的样子，当是发挥不错。

白雪问：“姑娘要去和叶表少爷打招呼吗？”

“不用了。”姜梨微微一笑，“人多眼杂，放榜那日，总会见面的。”

接下来的几日，姜府里都是一片风平浪静。

一日、两日、三日、四日、五日。到了第五日早上，街头巷尾的大小赌坊，大清早的就开门迎客了。赌客们络绎不绝，将赌坊门口围得水泄不通。还有茶肆酒楼，今日也分外热闹，宾客满座。

人们津津乐道的，正是今日放榜。

“国子监今日放榜，不知又有几位青年才俊名满燕京了。”

“明义堂亦是此刻放榜，贵族府上的小姐们多是才貌双全，今年谁能尽负美名？”

谈论最多的，还是“孟红锦”和“姜梨”两个名字。

“要我说，今儿个最好看的就是明义堂的榜名了，各位别忘了，校考前，承宣使府上的小姐和首辅家的千金可是立下赌约，谁要是输了，可是要跪在国子监门口道歉的。什么国子监才子、明义堂才女，都没有这场赌约来得精神。诸位，你们说是不是？”

众人皆是举杯附和，又有人摇头晃脑道：“可惜了首辅大人，如此文臣之首的清流之家，此番要被这个恶毒嫡女连累得沦为笑柄了。”

“悲哉悲哉。”有人跟着叹息。

“首辅家不是还有位三小姐吗？那位三小姐却是名副其实的大家闺秀，姜大人也不算完全没脸。”

“要我说这便是区别，那姜三小姐的生母是副都御史季家的小姐，知书达理，那姜二小姐的生母却是一介商户女子。所以说，娶妻娶贤，你看商户家出来的女子，生下的女儿也是这般上不得台面……”

此刻，叶世杰就坐在燕京城最大的酒楼望仙楼楼下的宾客之中，耳中充斥着人们对此事的议论。听到“一介商户”，叶世杰握紧了拳。

身边的好友问道：“看这时辰，也该到了放榜的时候，怎么还没动静？”

话音刚落，就见近窗的人一下子喧闹起来，有人道：“来了来了！”

张贴红榜的人来了。

在外面等着的人呼啦一下子围上去，侍卫们将人群挡在后面，将红色的名榜张贴在各处显眼的石壁上，待张贴的人离开后，人们迫不及待地唰的一下围了上去。

有人挤不进去，在外头焦急地蹦蹦跳跳，妄图能看一两眼，还不时地问里面的人：“看到了没有，榜首的是谁？”

那里面的人也艰难，有个个子小的借着身体灵活，迅速挤了进去，一口气挤到最前面，大声道：“国子监榜首叶世杰。”

外面一片哗然，叶世杰这个名字太过陌生了，似乎不属于京中官家的任何一户。

“明义堂呢？”混乱中，有人更关心别的，问，“明义堂的榜首是谁？”

小个子俨然成了传声人，拖长了声音，道：“明义堂的榜首是……”他的声音戛然而止。

周围的人急得不得了，越发被勾得心痒痒，催促着骂道：“快些呀，卖什么关子，到底是谁？”

小个子被推搡了几把，回过神来，没好气地一回头，吐出一个名字。

“姜梨！”

姜梨？！

人群炸了。

叶世杰正在望仙楼中与友人一起等消息，虽极力按捺，面上到底流露出一丝焦急之色。邻桌喝酒的一桌里，有个人从外面跑了进来，跑得太急，差点摔了一跤，刚跑到酒楼里就被人围住了。众人问：“谁啊，此次校考榜首是谁？”

“国子监榜首是叶世杰。”那人刚站稳，长长吐了口气道，“第二是右相府上大少爷李璟。第三是宁远侯世子周彦邦。”

周围人轰的一下子热闹起来。

“叶世杰是谁？从未听过这个名字，是国子监新来的学生吗？”

“右相大少爷此番竟然未夺魁，可真是出人意料。”

“我以为宁远侯世子这回是第二，没想到却成了第三。”

“话说回来，叶世杰到底是谁？你认识这个人吗？”

周围的人议论纷纷，叶世杰的友人激动地按住叶世杰的肩膀：“世杰，你听到了没有，此番你是第一！”

“我听到了。”叶世杰表面平静，内心早已激动不已。功夫不负有心人，国子监的头名，是可以直接封官的。只要有了官职，叶家就不是白身，就不会任人欺凌而没有自保的能力，叶家就会越来越好。

只是，他还惦记着另一件事。

身边有人问：“国子监这头知道了，明义堂呢？明义堂的榜首这回又是谁？”

被围在中间的人愣了一下，突然沉默了。

在热闹的酒楼里这般沉默，是很令人诧异的。人群也渐渐平静下来，人们面面相觑，不晓得这人是怎么了。有人忍不住开口：“到底是什么结果，你快说呀！”

那人踌躇了一会儿，才道：“明义堂榜单，姜家五小姐姜玉娥第三，承宣使府上千金孟红锦第二。”

“榜首是……”报数的人顿了一刻，在众目睽睽下，终于说出了最后一个名字，“首辅千金姜二小姐，姜梨。”

姜梨！

叶世杰的友人惊得差点把杯子都打翻了，掏了掏耳朵：“我没听错吧世杰，他说榜首是姜梨？！”

叶世杰也怀疑自己耳朵出了问题。

这人的话一说完，望仙楼里顿时群情激愤起来，有人大骂道：“你这人眼睛是花了还是瞎了？是不是不识字，在这儿说什么梦话？”

那人据理力争，脸红脖子粗地大声分辩：“我没有说梦话，榜首就是姜二小姐！”

“呸！”一个中年男子吐了一口唾沫在地上，大声道，“倘若榜首是姜二小姐，我就能把门口那堆马粪吃进肚去！”

众人看向门口，马厩里，一匹高大的枣红马正甩着尾巴，察觉到众人的目光，马儿疑惑地看了酒楼里一眼，踢了踢前蹄。

“你们不信，尽管自己去看！”那人好心给大家说明此番榜单名次，没料到遭此侮辱，站在凳子上怒道。

“看就看！”又有提着刀的大汉道，“瞧你这目不识丁的蠢样。”

还没说完，门外又跑进来一名食客，大约也是这酒楼里一同去看榜单的人。他比先前那位爽快多了，关子都没卖一个，一进门就噼里啪啦仿佛得了大新闻般大吼：“不得了啦，明义堂的校考榜首出来啦，是姜家二小姐姜梨，孟家小姐这回要负荆请罪名声扫地啦！”

一句话说完，众人鸦雀无声。

那被怀疑的人跳下凳子，冷哼一声：“现在信了吧。”他整了整衣服，气咻咻地走了，留下一堆呆若木鸡的看客。

叶世杰看着眼前混乱的一幕，本应当皱眉的，不知为何，却忍不住笑起来。

姜府里，今日也是一片安静。

晚凤堂里，季淑然正陪姜老夫人说话。

“等会子看校考榜单的人就回来了。”季淑然抚了抚心口，“怪紧张的。”

“大嫂有什么可紧张的。”卢氏笑道，“你们幼瑶又没有什么可担心的。不像我们二房，景佑就不是个念书的料，景睿……他不给我找一堆麻烦就天下太平了。”

姜景睿和姜景佑也参加了国子监校考，不过年年校考，姜景佑都成绩平平，姜景睿则垫底，卢氏都已经不抱希望了。

姜玉娥听着她们说话，抿着嘴微笑。她今日跟着姜幼瑶一起到了晚凤堂，便是为了回报名次的人吐出名次时，能得到姜老夫人的嘉赏，让姜家的人都瞧瞧她的才华与聪慧。

“二姐怎么没过来？”姜玉娥道，“我之前过来的时候，让人叫了她一道过来的。”

“听说二姐在院子里煮茶，说对榜单一事无甚兴趣。”姜幼瑶大度地笑笑，“二姐不想过来，便不要勉强她。”

“等出了结果，我过去告诉她就是了。”季淑然笑得温婉。

姜老夫人没作声。

正说着，珍珠掀开珠帘，道：“老夫人，瞧结果的人回来了。”

“进来。”

去瞧结果的是姜府的小厮，他先给主子行了礼，才道：“参加校考的四位小姐，三小姐得了第四，四小姐得了十七，五小姐得了第三。”

姜幼瑶本来听到自己第四时，还颇有得色，待听到姜玉娥得了第三，压了自己一头，心中就不爽利起来。

姜玉娥按捺住心中狂喜，看向那小厮，问道：“不知我二姐得了第几名？”

那小厮从怀中掏出一卷誊写的榜单，递给姜老夫人，咧开一个大大的笑容，嘴里说道：“二小姐乃头名，此番校考魁首，恭喜老夫人了！”

季淑然的笑容僵在脸上。

姜幼瑶脱口而出：“你说什么？”

声音都带了几分惊惶的尖厉。

“莫不是听错了？”姜玉娥难以置信，摇着头道，“定是你弄错了……”

还是卢氏最先反应过来，当即笑开了花，道：“我方才没听错的话，梨儿是得了魁首？”她瞥一眼季淑然僵笑的脸，心中闪过一丝快意。

她早就对季淑然颇有微词，每年校考，姜幼瑶成绩越好，就越是衬得二房的两位少爷平庸。如今横空杀出来一个姜梨，狠狠地压了压季淑然的威风，卢氏自然乐见其成。

“没想到梨儿是个这么有本事的人。”卢氏毫不犹豫地往季淑然心口插刀，“刚去明义堂不久，从前好似也没学过这些呢。要我说，不愧是大哥的血脉，都是这般文采斐然，天生灵气呀……”

她每说一句，姜幼瑶心中的怨毒就多一分。被姜玉娥超过的愤怒，此刻已经全部转移到了姜梨身上。姜玉娥便罢了，姜梨算个什么东西？她连一个刚进明义堂的人都比不过，岂不是说她比废物还不如？

姜玉娥此刻也是绞紧了手中的帕子，指甲险些掐进了掌心。方才的欢喜荡然无存，此刻她像是被当头泼了一盆冷冰冰的水，三伏天里冷透骨髓，让她的指尖都泛起凉意。

她唯一引以为豪的东西，唯一可以将姜梨踩在脚下的东西，眼下也没有了！凭什么？！

姜老夫人只扫了一眼，各人形态皆入眼中。她淡淡道：“你可看清楚了，榜首果真是二丫头？”

“正是。”那小厮道，“老夫人请看誊写的红榜，二小姐书、数、礼三门皆是头名，榜首毋庸置疑！”

姜幼瑶身子一软，险些瘫软在地。

芳菲苑里，姜梨正在看梨儿侍弄花草。

“你真的不走？”姜景睿坐在椅子上，一边拿茶水往嘴里灌，一边忍不住劝道，“眼下逃走还来得及，逃走顶多被人嘲笑言而无信，要真等到想逃都没处逃的时候，跪下来给孟红锦道歉，你这辈子可算真完了。”

姜梨道：“这茶是君山银针，我今日只泡了这么一壶，你牛嚼牡丹似的，日后就不要来这里喝茶了。”

姜景睿气得把茶杯一摔：“听听你说的这话，你真是咱们姜家出来的小姐吗？这般俭省作甚，咱们千金之家，就要花天酒地，纸醉金迷。你这样，忒无趣！”

正说着话，清风和明月突然自外面快步走了进来，一进门就道：“姑娘，明义堂的红榜贴出来了！”

姜梨还没来得及说话，姜景睿就将手中的茶杯一搁，道：“怎么样怎么样？你家姑娘是不是垫底的？”

姜梨瞅着他的模样，觉得他说希望自己能赢，约莫是个假话。

明月瞪了一眼姜景睿，道：“说什么胡话，咱们姑娘聪明绝顶，天生就是念书的好材料……”

话没说完，姜景睿就大笑起来：“说谎也不带这么说的。”

姜梨静静地看着他。

明月急了：“我没有说谎，如今府里上上下下都知道了，咱们姑娘这回是明义堂校考的榜头，魁首！”

她重重咬清了“魁首”二字。

姜景睿道："你这丫头，说话怎么一点没脑子，便是安慰你家主子，也不该如此妄言。"

清风道："是真的！"

姜景睿还要说话，见几个丫鬟真的急红了眼，慢慢地不笑了，试探地看向姜梨，问："是真的？"

姜梨懒得跟他说话，只问："国子监呢？国子监校考的榜首是谁？"

"好似是个陌生的名字，姓叶……叫叶世杰！"

姜梨心里一块石头落了地。

姜景睿反应过来，大叫："怎么回事？你成了明义堂的校考榜首，你表哥成了国子监校考的榜首。"他凑近姜梨，神秘兮兮地低声道，"老实说，你们莫不是买通了考官，要知道你表哥家中可不差银子，不过国子监这头如今是这么容易被买通的吗……"

他又喃喃自语起来。

清风道："老夫人让二小姐您赶紧去晚凤堂。"

"好。"姜梨站起身，"我这就去。"

"我也去！"姜景睿跟着站起来，道，"这回你可是为姜家争了脸面，祖母肯定会好好赏赐你。"

姜梨顿了一顿："你确定你现在要去？"

"我为何不去？"姜景睿莫名其妙。

姜梨叹了口气："你就不怕论起你的成绩？"

"我不怕。"姜景睿不以为耻反以为荣似的，满不在乎道，"大家都习惯了。"

姜梨也懒得说话，姜景睿自己都不在乎，她何必做多舌的坏人，便带着桐儿和白雪往晚凤堂走去。

等到了晚凤堂，姜梨发现姜元柏竟然也在。

不只姜元柏，姜元兴和姜元平两兄弟也来了，杨氏正和卢氏说着什么。姜家三房人，此刻竟共聚一堂。

这倒是罕见。

见姜梨来了，姜元柏张了张嘴，似乎又不晓得说些什么才好，便尴尬地轻咳了两声。

姜梨上前道："二叔、三叔。"

姜元平笑眯眯地打量着她，道："小梨这回干得好，能在明义堂校考中拔得头筹可不是一件容易的事。我刚才还在和你父亲说，此次要好好嘉奖你。"

姜梨含笑躬身："多谢二叔了。"

姜元兴站在最末，看着姜梨，也笑了笑，只是这笑容却有些小心翼翼，他道："恭喜小梨了。"

姜元兴作为姜家的庶子，连带着三房都不怎么被看重，尤其是姜元柏和姜元平的仕途一片平坦时，姜元兴就更被人遗忘在角落。

杨氏眼见着姜元兴也跟着夸了姜梨，心中十分不是滋味。过去每年校考，姜玉娥在上三门的课业里可都是姜府小姐里最好的。姜幼瑶擅长琴乐，因季淑然从小就请了最好的名师教导。姜玉娥没能有这样好的先生，书、数、礼却是实打实的自学成才。

唯一能在姜府里风光一回的机会，这回却被人抢了，杨氏心中怎能不恼火？

不过她的恼火，到底比不上季淑然心底的恼火了。

姜幼瑶眼看着姜府里的三位老爷都对姜梨大加赞赏，心中既不平又愤怒，忍不住脱口而出："二姐，你此番得了魁首，势必有许多人难以信服。"

屋里的人都是一静，姜梨回头看着姜幼瑶，轻声道："哦？"

察觉到众人都看着自己，姜幼瑶犹豫了一下，十分担忧地看向姜梨："二姐，你之前并未去明义堂进学，才回京不久，到明义堂还不满十日，未曾习学便能夺得魁首……实在惊世骇俗了些。"说罢，不等姜梨回答，她便又娓娓劝道，"我知道二姐和孟家小姐的赌约非同小可，二姐必然不愿意输，可咱们是姜家呀，父亲还在朝为官，切不可因小事而损了根本，虽然名声重要，但品质风骨也不可丢弃。"

瞧这一番话说得多么正气凛然，却又多么不怀好意，直接怀疑姜梨是靠舞弊得了魁首。

姜景睿嗤笑一声："别人脑子里怎么想与我们何干？他们不服就不服，难道还能把明义堂的考官拖出来打一顿，让别人改了名次？怎么，合着只准她孟红锦赢，姜梨赢就是作弊？"

姜幼瑶面色涨红，季淑然忙道："幼瑶也是担心。"说着望向姜元柏。

姜幼瑶这番话说得虽然诛心，不过也不是没有道理。姜元柏盯着姜梨的眼睛："梨儿，你以前未曾习练过，怎么能考中榜首？我看过红榜，你的上三门，书、数、礼都是头名。你……七岁就去了庵堂，那时也才刚刚启蒙，如今才回燕京，怎么会有如此成绩？"

"父亲，"姜梨笑道，"有好学之心，无论有没有博学的先生教导，都会有所收获的。"顿了顿，她才回忆般道，"当初在青城山上，生活清苦，并无乐趣可言。所幸庵堂里藏书不少，曾有许多香客捐助了书籍，我每日到了夜里，觉得日子难挨的时候，就看看那些书，沉浸于中，时间就会过得快一些，苦日子也就没有那么难熬了。"

众人皆是一怔。

姜梨悠悠叹道："我在青城山待了八年，庵堂里的书看遍了，便去邻近的鹤林寺借读。这么多年来，我看过的书并不比燕京城里学馆的先生们少。"姜梨笑了笑，"也不必什么先生教的，看得多了，自然就懂了。"她说这话的时候，语气莫名有些怅惘，让人无端感到心酸。

姜元柏觉得喉头一哽，姜梨并没有说一句他的不是，可字字句句都像是在控诉。到底是血浓于水，姜梨有没有舞弊这件事，他就不愿意也不想去计较了。

姜老夫人显然也是一样，只道：“你做得很好。”

季淑然脊背就是一僵，再一次，姜老夫人和姜元柏的态度改变了，就因为姜梨三言两语，就把事态扭转了。

季淑然心中生起极度的怒意，不过一个十四五岁的小丫头，却仿佛成了精，将人的心思拿捏得恰到好处。自她回府以来，自己一点好处也没讨到，反而让她占尽上风。

真是岂有此理。

“二丫头勿要骄傲。”姜老夫人淡淡道，“上三门你是得了榜首，六艺里，下三门可还没有校考。听闻孟家丫头上三门得了第二，倘若乐、御、射她超过了你，你还是输了赌约。”

“你得在这三门继续得胜才行。”她问，“可有信心？”

姜梨嫣然一笑：“但求一试，尽力而为。”

姜梨上三门得了明义堂校考魁首的事，很快就传遍了整个燕京城，自然也传到了孟红锦耳中。

承宣使府上一片安静，屋中，孟红锦伏在榻边，低低啜泣。孟母心疼地搂住她，道：“我儿，莫要哭了，这只是上三门而已，不是还有三门未验吗，哪里就到了山穷水尽的地步？”

“丢人！”孟红锦的父亲孟友德，此刻脸色十分不好看，“胸有成竹地与人立下赌约，眼下却输得一败涂地，真是没用的东西！”

孟红锦闻言，心中大恸，哭得更加不能自持。

孟母见女儿哭得伤心，心中也是怨气冲天，当即就道：“这怎么能怪红锦？那姜梨在庵堂里待了八年，谁都当她肚子里空空如也，怎么能料到此番突然夺魁。你能料到不成？”

孟友德语塞，他还真无法料到这么个结果。正是因为如此，当得知自己女儿与姜梨立下赌约时，孟友德只轻描淡写斥责了几句，便没再说什么。只因为孟友德心中笃定，姜梨一定会输。

结果现实狠狠地打了他一记耳光。想到今日上朝的时候同僚那揶揄的眼神，孟友德就觉得心里十分烦躁。

孟母又开口了：“我思来想去总觉得这件事不大对劲，莫不是那姜梨使了什么手段？要知道姜元柏在朝中地位非同一般，莫不是买通了此次校考的考官？否则我儿怎么可能输给她？”

“不错。”孟红锦抽抽噎噎道，“我与明义堂的姐妹们在此进学了五六年，姜梨才来了不到十日。莫非她在庵堂里也有如明义堂一般的学馆，能让她进学不成？”

听闻妻女都这么说，孟友德心中就思量起来。他如今暗中已经投靠了右相，姜元柏和右相素来不和。姜梨在校考中出色得实在不正常，倘若能抓到姜元柏和明义堂考官相互勾结的把柄就再好不过。当今圣上最讨厌的就是有人在文仕上做手脚，要是能借此狠狠打击姜元柏，自己就算立了大功。

塞翁失马焉知非福，孟友德拿起外袍披上，道：“我出去一趟。”便匆匆离开了。

孟红锦眼见父亲离开，委屈更盛，孟母安慰她：“怕什么，不是还有下三门吗？明日开始下三门校考，琴、御、射三门，你的御射之术本就出色，就算庵堂里有先生，却定然没有教习御射之术的人，那姜梨不是定会败在你手下了？”

孟红锦是明义堂中少有的几个对射御之术十分感兴趣的女子，一手御马艳惊四座，射箭的准头甚至能与好男儿媲美。整个燕京城里，无人敢与之争锋。

想到这里，孟红锦心下稍定，可即便如此，因姜梨而产生的耻辱感并未消失。只要一想到别人讥笑的目光，她心中对姜梨的恨意就多了一分。恨不得接下来在校考场上，将姜梨踩在马蹄之下……

蓦地，一个念头从她脑中浮起。

若是将姜梨踩在马蹄之下……校考场上，刀剑无眼……

她的心像是在冷水里滚过，又浇了一道热汤，凉凉热热，慢慢地沸腾起来。

另一头，出去寻姜元柏和考官“勾结”证据的孟友德，将注定无功而返了。

明义堂校考为证公平，特意张贴誊写过的头三位的试卷于堂门边上，一时间观看者无数。

孟友德险些被人挤出来，只听到身边许多人议论：“谁他娘的再说姜二小姐大字不识一个，我非一扁担敲破他的脑袋不可。我瞧姜二小姐的字比村里秀才写得好多了，虽然我一个字也不认识，也知道好看！”

这大约是个白丁。

也有看起来斯文的读书人，声音隔着人群传到了孟友德的耳中：“最妙的还是文章，引经据典，见解独到，姜二小姐当是博览群书之人。在下寒窗苦读十五载，却还不如个小姑娘，惭愧！惭愧！”说完掩面长叹。

“都说见字如见人，姜二小姐的字倒像男子，颇有胸襟，开阔舒朗，像是个豪气好儿郎。”有仿佛将士般的粗髯男子闷声闷气道。

“这算账的功夫也不赖，还有新鲜的法子，这法子好，我誊下来回头用在铺子里管账，倒比旧时算法轻松许多。”脖子上戴着金算盘的商人目露精光。

总而言之，姜二小姐的这份试卷誊录一出来，所有的谣言都不攻自破。明义堂校考是不可能漏题的，姜二小姐当是现场所做。再对比前三中其他二人的答案，姜二小姐的考卷显然要高明多了。

这个第一名，实在得得名副其实。

孟友德失魂落魄地从人群中走出来，心中只有一个念头：此次赌注到了现在，并非小孩之间的玩闹，其影响已经太大，或许宫里也晓得了。倘若孟红锦不能在下三门里扳回一局，孟家就输了。

那可就麻烦了。

正如孟友德所想，姜梨的这份考卷果然传到了宫中。

御书房，年轻男子从里走了出来，门前的苏公公躬身将他送到门外，瞧着他离开的身影感叹，不过二十出头，一朝中第，短短一年时间便爬到如此位置，果真是顺风顺水，后生可畏。

这年轻人不是别人，正是当今的中书舍人沈玉容。洪孝帝眼下十分喜爱沈玉容，时常与他谈论时事，甚至有人说，洪孝帝有心想要沈玉容进内阁，当作姜元柏的接班人、未来的首辅培养。

未来的事谁也说不准，但并不妨碍现在就有人巴结他。

沈玉容穿过御花园，正往外头走时，却在长廊上遇着了一人。

永宁公主正在花园石桌前小憩，瞧见他，便露出一个妩媚的笑容来，道："沈大人。"

正是夏日，御花园里树荫繁密，幽风凉爽，从树叶间隙洒下的一丝金线，恰好照亮了她一半脸颊，端的是富贵明丽，只觉得那皮肤如上好的羊脂玉，让人想摸上一摸。

分明是眉眼上挑一副骄矜的样貌，却是做温柔小意姿态，礼貌端庄。

沈玉容拱手行礼："公主殿下。"

"你方才从皇兄那里出来，是说了什么事呢？"永宁公主拿着薄薄的纱扇轻摇，嘴唇涂了大红的口脂，丰润饱满，娇艳欲滴。

沈玉容移开目光，道："陛下听闻昨日校考红榜已出，国子监榜首和明义堂榜首花落两家，与下官谈论此事。"

"哦？"永宁公主讶然地瞧着他，语气带着些撒娇的烂漫，"此事本宫也听说了。听闻明义堂的榜首是姜家二小姐，当年被逐出姜家在庵堂里待了八年，此次回京不过月余，入明义堂更不过十日，却在此番夺魁。"她嫣然一笑，"果真是个不折不扣的才女呢，听说更是写得一手好字，本宫没有亲眼见过，沈大人以为如何？"

沈玉容一怔，垂首道："下官亦没见过。"

"呵。"永宁公主又轻轻笑了一声，"原本以为这样的事，沈大人一定要去见一见的，没想到沈大人倒是不感兴趣，大约沈大人见惯了才女，更爱红粉脂色？"最后一句，话里带了轻佻的勾引。

沈玉容退后一步，道："公主慎言。"

"瞧把你吓的。"永宁公主眸中闪过一丝不悦，随即飞快隐没，嗔怪道，"我的人都在外面守着，我与你说话也无人听见。这些日子不见，你有没有想我？"

越发肆意起来。

沈玉容微垂着脑袋，几不可见地点了一下头。

便是这轻轻点一下头，顿时令永宁公主喜笑颜开，甚至伸手去抚沈玉容的手，笑道：“我便知道，你也是念着我的，只是近来琐事太多，我倒不好去找你。明日明义堂校考下三门，不若你我都去观看，看毕后……”尾音消失在暧昧里。

沈玉容任由她拉着手，面上神色缓和几分，轻声道：“公主……”

“我早就说过，无人的时候，你当唤我永宁。”永宁公主痴迷地看着他俊朗的眉眼，从她第一次见到沈玉容开始，就爱上了沈玉容。这般年轻俊朗的男子，识得政事，作得华章。见他骑着高头大马游街时，她就芳心遗落，再也找不回来。

只可惜，使君有妇，不过到底不是什么大事。她是金枝玉叶的皇家公主，而他的妻子只是个小吏的女儿，纵然才貌双绝，也是低贱如蝼蚁。

所以她杀了他妻子。

永宁公主晓得，沈玉容的心里不是没有薛芳菲的。薛芳菲生了一张好皮相，又有才女之名，和沈玉容又有多年夫妻情分。沈玉容尚且有余情，永宁公主却容不得他心里半丝不属于自己。对于薛芳菲，自己不仅要她的命，还要她的名声、尊严，要她一无所有地死去，以最狼狈的姿态。

谁让她占着不属于自己的东西呢？

自己到底是赢家。

沈玉容没有在御花园里多待，毕竟宫中耳目众多，虽有永宁公主的人守着，到底怕出什么意外。薛芳菲死了还不到半年，若是传出自己和永宁公主有染，怕是堵不住悠悠众口。

永宁公主只得恋恋不舍地看着沈玉容的背影消失。

树荫下又无人了，永宁公主想着，自己隔三岔五到宫里，表面是和刘太妃说话，实则是为了瞧一眼心上人。薛芳菲都已经死了，自己却还是不能和他日日耳鬓厮磨，无法光明正大地在一起，反而像是对偷情的人。想着想着，她不由得哀叹起来。

“厮守难呀……”她长长地叹了口气。

姜梨和孟红锦的赌约，上三门的结果已经出了，还有下三门的校考。下三门的校考考的是乐、御、射，乐的校考，定在明日。

淑秀园中，姜幼瑶正恨恨地撕着手里的扇子。

“莫撕了。”季淑然一把夺过姜幼瑶手中的折扇，道，“你要撕到什么时候？”

“娘，我不甘心。”姜幼瑶的声音里满是恶毒，“姜梨凭什么能得到父亲和祖母庇护，这才回府多长日子，父亲和祖母就都站在她那头去了。此番她又在明义堂校考上扬名，岂不是要飞到天上去了？一想到日后她越发嚣张，我就难受得紧。”

季淑然抚了抚姜幼瑶的长发，淡淡道：“你不要以为女子扬名就是好事，姜梨才刚回燕京城，明义堂的贵女比比皆是，她出风头，自然有不忿的会替你收拾她，你只管看好戏，何必亲自出手。再说了，如今是她才回燕京不久，我不好动手，再过些日子，等外头的风言风语定下来，你母亲我有的是手段收拾她。”

“真的？”姜幼瑶听完，心下稍定。

“当然。”季淑然爱怜地瞧着她，“你却如此沉不住气，真是个孩子。”

姜幼瑶撇嘴：“我也是心疼母亲。”

“不必心疼我。”季淑然道，“明日校考的是‘乐’，你一向在这上头颇有造诣，今年更是得惊鸿仙子指点，当是比去年更胜一筹。每年的下三门，来观礼的人无数，姜梨虽说上三门得了魁首，可无人观看，人们对眼前所见的更为印象深刻。你若是在下三门的琴乐一道上给人留下深刻印象，未来三个月，街头巷尾只会谈论你的琴艺高超，谁还会记得姜梨？”

姜幼瑶目光一亮。

“我听娘的。”姜幼瑶道。

第二日，姜梨起得比以往还要早些。

桐儿一大早就开始给姜梨比画着要梳个什么头配什么衣服，待好不容易出了院门，便见姜幼瑶正在晚凤堂门口和姜元柏说着什么，拉着姜元柏的衣袖，一副娇憨的模样。

季淑然笑道：“梨儿来了。”

姜元柏下意识地看过去，姜梨也看向姜幼瑶。

今日是很重要的日子，桐儿尚且晓得为姜梨打算，季淑然定然也会为姜幼瑶打算。只见姜幼瑶穿一件烟霞色曳地飞鸟描花长裙，外罩一层白梅蝉翼纱，当是飘飘如仙。耳上坠着红翡翠滴珠耳环，色泽极为鲜亮，衬得她整个人比花娇，端丽冠绝。她也上下打量着姜梨的穿戴。

如今姜梨的衣裳都是季淑然吩咐裁衣的给准备，有了回府当日在门口的一着，如今季淑然给姜梨准备的衣裳合身倒是很合身，富贵也是很富贵，却不见得很适合姜梨。一来姜梨身材纤弱，眉清目秀，撑不起那些极尽奢华的衣裙；二来首饰也很烦琐贵重，戴起来显得头重脚轻。

虽然是不会出错的装束，但只是和姜幼瑶站在一起，就会立刻沦为姜幼瑶的陪衬。

倘若是真的姜二小姐，为了表明身份，未必就不会穿上那些贵重的服饰。可惜姜梨不是，她对华丽的衣裙向来没有太多渴望，更何况，沦为姜幼瑶的陪衬，她是万万不愿意的，因此，她并没有穿季淑然为她准备的衣裳。

她只穿了桂子绿的齐胸瑞锦襦裙，一个反绾髻，点缀着一支碧玉簪。化繁为简，眉是眉，眼是眼，淡雅脱俗，清丽得不得了。

和姜幼瑶站在一起，姜梨一点也没被比下去。反而因为姜幼瑶太过明丽，衬得姜梨的美还要高明一筹。

姜元柏轻咳一声，问姜梨道：“可准备好了？”

姜梨含笑以对：“是。”

“既然都好了，就出发吧。”被珍珠和翡翠扶着的姜老夫人道。

一行人便上了马车，往校考场驶去。

大约过了三炷香的时间，便到了校考场。

明义堂的校考场是前朝一个练武场，前朝选举武状元便是在这个广场之中。后来先帝宗明帝继位、迁皇宫，这个练武场荒废了多年。等洪孝帝继位的时候，就把练武场变成了校考场，明义堂下三门校考都在这个地方进行。

广场四周早已是人山人海，最好的位子是为贵人们准备的，许多还是今日来校考的贵女们的家人。也有如姜景睿说的“为功勋子弟挑媳妇”的官家，甚至还有皇室子弟。

姜梨到的时候，校考场上已经来了许多人。

跟在柳夫人身边的柳絮瞧见姜梨，立刻过来与她打招呼。姜梨拉了她的手，一道与柳夫人行过礼。柳夫人很高兴，对姜梨道：“我晓得姜二小姐上三门得了魁首，还没来得及说声恭喜，希望今日姜二小姐亦能抱得甲等。”

姜梨笑着颔首：“多谢夫人。”

柳絮低声在姜梨耳边道：“你看，孟红锦。”

姜梨顺着柳絮给她指的方向看过去，果然见不远处，孟红锦正看向自己，目光怨毒。

“你的琴抚得如何？”柳絮小声道，“今日来做琴乐考官的有萧德音、惊鸿仙子、师延、绵驹，还有肃国公。”

“肃国公？”姜梨十分诧异。萧德音、惊鸿仙子便罢了，师延、绵驹也无可厚非，但为何还有肃国公姬蘅？自来听闻姬蘅爱听戏，可琴乐一行和戏曲南辕北辙，姬蘅过来能做什么？

姜梨觉得费解。

“谁知道呢，考官都是当今圣上钦点的。”柳絮摇了摇头，“我未曾听过你抚琴，你的琴艺到底如何？”

姜梨笑了笑：“还行吧。”

柳絮一颗心安然落了地：“不管如何，只要过得去就行了，并非样样都要夺得魁首。”她是在安慰姜梨。

姜梨道：“届时再看吧。”她边说边看向周围，蓦地，她的目光突然定住了。

在贵人们坐着的地方，有专门的小筑，便见不远处，有身穿金纱百丽裙的年轻女子，正在拈琉璃罐子里的紫葡萄吃。葡萄晶莹剔透还带着水珠，落在琉璃罐子里，如紫莹莹的宝石，越发衬得拈宝石的纤纤玉指富贵明丽。

女子微微仰着头，眼波流转，自有媚意。

柳絮见姜梨直直盯着一边，顺着她的目光看过去，恍然道：“永宁公主？没料到今日她也会来。”

姜梨瞧着永宁公主，面上仍带着三分笑意，目光却冷莹莹的。

永宁公主在此地，不必想了，沈玉容一定也会在此地。

校考场上的女学生们大约都聚到一处去了。

姜梨随着先生走到校考的一边，得抽签决定什么时候轮到她。抽签的签筒放在一个长圆的小木罐里，姜梨和柳絮一前一后从里面拿出小纸条。

那负责记录的人念道："姜梨，十三位。柳絮，十八位。"

统共校考的也就三十位，姜梨处在不上不下的位置。记录的人刚念完，另一头，姜玉娥便夸张地啊呀一声，用姜梨这头也能听见的声音道："二姐是十三位呢，恰好排在三姐的后面，三姐是十二位，这可真是太巧了！"

姜幼瑶是十二位？

姜梨微愣，随即心中失笑，这确实巧得很。

柳絮摇头道："这下不好了，姜幼瑶的琴乐向来是明义堂里数一数二的，去年一首《化蝶》艳惊四座，今年想必技艺更上一层楼。她弹得越好，等会子你便越是吃亏，就算是还行，也要被她衬得不行了。"

"怎么偏偏二丫头在三丫头后面？"姜老夫人也皱起眉。

姜幼瑶心里高兴坏了，万万没料到会有这么个意外之喜，只觉得老天爷都站在自己这边。此番定然要让姜梨相形见绌、颜面扫地才好。

孟红锦见状，鼻子里冷哼一声，也很是幸灾乐祸。她自个儿琴艺比不上姜幼瑶，不过见姜梨出丑，也很高兴。

姜梨却没有心思去计较这些，她瞧见了永宁公主，却迟迟没有见到沈玉容，但她心里也清楚，今日永宁公主一反常态来了，沈玉容定然也会来的。

正在思量的时候，周围的女孩子们突然又激动起来，连带着隔得近的人群也骚动沸腾起来。她耳边传来柳絮吃惊的声音："怎的成王殿下也来了？"

"成王殿下？"姜梨往声音沸腾处看去，果然见一蓝衣男子正在落席，还坐到了永宁公主身边。

果然是成王。

成王和永宁公主是一母同胞的兄妹，都是刘太妃所出。姜梨还是沈家人的时候，从沈玉容嘴里多少也能听到一些宫廷秘闻。当年先帝还在时，刘贵妃和夏贵妃争宠争得你死我活，只是后来夏贵妃病逝，洪孝帝便养在了皇后名下，后来便成了太子。

成王距离那个位置最近的时候，大约只有一步之遥。却不知是不是因为当初得宠，当今的刘太妃仍然保留着当初飞扬跋扈的性情，连带着成王也有些不知收敛，锋芒太盛，如果不是洪孝帝仁慈，换一个性情多疑的君王，成王不知要吃多少苦头。

成王一进场，便引得人群沸腾，姜梨甚至听到身边的贵女小声又害羞地谈论："成王殿下真是俊朗非凡……"

姜梨忽然想到，成王如今有一房正妃，却没有侧妃。在场的贵女们，有些身份稍微低点的，高攀些给成王做侧妃也未尝不可。不知成王此番过来，是不是就是为了挑个合适的女子。

笑意还没蔓延到眼底，姜梨又忽然愣住了，在离成王或者说永宁公主不远的地方，便坐着一个熟悉的身影。简单的月白长衫，眉目温润秀逸，依稀可见年轻的时候是个美少年，只是如今那少年早已成熟，变得稳重端方。

隔得老远，姜梨都能一眼认出他的模样。或者说，便是隔着千山万水、千年万年，她还是能一眼认出他来。

她的夫君，两小无猜恩爱缱绻的夫君，能为她描眉黛画青螺，能与她执手百年、白头偕老的夫君。

那是她的夫君、枕边人，也是她的仇人，眼睁睁看着她赴黄泉的人。

姜梨猛地闭眼。

心中汹涌而来往昔依依岁月，支离破碎，快要拼凑出完整一幅，却又在关键时候戛然而止，像铜镜打碎，最后入眼的是她挣扎在旁人手中时，窗外那个仓皇逃离的影子。

那个凉薄的熟悉又陌生的影子。

姜梨木然睁开眼睛。

即便只是远远地一瞥，姜梨确定自己看见了，沈玉容和永宁公主交换了眼神。永宁公主娇媚如花，笑声飞扬，那是鲜活的女人。而薛芳菲已经死去了，化作埋在泥土里的一堆骨骸，冰凉地腐烂着。

她低下头，哭不出来，也笑不出来。

柳絮不觉有他，依然拉着姜梨道："今日校考的考官到了，你且看，那是惊鸿仙子……"

姜梨心中此刻正是复杂难明，不得不抬头往柳絮指的方向看去。便见一女子白衣胜雪，头上点缀新黄丝带，丹唇外朗，皓齿内鲜，螓首蛾眉，瑰姿艳逸，走动间宽大衣袖微微摆动，仿佛天外飞仙，令人心折。

这便是惊鸿仙子。惊鸿仙子当初是望仙楼的一名清倌，卖艺不卖身，因一手琴艺出神入化，惹得整个燕京城的贵族子弟追捧，倒比一般的闺秀要金贵几分。后来惊鸿仙子与一茶商之子相爱，茶商之子为惊鸿仙子赎了身，惊鸿仙子便离开望仙楼，洗手作羹汤安心做人妻了。

京中人无不叹惋不能听到惊鸿仙子再弹一曲，但惊鸿仙子的琴艺如今也无人质疑。今日考官里有她，却也不算出乎意料。

今日在场的亦有年轻少年郎，见了虽为妇人却比少女还要美丽的仙子，纷纷红了脸不敢直视。

姜梨正叹这惊鸿仙子果真仙姿楚楚，又听得耳边柳絮一声惊呼，道："肃国公也到了。"

似乎是为了印证柳絮的说法，周围忽而安静下来，夹杂着一些不真切的呼吸声，却也是很小心的，仿佛生怕惊扰了什么。

如雪的白衣过后，紧跟着是一抹深艳的红，红得凄凄，红得浓艳。

如果说惊鸿仙子是自九天之上下凡来的仙女，高洁不容侵犯，肃国公姬蘅就好像从林间锦衣夜行的迷人精魅，勾人心魄于眨眼之间。

年轻人的红衣瞬间便夺走了校考场里所有人的目光。那张漂亮得没有瑕疵的脸有着令人痴迷的魔力，而他似笑非笑的眼神，又令他唇角的淡笑变得邪恶几分。这是一个迷人的青年，连眼角的红痣也妖冶得像是衣裳上绣着的黑金凤蝶一般，瞧得人头晕目眩。

他闲庭信步，在校考场上行走的姿态优雅又慵懒，仿佛在庭中赏月，却衬得整个校考场上的人群都轻浮了起来，衬得前边高洁无双的仙子也像是惺惺作态。

上天赏的好样貌，姜梨心中微叹，她见过好看的男子，沈玉容、薛昭，甚至姜景睿、叶世杰，可姬蘅的漂亮更像是直接粗暴地与常人拉开一大截距离，倘若不是亲眼所见，很难相信世上会有这么漂亮的男人，或者说这么漂亮的人。

周围的人都看直了眼，连孟红锦和姜幼瑶也远远地盯着姬蘅，舍不得移开眼睛。众人似乎都忘了，姬蘅可是一个喜怒无常的浑蛋，就算他是美人，也是一个阴晴不定的蛇蝎美人，还是少招惹为妙。

姬蘅丝毫不在意旁人的眼光，在校考的考官位子落座。至此，连带着萧德音在内，共有五位考官落座。

萧德音是明义堂的先生，自然一直就在这里。绵驹也到了，他是北燕的宫廷乐师，专为皇帝及妃嫔奏乐，穿着一件粗布麻衣，很有隐士之风，看起来也十分快乐。还有一个清瘦的中年男子，是师延，当今最高职位的乐官，掌管礼乐，形容有些傲慢。

这几位要么是琴师乐官，要么是夫子琴女，都是在琴乐一事上各有所长，唯独一个姬蘅，显出几分格格不入。

姜梨甚至瞧见了周彦邦，目光无意中和周彦邦的碰上，周彦邦顿时眼睛一亮，惹得姜幼瑶看姜梨的眼神像是要剜她的肉一般凶狠。

校考就快开始了。

手臂上绑着红巾的小童开始报各人位数。姜梨只挑了自己认识的人记着，孟红锦是第八，姜幼瑶是十二，姜梨是十三，柳絮是十八，姜玉燕二十，姜玉娥二十五。

每人的时间并不多，校考几乎没有多余的步骤，很快就挨个上场了。

贵女们既然能进入明义堂，自然都很出色，即便再如何平平，放在普通人家，也是能叫好的。

姜梨听着耳边传来的琴声，心思却不在此处。她只是想着，如今沈玉容和永宁公主大概越发痴缠了，永宁公主和成王是兄妹，永宁公主必然是要向成王引荐沈玉容的。如果姜梨猜得没错，沈玉容日后成为成王的人，是毋庸置疑的事。

成王有势，沈玉容也有些脑子，未必不会得成王另眼相待。如今沈玉容已经是中书舍人，还得洪孝帝看重，若是又被成王推着，日后岂不是地位更高？到时要想对付沈玉容，可就难了。

姜梨心中计较着这些，竟不觉得时间过得慢，转眼间七位贵女已过，就轮到了孟红锦。

柳絮让姜梨专心看，但见孟红锦上了校考台。

今日的孟红锦比往日沉着了许多，也许是因为琴乐本就不是她所擅长的。她坐了下来，取了瑶琴，焚香浴手，弹拨一曲《潇湘水云》。

《潇湘水云》是寄托游人在南迁路途中，瞧见云水奔腾的景象，唤起内心热爱祖国山河、感慨身世飘零、向往隐逸生活的复杂心情。散音重，荡吟多。姜梨听着，觉得孟红锦这曲《潇湘水云》软绵绵的，不像是南迁的游人，反倒像来赏云的小姐。

虽然并没有弹出作曲者的心境，不过孟红锦的指法还是很熟练的。只是学琴除了指法，更看重琴心，孟红锦算是尽力了，也只能说在琴乐一事上不算有天赋而已。

果然，孟红锦弹完整曲，除了有不明所以的公子哥儿称好以外，台下的五位校考考官面上都无甚表情。那姬蘅更是心不在焉地把玩自己手中的金丝折扇，将折扇打开又合上，眉眼艳丽。

“孟红锦弹得倒是还好，”柳絮松了口气，“这样你也轻松许多。”

姜梨上三门得了魁首，只要下三门不垫底，便不会被逐出明义堂，自然也不用给孟红锦跪下道歉，但即便这样，如果下三门做得太差，这个赢面也不是没可能被推翻的。

至少孟红锦没有艳惊四座，姜梨可以稍稍放心一些。

“不过你那个妹妹可不简单。”柳絮又道，“我瞧她胸有成竹的模样，此番约莫是有所倚仗。你恰好又在她后面……”

可真是不巧。

虽然不巧，但该来的总会来。孟红锦校考完，又过了三位，很快就到了姜幼瑶上场。

她临上场时，还特意走到姜梨面前，笑道：“二姐，到我先了。”听着是谦虚有礼的妹妹上前和姐姐说话，话语里的挑衅，姜梨却也没有忽略掉。

她也跟着笑：“祝好。”

姜幼瑶款款上了校考台。

已是八月初，虽是盛夏，但昨夜下了一夜雨，今日未放晴，倒是个好天气。只是吹着凉爽的晨风，姜幼瑶便如这清晨里一朵含苞待放的花骨朵儿，如粉莲，娇柔明艳地盛开着。

季淑然今日特意为她装扮过，烟霞色的衣裙，便令这晨间也生动俏丽起来。她就如真正的钟鸣鼎食之家长养出来的千金闺秀，举手投足都显得精致小巧。

周彦邦在人群之中，姜幼瑶上台后，特意往他的方向瞧了一眼，似乎很害羞，只匆匆一瞥就移开了。

好事者将这一切都看在眼里，打趣周彦邦道：“姜三小姐上去了！”

姜幼瑶和宁远侯世子周彦邦的亲事，燕京城的官家几乎都晓得。周彦邦笑了笑，只是那笑容却有些勉强。

佳人仍如从前一般鲜活可爱，可他的心却飞到了另一个地方。他忍不住看向另一侧，姜梨的方向，却见姜梨正侧头与身边的好友说着什么，完全没有发现他的目光。

柳絮道："瞧，快开始了。"

台上，姜幼瑶净过手，嫣然一笑，玉指落在七弦琴上，拨动了第一根弦。

姜梨道："是《平沙落雁》。"

柳絮一愣："你怎么知道？"

话音刚落，琴声便如流水般从姜幼瑶指尖倾泻而下，琴音叮咚，果真是《平沙落雁》。

柳絮有些目瞪口呆，问："你在府上听姜幼瑶弹过？提前就晓得她要弹这曲？"

"不知道。"

"那你怎么听出她弹的是《平沙落雁》，她才起音呢。"

"瞧她动作就知道了，况且一个音也足够了。"

柳絮上上下下看了姜梨一会儿，低声道："你从前也是学过琴乐的吧？或许你的琴乐还不错？可是青城山上怎么会有琴乐先生？莫非你是天才？"

姜梨有些啼笑皆非，道："倒也不是很难。"

台上，姜幼瑶弹得很好。

《平沙落雁》描写秋天里大雁从天空中飞过，时而盘旋、时而顾盼的情景。古语有云："取清秋寥落之意，鸿雁飞鸣，取秋高气爽，风静沙平，云程万里，天际飞鸣，借鸿鹄之远志，写逸士之心胸。"

这曲调悠扬流畅，姜梨也没想到，姜幼瑶竟然会选择这一首，她以为姜幼瑶这样的闺秀小姐，当是弹拨一首意境小巧些的曲子。倒不是说女子便弹不得大气的曲子，而是因为琴声通心境，姜幼瑶的心境如何能这般大气疏荡。

但姜幼瑶弹得还不错。

"这曲子已是极难，这么多年校考来，极少有人弹，便是有人弹，也弹得很是一般。如姜幼瑶这般弹得出色的，她是头一个。"柳絮喃喃道，"这样难的指法，偏偏她还是弹成了，一点儿也不生疏。"

姜梨闻言，有些奇怪，就问："这曲子很难吗？"

"当然了！"柳絮立刻道，"明义堂的古琴十首名曲，最简单的是《高山流水》，其次分别是《阳春白雪》《梅花三弄》《醉渔唱晚》《潇湘水云》《渔樵问答》《阳关三叠》《广陵散》，然后是《平沙落雁》。说起来，当初惊鸿仙子正是因为《平沙落雁》而名满燕京的……哎呀，"柳絮突然想到了什么，"我就说方才姜幼瑶的动作瞧着有几分熟悉，原来看着像是惊鸿仙子……莫非惊鸿仙子私下里指点过她？"

姜梨心下了然，姜家出得起价钱，季淑然又是铁了心想让姜幼瑶在此次校考场上大出风头，请动惊鸿仙子也不是难事。

她问：“这只有九曲。”

“最难的是《胡笳十八拍》，《平沙落雁》好歹有人弹，只是弹得不好。《胡笳十八拍》可是这么多年里从未有人在校考场上弹过，哪怕是琴艺最出色的学生，甚至连萧先生也没有弹过。”

萧先生，自然指的是萧德音了。姜梨想，萧德音其实是弹过的，只是萧德音过分追求完美，而她的《胡笳十八拍》又总是差了那么一点儿，所以干脆便不在人前弹。而私下里，萧德音为了将《胡笳十八拍》练好，多年苦练不说，还请教过自己。

不过，薛芳菲死了，已经没人知道这些事。

姜幼瑶还在弹，鸿雁有回翔瞻顾之情，上下颉颃之态，翔而后集之象，惊而复起之神。姜幼瑶的琴音里，竟将这鸿雁的各种情态徐徐展开，让人感觉仿佛正是秋日，长空如碧，雁过无痕。

考官里，萧德音神情微动，惊鸿仙子瞧着台上姜幼瑶的动作，眼中闪过一丝满意。

却听得身边有人说话：“不知道仙子何时也收徒了？”

正是宫廷乐师绵驹。他说这话的时候，语气里带着揶揄。

惊鸿仙子闻言，耳根一红。她嫁的茶商之子只是普通商户，并非巨富之家。她自不可能再去抛头露脸，但终究还需柴米油盐。季淑然给她的银子，足够让一家老小几年内衣食无忧，因此私下里指点姜幼瑶这件事，她无法拒绝。

好在姜幼瑶是个不错的苗子，教一个有灵气的徒弟，总好过资质平平之辈。

又听得绵驹在一边道：“不过你这徒弟，委实不怎么样。”

饶是惊鸿仙子好脾气，此刻也有些不舒服，便问：“请先生指教。”

“仙子勿怪小老儿多礼。”绵驹笑嘻嘻道，“这姜三小姐只习得仙子形，没习得仙子魂。《平沙落雁》的雁群百态，你这徒弟是弹得七七八八，不过这开阔疏朗之意嘛，还差得远呢。”

惊鸿仙子心中恼怒，却又晓得绵驹说得没错。可琴乐一事，先生们教的只是指法和技巧，琴心得自己领悟，谁也帮不上忙。

“不过小姑娘嘛，年纪轻轻，没什么心事，这等意境，领悟不了实属正常。能弹成这个模样，已经很不错了。要是没什么意外，今儿个的魁首只怕就是这姑娘了。”绵驹又笑嘻嘻地补充。

听到绵驹这一句，惊鸿仙子的心里才好过了些。

他二人说话的时候，萧德音和乐官师延都没有开口，而一边的姬蘅则以扇支着下巴，微眯双眼，像是在百无聊赖地打盹。

姜幼瑶在台上姿态优美，琴声又十分流畅动听，加之弹的又是难度极大的《平沙落雁》，毫无疑问成了校考场上众人目光的焦点。

有年轻女子盯着台上的姜幼瑶，恨恨道：“真是搔首弄姿，难看死了！”

这人是沈如云。

沈如云心里倾慕周彦邦，眼见着姜幼瑶在台上大出风头，不甘又妒忌。她身边的沈母听了，也跟着道："不像大户人家出来的好姑娘。"

"她以为自己弹得多好，还不如当初嫂嫂的一半能听。"沈如云脱口而出。

话音刚落，便被沈母狠狠地拧了一下，沈如云立刻知道自己说错了。如今沈家可是从来不提薛芳菲的事，若是被那一位晓得，动了怒可怎么办？还是事事小心为妙。

沈如云便缄口不言。

"她弹得……真好。"柳絮艰难地开口，似乎十分不情愿承认这个事实。

姜梨道："可她没有琴心。"

"琴心？"

"《平沙落雁》弹到最后，作曲人发出世事险恶不如雁性的感悟。既落则沙平水远，意适心闲，朋侣无猜，雌雄有叙。乐声静美绵延，静中有动，动中有静，动静皆宜，姿态轻盈。"姜梨细细道来，"但是因为姜幼瑶的琴心里少了一份'淡泊'，所以她的琴声里就少了一点'轻盈'。"

柳絮认真地听姜梨说话。

"我的三妹将这首《平沙落雁》弹得炉火纯青，但哪怕她弹了一千遍、一万遍，只要没有领悟到意境，没有摸到琴心，她的琴声里就一定会缺少一些东西，她就不是弹得最好的。"

"你说得也有道理。"柳絮听着听着，也觉出味道来，不过又摇头道，"'琴心'二字，你说得容易，可哪有那么容易就能触碰。有些琴师终其一生也无法碰到。咱们明义堂的学生，只怕更没有人能拥有，意境这事，领悟得道，也太难了吧！"

姜梨微笑，的确如此，要让长养在闺房里的千金小姐去领悟雁群开阔疏荡、天大地大的豪迈淡泊，似乎有些痴人说梦。

说话的工夫，姜幼瑶的琴曲已接近尾声。她漂亮地完成最后一段收音，琴音顿止，很快，校考场上响起此起彼伏的叫好声和鼓掌声。

这在之前的女学生中，是没有的。

姜幼瑶得此殊荣，也很高兴，笑得更加灿烂，同考官行过礼，便不紧不慢地走下校考台。

柳絮紧张得手心都渗出了汗珠，对姜梨道："怎么办？到你了。"

"没事的。"姜梨反过来安慰她，"我很快就回来。"她说着就要离开，却被柳絮一把抓住袖子。

柳絮道："等等！我还没问你，你准备弹什么？"

姜梨冲她笑了笑："弹没有人弹过的。"说完便先行离开了。

柳絮站在原地，喃喃道："弹没有人弹过的，没有人弹过的……她……"她的目光僵住，难以置信地看着那个往校考台上去的背影。

“不会吧……”

姜梨上去的时候，恰好遇着姜幼瑶下场，两人错身而过的时候，姜幼瑶笑得很甜，说：“二姐，祝好。”

姜梨头也不回地答：“当然。”

绑着红巾的小童站在校考台上喊道：“第十三位，姜梨。”

全场静悄悄的。

姜梨走上了校考台。

“快看，你妹妹上去了。”姜景睿身边，好事的少年推搡着起哄。

“别吵。”姜景睿有些生气。

那人瞧着他的脸色，奇道：“怎的，你还等着听你妹妹弹出一首仙乐？姜二少，你没病吧？”

姜景睿面如锅底，心里虽然没底，但听到旁人这么说姜梨，很是不忿，怒道：“没长眼睛啊你们，看看不就知道了？”

“看看就看看。”少年们笑嘻嘻地回答。

他们兀自说得热闹，没有发现自己身边的宁远侯世子的目光却追随着台上的姜梨，久久不愿离开。

姜梨在焚香净手。

她初学琴的时候，哪懂什么焚香净手。香是贵重的东西，是大户人家用的。桐乡穷，薛怀远那点俸禄压根儿不够用，更别提买好一点的古琴。薛怀远用木头刻了一把琴给她，那把琴是姜梨初学时候用的，弹起来十分晦涩，音色沉闷。当姜梨学会弹琴后，就再也不肯用它了。

她的第二把琴，是薛昭和人比武得来的战利品。当时薛昭被人挑衅，对方家业丰厚，还有一把很不错的七弦琴。薛昭晓得她心心念念一把好琴，就将计就计，和人立下赌注，若是那人输了，就要把那琴给他。

那琴对薛家来说是一笔不小的数目，对另一家却算不得什么。姜梨甚至记得起那一日，薛昭兴冲冲地从门外跑进来，一把将背上的七弦琴搁在桌上，得意地对她道：“姐，送你的琴！”

后来那把琴跟了她很久。

她用那把琴弹过《渔舟唱晚》，也弹过《阳春白雪》，弹过《平沙落雁》，也弹过《梅花三弄》。

宝剑配英雄，初学的时候，只觉得要用好琴，才能配上好艺。可越到后来，心境越豁达，世上哪有那么多绝世好琴，好琴常有，而好琴师不常有。

可惜啊……

可惜后来，她随沈玉容嫁到燕京，沈母说已为人妻，当担起家府重任，不可如从前一般吟风弄月，那把琴就被锁进沈家库房，落满灰尘，遗憾地留在黑暗中了。

听说薛芳菲死后，沈家一把火烧了薛芳菲的所有物品，想来那把满载着她回忆的充满父亲和弟弟关爱的七弦琴，也在那场大火里灰飞烟灭了。

姜梨垂下眼眸，很奇怪，这一刻，她心里竟然异常平静。

“她这是怎么了？怎么还不开始？”有人见她迟迟没有动作，不耐烦地问道。

“姜二小姐不会是不知道怎么用琴，傻了吧？”

“实在不会就算了呗，何必非为了争一口气，弄得自己下不了台。”

“是为了面子吧，说不会，多丢脸呀。”

“喂喂，现在站在这里不动，难道就不丢脸吗？”

耳边充斥着嘲笑、讥讽、怜悯和同情，叶世杰看向姜梨的目光里带了些焦急。

季淑然担心地开口：“梨儿这是怎么了……”

“二姐该不会是不会吧？”姜幼瑶摇头自语，“这怎么可能？二姐最是聪慧，上三门都得了魁首，此番琴乐定然不会差。”

她不说还好，一说，惹得众人又开始怀疑姜梨上三门的魁首是否真的名副其实。

孟红锦见姜梨在台上迟迟不动，心中乐开了花，连日来的阴霾一扫而光。就连台下的萧德音也皱起眉，示意小童上前提示，倘若姜梨再不动作，就要被驱逐下台了。

正在红巾小童准备上前提醒的时候，毫无预兆地，姜梨忽然开口了。

“光风流月初，新林锦花舒。情人戏春月，窈窕曳罗裾。”

这是一首民间小调，姜梨的歌声也并非燕京的官话，像是某个地方的方言，带了些活泼的味道。

“这是什么？”姜幼瑶问季淑然。

季淑然摇了摇头，她也未曾听过。

“听上去像是某个地方的小调。”二房卢氏眼睛一亮，“莫不是梨丫头在庵堂的时候，跟山里人学的？”

这倒是可能。

姜梨丝毫没有受到影响，仍然没有弹拨琴弦，只是坐在古琴前，清唱着对全场人来说十分陌生的小调。

“青荷盖绿水，芙蓉葩红鲜。郎见欲采我，我心欲怀莲。”

她声音清越而温柔，澄澈如同一汪未被发现的溪水，宁静而活泼，随着春日积雪的化开潺潺流动，挟卷着日光和晨露、朝霞和晚风。

像是山间的采莲女第一次遇到心上人，少年少女懵懂的感情一触即发，迅速发芽长成荫荫绿树，花草芬芳。

“秋风入窗里，罗帐起飘扬。仰头看明月，寄情千里光。”

那少女沉迷于情人的微笑之中，将满腔柔情寄于月光，真是单纯又可爱。她本是快乐的，但爱情也教她变得忧愁了。

爱情真好，爱情让一切变得可爱，让人忘记了春日和夏日如此短暂，秋日已经来了，冬天也不远。

她就唱："昔别春草绿，今还樨雪盈。谁知相思苦，玄鬓白发生。"

她的歌声戛然而止。

四季变化，唱歌的女孩子最终也是一场空待，然而华年已逝，不知是岁月蹉跎，还是蹉跎了岁月。

姜梨的声音很好听，歌声更好听。不知不觉中，校考场上的人竟被这首清脆的小调吸引，沉迷在那个甜蜜又忧伤的梦境里。

有人喃喃道："这小调叫什么？我怎么没听过？"

"不知道。"旁人摇头，"不像是燕京腔调。"

在永宁公主不远处，沈玉容猝然抬头，盯着台上的少女，这首歌，他听过……

这是桐乡流传甚广的一首民歌，叫《子夜四时歌》，桐乡的姑娘们大约人人都会唱。姜梨微笑浅淡，她也唱过的。

台下，萧德音蹙起眉，不知在想什么。惊鸿仙子有些惊讶，师延一本正经，绵驹却是乐得手舞足蹈，对惊鸿仙子道："这小姑娘有意思，琴乐一项，从来比的是琴，她却唱了首歌，这歌还不错！"

"那也不行。"惊鸿仙子好声好气地解释，"若是不比琴乐，她也只能算取巧，对别的学生不公平。"

绵驹撇了撇嘴，正要说话，突然发现了什么，乐道："什么取巧，你看，国公爷也被她的歌声吵醒了。"

原来姬蘅不知何时已经睁开眼，正以扇柄抵唇，含笑望着台上的女孩子，神情微妙。

这可是从一开始到现在，姬蘅第一次表现出"听"的姿态。

另一头，姜玉娥道："二姐这是只打算唱首歌，不弹琴了吗？"

那首歌固然很新奇，可是自来琴乐，比的是琴，而不是歌。

看来姜二小姐是真的黔驴技穷了，才会想到以歌代琴，众人心里正这么想着，就见姜梨伸开双手，抚上琴弦，拨动。

第一个音流泻出来。

"嘎。"看戏的人差点噎着，"她要弹哪。"

"快听听她弹的是……"

一个啥字还没说出口，又是一串流畅的琴音划过人的耳朵，比姜幼瑶的更甚，像是有人用刀一点点凿刻在心尖上。

"她弹的是《胡笳十八拍》！"有人听了出来，一时激动，声音都变了调。

此话一出，闻者皆是变色。连明义堂的夫子都不会弹的曲子，一个不小心便会闹出笑话，姜梨竟然敢弹？

多少年没有听人弹过《胡笳十八拍了》？

校考场上一下子安静下来。安静中，突然有人哈哈大笑，正是绵驹，他乐得手舞足蹈，哪还有个宫廷乐师的模样，兴奋道：“是《胡笳十八拍》，这小姑娘胆子够大！够勇猛！”

惊鸿仙子无奈道：“先生，安静。”

绵驹连忙讪然一笑，立刻噤声。

于是，校考场上就只有姜梨的琴声了。

《胡笳十八拍》写的是女子思乡、离子的凄楚和浩然怨气，重在一个凄字。且不提夫子们如何，明义堂的女学生都是些贵族家的豆蔻少女，正是天真烂漫无忧无虑的年华，便是有些忧愁，也是些微不足道的小事，如何弹得出一个凄字？连悲都很难弹出来。

虽然世人常说感同身受，但感同身受又岂是那般简单？大约只有心怀天下的圣人才做得到。

孟红锦嗤笑道：“真是不知天高地厚，不过是自作笑话给人看……”

她本想着，姜梨弹这么一首曲子，必然是弹不好的。若是姜梨能弹好，岂不是说姜梨比明义堂这些年来最聪明的才女还要厉害？这怎么可能。

可渐渐地，她笑不出来了，脸色也越来越难看。

姜梨的指法很是熟练，仿佛已学琴数十载，动作也十分优雅，没有半分刻意和雕琢，随意轻盈得不可思议。

她就坐在校考台上，风清日薄，衣袖宽大，翠色逼人，灵秀可爱，一时间，校考场也成了深山幽谷，并不似名利场般浮躁，她就像是弹给自己听。

是弹给自己听的。

姜梨没有看眼前任何一处，又像是看尽了眼前任何一处。

曲者离乡、离子，她不仅离乡、丧子，还家破、人亡。

枕边人是中山狼，她的家人就在这一场无妄之灾中，什么都没有留下。可恨的是仇人还步步高升，她重生以来，终于再见仇人，却不能在此刻为家人报仇，只得按捺。

隐忍不发是为凄，血海深仇是为凄，无辜冤死是为凄，满门不幸是为凄，强权压迫是为凄，苍天无眼是为凄，凄凄凄！

琴声铮铮然，如利剑直刺长空，那一瞬间，浩然怨气冲天而起，让听的人只觉肝肠寸断，哀怨不能自已。

凄楚！哀怨！痛彻心扉！

时隔许多年，终于有人第一次在校考场上弹起《胡笳十八拍》，本以为这女孩子只要将指法记得完整，就已经很不错，可姜梨不仅记得完整，还记得熟练，看她的样子，分明一点也不陌生。

这便也罢了，她一个十五岁的小姑娘，怎么能弹出“凄”？！

十有二拍兮哀乐均，去住两情兮难具陈。十有三拍兮弦急调悲，肝肠搅刺兮人莫我知。

十有四拍兮涕泪交垂，河水东流兮心自思。十五拍兮节调促，气填胸兮谁识曲。

十六拍兮思茫茫，我与儿兮各一方。日东月西兮徒相望，不得相随兮空断肠。

对萱草兮忧不忘，弹鸣琴兮情何伤。今别子兮归故乡，旧怨重兮新怨长。泣血仰头兮诉苍苍，胡为生兮独罹此殃。

萧德音向来温和的面目此刻有些僵硬，仔细去看，她的手指还在微微颤抖。姜梨的琴乐，至少在《胡笳十八拍》这一首上，已经高出了她太多太多！姜梨这一曲所展示的高超技艺，甚至能当她的先生！

燕京第一琴师，此刻仿佛成了笑话。

惊鸿仙子也十分诧异，她早已为人妻母，不在乎名利，因此年轻的后辈超过自己，也并不会令她感到紧张。她只是很疑惑，一个十五岁的豆蔻少女，怎么能将《胡笳十八拍》的凄怨了解得如此透彻呢？即便姜梨自幼丧母，七岁就被送进了庵堂，即便在山上过了八年的清苦生活，这些苦难和琴曲里的凄怨也不是完全一样啊。

绵驹喃喃道："这是个天生的琴师！"

师延一改之前的傲慢神色，渐渐有些动容。

满场人都被姜梨的琴声吸引，那琴声似有惑乱人心的作用，令每一个听到的人都心生悲凉之感，唯有一人不为琴声所动。

他既不像姜幼瑶孟红锦之流因这琴音而妒忌，也不像萧德音因琴艺而恐惧，也没有如其他人沉迷其中，他就瞧着姜梨，嘴角的笑容也没有一丝改变。

姬蘅在看姜梨。

他睫毛长长，衬得眼神十分潋滟动人，仿佛也沉醉其中了，可是细看，他又是十分清醒的。他将自己与琴声隔绝开来，也像是将自己和人群隔绝开来。

他看姜梨弹琴，像是看自己府上请来的戏班子唱戏，看校考场上的人沉迷在姜梨的琴声中，就像是看戏中戏。

台上台下众生相，红尘熙熙攘攘，他像一个薄情的美人，站在戏外冷眼旁观着，好做看戏人。

他很清醒地抽离着。

有人抽离着，有人沉迷着，那弹琴的姜梨如何？

她整个人被巨大的悲伤笼罩，琴声的哀怨和她内心的凄怆仿佛成了两个互相增长的影子，争先恐后地拉长。她像是被一分为二，一个薛芳菲，在琴声中如泣如诉地诉说着自己的悲哀；一个姜梨，冷静地瞧着台下众人的反应。

十七拍兮心鼻酸，关山修阻兮行路难。去时怀土兮心无绪，来时别儿兮思漫漫。

十八拍兮曲虽终，响有馀兮思无穷。是知丝竹兮皆造化之功，哀乐各随人心兮有变则通。胡与汉兮异域殊风，天与地隔兮子西母东。苦我怨气兮浩於长空，六合虽广兮受之应不容。

悲哀总有尽头，琴声总会收尾。

姜梨弹拨完最后一个曲调，猝然收音，巨大的响声过后，是空落落的安静。

没有一个人说话，天地万物好像在为这悲哀的琴音默然。

台下的柳絮只觉得脸上冰凉凉的，抬手一摸，不知什么时候，脸上全是湿漉漉的眼泪。再看周围，闻音落泪的不在少数，皆是怅然若失。

《胡笳十八拍》，终于有人在校考场上弹奏了，而十八拍之前的那首乡间小调，更为这悲怆的曲子增添了哀怨的色彩。

众人不由自主地看向台上的姜梨，若非亲眼所见，众人无论如何都不会相信，能弹出这一首的是个十五岁的姑娘。

女孩子站在校考台上，微风吹得她的发丝猎猎作响，她微垂着头，让人看不清她的表情，却觉得这女孩子亦是十分安静。

姜梨在心中长长叹了口气，刚一抬头，就愣住了。

她对上了一双狭长的漂亮凤眼，里面满是玩味。

那位喜怒无常的美人肃国公在打量她，可能还在试着发掘她的秘密。

姜梨垂眸，掩住心里万千情绪，施施然对着台下行礼。

她弹过了。

众人目瞪口呆地瞧着她。

一时间，所有的嘲讽、讥笑、不屑甚至谩骂都消失了。如果说之前的上三门姜梨得了魁首还难以服众，因着到底不是当着所有人的面进行，那眼下质疑她的人也无话可说了。

在台上弹琴的，可就是真正的姜二小姐。

考官里，那位快乐的小老头儿绵驹率先喊了出来：“小丫头，你的琴是谁教的？”

姜梨一瞧绵驹熠熠发光的眼睛，就晓得绵驹心里在想什么，干脆顺水推舟道：“家师已经远游……”

呵，果然有高人指点！

绵驹差点按捺不住就要扑上前来，一迭声追问：“你那师傅叫甚名字？家住在哪儿？去往何地了？怎么样才能找到他？”

姜梨为难地看了他一眼，含含糊糊道：“学生也不知道……”

绵驹闻言，先是有些着急，随即想到了什么，又长叹口气，道：“罢了罢了，这些高人大都不愿意透露自己的行踪，一生如风般自由，又怎会为俗世所累。”又看着姜梨，颇有些羡慕地开口，“你这小姑娘倒很有造化，小小年纪就能得这样的高人指点，这辈子都能受用不尽，唉！”

姜梨见他长吁短叹的模样，有些哭笑不得。不过绵驹的话，到底是解了别人心中的惑。

周围的人纷纷谈论起来。

“原来姜二小姐是得了高人指点，难怪弹得这般好。我瞧着比方才姜三小姐还要技高一筹。”

“那可不？绵驹先生不是说了，能被绵驹先生称为高人的，自然很了不得。”

“你瞧绵驹先生的模样，这是起了爱才之心哪。”

“啐，放着好好的首辅千金不做去做琴师？姜二小姐又没毛病。”

耳边的谈论从方才到现在，仿佛一下子就天上地下翻转了。叶世杰有些惊愕于这突如其来的变化，想清楚后，又忍不住失笑。

姜元柏听着周围的同僚夸奖姜梨的声音，一时间心意复杂难明。一方面，自己的女儿得了旁人赞赏，总是让他高兴的事。另一方面，看着姜幼瑶委屈的模样，他又有些心疼。

到底是自己如珠如宝捧在掌心长大的小女儿，从来琴艺一项都是姜幼瑶最擅长的，如今被姜梨比了下去，姜幼瑶必然很难过失望。

事实上，姜幼瑶心中的妒忌大于难过，仇恨大于失望。

被姜梨比下去，这比杀了姜幼瑶还让她难受。尤其是看到周围人对姜梨琴艺的称赞，无异于在姜幼瑶脸上狠狠打了一巴掌。

夸姜梨弹得好，那她是什么？

就在姜幼瑶快要控制不住自己面上的表情时，坐在她身边的季淑然轻轻拍了拍她的手，对她道：“不要慌，还没到最后，未必会输。”

听了季淑然的话，姜幼瑶才渐渐平静下来，虽然心有不甘，却终究没有失态。

此刻，孟红锦心里也十分不舒服。但凡姜梨得了什么夸奖，人们总是要怜悯地看她一眼，每个人都在提醒她不要忘记自己的赌约。看着孟友德难看的脸色，孟红锦心里也十分害怕。倘若姜梨真的在明义堂的所有校考中拔得头筹，自己就要在国子监门口脱去外裳给姜梨跪下来道歉。

那样一来，自己就会沦为整个燕京城的笑柄了，还会让孟家抬不起头，父亲一定不会原谅自己。

孟红锦的后背蓦然生出一阵凉意，仿佛已经看到了那可怕的场面。

不会的，她安慰自己，姜幼瑶也弹得不错，姜梨未必就会夺魁，不会的……

姜梨走下了台，她没有回到姜家那边，而是走到正对她招手的柳絮身旁。

柳絮兴奋地拉她坐下：“姜梨，你方才弹的那首《胡笳十八拍》实在太厉害了！难怪你方才上台前说弹没有人弹过的，以你说的琴心来看，这一场的魁首非你莫属！”

姜梨微微一笑：“那可未必。”

校考台上，绵驹正对师延道：“小延延，方才姜家那小丫头弹的，你觉得怎么样？”

乐官师延板着一张脸，对绵驹给他的称呼不置可否，道：“还可以。”

世人都晓得，乐官师延最是傲慢挑剔，得一个“还可以”，那就说明师延已经认可此人了。

绵驹一拍巴掌："我就知道小延延跟我的想法一模一样，我们这样的高手，都是这么以为的！"又看向惊鸿仙子和萧德音，问，"仙子和萧先生怎么看？"

惊鸿仙子有些为难。

姜梨固然很好，可她拿了季淑然的银子。姜元柏的两个嫡女，姜梨七岁就被送走，姜幼瑶才是跟在姜元柏身边长大的。姜幼瑶还有季淑然和季家，姜梨什么都没有……

"姜梨很不错，与幼瑶不相上下。"惊鸿仙子斟酌许久才道。

此话一出，绵驹乐了，道："仙子莫不是偏心？我瞧着姜梨小丫头可比姜幼瑶的造诣高多了，且不说《胡笳十八拍》比《平沙落雁》更难，关于意境的领悟，姜幼瑶在门外，那姜梨小丫头可是已经进了门。如今仙子怎的越发世俗，再过几年，怕是连你自己的琴心也失了！"

这话说得极为不客气，惊鸿仙子当即脸上一片通红，羞恼不已。

"罢了，萧先生如何看？"绵驹又问萧德音。

萧德音沉吟了一会儿，却是出乎意料道："我也以为姜梨同姜幼瑶不相上下。"

这便是不承认姜梨要好过姜幼瑶了。

绵驹当即冷笑一声，问："萧先生莫非也收了姜幼瑶这个徒弟？怎的一个两个都昧着良心说话。"

萧德音道："倒也不是，姜梨固然弹得很好，可《胡笳十八拍》这首曲子凄怨太重，不如《平沙落雁》意境开阔。《胡笳十八拍》的指法与《平沙落雁》不相上下，难就难在意境，毕竟曲者的凄怨之心，常人难以感同身受，但就德音本身说来，不喜凄怨之音，琴心如人心，我更喜欢疏荡辽阔之意。"

"真是胡说八道！"绵驹被萧德音一席话气笑了，"我今日才知道原来琴心还分高下。恕我直言，萧先生，你这样沽名钓誉的琴心，只怕已经担不起燕京第一女琴师的称呼了。且不提惊鸿仙子，那已经过世的状元夫人薛芳菲娘子也比你强，再过几年，怕是那姜家的小丫头姜梨也胜出你多矣！"

这番话说得萧德音勃然变色。

她道："绵驹先生慎言！薛芳菲私德败坏，你竟然拿我与她相提并论？"

"说得萧先生人品很好似的。"绵驹语带嘲讽。

"你！"

校考还没结束，两位考官却先在台上吵起来了。绵驹虽然看起来很好说话，其实是个极为固执的老头儿。惊鸿仙子连忙出来打圆场，笑道："两位何必动怒，还有别的学生尚未上台，等她们上了也不迟，倘若中途还有琴艺更高超的，便不难取舍了。"

绵驹冷哼一声，这才罢休。几人却心知肚明，只怕接下来的学生里，要想超过姜梨和姜幼瑶二人的，根本没有。

最后还是要争执一番的。

周彦邦紧紧盯着姜梨，方才姜梨的琴艺再一次震撼全场，他在心中更加坚定了要取消和姜幼瑶的姻亲、和姜梨在一起的念头。姜梨本就是他的未婚妻，若非阴差阳错，说不准他们现在都已经成亲了。

这样的女子，本来就应该是他的！

在周彦邦思量的时候，沈玉容也是目光迷惘。

姜二小姐在台上抚琴的时候，让他想到了自己已经过世的妻子。当初在襄阳桐乡的时候，薛芳菲经常抚琴，那时候他常常站在薛家门外的墙头下听着里头佳人的笑声和琴声。

后来薛芳菲来到燕京，不再抚琴了。他成了状元，忙着各路应酬，记忆里薛芳菲的琴声也渐渐模糊，却在今日，在姜二小姐的琴曲里，仿佛又看到了自己的亡妻。

虽然薛芳菲不会弹这么凄怨的曲子，虽然薛芳菲和姜梨是两个完全不同的人……

沈玉容的异样，被坐在成王身边的永宁公主看在眼中。永宁公主唇角笑容依旧，眼里却闪过一丝怨毒。看沈玉容这模样，分明是又想起了薛芳菲。

一想到沈玉容如今还会惦念薛芳菲，永宁公主就妒忌得发狂，连台上的姜梨也一并恨上了。都该死，姜梨像谁不好，偏偏像那个贱人！

外头各人的心思姜梨也不会知晓，她心里盘算着，不晓得肃国公姬蘅发现了什么，总觉得姬蘅的目光让人十分不自在，莫非还有什么深意？可除了在青城山那一次，她和姬蘅并无交集。就算姬蘅记得她，也只是一面之缘。

应当……没什么关系吧。

姜梨打定主意，倘若姬蘅拆她的台，说出她在青城山上算计静安师太的事，她就咬死也不松口，反正也没有其他证据。

这般想着，一个个学生继续琴乐，柳絮也过去了，姜玉燕弹过了，姜玉娥也完成了，直到最后一位女学生弹过，整个琴乐校考结束，已是下午。

有了姜幼瑶，或者说有了姜梨珠玉在前，其他人的琴声听起来总索寡然无味，实在差距太大，就连门外汉也分得出孰高孰低。

琴乐校考是要当时便出榜的。如今众人注目的焦点，也无非在姜梨和姜幼瑶二人身上。

姜幼瑶站在台下，抓紧了季淑然的手，这一刻，她还是忍不住紧张起来。

若是在自己最擅长的一项上输给了姜梨……姜幼瑶根本不敢想，周彦邦会怎么看待自己！

二房卢氏笑道：“还是大嫂好，养了两个女儿，个顶个的聪慧，我看，无论是幼瑶还是梨丫头得魁首，都是你们大房的人，大嫂定然是高兴的，不愧是大哥的孩子。”

季淑然闻言，更觉愤怒，面上却笑道：“那是自然，我倒是觉得，梨儿弹得更好一些。”

五位考官在商量。

其他的学生倒是没什么异议，唯独到了姜梨和姜幼瑶二人这里，分歧出现了。

惊鸿仙子和萧德音认为，姜幼瑶应当得魁首，而绵驹和师延认为，姜梨应当得第一。两方僵持不下，谁也不肯让步。

“有眼睛的人都能看出来，就是姜梨第一，你们到底是怎么回事？”绵驹痛心疾首，“你们都听不出来吗？”

“绵驹先生，”萧德音道，“各人有各人的看法，正如我们不能左右您的想法，您也不能左右我们的想法。”

惊鸿仙子心里有些诧异。

她是因为得了季淑然的银子，姜幼瑶又是她亲手教出来的，不得已只能选择姜幼瑶。可按懂琴的人来看，姜梨的琴艺在姜幼瑶之上，萧德音不可能没听出来。

那为何萧德音非要弃姜梨而选择姜幼瑶，莫非萧德音也得了季淑然的银子？这不可能啊，萧德音在明义堂做先生，生活富足，不会是银子的原因。

惊鸿仙子难以理解。

萧德音却是难得一见地坚持。

绵驹更不可能放弃，师延连话也不多说一句。惊鸿仙子迟疑了一会儿，道：“莫非，此番要并列两个魁首？”

绵驹冷笑：“可姜梨分明就比姜幼瑶弹得好多了！”这是不肯让步的意思。

这也不行，那也不行，气氛就僵持了起来。

校考的考官迟迟不拿出个结果，渐渐地就被校考场上的众人注意到了。

“怎么回事？怎么还不宣榜？”

“我方才看绵驹大师好像指了一下姜二小姐和姜三小姐，是不是难以抉择？”

“那倒也是，姜二小姐和姜三小姐平分秋色，不过我更喜欢姜三小姐，姜三小姐可真是漂亮！以往也都是姜三小姐得琴乐第一的。”

“我倒是更喜欢姜二小姐，那可是《胡笳十八拍》，从未有人弹过。”

“咱们总不能在这里待到天黑吧？”绵驹有些不耐烦了，“总得拿出个说法。”

“可现在也没有旁的办法了。”惊鸿仙子苦笑一声。

正在这时，突然有个声音响起，带着些懒散的深意，问道：“怎么还没结束？”

几人回头一看，却是一直在打盹的肃国公姬蘅，不知何时已经醒了过来，正把玩着手中的折扇，含笑看着他们。

即便是已为人妇的惊鸿仙子，瞧见姬蘅的笑容时也忍不住一时恍神，回过神来后，才抱歉地道：“眼下出了分歧……”

绵驹却像是想到了什么，眼睛一亮，对姬蘅道：“国公爷，你醒了正好，我和小延延以为姜梨应当得魁首，仙子和萧先生认为第一应当是姜幼瑶，咱们两方谁也说服不了谁，既然你醒了，今儿你也是考官，你且来说说，你站在哪一边？”

惊鸿仙子简直哭笑不得。

绵驹找谁不好，偏偏要找这位肃国公。虽然不晓得为何肃国公也成了琴乐一项的考官，但是今日在众目睽睽之下，这位肃国公可是从上场开始就在打盹，中途或许是醒了一两次，但很快又心不在焉地眯起眼睛。

从评判第一位学生开始，姬蘅就没有说过一句话，仿佛今日他只是来游玩凑个热闹。所以四人心照不宣，也没有去烦他，自顾决定了其他人的成绩。便是真的让姬蘅来评判，他又不是琴师，怎么会懂琴呢？

可是眼下，绵驹却让这位连眼皮子都懒得抬的肃国公评定最后结果，说姜梨还是姜幼瑶得第一，惊鸿仙子甚至怀疑，肃国公到底认不认识哪个是姜幼瑶，哪个是姜梨。连人的琴声都没有认真听就来评判，这不是胡闹吗？

最重要的是，肃国公的态度就是根本不屑参与这些事，谁知道他会不会开金口，怕是话都懒得多说一句。

绵驹却是目光炯炯地盯着姬蘅。

姬蘅瞧着面前的一页红纸，目光停留在“姜梨”和“姜幼瑶”两个木牌上，低声道：“姜梨……”

“对！听到了没有，肃国公大人很有眼光，已经决定了，是姜梨！”绵驹乐得差点跳了起来。

“绵驹先生少安毋躁。”萧德音淡淡道，“国公大人的话还没有说完。”

萧德音想着，肃国公对琴没什么喜好，喜欢的是唱戏，今日也没有认真在听，定然不会因为琴艺去选择谁，但是肃国公的爱好里，有一个是喜欢美人，姜幼瑶可是个活色生香的大美人……萧德音心里突然咯噔一下，说起来，姜二小姐姜梨也并不丑啊！

她扭头看向姜梨。

姜梨正侧头和身边的柳絮说着什么，更衬得侧影清秀绝伦，浅碧色的衣裙如春日，勾勒出少女的窈窕和美好，似乎还能闻到她发间的芳香。

姜幼瑶的确很美，但姜梨也一点不差！

正想着，就见美貌的红衣青年扬唇一笑，手握折扇，随意地指了一个方向，漫不经心道：“就她吧。”

众人连忙朝他指的方向看去。

金丝折扇薄如蝉翼，合起来也只有窄窄一条，扇子指着的木牌，赫然只有两个字。

姜梨！

姬蘅选择的是姜梨。

惊鸿仙子心下一松，不知为何，她竟觉得轻松了不少。拿了季淑然的银子，她也的确帮了姜幼瑶，可是肃国公亲自说话，这是她控制不了的，而姜梨也名副其实。

萧德音却仍然执拗道：“国公爷勿要戏耍，校考不是小事……”剩下的话全都咽回了嗓子里，只因为姬蘅瞥了她一眼。

那一眼凉凉的，含着几分讥诮，像是洞悉了她心底的秘密，让她一瞬间如坠冰窖，什么都说不出来了。

绵驹当机立断，大笔一挥，就在红榜的魁首处写下姜梨的名字。

尘埃落定！

萧德音眼睁睁看着红榜上姜梨独占鳌头，再无转圜余地。肃国公姬蘅却是轻笑一声，站起身来，像是不准备在这里待下去，就要离席。

离席之前，他的眼神却又似有似无地，往姜梨那头飞了一眼。

姜梨也正盯着姬蘅，还想着姬蘅的目的，冷不防姬蘅临走时又看了她一眼，一时间更是怔然，只觉得这人还真当得起“无常”二字，实在是不晓得他在想什么。

不过他这是准备走了吗？

尚在愕然，绑着红巾的小童已经拿了写好的红榜，一个个开始念榜。从后到前，柳絮得了中等，姜玉燕和姜玉娥更差一些，孟红锦倒是得了第六。越往前，姜幼瑶就越紧张。

她能不能得第一呢？

红巾小童念到她的名字：“姜幼瑶，次乙。”

姜幼瑶只觉得双腿一软，险些跌倒在地，幸而季淑然扶了她一把。待站稳后，她身上微微颤抖着，绝望地等着那小童说出最后一个名字，心里拼命呐喊着。

“魁首，姜梨！”

干脆利落的两个字，像一把利剑直刺姜幼瑶的胸口，粉碎了姜幼瑶不切实际的幻想。同时刺伤的，还有孟红锦。

孟红锦摇着头，狠狠掐了自己一把，似乎要分辨这一切究竟是做梦还是现实。加上上三门，姜梨一共拿了四个第一了。

再这样下去，自己就要输了，她就要在国子监门口，沦为整个燕京城的笑柄，自己输定了！

一时间，孟红锦的脑子里只有这个念头。

叶世杰大大地松了口气，见姜梨得了魁首，既觉得不可思议，又觉得理所应当，连他自己都没发现，听到姜梨是魁首的时候他嘴角边的笑容。

到底是胜了。

在柳絮一迭声的恭贺中，姜梨扭头想去看姬蘅，可只见到校考场门前红衣的背影，渐渐隐没在余晖中。

罢了，姜梨心想，或许是自己多心，肃国公与姜家并无瓜葛，又怎么会注意到自己一个小女子，无非就是恰好遇上，觉得新奇看了两眼而已，就跟他看那些学了新戏本子的戏子一样。

想通了这一点，姜梨就释然了。

柳絮比自己得了魁首还要高兴，道：“姜梨，你是第一，可听见了？”

“我听到了。”姜梨笑道。

“你怎么瞧着一点儿也不激动？”柳絮有些狐疑，“难道你不高兴？”

“我怎么会不高兴？”姜梨道，“不过是想到接下来还有御射两项，心里觉得很是担忧而已。”

“对哦。”柳絮也想到了，“御射两项，除了那些将门之家的女儿，咱们学堂里的姑娘们也大多势弱。你……会吗？”

姜梨含含糊糊地答道：“会一点。”

即便只是会一点，柳絮也被这个回答震住了，险些惊叫出声。

“好了，”姜梨笑笑，“也不是什么大事，我只是为了应付校考而已，大约今日是运气好，不知御射两项上有没有这样的好运气。”她一边与柳絮说，一边往姜家的位置走去。

姜元柏看见大女儿往这边走来，表情就复杂起来。

姜梨忽略了姜元柏复杂的目光，迎上了卢氏热络的笑意，卢氏道：“梨丫头真是好样的，这才进明义堂没几天呢，就又得了魁首。”

姜幼瑶更加委屈失落，看上去分外可怜。

姜元柏清咳两声，又不忍心小女儿心里难过，就道：“幼瑶也不错。”

季淑然道：“幼瑶还是年幼了些，不如梨儿精练。梨儿今日真是让咱们大家大开眼界。”她笑着看向姜梨，“日后幼瑶得多跟梨儿学学才是。”

这大度的模样真是让姜梨叹为观止，想着季淑然也真是个能屈能伸的性子，遂笑着回道：“都是母亲教得好。”

“明日还有御射两项。”姜老夫人道，“梨丫头，你可会？”

御射两项，本是御马和射箭，今年的校考将这两项合并在一起，即是在御马途中射箭，也相当于骑射。

“会一点。”姜梨道。

姜幼瑶和姜玉娥心中同时咯噔一下，看向姜梨，她怎么连这个都会？

难道青城山里还有一个明义堂，连御射都一并教了吗？

姜元柏也很诧异，问：“你从哪里习得的？”

“庵堂里曾经有香客捐过马匹，我喂马的时候好奇，爬上去偷偷骑过，那马性情温顺，并不难驾驭。”姜梨道，“至于箭术，我和桐儿曾经在树林里拿树枝做了弓箭，打鸟来吃填饱肚子。”

桐儿心里有些疑惑，她怎么不晓得这些事？不过还是点了点头，附和姜梨的说法，一本正经地跟着主子面不改色地扯谎。

这话听在姜老夫人和姜元柏耳中又是一番滋味，喂马、打鸟、填饱肚子，不晓得的，还以为是生活在乡下的贫苦人家，哪里想得到是首辅家的小姐，这些年，不晓得姜梨过的日子有多苦。

姜元柏是个耳根子软、心也软的人，尤其是在自己的家人面前，当即就对自己当初的做法后悔极了。

季淑然却心中暗恨，姜梨竟敢当着自己的面叫屈，年纪轻轻的，竟恁有手段，再不找个办法制住她，那还了得？不晓得日后在姜府里要给自己添多少麻烦。

姜梨不能留了，季淑然心想，普通的法子也不行。

正当季淑然心里这般想着的时候，她突然察觉到了什么，偶然一瞥，却微微一怔。

不远处，孟红锦站在人群里，正直直盯着姜梨，虽然很短暂也很模糊，但目光里的阴沉和盘算，却没有逃过季淑然的眼睛。

季淑然先是有些疑惑，随即恍然，心下一定，立刻轻松起来。她笑着看向姜梨，方才的阴霾一扫而光，甚至还顺着姜元柏的心意道："过去这些年梨丫头真是受苦了，如今你既然回家了，那些日子就都过去了，今后只会越来越好。"

姜元柏很是满意季淑然如此体贴，姜梨却在听到这番话后，心里立刻警惕起来。

发生了什么变化，季淑然好像突然就轻松起来了。

琴乐校考，就在众人的唏嘘中落幕了。

孟家。

孟友德还没回府，孟母坐在厅中长吁短叹。孟红锦将自己关在闺房中，把一桌子的纸笔全都打翻，面露烦躁，仔细去看，烦躁之中还有一丝惶恐。

不知不觉中，事情已经到了这般地步。她从下人们私下的闲谈里听到，关于她和姜梨的赌约，如今各大赌坊已经开始有人买姜梨，这说明了什么？这说明至少在外人眼中，她是可能输给姜梨的。

其实不光是外人这么想，就连孟红锦自己，一开始的自信也荡然无存。孟红锦明白，自己是被姜梨骗了。所谓的什么都不会，不过是姜梨为了蒙蔽自己编出的鬼话，她挖了个陷阱，以激将法逼自己入局。

其实姜梨什么都会。

可话都已经放了出去，整个燕京城都知道了自己和姜梨的赌约，现在想要收回赌约，也来不及了。

身边的丫鬟劝道："小姐也不必太过担心，明日可是小姐最擅长的御射两项，只要在这两项中拔得头筹，姜家小姐便不是第一。"

"不是第一，我也输了。"孟红锦冷冷道。在自己和姜梨的赌约里，若她不是明义堂垫底，自己就要跪下来给她道歉。若是姜梨比自己还要出色，自己就要在国子监门口跪下来给她道歉。若是她不仅比自己出色，还是整场校考的第一，自己就要在国子监门口脱下外裳负荆给她道歉！

如今前四项姜梨都是魁首，自然不是垫底，而且比自己还要优秀。自己便是在御射两门得了第一，最多也是姜梨没能夺魁，依照赌约，自己还得在国子监门口跪下来给姜梨道歉。

孟红锦怎么也无法接受自己落得那样的境地。

若是不想名声扫地，就得寻个理由赖掉赌约，但这样一来，自己依旧会成为全燕京城的笑柄。

决不能让那种事情发生！

突然，一个阴冷的念头再次钻入孟红锦的脑中。

御射场上，刀箭无眼。也有曾经在校考场上御马被摔下马背的女子。若是姜梨运道不好，在校考场上摔下马背，且不提摔折了脖子一命呜呼，就算摔断了腿，终生不良于行也行，或是被地上的尖石划破脸，就此破相。还有箭术，万一有人“失手”，混乱之中姜梨被别人的箭矢所伤，也是一件好事啊。

这样一来，姜梨短时间里便不能出现在众人面前，那个赌约便也不会有人再提起，人都废了，谁还管那赌约？

孟红锦越想越兴奋，仿佛已经瞧见了姜梨生不如死的痛苦模样，竟然不由自主地笑出了声。她在御射一事上自来身手了得，要想动手脚，简直易如反掌。

屋里的丫鬟瞧着孟红锦有些狰狞的笑容，莫名觉得胆寒，不由自主地低下头，竟不敢再多看主子一眼。

如孟红锦这般因为姜梨琴乐得了魁首不高兴的，还有姜幼瑶。

瑶光筑里，丫鬟跪了一地。姜三小姐心里头不爽利，便随意寻了个由头罚了一屋子的下人。

季淑然一进屋，瞧见的就是姜幼瑶掀翻一个青瓷花瓶的景象。

花瓶碎了一地，季淑然皱了皱眉，吩咐邻近的一个丫鬟赶紧收拾。

姜幼瑶叫了一声：“娘。”

“你这又是在做什么。”季淑然按了按额心，走到屋里的榻前坐下，摇头道，“你爹瞧见你这模样，又会不喜。”

“爹早就不喜欢我了。”姜幼瑶咬着唇道，“他如今早就被姜梨那个小贱人灌了迷魂汤，什么都听姜梨的！”

“我说过多少次了，女儿家注意言行。”季淑然严厉地开口，“你这话倘若被外人听了去，不知道有多麻烦。”

“我知道，娘，我就是在你面前说说。”姜幼瑶气急败坏道，“我实在是气得狠了，今日你也瞧见了，姜梨分明就是在跟我作对。我自来擅长琴乐，可今日她偏偏胜过我。现在全燕京城都晓得她这个姜二小姐琴艺出众，胜我多矣，我日后可怎么办？”

“你莫急……”

“现在是琴艺胜过我，日后还不知是什么胜过我。她就是想要让我当她的垫脚石。娘，你今日是没瞧见，周世子一直在瞧她，这贱人，她是想要勾引周世子，她还是不死心！”说到最后，咬牙切齿。

季淑然微微一怔，此刻也没心思去计较姜幼瑶说话言行无状，只道："你说的可是真的？"

"真的。"姜幼瑶委屈道，"她是想要代替我，重新成为姜家大房的嫡女。娘，你不是说，大房的嫡女只有一个，就是我，没有任何人能抢走我的东西，可如今我的未婚夫君都要被姜梨抢走了，娘，我怎么可能不在意？"

季淑然心中狠狠一震，姜幼瑶那句"没有任何人能抢走我的东西"，刺中了她的心。

见姜幼瑶两眼通红，一副十分伤心的模样，季淑然心里一软，叹了口气，道："胡说八道，宁远侯世子怎么会被人抢走，之前周家已经改过一次婚约，怎么会三番五次地改？况且姜梨这样的名声，如何与你比？你爹也不会允许的。"

"可是周世子已经被姜梨迷惑了……"姜幼瑶犹自不甘心。

"她哪里及得上你，你这是想多了。"季淑然笑道，"倘若他心里有姜梨，便不会八年来从来不曾提过姜梨一句，这般不闻不问，像是心里有对方的人吗？"

姜幼瑶闻言，这才好过一点。

"不过你说得也没错，姜梨的确不能留。"季淑然道，"我原本想，她若是乖顺听话，日后也能为我们所用。可眼下看来，她并不安分，这才回府不久，就搅得鸡犬不宁，再留下去必是个祸害。"

"娘，要对付她？"姜幼瑶眼睛一亮。

"我说了，"季淑然笑着抚了抚姜幼瑶的长发，"姜梨太过招摇，引人嫉恨。你放心，这次她大出风头，已经得罪了人，有人比我们更希望她消失。明日御射，你且等着看就是。"

姜幼瑶疑惑："有人也要对付姜梨？"

"幼瑶，你要记住，"季淑然没有回答姜幼瑶的话，只道，"最好的办法是兵不血刃，坐山观虎斗。"

姜幼瑶似懂非懂地点了点头。

燕京城城西处，肃国公的府邸里，此刻一片安静。

肃国公喜欢艳丽多姿的东西，是以他的府邸繁复迤逦，修缮得极为精巧豪奢。门前就是安定河，河边是无数华美楼宇，但这些翘角飞檐的小筑，都不及那栋朱色的大宅来得显眼。

今日，国公府上没有熟悉的戏腔传来，安静得有些匪夷所思。

老将军——肃国公姬蘅的祖父姬大川正蹲在院子里练刀。院子十分宽敞，四周都是错落有致的芬芳花草，不少还是珍稀品种，却被姬大川带起的刀风簌簌簌砍断了不少，落在地上，脆弱得让人生出哀戚。

躲在房檐上的几个护卫顿时叫苦不迭，这一批波斯菊可是国公爷花大价钱从海商手里买下的舶来品，精心伺候了几个月，总算结出了几个花骨朵，就这么被老将军糟蹋了，国公爷瞧见了，回头又得好好“体谅”他们。

真是太可怕了。

姬大川如今虽已年过花甲，却孔武有力。他生得鹤发童颜，依稀能看出当年是个俊美男子，因此虽然年老，仍是个年老的美男子。他脸上已经有了皱纹，一双眼睛仍炯炯有神，夏日里就打了个赤膊，手腕上绑着一块红锦，左右手各持一把刀，正在练双刀。

再这么下去，国公爷这一批波斯菊都要阵亡了。一个看上去忠厚的侍卫忍无可忍，终于站出来，制止了姬大川的行为，道：“将军，已经很晚了，先去用膳吧。”

姬大川闻言，停了一停，唰的一下收回手中的两把弯刀，问：“姬蘅兔崽子呢？”

侍卫道：“……大人刚回府。”

“他今天不是听人弹琴去了吗？谁弹得好？”姬大川声音洪亮，说得却仿佛姬蘅今日是去逛花楼听小曲，回来说说哪个姑娘唱得好长得美似的。

侍卫忍了忍：“首辅姜家的二小姐夺了魁首。”

“二小姐？”姬大川一边披衣服往外走，一边道，“不认识，是首辅家，姜乌龟呀……”

侍卫望着满地残花，无奈地叹了口气。

屋里，姬蘅倚在榻上，漫不经心地玩着扇子。

若是有人能进姬蘅的房间，定会大吃一惊。这位生性喜奢艳丽的肃国公，书房竟是出人意料地素淡，甚至称得上肃杀。整个书房宽敞到近乎空旷，全都是黑白梨木，没有多余的装饰，让人觉得空空的。

然而目光落在他那张漂亮的脸上，顿时又觉得空落落的房屋也变得满了。

灯火发出微妙的光，屋里还坐着一人。

陆玑仍旧穿着一袭青衫，留着山羊胡，笑眯眯道：“今日大人去了校考场，观看琴乐如何？”

“非常无聊。”姬蘅懒洋洋道。

“可明日大人还得继续观看御射，有劳大人了。”

姬蘅抬了抬眼皮子，似乎有些不耐烦。

他不仅是琴乐一项的考官，亦是御射一项的考官，是以明日的御射，他还得去一次校考场。

“陛下为何要让大人去做考官？”陆玑疑惑。

姬蘅道：“陆玑，我招揽你，不是为了让你对我提出问题。”

陆玑心下一凛，又听得面前人漫不经心的回答传来：“因为皇帝要我盯着成王。”

成王？陆玑一愣，随即恍然。

洪孝帝虽然如今为帝，可太子年幼，成王不除，始终是洪孝帝的眼中钉。但成王背后有刘太妃撑着，洪孝帝又施行的是“仁政”，抓不到成王的把柄，只能让成王暂且活着。为人君者终究是难以放心，成王既然来观看校考，洪孝帝干脆把姬蘅也放过来。

可是，陆玑忍不住看了一眼面前的年轻人，洪孝帝大约不知道，成王如今势力壮大，可不就是姬蘅一手扶持起来的。

让姬蘅盯着成王？姬蘅不乘机帮着成王壮大势力就不错了。

“右相和成王很好，”姬蘅漫不经心道，“我看中书舍人也快了。”

“沈玉容？”陆玑道，“他和永宁公主似乎……”陆玑只要想到其中内情，便觉得咋舌。毕竟是一国公主，做出这等丑事，实在是让人难以置信。

“这也是出好戏，只是看得太多了，有点乏，随他们去吧。”姬蘅将手里的折扇展开，那折扇上绘着大朵大朵富贵雍容的牡丹，花瓣卷曲，栩栩如生，因着金丝材质，熠熠发光。

“那明日……”

“成王不会傻到在校考场上动手，皇帝太多心了。”姬蘅道，“我去了也是无事，不过，你多关注叶世杰的动向。”

“叶世杰有什么问题？”陆玑道，“他眼下成了国子监榜首，很快入仕，未来或许多有用处。”

“不管未来。他突然疏远李濂，”姬蘅笑得玩味，“我很想知道，是谁在背后提醒他。”

陆玑一怔，不再说话了。

这一夜，姜梨睡得很熟。

她做了一个梦，梦里薛昭和她各自骑着一匹马，在林间奔走。薛昭的箭筒里箭矢不够了，管她要了几支，而她马背上的袋子里装满了猎物。

正当他二人要回去的时候，林间突然蹿出一只猛虎，薛昭为了保护她，驾马引开老虎，而姜梨追不上，只得看着薛昭的背影渐渐消失在自己的视线中。

等她醒来后，只觉得满头大汗，令桐儿也吃了一惊，忙去拨弄铜牛里的冰块，埋怨道：“厨房那头给咱们院子里的冰块也太少了些……”

白雪手里托着崭新的骑装过来，道：“姑娘，衣裳准备好了。”

姜梨道：“放在桌上就是了。”

御射术既是要御马，必然要穿骑装，姜梨没有，这还是姜老夫人令人新做的，为了以示公平，府里四个女儿都有，都是自己挑的布料，当然了，给姜幼瑶的自然是最好的。

因着御射开始得早，姜梨也起得早，便去了晚凤堂与大家一起。她时辰寻得不错，其他几人也刚到，姜玉娥和姜幼瑶就打量起姜梨来。

姜幼瑶一身粉霞色骑装，她本就姣美烂漫，便是燕京城里特有的活泼小姑娘的模样。姜玉娥着浅蓝色骑装，眉眼楚楚，巧笑倩兮。姜玉燕着鹅黄色，她肤色不白，鹅黄色衬得她更加黯淡了，扔在人群里就是看不见的模样。

姜梨的骑装是淡青色的，她很喜欢青碧的颜色，连骑装也挑了这样的色彩。原本姜梨的五官清秀灵透，看起来清丽寡淡，似乎并不适合骑装这样热烈的装束。不知为何，她站在这里，衣袖利落，笑意浅淡，便如一丛笔直的青竹，枝叶还带着清晨的露珠，英气勃发，生机勃勃。

连姜老夫人都忍不住目露欣赏。

姜幼瑶心里又不爽利了，不过想到昨日季淑然对自己说的那些话，就看向姜梨笑道："二姐今日和以往看起来不一样，真是好看。不知等下的御射之术，是否又会艳惊全场。"

姜梨淡笑："三妹过誉。"

姜幼瑶对季淑然道："母亲，我们走吧。"

倒是姜元柏落在后面，顿了顿，才对姜梨道："若是不会，不必勉强。"说完径自走了。

姜梨微微一怔，摇了摇头，没多想，跟着上了马车，往校考场而去。

今日的燕京城几乎是万人空巷，校考场外面人山人海，大约是昨日琴乐一项吸引了不少人，因而观看今日的御射的人比昨日还多了一倍。

姜梨下了马车，就往校考台下走去。

柳絮见她来了，高兴地与她打招呼，道："瞧你今日兴致不错，应当没有问题吧？"

姜梨道："马马虎虎吧。"

听她这么说，柳絮就放心了，一眼又看到了孟红锦，人群中，孟红锦分外显眼，一身火红窄身骑装，衬得她整个人热烈如火。见姜梨来了，孟红锦瞧了她一眼，就迅速移开了目光。

姜梨有些纳闷。

今日嘲笑姜梨的人不及昨日那么多了，许是昨日姜梨的大显身手震慑了全场，便是明义堂的女学生们，也只是聚在一边，悄悄地打量姜梨，连议论也不敢当着姜梨的面。

柳絮轻哼一声："现在才知道后怕了。"

姜梨问："我有什么可怕的？"

"你如今已经不会是明义堂垫底的人了，孟红锦和你的赌约你输不了，你可知，燕京城的酒馆里，昨日多少人出去买酒喝得烂醉，无非就是在孟红锦身上投注了大价钱，如今血本无归，痛心呗。"说到此处，柳絮一脸幸灾乐祸，"我听闻孟家自己也买了许多银子，这回可是输惨了。若非我爹不让我赌钱，我也应当买一注的，现在不知赚了多少呢。"

姜梨失笑："我又不是筹码。"

"别的不说，今日你可悠着点。"柳絮又正色道，"这御射之术，向来是孟红锦的强项，你若是比不过她，千万不要勉强，万一摔着了碰着了，可是得不偿失。反正已经是稳赢不输了，这些细枝末节，你也不必太过计较。”

姜梨回道：“我知道，多谢你提醒。”

今年的御射并在一起，和琴乐不同，是分组的，统共三十人，恰好分为五组，抽签决定六人为一组，五组按抽到的排数进行校考。

抽签进行得很顺利，姜梨从签筒里拿出木签交给小童，柳絮探头去看，道：“我是第二组，你是第五组，咱们不在一起。”她显得有些遗憾。

姜梨倒不是很在意这个，只听得孟红锦那头有人吵闹着，应当是与孟红锦交好的人，道：“红锦，你是最后一组。”

竟然和孟红锦分到了一组，这可真是冤家路窄。姜梨方这么想，就见着姜幼瑶凑到了自己面前，道：“二姐，没想到你也是第五组，我和五妹妹也是第五组呢。”

姜梨简直要在心里哀叹一声，这是什么样的孽缘，一组六人，偏偏孟红锦、姜幼瑶、姜玉娥和她都在一组。且不提剩下二人是谁，便是一组里，都有三个人视她如眼中钉，同组的时候不给她下绊子都是奇事。

正想着，又见到不远处的人群开始骚动，柳絮回头一看，道：“是今日的考官来了。”

今日的考官不如昨日多，只有三人。一人是穿着甲衣的军士，二十七八，龙行虎步，英武非凡，是当今的上轻车都尉孔威，因为在家排行第六，人称孔六。

一人是曾经的武状元，当今的马军都指挥使，叫郑虎臣，和姜元柏年纪差不多大，皮肤黝黑，亦是身材健壮，不怒自威。

这二人一看就是练武的，气魄非凡，站在原地便叫人心生畏惧，可最后一人实在出乎人的意料。

一身红衣，金丝折扇，笑意浅淡，眉眼深艳，肃国公姬蘅站在这里，并没有被孔六和郑虎臣的英武衬得羸弱，相反，他风华潋滟，倒显得孔六和郑虎臣像是他的侍卫。

但总是和这里格格不入。

姜梨心里也生出几分讶然，姬蘅来这里做什么？昨日的琴乐他是考官已经十分令人惊讶，难道今日他也要来插一脚？

疑惑的显然不止姜梨一人，观看席上，成王也皱起眉，道：“皇兄这是个什么意思，怎么今日还让肃国公过来？”

成王对肃国公十分忌惮，洪孝帝对姬蘅信任有加，成王曾试着拉拢姬蘅，但姬蘅此人软硬不吃，且手段了得，碰了几次钉子后，成王便不再招惹姬蘅，但总会在暗中注意姬蘅，省得姬蘅为洪孝帝办事，却让自己死得不明不白。

永宁公主没有回答成王的话，她的思绪早已飞到沈玉容身上了。昨日下午，本来琴乐校考过后，沈玉容同她约在一起见面的，可沈玉容推托了。永宁公主瞧得出来他的逃避，晓得是昨日沈玉容听了女学生的琴声，想到了死去的薛芳菲。想到这里，永宁公主更是气愤，难道她还比不过一个死人吗？沈玉容要做痴情态为薛芳菲守孝三年，她可等不了那么久，必须尽早和沈玉容成亲。

等校考过后，就同自己的母妃刘太妃提起此事，永宁公主暗暗想道。

这一头，姜梨正看着自己手里的纸条发呆。

一组六人，除了孟红锦、姜玉娥、姜幼瑶外，还有两位明义堂的贵女，聂小霜和朱馨儿。

这二人看起来是娇生惯养的官家小姐，脾气也不怎么好相与，比起姜梨来，她们和姜幼瑶的关系要好得多。姜梨倒是不意外，燕京城的贵女们大多是喜欢姜幼瑶胜过她。

偏偏是最后一组……姜梨沉吟着。

无人发现，站在角落里的孟红锦又飞快地看了一眼姜梨，目光里含着难掩的得意与愤恨，这让她的表情显得有些扭曲。等人走过时，孟红锦收回目光，却是暗暗握紧了签筒。

连老天爷都在帮她，将自己和姜梨分到一起，偏偏还有和姜梨不对盘的姜幼瑶和姜玉娥二人，这样一来，要让姜梨吃苦头，更是易如反掌。

孟红锦的手心有些颤抖，她是第一次做这种事，很奇怪，虽然害怕，但她的态度却十分坚决。她晓得，若是她不这么做，明日她就要跪在姜梨面前，当着国子监众人的面给姜梨道歉。那样一来，她的名声就全毁了！

不是你死就是我亡，这是一场比明义堂校考还要凶残的比试，而她，注定是最后的赢家。

校考开始了。

校考场很大，每一组六人同时上马出发，跑往终点，并非谁先到达终点谁就是第一，还要看学生御马的能力。在快要到达终点的地方，会有一排箭靶，各自射箭，每个人的箭矢都有自己的标记，不会认错，以最后箭靶上的箭矢来分辨，这便是“射”。

因人在骑马的时候，在马背上晃荡奔跑，要射中箭靶就更是不容易。今年的明义堂校考，不要能射中靶心，便是能有几位小姐射中靶子，也是很好的结果了。

第一组开始了。

姜梨仔细地看着，对于明义堂的校考规矩，托萧德音同她过去的交情，她晓得一些，但并不细致，今日自己上场，又和以往观看不同，姜梨打算看清楚些，以免上场后出什么错。

第一组上场比试得很快，虽然校考场很大，但第一组的女学生们御射都不是太好，箭射得乱七八糟，一个都没射中箭靶。御马之术更是平平无奇，不过这些学生下场后也并不失望，似乎只要能把上马下马做得不错，便已经心满意足。

北燕的女子并不推崇舞刀弄剑，姜梨瞧在眼里，心里对明义堂的御射水平有了计较。

柳絮和姜玉燕所在的第二组比第一组要好一些，至少御马的人是真正跑起来了，还试图争先当第一个抵达终点的人。柳絮竟然是这一组里箭术最好的一个，只因她射出去的箭矢没有落在靶子之外，而是斜斜插在箭靶的边缘。

柳絮下场后，面上倒是很兴奋，对姜梨道："今年将御射并在一道，实在是很难，真难想象军中那些骑军是怎么训练的，要在马背上射中靶心，简直非常人能做到嘛……"

"你是这一组里最好的。"姜梨笑着恭喜她。

"我自来御射不出众，今日也是运气好。"柳絮道，"倒是你，这一次你和孟红锦一组，一定有许多人等着看你的好戏，你可千万悠着点，莫要心急。"

"我不心急。"姜梨笑笑。

柳絮一想，的确也是，自打她第一次见到姜梨开始，还真没见过姜梨发起急来是何模样，便放下心来。

姜梨还在认真地看接下来的比试，不知是不是恰好将御射不好的学生分在一起了，接下来的两组并没有那么糟。有几位小姐甚至还做了几个漂亮的马上动作，十分亮眼。放在场中的箭靶，也渐渐布满了箭矢，落在靶外的有，靠近靶心的也有。

比试渐渐激烈起来。

很快，一个时辰后，到了最后一组。

该姜梨上场了。

跑马场很大，足够六个人并列在马场口。

整个马场为圆环形，马场起点即为终点。终点处竖立着一排整整齐齐的箭靶，上面已经横七竖八地立了一些箭矢，更多的箭矢落到了地上，负责记录的小童将每一次结果记录在册。

六位校考的女学生都各有一匹马。这些马是轻车都尉孔六调来的，每一次出场的马都是新的，并且性情很温顺，这是为了保证贵女的安全，毕竟烈马难驯，倘若这些女学生摔着了，也不是什么小事。

姜梨的马是一匹黑褐色的马，看起来其貌不扬，正低头啃草皮吃。姜梨忍不住伸手摸了摸马儿的脖子，她这个动作落在旁人眼中，有人道："姜二小姐这是在做什么？是不知道怎么骑马，以为这样可以和马亲近吗？"

"说什么玩笑话，这些马可都是轻骑队里的，亲近不亲近都一样。不过姜二小姐可能真是个门外汉，瞧她的动作，生疏得很哪。"

一边的姜幼瑶见此情景，心中不屑，以为姜梨根本不懂马术，兀自将箭筒装好。

姜玉娥见姜梨这回不再像之前几次表现熟练，心里才松了口气。

持铜锤的大汉狠狠敲打了一下校考场上的大鼓，咚的一声，众人都开始准备，要翻身上马了。

孟红锦是最快上马的，她一脚跨在马镫上，身子一翻，众人只觉得眼前闪过一抹红色，便见她已经端坐于马上，不由得纷纷叫好。

第二个上马的是姜玉娥，她的动作不及孟红锦干脆利落，但小巧可怜的模样，让人心生怜惜。

接下来是聂小霜，她和朱馨儿算是同时上马，二人应当平日里关系不错，上马的动作也差不多，虽然不算别致，但也没有出错。

然后是姜幼瑶，姜幼瑶扬起一个笑容，这才翻身上马。因她容貌太盛，笑靥如花，上马的动作反而无人注意了，不过少年公子们却很吃这一套，皆是看直了眼。

孔六对此很是看不上眼，对着身边的郑虎臣嘀咕了一句："绣花枕头。"

郑虎臣没作声，一边的姬蘅靠着椅背，心不在焉地瞧着这些贵女的动作。

最后一个是姜梨。

孔六一下子来了精神，脊背都挺直了许多，姬蘅瞥了他一眼，目光冷淡极了。

"不知道姜梨会不会上马的动作，庵堂里有马吗？"叶世杰心里才这般想着，就看见姜梨不紧不慢地抬脚跨上马镫，拉住缰绳，轻盈地跳上了马背。

非常流畅自然，她不如孟红锦那般热烈利落，也不像姜玉娥那样楚楚可怜，更没有如姜幼瑶在上马前还要"嫣然一笑"，她只是平静地拉起缰绳，在马背上安静坐着，很平常。

孔六看出了一点名堂，又和郑虎臣咬耳朵，低声道："姜二小姐不错。"

郑虎臣微微蹙眉。

姜梨翻身上马，箭筒沉甸甸的，背在身后。她拉起缰绳，夏日的风拂到脸上，非常温暖，就像薛怀远的叮咛、薛昭的笑言。

姜梨的眼里忽然有了一点泪光。

然而那泪光飞快隐没，因着预示开始的鼓声已经响起，嗖的一下，六匹马同时狂奔起来。

说是狂奔，倒也不尽然，聂小霜和朱馨儿几乎是小跑着，她们甚至没怎么挥鞭子，只是小心翼翼地维持着"奔跑"的姿态。孔六抹了一把脸，恨铁不成钢地道："真是浪费了老子的好马！"

姜幼瑶和姜玉娥比这两人好，至少挥鞭子的动作还是很飒爽的。

郑虎臣摇了摇头，对这些小姐胡闹的作为很是不满。可明义堂的御射向来都不是长处，或者说，很少有哪个小姐愿意吃苦，去学这种在平日里几乎用不到的本领。

整个校考场上，一马当先的是孟红锦。

她就像是一团火，火红的骑装让她看起来高傲又美丽，勾勒出窈窕的身线，分明就是令人心动的少女。随着马匹的颠簸，长发在脑后起伏，更像是一幅美丽的图画。虽然孟红锦的容貌比不上姜幼瑶，但在马背上的孟红锦，的确比姜幼瑶更加夺人眼球。

"孟家小姐很厉害。"有人道，"至少在御射上，无人比得过她。"

"那姜二小姐如何？"身边的人打趣，"之前四项，姜二小姐不都后发制人，反败为胜了吗？"

“喏，你瞧瞧，现在姜二小姐可是落在后面。”先头说话的那人回道，“况且姜二小姐看起来似乎没什么冲劲，要想超过孟小姐，恐怕不可能。”

校考场上，姜梨的黑褐马也在跑。

姜梨跑马并不如想象中的生疏，看起来以前也应当是骑过的，只是比起她上三门的魁首，琴乐一首《胡笳十八拍》的惊艳，她的御马之术看起来十分平平。

她并没有在马背上展示任何技艺，看不出来御马的技术有多好，不过有一点大约可以确定，她的确是在认真跑马，因为孟红锦过后，就是姜梨。

这也不难理解，聂小霜和朱馨儿根本就有点害怕跑马，动作都很小心。姜幼瑶和姜玉娥又忙着表现自己的美丽和可爱。相比之下，就只有姜梨和孟红锦在认真比赛。

姜梨和孟红锦的距离并不是很远，大约姜梨只要再用力挥一挥马鞭，应当就能把孟红锦超过。可姜梨愣是一副不打算发力的模样，甚至跑得还让人觉出几分悠闲。

孔六急得抓耳挠腮：“姜二小姐怎么回事？只要再加把力就能把孟家的超过去了，她怎么就是不动？哎，急死我了！”

郑虎臣：“你冷静一些……”

“我冷静不了，你说这气人不气人，本来就可以超过的嘛……”

啪的一声，身边有人合起扇子。

孔六身子一僵，立刻噤声，扭头一看，姬蘅看也没看他，语气凉凉道：“太吵了。”

孔六再也不说话了。

虽然姜梨没能超过孟红锦，令孔六很着急，但更多为姜梨担心的人却松了口气，譬如柳絮，譬如叶世杰，譬如姜景睿。姜梨应该会骑马，看她也骑得很稳，今日御射一过，姜梨只要保持这样，和孟红锦的赌约就是孟红锦输。

众人心中的思量姜梨不晓得，她之所以离孟红锦一段距离，只是为了想看孟红锦究竟要做些什么。

果然，又跑了一炷香后，孟红锦渐渐慢了下来，姜梨心生警惕，跟着放慢了步调，和孟红锦仍旧保持着跟开始一般的距离。这令场上的局面有些奇怪，甚至落在后面的姜幼瑶几人都赶了上来，几乎要和她们并驾齐驱。

“这是怎么回事？”外头看的人看不明白了，“这是轻车都尉调来的马不行了？是不是早上没喂粮食？”

“屁！”孔六闻言，隔着人群骂道，“老子昨晚添了几遍夜草，怎么可能饿着？”

“那就是撑着了才跑不动？”众人哄笑起来。

孔六气得说不出话，一转眼，见身边的姬蘅不知何时抬起了眼皮，正盯着跑马场上几个并列的背影，若有所思。

孔六心里咯噔一下，隐隐意识到了什么。

就算姜梨放慢步调，也渐渐和孟红锦缩短了距离。看样子孟红锦是一开始冲劲太大，到了现在有些疲乏，所以慢了下来。

此时，已经到了跑马场的后半段，快要接近箭靶的地方了。

也正因此，跑马场的通道有一段变得极为狭窄。

姜梨和孟红锦快要通过那个狭窄的通道。

姜梨一手拉着缰绳，一手往后摸到箭筒，从里面抽出一支箭矢来，准备搭弓射箭。御射最难，难就难在马上射箭的时候，双手都要扶着弓箭，根本无法手握缰绳，更加难以驾驭身下的马匹。许多贵女在射箭的时候，一手还不忘扶着缰绳，因此更加无法瞄准，射得乱七八糟；要么就是不敢丢掉缰绳，直接放弃射靶。便是有胆子大些的，两手都不抓缰绳抓弓箭，时间也极短，飞快射出箭就握回缰绳。

本来瞄准就需要一些时间，这样心下慌慌忙忙的，如何能射中？所以御射到了现在，一个正中靶心的都没有。

姜梨却是双手都丢了缰绳，手握弓箭，瞄准箭靶。

“胆子真大。”郑虎臣难得夸赞了一句。

周围涌起阵阵惊呼：“她可真不害怕，你看她都丢了缰绳多久了，应该是眼下时间最长的人了吧。”

“那是，你看看人家的马御得有多稳，她坐得多稳当。我看姜二小姐也是个御马高手，人不慌呢。”

姜梨骑马的动作很稳，两腿紧紧夹着马镫，握着弓箭的手也很稳，虽然姜二小姐的身子比不得她从前康健，但这些日子她努力调养，还是好了许多。

目光紧紧盯着靶心，在姜梨眼里，箭靶已经变成了一只跳动的野兔、一只黄狐，或是一只飞鸟，就如同她无数次和薛昭一起狩猎时做的那样。

瞄准，射箭。

嗖的一下，箭矢脱手而出，带着急切划破长空，发出风啸。

然后，就看见那标红的箭矢稳稳地正中红心。

全中！

校考场上静了一瞬，所有人都不敢相信自己的眼睛。

孔六一拍大腿，大叫道：“漂亮！”

他话还没说完，就看见姜梨又迅速抽出一支箭矢，对准靶心射出。

全中！

姜梨停也不停，再从箭筒中抽出一支。

还是全中！

短短一刻，姜梨连发三支，发发全中！

寂静变成哗然，哗然变成喝彩。

姜景睿喃喃道：“我的天哪……”

这不是琴乐，这是御射，国子监也要学御射的，姜景睿学过御射，晓得御射很难，正因如此，看见姜梨这三箭全中，才会觉得不可思议。

这是运气？这绝不是运气！

孔六看得呆住了，很快，又在那里摔桌子踢板凳长吁短叹。

郑虎臣问他："你干什么？"

"娘的，你没看见？"孔六指着姜梨，"三箭全中！我的轻车骑队里准头这么好的都没几个！娘的，她怎么是首辅家的小姐，她要是个男的，不，她要是个普通人家的女的，我他娘的非把她要到骑队里来不可！"

郑虎臣："……你闭嘴！"

季淑然瞧见姜梨三箭齐中的时候，险些没遮住难看的脸色，她晓得，姜梨射出三箭，孟红锦之前的风光便尽数被遮掩了，更别提本就不擅长御射的姜幼瑶。这一组的其余人仿佛都成了姜梨的陪衬。

她蹙起眉，对姜元柏道："梨儿这是打哪里学来的御射，我看咱们府上的景睿和景佑还有专门的武师傅教，做得也不比梨儿出色。那庵堂里难道能学到不少东西？梨儿这番回来，简直跟无所不会似的。"

却是不露痕迹地又让姜元柏怀疑起来。

"大嫂，那是梨丫头自小聪慧，人家说，兰花种子就是长在山里，开出来的花也是兰花……"二房卢氏正要刺季淑然几句，忽然哎呀一声惊叫起来。

众人往跑马场看去。

稍显狭窄的通道里，姜梨在前，孟红锦在后，姜梨射中三箭，孟红锦也打算射箭了，可孟红锦才将将摸到背后的箭筒，姜梨身下的马却突然长嘶一声，扬蹄而起。

"不好！"孔六一下子站了起来。

姜梨身下的那匹黑褐马出了变故，不晓得怎么回事，突然疯跑起来。

孟红锦吓得连摸箭的动作也停住了，立刻勒住马。

场上一下子沸腾起来。

过去在跑马场上，也有骑术不精的学生从马上摔下来，但都只是些擦伤。马匹受惊的事还从未发生过，因着这些马都是轻车骑队调过来的，性情十分温顺，不是难以驯服的烈马。这样的马若不是出了状况，绝不会突然发疯，但姜梨身下的马确实是在众人眼皮子下突然发狂，没有人碰，也没有任何外力影响。

这是怎么回事？

"赶快救人！"郑虎臣立刻吩咐周围的士兵。

"天哪！"柳絮一下子捂住嘴，扑到台下的前面，眼泪都要掉出来了。她没法进到跑马场，只得为姜梨揪心着。

叶世杰也没料到突然生出如此变故，他们在场外什么都不能做，眼看着姜梨随着马匹一直往前疯跑，心里也是七上八下，紧接着，又看见黑褐马突然一甩头，把姜梨从身上摔下来。

“姜梨！”姜景睿大喊一声。

下一刻，就见姜梨两手死死拉住缰绳，半个身子都飞在马匹之外，斜斜靠着马身，几乎是被马拖着往前飞去。

但她没有摔下来。

众人瞪大眼睛。

“她会御马术？”孔六惊道，下意识看向姬蘅。

姬蘅以手支着下巴，盯着正在狂奔的一人一马，不置可否。

跟在姜梨后面的孟红锦本以为会看见姜梨摔翻在地，却不想姜梨竟这样险险拉着马匹侧身飞起，有惊无险。

孟红锦心里顿感失望。她袖子里还有一根细小的笔筒一样的东西，那是她大哥从前给她寻来的小玩意，毛笔一样细的笔管底部，有一个突起的机关，只要按下去，就会从里面射出细小的银针。

孟红锦在银针上涂了药，在窄小的通道里，姜梨刚刚三箭射毕，孟红锦就借着拔箭，以袖子做遮掩，悄悄按下了机关。

机关里的银针狠狠射进了马臀里，马儿受惊，自然会发狂，这样一来，姜梨一定会被惊马甩下去，谁知道会不会摔得缺胳膊少腿。那银针十分细小，事后也难以查出来，便是真的查出来，谁知道是她干的？

孟红锦之前看姜梨什么马术都没有展现，以为姜梨只会最普通的骑马，可她万万没想到，当姜梨的马发狂时，姜梨非但没有被甩下去，还在众目睽睽之下露了一手，这样的动作，可不像不懂御马术的人！

她又被姜梨骗了！

孟红锦又惊又怒。

一边来接引姜梨的人也都赶紧跟了过来，姜元柏更是紧张坏了，但发了狂的马太可怕，唯有一刀斩下马首，但马匹倒地的时候姜梨也会受伤；要么就是以轻功腾挪，一并带走姜梨，但这些都是男子，姜梨被人抱在怀里，多少会惹人非议。

正斟酌的时候，黑褐马又加快了脚步，众人惊呼出声，姜梨一手没拉住，缰绳脱手而去，只剩一只手抓着缰绳了。

孟红锦心中大喜，姜幼瑶和姜玉娥也喜出望外，姜梨完了！

可她们还没来得及笑出声，就见姜梨突然扬手，抓住了马匹的鬃毛。

黑褐马颈部吃痛，长嘶一声，半个身子扬起，就见姜梨抓住机会，身子后仰，顺势翻身，一个跨步，又重新坐上马背。

重归原位！

这惊险无比的一幕，仅仅发生在几个呼吸之间，看得人仿佛喉咙被人扼住，紧张得说不出话。直到姜梨坐上马背，这才松了口气。

“这丫头……”郑虎臣说不出话来。

郑虎臣才将将松了口气，周围又爆出了阵阵惊呼，郑虎臣定睛一看，只见姜梨重新坐在马背上，非但没有想法子和接引的人会合，反而趁势抓着已经发狂的黑褐马，朝终点冲去。

她竟然还想完成这场比试，就靠着这匹发狂的黑马！

太胡闹了！太冲动了！太……他娘的带劲了！

姜梨匍匐在马背之上，一袭青碧色的衣衫在风里仿佛一道翠绿色的闪电，分明是清新雅致的温柔颜色，却犹如雨后青竹一般生机勃勃。让人很难相信，那样柔弱的身子怎么会蕴含这样巨大的勇气，温柔的溪水却能卷起最强硬的石子。

“你看！你快看！”孔六激动地去拉姬蘅的袖子。

姬蘅盯着自己的袖角，平静地道：“我看到了。”

跟在后面的孟红锦大惊失色，没想到姜梨竟然如此走运，发狂的马没有把她甩下去，姜梨还冲在了自己前面。这样下去可不行，孟红锦一时慌了手脚，眼见着周围的人都在为姜梨喝彩，谁还把她放在心上。

这可是御射，是自己最擅长的御射，要是连御射也输给姜梨，她就什么都不是了！

孟红锦陡然发力，狠狠一扬马鞭，紧紧追随姜梨而去。

因着方才这一番折腾，落在后面的姜幼瑶和姜玉娥几人也跟了上来。看孟红锦突然发力，两人也不甘示弱，眼看着就到最后一截路了，纷纷扬鞭催马，各显神通。

这一组校考到了此刻，仿佛才真的有了点你死我活的气氛。然而最令人吃惊的还是姜梨，黑褐马是动物不是人，吃痛之下只会更激烈地想把姜梨甩下去，然而无论黑褐马怎么晃动，姜梨抓着缰绳的手都是稳稳的，好像除了发狂的马以外，一切和最开始没有任何区别。

包括她的从容。

快要到最后一截路的时候，面前再次出现了一排箭靶，姜梨匍匐在马背之上，一只手紧紧拉着缰绳，一只手慢慢往箭筒摸去。

“看！她还想射靶！”

“我的天哪，她不要命了！”

之前姜梨三箭全中，已经是今日校考场上唯一一个做到的，她实在没有必要在这里继续射箭了。况且眼下的黑褐马已经发狂，两只手搭弓射箭，比之前可要危险多了！

“这丫头有股劲。”孔六赞叹，“老子欣赏她！”

孟红锦见此情景，心头骤然一缩，她突然想起，之前中点处的射箭，她忙着用机关算计姜梨，并没有射箭。而姜梨在那之前射了三支箭，而且全中。到现在，姜梨已经有三支全中的箭，自己什么都没有。

倘若在终点处自己命中靶心的箭没有超过三支，就是输给了姜梨。来不及了！

孟红锦一时顾不得多想，立刻从箭筒里摸出箭矢来，对着终点处的靶子射去。

就在此刻，姜梨忽而勾唇一笑，也紧跟着搭弓射箭，紧随其后，射出了一箭。

姜梨的箭矢标红，孟红锦的箭矢标蓝，好巧不巧，两支箭矢都射往一个靶心，一前一后，一蓝一红，在空气中拉得分外缓慢。

或许是姜梨搭弓的力气更大一些，或许是孟红锦太惊慌失措了，总之，两支箭，姜梨的后发，却在半空中追上了孟红锦的箭，那箭羽带着箭矢，让姜梨的箭和孟红锦的箭碰在一起。

轻轻一碰，又好像根本没碰上，姜梨的箭迅速向着靶心而去，孟红锦的箭却被碰得换了个微妙的方向，却又因为红箭的撞击重新注入力量，射向了另外一头。

“公主殿下！”有人惊慌失措地叫道。

孟红锦下意识看去，便见离校考场终点最近的地方，成王身边，永宁公主捂着自己的肩膀，正有血流出来。

那是……孟红锦有些茫然。

“混账！给本宫把她拿下！”永宁公主尖叫道。

“是我吗？”孟红锦浑浑噩噩地想，还没弄清楚这是怎么一回事，就见永宁公主的侍卫突然上前，不顾还在比试，将她拿下。

与此同时，姜梨终于通过终点，一手抱住黑褐马的鬃毛，另一手张开，在路过近旁一棵槐树的时候，猛地松手，往上一跃。

吊在了槐树之上。

姿态虽然不是特别雅观，却也算轻盈自在了。

发狂的黑褐马冲出马场，已经有人去拦。姜梨射出的箭稳稳当当地落在红心之上，箭羽涂着朱砂。

她胜了。

姜梨默了默，又默默看向另一头正被人簇拥着的永宁公主，心中闪过一丝冷意。

还是被永宁公主给逃了，若是离得再近一点……孟红锦的箭再利一点，那支蓝箭就不是没入永宁公主的肩头那么简单，而是射入永宁公主的胸口。

就差那么一点点。

孔六终于坐了下来，拍了拍胸口，他这会儿已经满头大汗，身边的郑虎臣比他好不到哪里去。看了这么一场惊险丛生的校考，只觉得比平日里的操练还要累人。不过，孔六还是很高兴，对姬蘅道：“你看到没有，姜二小姐多厉害，今天可真是让人大开眼界，这回她出尽风头，估计心里乐坏了。”

“我看她是失望多一点。”姬蘅淡声道。

“失望？”孔六疑惑，“失望什么？她是魁首，这他娘的六艺都比完了，她每个都是第一，还有啥失望的？”

“借刀杀人不成，当然失望了。”姬蘅淡笑一声，站起身来，“今天的戏也不错，就是没见红，简单了一些，再看来日。”说完拂袖而去。

“真是个变态。”孔六嘀咕了一句，想起了什么，急忙道，“你还没评判哪！”

姬蘅就这么大摇大摆地走了，不过今日的御射比琴乐好评判多了，因为对比太过鲜明。谁都看得出来，姜二小姐的御射之术炉火纯青。

但孟家小姐可就倒霉了，箭术不精也就罢了，还射中了刘太妃最宠爱的永宁公主。女子身上留了疤可不是什么好事，别说是永宁公主，就是普通的官家小姐也会不依不饶。往小了说是失手，往大了说，是谋害皇家亲眷。

孟红锦面如土色，吓得瑟瑟发抖，一边挣扎一边道："不是我！我不是要加害公主，是……是姜梨！姜梨害我！"

人群中有人鄙夷："这孟小姐怎么尽说谎话，公主殿下身上的箭矢可是标蓝的，就是她的箭，还想把罪责推到姜二小姐身上，真是可笑。"

柳絮小跑过来，有些后怕地拉住姜梨的手，道："你可真是吓死我了，方才马受惊，你怎么还往前跑？不过是一场比试，怎值得你拿生命交换？"

"我不是没事？"姜梨笑着安慰她，心里却很是遗憾。最后关头，她故意射偏孟红锦的箭，想着若是能伤到永宁公主才好，只可惜棋差一着。

"孟红锦这回麻烦大了……"柳絮低声道，"瞧永宁公主的阵势，只怕不会轻易善了。"

姜梨心中哂笑，一点也不同情孟红锦，自己骑的黑褐马发狂，定然与孟红锦脱不了干系，姜梨清楚记得，黑褐马发狂的前一刻，孟红锦正在自己身后。

为了一场比试便想要自己的命，孟红锦也算是心狠手辣了，如今得罪了同样心狠手辣的永宁公主，也算是咎由自取。

"说起来还真是便宜了她，"柳絮也并不同情孟红锦，反而道，"她这下子被永宁公主为难，与你的赌约便只能这么算了。"

"谁说要这么算了？"姜梨反问，"等她处理了与永宁公主的官司，自然还是要来履行赌约的，我等着。"

柳絮讶然，忍不住笑起来，道："本该如此。"

姜梨笑着点了点头。

这时候，姜幼瑶几人也跟着下马走回了家人身边。姜幼瑶看到季淑然，惊魂未定地叫了一声娘。

季淑然心中十分恼火，昨日她看见孟红锦看姜梨的眼神，隐隐猜到孟红锦会对姜梨下手。不必说，今日姜梨的马匹突然发狂，必然是孟红锦的"功劳"，但结局是姜梨毫发未损，孟红锦却将自己搭了进去。

虽然不清楚姜梨是怎么做到的，但今日的事，让季淑然对姜梨又有了新的估量。一件件一桩桩，从姜梨回到燕京后大变的性情，还有她那突然精通的琴乐御射，都让季淑然感到陌生和危险。

如果说之前季淑然还打算借助别人的手除去姜梨这个眼中钉，如今姜梨带给季淑然的威胁却陡然加大，让季淑然以为，就算是自己亲自动手，也得让姜梨尽快消失在眼前。

校考台上正在宣榜，人群却因为永宁公主的受伤变得一片混乱，倒无人在意台上人口中念出的名字。

姜梨的目光越过人群，落在了和永宁公主保持着一个微妙距离的沈玉容身上。

永宁公主被侍卫保护着，被丫鬟贴身伺候着离开校考场疗伤，姜梨那一箭虽没能要了永宁公主的命，但也不会轻到只是擦伤，大约得养上个把月，会不会留疤痕也很是难说。永宁公主之所以会如此暴怒，正是因为此。

此刻的永宁公主除了暴怒之外，目光若有若无地流连于沈玉容身上，颇为可怜。

姜梨又去看沈玉容，沈玉容微微躲闪着永宁公主的目光，却又在永宁公主快要发火的关头适时投去关切的眼神，于是骄纵公主的火气顿时熄了。

姜梨看得几欲作呕，心中忍不住冷笑，当沈玉容“爱”上一个人的时候，没有人会怀疑他的真心，鲜少有人能抵抗。

她飞快地扭过头，生怕自己多看一眼，会掩饰不了眼中刻骨的恨意。

现在还不是时候，没有十全的把握，还得再等一等，再等一等……

跑马场外的小巷里，正有两人往深处走去。前面的人红衣绯艳，饶是背影，也洒满风流。

“文纪。”走在前面的人开口，声音如夜色里铺就的星河，微凉如梦，“永宁公主和姜家，有仇吗？”

文纪顿了顿，道：“属下不知。”

前面的人没有停顿，依旧悠悠往前走，过了许久，有声音传来。

“我也不知。”

第四章　**风流**

明义堂的校考，上三门和下三门，终于全部结束了。

这场校考来得轰轰烈烈，落幕也轰轰烈烈，有一个名字却在这场校考中为众人知晓，便是姜二小姐姜梨。

书、数、礼、乐、御、射，六项皆夺魁，倘若姜二小姐是个从小就声名远播的神童，这也就罢了，偏偏是刚启蒙就被送走、在庵堂里独自待了八年的小姑娘。

于是今年的校考，姜二小姐一枝独秀，再无往日百花争艳的局面。

宁远侯府上，周彦邦正坐着发呆。桌前的书页被风吹得翻开，周彦邦却无心理会，眼前浮现的是跑马场上少女青衣落落、飞扬如风的身姿。

周彦邦有些痴了，在他过去的那些年里，从未对一个女子如此上心。那少女像是一个谜，越是对他不屑一顾，周彦邦就越是执着。

之前姜梨名声不好，怕是日后难找到夫家。可经过这一场校考，整个燕京城都晓得了姜梨的才名，她生得如此美丽，又是姜元柏的嫡女，只怕过不了多久，就会有提亲的人前去……

周彦邦心里不是滋味，一想到姜梨会嫁给别人，便愤怒又懊悔。

正在烦恼的时候，小厮进屋来道："世子爷，夫人来了。"

宁远侯夫人走了进来。

周彦邦忙站起身："娘。"

宁远侯夫人笑道："我让厨房给你做了些梅子糕，这几日天气热，你吃点也清爽些。"瞧见周彦邦桌上凌乱的书籍，侯夫人顿了顿，探询地问，"彦邦，你近来是不是有心事？"

最近周彦邦做事时常心不在焉，侯夫人想着是不是国子监放榜，周彦邦得了第三而难过，就劝慰道：“你莫不是因为国子监的事？你爹都说了，此事怨不得你，你为第三，也很不错了。”

今年国子监放榜，周彦邦原以为自己是第二，整个国子监能超过他的也只有右相府上的大少爷李璟，可这回李璟成了第二，他成了第三，第一却是之前不曾听过名字的叶世杰。

“母亲，我不是因为此事……”周彦邦有些难以启齿。

“那是因为何事？”侯夫人觉得奇怪。

“我……”周彦邦咬了咬牙，“我不想娶首辅府上姜三小姐，儿子中意的是姜二小姐！”

宁远侯夫人手里的点心碟子，啪的一声跌到了地上。

“老爷送了银子来。”

芳菲苑里，桐儿兴高采烈地将一个小木盒放在桌上。

姜梨道：“把银子收起来吧，日后用得上。”

桐儿依言把银子收好，明月在外头敲了敲门。

姜梨道：“进来。”

明月进来后，将门掩上，上前低声道：“姑娘，奴婢打听过了，孟家小姐现在还没回府呢，孟家夫人还在府里等着，孟老爷出面周旋去了。好似这回永宁公主不肯罢休。”

姜梨点了点头：“知道了。”

这些她都猜到了，孟红锦应当不会好了，永宁公主折磨人的手段姜梨是见识过的。孟家是哑巴吃黄连，有苦说不出。

白雪闻言，问姜梨：“那姑娘和孟小姐的赌约还作数，啊？”

“想作数，可惜作不得数了。明日孟红锦肯定不会出来，届时你们便找几个人在国子监门口声言，我心里体谅孟小姐受惊，那场赌约本也是玩笑，就此揭过，日后莫提。”

桐儿有些失望，道：“可真是便宜她了。”

姜梨笑道：“即便我不说，孟友德也会寻个由头让这场赌约作废，或是给我道歉，总之不会让孟红锦真的颜面扫地。就如若是我输了，父亲也会想法子推托这场赌约。结局本就是注定的，眼下我这样说，反而能得个好名声，何乐而不为？”

外人看到，只会说她宅心仁厚，心胸宽广，不但有才华，还有德行。咄咄逼人总显得太过计较了些。说句话又不碍事，也不妨碍结局，为什么不？

上辈子，她就是太过不在意名声，才让人拿她的名声做了刀锋，如今她就要贤名满天下，戴着面具做事，总要简单许多。

“姑娘这回得了魁首，听说得了魁首的人要进宫，皇上会亲自授礼。”桐儿想到了什么，“姑娘岂不是马上就能进宫面圣了？这可是皇上赏下的赏赐，是无上的荣耀。日后就再也无人敢欺负姑娘了。”

姜梨失笑，回想起来，上一次见到洪孝帝，还是沈玉容中状元以后，宫中设宴，她作为沈玉容的家眷一起前往。无数人羡慕她这位新科状元夫人，毕竟沈玉容风流倜傥，还前途无量，那时候永宁公主还与她喝了一杯酒。

她目光微沉，或许在那时候，永宁公主就已经瞧上了沈玉容。如今再入宫，势必会见到永宁公主，倘若是宫宴，或许还有沈玉容。只是这回，她不再是沈家妇，而是姜家女。

谁又奈何得了谁呢？

她离那两个人又近了一步。

是夜，国子监不远处的一间宅院里，点起了灯。

叶世杰坐在桌前，正在写信。

他此番得了国子监校考的第一，过几日进宫得圣上授礼，不久后就能当上官。他得把这个好消息告诉襄阳的亲人。

短短几行字已经交代了自己。剩下的，叶世杰提着笔，犹豫起来。

姜梨也得了明义堂校考的第一。

叶世杰不知道自己该不该把姜梨也写上去，这么多年来，叶家从没人提起过姜梨的名字。多年前，姜二小姐的那句话彻底寒了叶家人的心，更让叶老夫人大病一场，从此后，叶家只当没有这位表小姐，连带着叶珍珍也没人敢提。

这种情况下，突然提起姜梨的近况，应当很突兀吧。叶世杰本打算不写了，可准备搁笔的时候，又想起姜梨与他说的话来。

“我当时年纪小，外祖母又远在襄阳。我娘走得早，父亲政务繁忙，多是由继母看管。我说了什么，未必就不是有人教我，或是有人威胁我说此话。”

提起笔又放下笔，放下笔又提起笔，这样反反复复多回，正当叶世杰犹豫不决时，他的贴身小厮元宝进来了。

元宝从怀里掏出一封信，兴冲冲道：“大少爷，襄阳那头来信了。”

“来信了？”叶世杰一愣，“可现在还不到来信的日子。”

“定是夫人他们记挂大少爷这次校考，”元宝得意道，“老夫人要是知道大少爷得了第一，肯定会在襄阳大摆筵席三天三夜的。”

叶世杰没理会他，拆开信，一目十行地看完了。

元宝见叶世杰面露讶然，就问：“大少爷，怎么了？”

“父亲和二叔要来燕京城送货，”叶世杰道，“已经在路上了，大约七天后抵达。”

“啊？”元宝愣了愣，傻乎乎地开口，“那咱们还写信回去不？”

“写。”叶世杰道。不过只写自己的情况就行了，他心想，既然父亲和叶二叔都要来燕京城，也算是有了商量的家人，关于姜梨的疑惑，到时候自然可以让他们来商量，比自己一个人在这里头疼好得多。

想到此处，叶世杰顿感轻松，三两下就将先前的信折好封进信封，递给元宝，道：“送回去。”

元宝乐呵呵地接过：“好嘞！”

校考结束后，明义堂暂且不必进学，学生都在家休息几日。

第二日，姜梨的人在国子监门口依照姜梨说的，声言同孟红锦的赌约作废，日后莫要再提。

此话一出，燕京城的人对姜梨又高看了一筹，自己对赌约全力以赴，胜利之后却不会抓着赌约不放，心胸宽广又仁爱，十分难得。

这样一来，反倒衬得孟红锦像个笑话了。

不仅如此，因姜梨表现得太过温和，还有人开始怀疑当初姜梨杀弟弑母的事是否有隐情，这样一个温柔可爱的姑娘，怎么看也不像是能做出这样狠事的人。

这些话传到了季淑然耳中，季淑然气得不轻，却因此待姜梨更加慈爱了，惹得姜梨都觉得不自在。

淑秀园里，丫鬟都在认真做事。门口守着两个丫鬟，屋里，铜牛里的冰块似乎也不能解去暑气，夏日到了尾巴，更加闷热。

季淑然正在和自己的姐姐陈季氏说话。

陈季氏是一大早就过来找季淑然的，姜元柏并不在府上，陈季氏道：“这几日你都在做什么？你可知外头如今怎么说你的？那些闲话连我都听见了，说姜梨当初杀弟弑母的事，未必不是你做的戏码。”

不提此事还好，一提此事，季淑然也是满心怒意，她道：“姐姐，你怪我做什么？这话是外头人流传的，我这院子里上上下下可不敢提此事。”

“不管是谁提起的，流言传得越广，对你可越不是什么好事。”陈季氏道，“都是那丫头引出来的事，你怎么连个小丫头都对付不了？”

季淑然没好气地回答：“那丫头心眼忒多，莫说是我，便是你对上也吃力。这回孟家就是赔了夫人又折兵，我本想着孟红锦要对付她，我坐收渔翁之利最好，谁知孟红锦不济事，不仅没有得手，还把自己搭了进去。”

“怎么回事？”陈季氏一惊，“孟红锦的事也同她有关？”

季淑然便将孟红锦和姜梨的事细细同陈季氏说了一遍，末了才道：“姜梨自回了燕京城，一次亏也不曾吃过。她和幼瑶差不多年纪，可你看她心眼比幼瑶多多了。若是日后留她在府中，幼瑶哪里是她的对手？”

“听你的话，”陈季氏沉吟道，“姜梨是不能留了。只怕再过些日子，她还要厉害些，最好趁早打发了出去。”

“你是说……与她说亲？”季淑然道，“倒不是不可以，只是老爷定然要过问。”

“那还不简单，”陈季氏冷笑道，“金玉其外败絮其中的公子哥儿数不胜数，随便找一个听上去不错的，实则不怎么样的人，你把人嫁过去，两三年就没了，外人也瞧不出什么，不是很简单的事？”

“姐姐，你帮我留意着。”季淑然道，“若是有这样的人，我便想法子告诉老爷，让老爷应了亲事。”

陈季氏点头，二人正说着，突然见姜幼瑶从外面跑了进来，她跑得太急，连陈季氏也没有瞧见，只唤了一声娘，声音就哽咽了。

季淑然吓了一跳，连忙走上前拉起姜幼瑶的手，便见姜幼瑶满脸泪痕，急道：“幼瑶，你这是怎么了？”又怒斥姜幼瑶的丫鬟金花、银花，“你们是怎么照顾主子的……”

“娘，”不等季淑然继续说话，姜幼瑶就一头扑进了她的怀里，抽噎着道，“周世子、周世子要与我解除婚约……”

“什么？”一边的陈季氏拍案而起，“幼瑶，你说什么？”

姜幼瑶这才发现陈季氏也在，她喊了一声姨母，就兀自哭个不停。

季淑然让丫鬟把门掩上，问姜幼瑶道：“幼瑶，你这是说的什么胡话，周彦邦怎么会和你解除婚约？你莫不是从哪里听来的传言……”

“是真的，金花的姐姐在宁远侯府当差，昨日夜里宁远侯夫人和世子争吵，那丫鬟买通了世子院子里的小厮，才问清楚，世子说、世子说要与我解除婚约，他要娶姜梨！”

“金花！”季淑然道，“幼瑶说的可是真的？”

金花立刻跪倒在地，道：“奴婢所言千真万确。”金花心里也是惊惶不已，这个节骨眼儿上，周世子竟提出要娶姜梨，这可是大水冲了龙王庙，自家人打自家人了。

“真是岂有此理！”季淑然大怒，“周彦邦把我们姜家当作什么了？想来就来想走就走？”

姜幼瑶已经哭花了妆容，她一把抓住季淑然的袖子：“娘，我该怎么办？周世子不要我了，他还要娶姜梨……我会成为燕京城的笑柄，娘，我不要……”

季淑然心疼不已，抓着姜幼瑶的手道：“你放心，娘会替你讨个说法。那周彦邦如此摇摆不定，我姜家却不是可任人挑选的，想解除婚约，没那么简单，谁要让你成为燕京城的笑柄，娘定会让他后悔一辈子！”

说最后一句话时，季淑然几乎要将牙都咬碎。

“幼瑶先别急，”陈季氏比季淑然要冷静些，只道，“昨夜既然周彦邦和侯夫人争执，便说明侯夫人不赞同周彦邦的做法。况且周彦邦已经悔过一次约，如何能毁第二次，姐姐变妹妹，妹妹又变姐姐，在北燕还是第一次听说。周彦邦倘若日后还想升官加爵，便不会做出如此荒唐之事。宁远侯不会让他做，你父亲也不会同意的。”

姜幼瑶闻言，心下稍安，问：“周世子不会与我解除婚约吧？”

“当然不会。”陈季氏道，“你可是姜家的嫡女，你父亲是当朝首辅，谁敢如此待你。”

“可姜梨也是姜家小姐，”姜幼瑶不甘，“若她不是姜家人就好了，倘若她只是个普通人，必然没有这么麻烦。”

“即便她是姜家人，也没有那么麻烦。”陈季氏拍了拍姜幼瑶的肩，“幼瑶，你先下去，我与你娘还有事情要商量。”

姜幼瑶原本还想让季淑然替她做主，可一看陈季氏的脸色，便晓得陈季氏和季淑然有重要的事要商量，倒也没有多说什么，带着金花、银花泪痕未干地回瑶光筑了。

姜幼瑶走后，季淑然冷冷道：“姐姐，现在你看到了，姜梨那个小贱人多有本事，这才回京多久，连周彦邦也勾搭上了！”

“周彦邦年纪轻轻，男人嘛，都是一个样子。”陈季氏道，“妻不如妾，妾不如偷，偷不如偷不着。当初姜梨和周彦邦婚约尚在时，周彦邦何曾问过她一句？如今姜梨回来了，他倒又想起这桩亲事，无非就是三个字，求不得。倘若他得了姜梨，便又会念着幼瑶的好来。”

季淑然道：“即便如此，一想到我女儿的丈夫心里念着别人，我就一阵恶心。”

“所以说，得想个法子。”陈季氏道，“我原本想在姜梨的亲事上做文章，可现在想来，姜梨嫁了旁人，反而还会让周彦邦落下心病，对姜梨的执念更甚。”

季淑然道：“我也是这般以为，姐姐，可在燕京城里动手，并不容易……”

“动手做什么？”陈季氏摇头，“咱们季家的人，从来不亲自动手。而且要她一条性命，又有什么好的？”

陈季氏不解：“姐姐的意思是？”

“不是说，明义堂校考的魁首过几日当进宫面圣，陛下亲自授礼吗？宫宴之上，来的人可不少，都是燕京城的世家大族，倘若在宫宴上弄出点什么丑事，可就真的名声扫地了。”

“是要让她……”季淑然恍然大悟。

“当初中书舍人沈大人的夫人沈夫人你还记得吧？那般的美人，最后还不是遭万人唾弃，可不就是当着贵人的面做了丑事。”

她说得轻松，却让季淑然一瞬间明白，眼前似乎出现了姜梨被人指指点点的画面，令她激动又快慰。

“这件事我来安排，宫宴之上，我会为她好好安排一个‘情儿'的。”

陈季氏瞧了季淑然一眼，道：“笨，眼前不就有一个？”

季淑然不解。

“我听闻此次国子监榜首是叶世杰，表兄妹什么的最容易生出点事。之前姜梨不是还在街上替叶世杰解围吗，指不定他们真有什么。”

季淑然脸色一沉：“你说叶世杰？凭什么让她这般便宜？”在季淑然看来，叶世杰勉强算青年才俊，现在更是国子监榜首，姜梨嫁给叶世杰，实在是便宜她了。

“我的好妹妹，你可要想得长远些，姜梨嫁给叶世杰真的好吗？”陈季氏道，“叶世杰如今中了魁首，日后就要为官。虽然季家不把他放在眼里，但总归瞧着碍眼，叶家要是靠叶世杰起来，姜梨就有了外祖家依靠，到那时，你想动姜梨就更难了。”

“宫宴上，倘若叶世杰和姜梨有了首尾，圣上大怒，定然迁怒叶世杰，叶世杰升官无望，还会被人戳脊梁骨。姜梨声名狼藉，这两人就只得成亲。可是成亲后，他们真的就会相敬如宾？”陈季氏娓娓道来，“叶世杰因姜梨毁了前途，必然对姜梨有怨，叶家也会因此怪罪姜梨。夫妻二人要是有了嫌隙……”陈季氏一笑，“要想过得好，可就难如登天。到那时，你再从外头寻几个貌美的丫头，或者买通姜梨身边的人，时时挑拨几句，不怕叶世杰和姜梨成不了仇。姻缘里的仇人嘛，女子总比男子难过得多。”陈季氏继续道，“待那时候姜梨身在襄阳，你要是想法子对付她，比现在容易得多。”

季淑然茅塞顿开。

只要姜梨嫁到襄阳，季淑然相信，她有一万种办法让姜梨生不如死。

“多谢姐姐提点。”季淑然心服口服，道，“姐姐的法子比我的周全多了。”

“比起宫里的丽嫔，你我二人还差得远。”陈季氏道，“你现在赶快去安慰安慰幼瑶，她自幼被人宠着，周彦邦这般羞辱她，她心里定是难过极了，切莫让她冲动之下做出傻事坏你计划。”

季淑然心下一凛，道：“我省得，我现在就去。”

陈季氏满意地点点头。

另一头，桐儿将打听来的消息告诉姜梨。

“说是三小姐心情很不好，瑶光筑的下人们都被责罚了一遍，不过有人瞧见三小姐还哭了……”

姜梨放下手里的书，奇道：“哭了？”

“是啊，也不知道是什么事，听说季氏安慰了她好一阵子才好，可老爷又发火了。”

桐儿才说了这句话，就听见门外有人喊：“姜梨！姜梨！”

“二少爷又来了。”白雪进来道。

姜景睿一脚跨入房门。

姜梨问：“你来又有什么事？”

姜景睿在木几前坐下，一边让白雪给他倒茶，一边对姜梨挤眉弄眼：“我这回可带了一个大秘密给你。”

“说。”

“喀喀，”姜景睿压低声音，“你知道吗？宁远侯世子周彦邦要解除和姜幼瑶的婚约！”

“什么？”饶是姜梨早有心理准备，也被姜景睿这话惊得不轻，这是闹的哪出？

“我就知道你肯定不知道。”姜景睿得意地道，“你猜，周彦邦究竟为什么要和姜幼瑶解除婚约？”

姜梨道：“我猜不到。”

“因为你！”姜景睿哈哈大笑，“周彦邦如今后悔了，可能是看你在明义堂校考上大出风头，觉得你比姜幼瑶好得多，这才决定要解除婚约，重新娶你过门！”

“真好笑！”说话的是桐儿，“我家姑娘又不是他周家的丫鬟，想怎么样就怎么样？之前解除婚约是他们周家说了算，如今想重新娶姑娘，问过姑娘的意见了吗？宁远侯家简直欺人太甚！”

姜景睿奇道：“这有什么可生气的？周彦邦虽说不怎么样，在燕京城里好歹也算青年才俊，与姜家门当户对。生得也不错，许多姑娘倾慕他，配你家小姐也不亏。再说了，姜梨，”他看向姜梨，“你若是和周彦邦在一起，姜幼瑶肯定气死了，也是你把姜幼瑶比下去的证据，她不如你。”

姜梨简直要被姜景睿的一番说辞气笑了，道：“为了气死姜幼瑶，我还得搭上我自己，我疯了不成？”

姜景睿道：“你冲我发什么火？提出这事的是周彦邦。”

“然后呢？”桐儿追问，“老爷同意此事了吗？”

“怎么可能？”姜景睿鄙夷道，“大伯父没上门去找周家讨说法已经是仁慈了。”

姜梨抓住姜景睿说话的重点，道：“怎么？周家没有来人？”

“嘁，周家哪敢来啊。周彦邦是疯了，他爹娘可没疯。这话是周彦邦说的，宁远侯和宁远侯夫人没有同意。周彦邦家的小厮听到了他们吵架，偷偷告诉了咱们府上的下人，那下人又告诉了大伯母。听说姜幼瑶哭得不轻，大伯母还在安慰她，大伯父很生气，差点亲自走一趟宁远侯府。”

姜梨恍然，难怪桐儿打听到的消息说姜幼瑶哭了。

“你是怎么知道的？”姜梨问。

“我娘和嬷嬷说话，我听到的呗。”姜景睿大大咧咧地道，“我娘成天关心大房的事，有点风吹草动，比你知道得快多了。”

姜梨心中清楚，周彦邦提出要解除婚约，对她来说绝不是什么好事。至少季淑然母女的心里，此刻一定比以往更恨自己百倍，甚至千倍。

依照这母女俩心胸狭隘、心狠手辣的性格，姜梨以为，姜幼瑶绝不会轻易放过自己。为了绝周彦邦的念想，甚至会斩草除根。

想来想去，不久后的宫宴，倒是一个绝佳的时机。

姜梨垂眸，危机渐渐逼近了。

明义堂校考过后不久，各家很快就收到了宫中夜宴的宴帖。不过承宣使孟友德这一回，却是去不了了。

孟家里，同往日热闹的景象一比，近日来萧条得要命。

夜里，屋子里灯火幽微，靠里的一间屋子里，有说话声隐隐传来，似是在争吵，过了一会儿，啪的一声，什么东西被摔碎，有人摔门而出。

正是孟友德。

短短几日，孟友德憔悴沧桑了许多，身后有人追了出来，是孟友德的妻子孟夫人。

“老爷，老爷……”孟夫人小跑着哀求道。

“不必说了，明日就把她送回庄子里休养，她这样下去，迟早会出大事！”孟友德头也不回地道。

“那可是你的女儿，你怎么能如此狠心！”孟夫人尖叫。

“我狠心？”孟友德止住脚步，猛地回头，指着远处紧紧关闭的屋门，“你看她现在的样子，留在府里就能好吗？如今我已得罪了永宁公主，右相也不再理会我。我的仕途已经完了！这一切都是你的好女儿惹出来的祸事！当初要不是她不知天高地厚和姜梨立什么赌约，要不是她在马场上那一箭射伤了永宁公主，我孟友德何至于此？”

“可是……”孟夫人还想说什么。

“她现在已经疯了！我自己的女儿我不心疼？但是她疯了，留在孟家未必是好事，倘若让别人知道她疯了，日后还有谁敢娶她？让她在庄子上待些时候，好了些再回来，没有人知道她疯过的事实，这还不好？”

孟夫人闻言，渐渐冷静下来。她看着孟友德，悲伤地问道：“红锦在永宁公主那里究竟遭遇了什么，我们真的没办法给她报仇吗？”

“报仇？”孟友德冷笑一声，那愤怒不知道是对永宁公主还是对他自己，“永宁公主背后是成王，成王如今的势力连陛下都要忌惮，将来……”他叹了口气，“民不与官斗，官不与君斗！”

语气里的无奈和悲愤，让孟夫人瞬间沉默下来。

屋里，床榻的一角，孟红锦紧紧抓着被子缩在角落里，目光警惕地瞧着来人，道：“走开……走开！”

地上是摔碎的药碗，药汁洒得满地都是，一个丫鬟弯腰收拾着地上的残局，另一个丫鬟正对着孟红锦轻声安慰：“小姐，没事了，奴婢不会害你的。”

“走开！”孟红锦尖叫一声，道，“不是我干的，不是我干的！”

自从三天前孟红锦被永宁公主的人送回来，醒来后就是这个样子。

孟友德和孟夫人唯恐永宁公主对孟红锦用刑，回来的第一件事便是让人检查孟红锦的身上有无伤痕，检查来检查去，并没发现伤痕，可孟红锦醒来后就成了这样，见人就躲，仿佛受了巨大的惊吓，不认得周围的人，好像连自己是谁都忘了。

谁也不知道孟红锦在永宁公主那里遭遇了什么，这一切，只有疯了的孟红锦和永宁公主才知道。没有人敢去对永宁公主兴师问罪，哪怕是孟友德，只要他还想要前途，孟红锦就注定要做无谓的牺牲。

公主府上，是和孟府截然不同的灯火通明。

厅殿里的妙龄舞姬们穿着薄薄纱衣，轻盈起舞，白纱遮了半张脸，露出剪水双瞳，端的是柔情万种，皆朝厅中最中央的人投去。

最中央的男人，高鼻、深目、薄唇、浓眉，五官英俊，却因脸窄而长显出几分不好亲近的冷漠。

这便是成王。

“大哥觉得哪个好，就从我这里拿去吧。”永宁公主恹恹道。

成王瞧了她一眼，道：“怎么无精打采的？”

“没什么有意思的事，当然无精打采了。”永宁公主支着脑袋，不知道想到了什么，变得有些烦躁起来。

成王道：“前些日子不是把承宣使府上的小姐弄回来了，怎么还是无趣？”

闻言，永宁公主有些惊讶，道：“难为你竟然会留意这种事。”她剔着指甲道，“别提了，孟红锦看起来厉害，实则是个外强中干的，我不过是带她去府里的刑狱走了一遭，动也没动她，她就吓得尿了裤子。”永宁公主露出嫌恶的神情，“瞧她那样子，我连折磨的乐趣也没有了，就把人送了回去。”

“你那刑狱里的惨状，男子去了也未必受得住。”成王笑了一声，“你带她看这些，难怪她会吓疯。”

公主府的刑狱里关的都是惹了永宁公主不高兴，恨极又不愿意立刻让其死去的人，便留在这里，想出些折磨人的法子，譬如剥去半张皮，又或者挖去膝盖，效仿烹刑，总之，说是人间炼狱也不为过。孟红锦虽然平日里嚣张跋扈，可在孟府里最多也就见过打死个把丫鬟的事。这样活生生的惨状，足以令她吓破胆，成为她心中永远的噩梦了。

“没意思。”永宁公主冷笑，“折磨人当然要留在眼皮子底下慢慢折磨才有趣，最好还会抵死挣扎，看着她努力求生马上就要有一线希望的时候，”她呼地吹口气，将面前一盏小灯里的火苗吹灭，似乎觉得很好玩，咯咯地笑起来，“就像这样，把她最后一丝的希望吹灭，让她绝望，那才叫有意思。懂得反抗挣扎的猎物，才是最好的猎物……”

成王淡淡一笑：“你说的是薛芳菲吧。”

永宁公主撇了撇嘴，正要回答，这时外头有人来报，道：“中书舍人沈大人来了。”

永宁公主闻言，眼前一亮，目光里的倦意顿时一扫而光，很高兴地开口：“快让他进来！”

成王不动声色地端起面前的茶杯尝了一口，什么都没说。

过了一会儿，沈玉容由人领着进来，他先是对成王行礼，然后才看向永宁公主，道：“公主殿下。”

永宁公主见了他便喜出望外，对成王道：“沈大人是我请来的，大哥，你前些日子不是说文昌阁里缺人……”

成王微蹙眉头，似乎对永宁公主这般迫不及待有些不满，好在忘形的只有永宁公主一人，沈玉容还是站在厅中，持重端方，目不斜视，成王对他这才满意了些。

永宁公主看得出成王对沈玉容满意，心里高兴，又有些得意，为沈玉容自豪似的。自从马场那一日她被孟红锦的箭射伤后，公主府里来了不少人关心她的身子，却没有沈玉容。

沈玉容是洪孝帝看重的人，才死了妻子不久，和她这个公主走得太近被人瞧见可不是什么好事。永宁公主不是不懂这个道理，只是实在忍不住想他。沈玉容不像别的男人一般讨好她，可他越是对永宁公主冷淡，永宁公主就越是爱极了他这模样。

成王开始问询沈玉容一些事，沈玉容站得笔直，态度不卑不亢，成王眼里对沈玉容的满意便越来越浓，虽然沈玉容和永宁公主有首尾，不过成王以为这也不是什么大过错。

成大事者不拘小节，何况只是个没有用处的女人呢？

世上之人不是垫脚石就是绊脚石，垫脚石要踩，绊脚石要丢。

沈玉容只是丢掉了一块绊脚石，可他日后的路会越来越宽广，一片坦途。

“沈玉容到了永宁公主府上，成王也在。”黑衣侍卫来报。

国公府的书房里，姬蘅将抽出的书籍放回了木架上。

侍卫又悄无声息地消失了。

“看来沈玉容和成王搭上线了。”陆玑喝了一口茶，看向姬蘅。

“早晚的事。”姬蘅放回书籍后并没有离开，而是站在黄梨木架前找别的书。

“恭喜大人的事又进了一步。”陆玑道，“沈玉容搭上成王，成王在新贵这头增添一员大将，势力将会增强许多。”

姬蘅漫不经心地回道：“沈玉容有野心，成王有野心，有野心的人身上散发的味道是一样的。就像狼不会与狗为伍，沈玉容在朝中，不会选皇帝，只会选成王，只有成王才能满足他的野心。”

“大人看得准。”陆玑喟叹一声，忽而想起了什么，道，“只是承宣使孟友德可惜了，孟友德之前是右相的人，如今得罪了永宁公主，就是得罪了成王，右相是成王的人，自然不会再用孟友德。孟友德这个人，其实还是很有能力的。”

孟家本来为右相办事，也是成王的手下，如今因为孟红锦射伤永宁公主一事，孟家注定要被成王丢弃。

“这回也是因为姜二小姐。”陆玑笑道，“之前的叶世杰，因姜二小姐解围而让计划改变，现在的孟红锦，也是因为姜二小姐让孟家脱离成王。两次都是因为姜二小姐让大人的计划受阻，这姜二小姐和大人还真是有孽缘。”

“你想说，她是有意的？”姬蘅道。

“大人不是也这样以为？”陆玑笑眯眯地回答，“否则也不会让文纪去调查，究竟是谁在背后提点叶世杰了。”

姬蘅终于从木架上找到想找的书，抽出书卷，转过身，艳红的袍角绣着一只金色的蝶，翩然从身后飞过。

他道：“是姜二小姐。”

陆玑不笑了，看向姬蘅：“姜家……”

“不是姜家，”姬蘅慢慢地勾起唇角，露出一个意味不明的笑来，“是姜二小姐。”

“是不是很有趣？”姬蘅身子往后一靠，懒洋洋道，“我怀疑，这位姜二小姐就是来克我的。”

夏日绵长，眼看着快要入秋，却仍旧没有一点清凉秋意到来，日头热辣辣地延续下去，花园里的花都被晒得蔫巴巴的。

所以，迟来的雨水总是格外招人喜爱。

夜里下雨，早晨起来也没停，雨水顺着房檐滴落成细密珠帘，滴滴答答打在院子里的青石砖上，将青石砖洗得格外干净。

桐儿端着早膳进来，见姜梨还没醒，有些意外，往日姜梨醒得早，每次她端来早膳的时候，姜梨已经自个儿梳洗完毕了。

“姑娘。”桐儿轻声唤道。

榻上，姜梨从睡梦中睁开眼睛，见是桐儿，迟疑了一刻，方才明白眼下是什么时候。她坐起身，按着额头。桐儿见姜梨额上全是冷汗，怔了怔，连忙找帕子来为姜梨细细擦干了，道：“姑娘这是魇着了吗，流了许多汗。”

白雪闻言就走到窗前，将几扇窗推开，外面的凉风一下子吹进来，屋里不如之前闷热，姜梨也清醒了许多。

她道：“做了个梦。”

桐儿问姜梨：“姑娘梦见了什么，这样害怕？”

“没什么。”姜梨敛下眸中情绪，道，“只是梦见了一个故人。”

昨夜里，她又梦见了薛昭。

和上次不同，这一回，姜梨瞧见薛昭被关在一个大牢一样的地方，那地方有许多人把守，人人都凶神恶煞。薛昭满身是血，被倒吊在一间牢房中，姜梨想靠近，却被铁栅栏隔开。

紧接着，不知从哪里来的人开始对薛昭用刑，他们用烧红的烙铁在薛昭身上烫，还用掺了辣椒的盐水浇灌他。薛昭开始大叫，姜梨痛苦极了，可她无法触碰到薛昭。

直到桐儿将她唤醒，姜梨才晓得自己是做了个梦。

她心里忍不住惶惶，她为何会梦到薛昭？那是什么地方，是地狱不成？可薛昭这样的少年，赤诚热烈，为人正直勇敢，无论如何都不该下地狱。

姜梨的沉默被丫鬟们看在眼里，桐儿和白雪也不知道她怎么了，不过瞧见姜梨并不想被人打扰的模样，大家也就各自默默地做事。

下午，翡翠来了芳菲苑一趟，说让姜梨去晚凤堂，姜老夫人有要事交代。姜梨应过后，就回到屋里换衣裳。

此刻的晚凤堂，除了姜梨以外，大房、二房、三房的女眷们都到齐了。

姜元柏是当朝首辅，姜元平是三品通政，姜元兴虽然只是个校书，但因为有这样两位兄长，也能沾光去参加宫宴。宫宴是大事，姜老夫人自然要叮嘱一些事宜。

这些事宜也都说得差不多了，年年都是如此，因今年姜梨也要同去，所以还会格外再与姜梨嘱咐一遍。

在等姜梨来的间隙，卢氏问季淑然："大嫂，听闻幼瑶和周世子的亲事时间已经定下来了？"

此话一出，屋里几人神色各异。

姜老夫人的神情并无波动，三房几人却是满脸诧异，显然是第一次听说。

季淑然笑得温柔："弟妹的消息倒是很灵，不错，前些日子和宁远侯夫人商量了一下，侯夫人以为幼瑶已经及笄，可以早些成亲，明年冬日就最好了。"

明年冬日，姜幼瑶就快十六了。

姜幼瑶闻言，脸上立刻飞起两朵嫣红。姜玉娥却很震惊，她早就知道姜幼瑶和周彦邦的亲事迟早要成，可没想到会这么快。

姜幼瑶嫁得良人，姜玉娥忍不住想到了自己，父亲只是个校书，论官阶别提多卑微了。在姜家又是庶子，和大伯、二伯都不甚亲近，虽然自己努力讨好季淑然，可季淑然在自己的亲事上必然不会过多操心。能帮上自己的人寥寥无几，无论如何，她都不能像姜幼瑶那样嫁给这么一位如意郎君。

见他思己，姜幼瑶想到自己未来的命运，不由得在心里长吁短叹，又是哀怨又是不甘。

卢氏笑道："幼瑶可真是好福气，那周世子可是燕京城的女儿们都想嫁的。不过大嫂，"她很关切地问，"可别忘了梨儿也是咱们姜家的人，梨儿还是姐姐，梨儿的亲事还没定，幼瑶的亲事就先定了下来，恐怕会招人闲话吧。"

这话就有些微妙了，姜老夫人微微合眼，对两个儿媳的明争暗斗充耳不闻，眼前一幕早已很是熟悉。季淑然外表温柔却手腕强硬，卢氏爱慕虚荣又争强好胜，两个人凑在一起，磕绊少不了，不过到底只是无伤大雅的小打小闹，只要不影响大局就好。

“多谢弟妹关心。”季淑然和和气气地回道，“梨儿的亲事我也挂在心上的，只是如今还无人来提亲，我也没瞧见更好的。弟妹若是有了好的人选，烦请告诉我一声，我让老爷过目，掌掌眼，毕竟梨儿的终身大事，我也不敢轻易做主，还得母亲和老爷看过才是。”

季淑然避过了姜幼瑶夺人亲事的话，又不着痕迹地将姜梨贬了一下，都说一家有女百家求，可姜梨回到燕京这么久，从没有人上门来向姜梨提亲，人家瞧不上姜梨，姜家也不可能主动将女儿送过去。最后又把姜梨的亲事全推到姜老夫人和姜元柏身上，自己择了个一干二净。

不巧，姜梨刚走到晚凤堂门口就听到了季淑然这么一番话，忍不住笑了。

桐儿气得头上直冒青烟，见姜梨还笑，有些不解，季淑然都这么说她了，姜梨非但不生气，还笑，这有什么好笑的?

姜梨一脚跨进晚凤堂，道了一声：“老夫人。”

卢氏幸灾乐祸地别开眼，想着姜梨听到了季淑然方才那一番话，必然要回敬几句，让季淑然不痛快，她总是乐见其成。

但姜梨仿佛没有听到季淑然刚才的诋毁，叫过老夫人后，又一一给她们行了礼，没有说一句季淑然的不是。

姜幼瑶盯着姜梨，想到之前从丫鬟嘴里听到的，周彦邦要解除和自己的婚约娶姜梨，眼中便忍不住浮起怨毒。

姜梨从容地站着，对她们的目光视若无睹，她根本不在乎。

“梨丫头，明日你要跟我们一起进宫。”姜老夫人开口，“差什么，需要什么，就告诉你母亲，你母亲会为你准备好。”

姜梨颔首称是。

“这是你回燕京城后第一次进宫，切莫坏了规矩，不懂的只管问，届时若不知道怎么做，就跟着幼瑶丫头那样做。”姜老夫人细细嘱咐。

姜梨微笑着点头，并未表现出十分激动的模样。

“梨丫头真厉害，这回是陛下亲自授礼，咱们府中的小辈，可就梨丫头一个人做到了。”卢氏笑盈盈道，“听闻今年国子监的魁首是叶世杰，要说起来，和咱们姜家也是沾点亲故的，他还是姜梨的表哥呢。”

姜梨听到卢氏提起叶世杰，心中就是一叹，她并不希望把叶家也牵扯进姜家这浑水里来。把叶家和姜家牵扯到一起，对叶家来说未必是好事。

季淑然笑着看向姜梨：“是了，我也以为梨儿应当和叶家少爷多走动走动，虽然姐姐已经去了，但两家到底是姻亲。若是叶家少爷进了仕途，日后咱们家老爷也能帮衬一下，都是自家人，帮衬自家人总比帮衬外人来得好。”

姜梨闻言，目光微动。

季淑然这番话说得可谓是十分真诚了，但季淑然真的会这么好心，甚至会让姜元柏帮衬叶世杰？绝不可能。

姜梨看向季淑然，季淑然笑得贤淑，仿佛真是一个慈爱的母亲，只是姜梨觉得她的目光更像是一条盘在树枝上的毒蟒，正眯着眼睛，慢条斯理地打量猎物，尖牙还淬着毒汁。

她在算计什么。

姜梨的目光又落在姜幼瑶身上。

姜幼瑶到底年纪小些，不如季淑然有城府，虽极力想表现得若无其事，到底掩饰不了眼里对姜梨的恨意，还有一丝不知为何而起的兴奋。

那目光姜梨似曾相识。

待姜老夫人一一交代完，已经过去了很久。想着还得回去准备，大家就从晚凤堂各自散去。

姜梨出了晚凤堂，就往自己院子里走去。芳菲苑在姜府的角落，和姜幼瑶几人的院子不在一个方向，自然不必同行。

只是没想到才走了一小段，身后就有人唤她："二姐。"

转头一看，却是姜玉娥和姜玉燕姐妹二人。

这二人，姜玉燕是个不吭声的，姜玉娥对姜梨从来没什么好脸色。一看到姜玉娥，姜梨就晓得对方又在盘算什么。

"二姐，你走得这么快，我都快追不上了。"姜玉娥亲热地开口。

姜梨站在原地，客气地道："五妹有什么事？"

姜玉娥笑道："今儿个在晚凤堂，二姐还没过来时，我听说了一件事。"说到此处，姜玉娥特意顿了顿，才道，"是三姐的亲事，大伯母说，三姐和周世子的亲事已经定了下来，就在明年冬末开春。我想二姐也许不知道这件事，所以特意过来告诉二姐一声。"

就为了这事？

姜梨微微一笑："多谢五妹告知，我知道了。"

姜玉娥仔细打量了一番姜梨的脸色，见姜梨并没有露出痛苦失落的神情，就道："当初若是二姐没有出事，如今嫁进宁远侯府的就是二姐了。周世子是整个燕京城数一数二的良配，眼下三姐不费吹灰之力就能嫁进周家，二姐比三姐还要年长，亲事却没有着落，我打心底为二姐鸣不平。"

姜玉燕有些惶恐，想制止姜玉娥，最终却只是伸手扯了扯姜玉娥的衣角，什么话都没说。

姜梨没有回答姜玉娥的话，只是盯着姜玉娥，嘴角含笑。

姜玉娥问姜梨："二姐盯着我看做什么？"

"没什么。"姜梨云淡风轻道，"五妹为我忧心，我很感动，只是……五妹的这份心，不知母亲和三妹知否？”

姜玉娥的脸色一下子就变了。

她急于过来戳姜梨的心窝子，却不知那句“为二姐鸣不平”落在季淑然母女耳中，又会是怎么一番情景。

姜玉娥勉强笑道：“这是我与二姐的贴心话……”

姜梨笑了笑：“其实我的亲事，五妹不必太过担心。我父亲是当朝首辅，燕京城再不济，也能寻个官家嫁过去。便是母亲不为我担心，还有父亲和老夫人，我是姜家大房的嫡女，还能低嫁了不成？”她意味深长地看了一眼姜玉娥，“五妹还没及笄，不如多管管自己，三叔如今的仕途并不见光明，依照三叔和三婶的势，五妹日后会嫁到什么样的人家，真是不好说。”

姜玉娥的脸色瞬间变得铁青，姜梨心情顿好，不紧不慢道：“要知道，这世上才华容貌、性情品德虽然都很重要，可要没了家世，就什么都不是。要不，你看京城倚红楼的那些姑娘，哪个不是美若天仙、蕙质兰心，可也就一辈子是个姑娘了。”

说完这句话，她也不等姜玉娥回答，就带着桐儿飘然而去。

回去的路上，桐儿笑得打跌，待回了芳菲苑，将此事一字不落地讲给白雪几人听，大笑道：“你们是没看到五小姐当时的脸色，咱家姑娘真能耐，拿五小姐和倚红楼姑娘们相比，五小姐一定气炸了！”

“五小姐干吗老和咱们姑娘过不去？”明月好奇地问，“五小姐是三房的人，姑娘又没碍着她。”

“见不得人好呗。”桐儿脱口而出。

姜梨听着自家丫鬟的议论，笑着摇了摇头：“有这样的人，出身不好却不安分，成日想着跃上枝头。这样的人，什么事都做得出来。”

几个丫鬟似懂非懂地点头。

姜梨想着，这样看来，其实姜玉娥和沈玉容是一样的人，越是身份卑微的人，对高处越是向往，越是不择手段也要往上爬。只是姜玉娥不懂得掩饰自己的不甘心，而沈玉容太懂得掩饰自己的不甘心。

姜梨道：“桐儿，把我的匣子拿过来。”

头一日的风波，并没有影响到第二日大家进宫的欢喜。

姜玉娥看到姜梨的时候，并没有因昨日的事对姜梨横眉冷对，仍挂着笑容，甚至还称赞姜梨的裙子好看极了。

姜梨回道：“五妹妹也很不错。”

姜玉娥穿着一件蜜合色八幅罗裙，裙裾上绣着蟹爪菊花，长发绾成垂云髻，点缀着一支海棠滴翠珠子碧玉簪。其实这身富贵打扮，反将姜玉娥身上小家碧玉的风情给淹没了，只是姜玉娥难得有这般贵重的衣裳首饰，自觉十分满意。

季淑然显然对这样的情景乐见其成，姜玉燕姿色普通，姜玉娥打扮太过，自然就衬得姜幼瑶一枝独秀。

姜幼瑶也的确花了心思，别的不说，那一身玫瑰红蹙金双层长尾鸾袍，就足以吸引人的目光了。金雀钗，八宝手串，腰间樱红络子，皆是特意装扮过。姜幼瑶平日倒是很少妆浓，此番要进宫，难得描眉敷粉，点了胭脂。她的五官精致姣美，也压得住这样的浓妆，站在花丛下，显得人比花娇，艳光四射。

倘若这样进宫，的确能吸引贵族公子的目光。只是姜梨很纳闷，姜幼瑶既然已经和周彦邦定亲，为何还要盛装打扮？

在姜梨打量姜幼瑶的时候，季淑然也在打量姜梨，卢氏更是夸张地掩嘴笑道："若非我晓得这两个丫鬟，可真是认不出梨丫头了。"

姜梨惯来不爱盛装，姜老夫人也察觉到了她的习性，这回让裁缝来做衣裳，挑的不是红艳颜色，但因为要面圣，不可过于素淡。姜梨穿着木兰青双绣缎裳，里头配着碧玉云锦裙，清清浅浅的翠色。葫芦髻让她看起来格外清新爽利，头上没有任何发钗点缀，只坠了两粒白玉耳坠，衬得耳朵小巧精致，衬得脸庞洁白如玉。

她清清淡淡地描了眉，眉如螺黛，眼如点漆，唇色淡淡，却有了出尘之态。

姜梨和姜幼瑶站在一起，犹如青竹之于红花，幽谷之于烟火。后者固然让人喜爱，前者却容易印在脑中。

季淑然转过身，轻轻按了按姜幼瑶的肩，姜幼瑶这才收起愤恨的目光。

姜老夫人忍不住多看了姜梨两眼，原以为姜幼瑶是掌上明珠惹人喜爱，如今看来，长养在外面的姜梨就像一块璞玉，自有灵秀风采。

孰好孰坏，现在真是难分上下了。

姜元柏见两个女儿都亭亭玉立，心中生出满足之感，道："可以出发了。"

各房各自乘坐一辆马车，向皇宫驶去，大约过了小半个时辰，马车停了下来。

外头马夫道："夫人，老爷，到了。"

姜元柏先下车，下面的丫鬟婆子来扶季淑然等人。姜梨下了马车，踏上与宫门一墙之隔的土地，望着深深的宫墙，一时间心绪复杂。

"二姐，这就是宫门了。"从后一辆马车上下来的姜玉娥道。

宫门外陆陆续续来了一些官家的马车，品级低些的还过来给姜元柏见礼。姜家来得有些晚了，姜元柏没有在宫门外过多停留，由引领的人领着直接往里去。

姜幼瑶本想着，姜梨第一次进宫，定然紧张到手足无措，若是能看见姜梨出丑就再好不过了。谁知道一转头，却见姜梨微微提着裙裾，走得格外悠闲，当宫里是她自家的后花园似的。

姜幼瑶气闷不已，姜老夫人却十分满意。

此刻，玉明殿的大殿里已经来了许多官眷。这些夫人贵女身份金贵。夜宴还未开始，多数都找相熟的人攀谈。这样的宫宴，女儿家都努力打扮自己，因着今日进宫的，还有许多官家子爵、青年才俊。北燕风气相对前朝更开放，年轻男女只要互相有情，不做逾越之事，皆可以通过上门提亲结成秦晋之好。

而宫宴这样的场合，来的人大多门当户对，这便是一大便利。

坐在正东方向的一对母女，女子十六七岁，穿着翡翠撒花洋绉裙，头上戴着玉蝴蝶纹步摇，生得也算美丽，她身边的妇人亦是穿戴华丽，只是论起来，不如周围的夫人举止自然，带着几分小家子气。

这母女二人正是沈玉容的母亲和妹妹沈如云。

看在沈玉容的面上，许多贵妇人也来与沈母攀交情。她们倒也不嫌弃沈母原先小门小户，热情地吹捧着沈母，连带着对沈如云也夸赞有加，令沈如云有些飘飘然。

聂小霜、朱馨儿，便是上次在校考御射时与姜梨同组的两名明义堂小姐，也都簇拥着沈如云说话。

一边的柳絮见状，轻哼一声，悄声与柳夫人咬耳朵：“真是头一次见着上赶着给人家续弦的。”

柳夫人一点柳絮的额头，低声道：“就你话多！”

“本来就是。”柳絮嘟囔着，她看不上这些同窗的行为，那沈状元才死了妻子，且不说薛芳菲品性如何，反正沈状元表现出来的可是对亡妻的一往情深，那些小姐也不好好想想，既是对亡妻一往情深，又怎么会这么快续弦？如果这么快续弦，那沈状元便不如表现出来的这般深情，也就是个表里不一的人。

才说着，又听得身边有个人开口道：“听说宁远侯府世子和首辅姜家三小姐的亲事定在了明年冬末。”

此话一出，另一头的沈如云登时变了脸色，急道：“可是真的？”

“是真的。”聂晓霜回答，“我也是听母亲前几日提起过。”

沈如云大怒，正要说话，忽然听得通报的宫女传道，姜家女眷到了。

众人往门口看去，走在最前面的是姜老夫人，接着是季淑然，卢氏紧随在后，跟着便是杨氏和姜家的女孩子们。

姜幼瑶面带笑容，十分甜美精致，如盛开的花朵，袅袅娜娜地进门。她容貌极盛，让玉明殿也增色几分。一些容貌平平的小姐望着姜幼瑶，不由得生出自惭形秽之感。

长养在让人羡慕的官家，拥有无可比拟的容貌，家人宠爱，天真烂漫，亲事顺遂，夫君俊美温和，门当户对，当真是人人羡慕。

姜幼瑶将众人的艳羡尽收眼底，心中不免得意，步子也轻快了许多。

姜幼瑶身后走着的，是姜梨。

比起姜幼瑶的盛装，她实在显得太清淡，但在清淡中，分明的五官又像是山水画中的浓墨重彩，韵味十足。

姜二小姐步子平缓，不慌不忙，看起来温和稳重。姜幼瑶若是燕京城里烂漫的官家小姐，姜梨便是山里清秀灵慧的小仙女，前者适合花团锦簇的增色，后者适合不食人间烟火的淡然。

有人瞧见姜梨纤细的手腕上没有玉镯首饰，而是挂着一串黑色佛珠。佛珠温润，衬得她的手腕如玉般皎洁。

她嘴角含着笑容，平和舒适，仿佛没有烦恼，让人瞧着，心里也跟着熨帖起来。

和陈季氏说话的宁远侯夫人蹙起眉。

自从周彦邦说起要解除和姜幼瑶的亲事，宁远侯夫人就有了心病。虽然当年她和叶珍珍十分交好，但叶珍珍已死去多年，姜梨身为叶珍珍的女儿，自然不如季淑然的亲生女儿得宠爱。加之后来姜梨害季淑然小产，声名狼藉，宁远侯夫人也就断了和姜家攀亲家的想法。

可没想到，季淑然竟主动来找她。

宁远侯夫人喜出望外，在她看来，姜幼瑶比起姜梨来只好不坏：一来姜幼瑶也是姜元柏的嫡女；二来无论容貌、才华还是性情，姜幼瑶都令人满意。周彦邦对这桩亲事没有异议，宁远侯夫人以为，事情就这么定下来了。

谁知道姜梨回京后不久，周彦邦突然提出了这么个荒唐的想法。

宁远侯夫人生怕周彦邦又惹出什么祸事，今日的宫宴便打算亲自来看看姜梨。校考那两场，宁远侯夫人都没有去，因此不晓得姜梨是如何出风头，纵然听多了周围人对姜梨的夸赞，宁远侯夫人也嗤之以鼻。

眼下，她终于瞧见了这位把儿子迷得神魂颠倒的女孩子是何模样。

等见了姜梨，宁远侯夫人心里就是一沉，姜梨这个样子，能勾走周彦邦的心，并不意外。

众人不晓得宁远侯夫人心中所想，只顾着看姜家的女孩子，姜家大房两位千金各有千秋，至少在容貌上不分伯仲。

姜家女眷一到场，因着身份缘故，不少人过来打招呼。季淑然和陈季氏坐在一起。卢氏则和自己相熟的夫人坐在一处。杨氏因没什么好友，也没有人来恭维她，只得坐在姜老夫人身边，和姜玉娥、姜玉燕在一起，颇有些受冷落的模样。

姜梨则去找柳絮了。

柳絮一个人早就烦闷极了，见她来了，喜不自胜，等姜梨和柳夫人见过礼，就把姜梨拉到一边，道："听说周彦邦和姜幼瑶亲事定下来了？"

姜梨讶然了一瞬，随即点头。

"没事。"柳絮憋了半天，拍了拍她的手，"京城里比周彦邦好的男儿数不胜数，你日后找的人必然比周彦邦好一万倍。"

姜梨失笑，察觉到有一道目光正在打量自己，抬眼看去，忍不住一愣，盯着自己的是沈如云。

沈如云的目光一如既往地刻薄，带着些挑剔，让姜梨有些恍惚。她依稀记得跟着沈玉容第一次到燕京沈家，那时候的沈如云在屋里坐着，也是用这般打量物品的目光看她。当时姜梨还不明白，现在却明白了，那是在捉摸她有什么利用价值，能为沈家谋多少福利的目光。

其实沈如云和薛芳菲也不是一开始就势同水火的。姜梨记得，在沈玉容还没有中状元的时候，沈如云纵然有许多不是，面上总还要做做样子，也亲热地唤她嫂嫂。

但自从沈玉容中了状元，沈如云就再也不将自己放在眼中了。

见姜梨盯着沈如云看，柳絮疑惑地问："你认识她？"

姜梨笑着摇了摇头。

她的笑容落在沈如云眼里，更觉刺眼，便从鼻子里哼了一声，扭过头，不再看姜梨了。

说笑了一会儿，外头有宫女来报，太后来了。

诸位夫人一齐起身，迎接太后的到来。

当今太后不是洪孝帝生母，如今醉心于礼佛做功德，不问世事，穿着一件绛紫金缎宫服，戴云子冠。说起来，太后也到了天命之年，不过大约因为保养得当，站在皇后身边，并不比皇后衰老多少，看得出年轻时风姿夺人。她唇边带笑，很是和蔼。

太后身后跟着的便是成王的母妃刘太妃，刘太妃和太后站在一起，倒比太后显得衰老多了。尽管如此，她倒是穿戴鲜艳，眉眼中的骄矜和她的女儿永宁公主如出一辙。

看见永宁公主的刹那，姜梨的血液都冷了一瞬。

永宁公主一身镂金挑线纱裙流光溢彩，亦是娇颜如花，比起姜幼瑶来，多了几分妩媚。站在厅中，自是天之骄女该有的姿态，不把任何人放在眼里的高高在上。

听闻刘太妃骄矜，太后也不和她计较，整个后宫里，几乎都是刘太妃说了算。洪孝帝尚且势薄，更遑论皇后。因此，永宁公主说的话几乎没人敢反驳。

太后见众人起身，便笑着称不必拘礼，又让诸人坐下，说等会子宫宴就要开始了。

姜梨眼见着永宁公主左顾右盼，似在寻人，心里冷笑一声，想着她倒是对沈玉容爱慕得真切。

宫宴在玉明殿举行，玉明殿殿外便是长长的花池亭台，夜宴过后，自可赏月鉴花，很是风雅。

女眷们来得早，过了一会儿，男眷也陆陆续续到了。

男女不同席，但究竟是在一殿。北燕不比前朝，倘若在大庭广众之下，女子见外男也不必回避，但到底是有些害羞，一些脸皮薄的姑娘便背过身去，省得害羞。

姜元柏跟着姜元平两兄弟走过来，姜元兴因为和两兄弟关系算不得亲近，显得有些尴尬。

姜梨看见了叶世杰。叶世杰一鸣惊人，注定很快入仕。一些年轻的贵族子弟便与他交好，走在他身边的人也不少，叶世杰看上去与他们相处得还不错。

姜梨心中轻轻松了口气。

姜二小姐倘若有个强硬的外祖家，对她的未来大有好处。

叶世杰春风得意，身后跟着的便是此次国子监校考的第二，原本该是第一却被叶世杰占了魁首的右相府上大少爷，李璟。

李璟生得容貌平平，与他弟弟李濂相比，实在不讨姑娘喜欢。上天也很公平，李璟不够英俊，却才华横溢；李濂俊朗迷人，却是个不学无术的纨绔子弟。

李璟和李濂两兄弟随着右相李仲南一起进来，许多胆大的姑娘也跟着打量起这兄弟俩。

右相如今几乎可以和姜家分庭抗礼，李璟和李濂两兄弟自然也成了香饽饽。

国子监红榜，魁首叶世杰，第二是李璟，第三自然是宁远侯世子周彦邦。

姜梨很快就看到了周彦邦。

并非她想注意周彦邦，而是周彦邦看她的眼神实在太热烈，姜梨心中恼火，果断起身，换了个位置，遮掩住周彦邦的眼神。她实在不想和周彦邦有什么扯不清的交集。

周彦邦见不到姜梨的身影，有些失望，不过转瞬又恢复过来，依旧一副翩翩公子的模样，与人谈笑。

姜梨越过重重人群，终于见到了沈玉容。

沈玉容今日穿着三品朝臣的官服，官袍加身，为他增添了无限光彩。他看起来依旧温文尔雅，可眼睛里已然有了世故和老成。

姜梨看着他与同僚交谈，同僚姿态讨好，而他高高在上，姜梨有一瞬间觉得这样的沈玉容像极了永宁公主。

姜梨又错开目光去看另一头的永宁公主。

永宁公主倒是毫不遮掩对沈玉容爱慕的目光，几乎是追随沈玉容而移动。只是这样看来似是落花有意，流水不如想象中有情，沈玉容并没有投给永宁公主一个眼神。

当然了，众目睽睽之下，自然要遮掩。沈玉容是个谨慎的人，不会让任何人抓到他的把柄。

紧接着，姜梨又看到了季家的人，包括季淑然的父亲季彦霖，还有柳絮的父亲柳元丰。成王来得晚一些，到来之后便和太后见礼。

最后来的是洪孝帝。

前后两辈子，姜梨这是第二次见到洪孝帝。洪孝帝如今二十有七，这对帝王来说是非常轻的年纪。他登基七年来，燕朝并无大动乱发生，即便如此，他的皇位仍然岌岌可危，并不如表面安稳。

但凡身在朝廷中的，都晓得成王就是洪孝帝最大的威胁。七年前，洪孝帝仓促即位，成王兵败一着。七年过去，洪孝帝赶得上如今的成王吗?

没有人知道。

洪孝帝的身边站着一名年轻女子。那女子十分貌美纤弱，楚楚动人，然而衣裳却并不华丽，甚至称得上是清简，一直噙着微笑。柳絮与姜梨咬耳朵：“那是丽嫔，姜幼瑶的姨母。”

姜梨恍然，原来这就是季彦霖的嫡长女，季淑然的大姐，丽嫔。

她上次跟着沈玉容进宫的时候，并没有见到丽嫔，不过早就知道有这么个人。有人说，丽嫔就如当初夏贵妃之于先皇，是皇帝最爱的女人。不过丽嫔和夏贵妃的不同之处在于，丽嫔背后有季家，夏贵妃的背后却什么都没有。

姜梨瞧着丽嫔，丽嫔看起来甚至比季淑然还要年轻几分，不知平日如何保养，像个妙龄少女一般，很温柔，也十分和气，并不指点什么。不过姜梨也清楚，丽嫔若真如表面上这般柔弱无争，便不会在后宫之中杀出一条血路，成为洪孝帝的宠妃了。

丽嫔与洪孝帝说了些什么话，洪孝帝便挥了挥手，丽嫔便上前来与陈季氏和季淑然打招呼。

姜幼瑶理所应当地去见这位姨母，周围的贵女们俱是艳羡地看着姜幼瑶，有丽嫔这样的姨母，甚至比有位皇后姨母还要风光。虽然皇后生下了太子，但太子年幼，刚满五岁，倘若丽嫔也生出一位小皇子，依照洪孝帝对丽嫔的宠爱，太子这个位子将来花落谁家还说不定呢。

毕竟改立太子的事，前朝也不是没有过。

不知季淑然与丽嫔说了什么，丽嫔也笑着看了姜梨一眼，那一眼看不出什么特别的情绪，姜梨却莫名地很不舒服。

这时太监来报，又来人了。

比当今陛下还来得晚，这人胆子忒大。姜梨抬眼看去，见宫殿门外的长廊外，不紧不慢地走来一人。

那人穿着大红的织金长袍，袍角逦逦，在璀璨的灯火下划出的光彩，比大殿柱子上镶嵌的宝石还要夺目。

这样繁复华丽的衣裳，但凡容貌不够盛，都会被衣裳压住，显得是“衣裳穿人”，除非是绝世美人，五官精致挑不出一丝瑕疵，还得风华绝代，当勉强相衬。

可这衣裳穿在那人身上，非但不是勉强相衬，甚至可说是相得益彰，看他穿这件衣裳，不禁让人心中生出叹息，不得不承认，这样的衣裳，世间只有他穿，才不算辜负。

华服比宝石还璀璨，而他的美貌，比华服还招摇。

正是肃国公，姬蘅。

姬蘅来得很迟。

即便这样，洪孝帝也没有半分不悦，仿佛习以为常。不仅如此，包括成王在内，也没有一人敢置喙。

姜梨看在眼里，虽说许多人惧怕肃国公是因为他阴险狠辣、喜怒无常的性子，但姜梨以为，朝堂之中，肃国公敢这样随心所欲，倚仗的必然是其他。横行无状的人那么多，但凡招惹了地位更高的，自然能教训对方，让无状的人狠狠吃个苦头。

但好似敢教训肃国公的人还没有出现，哪怕是刘太妃一派的人嚣张跋扈，大约也不敢对肃国公出言不敬。就连永宁公主见了肃国公，也没有多说什么。

世上之人，地位低的惧怕地位高的，地位高的惧怕地位更高的。洪孝帝纵然贵为天子，可能过得也不比肃国公轻松许多。

姬蘅同洪孝帝见了礼后，就寻了位子坐下。他所坐的位子和成王靠得很近，几乎是平起平坐。

殿中许多年轻的姑娘，有很大一部分都将投向成王或是沈玉容的目光转向了姬蘅。

毕竟论起容貌来，殿中所有男人加起来都比不过姬蘅。如沈玉容、叶世杰这样的俊美眉目，和姬蘅比起来也仿佛蒙上了尘埃。

这样的人，天生就该被众星拱月，把所有人都比下去。

“肃国公倒是很得陛下看重。”柳絮悄声对姜梨道。

“陛下没有亲信，”姜梨微笑，“只能倚仗肃国公了。”如今洪孝帝帝位不稳，成王一派虎视眈眈，右相和成王互相扶持，成王一派越发稳固，另一头，姜梨的父亲姜元柏作为文臣之首，朝中势力广大。或许姜家并没有谋逆之心，但对于一个势弱的帝王来说，姜家的实力就是威胁。

一边是首辅一派，一边是成王一派，加上洪孝帝自己，如今的北燕犹如三足鼎立。姜元柏势力广大，若是姜元柏不在，朝中许多事情怕是无法进行，一方面洪孝帝要倚仗姜元柏保持朝中稳固，另一方面还要提防成王在背后放冷箭。三方势力中，洪孝帝反而成了最为单薄的一派。姜梨都为洪孝帝感到辛苦。

而朝中大臣又主要分为两派，一派拥护姜元柏，这是守旧派，一派拥护成王，这是狼子野心的一派，洪孝帝可用的人寥寥无几。纵然已登基七年，但七年时间远远不够发展出足以与另外两派分庭抗礼的实力，这样的情况下，肃国公姬蘅就是一个绝佳的选择。

一来有姬蘅的父亲金吾将军姬暝寒的旧部势力，手下有兵马，势力不弱。二来姬蘅的祖父，也就是老将军自小在马背上长大，坚守忠君报国，人品毋庸置疑，洪孝帝用着放心。三来嘛，姬蘅此人喜怒无常、心狠手辣，这样的人很难被人收买，加之平日行踪神秘，不和姜家一派交好，也不和成王一派牵扯，干干净净，清清白白。

这样一来，洪孝帝会看重姬蘅，将姬蘅视作心腹，是很自然的事。

不过，姬蘅真的甘于做洪孝帝的心腹吗？姜梨忍不住看了一眼红衣青年，她总觉得，姬蘅并非旁人所说的喜怒无常的性情，他之所以令人难以捉摸，不是因为他无迹可寻，而是因为他藏得太深。

姜梨又隐约觉出一点奇怪，但说不清究竟是哪里奇怪。总之在洪孝帝、成王和姬蘅的关系中，姜梨察觉到一丝不同，并不只是表面上看到的这样。

她还没有想清楚，柳絮轻轻地拉了一下她的衣角，道：“宫宴快要开始了。”

宫宴快要开始了，各人都要各自落座。

姜梨得跟姜家女眷们坐在一起，便和柳絮分开了。落座的时候，姜梨坐在姜幼瑶和姜玉娥中间。

洪孝帝道："孤听闻今年官学红榜已出，国子监榜首和明义堂榜首都在此，各自是哪位？出来让孤看看是怎样的好儿郎和好姑娘。"

姜梨和叶世杰同时站起身来。

姜幼瑶放在桌下的手暗暗绞紧了帕子。姜玉娥则眼睁睁看着姜梨站起来，差点掩不住心中的妒意。

叶世杰起身往殿中走去，姜梨紧跟着他。

大约是第一次面圣，叶世杰极力保持镇定，仍露出一丝紧张，步伐略显僵硬。出乎人意料的是姜梨，有了叶世杰的陪衬，她的神态更显从容安静，仿佛面对的不是九五之尊，而是普通人。

洪孝帝的目光露出些趣味来。

上轻车都尉孔六今日也来了，就坐在姬蘅身边，穿着熟悉的甲衣，对姬蘅低声道："小丫头不露怯，挺神气。"

姬蘅瞥了他一眼，淡笑。

姜梨和叶世杰行过礼，洪孝帝令他二人起身，先是看向叶世杰，问："你就是叶世杰？"

"回陛下，正是草民。"叶世杰恭敬地道。

"听闻你乃商户出身，竟能有如此学问，在国子监校考中独占鳌头，很不错。"洪孝帝笑道，"孤很看重你这份上进，必然要好好嘉赏你。户部近来有空职，孤就让你做户部员外郎，宫宴过后就上任吧！"

叶世杰闻言，又惊又喜，忙叩谢道："臣领旨，谢陛下隆恩！"

姜梨也很惊讶，万万没想到洪孝帝竟会直接封叶世杰为户部员外郎，要知道这个职位瞧着不起眼，却是许多人挤破头也想进去的。一来这是京官，许多国子监出来的年轻人，头一年都要外放地方的，叶世杰却能留在燕京城。二来这官位是从五品，要知道姜家三房的姜元兴凭着姜家的名声在仕途上混了多年，也才将将是个从七品的校书。

叶世杰刚入仕途，便走在了许多人的前头。

李濂握着杯子的手微微一颤，他早就看出叶世杰在仕途上会有所作为，本想拉拢，一切都进行得挺顺利，可中途不知道为何，叶世杰突然疏远了他。如今叶世杰果然如他所料，一入仕就得皇帝器重，可自己和叶世杰的关系远远不及当初所想，这就难办了。

男眷席上，姜元兴嘴角发苦。一个刚入仕的少年都比自己官职高，回府后，想必杨氏又要同他大闹一场了。

姜元平和姜元柏对视一眼，说起来，叶世杰也算大房的亲戚，官做到一定位置的人，总喜欢任人唯亲。要是叶世杰是个可造之才，多提拔提拔他，说不准日后也能有所回报。

季淑然皱眉，叶世杰一举成为户部员外郎，是她没想到的。她不能让叶家好，最好叶家一直没落，这样叶珍珍才不会被人记起，她才是唯一的首辅夫人。不过，想到今晚将要发生的事，季淑然的眉心又舒展开了，管他叶世杰如何，姜梨如何，今夜一过，户部员外郎这个肥缺，叶世杰也没有福气去享受了。

叶世杰谢恩后，洪孝帝又笑着看向姜梨：“孤早就知道太傅家里有位嫡小姐，一直未曾见过，你就是姜二姑娘？”

姜梨抬起头，微笑道：“臣女见过陛下。”

洪孝帝瞧着面前的小姑娘，她的目光里没有对天家的畏惧，但又不会让人觉得被冒犯。洪孝帝注意到她手腕间的佛珠，想起姜梨曾在庵堂里住了八年，就问：“你平日里读佛经？都读哪些？”

“回陛下，臣女无事时喜爱抄佛经，平日读《般若经》《华严》《金光明》《妙法莲花》。”她道。

洪孝帝笑道：“难怪孤看你性情平静，你这性子倒是与太后投缘。”

姜梨含笑以对。

洪孝帝心中意外，他听过许多关于姜梨的传言，包括杀弟弑母，不过因为姜梨幼年失母，让洪孝帝起了同病相怜的心思，对于姜梨，洪孝帝并没有太多的厌恶。如今她又成了明义堂校考的榜首，加之亲眼所见，姜梨温柔纯澈，不似传言中那般作恶之人，就对姜梨起了几分欣赏之意。

洪孝帝道：“姜爱卿，你养了个好女儿。既是明义堂榜首，孤也有赏赐。”他随意挥手，便有个太监模样的人上前来，捧着布帛，念出一长串名字。

姜梨谢过恩后，顶着众人的艳羡回到了座位。季淑然笑着称赞她道：“梨儿真是给咱们府上长脸了。”

“二姐比我强多了。”姜幼瑶也恭维道。

季淑然如此就罢了，连姜幼瑶也要忍住不悦做面子，这就让姜梨有些诧异。她仔细地看了一遍姜幼瑶，发现姜幼瑶的目光里还隐藏着些期待和兴奋，不由得警觉起来。

再如何，宫宴还是要开始的。

菜肴丰盛，姜梨却无心品尝。男眷席上，周彦邦不时地往姜梨的方向看去，有才华、温柔清丽、家世不薄的首辅千金，还得到当今陛下的青睐，即便在燕京城的贵女圈里，也是数一数二的好姑娘。

周彦邦抓心挠肝地不安，可他自己和姜幼瑶的亲事已经定在了明年冬末，若是不出意外，就只能和姜梨错过了。

周彦邦很不甘心。

在他频频看向姜梨的时候，自然没有发现，自己的这一番举动已然落进了另一人眼中，这人是沈如云。

沈如云眼见着终于能和心上人见上一面，心中喜悦。只是喜悦很快就被冲散了，因为周彦邦一直看向姜幼瑶姐妹所在的方向。

沈如云很伤心，她心中爱慕周彦邦，从前是自己的身份配不上周彦邦，如今她已经是状元郎的妹妹，兄长是朝官，能与周彦邦站在一起，可周彦邦又有了婚约。

倘若这只是婚约便罢了，沈如云却清清楚楚地看见，周彦邦看向姜幼瑶的眼神充满了缱绻爱意，那代表着周彦邦心里也有姜幼瑶。

沈如云的心一瞬间跌到谷底，伤心之外，又生出一股不甘与妒忌来，只恨不得姜幼瑶和周彦邦的亲事出现个把周折，让这桩亲事成不了真才好。

姜梨享用着菜肴也觉得味同嚼蜡，只因为瞧见沈玉容和永宁公主二人，便恶心得吃不下去，然而宫宴还未结束，她只得按捺着不适，勉强继续吃着。

这一场宫宴竟是持续了很久。官僚们推杯换盏，说着官场上的话，夫人们则是闲话家常，交换着彼此府上无关痛痒的趣事。小姐们和公子们则隔着男女眷长长的席幕，偷偷地互相看一看，有不小心对上眼的，又飞快错开目光，仿若无事，实则暗暗地记住对方的容貌动作，打算回府后打探一番。

成王和洪孝帝之间表面兄友弟恭，实则暗流汹涌，不为人知。太后一如既往地安静，刘太妃与皇后在说话，丽嫔温柔地坐在一边，不时为皇帝斟酒——这种本不该她做的事，她也做得十分自然亲切。

桌上的玉白细瓷瓶里是杏花酒。因着女眷们不胜酒力，宫廷夜宴中准备的酒水也是甜甜的果酿，并不醉人。姜梨面前放着杯茶，酒杯一点也没碰。自从当初沈母寿辰一事之后，姜梨每每想起来，都觉得倘若当初没有喝下面前的那杯酒，如今大约是一番不一样的景象。

喝酒误事，从此她滴酒不沾。越是宫宴这样的大场合，她越是不能犯一丁点差错。

姜玉娥却极喜爱果酿甜甜的滋味，直喝得眉眼微醺，脸庞爬上嫣红，显出几分平日没有的娇媚来。

正在这时，听得季淑然含笑问道："梨儿怎么不尝尝这杏花酒？"

姜梨抬眼看去，就见季淑然拿起面前的酒盅，给她斟满，笑着放到她面前，道："宫里的杏花酒和咱们府里酿造的不一样，味道更清甜，也不醉人。你们女儿家，多喝一些也有好处。"

姜梨道："多谢母亲，只是我不胜酒力。"

"这哪里算酒，其实就是甜甜的糖水罢了。"季淑然笑道，"我见梨儿你今晚用膳不多，夏日里容易惫懒，喝点杏花酒解暑。"

姜梨心里打了个突，目光偶然瞥到不远处沈如云和沈母正在说话的景象，心中一惊，一些画面从脑海中倏然掠过，姜梨顿时明白了季淑然的眼神为何如此眼熟。

那种极力按捺着期待还要装作若无其事，像是毒蛇蛰伏的眼神，可不就是当初沈母寿辰宴上沈母的眼神，还有萧德音劝酒时候的笑容。

刹那间，姜梨差点变了脸色。她几乎能断定，季淑然母女打的主意就如当年沈母寿辰宴上那些人打的主意一般，就是要她身败名裂！

从小吏女儿到首辅千金，重生为人，她竟然又遇到同样的场景。

姜梨的心中说不出是愤怒多些还是荒谬多些，到了最后，她却只想冷笑。

她前生就是因此事而落得个悲惨结局，如今换了一拨人，却要故技重施，她偏不如这些人所愿！

姜梨看着姜幼瑶，笑道："三妹也没喝这酒呢。"

"幼瑶不能沾染杏花做的东西，"季淑然道，"沾了便会全身起红疹子。你别看她一点不沾，心里馋得很呢。"

姜幼瑶撇了撇嘴，没说话。

姜梨微微一笑，淡淡道："是吗？如此，多谢母亲了。"她将酒杯接过来，以袖遮面抿了一口，才放了下来。

还剩大半盅。

季淑然眼见着，也没再劝姜梨喝下剩下的半盅，又给姜梨夹菜，端的是温柔慈母。

姜梨心里发冷，抬眼看向男眷席，见叶世杰也正被人劝酒。叶世杰今日被点任京官，敬他酒的人很多，这本来很正常，不过那斟酒的太监未免也太过殷勤了一些。

年轻的公子哥儿如此多，那太监偏偏守着叶世杰一个。酒酣耳热，没人会去注意一个小太监的举止。这个微不足道的细节，此时被姜梨看在眼里，她终于豁然开朗。

原来季淑然母女为自己安排的"奸夫"，是叶世杰。

于情于理好像都很合适。叶世杰和自己是表兄妹，当初她当街为叶世杰解围，也可变成有私情的证据。当然了，年轻男女互相青睐，算不得什么大事。但在宫宴上，做出丑事被人撞破，那就是大过错了。

她身为女子，必然名声尽毁，在明义堂校考场做的全部努力都将付诸东流。而叶世杰才刚被点任京官就如此下作，盛怒的洪孝帝指不定会怎么责罚他，至少叶世杰的仕途肯定就毁了。

叶家和她结怨更深。成了亲也是怨，不成亲亦是怨。总之，她和叶世杰这辈子就算毁了。

真是好周全的盘算！

姜梨低下头去，再抬起头来时，笑容依旧。

姜幼瑶扭头，忽然瞧见姜梨面前的酒盅不知什么时候已经空了，愣了一愣，下意识道："你什么时候喝光了？"

"唔，"姜梨答道，"甜甜的很好喝，我便喝光了。不过，不能贪杯，一杯就够了。"她笑笑。

季淑然的一颗心放了下来。

另一头的姜玉娥，将将放下面前的酒盅。

宫宴热闹过后，太后提出去玉明殿外的池边赏荷。

池塘是请工匠挖的，效仿燕京城的永宁河，十分宽广。夏日的时候，十里荷塘，一片翠色。

宴罢过后赏赏花，大约是贵人们素来的喜好。姜梨跟随着姜家人一道来到了荷塘周围。

水上长廊，夫人小姐们顺势坐下，桌上有摆好的瓜果点心。姜梨正跟着往前走去，突然间感觉自己手心里被塞了个什么东西，回头一看，就见一个陌生的宫女与自己擦肩而过。

她捏紧了手里的东西，依稀感觉是张纸条，不由得看了一眼季淑然和姜幼瑶，以为这是季淑然的安排。但见季淑然并无异常反应，仿佛根本没有注意到，又有些纳闷。

终于走到湖心亭里的时候，姜梨故意落在后面，趁着季淑然和姜幼瑶没注意，打开手心，果然是一张字条，借着幽暗的灯笼光，可见一行小字。

园后东门毓秀阁见。落款是周彦邦。

姜梨一怔，季淑然已经在唤她，便将字条揉作一团，本想扔进湖里，忽而想到什么，又重新藏在袖中。

刚走到季淑然身边，季淑然就笑道："梨儿走得慢了些。"

姜梨含笑以对，心里对周彦邦的这张字条怒极，周彦邦应当不是季淑然安排的人，那么这字条只能是他自己的主意。

姜梨万万没想到周彦邦也会在此插上一脚，不晓得这位宁远侯世子哪里来的自信，自己就真的会因一张纸条赴约？或许周彦邦认为姜二小姐对他余情未了？可姜梨仔细回想了一遍，回到燕京城后，她和周彦邦仅有的几次照面，都没有表现出对周彦邦一丝一毫的兴趣。

大抵自作多情的人，便是再如何对他冷若冰霜，他也总能找出对方爱慕自己的证据。

姜梨心里盘算着，今日自己和叶世杰不会如季淑然所愿，但仅仅如此，似乎也太便宜了季淑然。对方的手段实在太下作，让她想到了当初的自己。

姜梨摩挲着袖中的纸条，倏地笑了。

既然周彦邦自己要蹚这浑水，便怨不得她祸水东引。姜幼瑶时时刻刻提防自己，却不晓得，想要嫁给周彦邦的女子不止她一个，譬如她的前小姑子沈如云，又譬如姜家三房的姜玉娥。

假若让姜玉娥有一个机会，能嫁入宁远侯府，姜玉娥会怎么选择？一边是平日里热热络络唤着的姐妹，一边是日后可能再也遇不到的好人家，姜玉娥的选择，姜梨十分期待。

季淑然不时地抬眼看向姜梨，时间慢慢流逝，姜梨伸手支着额头，轻声道："母亲，我有点头晕……"

怎么这么快？季淑然心中疑惑，又怕再待下去会让人看出端倪，只得提前让姜梨离开。

季淑然对身边一直站着的宫女道："先把二小姐扶回房好好休息，等会儿我再去接她。"

姜幼瑶试探地问道："二姐？"

姜梨微微蹙眉，挥了挥手，不小心碰倒了一边的杯子，满杯茶水尽数泼在姜玉娥的裙子上。

姜玉娥呀地惊叫一声，连忙站起身来。

姜梨微微瞪大眼睛，似乎稍稍清醒了一些，连忙道："对不起五妹，我不是故意弄到你衣裳上的。"又很是抱歉地看着姜玉娥裙子上的污迹，"这下可怎么办？不如你与我一道去换衣裳，正好我想休息一下。"

"不必了……"季淑然正要阻拦。

"母亲，这是宫宴，五妹妹穿着脏污的衣裳终究不美，宫里应当有一些应急的衣裳，再不济丽嫔娘娘那里总该有一些，五妹还是换了为好。"

姜玉娥正恼火，这身衣裳她今日第一次穿，因着是老夫人寻人裁的料子，她平日里哪有机会穿这样好的衣裳，这会儿全都被姜梨毁了。突然听得姜梨说起丽嫔，她心里就是一动，若是丽嫔给她找的衣裳，再不济也是宫里的料子，说不准比老夫人给的还要好。她当即就站起身，笑道："大伯母，不碍事的，我与二姐一道去吧。二姐说得对，穿着脏污的衣裳，只怕别人会说我们姜家对陛下不敬。我在路上还能照料二姐呢。"

季淑然手心微湿，姜玉娥可不晓得她的打算，可不能让姜玉娥坏了她的事。不过想想也没事，待走到半路，让人将姜玉娥引开，还是如原先计划的一样。而且药效发挥得这么快，姜梨离席得早，她也有充足的时间来布置。季淑然就对身边的宫女使了个眼色，道："既然如此，你俩就先去吧。"

杨氏没有说话，虽然姜玉娥是她的女儿，但姜玉娥成日巴结大房，对季淑然这个大伯母比对她这个亲娘还要亲近，杨氏已经习以为常了。

姜玉娥就和姜梨一道跟着这位面生的宫女离开了。

离湖心亭不远，水上长廊边有很多空着的茶屋，便是为了宫里的贵人临时有个头疼脑热要休息或是换衣裳准备的。平日里都没什么人，很是安静。

姜梨与姜玉娥一道走着，不知是不是因为在宫宴上喝了太多酒，姜玉娥走着走着，也觉得头昏昏沉沉。姜梨边走边与她说起姜幼瑶的亲事。

"……今日又听母亲说起三妹和周世子的亲事，三妹很高兴的模样。我瞧着宁远侯夫人对三妹也十分满意。

"……说起来，三妹这桩亲事委实不赖，周世子在燕京城也算是百里挑一的人物。只是我和周世子没有缘分，日后大约也只能另寻人家。

"……五妹也快及笄了，我听父亲院子里的小厮提起，三叔也在让父亲给五妹相看有没有合适的人家，不晓得五妹日后又会进谁的府邸。"

姜梨突然说起这些，姜玉娥怀疑姜梨是在报复自己，才往自己心头戳刀子。

姜玉娥道："二姐倒是挺关心我的亲事，不过我年纪还小。二姐也说了，我爹不比大伯父，真要寻人，自然不能和二姐、三姐比。"

姜梨看了她一眼，再开口就含了几分怜悯："要说人为什么不能挑自己的出身呢，在我看来，五妹你比起三妹来，容貌也不差，才学也不低，不过是输在了出身。假如你是大房的女儿，与周世子也是十分般配的。"

不说还好，一说这事，姜玉娥就想起自己在姜家遭遇的种种不公，顿感不平，心中酸溜溜的，一时竟没有回答姜梨的话。

姜梨自说自话："可惜了，五妹你如此容貌才学，日后大约只能配个不知名的男子，别说和周世子相提并论，连普通的官家子弟说不准也没法相比。给普通人做正妻，或许还比不上给周世子做个妾。可惜……"她欲言又止，摇了摇头，叹息一声，"人比人，不如人，都是命啊。"

姜玉娥更难受了，道："我便是这样的命，当然不如三姐了。不过二姐也是心宽，周世子原本是能与二姐共结连理的，眼下成了二姐的妹夫，二姐居然也能泰然以对。难怪说人在庙里待上一段时间，都会变得清心寡欲。"

姜梨听罢，只是淡淡一笑："不甘心又如何？总归已经这样了，而且日后我也有机会，虽然比不上周世子，但终究也还有的挑，而五妹妹……"她意味深长地看了一眼姜玉娥，没有说下去。

姜玉娥知道姜梨没有说完的话是什么，姜玉娥能挑的人，永远不会比姜梨多。

大约是心中急怒连着怨愤，姜玉娥觉得心头发热，脑子发晕，一时竟不知道说什么话才好。

姜梨一边说话，一边以余光注意引路的宫女的神情。见那宫女听着她与姜玉娥的对话，丝毫不为所动，姜梨心里更加警觉。

走了一截路，忽然迎面来了一位宫女，对姜玉娥笑道："丽嫔娘娘让奴婢带姜五小姐先去偏房挑衣裳。"又对姜梨笑道，"姜二小姐先去前边房里坐着休息，待姜五小姐挑完衣裳，奴婢再将小姐送回来。"

姜梨微微一笑，按了按额心，对姜玉娥道："既然如此，五妹妹且先去吧，我头疼得厉害，先去休息，在房里等你就是。"

姜玉娥一路上吃了姜梨一肚子气，自然不会说什么不对，况且能去挑丽嫔为她准备的衣裳，到底让姜玉娥雀跃了几分。姜玉娥应了，姜梨跟着最先引路的宫女转身，继续往前走去。

就在转身的一刹那，姜梨的袖子里突然掉出了一样东西。

姜玉娥离得近，下意识屈身捡了起来，见是一张纸条，姜玉娥正要喊住姜梨，却在一瞬间，就着长廊上挂着的灯笼发出的光，看清了纸条上的字迹。

姜玉娥的声音一下子咽进了喉咙。

她攥着纸条站起身，看着姜梨越走越远的背影，心跳得飞快。

那纸条上竟然写着周彦邦要私下里约见姜梨的事，看样子应当就是今夜。姜玉娥的第一反应便是要将这纸条拿给季淑然，让姜梨的丑事曝光于人前。这样一想，她的头晕竟然也好了许多。

姜玉娥将纸条藏进袖中，姜梨和宫女的身影已经拐过长廊，再也看不见了。姜玉娥这才转身，看向即将带她去挑衣裳的宫女，笑道："我二姐真是粗心，自己掉了东西也不晓得，只有等会子我再想办法还给她了。我们走吧。"

说完，她跟着半路出现的宫女掉头往另一个方向走去。

另一面，正随宫女走向茶室的姜梨，不动声色地翘了翘嘴角。

在她丢下那张纸条而身后却什么声音都没有的时候，她就知道，姜玉娥到底是上钩了。

在那样的环境下，姜梨丢掉纸条，姜玉娥不可能没看到。姜玉娥没有出声叫住她，自然是看清楚了纸条上的字迹。

至于姜玉娥想要做什么，无非就是去找季淑然邀功，不过即便把那张纸条给季淑然，也不能说明什么，因为姜梨没有赴约。但是，倘若姜玉娥将方才一路上姜梨说的话听进了耳中，就会做出不一样的选择。

以姜玉娥争强好胜、不肯屈居人下的性子，很容易被眼前的利益蒙蔽双眼。姜梨所言给周彦邦当个妾也比给寻常人家当个妻好，但凡有脑子有尊严的女子都不会认同，但姜玉娥就不一定了。

姜梨随着引路宫女再次拐过一个转角，才到了长廊尽头的茶室。宫女笑道："请姜二小姐先进去休息，里头有茶水、点心，奴婢再去搬些铜冰过来解暑。"

姜梨道："你去吧。"

宫女走后，姜梨安静地坐下，须臾，她站起身，走到屋里点着的熏香前，将那香折为两截。

大约是经历过一次这样的事，这一刻，姜梨的心里竟然出奇冷静。她重新在小几前坐下来，以手支面，看起来像是在假寐，另一只手却轻轻叩击着桌面，敲打得面前的油灯也簌簌落下灯花。

外面的宫女暂时还不会离开，姜梨心里思忖着，至少要等到叶世杰也进来了那宫女才会离开。只是不晓得叶世杰醉到何种地步，不过，倘若叶世杰醉得神志不清，姜梨也不介意以流血的代价令他清醒清醒。

她轻轻抚摸了一下袖中的弯刀。

不知过了多久，只见油灯里的灯油少了一小半，外面突然传来有人说话的声音。又过了一会儿，门吱呀一声开了，有人从外面进来。

姜梨依旧支着下巴假寐。

"叶少爷，您先在此休息片刻，奴婢再去添些茶点来。"有女子这样说。

姜梨不动，门又被轻轻关上了，有跌跌撞撞的脚步声传来。

猛然间，浓烈的酒气萦绕在鼻尖，有人在推搡着自己。

那一刻，前生记忆忽然涌入姜梨的脑海之中。

姜梨抽出袖中弯刀，精准地抵住对方。她嗓音凉凉，既克制又含着一股难以自持的暴戾，道："叶世杰。"

对方的呼吸忽然变得平缓了。

她睁开眼，见自己的刀尖抵住叶世杰的喉咙，后者脸颊通红，酒气熏天，看上去是个醉鬼无疑，却用愕然的眼神看着她。

姜梨微微皱眉。

叶世杰没醉，他清醒着。

姜玉娥被引路的宫女带到另一间偏房里等着换衣裳。

她迫不及待想要将袖中的纸条拿给季淑然看，因此连等送衣裳过来的人的耐心也没有。她心中烦躁，不由得又把纸条细细看了一遍。

姜玉娥心里想着，姜梨表面上说着已经不在意周彦邦了，没料到暗中却还和周彦邦藕断丝连。说起来，姜梨也是姜元柏的女儿，这事情要是真捅了出去，手心手背都是肉，两个嫡女周家都得罪不起，不知道会让周彦邦娶谁呢？

应该还是娶姜幼瑶吧，毕竟姜幼瑶才是如今和周彦邦定亲的人。

周彦邦到底还是要和姜家长房的人结成姻亲。

不知为何，姜玉娥突然又想起姜梨方才说的话来。

"五妹你如此容貌才学，日后大约只能配个不知名的男子，别说和周世子相提并论，连普通的官家子弟说不准也没法相比。给普通人做正妻，或许还比不上给周世子做个妾。"

姜玉娥恨恨地想，周彦邦约见的人为何不是她呢？相比姜梨和姜幼瑶，她也不差，不过是因为自己的出身，便连入周彦邦的眼也没有资格了吗？

想着姜梨和姜幼瑶纠缠的人是周彦邦这样的王侯世子，自己未来的夫婿却不晓得能不能比得上周彦邦一根脚指头，姜玉娥突然生出了一种恹恹之感，仿佛对什么都提不起兴趣，连想看姜梨出丑的念头都淡了。

额心不时发晕，姜玉娥的心里渐渐热起来，突然，一个大胆的想法闪过她脑海。

倘若今日和周彦邦约见的人是自己呢？

倘若自己借着姜梨的名义，借着这张纸条和周彦邦在一起了，周彦邦会不会怜惜自己，对自己也生出一丝丝的爱意，从而想法子把自己也纳进宁远侯府？

以自己的身份，断然不可能成为周彦邦的正妻。可是做个贵妾不也挺好？姜梨有一句话说对了，给平民子弟做正妻，还不如给周彦邦做妾。

越想越觉得这个方法可行，姜玉娥看着手心的纸条，忽而紧紧攥住掌心。

就这么决定了。

就在这个时候，门外送衣裳的宫女托着衣裳回来了，姜玉娥见状，忙站起身。

她迫不及待地想要换上干净的衣裳去赴周彦邦的约，着急的模样惹得宫女都有些疑惑。姜玉娥笑道："我突然有些想上茅房，等换完衣裳便去。姐姐不必在此陪我，给我指个方向就是。"

那宫女大约只是季淑然叫来传信的人，事情做完之后也没有旁的事，因此不疑有他，便给姜玉娥指了个方向，道："不远，小姐一直往前走，走到尽头往右就能见到了。"

姜玉娥换好衣裳，推开房门走了出去。她先是往茅房的方向走去，待走到尽头往右以后，又转过头，见四下里并无人跟随，当即掉转头，往另一个方向走去。

正是周彦邦纸条上所言，园后东门毓秀阁。

姜玉娥走得很快，到了最后，竟一路小跑起来。

跑起来的时候，清爽的夜风吹到脸上，冰冰凉凉的很是舒服，却丝毫没有将姜玉娥心里的火焰吹熄，她的心越来越火热。

她已经想好了，见到周彦邦，便向他诉说自己的倾慕之情，说自己在姜家的苦楚，届时还要流下一两滴眼泪。对于美人的倾慕，男人们没有不得意的，便是自诩正人君子的也不忍心责怪满怀爱意的少女。

只要得了周彦邦的话，只要能和周彦邦搭上关系……姜玉娥咬着嘴唇，她就能摆脱未来嫁给一个平民子弟的宿命！

这时候她又回想起方才姜梨的话，那些话里的讽刺和若有若无的轻蔑，更是让姜玉娥内心如火在燃烧。

姜家大房又如何？姜梨和姜幼瑶之间注定只有一个人能嫁给周彦邦，不管是姜梨还是姜幼瑶，总有一个是战败者。

自己若是能进宁远侯府，就总有一个长房嫡女是输给了自己的。嫁过去为妾，要看正妻的脸色也没什么关系。姜玉娥想着，姜梨惯来假清高，姜玉娥又被季淑然娇惯得不成样子，她们自然不懂得如何取悦男人。

但是她有信心拴住周彦邦的心。

就在她胡思乱想的时候，东园毓秀阁已经近了。

水上的阁楼此刻一片漆黑，里头连灯也没有点一盏，可见平日里没有人来。周彦邦倒是会挑地方，又或者这地方是他一早就看好的，就等着今日和姜梨在此幽会。

姜玉娥轻轻一笑，抬脚往里头走去。

心里头更加热了，不晓得是不是因为心情好，姜玉娥甚至觉得自己额上开始微微冒汗，连呼吸都变得有些滞塞，很想找个什么冰冰凉凉的东西贴上去，以缓解这种热意。

她停了停，长长呼出一口气，在毓秀阁前停下脚步。

只要进了这道门，她就能麻雀变凤凰，摆脱未来可能平庸的一生，这是她为自己挣来的前程，和三房无关。

姜玉娥打开门，一脚踏了进去。

茶室里，灯火幽微，外面静悄悄的。

姜梨和叶世杰面对面坐着，姜梨收回刀。叶世杰似乎难以置信，最后才看向姜梨，道：“你进宫还带着刀？”

姜梨只问他：“你怎么没醉？”

少年哼了一声：“我叶家生意场上见过多少人，今日那些人来敬酒恭贺，有人是为了敬酒，有人分明想灌醉我。我装醉，就是想看看对方到底有什么用意，没想到还真是有后招。”末了，他才皱起眉问，“他们到底想干什么？”

姜梨简直要被叶世杰气笑了，开口道：“孤男寡女，自然会酒后乱性。”

叶世杰差点从凳子上摔下去，回过神后，涨红了脸，指着姜梨结结巴巴道：“你、你怎么能如此不知羞？”

“这就叫不知羞了？”姜梨云淡风轻地回道，“我只是把别人打的什么主意告诉你而已。”

“他们为何要这么做？”叶世杰有些不自在，却还要按捺着这份不自在与姜梨正色道，“就为了毁你名声？”

姜梨冷冷道：“叶少爷不要说得这么爽快，像是我连累了你一般。也不想想，你若是与我做出了什么丑事，那户部员外郎你还当不当得成？叶家还能不能进入官场？”

叶世杰噤声，姜梨一说这话，他立刻就想明白了，登时出了一身冷汗，当即又有些愤怒，道：“他们想一箭双雕！”

“不错。”姜梨道，“好在你没有上当，我也没有。”

叶世杰打量了一下姜梨，忽而问道：“他们也给你下药了？”

姜梨点头：“不错，不过我没喝。”见叶世杰松了口气，姜梨勾了勾唇，“我送给别人喝了。”

“你！”叶世杰怒道，“怎可害人？”

“我送给想喝的人喝了。”姜梨毫不在意，“等喝了以后，他们也会明白，什么叫害人终害己。”

叶世杰蹙眉，问道：“倘若今夜我真的醉了，你当如何？”

“无事，”姜梨淡淡道，“真到了那时候，我就一刀刺伤你，然后离开。被人发现后只会觉得宫里有刺客，你既被刺伤，当然也会清醒，明白过来只会配合我。这一出‘孤男寡女宫中幽会’，只会变成‘新任员外茶室遇刺’。”

她说得平淡，语气里连点起伏都没有，叶世杰都不知道该做出什么表情。他道：“你打算用刀刺我，你下得去手吗？”

“没什么下不下得去手的。”姜梨站起身，“受伤固然不好，但总好过生不如死。”

她说这话的时候，语气太凉，叶世杰忍不住打了个寒战，他心里明白，姜梨是真的下得去手的。

见姜梨起身要走，叶世杰下意识道："你要去哪里？"

"外面守着的人应该已经离开了，再等一会儿，'捉奸'的人应当就要到了。我得离开，这样等他们到了，只会看见你一个人，才会相信自己的眼睛。"

"你要去什么地方？"叶世杰问，"你要是现在出现在那些人面前，他们立马就会知道自己的计划失败了。"

"我现在当然不会出现在他们面前。"姜梨微笑，"我要去确保另一场戏安全无虞地进行。"她推开门，轻轻走了出去。

叶世杰愣在原地，外面太黑，连个人影都看不见，姜梨说的最后一句话，让他觉得心惊胆战。他确信姜梨是去做一件事，也确信姜梨去做的是让今天害他们之人自食恶果的事。

叶家巨富，在生意场上见多了钩心斗角、尔虞我诈之事，按理说不会因为这种事有所触动，但叶世杰还是忍不住摇头，自语道："胆子真大。"

同姜梨这头不同，姜玉娥此刻有些不知所措。

到达毓秀阁以后，姜玉娥摸黑进了阁内。毓秀阁不大，姜玉娥不敢点灯，怕引起旁人注意，只得借着门外头远处的灯笼，隐约分辨屋内的大概。

屋里并没有周彦邦的身影。

姜玉娥有些着慌，不知是不是因为心急，身体越发热了起来，只想快点脱下外裳，拿扇子扇一扇降降暑气才好。

正当姜玉娥快要忍受不了热意时，忽然，毓秀阁外有人影微动，她刚要从小椅上起身，就见毓秀阁的大门打开，一个熟悉的身影闪了进来。

姜玉娥险些眼眶发热。

即便没有点灯，她也辨得出那是周彦邦的影子。过去的周彦邦是虚幻的，眼前的周彦邦却是真实的。

周彦邦进了屋，也很不适应屋子里的昏暗，往前走了两步，见姜玉娥站起身，迟疑了一下，忽而惊喜道："二小姐！"

姜玉娥正要回答自己并非姜梨，话都到嘴边了，最后一刻忽然顿住。

许是身体里的热意让她头脑也开始发热，姜玉娥的心里倏地闪过一个念头：倘若自己不说出自己的身份，就此和周彦邦耳鬓厮磨呢？

这样一来，生米煮成熟饭，便是季淑然再想用什么手段，周家还想如何推诿，在周彦邦占了她身子的情况下，周彦邦也只能娶她进门。

姜玉娥不是没见过这种事，曾多次听说被人撞见私通的小姐少爷，倘若是大户人家又不想孩子受罪的，便干脆结为秦晋之好，虽然短时间里会被人议论，但时间久了，人们也就记不得这些琐事了。

再者，便是被人议论一辈子，只要过得好了，管那些人作甚，都是眼红而生的怨愤罢了。

姜玉娥心里飞快盘算着。

周彦邦见梦中的姑娘站在原地，没有说话，以为姜梨是害羞，便又走近了一步，激动地道："我还以为你不会来，没想到……"他握住姜梨的手，"你心里果然还是放不下我。"

周彦邦难掩激动，这些日子以来，姜梨客套又疏离，无论他怎样表示心意，姜梨对他都像个陌生人。

越是得不到的越想得到，当他在宫宴上再次看到姜梨的时候，心里又蠢蠢欲动起来。明明知道在宫里私下约见姜梨是件危险的事，一旦被人发现，姜梨便会被千夫所指，周彦邦还是送出了那张纸条。

周彦邦本以为姜梨不会来，但他的心里又隐隐有着一丝侥幸，姜梨曾为了他在青城山投湖，或许还会惦念一点旧情吧。

眼下看见姜梨出现在眼前，周彦邦心中的喜悦之情溢于言表，又有一丝暗暗的得意。

姜玉娥被周彦邦猛地握住手，呆了一呆，她不敢说话，怕周彦邦发现了她的身份。然而周彦邦的手握着她的手，姜玉娥便觉得，自己的手心越发灼烫，头晕晕的，人软绵绵的，就要往周彦邦身上倒去。

周彦邦也察觉到姜玉娥身子滚烫，奇道："你身上怎么这么烫？二小姐，你……"

姜玉娥的喉间便逸出一丝嘤咛，脚下不稳，晃晃悠悠。

周彦邦下意识伸手扶住她，双手恰好放在姜玉娥的腰间，软玉温香在怀，鼻尖萦绕的都是佳人发间的香气，周彦邦不禁心神荡漾起来。

他本对姜梨有意，今日又喝了不少酒，就顺势把对方往自己怀里一带，深情道："梨儿……"

姜玉娥觉得周彦邦的大手拂过的地方痒痒的，她脑子不甚清醒，只想循着本能贴上去，方才能舒缓内心的燥热。姜玉娥便也往周彦邦身上贴了帖，从喉间逸出舒服的喟叹。

周彦邦愕然，再看对方摇摇晃晃的模样，心下了然。想来姜梨今夜喝了不少酒，有了醉意，根本不晓得自己在做什么。眼见姜梨在自己怀中乱拱，周彦邦被拱得一阵邪火直往上冒。他并非不通人事的少年郎，家中早早就有教他人事的通房丫鬟，因此也没有犹豫，就着漆黑的屋子，将怀里的"姜梨"压在了屏风后的小榻之上。

屋子里响起咯吱咯吱的床榻摇动的声音，间或夹杂着其他的声响，令人面红耳赤。

宫里的水榭里，季淑然与姜幼瑶一干人仍旧在安心赏荷。

柳夫人问柳絮：“姜二小姐怎么不见了？”

柳絮道：“说是头晕，去茶室里歇息一会儿。”

柳夫人皱了皱眉，不知为何，心中有些不安。

季淑然正微笑着听诸位夫人恭维姜幼瑶，身边的孙嬷嬷走上前来，俯身在季淑然耳边说了什么，季淑然点了点头，眼中闪过一丝欢喜。

陈季氏朝季淑然看过来，见季淑然笑容满面，便也跟着笑着点了点头。

一边的卢氏将这一切看在眼里，再看看姜梨空着的位子，有些了悟，故意挨近了季淑然，道：“大嫂，怎的梨丫头还没回来？”

“梨儿说头晕得厉害，去茶室歇息了。”季淑然笑道，“不想她酒量如此浅，也是了，之前在青城山待了八年，庵堂里不能饮酒，她没喝过什么酒，是以才会被一点果子酿醉倒。”

却是又提起姜梨当初因杀弟弑母被赶出府门的事。

周围的夫人听到这话都小声议论起来。

卢氏心中冷笑，不愿意看季淑然春风得意的模样，遂又道：“我看还是寻几个下人去守着梨丫头，宫里这么大，她又是头一遭进宫，切莫迷路了。”

“无事的。”季淑然笑得宽和，“左右玉娥也和她在一处，况且还有引路的宫女。弟妹可是怕宫里不安全？宫里都有侍卫把守，不会不安全的。”

卢氏语塞，她再怎么也不能怀疑宫里不安全，太后可还在这里。

季淑然十分欢喜，方才得了消息，姜梨和叶世杰都去了茶室，屋里点了催情香，想来正是缠绵的时候。

再过一阵子，人证物证俱在的时候，她们就能顺理成章地找个借口，“发现”姜梨和叶世杰的奸情，将这桩丑事暴露于人前了。

姜梨的死期到了，季淑然抚摸着姜幼瑶乌黑的发丝，心中尽是胜者的喜悦。

宫里的长廊上静悄悄的。

屋檐下挂着琉璃灯，在夜风中微微晃动，影子都带着些旖旎生香的味道。

皇宫很大，姜梨走得很慢。

她并不急于去看姜玉娥和周彦邦能否“在一起”，因着心里有数。如姜玉娥这般出身低微却又不安分的人，心思最为活络，只要稍加点拨，不怕姜玉娥想不到那一点去。

走着走着，她忽见对面的花坛里有两个熟悉的身影。

应当是官家小姐与贴身丫鬟，那小姐打扮得极是华贵，头上一支珐琅五彩相思钗，就值好几百两银子。只是打扮富贵的这位小姐，此刻却像是心情并不怎么爽利。她道：“那些人说话忒无趣，无非是想借我打听大哥的事，也不瞧瞧自己，我大哥岂是他们能攀上的？”

姜梨一听，嘴角的微笑渐渐淡了。

那女子不是别人，正是沈玉容的妹妹，她的小姑子沈如云。

沈如云这会儿应该是自己跑出来透气，没有与沈母在一处。姜梨回想起沈如云方才说的话，心里就忍不住想要冷笑。

今日来的都是朝廷命官的千金，再不济也是高门官户小姐，沈如云好大的口气，沈玉容这样的身份，一没有爵位，二没有父辈封官荫庇，虽是青年才俊，但到底势力单薄了些。燕京城里家世比沈玉容好的贵族子弟数不胜数，沈如云竟觉得这些全都比不上沈玉容。

姜梨心中了然，沈如云这么说，是因为在沈如云的心里，只有金枝玉叶的皇家公主永宁才有资格当她的嫂子。那些大臣的女儿又怎么能和永宁公主相比？

在这一刻，姜梨的心里忽然浮现起一个奇妙的念头。

她知道沈如云隐秘的心思，就譬如这会儿沈如云出来透气，姜梨肯定，定是因为见不到周彦邦。既然知道沈如云的秘密，倘若不利用一番，倒是对不起她们前生的姑嫂关系了。

想到这里，姜梨微微一笑，缓缓而出，唤道："沈姑娘。"

沈如云冷不防听见有人喊自己，吓了一跳，回过头来，看见是姜梨，眉头一皱，勉强回了句："姜二小姐。"

沈如云知道这位姜二小姐，于公于私，她都不喜欢姜梨。姜梨曾经是周彦邦的未婚妻，只这一条，就足以让沈如云不待见姜梨。

姜梨对沈如云笑道："沈姑娘怎么出来了？"

沈如云骄横地回道："你不也出来了吗？"

姜梨摇头："我是因着喝多了果子酿，头有些晕，出来吹吹风醒醒酒而已。"她说着又想起了什么似的，扑哧一笑，"今夜还真是有缘，三番五次遇着熟人。方才我还看见了周世子，没想到眼下又遇到了沈姑娘。"

"周世子？"沈如云听到这三个字，急急地追问，"可是宁远侯世子？"

"正是。"

沈如云狐疑地打量了一番姜梨，酸酸地道："你与周世子倒是关系匪浅。"

姜梨失笑："并非如此，只是偶然见到罢了。周世子正要去东园毓秀阁小憩一会儿，我们才会撞见的。"她指了个方向，"喏，就在那边。"

"东园毓秀阁？"沈如云问。

"不错，我看周世子也饮了不少酒，大约是身子不舒服，想去歇歇。"姜梨笑道，"我现在要回母亲身边去了，沈姑娘等会儿也早些回去吧，外面风凉。"说完，她便与沈如云道了别，转身离开了。

沈如云在原地呆呆站着，神色阴晴不定，一直咬着嘴唇，似乎难以抉择。

身边的丫鬟小声问道："小姐，现在……"

"走，我们去东园毓秀阁。"沈如云下定决心。

“小姐，这样不好吧。”

“有什么好不好的！我只是恰好过去撞见他罢了！”沈如云喝道，随即就带着丫鬟往东园毓秀阁的方向走去。

主仆二人走后，方才的花园里，姜梨从月季丛后走了出来。

沈如云果真痴情。

她正愁寻个什么法子将一众人引到毓秀阁去，沈如云就自己撞了上来。以沈如云的痴情，瞧见心爱的男子与另外的女子私通，一定会受不了。按照这位小姑子冲动的性格，姜梨相信，在沈如云撞见周彦邦与姜玉娥的私情的第一刻，一定会吵闹得让整个宫宴上的人都知道这桩丑事。

这一出戏里，每个人都各得其所，姜梨十分满意。

她边想着边慢慢悠悠地往前走，走了一会儿，忽然见不远处有两人正在说话，其中一人在黑暗中，如一簇耀眼的月光，吸引着人将目光投往他身上。

年轻人着艳红衣裳，在夜色里更如绝色精魅，正低头与对面的人说着什么，因着侧对姜梨，灯光昏暗，看不清他的神情。

没想到会在这里遇到肃国公。

姜梨心中一凛，之前坑了沈如云的好心情顿时一扫而光。

每次见到肃国公，姜梨都有一种浑身不自在的感觉。许是肃国公的容貌太艳丽，又或者是他那双眼睛，明明慵懒，似笑非笑，却让人觉得他在无比清醒地观察着你。

姜梨停下脚步，肃国公二人也察觉到有人，转过头来看向她。姜梨心里暗呼糟糕，面上却丝毫不显慌乱，不紧不慢地与肃国公行了个礼，转身往另一个方向走去。

看上去好像是无意中走到这里，和肃国公再平常不过的偶遇，没有什么交流就离开。

只是心里到底还是很不平静。

她总觉得和姬蘅说话的那人看起来十分面熟，当那人转过头来面向她的时候，那种熟悉的感觉就更强烈了。虽然记不起究竟在哪里见过，但姜梨确信，自己一定见过那人。

她有些不明白，她和姬蘅素昧平生，仅有的几次见面都没有交流，便是前生也是形同陌路，她绝不应该认识姬蘅的身边人，那人必然不是姬蘅的人，到底是谁呢？

冥思苦想着，姜梨又忍不住想姬蘅为何会出现在这里，在宫宴上大摇大摆地四处行走，也只有招摇的肃国公才做得出来，这也是因为当今洪孝帝对肃国公格外宽容。毕竟，一边是姜家，一边是右相和成王一派，为了抗衡这两股势力，洪孝帝能倚仗的也只有姬蘅了。

嗯，右相？

姜梨心中一动，这会儿突然想起来了，刚才和姬蘅说话的人，可不就是右相长子李璟的下人吗？

李家大少爷德才兼备，又爱广交好友，当初沈如云高中状元的时候，李璟竟然不在乎自己右相公子的身份，主动来恭贺沈玉容。当时姜梨还随沈玉容一起待客，记得在李璟随身的侍卫中，是有这么一人。

姜梨记忆力超群，那人的模样还如昨天见过一般清晰，绝对不会认错。

他是右相的人！

姜梨心中大悟，仿佛发现了一个大秘密，要知道姬蘅可是洪孝帝的人，可他私下里和李璟的人在一起，莫非姬蘅和右相早已有了联系？这样一来，岂不是明修栈道，暗度陈仓，姬蘅已经被右相收买了？

不不不，右相还不至于能收买了姬蘅，那么……是姬蘅选择了右相，选择了成王？

他是叛党？！

仿佛窥见了冰山一角，有了这个惊人的猜测，姜梨的脚步一下子停了下来，心里惴惴不安。

就在这时，身后突然传来一个慢条斯理的声音，仿佛等候多时，他说："姜二小姐发现了什么，怎么怕成这样？"

姜梨猝然转身。

姬蘅就站在她身后，她竟不知姬蘅什么时候跟过来的。姬蘅离她只有一拳的距离，因着个子太高，与她说话的时候微微弯腰，而姜梨转身又太急，几乎撞进了他的怀里，便被姬蘅提着衣后领，半拎着与他对视。

他有一双极美的眼睛。

形状极美，长而润，眼尾微微上挑，带出妖冶的华丽。颜色极美，呈现微微的琥珀色，通透如琉璃，她能从他的眼睛里看到自己的影子。情态极美，他似笑非笑着睨人的时候，仿佛多情，又好像无情，却有一股如同罂粟的香气，钻得你五脏六腑都痒痒。

但他极冷。

即便是温柔的、感人的姿态，姜梨还是能从他那张颠倒众生的脸上看到那种浸入骨髓的冷。

他是能洞察人心的妖怪。

成为姜二小姐以来，多次相逢，这是她与他的第一次交锋。

姜梨直视着他的眼睛，竭力让自己看起来平静一些，道："国公爷说笑了。"

姬蘅不以为然地松开手。

姬蘅道："你看不到自己的眼睛，你很慌张吗？"

姜梨下意识后退一步，拉开了一点与他的距离，似乎才觉得安全了一些。

她道："国公爷看错了，我没有慌张。"

其实按照常理来说，姜梨表现得太平静了，但若是如同别的千金小姐一般惊慌失措，姜梨又觉得一定会被姬蘅觉察出来。

姬蘅低头看着她，思忖了一下，忽然开口："或许，你认识刚才那个人？"

“不认识。”姜梨脱口而出。

姬蘅若有所指地道：“每次遇到姜二小姐，都能看一出好戏，国公府里从来没上演过这么精彩的戏。”他佯作拊掌，手心里的金丝折扇在黑夜里划出粼粼微光，“真遗憾。”

“国公爷说错了，”姜梨道，“我不是戏子，这里亦不是戏台。”

“是吗？”姬蘅挑唇，“可你刚才做的事——帮姜五小姐和宁远侯世子安排的戏码，真是巧妙啊。”

姜梨心中一跳，姬蘅竟连这也知道了！

“看来你对宁远侯世子是真的无意，可惜宁远侯世子一片真心错付，”姬蘅叹息，“还将沈家的小姐也牵连进来了。”他压低了声音，“姜二小姐安排的这出戏，可不简单。”

从这么一个漂亮的年轻人嘴里听到这种话，即便他嗓音低哑，有种惑人的引诱，姜梨还是觉得自己背上起了一层细细密密的鸡皮疙瘩。

这皇宫里发生的事，有什么是他不知道的？或许，连沈玉容和永宁公主私下里的幽会，这人也一清二楚。

姜梨的脸色晦暗不明，反倒令姬蘅觉得有趣起来，他道：“姜二小姐在想什么？”

姜梨抬起头，看向他，顷刻之间，她已经打定主意，对姬蘅道：“国公爷喜欢看戏那就看，不过自古有观戏不语的规矩，想必国公爷也了解。”

姬蘅闻言，微微侧身，语气更是暧昧：“我偏要说，你奈我何？”

“那我就只能认栽了。”姜梨心中一堵，嘴上却平平淡淡地回答。

姬蘅瞥了姜梨一眼，笑了，道：“放心吧，我不会说出去的。”他拿折扇懒洋洋地拂去袖子上并不存在的灰尘，“要是说出去了，以后就没戏看了，那就……太可惜了。”

姜梨闻言，心下一松。

虽然她知道这只是姬蘅随口一句话，不过以他的脾性，应该不会说话不算话。她道：“那就多谢国公爷了。”

“你和叶世杰的关系好像不错，”突然，姬蘅提起了叶世杰，“今晚的事，你们心有灵犀，做戏的手法都不谋而合。叶世杰似乎和你走得很近？”

在心里飞快斟酌一番，姜梨才道：“我与叶表哥的关系只是平平，并没有说过几次话，对叶表哥的事也不是很清楚，今夜的事，只是偶然。”

姬蘅闻言，若有所思地笑了笑，不过没再说什么。姜梨一看他的眼睛就觉得不自在，好在这人并没有无休止地和姜梨待下去的意思。

他说：“走吧。”

姜梨道：“什么？”

“你不是要看戏吗？”他说得理所当然，“我也一道去。”

姜梨："……"

她并不愿意和姬蘅站在一处，且不说姜家人会怎么想，光是被姬蘅探究的眼神看着，姜梨就觉得被观察的感觉太强烈了。

但无论如何，她都没办法拒绝姬蘅的要求。

姜梨只得和姬蘅一起前行了。

水榭里，桌上的茶水已经添了几遭。

夜宴过后的赏荷，太后年纪大了，坐了会子便得回寝宫休息。刘太妃惯来是和太后对着干的，太后走了，她也自觉没趣，不久就离开了。

水榭里的夫人们面上都渐渐有了乏意，陈季氏见状，提议道："老是这么坐着，都有些困倦，不如站起来走一走。听闻水上长廊尽头的荷花开得最艳，丽嫔娘娘说前些日子开了并蒂莲，那可是罕见玩意儿，咱们也去瞧瞧，开开眼界。"

此话一出，方才还昏昏欲睡的小姐夫人们不约而同都精神了起来。

有人问："并蒂莲？听闻之前白云庙后面的池塘里开了一株，许多人前去看，说是看见了便能得福佑，保家中和睦呢。"

"确有此事。"丽嫔也微笑道，"诸位夫人倒是可以去瞧瞧。"

在座的夫人小姐顿时高兴起来，纷纷附和陈季氏，要去看并蒂莲。

季淑然也笑着站起身，道："梨儿也在长廊尽头的茶室，想来休息了一会儿，应当没有那么头晕了，恰好我将她接过来，等会子一起出宫。"

姜玉燕怯怯开口："五妹也还没回来呢。"

姜梨是去休息，姜玉娥只是去换件衣裳，却一去不复返了。杨氏也注意到了，埋怨道："这丫头，瞎走什么，怎么现在还不回来？"

"不必担心，"姜幼瑶道，"五妹是和二姐一道离开的，指不定五妹这会儿正和二姐在一处，等会子咱们去茶室就能看到她们了。"

一行人便往长廊尽头的茶室走去。

月亮不知道什么时候不见了，钻到了层云底下，只洒下一两星点黯淡的光辉。水上的荷叶并着荷花都被风吹得簌簌作响，游鱼见有人经过，纷纷钻到了荷叶下。

波光粼粼，暗流汹涌。

那长廊看起来很长，众人边走边说笑，不过须臾便到了。到了长廊尽头，众人果然看见有一株并蒂莲，只是这并蒂莲不如别的荷花鲜妍夺目，只是小小的两朵，看起来并不起眼。

众人都有些失望，不过还是因为那能福佑家中和睦的传说而多看了几眼，只是看过之后，反而觉得没有水榭里的风景好看。

季淑然笑道："梨儿就在这边的茶室里，我先去瞧瞧她，哪位口渴了想要进去喝杯茶的，也可一道进去。"

走了一阵子，倒也有口渴想喝茶的夫人，就与季淑然一道走了过去。

季淑然走到茶室前。

茶室里只有一点幽微的灯火，在夜里显得格外暧昧缠绵，隔着窗户，看不到里头的人影，里头静得出奇。

姜幼瑶笑道："二姐是不是睡着了，怎么里面如此安静，一点儿声音都听不到。"

"极有可能。"季淑然担忧地开口，"刚才就说头晕，这会儿睡着了，可别着凉了。"说着一边轻声喊着梨儿，一边伸手将门推开。

茶室的门没有锁，轻轻一推就开了。灯火忽地摇曳了一下，季淑然迈步跨了进去。

一进去，季淑然就觉得有什么不对劲的地方，但她还没来得及思考，就看见茶室小几前，灯火下，叶世杰正以手支面，蹙眉看向她。

他衣着整洁，小几上是茶水和点心，屋里没有姜梨的影子。

这和季淑然想象中的一片销魂狼藉完全不一样。

季淑然眼前一黑，身后其他的夫人已经进来了，其中夹杂着姜幼瑶刻意扬高的声音："二姐……"

声音戛然而止。

外头的夫人突然见到叶世杰一个男子出现在这里，也是吓了一跳，不过很快有人认出来，这是今年国子监校考的榜首，刚被皇上点任为户部员外郎的叶少爷。

有人就问："叶少爷怎么在这里？"

姜幼瑶满心欢喜地进来，只想着一睹姜梨狼狈的惨状，看见叶世杰好好地坐在这里，顿时就尖声道："你怎么在这里坐着？我二姐呢？"

"你二姐？"叶世杰蹙了蹙眉，道，"姜二小姐？我没有看见什么姜二小姐。我在席上饮了酒，引路的宫女让我在此歇息一下，我方来不久，没看到你二姐。"他看向姜幼瑶，"或许姜二小姐早已离开了。"

"不可能！"姜幼瑶气疯了，道，"她一定是藏了起来，她在哪儿？"说着，她就四处翻找了起来。

四周的夫人顿时以异样的目光看向姜幼瑶，姜幼瑶这模样，好似笃定姜梨一定在这里，实在是有些执拗了。

看见其他人看姜幼瑶的眼神，季淑然心里咯噔一下，一把攥住姜幼瑶的胳膊，看向叶世杰，笑道："幼瑶也是太担心梨儿了，你看这大晚上的，梨儿却不见了，莫不是出了什么事？"

叶世杰心中冷笑，面上却很严肃，道："夫人关心则乱，可以理解，只是……"他有礼道，"下次进门前，还请先敲门。"

季淑然登时面皮一臊。

她一心想着让众人瞧见姜梨的丑态，怎么会敲门？可这到底是怎么一回事？季淑然心中生疑，茶室这么小，姜梨不会藏得住，而且叶世杰衣着整齐，屋里也没有任何痕迹。姜梨呢？姜梨到底在哪里？

叶世杰站起身，对诸位夫人拱了拱手，他一个男子站在全是女子的地方，多少有些不方便，还是回避为好。

才走到门口，他突然顿住了。

“夫人，姜二小姐来了。”叶世杰对季淑然道。

季淑然一愣，赶紧走到门口，那自长廊远处款款而来的，不是姜梨又是谁？

姜梨的身边还跟着一位红衣的貌美青年，却是肃国公姬蘅。

姜梨看见他们一行人，亦是十分疑惑，上前道：“母亲，你们怎么来了？”

“梨儿，”季淑然问，“你不是在茶室里休息吗？怎么方才来不见你人影，只有叶公子？”

姜梨赧然一笑：“我在茶室里待了片刻，想去净房，出来后却不晓得路了，一直在花园里绕圈子。还好遇到了国公爷，国公爷见我迷了路，便带着我走出花园。我本想在茶室里等母亲，就先回来茶室，不想你们都过来了。怎么？”姜梨看向季淑然，“发生了什么事吗？”

季淑然哑口无言。

肃国公姬蘅就站在姜梨的身侧，默认了姜梨说的是事实。

季淑然几乎要把牙给咬碎了。

姜梨侧头，这才看见了叶世杰，有些疑惑：“叶公子怎么会来这里的茶室？宫里的茶室如此多，男子的茶室也不在这边……”她没有说下去，话里的意思却让诸位夫人都深思起来。

如果姜梨没有去净房，也没有迷路，姜梨和叶世杰就算同处一室了。两人之间便是没有什么，看在旁人眼中，也会说不清。对于这位新上任的户部员外郎，可不是什么好事，当然了，对姜二小姐，也是名声上的打击。

不过，姜二小姐却非常幸运地恰好避开了。

再想想刚才姜三小姐进屋后的反常举动，好似一早就晓得姜二小姐会在茶室里，而季淑然甚至不敲门就直接推门而进……其中很是耐人寻味。

季淑然见姜梨三言两语就把矛头指向自己，心中恨极，一时之间却又想不出对策，只得把求助的目光看向丽嫔和陈季氏。

丽嫔正要说话，忽见外头跌跌撞撞跑进来一人，直奔宁远侯夫人，应当是宁远侯夫人的丫鬟。

那丫鬟惊慌地喊道：“夫人，少爷出事了！”

宁远侯夫人一惊，厉声问道：“发生了何事，怎的如此惊慌？”

丫鬟正要说话，却看到宁远侯夫人周围的一群夫人露出诧异的目光，登时说不出话来，只涨红着脸支支吾吾，仿佛难以启齿。

宁远侯夫人见这丫鬟如此情态，心里顿时咯噔一下。想到也许事关自己的未婚夫，姜幼瑶忍不住上前问道："是不是周世子出了什么事？"

那丫鬟更加惊慌，躲避着姜幼瑶的追问，又把目光落在杨氏身上。

杨氏有些摸不着头脑，季淑然却突然看了姜梨一眼，但见姜梨一脸坦荡，唇角含笑，一个可怕的念头顿时从她脑子里闪过。

宁远侯夫人对那丫鬟道："少爷在什么地方？你快带我去！"

丫鬟声音里都带了哭腔，道："老爷他们都在毓秀阁……随行的还有不少大人，夫人……少爷这回不好了！"

她说得不甚明白，但众人瞧这丫鬟的模样，心里都明白了几分。如此遮遮掩掩，说着不好，分明就是丑事。既然有许多大人看到，回头回府问一下老爷，自然晓得是什么事了。

闻言，宁远侯夫人身子一晃，险些摔倒。

姜梨站在姬蘅身边，面上还挂着微笑。说来也是周彦邦色胆包天，洪孝帝和臣子们闲谈时政，就在离毓秀阁不远的偏殿里。两厢离得这般近，一旦沈如云闹将起来，这些大人当然能在最短的时间里赶到，弄清楚是怎么一回事。

姬蘅觉得有趣，也学她不动声色地站着，以扇柄抵住唇，遮掩嘴角的一抹笑。

姜幼瑶关心则乱，什么也顾不得了，只道："毓秀阁？夫人，我与你一道去吧。娘，"她拉了拉季淑然的袖子，"我们也一道去看看吧！"

季淑然恨不得捂住姜幼瑶的嘴，这下子去也不是，不去也不是。

柳夫人开口了："不管发生了什么，等在这里总不是个办法。等会子诸位也该宴罢回府，我们还是先出去水上长廊，时候不早，各自回府吧。"

却是给了宁远侯夫人一个台阶下。

宁远侯夫人感激地对柳夫人笑笑，道："的确如此，还是先回去吧。"走路的时候，脚步却有些虚浮。

季淑然走过来，看着姜梨的眼睛，轻声问道："梨儿知道这是怎么一回事吗？"

姜梨适时露出一个诧异的眼神，摇头："我一直和国公爷在一起，怎知道周世子的事？母亲这话说得奇怪。"

季淑然又看向姬蘅，他分明生得十分貌美，然而那双琥珀色的眼睛轻轻瞥过，却让季淑然感到一阵凉意。

她勉强笑了笑，便去追前面的陈季氏，打算与陈季氏商量商量。

叶世杰落在后面，和姜梨的目光对上，欲言又止，大约是看见姬蘅在一边，不方便说话，便动了动嘴唇，低头随着人群离开了。

姬蘅和姜梨走在最后面。

姜梨的步子迈得快些，有意和姬蘅拉开距离。奈何姬蘅身高腿长，不紧不慢地走着，却总是和姜梨并肩而行。

他悠悠道："姜二小姐做戏的本事，比相思班的柳生还要强。"

姜梨只觉得心里一寒，要知道那位相思班的柳生因为想要爬床，被面前这位打折了腿丢了出去。

姬蘅莫不是在暗示什么？

姜梨冥思苦想着，嘴上道："国公爷误会了，我对做戏没有兴趣。"

"做戏的人不需要对做戏有兴趣，"姬蘅含笑道，"做得好就行了。"

姜梨实在不晓得肃国公是什么意思，但她又不得不打起精神应付姬蘅，只因姬蘅看起来实在不像一个好人。

他二人的背影，一个清丽瘦弱，一个华贵妖冶，分明是风马牛不相及，却被灯火投在地上的影子拉到一处，显出缠绵的姿态，十分契合。

走过水上长廊，便是出宫的方向，诸位夫人正走着，忽然听见有女子的声音传来："娘！"

那声音十分凄厉，众人一看，只见在一处楼阁外，一个形容狼狈的女子跌跌撞撞地奔来，跑向沈玉容的母亲沈母身边。

那女子正是沈如云。

就连姜梨也觉得诧异，要知道她本不过是让沈如云撞见姜玉娥和周彦邦二人私通，妒忌之下引来旁人，但现在沈如云衣衫不整，头发凌乱，不知遭遇了什么事。

难道其中还有意外？

一边牵着柳絮手的柳夫人，面上笑容一闪而逝。

方才旁人只注意来给宁远侯夫人报信的丫鬟，她却听到了那丫鬟嘴里说到了"毓秀阁"三字。晓得出宫路上必然会路过毓秀阁，她便提议立刻出宫。宁远侯夫人也是关心则乱，根本没注意到其中原委。而熟识宫中路的丽嫔等人，又抱着事不关己的态度，没有提醒。

柳夫人和宁远侯府无仇，只是为姜梨鸣不平。好友的女儿分明是一个懂事乖巧的姑娘，却平白无故遭了许多罪。宁远侯府也背信弃义，中途改换亲事，如今周彦邦出事，柳夫人并不同情，反而有几分快意，只觉得老天开眼。既然如此，不带着众人亲自去瞧瞧周彦邦做了何事，岂不是辜负了老天的美意？

她才不会好心好意地给宁远侯府台阶下！

沈如云一下子扑到沈母面前，几乎快昏过去，众人这才看清楚，沈如云早已哭花了脸，十分可怜。

"娘，娘……"

"如云，你这是怎么了？"沈母急急地问。

"娘，宁远侯世子他……他……轻薄我！"

扑哧一声，却是哪位官家的小姐忍不住笑出声来。自来女子受轻薄，虽然愤怒，却不会主动说出来，无关女儿家脸皮薄，大庭广众之下说这些，总觉得不美。而沈如云说这话，却十分大声，生怕别人听不到似的。或者说因她本来就是小门小户家的，所以才不知规矩？

沈母阴沉沉地看了那姑娘一眼，那小姐顿时噤声，往自家娘亲身后躲。

沈如云仍旧哭得上气不接下气。

姜梨意外，以她的推测，虽然周彦邦是个伪君子，但怎么也不会轻薄沈如云，因为沈如云对他来说只是个陌生人。况且当时还有姜玉娥在，周彦邦……哪里有空闲？

就在这时候，她忽然瞥见被沈母搂在怀里的沈如云眨了眨眼睛，并非伤心的模样，而像是什么算计得逞的得意。

姜梨疑心自己看错了，又朝她看了一眼，发现沈如云衣裳上的褶皱、凌乱的发丝，都显得十分刻意。况且，哪有人被非礼了，全身上下都一片狼狈，鞋子上却半分泥土也未沾，发钗也戴得十分端正，耳环也没有丢失。

实在是太奇怪了。

姜梨猛地想到一个可能。

她难以置信地看向沈如云，倘若她的猜想是真的，那即便她曾身为沈如云的嫂子，也要为沈如云的大胆而惊愕了。

沈如云口口声声说周彦邦轻薄自己，姜幼瑶闻言气炸了，不等宁远侯夫人开口，就率先站出来："胡说，周世子怎么会轻薄于你！周世子光明磊落，定是你诬蔑他！"

在众人眼里，这也的确不可能。放着姜幼瑶这么个美娇娘不管，却去轻薄一个姿色远不如她的沈如云，除非周彦邦是傻子，否则怎么也解释不通。

沈如云见姜幼瑶一副以正房自居的模样，心中恼火，想也没想，冷笑道："哼，他还不止轻薄了我呢，连你们府上的五小姐也一并轻薄了！"

姜玉娥！

季淑然脑子一蒙，下意识看向杨氏。杨氏也傻了，她本就找不到姜玉娥，正十分着急，这会儿听见沈如云的话，顿时如遭雷击。

杨氏喃喃道："不可能……"

"怎么不可能？"沈如云立刻道，"皇上还有诸位大臣可是亲眼所见，姜五小姐都被……都被……"她没有说下去。

宁远侯夫人只觉天旋地转。天啊，周彦邦究竟做了什么？！为何会突然和两个陌生小姐纠缠不清，为何又会被皇上瞧见？

周彦邦这是毁了呀！

姜幼瑶后退两步，只觉得浑身上下都失去了力气，虽然她嘴里还嚷着不可能，但心里已经信了七分。

一瞬间，她觉得心痛得要命，不明白周彦邦为什么要这么做，沈如云就罢了，姜玉娥可是姜家人，周彦邦这是在打她的脸，这让她如何自处？难道要让姜玉娥也嫁进来做妾，姐妹共侍一夫？即便她是正妻，姜幼瑶也决不允许！

这时候的姜幼瑶还以周彦邦的正妻自居，大约以为经过此事，周彦邦还是会娶自己为妻。

姜梨却看得明白，姜幼瑶想要嫁给周彦邦，是不可能的了。

只因为沈如云也插了一脚。

倘若没有沈如云搅和，无非是周彦邦和姜玉娥的丑事尽人皆知，但姜玉娥到底是庶子的女儿，身份不同，姜幼瑶压着她一头是理所当然的。只是周彦邦的仕途不会顺畅，姜幼瑶和周彦邦日子过久了，总会有龃龉。而把姜玉娥丢进去，让她俩互相争斗，恰好也省了姜梨的事。

如今，沈如云却被周彦邦“轻薄”了。

沈如云可是朝廷新贵沈玉容的亲妹妹。洪孝帝如今又很看重沈玉容，一定会为沈如云做主。沈如云满心只有周彦邦，当然不忍心周彦邦被责罚，最好的解决办法就是她嫁给周彦邦。

沈如云得偿所愿。

姜梨几乎可以肯定，所谓的周彦邦轻薄沈如云，定然是沈如云自己捏造出来的。大约那会儿周彦邦自己也神志不清，却被沈如云抓住了机会，借故赖上。

姜梨不晓得沈如云是怎么想到这一招的，但也不得不为沈如云叫一声好。沈如云一心想要嫁给周彦邦，如今以这种办法达到目的了。

就在这时，前面又传来嘈杂的声音，各位夫人不约而同地往声音传来的方向看去，却见着许多臣子模样的人正簇拥在阁楼的门口，不知道在干什么。

沈如云见状，立刻哽咽了，道：“你们看，那就是他们。”

姜幼瑶听闻周彦邦在前面，不顾季淑然阻拦，径自往前跑去。站在毓秀阁门口的都是些大臣，见姜幼瑶跑来，纷纷避让，姜元柏也在那里，看见姜幼瑶，立刻道：“幼瑶！”

姜幼瑶跑至门口。

毓秀阁里一片狼藉，周彦邦和姜玉娥都已经醒了，衣裳凌乱，应当是匆匆穿好的。周彦邦面色通红，似乎十分难堪。

姜玉娥看向姜幼瑶，楚楚可怜地唤了一声：“三姐。”

姜幼瑶三步并作两步走上前，想也没想，扬手啪地给了姜玉娥一巴掌。

姜玉娥被打得身子一歪，却没有动弹，只是捂着脸，眼泪簌簌而下：“三姐，我……我对不住你。”

姜幼瑶又看向周彦邦，悲痛地问道：“周世子，你……你怎么能如此？”

“我、我不知道。”周彦邦也十分惶惑，他根本不知道发生了什么，他记得自己约见的是姜梨，后来姜梨来了，二人耳鬓厮磨，再后来，记忆有些模糊，直到女子的惊叫将他唤醒，却是个陌生女子，口口声声说自己非礼了她。接着皇上和自己父亲，还有朝中一些大臣来了，睡在身边的却成了姜玉娥。

周彦邦什么都记不起来，但看见姜幼瑶打姜玉娥，姜玉娥捂着脸强忍委屈的模样，他又觉得姜玉娥十分可怜，不由得动了恻隐之心。再说姜幼瑶在他面前，向来是天真烂漫的少女模样，何曾见过她这般野蛮？

姜梨站在人群中，看见周彦邦如此模样，也有些不解。按理说，饮过药酒的只姜玉娥一人而已，周彦邦怎么也一副晕晕乎乎的模样。

“二小姐在想什么？”姬蘅突然问。

“在想周世子为何什么都想不起来，是否是他的推托之词。”

姬蘅轻轻笑了一声。

姜梨抬起头，狐疑地看了他一眼，却见他意味深长地摇了摇扇子，忽而恍然大悟。

这人这么喜欢看戏，看热闹不嫌事大，他既然一开始就知道自己的打算，莫不是在其中添了一把柴，让这出戏更精彩？

周彦邦这德行，莫不是拜他所赐？

姜梨心情复杂，真是不知道说什么才好。姬蘅这人没什么好，偏在这晚做成了一件好事。

想来沈如云正是看到了周彦邦人事不省的模样，才会灵机一动，想到这么个阴损法子。

这算不算误打误撞呢？

姜元柏忍无可忍，把姜幼瑶拉了出去，交到了季淑然手中。姜幼瑶心神俱裂，此刻也顾不得其他，倒在季淑然怀中默默哭泣起来。

洪孝帝已经走了，据说是看不得这等污秽场面。

但这出戏要如何收场？姜梨也很好奇，周彦邦一定会暂且被带回府去，宁远侯府会商量着给一个交代。接下来，姜玉娥会如何应对大房的怒火？她姜玉娥抢了姜幼瑶的未婚夫，姜梨才不信姜幼瑶会善罢甘休。

再者，姜梨随意瞥了一眼，沈玉容还没出现呢。

刚想到这里，就见人群外匆匆来了一人，沈如云见了此人，叫了一声：“大哥！”

沈玉容来了。

宁远侯正焦灼于接下来怎么办，见沈玉容来了，登时一个头两个大。这位中书舍人如今可是皇帝面前的红人，自家妹子被欺负了，如何能不讨个公道。

宁远侯进退两难。

姜玉娥的身份地位暂且不提，可周彦邦和姜幼瑶已经有了婚约。一个是当朝首辅的千金，一个是中书舍人的妹妹，谁也得罪不起，可如今却是把两边都得罪了。

“玉容，你怎么才来！”沈母哭叫道，“你妹妹都被欺负了！”

姜梨心中冷笑，为什么才来，自然是把这等珍贵的时间拿去与永宁公主相会了。

果然，就在沈玉容出现后不久，姜梨便看见，黑夜里慢慢地出现女子曼妙的身影，不是永宁公主又是谁？

倒真的是不落下一点时间，夫唱妇随。

姜梨盯着永宁公主，竭力掩饰着神情的冰冷，却被姬蘅尽收眼底，他若有所思地握着扇柄，眼底闪过一丝奇异的光亮。

永宁公主也来凑个热闹，正一脸惊奇地问发生了什么事。

沈玉容匆匆安慰了沈如云几句，便站起身，走向与姜玉娥站在一起、正不知如何是好的周彦邦。

周彦邦还没有完全清醒过来，像是不知道害怕似的，仍旧有些发晕。沈玉容见他如此，直接走到了宁远侯面前，对宁远侯道："周大人，此事应当给我妹妹一个交代。"

宁远侯心中气恼，嘴上却歉疚道："都是老夫教子无方，才会让这劣子闯下弥天大祸，沈大人无须多言，此事我必然会让劣子给令妹一个交代！"

沈玉容如此为自己妹妹出头，周围的贵女们见了，皆是眼含艳羡，加之沈玉容相貌又好，许多人看向他的目光就带了几分倾慕。

姜梨嗤之以鼻，做出这么一副义正词严的正人君子模样，有谁知道他做过杀妻灭嗣的勾当？就为了往上爬，真是好不要脸。

姬蘅道："沈大人很有担当。"

姜梨本想不理会，可一听见旁人夸沈玉容，就忍不住反驳："国公爷对人的要求倒很低。"

"二小姐不喜欢沈大人？"姬蘅反问，"奇怪，沈大人相貌俊美、温文尔雅，你为何不喜欢？"

姜梨冷笑："死了都是一堆白骨，何故令人喜欢？"

"二小姐脱俗佛性，"姬蘅道，"原来不看外表。"

姜梨这才记起，面前这位国公爷可不就是喜美恶丑，最是看人外表吗？她也不知道自己为何要与姬蘅针锋相对，便道："那沈大人如此貌美，国公爷不妨考虑收到府中去，也是芬芳一朵。"

说得沈玉容是个小倌男宠一般。

半晌，没有听到姬蘅的回答，也不知是不是被她的话噎着了，姜梨正想抬头看他一眼，就听见姬蘅的声音传来："没想到二小姐见多识广，令人称奇。"

是说她连这些事都见过，根本不是个正经闺秀吧！

姜梨懒得说话，却见另一头，永宁公主终于听完了来龙去脉，眼珠子转了一转，走上前来。

这位成王的妹妹、刘太妃最宠爱的女儿笑盈盈地开口："这还用怎么交代？女儿家的名誉最是重要了，沈小姐也是正经小姐，这么被白白轻薄，日后怎么嫁人？"她的目光扫过有些发呆的周彦邦，轻笑一声，"好在你们两家倒也门当户对，这事说起来也不难，便让宁远侯世子娶了沈小姐，岂不是皆大欢喜？"

姜幼瑶身子一僵，难以置信地看向永宁公主。

沈如云扑在沈母怀中，竭力掩住眼中的狂喜之色。

姜玉娥惴惴不安，永宁公主只说了沈如云，却没有提到自己，难道是因为自己是庶子的女儿，不配与沈如云相提并论？姜玉娥感到深深的屈辱，只得低下头，不甘地看着自己的裙裾。

姜梨将手缩在袖中，忍不住握成拳，唇角的笑容也带着讥讽。

永宁公主分明已经洞察了沈如云的心思，这是来顺水推舟讨小姑子欢喜罢了。

沈玉容的眼皮子微微动了动，却没有说话。

姜梨心中嘲讽，沈玉容竟然如此淡漠，她还以为沈玉容会顺势欢喜地谢恩呢。

另一头的季淑然能清楚地感觉到怀里姜幼瑶的激动，一时间也犯了难。

如果说前些日子，周彦邦提出要解除婚约，季淑然只是愤怒，那眼下的事情就大大超出她能接受的范围了。

只是姜玉娥一人，季淑然也能想法子，然而沈如云可不是能被轻易打发的角色。季淑然一看姜元柏的脸色，就晓得这门亲事应当是不成的了。

季淑然也不希望姜幼瑶嫁给周彦邦——此事一过，周彦邦的仕途再无可能。

沈玉容此刻也进退两难，若是他接了永宁公主的话，便太过轻易解决了此事，显得沈家女儿轻贱；若是推辞，沈如云一定会不理解。

永宁公主自以为了解他的心思，却太过愚蠢，这种事私下里商量就是了，何必现在当着这么多人的面提出来，让人难以回答。若是薛芳菲在，她一定不会这么做……沈玉容怅然地想。

最后，他还是没有顺势接永宁公主的话，只是对宁远侯道："今日舍妹受惊，在下先带她回府休息看大夫。此事在场诸位都亲眼所见，日后还请大人一定给我沈家一个交代！"他一副不欲过多纠缠的样子，说完就走到沈母身边，带着沈如云离开。

沈如云大失所望，万般不甘地同沈玉容离开了。

永宁公主一番好心，不想沈玉容根本不接她的话，她下不来台，一边在心里骂沈玉容不识好歹，一边又怪周彦邦生事。一时间她连周彦邦也恨上了，对着宁远侯冷笑道："真是伤风败俗！"说完转头走了。

宁远侯今日算是当着同僚的面，里子面子丢了个干净，站在原地，脸涨得通红。

姜梨唇边溢出一丝轻笑。

姬蘅问："姜二小姐笑什么？"

"五十步笑百步。"姜梨道，"不好笑吗？"

永宁公主骂宁远侯是伤风败俗，却也不看看自己有没有资格说这番话。

宁远侯夫人回过神，强忍着心中的愤怒和惊慌，走到毓秀阁门口，先是佯打了周彦邦几下，又看向姜玉娥，道："姜五小姐今日也受惊了，先回府休息去吧，过几日，我们周家也一定给姜五小姐一个交代。"

却是皮笑肉不笑的，令姜玉娥有些害怕。

沈如云是口口声声说自己被周彦邦轻薄了，可姜玉娥和周彦邦在一起被众人发现的时候，可不像是被人轻薄的模样，反倒是郎情妾意。在宁远侯夫人眼中，指不定是姜玉娥先勾引的周彦邦。

况且以姜玉娥的身份，也犯不着宁远侯夫人诚惶诚恐，便是要给姜玉娥一个身份，最多也是一个妾。

姜玉娥听出宁远侯夫人语气里的奚落和不在意，心中又屈辱又羞愤，却也无可奈何。

杨氏和姜元兴二人此刻才是叫苦不迭。杨氏硬着头皮上前扶起姜玉娥，与姜元柏说了几句话，甚至不敢去看季淑然是什么表情，就匆匆离去了。

在场的人见此情景，晓得接下来没什么精彩戏可欣赏，便纷纷告辞打道回府，却是准备回到府中，继续谈论这场惊心动魄的风流韵事。

姜家人也得回府。

姜幼瑶还想质问周彦邦为何要这样对待自己，奈何季淑然一直死死牵着她，只得作罢，只是心如死灰的模样，竟比被捉奸的周彦邦还要憔悴几分。

姜梨跟在姜家人身后，准备一起回府。要离开的时候，她忽然想到什么，停下脚步，转过身来。

姬蘅还站在原地，见她转身，有些意外。

姜梨轻轻对他行了一礼，道："今日的事，全仰仗国公爷出手相助，姜梨不胜感谢。"

"别。"姬蘅的扇子在黑夜里发出幽暗的华光，人却漫不经心地道，"唱戏的是你，看戏的是我，二小姐不要弄错了。"

姜梨微微一怔，心里有几分泄气，她故意这般说话，便是想让姬蘅以为，今日之事是他二人一起做成的，日后姬蘅倘若想要出卖她，总有几分顾忌。谁知道这人连这个当也不上，倒是警惕得不得了。

真是太奸诈了。

姜梨的笑容就淡了几分，她点了点头，便随着姜家的队伍离去了。

"唔，报复心强的小女孩真可怕。"姬蘅低笑了一声，自语道。

第五章　**回乡**

回去的时候，姜梨没有和姜幼瑶他们同乘一辆马车，回到府里后，也没有与姜元柏他们打招呼，直接回了芳菲苑。白雪和桐儿见她安全无虞地归来，皆是松了口气。姜梨也没有告诉她二人今日宫宴上发生了什么。今夜她也忙了一夜，还和肃国公姬蘅周旋，眼下只想好好休息，有什么事，明天再说也不迟。

晚凤堂里。

姜老夫人严肃地看着姜元柏。

她鄙夷不自爱的人，讨厌破坏家族名誉的子女，但没想到，有朝一日，这事会发生在他们姜家身上。

“真是庶子德行！”姜老夫人冷冷道，“教出来的女儿也一样！”

姜元柏沉默。

“你打算怎么办？”姜老夫人问。

“儿子打算立刻辞了幼瑶和周彦邦的亲事。”姜元柏道，“此事一出，幼瑶不能再嫁去周家了。周彦邦此子心术不正，明明与我儿定了亲，却又和姜家其他小姐牵扯不清，我不相信此人以后会好好对幼瑶。”

“我也是这般想的。”姜老夫人的脸色缓和了几分，道，“他们周家此番也没脸再提和幼瑶的亲事。我姜家的女儿再怎么样，找个比周家小子好的郎君，也是易如反掌的事！”

姜元柏点头称是。

母子俩刚说到此处，外面便传来女孩子哭叫的声音，姜元柏回头一看，只见姜幼瑶不顾季淑然的阻拦，闯了进来。

姜幼瑶一闯进来，就拉着姜元柏的袖子哭道："父亲，您不能取消我和周世子的亲事！"

季淑然赶紧拉起她，姜老夫人眉头一皱："季氏，你怎么让她进来了？"

季淑然万般无奈，只道："娘，老爷，幼瑶她伤心过度，好几次都险些晕厥过去……幼瑶也是太可怜了，好端端的，周世子做出这种事，不是往咱们幼瑶心头扎针吗？"

姜元柏低头看向小女儿，亦是心疼，在他看来，这件事受伤最重的就是姜幼瑶了，便耐着性子道："幼瑶，周彦邦做出这等事，如何能做我姜家的女婿？他心里若是惦念着你半分，就不会做出这等让你蒙羞的事。为父不能把你嫁给这么一个没有担当、心里也没有你的男人！"

"不——"出乎意料地，姜幼瑶听完姜元柏的话，反而更加执拗，反驳道，"周世子心里是有我的，他之所以和姜玉娥在一起，是因为……是因为姜玉娥勾引他！是姜玉娥害他的，对，是姜玉娥做的戏，姜玉娥早就想抢走周世子，才会用如此下作的手段。这不是周世子的错，爹，这是姜玉娥的错，你要做的不是解除我和周世子的婚约，而是严惩姜玉娥那个贱人！"

此话一出，季淑然暗叫不好，姜元柏吃惊地看着姜幼瑶。

在姜元柏的心里，姜幼瑶是个天真烂漫的小女孩，眼下这个满口污言秽语的女子，实在太陌生。

季淑然忙道："幼瑶她是太生气了，之前也听到些风言风语，说是玉娥……"

"胡闹！"姜老夫人厉声道，"姜玉娥是自己引诱的周彦邦，那沈如云呢？中书舍人的妹妹可犯不着主动去引诱周彦邦！"

姜幼瑶呆住了。

姜老夫人又冷声道："况且，不管姜玉娥最后和周彦邦如何，我们姜家也绝不允许姐妹共侍一夫的事情发生。周彦邦不可能成为你的丈夫。"

姜幼瑶身子一软，瘫软在地，嘤嘤哭泣。

她知道，姜老夫人说的话是真的。她和周彦邦，什么都做不成了！

辛辛苦苦筹谋，从姜梨手上抢来这门亲事，到头来却全为他人作嫁衣裳！

姜幼瑶的心中，灰暗又绝望。

正在这时，外面又传来女子抽泣的声音。有人进来，却是姜家三房的人。

姜元兴一进门，二话不说，对着姜老夫人跪了下来，在他身后，杨氏和姜玉娥也跟着跪下来。

姜元兴转头，对着姜元柏砰砰磕了两个响头，道："大哥，三弟对不住你，子不教父之过，玉娥这次闯下大祸，都是因为我没有教好她，你打死我吧！"

杨氏也冲季淑然哭道："大嫂，我实在没有脸面来见你。我知道玉娥这次做得太过分了，但是……玉娥是我身上掉下来的肉，你也是做人母亲的，我没办法，求您给玉娥一条生路吧，来世我做牛做马报答你！”

姜玉娥泪眼蒙眬，抽噎着道：“三姐……我错了……”

这一家子人，竟全都来赔罪。一时间，晚凤堂哭声震天，好不热闹。

姜元柏有些尴尬，季淑然则勉强笑道：“弟妹说的是什么话，什么叫我给玉娥一条生路，我又没有对玉娥做什么。倘若你说的是周家和幼瑶的亲事，那倒不必顾忌什么。我们家幼瑶和宁远侯世子是绝不可能成亲的，玉娥接下来有什么打算，也和幼瑶没有半点关系。”

一边听着的姜玉娥心头一喜，但她目光中的喜悦却清清楚楚地落在了姜幼瑶眼中。姜幼瑶只觉得心头火一下蹿得老高，顿时跳起来，朝姜玉娥扑了过去。

“贱人！”她尖声叫道。

姜玉娥一下子被扑倒在地，发髻上的珠钗刚甩落，忍不住惨叫一声。

阳光暖洋洋地照在雕花的窗户上，一只黄鹂停在门口的海棠花枝上，叽叽喳喳地欢快叫着。

姜梨抬眼看着外面的天空，是个好天气。

“姑娘——姑娘——”桐儿自外面小跑进来，跑得太急，差点摔了一跤。

“什么事这么急？”白雪好奇道，“慢慢说不行吗？”

“不行，头等的大事，慢慢说就不新鲜了，姑娘——”她终于寻到姜梨，“奴婢听闻昨儿晚上晚凤堂里出事了，三小姐和五小姐打了起来。”

“打了起来？”

“谁打赢了？”白雪关心这个。

“三小姐那么横，当然是三小姐打赢了。听闻五小姐还被三小姐伤了脸，破了相。”

桐儿耸了耸肩：“也不知道她们是因为什么打起来的。”

姜梨笑了笑，她知道是为了什么，为了周彦邦。

姜梨见桐儿和白雪想不明白的模样，便告诉了她们昨天夜里发生的事。

两个丫头没有跟去宫宴，不知道还有这么一出，桐儿听完后惊惧道：“多亏那药被五小姐给喝了下去，若是被姑娘喝了……这都是夫人在天有灵，保护姑娘不受伤害，阿弥陀佛……”

“夫人的心太狠了。”白雪皱眉道，“咱们就不能告诉老爷，让老爷看清她的真面目吗？”

姜梨摇了摇头。

“此事我并没有证据，且如今姜幼瑶和周彦邦的被毁，父亲对她本就有愧，心中偏向于她，我说什么都不会有人相信。无事，”姜梨道，“光这一回和周彦邦的亲事作废，就足以令那母女二人元气大伤了。”

既然姜梨都这么说了，桐儿便问：“那如今周世子到底要如何？是要娶五小姐过门吗？”

“五小姐也不可能做正妻吧，”白雪跟着道，“不还有个沈家小姐吗，沈家小姐和五小姐之间，肯定会先迁就沈家小姐的。”

桐儿用力点头，随即又想起了什么，疑惑地问：“之前不曾听过周世子和沈家小姐有什么干系啊，他们怎么搅到一块去的？是意外吗？”

喝醉了的周彦邦偶然见到沈如云，色心顿起，才会突然做出非礼之举，是这样？

姜梨的笑容冷淡了些。

郎君无情，妾却有意，这可不是什么意外，而是沈如云精心布置的“壮举”。

沈家。

家仆们低着头认真做事。

中书舍人宽容仁爱，但他的老娘和妹妹却很刻薄。尤其是如今沈玉容官运亨通，两个女人的脾气渐长，好似为了弥补过去的苦难，便要将从前所受的苦全都发泄出来似的。

而发泄的办法，自然是折磨下人了。

屋里，沈如云正与沈玉容对峙着。

“你做得太过分了！”沈玉容道。

沈如云不以为然：“哥，做错事的是宁远侯周彦邦，你怎么责怪我，你到底是不是我的大哥？”

沈玉容不怒反笑，看着沈如云，问：“哦？真是他做错了？”

他的目光十分尖锐，沈如云瑟缩了一下，硬着头皮道：“不错！”

沈玉容定定地看着她。

沈如云有些心虚。

宫宴那一晚，众人看见的结果，是周彦邦和未婚妻的堂妹姜玉娥在宫中私会，还意图轻薄中书舍人的妹妹沈如云。

可事实是，沈如云在花园里偶遇姜梨，得知周彦邦的去向，挣扎几番，终于还是忍不住一腔思慕，也去了毓秀阁，打算与周彦邦“偶遇”，至少与周彦邦说上几句话，让周彦邦记住自己，晓得有这么个人，而不是一个陌生人。

直到现在，沈如云还庆幸自己做出了这个决定。

当她推开毓秀阁的大门，看到姜玉娥和周彦邦耳鬓厮磨时，愤怒和妒火瞬间淹没了她。沈如云没有任何犹豫，打算跑出去将这桩丑事公之于众，狠狠报复这个伤了她心的男人和这个不知廉耻的女人。

在离开之前，不知是出于什么样的心情，沈如云又退了回来，她想质问周彦邦为何要这么做。已经定亲的周彦邦，为何要和姜玉娥在一起，难道他喜欢的是姜玉娥吗？

可在沈如云鼓起勇气质问周彦邦后，周彦邦却没有回答。他好像听见了沈如云说话，抬起头对着沈如云的方向，却是一副迷迷糊糊的样子，仿佛喝醉了一般，脸上带着不正常的潮红。

沈如云顿时就想起姜梨所说的，周彦邦喝醉了，于是她心中又生起一点侥幸，周彦邦是喝醉了无意识中做出这种事吗？

当她大着胆子再走近一点，强忍着内心的厌恶看向姜玉娥的时候，发现姜玉娥也如周彦邦一般不清醒。

纵然是醉酒的人，也不该是这副模样。

沈如云隐隐察觉出一丝熟悉的感觉，觉得这画面像是在什么地方见过，直到她看见屋里的角落点燃着半截熏香，另外半截已经变成灰烬，落在地上。

沈如云恍然大悟。

她终于明白为何眼前的这幅画面如此熟悉，这不就是当初她的大嫂薛芳菲被人抓到与“奸夫”在一起时的画面吗？

几乎一模一样！

一样昏昏欲睡不清醒的两个人，一样的熏香，一样耐人寻味的味道。

沈如云在房里待得愈久，愈是感觉口干舌燥，一股陌生的热潮在体内涌动。

若她没有经历过薛芳菲一事，以沈如云不算聪明的头脑，自然弄不清楚这是怎么回事。但因有过经验，沈如云立刻就猜出了原因。

周彦邦和姜玉娥这是被人算计了！

事已至此，沈如云反倒犹豫了起来。

周彦邦若是被人算计，做出这种事就并非他本意，自己也犯不着报复他，叫人来围观这场丑事。但不叫他们起来，醒来以后，姜玉娥会不会利用此事赖上周彦邦？她越想越觉得有这个可能。沈如云甚至想，说不准设计算计周彦邦的就是姜玉娥。

要知道以姜玉娥的身份，想嫁给官家子弟是不可能的，嫁给宁远侯世子做个妾，也算高攀。

这样一想，沈如云就耿耿于怀起来，要是自己就此走掉，岂不是让姜玉娥白白捡了个便宜？

思来想去，沈如云也没想到很好的办法，不由得愤愤，和周彦邦纠缠的怎么不是自己呢？若是如今和周彦邦躺在一张床上的人是自己，事情就好办多了，以中书舍人妹妹的身份，周彦邦娶了自己不就行了，还门当户对，十分般配。

本是随意一想的事，想到后面，沈如云突然一愣。

对啊，为什么不这么做呢？

反正如今的周彦邦被人下了药神志不清，便是多一个人“纠缠”，周彦邦也不会知道的。

只是沈如云清楚，自己有个中书舍人哥哥，做得太难看，会影响沈玉容的仕途。她不可能和姜玉娥一样，也衣衫不整地睡在周彦邦身边，她得顾忌自己的声誉。

在这一事上，沈如云大约把此生所有的聪明才智都用尽了，才编造了一个被轻薄的故事，如此一来，她便成了人人可怜的受害者，但也和沈玉容有了肌肤之亲，能以此让沈玉容对自己负责。

沈如云岔开话头，道："哥，现在还来说这些有什么意思？宁远侯说过要给我们一个交代，如今旁人也不敢再娶我了，除了嫁给他，我没有别的办法！"

"没有别的办法？"沈玉容哼了一声，"你当时这么做的时候，怎么不想想现在没有别的办法！我知道你喜欢他，但他是姜家的女婿！你害得姜家和周家成仇，你以为宁远侯府不会恨你？姜家也会把这笔账记在你头上！"

沈如云最讨厌姜家，忍不住讥讽道："姜家姜家，你就知道姜家，说到底，你还是在意你的仕途。如今公主殿下都在咱们沈家，你何必惧怕姜家，你……"

啪的一声，沈玉容一巴掌打在她的脸上，沈如云的话音戛然而止。

沈如云被打得身子一歪，险些跌倒。只见沈玉容双目通红，手掌发抖，看着她，目光阴鸷，他道："注意你的言辞。"

沈如云吓得连哭也不会了。

听到动静的沈母忙推门进来，一见沈如云脸上的伤痕，顿时怒道："玉容，你怎么能对你妹妹动手！"

沈玉容无奈道："娘，此事你不要插手。"

"怎么能不插手！"沈母道，"我是你娘！如云做错了什么？她是你妹妹！我晓得你本事大了，如今我管不住你，你要是觉得我和如云是累赘，便趁早告诉我，我和如云收拾东西回乡下去，不敢招惹你这位状元爷！"说到最后，干脆一屁股坐到地上，干号道，"都怪老爷死得早，丢下这么个烂摊子，好容易含辛茹苦把儿子养大，眼下他却不认亲娘，真是作孽……"

沈如云连忙跟着蹲下来，母女两个抱头痛哭。

沈玉容顿时败下阵来，道："娘，我何时说过不管你们了，是儿子错了。如云，晌午我就去宁远侯府一趟，此事不会让你受委屈，至于周彦邦……你在家安心等着吧。"

沈如云心中暗喜，抽抽噎噎道："大哥莫要骗我……"

沈玉容眉心一跳，说："我知道了。你们在府里等着吧，我出去一趟。"说罢，径直出去了。

沈如云藏在沈母怀中，掩不住嘴角的笑容，她总算得偿所愿了。

此刻的宁远侯府，堂厅里传来女子的哭声。

"老爷，别打了，快住手！"宁远侯夫人劈手去夺宁远侯手上的鞭子，被宁远侯一把推开，跌倒在地，眼睁睁看着那乌黑油亮的鞭子落在周彦邦背上，周彦邦顿时惨叫一声。

宁远侯一边打，嘴里一边痛骂着：“竖子荒唐！”

宁远侯夫人劝阻不了，只得看着宁远侯打累了，将鞭子一扔，哼了一声，头也不回地离开了。

宁远侯夫人忙扑上去，对下人急喝道：“快去请郎中！”

郎中很快来了，宁远侯夫人叫人抓药拿到厨房去煎，一边又亲自为周彦邦的后背涂上药膏。

过了一会儿，昏迷的周彦邦才悠悠醒转过来，唤了一声：“娘。”

宁远侯夫人的眼泪落在手背上，恨不得打周彦邦两下，又舍不得下手，只道：“你这是做的什么事！”

周彦邦也说不出来。

做的什么事？从昨夜到现在，他晕晕乎乎什么都不清楚。

宁远侯夫人又道：“你和姜玉娥搅到一起便算了，左右只是个庶子的女儿，可好端端的去招惹沈如云做什么？那可是中书舍人的妹妹。你招惹了沈家，皇上势必对你不喜，你父亲才会如此生气。”

周彦邦听得头大，他何时去招惹沈如云了，他连沈如云长什么样子都不清楚，昨夜出事，她声泪俱下地控诉时，周彦邦才第一次看清楚她的模样。

“你之前说你中意的是姜梨，既中意她，如何会找上姜五还有沈如云？彦邦，你心里到底是怎么想的？你怎么会这么糊涂？”

姜梨？周彦邦一愣，昨天夜里，他明明在毓秀阁约见姜梨，怎么会变成姜玉娥？那时候他见着毓秀阁里的人，以为姜梨前来赴约，心中喜不自胜，才会情不自禁。难道那不是姜梨，而是姜玉娥？

见周彦邦呆住不说话，宁远侯夫人问：“你怎么了？”

周彦邦回过神，敷衍道：“没事。”心中却实在无法平静。他又想起昨夜沈如云引来人群后，姜梨也站在人群之中，望着他的目光里并无一丝惊讶。

她早就知道了。

如同一盆凉水兜头浇下，周彦邦身体越是冷，仇恨和愤怒的火苗就越蹿越大。

姜梨不想来赴他的约，就干脆和姜玉娥合起来陷害他。姜玉娥千方百计想要嫁进周家，姜梨一定早就知道，所以才把那张纸条给了姜玉娥。

如此一来，她就能站在人群里，冷眼看着自己的丑态。

周彦邦心中出奇地愤怒。

他再傻，也知道经过昨夜的事，他的仕途算是毁了。洪孝帝不喜，他没有在仕途上大展拳脚的机会了！

这一切，都是拜姜玉娥和姜梨所赐。

周彦邦恨姜玉娥，更恨姜梨。姜梨不来赴约就算了，还用了这么一种折辱人的法子。她对自己的真心视而不见，还弃若敝屣，用这么一种办法，毁了自己一生。

这是个恶毒的女人！

宁远侯夫人问他："是不是哪里不舒服？再让郎中来瞧瞧？"

"不用了。"周彦邦强忍着背上的疼痛和心里的寒冷，道，"娘，接下来应当怎么做？和姜幼瑶的亲事，应当不可能了吧？"

宁远侯夫人沉默了一会儿，摇了摇头："今日一早，姜家就派人来了。和姜幼瑶的亲事，你就当没有发生过吧。"

周彦邦道："无事，本来我和姜幼瑶的婚事也不应该存在。"

宁远侯夫人觉得他说的话有些奇怪，忍不住看着他。

周彦邦心里却想着，当初和姜幼瑶的亲事，本就是他和姜梨的代替。如今他和姜幼瑶的亲事取消，也算回到了最初。

但他和姜家的渊源，似乎并没有全部断开。

"姜玉娥怎么样？"周彦邦问，"我好像得给她安排一个名分，娘，她做妾怎么样？"

"这是最好的了。"宁远侯夫人哼了一声，"就她的身份，若是这个都满足不了她，她就最好打消进宁远侯府的念头。"

同宁远侯府商量着对于姜玉娥的处置一样，姜府里，三房院子里，杨氏也正为姜玉娥的事与姜元兴争吵不休。

"玉娥现在已经和周彦邦在一起了，她只能嫁去宁远侯府！"杨氏瞪大眼睛。

"我决不允许自己的女儿做妾！"姜元兴却一改往日的懦弱性子，与杨氏争得脸红脖子粗，"去给宁远侯世子做妾，将来她的儿子就会像我一样，只能做个庶子！"

姜元兴的确是被气极了，只有他自己知道做个庶子有多么卑微，在两个兄长面前，他永远自卑，抬不起头。

"那你说怎么办？"杨氏突然冷静下来，近乎绝望道，"以玉娥的身份，只能嫁给宁远侯世子做妾。全燕京城的人都晓得玉娥和周彦邦在一起了，没有人会娶玉娥，你难道要她一辈子在府里做个老姑娘？还是让她干脆剪了头发到庙里去，青灯古佛一辈子？"杨氏喃喃道，"我是没有教导好女儿，可你若不是个校书，如果出事的不是玉娥而是大房的女儿，断然不会是这么个结果。"

姜元兴如遭雷击，踉跄着后退两步。

这时候，姜玉娥从门外跑了进来，一进来便跪倒在地，哭着对姜元兴道："爹，我不要做姑子，我也不要在府里待一辈子。眼下已经如此了，如果不嫁给周彦邦，我便没有别的路可走，爹，您要逼死女儿吗？"

见妻女如此，再想想自己如今的身份，姜元兴脸色灰白，再无招架之力，嚅动着嘴唇，终于闭了闭眼，半晌后才道出一个"好"字。

就此尘埃落定。

时日不紧不慢地过去，夏日终于结束，秋天随着桂花的香气从遥远的长空赶来。

这个夏日分外漫长，燕京城发生了许多了不得的事。宁远侯府周彦邦的桃花运便是其中一桩。而这桩风流韵事，以周彦邦的姻缘来解决。

周彦邦将迎娶沈家小姐沈如云为妻，同时纳姜家姜五小姐为妾。

在外人看来，周彦邦娇妻美妾在怀，又成了当今皇上面前的红人——中书舍人的妹夫，也算皆大欢喜，但个中滋味，恐怕只有周彦邦自己知道了。

芳菲苑里，桐儿坐在屋前的小凳上，和白雪一起打络子。

姜梨笑着看着院子里的丫鬟，这段日子以来，她们轻松了许多，不知道是不是因为季淑然母女没空理会芳菲苑。

姜幼瑶被禁足了。

那一日，晚凤堂里，姜幼瑶划伤了姜玉娥的脸，老夫人动怒，将姜幼瑶禁了足。

姜梨想着，姜老夫人将姜幼瑶禁了足，表面是为了惩罚姜幼瑶弄伤姜玉娥，实则是怕姜幼瑶对周彦邦仍不死心，做出什么蠢事，干脆绝了她的念想。

姜老夫人这么做，倒是省了姜梨的力气。没有姜幼瑶在姜府里惹人讨厌，季淑然也分身乏术，没有力气来对付她，这些日子，姜府里格外平静。

姜玉娥被送去庄子上养伤了，和宁远侯府的亲事也定了下来。沈如云也得偿所愿，嫁给早就心仪的周彦邦。

恶人自有恶人磨，把沈如云和姜玉娥凑在一起，实在很圆满。

想着未来宁远侯府的闹剧，姜梨忍不住有些想笑，正想着，耳边传来少年的声音："你这是思春呢？"

姜梨抬眼一看，姜景睿正一脸促狭地看着她，凑上前道："说说，咱们府上的二小姐青睐的是哪家公子？小爷我帮你去探探虚实。"

"你来到底有什么事？"姜梨问。

"三日后是中秋夜，晚上有灯会，去不去看？"姜景睿正色道。

姜梨："不去。"

"不去？为什么？中秋夜灯会上有很多好吃好玩的，为什么不去？"

姜梨道："不想去。"起身就要往屋里走。

姜景睿却跟个无赖似的，立刻站起身，缠着她进进出出地问："姜梨，你很有问题！旁的小姐都盼着每年的中秋灯会好热闹，你倒好。你不去，在府里干吗？和被禁足的姜幼瑶打叶子牌，还是陪祖母抄佛经？"

姜梨道："没有为什么，不想去就是不想去。"

姜景睿站在原地，几个丫鬟也一道看向姜梨。

姜梨缓了缓语气，对姜景睿温声道："我不爱热闹，人太多难免磕磕碰碰，实在害怕，你要去便自己去吧，我一个人不去没什么的。”

姜景睿磨磨蹭蹭了一会儿，最后无奈地发现，姜梨好像没有要改变心思的意思，只得垂头丧气地离开了。

姜景睿走后，姜梨便没有在院子里晒太阳，自己进屋去了。

等姜梨进屋后，白雪疑惑地问桐儿：“姑娘怎么不高兴了？”

桐儿摇了摇头：“不知道，可能是二少爷太讨厌了吧。”

屋里，姜梨对窗坐着。

桂花树翠绿的叶子间开着细小的浅黄花粒，又是一年中秋了，姜梨默默地想。

她回忆起第一次跟着沈玉容来到燕京城，在燕京城里过中秋，想念远在家乡的父亲和薛昭，总是分外怅然。沈玉容就牵着她的手对她道：“从今以后，这里就是你的家。燕京城的中秋灯会不比桐乡差，我以后每年都带你去看，你会喜欢这里的。”

和桐乡不同，燕京城繁华迤逦。那些小贩写在灯笼上的谜语很简单，她和沈玉容总是一猜一个准，赢的灯笼手里拿不下，转而送给路边偶遇的小童。

她还记得有个灯谜叫“众里寻他千百度”，她猜出来是“盼”，沈玉容在她耳边低声道：“这个字，就像我对你一般。”

他盼着她，那时候她以为是真的，也真的相信，却不知道那个“盼”后面，还有一个“死”。

他盼着她死，才无人可挡他的路。

姜梨手握成拳，深深吸了口气，又慢慢松开掌心。

姜景睿让她也出门去看中秋灯会，但姜梨怕，她怕一走出门，处处都是回忆，处处都是往昔。

那就太残忍了，她宁愿不看，就当一开始就没有过。

她不会自讨苦吃。

燕京城的客栈里，有一间房的灯火特别明亮。

叶世杰坐在屋里，小心地拨动烛心，身后门的方向突然传来声音，有人推开门进来。

叶世杰站起身转头一看，脸上顿时流露出些许激动：“二叔！”

来人是个身材清瘦的中年男人，戴着羽冠，穿白衣，看起来像个读书人，眼中却有一丝狡黠的灵慧。他关上门，也快步上前，嘴里叫道：“世杰，你可是有出息了啊！”

他走到叶世杰面前，用力拍了拍叶世杰的肩膀：“你的事情我都听说了，一路上听到不少人夸你。不错，给咱们叶家长脸了！”

这男子正是叶世杰的二叔，襄阳叶家的二老爷，叶明轩。

叶世杰看了看叶明轩的身后，没看到其他人，疑惑地问：“二叔，怎么只有你一个人？我爹呢？”

叶明轩眉头微皱，方才的喜悦也淡了一些，道：“你祖母身子不好，前几个月在家晕了一回，眼下身边离不开人。襄阳的生意也有了些麻烦，别说你爹，你三叔都回襄阳了。”

“怎么？”叶世杰一愣，“出什么事了？”

“不是特别大的事。”叶明轩拍了拍叶世杰的头，“我此次过来，是给你送些银票，顺便把燕京城的生意收一收。你如今是官了，上下打点多有要用银子的地方，虽说财不可露白，但该用的地方还是要用，咱们家也不缺这点银子。”

叶世杰还是有点不放心，问：“二叔，真的没什么事？我想回去看看祖母。”

“你才上任没多久，哪有时间回襄阳，你祖母不是什么大毛病，你且安心在燕京城待着。等你在这头立稳脚跟，咱们举家迁到燕京城也不是什么难事。我估摸着那得等你升迁到三品，其实三五年也就成了。”他摸着下巴思忖道。

叶世杰想了想，对叶明轩道：“二叔，你还记得姑母吗？”

叶明轩一怔，看向叶世杰。

他们叶家有三子一女，唯一的女儿就是叶珍珍，也就是他的妹妹。只是这位妹妹命薄，死得太早了，提起来不免令人唏嘘。

叶世杰观察着叶明轩的脸色，小心翼翼道：“前段日子，我见到了姑姑的女儿……表妹。”

“姜梨？”

叶世杰心里这才松了口气，还好，叶明轩没有忘记还有姜梨这么个人。他便将这些日子以来遇到姜梨的事，燕京城里关于姜梨的传言，事无巨细地一一告诉了叶明轩。

好容易说完，叶世杰已是口干舌燥，拿起桌上的茶水来灌了一口，然后道：“二叔，你说姜梨这是什么意思？是想和咱们叶家重修旧好？但她当初说过不屑同商户为伍，我现在越来越看不明白了。”

叶明轩听完叶世杰的话，没有立刻回答，细细想了想，才道：“你说的这些，我知道了。凡事听人一面之词不可信，我并非不信姜梨，而是信不过姜家，我怕这是姜家在背后指点，虽然咱们家没什么可图谋的，但防人之心不可无。”叶明轩敲了敲桌子，“这样吧，找个机会，我想和姜梨见一面。”

“二叔，”叶世杰迟疑地问道，“姜梨说她羞辱商户那些话，并非出自她的本意，你以为，这件事是真的吗？”

叶明轩笑了，道：“并非不可能。只是，就算是有人在背后授意她这么说，只要当时她肯相信我们，当着我们的面说出实话，我们也有办法带走她，但她没有相信叶家。”

“也许是当时她年纪太小了，年纪太小，很容易被人吓唬住。”叶世杰忍不住道。

叶明轩没有说话，只是笑眯眯地看着叶世杰，看得他不自在起来，问：“怎、怎么了？”

“没什么。”叶明轩道，“不错，小孩子的确容易被人蛊惑，所以若真是如此，我们也不会责怪她，反而会自责当初我们没有发现此事。不过如今她已不是小孩子了，听你的话，她是个有主意、胆子很大的姑娘，这一回，她可以说出自己真实的想法，也能自己选择是否要相信我们。”

“一切等见了面就知道了。”他说。

肃国公府。

肃杀的秋日，国公府的花园里仍旧花团锦簇。

国公府似乎没有秋日冬日的萧条景象，肃国公养了一园子的花，自然有春夏秋冬都能盛开的。桃花不会在秋天开，但秋天有菊花，荷花不会开到冬日，但冬日有红梅。

国公府里的每一个人，上至管家侍卫，下至倒夜香的，人人都是养花高手。若是寻常人养不好的花，去肃国公门口蹲着，等早上小厮出门的时候随手逮一个问问，保管说得头头是道。

是以燕京城景色最好的地方不是白云山，不是青道观，不是宫里，不是画舫，而是国公府。那是把人间最好的颜色都集到一处，与外头格格不入的艳丽。有人说，若不是肃国公喜怒无常无人敢惹，只怕每日偷看国公府花园的人都能把府门的外墙推翻。

而且不知道是不是越美的地方，养的人也越美，整个国公府里的下人小厮侍卫打手，个个貌美如花，虽比不得肃国公绝色倾城，但拿到外面去，大约也能迷倒一片。

此刻，肃国公府书房里，有人正在说话。

孔六一拳擂在桌上，粗着嗓子道：“明日中秋灯会，你到底去不去？”

“不去。”姬蘅干脆利落地回了他两个字。

“为什么？”孔六问，“你不想看成王搞什么鬼了吗？”

“还不到他动手的时候，去了也没用。”姬蘅漫不经心道，“年年都一样，没意思。”

“今年有金满堂。”坐在另一边的陆玑斯斯文文地开口，“大人不是很喜欢看戏？”

“对对对，”孔六也道，“听说金满堂比那之前红遍天的劳什子相思班要好多了。”

见姬蘅还不回答，孔六大叫道：“你要是不出门，我和陆小胡子都得在国公府陪你处理一晚上公事。明日是中秋节，中秋节！姬蘅，国公爷，大人，能不能有点人性？叫花子都得过节哪！”

陆玑笑眯眯的，十分赞同孔六的话。

姬蘅抬眼看了他二人一眼，半晌才道：“不。”

孔六一下子泄了气，正要反驳，门忽然开了，姬蘅的祖父老将军走了进来。

九月末的天气，老将军打着赤膊，应当是刚在院子里练了剑，额上有亮晶晶的汗珠，头上还飘着几朵残落的花瓣。陆玑的眼皮子忍不住跳了跳。他可认了出来，那花是之前姬蘅花了一千两银子从外商手里买回来的香雪海，这么几片花瓣，也值一百两银子吧。

“明日你们要去中秋灯会啊？”老将军中气十足，声音洪亮，看着姬蘅，眼神里有些惋惜，“我本来想让你留在府里陪我练剑的，刚听到你们在屋里说什么灯会，太可惜了。”

孔六正要说“不可惜，姬蘅又不去”，就听见姬蘅遗憾的声音响起：“确实很可惜。”

孔六吃惊地看向姬蘅，姬蘅微笑着，神态自若道：“祖父一人在府里练就好了，最好在空地上练，我们要很晚才回来。”

农历八月十五，是中秋节。

这一日和平常没什么不同，至多也就是姜府的人一起吃了一顿团圆饭。说是一起，其实不甚准确，因姜玉娥被送往庄子上“养伤”了。

姜幼瑶终于也知道了此事再无转圜余地，不到月余就消瘦了许多。这样一来，姜元柏更心疼她了。吃饭的时候，姜元柏对季淑然母女的态度温和极了。

姜梨见他们一家其乐融融，倒也没什么别的感觉。卢氏却看不过去，故意堵季淑然道：“今晚的中秋灯会，大伙都要去吧？”

“幼瑶就不去了。”季淑然道，“幼瑶得了风寒，这些日子还没好，出去吹了风更麻烦，你们去吧，我在家陪着幼瑶。”

姜幼瑶不愿意出去，一想到出门去，众人都会用一种同情的眼光看她，姜幼瑶就觉得屈辱，还不如待在府里，眼不见为净。

“我也不去了。”姜元柏道，“我还有朝务要处理。”如今他一心想补偿小女儿，季淑然母女都不去，姜元柏断然没有抛下妻女独自前去的道理。

卢氏眼珠子转了一转，道：“你们都不去，梨儿怎么办？总不能让梨儿一个人去吧？”

一边的姜元平轻轻咳了一声。

“无事的。”姜梨笑道，“我也不想去。”

“梨丫头和你二婶一道去吧。”姜老夫人突然说话了，“你今年刚回燕京城，中秋灯会很热闹，这些日子你也辛苦了，好好休息休息。”

姜老夫人都发话了，姜梨自然不好推托，只得应承下来。这下子，弄得姜元柏两难，一面是刚回京不久的长女，一面是受了委屈的幼女，手心手背都是肉。不过最后，他还是决定留在府里。姜梨看起来懂事大方，姜幼瑶却从没吃过什么苦头，日后有机会再补偿姜梨就是。

见长子仍只顾着季淑然母女，一副冥顽不灵的模样，姜老夫人心中叹息，摇了摇头，吃过饭就回去了。

用过晚饭，天色暗下来，姜梨便和二房的人一道出门了。

姜老夫人腿脚不方便，便留在府里逗姜丙吉玩。大房里只有姜梨一人出门，二房的人都是齐的，三房杨氏和姜元兴也没出来。

桐儿和白雪跟着姜梨，两个丫鬟第一次逛灯会，不时地发出阵阵惊叹。姜景睿和姜梨并排走着，道："你怎的一点也不好奇？"

姜梨的神情很平淡，甚至称得上漠然。花灯暖融融的灯光，也无法照亮她的笑容。不过这点清寂的美丽却吸引了不少游玩的公子哥儿，一路上，光是偷看姜梨的少爷们就不下七八个。

燕京城的大街小巷、酒楼茶肆，都摆满了各式各样的花灯，有六角形的，也有做成灯台模样的。待看到一个兔子模样的花灯时，姜景睿死活走不动路，非要买下来。奈何这个做兔子花灯的老板也是个倔性子，只说这灯不卖，除非有人猜出上面的灯谜，作为回礼送给对方。

姜景睿一看到识文断字就头疼，一把扯住姜梨的袖子，道："你不是校考第一吗？来，猜这个，帮我赢了这盏兔子灯，我给你五十两银子！"

姜梨本想拒绝，但听到他最后一句，还是停下脚步，仔细地看向姜景睿十分青睐的这盏花灯。

扎花灯的人也有几分手艺，动物形状的花灯本就难扎，这人却扎得栩栩如生。身子用雪白的布帛包裹，里面是竹子做好的骨架。一对带粉的长耳，眼睛用两粒红豆点缀。随着里头灯火摇曳，兔子的眼睛也显得有几分灵动，好似下一刻就要跳起来。

的确是一盏很漂亮的花灯。

再看向花灯下木牌上写着的灯谜，姜梨本来微笑着，却猛然僵住。

灯谜是一行细小的字，赫然写着：众里寻他千百度。

刹那间，姜梨的耳边似乎又回响起那个深情的声音，他说："这个字，就如我对你一般。"

前尘往事尽数落于眼前，姜梨像被灼伤般缩回手。

姜景睿催她："怎么了？快猜呀！"

"我猜不出来。"姜梨冷冷道。

"怎么可能？"姜景睿道，"你可是明义堂的魁首！"

姜梨道："猜不出来就是猜不出来，你还是另请高明吧。"她转过头拔腿就走，仿佛对那盏灯厌恶至极，甚至不愿意多看一眼。

姜景睿始料未及，又舍不得那灯，一时之间竟没追上姜梨。等他追上去的时候，人群里早就没有姜梨的影子了，姜景睿当即就心道糟糕。

顺着人群，姜梨慢慢地走着。

卢氏他们已经走到了最前面，姜景睿又在后面，人群摩肩接踵，很快就将他们挤散。

姜梨并不害怕，她认得燕京城的路，眼角也瞥到最近的城守备的位置，一旦真发生什么事，能第一时间向离她最近的城守备求救。

她也不愿意去找卢氏或是姜景睿，只觉得这是个难得的时刻，能弃掉做“姜梨”的时刻，这么一个人待着，也很好。

眼见着人群里再也看不到姜景睿一行人的身影，桐儿道：“姑娘，咱们还是去寻二老爷他们吧，要不然等会子找不着回府的路怎么办？”

“无事。”姜梨道，“我记得路。”

“人太多了。”白雪也劝道，“咱们身边一个侍卫也没有，要是出事了怎么办？”

姜梨叹了口气，道：“说得有理。”正要往前去寻卢氏的身影，无意间却瞥到不远处有一人，“叶世杰？”

不远处一个卖花灯的小摊贩前，叶世杰和一个中年男子正在一边挑选花灯，一边说话。

姜梨猜测那是叶世杰认识的人，想着打听叶世杰近来的状况，尤其是李濂有没有再次拉拢他，便打算穿过人群，往叶世杰身边走去。

却不知自己的动作，被另一人尽收眼底。

望仙楼上，孔六正瞪着楼下来来往往的人出神，他其实不大爱看这些花啊灯啊的，亮晶晶的晃人眼睛。不过比起待在国公府处理无聊的朝务，当然是热闹更好看些。何况这热闹里，还有许多令人赏心悦目的姑娘，能为黯淡的夜色增光添彩。

只是今夜，孔六在赏心悦目的姑娘中，发现了一个熟悉的身影。

“哎，是姜二小姐！”孔六站起身，冲姬蘅道，“你快来看，是姜二小姐，她怎么一个人？身边一个姜家人也没有，难道是偷溜出来的？”

正在品茶的陆玑顺着他的目光往下看了一眼，道：“哪有偷溜出来还带丫鬟的，外面人这么多，大概是和家人走散了吧。”

“走散了？”孔六眉头一皱，“外面人这么多，年年都有女子被歹人掳走的，这么个如花似玉的小姑娘，难免惹人注意，要是出事了就不好了。”

“那你当如何？”陆玑好奇地看着他。

“我送她去找她家人啊！”孔六说得理所当然。

“孔六，”陆玑道，“你别痴心妄想了，别说那是首辅家的千金，就是普通的姑娘，也看不上你这样年纪大的。”

“我年纪大？”孔六立刻暴跳如雷，“我正是最好的年纪，你懂什么？我这年纪怎么了？”

陆玑笑眯眯地伸手指了指外面：“不是我说，你怎么比得上年轻的少年郎，你看，那姜二小姐不就去找叶少爷了吗？”

这话一出，不仅孔六，就连一直在旁边玩扇子的姬蘅也忍不住往楼下瞥了一眼。

果见川流不息的人群中，姜梨和身边的两个丫鬟正往对街走去，因着来来往往的人太多，一条街的距离竟然走得十分艰难。不过难得的是，她方向感极好，一直朝着一个方向，并未被接连而来的人流冲走。

而她前去的地方，正站着一名俊朗不凡的少年，叶世杰。

陆玑笑道："这对表兄妹的感情倒是好。"

"这不废话吗，人家是亲戚。"

姬蘅也站在窗前，若有所思地看了几眼，突然一合扇子，道："文纪。"

黑衣侍卫悄无声息地出现在他眼前。

"请姜二小姐上来。"

陆玑和孔六都没想到姬蘅会突然说出这么一句话，齐齐看着他，目光难掩诧异。

"就说我请姜二小姐看金满堂唱堂会，给她安排最前面的位子。"

孔六的下巴差点掉了下来。

人群实在很拥挤，平日里一条窄窄的街道，今日穿越却是如此艰难。

总算要到达对面了。

姜梨心中暗暗松了口气，想要带着两个丫鬟往叶世杰那头走，忽然，有个黑衣人拦在她们面前。

桐儿吓得差点尖叫，黑衣人面无表情道："姜二小姐，国公爷请您看金满堂唱堂会，在望仙楼安排了最前的位子。"

"国公爷？"姜梨道，"姬蘅？"

姜梨蹙眉，桐儿小声道："姑娘，这人突然冒出来，什么国公爷，莫不是唬人的……"

"不是唬人，"姜梨回道，"他是肃国公的人。"

文纪心中惊讶，姜梨并没有见过自己，何以说得这么肯定？下一刻，就听姜梨的声音传来："肃国公喜美恶丑，这暗卫长得如此漂亮，定然是肃国公的人。"

文纪差点滑了一跤。

白雪拉了拉姜梨的袖子，道："姑娘，咱们去吗？"

姜梨看向文纪，思忖几番，叹了口气道："去吧。"说完便和桐儿、白雪一道随文纪往望仙楼走去。

叶世杰和叶明轩一边挑花灯一边说话，偶然一回头，忽然瞧见一个熟悉的背影。他差点脱口而出姜梨的名字，但还没说出口，那身影便淹没在了人群里，再也看不见了。

叶世杰疑心是自己看错了，怔怔出神，叶明轩问他："怎么了？"

"没什么。"叶世杰收回目光，摇了摇头。

他大概是魔怔了。

望仙楼是燕京城最大的酒楼。

一楼的厅堂里已经来了一些人，姜梨被请到的地方是二楼。

首辅府已经十分奢侈了，但望仙楼比姜家还要讲究。铺在地面上的毯子是波斯长绒绣花毯，顶间点缀着宝石。屋子里点的熏香极芬芳，用薛昭的话来说，就是“一看就很贵”。

在“一看就很贵”的望仙楼二楼茶室，文纪帮姜梨撩开帘子，让她走了进去。

姜梨见到了里面的人。

除了姬蘅，还有两人。一人是留着山羊胡的青衫文士，对着姜梨微微一笑，姜梨微笑回礼。另一人姜梨认识，是当初在校考场校考御射一门的考官，上轻车都尉孔威，人称孔六。

孔六粗着嗓子招呼了一声：“姜二小姐。”似乎有心与姜梨攀谈几句，然而思来想去也没想出合适的言语，只能干涩地夸奖道，“姜二小姐的马骑得不错，箭也射得好！”

活像是在夸奖他手下的兵士。

陆玑和姬蘅都诧异地看了他一眼。

孔六挠着头，嘿嘿一笑，不说话了。

姜梨这才看向姬蘅，他今日穿了一身淡红的长袍，虽然淡，却衬得他容貌浓艳，皮肤比女子涂了脂粉还要白皙，嘴唇比四月的桃花还要红润，于是白的越白，红的越红，偏生一双眼睛又是透亮的琥珀色，整个人不沾人间烟火，他站在哪里，哪里就是一幅画，即便是懒洋洋地把玩手中的金丝折扇，也美得随时可以入画。

“国公爷找我，是有何事？”姜梨问。

姬蘅瞧了她一眼，突然笑了，说：“我们好歹也算有些交情，姜二小姐不必生分。今日中秋，路上遇见有缘，金满堂在望仙楼唱堂会，请二小姐共赏而已。”

姜梨纳闷，他们哪里就算有些交情了，要论交情，也是孽缘。姬蘅见过她在青城山上算计静安师太和了悟，也曾见过她撺掇沈如云，搅浑周彦邦和姜玉娥的一池春水。而她也撞见过姬蘅和李家的人来往。明明彼此熟知对方的秘密，姬蘅偏偏说得一脸云淡风轻，好似他们是多年的君子之交。

姜梨道：“多谢国公爷好意，不过我不爱看戏。”

“二小姐要想将来把戏唱得更好，不妨多多学学名伶。”姬蘅含笑以对。

孔六左右看了看，对姜梨道：“姜二小姐，方才在楼上见你，身边一个侍卫也没有，可是与家人走散了？每年灯会上走失的女子不在少数，歹人也多。等看完这场堂会，我们找人护送你回府，免得生出意外。”

伸手不打笑脸人，姜梨扬起一抹笑容，十分温纯的模样，道：“多谢孔大人。”

正说着，楼下突然响起戏班子独有的开场声音。

金满堂的堂会就要开始了，这是今夜的第一出戏。

二楼整层楼，大约都被姬蘅给盘了下来，并无别的人在。姜梨可以从茶间里走出来，待走到二楼的栏杆处，往下看，便是戏台子。

姜梨猜测姬蘅喜欢居高临下的角度，但不得不说，这样看戏，比坐在台下看，更有一种抽离感。

金满堂的名旦叫小桃红，是个年轻女子，因脸上涂满脂粉，看不清楚模样，但看窈窕的身段、柔软的唱腔，也当是个难得的妙人。难怪台下的看客如此捧场，纷纷拍手喝彩。

这一出戏，叫《九儿案》。

《九儿案》讲的是个挺有名的故事，是前朝一位女子的故事。年轻女子名叫九儿，在乡下与一个秀才成了亲，琴瑟和鸣，夫妻恩爱。后来秀才进京赶考，得了状元，又成了大官儿，被一名富家小姐看重。富家小姐的老爷想要他做乘龙快婿，秀才就隐瞒了自己在家乡已有妻儿的事，与那富家小姐成了亲。

远在家乡的九儿并不晓得自己的丈夫已经成了别人的夫君，只是忽然有一日，秀才不再寄家书回来了。屋漏偏逢连夜雨，九儿的儿子得了恶疾，家中贫苦无钱治病，无奈之下，九儿只得带着幼子前去京城寻夫。历经千辛万苦，受尽旁人冷眼，九儿总算来到京城，却在京城的街道上，看见丈夫和另一名女子举止亲密。

秀才不肯与九儿相认，还令人将九儿打了一顿赶了出去。九儿这才晓得，他早已有妻有子，早就将家里的妻子抛之脑后。九儿的儿子在京城里也没能得到银子瞧大夫，加之路途遥远舟车劳顿，不久就病死了。

九儿失去丈夫，又失去儿子，心中痛苦不甘，便跳进秀才门前的一条河里。她死后，化为青鸟，终日在秀才府门口高声啼哭，惹得人人驻足。此事惊动了皇帝，下令官差彻查，晓得了秀才是如此负心薄幸之人，便削了他的官职，那富家小姐也与他和离。秀才最后落得个一无所有的下场，没能熬过严冬就冻死了。

这个故事是前朝一位说书先生杜撰的，不过因十分精彩，里头九儿的遭遇令人深感同情，后来就被戏班子搬上戏台，成为很出名的一折戏。

姜梨第一次听到这个故事的时候，还是桐乡的一个小姑娘，没料到许多年后，这个故事像是翻版似的，重新刻印在她生命里。她成了另一个九儿，人生发生翻天覆地的变化。

台上的小桃红，称九儿，终于找到了自己的夫君，然而夫君却避而不认，小生唱道："并非是我不将你认，怕的是一步走错、祸临身。"

小九儿："说什么一步走错、祸临身，分明是你得了新人、忘旧恩。

想当初在均州读书求学问，妻为你堂前行孝奉双亲。

大比年送你赶考把京进，临别时千言万语嘱夫君，

嘱咐你中与不中早回转，须知道爹娘年迈儿女连心。

谁料你一去三年无音信，湖广大旱饿死双亲，

爹娘死后难埋殡，携带儿女将你寻，

夫妻恩情你全不念，亲生儿女你不亲，

手拍胸膛想一想，难道说你是铁打的心。”

台上的人唱得涕泪涟涟，姜梨听得心如刀绞。唱词种种，实在很难不让她想到自己。就如九儿怎么也不明白，她什么也没做错，什么都做得很好，丈夫为何要这样对待自己。姜梨也很想问问沈玉容，荣华富贵真的有那么重要，重要到连人性都可以抛弃，什么都不要吗？

更何况，还有她的孩子。

她的孩子还没来得及出世，就葬身于这场肮脏的阴谋。沈玉容在“杀死”他的时候，有没有一丝迟疑？

另一边，一直看戏的陆玑突然出声道：“喏，姜二小姐看得很认真。”

三人都朝姜梨看去。

姜梨侧身对着他们，眼眸垂得很低，眼珠却错也不错地盯着台下的人，显然看得很认真。仔细看，就能看到她紧紧抓着二楼的雕栏边缘，手上骨节发白，分明抓得很用力。

她是沉迷到戏中去了。

“这有什么？”孔六不以为然，“姜二小姐为戏所感，听得投入点，很正常嘛。”

“为戏入迷，情绪有所波动很正常，”陆玑笑眯眯道，“但这可是姜二小姐啊。”

姬蘅的指尖拂过洁白的扇柄，忽然站起身，看向姜梨的目光带了些玩味，不紧不慢地往姜梨身边走去。

“他……”孔六正要说话，却被陆玑一把扯了回来，陆玑对他做了个嘘的手势，道：“好好看戏。”

小九儿还在唱：“夫君京都招驸马，我流落宫院抱琵琶，

可恨他一朝成富贵，忘恩负义，他弃结发。

我是他的结发妻房，曾记当年赴科场，

他言道中与不中，还故乡，

不料荒旱在湖广，贫穷人家饿断肠，

二公婆饿死在草堂上，无银钱殡埋二爹娘，

头上青丝剪两绺，大街换来席两张，

东邻西舍个个讲，夫君得中状元郎，

我携儿带女来探望，沿门乞讨到汴梁，

沐池宫院将门闯，他一足踢我，

倒在宫门旁……”

结发妻……姜梨想，这倒是个缠绵的称呼，就如同当初沈玉容对她的温柔。这样的

中秋夜，她也经历了不少，每一次都是欢喜而满足。谁知道会有这么一日，想起过去种种，仿佛刀剑入腹，刀刀见骨，让人痛不欲生。

她简直快要分不清这究竟只是一出戏，还是真实的自己。她好像变成了九儿，又好像比九儿还要悲惨。

正在这时候，眼前突然出现一方绢帕。

洁白的，什么绣花也没有，丝质顺滑，在灯火下发出微妙流动的光彩，一看就很轻软。

“擦擦吧。”姬蘅的声音听起来仍然气定神闲，“二小姐梨花带雨的样子，实在不怎么样。”

姜梨伸手去摸自己的脸颊，但觉脸颊湿漉漉的，她连自己什么时候哭了都不知道。

她竟然哭了。

下意识地，姜梨想要去接姬蘅的手帕，可是下一刻便清醒了过来，笑着道：“多谢国公爷，不过，我自己有。”她从怀里掏出一方浅绿色的帕子，虽然比不得姬蘅的金贵，却素雅得很，径自擦去了自己的眼泪。

动作坦然得像是拂去灰尘一般。

却不想她下意识扬起的笑容，配着眼角的泪珠，说不出地古怪。姬蘅顿了顿，不置可否，收回了手帕，对姜梨道：“没想到姜二小姐这么铁石心肠的女人也会哭啊。”他慢条斯理地开口，“我都要怀疑，姜二小姐是个戏迷了。”

“戏精彩就看一看，不精彩就不看。”姜梨也笑，“都说金满堂是燕京城的红班子，今日也算见识过了，那个叫小桃红的唱腔，很容易打动人。”

“打动人的不是小桃红的唱腔，是戏本身。”姬蘅道，“姜二小姐刚刚入戏了。”

“我？”姜梨诧异地看了他一眼，笑道，“我不是戏中人，如何入戏？国公爷说笑了。”

“二小姐做戏的本事很好，说谎的本事却不怎么样。”姬蘅笑着叹息，“你的谎言，实在太拙劣。”

姜梨眉头微蹙，正要说话，冷不防姬蘅突然勾起她的下巴，迫她抬头看他。

这个姿势已经轻佻至极，旁边的孔六险些惊叫出声，被陆玑一把捂住嘴巴。

姜梨心中诧异之下，一时间竟不知道是羞愤还是惊讶，只是直勾勾地盯着姬蘅。

几次三番都这样近距离地看姬蘅，但不管看多少次，每一次看，还像是初见时那样惊艳。他淡红色的长袍有些松散，领口绣着的牡丹却精致又整齐，在凄凄惨惨的唱腔里，越发显得他深艳，像是开在惨白冬日里的一朵红莲，灼热得刺目，又像是于深渊的倒影中看见的一轮皎洁明月，漂亮得令人胆寒。

他眼眸色浅，是通透的琥珀色，眼形的轮廓却天生深刻，像天然描了眼眉似的，画一样勾人。他的鼻梁形状好看得不像话，嘴唇薄而红，即便是薄情的嘲笑，也让人想奋不顾身地扑上去求得一吻。

而他嘴角噙着微笑，慢慢地，一点点俯身，越是亲密，越是凉薄。他的一双眼睛潋滟得让人忍不住屏住呼吸，声音却含糊低哑。

他说："眼是情苗，你的眼睛，出卖了你的心。"

姜梨道："我没有。"

"你心里有个人。"他说。

姜梨："我没有。"

"这个人在你心里，你不爱，却很恨。"他含笑道。

姜梨一怔，那一句"我没有"，却怎么也说不出口了。

姬蘅就像是通晓人心的妖孽，天下一切在他眼中都无所遁形。姜梨不禁怀疑，这个人是否能够识破所有的谎言，明白一切的背叛，只因他迷人的眼睛能让所有人沉沦，除了他自己。

他活得太清醒，也注定不会太愉快。

在这一瞬间，姜梨忽然弯了弯眉眼，紧绷的身体放松下来，她看着姬蘅，笑道："国公爷说怎样，就是怎样吧。"

没料到姜梨会突然妥协，姬蘅眼里闪过一丝意外。

姜梨微微挣脱姬蘅的手，姬蘅松开手指，重新抚上折扇，他又成了那副客气有礼的模样，披上了他的羊皮。

"国公爷这么爱看戏，难道不怕有朝一日自己也入了戏，被人看笑话？"

姬蘅的眸色微微加深，像是没想到姜梨不仅没有后退一步，还说出了这般挑衅的话。

"姜二小姐认为，我是会入戏的人？"他不轻不重地摇着扇子，道，"我不如二小姐仁慈。"

"戏就是戏，作不得真。"他几近缠绵地吐出残酷的句子。

"身在戏中的人，是不知道自己在戏中的。"姜梨轻声道，"就如我在这里遇到打动我的故事，也许有一日，你也会遇到。"

她说着温和的话，看着姬蘅的目光里却带了一丝执拗。这让她看起来总算像个"小姑娘"了，但说话的方式还是这么委婉而意味深长。

"那就毁了这出戏。"姬蘅笑得很和气，"我不当戏子。"

这简单粗暴的话语，真是姬蘅的风格。

姜梨冷冷道："那就祝愿国公爷永远都能如今日一般当个看戏人了！"她也不明白自己是哪根筋不对，偏偏要跑到这里来与姬蘅打机锋。

她又道："浓尽必枯，淡者屡深。"说罢轻哼了一声，转身往孔六那头走去。

姬蘅愕然地站在原地，想明白后，差点忍不住笑出声来，姜梨这是在警告他。

孔六看见姜梨走了过来，挤出一个笑容，对姜梨道："姜二小姐怎么过来了？不继续看戏？"

“没什么好看的。”姜梨笑意温和，一点儿也看不出来刚刚才和姬蘅针锋相对过，“这故事已经看过许多次，且太悲惨，今日中秋，不想伤怀。”

孔六连连点头：“对，对对。”

姬蘅以手抱胸站在雕花栏杆处，有趣地看姜梨应付孔六的寒暄，是个会变脸的小姑娘，且变脸的能力相当不赖。

他又扫了一眼还在戏台上咿咿呀呀唱个不停的小桃红，心中思忖，就是不知道她爱的恨的，又是哪一个。

应当不是周彦邦。

和孔六这样的直性子打交道，比应付姬蘅轻松多了。即便是旁边那个笑眯眯的、老是想套姜梨话的山羊胡，应付起来也比姬蘅来得容易。

姜梨笑着和他们说话，一一避开了重要的问题。来回几次，陆玑就意识到姜梨察觉出了他的用意，便不再提问，只是笑笑，和孔六继续斗嘴。

姬蘅什么也没做，只靠着雕花栏杆听《九儿案》，他一副漫不经心的样子，简直让人怀疑他究竟有没有在听。

也不知坐了多久，姜梨起身道：“几位大人，我得回去了，找不着我，二叔会着急的。眼下时间也不早……”

“那就送你回去吧！”孔六大手一挥。

“等等。”陆玑拦住他，“我们毕竟是国公爷的人，这样送二小姐回去，虽然可以解释清楚，但难免惹来误会。为了不给姜二小姐添麻烦，还是把姜二小姐送到令兄身边为妥当，对令兄，总要好解释些。”

姜梨了然，意思就是糊弄姜景睿比糊弄卢氏一干人容易多了。

姬蘅道：“文纪。”

文纪立刻道：“在。”

“送姜二小姐回去吧。”姬蘅道。

文纪颔首，姜梨对姬蘅行礼：“多谢国公爷款待。”

“不客气。”姬蘅轻笑，“后会有期。”

姜梨：“……”

真希望那个“有期”是百年之后，不，千年之后才好。

总算是从望仙楼里出来了，姜梨微微松了口气，回头一看，望仙楼伫立在燕京城中心人来人往的街道上，灯火幢幢，像是一个不真实的美梦。

她忽然发现，今日中秋原本以为会睹物思人，没想到就这么被姬蘅搅和了。

虽然一开始的确是有思，但和姬蘅的交锋争执，竟然让那些不甘和痛苦一时间没法侵袭过来，到现在一身都是轻松。

也算歪打正着吧。

她道："走吧。"

待找到了姜景睿，文纪便迅速隐没在人群中。姜景睿一看到她，立刻道："你刚才到哪里去了？我一直在找你却找不到，差点就要告诉娘，让她想办法了！"

"被人群挤到了偏僻的地方，好容易才回来。"姜梨面不改色地说谎，"现在已经没事了。"

"真的？"姜景睿怀疑地看着她，"怎么去了这么久？你的妆有点花……"

"太热了，汗水弄花的。"姜梨道，"现在先去找二婶，到了这时间，应当该回去了。"

姜景睿有些沮丧，他还没拿到白兔花灯，只能作罢。

姜梨心里叹息，难怪陆玑会那么说，姜景睿果然很好糊弄。

姜梨离开后，望仙楼里，咿咿呀呀的戏腔中，姬蘅懒洋洋地坐下来，问道："如何？"

"姜二小姐很聪明，"陆玑微微一笑，"回话滴水不漏。"

"毕竟是姜元柏的女儿。"姬蘅不甚在意地道。

另一头，来回报的侍卫道："查清楚了，叶世杰和姜二小姐没有提前约好，应当是在街上偶遇。不过叶家二少爷叶明轩昨日到了燕京。"

"叶明轩来了？"孔六皱眉，"他们叶家的生意都不在燕京，他来燕京干吗？"

"叶家的生意出了点问题。"陆玑道，"叶明轩此次来，大约是来燕京寻点门路，看能不能帮上忙。"

姬蘅笑了一声："人走茶凉。"

"那他怎么不找叶世杰帮忙？现在叶世杰是官了，想讨好叶世杰的人多的是，要从这里找，很容易嘛！"孔六说得理所当然。

陆玑摇头："叶家世代商户，叶世杰是叶家里第一个入仕的，如今好容易有了官职，拿叶世杰的仕途做筹码，帮生意上的事，叶家不敢。"

孔六嘀咕道："那他怎么不去姜家？两家好歹曾经也是姻亲，叶明轩去姜家一趟，姜元柏那么好面子，定然不好意思见死不救。"

陆玑叹息一声："你平日里也听听京城里的新鲜事。姜二小姐连带姜家十年前就和叶家再无往来，叶明轩怎么可能去姜家？"

几人沉默了一会儿。

姬蘅道："叶明轩也可能去姜家。"

"大人？"陆玑不解。

"因为姜二小姐。"姬蘅道。

和姜景睿会合后，姜梨二人又很快找到了卢氏一行人。和二房的人没逛多久就回府了。

这一夜，她睡得很不安稳。到了半夜，开始下大雨，雷声和着雨声，让姜梨越发难以入眠，一直到了鸡叫三声，东方破晓，雨声将歇，她才迷迷糊糊地睡了过去。

等醒来的时候，已经是日上三竿。

老夫人身边的丫鬟翡翠来了，在芳菲苑门口停下脚步，对姜梨笑道：“二小姐，老夫人请您去晚凤堂。”

桐儿问：“翡翠姐姐，府里有什么事吗？”

“不是的。”翡翠笑道，“是来了客人，让二小姐也一道去坐坐。”

桐儿见翡翠如此回答，这才放下心来。看翡翠的神态和语气，老夫人应当不是找姜梨去兴师问罪，姜梨也没犯什么错。

姜梨对翡翠道：“翡翠姐姐稍稍等我一下，我去换件衣裳就走。”姜梨回屋披了件衣裳，就和桐儿一道与翡翠去了晚凤堂。

等到了晚凤堂，翡翠先进门，笑盈盈地对里面的人道：“老夫人，二小姐到了。”

姜梨跟着翡翠走了进去，一进去，便见一个熟悉的少年坐在姜老夫人的下首，微微仰着头，似乎有些不自在。

姜梨脚步一顿，心中疑惑，叶世杰？他怎么来了？心里还没想明白是怎么一回事，就听见姜老夫人和蔼地道：“二丫头，快来见见你明轩舅舅。”

姜梨一怔，明轩舅舅？

她这才看清楚，在叶世杰的身边还坐着一名中年男子。男子一身银白衣衫，戴银冠，腰间一根金袍带，像个读书人，却又比普通的读书人富贵一些，面白无须，身材清瘦，眼神颇为慧黠。

他站起身，看着姜梨，呵呵笑道：“阿梨长这么高了，我都快认不出来了。”

姜梨一时恍惚，这位明轩舅舅叫她阿梨，恍惚间她以为是薛怀远在叫自己阿狸。

叶明轩打量着姜梨，眼中也闪过一丝惊讶。

从叶世杰的嘴里得知了姜梨的许多事，譬如在明义堂与孟红锦立下赌约，在校考场上艳惊四座，在宫宴途中拿刀逼着叶世杰理智对策，桩桩件件，实在让叶明轩很难想象这是记忆里那个任性的小女孩能做出来的事。

十年了，叶明轩已经十年没有见过姜梨。当初叶珍珍死后，叶家害怕姜元柏续弦后，继母苛待姜梨，才会起了将姜梨接回襄阳的心思。没想到年近五岁的姜梨一脸轻蔑，嫌弃叶家是商户，说出商户皆是低贱这种伤人的话，叶老夫人气得大病一场。

那么小的孩子，说话怎么如此伤人？而她好像在那时就沾染了姜家骨子里的凉薄和官场中人隐秘的市侩，让人难以释怀。

如今站在叶明轩面前的女孩子，着浅绿小衫、淡青长裙，高挑纤瘦，清丽卓绝。她唇角含笑，神情温纯，再也不见当初的尖锐和戾气。

她真是和从前不一样了。

叶明轩从前对那个小女孩的埋怨，就在姜梨明澈的双眼中不知不觉消散了大半。他不知道这是血缘关系使然，还是姜梨看起来太过善良温纯，让他已经把如今的姜梨和五岁的姜梨完全割裂开来。

他对姜梨露出一个笑容。

姜老夫人将叶明轩对姜梨的欣赏看在眼里，心中微微松了口气。如今叶世杰已是户部员外郎，在这个年纪能坐上这个位置，实属不易。因此，当叶世杰和叶明轩主动登门拜访时，姜老夫人的第一反应就是要与叶家重修旧好。

眼下见了面，叶明轩对姜梨的态度还算温和，这就很好。

叶明轩笑道："你大概不认识我了，上次见你的时候，你还是个小不点，"他伸手比画了一下，到自己膝盖的位置，"大概这么高。我是你母亲的二哥，你叫我明轩舅舅就好。"

"明轩舅舅。"姜梨轻声喊道。

"你明轩舅舅来燕京办点事，特意过来看看你。"姜老夫人笑道，"还给你带了礼物，等会子让人搬到你院子里去。"

姜梨笑笑，看了一眼叶世杰，叶世杰看见她看过来，忙侧过头去，避开了她的目光。

她又与叶明轩叔侄二人，还有姜老夫人聊了聊，都是闲话家常。姜老夫人问起襄阳叶家其余人的近况，叶明轩答得客气不失礼貌，至少表面上看，姜家与叶家的关系缓和了很多。

姜梨注意到，这一次见面，姜元柏不在。姜老夫人大约也觉得让姜家所有人都出面，到底有点尴尬，干脆徐徐图之。

不知不觉，一盏茶喝完了。叶明轩起身告辞，说还有事在身，改日再来拜访，又对姜梨笑道："送给阿梨的礼物，我现在让人搬到阿梨的院子里去。"

"好。"姜老夫人道，"阿梨，你带你明轩舅舅去看看你院子。"

这是给他们甥舅留出单独说话的时间。

叶明轩从善如流地答应了老夫人的安排，姜梨便带叶明轩和叶世杰一起回芳菲苑。

叶世杰一路上都没说话，倒是叶明轩有一搭没一搭地询问姜梨过得如何。姜梨也含笑应对。

叶明轩见姜梨从容的模样，心里十分讶异。看姜老夫人的态度，姜梨在姜家的地位似乎不如想象中的低微。而看姜梨的举止言行，显然教养良好，不像是被苛待。

这个侄女似乎藏着许多不为人知的秘密，叶明轩暗暗地想。

待到了芳菲苑门口，清风和明月正在打扫院子，白雪见姜梨回来了，连忙奉茶。见姜梨身边还有叶明轩和叶世杰二人，不由得诧异。

"这是明轩舅舅和叶表哥。"姜梨笑道，"白雪，上茶。"

叶明轩在看到芳菲苑的一瞬间就怔住了。

即便是秋日，芳菲苑也是姹紫嫣红的，盛开着各色菊花、桂花，香气扑鼻，不见凋零落寞的模样。姜元柏标榜清高，院落里的植物多为青色，到了秋日，更喜欢黑白萧肃，方显清流。因此一路走过来，并不见如此繁盛模样。

但姜梨的院子，热闹得与首辅府格格不入，让叶明轩一瞬间就想到了自己早逝的妹妹叶珍珍，顿时便觉眼睛酸涩难当。

姜梨见叶明轩神情有异，就道："这是母亲养病时住的院子。我回燕京城后，夫人把院子给了我，那时候院子里的花草都枯死了，桐儿和白雪她们费了好大力气才弄成如今的模样。"

她把季淑然唤作夫人。

叶明轩的目光微微一动，问："季夫人待你如何？"

姜梨微微一笑，没有回答叶明轩的话，而是道："茶好了，明轩舅舅，我们进屋说吧。"

她避开了叶明轩的问题。

叶明轩和叶世杰对视一眼，想了想，摇头跟上了姜梨。

桐儿端正地站在一边，依次给叶明轩和叶世杰斟茶。

"没想到明轩舅舅会忽然来燕京。"姜梨道，"明轩舅舅怎么会想到来姜家？"

叶世杰轻咳一声，道："我和二叔提起了你。"

姜梨不置可否，她早知道发生了这么多事，叶世杰迟早会告诉叶家人自己的事情，只是没想到叶家人会亲自来燕京。

叶明轩感叹："算起来有十年了吧。阿梨，你的事我都听世杰说了，你几次三番帮世杰，我替世杰谢谢你。"

姜梨失笑："都是一家人，明轩舅舅不必客气。"

她说得真诚而温柔，一双眼睛澄澈如溪水，让人不得不相信她此刻说的话是发自肺腑。

"外祖母他们还好吗？"姜梨问。

"身子不大好。"叶明轩道，"上了年纪就是如此，这一次本来也想来燕京城看看世杰的，实在是身子不允许。"

姜梨微微蹙眉，叶老夫人的身子不好，这可不是什么好事。

叶世杰觉得有些别扭，叶老夫人身子不好，可不就是当初从姜梨侮辱叶家一事过后吗？那时叶老夫人大病一场，伤了根本，身体就不如从前康健了，这些年更是一年不如一年。

"外祖母不能来，怎么其他几位舅舅也没来？"姜梨问。她打听过，姜二小姐一共有三位舅舅，叶明轩排行第二，叶世杰的父亲是老大，还有一位小舅舅。

"襄阳的生意出了些问题。"叶明轩笑道，"他们近来很忙。"

虽然叶明轩笑着，姜梨却分明从他的眼中看到了一丝隐忧。所谓的问题，定然不像叶明轩说的这般简单。

姜梨想了想，问：“明轩舅舅打算在燕京城待多久，什么时候回襄阳？”

“这次过来，主要是看看世杰，顺便把燕京城的生意了结一下。等事情办完后，我就回襄阳。”叶明轩思忖了一下，道，“估计用不了多久，最多十来日。襄阳那边离不得人，不能在燕京耽误久了。”

连十来日的时间都算是耽误，看来襄阳那头的事一定很急。叶明轩这么说，更加证实了姜梨的猜想。她瞧了一眼叶世杰，见叶世杰也是心事重重的模样。

叶明轩笑道：“虽然这次来燕京是看世杰，不过见到阿梨也是意外之喜。听说你成了明义堂榜首，还得了陛下授礼，你外祖母要是知道了此事，定然很高兴。”

“说起来，我也有许久没有见过外祖母，还有舅舅们了。”姜梨跟着笑了，“这次见到明轩舅舅，就如明轩舅舅认不出我，我也差点没认出明轩舅舅。”

叶明轩哈哈大笑：“没事，等有机会，你和世杰一起回襄阳，届时见见你外祖母和你舅舅们就是，他们一定很高兴。”

姜梨等的就是他这句话，眼眸一弯：“何必等，这一次就是个机会，明轩舅舅办完事后，我就和舅舅一起回趟襄阳吧。”

此话一出，叶世杰和叶明轩一同愣住了。桐儿也瞪大眼睛。

许久之后，叶明轩才不确定地问：“你刚才是说，想与我一道回襄阳？”

“是啊。”姜梨爽快地回道，“我也多年未曾见过外祖母和舅舅们了，当年年幼，做下许多错事，后来颇为后悔，却无机会当面致歉。如今舅舅既然来到燕京，过些日子也要回襄阳，正好是一个机会。”她低下头，“一直没有机会尽孝外祖母，偶尔想起来，心里便很不安。”

叶世杰本想嗤笑一声，可嘲笑的话到了嘴边，看着姜梨的眼睛，叶世杰却又怎么也说不出来。

倘若她是在说谎，她一定是天下最高明的骗子。

叶明轩更是惊愕得说不出话来。

一方面，虽然叶家是巨富之家，但襄阳始终不及燕京城繁华，且一路上舟车劳顿，一个娇生惯养的大小姐真受得住？另一方面，如果此事是姜元柏或者姜家授意，让姜梨回叶家又有什么好处？单纯讨好叶家，姜家犯得着吗？

“舅舅不必想那么多。”姜梨笑盈盈道，“我只是回去看看外祖母，仅此而已。”像是能窥见叶明轩的心事般，姜梨突然开口。

猛地被戳中心思，叶明轩面上也没有露出尴尬的神情，而是道：“我是想，回襄阳的路途遥远，你一个小姑娘怎么受得了？”

“舅舅别忘了，我曾在庵堂住了八年，挑水劈柴都是自己干，没有那么娇气。”姜梨道。

叶世杰眉头微皱。

“可是……你父亲恐怕不会放心你跟我们回去。”叶明轩沉吟。

“如果舅舅前去与父亲交涉，我相信父亲会放我回去的。”姜梨淡淡道，“母亲已经过世十多年了，我也长大了，府里还有三妹，我并不是唯一的嫡女，父亲的精力不会全部用在我一人身上。”

她话里有话，这位明轩舅舅看着是个聪明人，不会不明白她话里的意思。

“况且眼下大表哥成了户部员外郎，”姜梨笑道，“父亲定会同意咱们两家多走动走动。”

叶明轩意味深长地看着她：“阿梨倒是很明白。”

姜梨如此通透，实在令叶明轩意外，更令他意外的是姜梨的坦荡。他一时无话可说。

正在这时，叶世杰突然开口了，他看着姜梨，一字一顿地问：“你真的想回襄阳看祖母？”

“千真万确。”

叶世杰定定地看着姜梨，脸上浮起郑重的神色，看了一会儿之后，对叶明轩道：“既然她想去，舅舅，你就带她回去吧。”

叶明轩诧异。

“难得表妹有这份心意，不过是多一双筷子的事而已，就让她回去见见祖母，尽尽孝心吧。”

姜梨对叶世杰微微一笑：“多谢表哥。”

叶世杰对她虽仍有怀疑，但也终于开始相信她。

沉默良久，叶明轩抬起头，对姜梨道：“那我就先与你父亲商量一下吧。”

“好。”姜梨道。

“你要回襄阳一趟？”晚凤堂里，下朝回来后的姜元柏还没来得及脱下官服，皱眉问姜梨。

姜梨颔首：“听明轩舅舅说外祖母的身子近来不大好，我也多年未见过外祖母了，实在很想念，况且我从未去过襄阳，想来想去，也应当去看一看。”

姜元柏看向叶明轩，叶明轩温文尔雅地微笑着。

对叶明轩，姜元柏倒不反感。叶家二老爷博览群书，没有太多商人的铜臭味，因此对叶明轩，姜元柏也愿意多说两句话。

但这么多年都未有音讯，突然来往，还是有些尴尬。

“既然阿梨有心，不妨带她回去看一看珍珍当初生活过的地方。”叶明轩笑道，“姜大人放心，我们会照顾好阿梨的。”

“那怎么行？”跟在姜元柏身边的季淑然担忧地开口，“这一路上舟车劳顿，况且梨儿又从未去过襄阳，在那里怎么吃得惯住得惯？”

叶世杰有些不喜，季淑然这话说得，像是叶家会亏待了姜梨似的。

“母亲多虑了。”姜梨不咸不淡道，“我在青城山上的庵堂里住了八年，过得也不差，早已习惯了。襄阳比起青城山，应当热闹得多。”

季淑然被堵得哑口无言，这本该是姜梨一生的耻辱，如今反倒像是她的功勋或者护身符，动辄就被她拿出来当挡箭牌。

季淑然笑得勉强，她这些日子忙着开解伤心欲绝的姜幼瑶，不晓得姜梨怎么和叶家扯上了关系，一个孤女没有依靠的时候已经能搅起这么多浑水，要是多了叶家做依靠，指不定还能做出什么样的事来。

“倒不是不好……”姜元柏沉吟着。

“二丫头既然想回襄阳，就让二丫头去吧。”姜老夫人开口道，“若不是我身子不好，我也想去看看她。这么多年了，”她感叹一声，“二丫头都长大了，也该让她看看。”

姜老夫人对叶家倒是真的存了一点感情，毕竟当初叶珍珍是姜老夫人亲自挑选的媳妇。叶珍珍虽然不够精明，但胜在心地善良。

是时候和叶家重修旧好了，姜老夫人心中想，至少不能让季淑然以为只要有季家在，就永远有恃无恐。季家固然倚靠着丽嫔往上爬，可他们姜家并不需要讨好季家来做什么。季淑然忘记了自己的身份，自己就该提醒她，这是在姜家，不是在季家。

“娘……”季淑然有些着急。姜老夫人这般说，无异于打她的脸。也就在这时，她忽然发现，不知不觉中，姜元柏、姜老夫人都渐渐站在了姜梨那一边。

姜梨做了什么？姜梨似乎什么都没做，她没有如姜丙吉一般成日在老夫人面前撒娇卖乖，也没有如姜幼瑶一样在姜元柏面前承欢膝下。她是怎么做到的？

季淑然看向姜梨。

姜梨微微一笑。

不必做什么，在这种利益为上的官家，或许并非全无亲情，但要靠那点微薄且不牢固的亲情来生存，并不安稳，指不定哪一日这点亲情就不在了，又或许是对方听信了别人的谗言，原先拥有的一切就被轰然摧毁。

人还是得靠自己，这是姜梨用血泪悟出来的道理。

“就这么定了吧。”姜老夫人说得斩钉截铁，看着叶明轩道，“路途上需要什么，大可以与我们说。二丫头也是我们姜家的小姐，这回就请你们多多照拂。”

说得十分客气。

叶明轩连忙拱手称是，然后忍不住看了姜梨一眼。

姜梨也正看向他，她坚定地、执着地、微笑地看着他，仿佛去襄阳就是她一辈子必须完成的心事一般。

姜梨确实很坚定。

她必须要回襄阳，无论付出什么样的代价，她都得回去见父亲一面。

这是她的心愿。

回去的路上，叶世杰和叶明轩都很沉默。

在姜家发生的一切实在出乎他二人的意料。快走到客栈门口的时候，叶明轩问自己侄儿：“世杰，你觉得，阿梨是真的想回襄阳看你祖母吗？”

“我不知道。”叶世杰有些烦躁，“她浑身上下都是心眼，谁看得透？”

“我觉得，”叶明轩思忖道，“她不是突然兴起，她一定早就想回襄阳了，只是一直没有找到机会。今日我前去姜家拜访，恰好是个机会，她就顺势提了出来。”

“舅舅是以为她在说谎？”叶世杰皱眉，“她另有目的？”

“不好说。”叶明轩摇头，“不过此事应该不是姜老夫人和姜元柏的主意，我提起此事的时候，他二人的惊讶不似作伪。”

“兴许就是她自己的主意。”叶世杰走进房间，将门掩上，在桌前的凳子上坐下来，看向叶明轩，迟疑着道，“舅舅……你们小心一点。”

“不至于。”叶明轩笑道，“今日我看她并不似刻薄之人。虽然不晓得她何以要回襄阳，但到底是自家人，我们暂且相信她吧。”他叹了口气，“姜家的水深得很，那个季淑然你也看到了，阿梨能在姜家活下来，定不容易。她是个坚强的姑娘，还很聪明。”

叶世杰不说话了，半晌后才道：“话别说满，先看看再说吧。”

淑秀园里，季淑然攥着手帕，指尖发白，已然怒不可遏。

姜梨回叶家，瞧着只是一件小事，季淑然却感到深重的危机。

“夫人不必生气。”季淑然身边的丫鬟寻春上前一步，低声道，“虽然二小姐去了襄阳，但未必不是一件好事。”

“好从何来？”季淑然皱眉。

“眼下府里正是多事之秋，二小姐又精明得很，总在老爷面前搬弄是非。二小姐走后，夫人大可以让三小姐和老爷多相处一些时候。老爷本就因为周世子的事对三小姐多有愧疚，此番正是个好机会。没有二小姐，三小姐和老爷一定会相处得更融洽。”

季淑然沉默。

“况且，”寻春又是一笑，“首辅府出去容易，进来却难。当初二小姐出姜府大门，八年后才得以回来。如今这位子尚未坐稳，二小姐就迫不及待地回襄阳，这不是自个儿犯蠢是什么。这一出去，谁知道什么时候回来，或者……”声音倏地压低，“或者回不来呢？”

“你是说……”季淑然一怔。

另一头的夏菡也走上前，道：“上次议郎夫人也对您说过，燕京城里许多双眼睛盯着，在天子脚下不好动手。可倘若二小姐去了桐乡……发生个意外也是很自然的事。届时真要出了事，也是叶家倒霉，叶家拿不出个说法，咱们府上和叶家这回就算是真的断了关系，断无好转的可能了。”

季淑然道：“你说的，我不是没有想过。我小心翼翼经营了这么多年的名声，到头来被她毁于一旦。因着前些日子的事，我总想着小心行事，不想却让那小贱人寻了先机。”季淑然深深吸了口气，“你们说得不错，在燕京城，我尚且还有几分顾忌，毕竟首辅家的千金小姐一旦出事，各路人马都会出面追查。可要在桐乡，或者去桐乡的路上……”季淑然的眼中闪过一丝阴毒，“谁也查不到，便是查到了，证据也早就被清理干净。叶家是有银子，可因为银子引来贼人，也是常有的事。”

夏菡和寻春一块儿点头。

季淑然伸手拂上桌上的琼英花叶子，叶子顺滑翠绿。

一直以来，在姜家，在燕京城，为了维持一个慈母的名声，她一直无法下手。在这种被动的情况下，姜梨节节胜利。

眼下，姜梨忽然提出要回襄阳，大概是想和叶家重修旧好，为自己找个靠山，却不知这么一去，无异于在战场上打仗的将军，丢掉了自己占领的城池，转而去向一座偏远的高地发起进攻，可谓是丢了西瓜捡了芝麻。

既然姜梨不想待在首辅府，这也是一个机会，她要彻底将姜梨驱逐出去。

季淑然的手掐到琼英花叶片的经络之上，忽然伸手一抓，叶子被她揉得稀碎，根茎折断，碎成几片破絮，七零八落地落在地上。

她蓦地站起身，道：“寻纸笔来，我要给爹写信。”

一个人难以办成这些事，要想在桐乡神不知鬼不觉地动手，还得倚仗季家。

芳菲苑里，桐儿和白雪正在手忙脚乱地收拾东西。

“姑娘没有什么特意要带的吗？”白雪认真地问，“或是要做的事？这次离开燕京，得有些日子才能回来。想吃什么糕点，奴婢等会子就去买，襄阳未必有这些。”

姜梨心中失笑，桐乡是很清贫，可襄阳一点儿也不差。不过白雪的话却提醒了她一件事，她道：“说得也是，这样吧，明日我们出门逛逛，吃点好的，也玩痛快些，毕竟要在襄阳待很久。”

“真的？”桐儿一听，顿时欢呼起来。

白雪也很高兴。

姜梨转过身，微微敛眸，神情一片沉肃。

在回故乡之前，她得去看一眼薛昭。虽然现在还不能将薛昭的尸骨带回襄阳，不能让他也回到家乡，但姜梨要去看一看他。

她要带着薛昭的血仇和性命回到襄阳，所以无论如何，她都要去看一眼。

那是她死去的弟弟，薛昭。

第二日清晨，姜梨早早地起床梳妆。

昨日还是艳阳天，今日就下起了淅淅沥沥的小雨。

燕京城的秋日很短暂，仿佛夏日的炎热还在眼前，一转眼就已寒风瑟瑟。

桐儿伸手在外面试了试，回头对姜梨道："姑娘，雨下得不小，要不别出去了，改日再去吧。"

"无事。"姜梨正在系披风，闻言道，"都在马车上，走不了多少路的。"

桐儿只得作罢。

姜梨与他们说好今日会出门逛逛，也能买点给叶家的礼。姜老夫人知道此事后，还特意让珍珠送来些银子，让姜梨自个儿好好挑。

没料到今日会下雨，桐儿想着也不急于一时，反正叶明轩还要在燕京城待十日左右，改日寻个天气好的时候去也不迟。谁知道，向来好说话的姜梨今日这么固执。

姜梨系好披风，在镜前站定。

姜二小姐的模样生得不如薛芳菲出众，但底子不差，这些日子在姜家长养着，吃得比在青城山好了许多。那点憔悴和虚弱已全然不见，乍一看，水灵灵、俏生生的。

"姑娘真好看，"白雪站在一边，真心赞叹着，"像是从画里走出来的。"

姜梨看着镜子里的自己，这张脸上是熟悉的神情，五官却是这样陌生。待到了薛昭面前，薛昭可还认得她？

父亲……也认不出她了吧。

她的心里涌出一阵伤感，侧头不再去看那面镜子，只道："走吧。"

因着下雨，街上的行人并不多。姜梨和桐儿白雪只能在珠宝店或是布铺逛逛，不多时，姜梨便挑好了给叶家各人的礼品。

姜梨给三个舅舅、两个舅母、叶老夫人以及表姐表哥都准备了不同的东西，为此还特意问叶明轩，打听了他们各自的性格，买的东西自觉满意。

待到了午后，她们便随意在燕京城的一处酒楼吃了点东西。见雨还没有停，桐儿就道："这雨一时半会儿不会停，姑娘，吃过饭咱们就回去吧，外头也没什么好玩的。"

姜梨想了想，道："不回去，我们去烟雨阁。"

"烟雨阁？"桐儿和白雪都很诧异，问，"那是什么地方？"

"是白鹭湾附近的一处楼阁，听闻那里的雨景十分好看。回燕京城这么久，我只闻其名，还从未去看过。今日的雨下得好，择日不如撞日，我们等下就去吧。"

白雪历来听姜梨的话，完全没有异议。桐儿见状也只得同意，不过她看着姜梨道："姑娘从哪里听来的烟雨阁的事？奴婢一次也没听过。"

"曾偶然听见别人谈论罢了，"姜梨淡淡道，"并不是出名的地方，所以鲜少有人知道。"

桐儿若有所思地点点头。

姜梨喝着面前的茶，思绪飞得很远。

那时她因为寿辰一事小产，元气大伤卧病在床，得知薛昭的死讯，艰难地爬起来，但桐乡离燕京太远，她无法拖着重病的身子将薛昭的尸骨运回桐乡，沈母也不会允许她这么做。她被沈家视为耻辱，不可出门丢人现眼。便是给薛昭收尸，都是沈玉容的宽容。

沈玉容对她道："烟雨阁风景优美，人迹罕至，是个不错的地方。若是薛昭埋骨于此，也不错。日后有机会，等你好起来再让薛昭回归故乡。"

她那时候正焦头烂额、脆弱无依，自然对沈玉容感激涕零。自己做出了丑事，沈玉容还能念在过去的情谊上替她着想，实在是很好了。

但后来她才知道，自己的事本就是沈玉容一手造成的。永宁公主勾结狗官害死薛昭，沈玉容会不知道？他们就是杀人凶手，却还要装作一副感同身受的悲伤模样，真是令人作呕。

想到此处，姜梨眉头紧蹙，只觉得那烟雨阁再美，将薛昭埋在那里也是沈玉容的主意，未必没有永宁公主的心思。她不愿意薛昭死后还受这二人摆布，如今是没办法，但总有一日，她会带着薛昭离开烟雨阁，离开燕京城。

姜梨放下茶杯，道："我吃好了，我们走吧。"

桐儿和白雪隐隐感觉姜梨有些郁郁，俩人对视一眼，皆是一头雾水，只得跟着姜梨离开。

白鹭湾在燕京城边的一处湖边。前朝的时候，有位文人住在那里，养了一群白鹭。后来文人去世，白鹭也飞走了，但白鹭湾这个名字被保留了下来。烟雨阁就坐落在白鹭湾附近。

薛昭的坟冢，在烟雨阁后面的一棵桃树下。

桐儿和白雪都是第一次来白鹭湾，但见湖水碧色青青。烟雨阁一共六层，站在阁楼上往下看，整座楼阁都在雾蒙蒙的烟雨之中。湖水泛起细细密密的涟漪，水天相接，自成一色。

桐儿很激动，道："真好看啊！姑娘，这烟雨阁的烟雨真是很漂亮！"

姜梨笑道："你们先坐一会儿，我去瞧瞧那棵桃树。"

白雪连忙道："奴婢也去。"

"不必了。"姜梨制止了她，"这里也没人，我去看看，很快回来。无事的。"

说完，她便离开了阁楼。

不远处，桃树如昔日一般，安静地立在原地。树上的花朵早已谢了个干干净净，没有桃花的点缀，大树变得凄凉而萧条。

树下，有一个小小的坟冢。

姜梨打着伞，站在坟冢前。

薛昭在来京路上被强盗所害，又被弃尸河中，所以她看到薛昭最后一面的时候，薛昭早已面目全非。若非薛昭身上的胎记，姜梨简直不敢相信那个意气风发的少年就是这么一具冰冷的尸体。

他死前遭受过非人的折磨，身上的刀痕让姜梨现在想起来都心有余悸。那时候她没有怀疑，直到死前，才知道一切都是拜永宁公主所赐。所以那些刀痕并非强盗所为，而是永宁公主的人所为。

本以为找到了官可以帮到自己，没想到却陷入了另一个陷阱。姜梨难以想象，薛昭在最后一刻内心有多绝望和悲愤。

而他死后，就埋在这么一处无人的地方，下雨的时候，连个挡雨的地方都没有。

姜梨把自己的伞轻轻放了下来，遮挡在坟冢的上头，仿佛这样，就能为薛昭挡住头上的风雨，仿佛面前的坟冢，正是一个笑得快活的少年。

她闭上眼，心中默默念道："阿昭，姐姐来了。

"阿昭，我是姐姐，你大约已经认不得我。我如今是姜家嫡出的小姐，姜元柏的女儿。你一定也觉得很是不可思议，当初我也如此，只是现在想来，未必不是老天爷给我的另一次机会。

"再过十来日，我会去襄阳一趟。我会想法子弄清楚父亲的死是怎么一回事，当初是我连累了你们。我知道害死你们的是谁，也知道该找谁报仇。沈玉容如今步步高升，永宁公主背后又有成王，我暂时奈何不得他们。

"但我会以姜二小姐的名义，想法子为薛家洗脱冤屈，揭开永宁公主和沈玉容的真面目，让你们沉冤昭雪。"

"阿昭，"她在心里默默说道，"原谅我这么久才来看你一次，你一定很责怪姐姐。但我的心里没有一天忘记过薛家的血仇，请你耐心等待，看着我替你们报仇。"

"阿昭……"她心里默默念道，仿佛又能看到那个舞刀弄枪的少年郎，侧头看着她傻笑。

也不知过了多久，姜梨才睁开眼睛。

雨势似乎小了些，面前的坟冢还是安安静静的，不知从哪里飞来一只红雀，蹲在枝头，偏着头看她。羽毛上沾了不少水珠，红雀猛地扇了扇翅膀，将翅膀上的水珠抖搂个干净。又瞧见姜梨放在坟冢上头的伞，它登时俯冲下来，立在坟头，借着伞的遮挡，啁啾叫个不停。

姜梨微微一笑，低声道："你也听到了吧。"

她转身慢慢地往烟雨阁走去。

待回到烟雨阁，桐儿和白雪见她湿淋淋的样子，吓了一跳。桐儿道："姑娘，你的伞呢？怎生衣裳都湿了？"

"看见一只红雀被雨打湿了，一时可怜它，便拿我的伞替它遮了一下，就放在后面那棵桃树下。"

桐儿闻言，道："姑娘，我知道您是一片好心，可您可以跟奴婢们说，这里还有别的伞，奴婢们拿过去就是了，何必淋湿了自己呢？若着凉了怎么办？"

姜梨满怀歉意地笑道："一时没想那么多。"

"姑娘什么都好，"白雪小声道，"就是心软了些。"

心软？姜梨心中失笑。

或许吧，薛芳菲心软，但现在的姜梨心硬如铁。

燕京城望仙楼里，陆玑正在与姬蘅说话。

不多时，姬蘅身边的文纪走了过来。

文纪脸上显出些迟疑的神色："大人……"

姬蘅瞥一眼他的神色，道："说。"

"是。"文纪立刻回道，"姜二小姐今日带着两个丫鬟出门，先在燕京城里各商铺买了些东西，用过饭后，去了白鹭湾的烟雨阁。"

"烟雨阁？"姬蘅抬了抬眼皮子，笑了一声，"她倒是什么偏僻地方都知道。"

"怎么？"一边的陆玑看出了些苗头，捋了捋胡子，道，"大人还派人监视姜二小姐？"

姬蘅摆了摆手："不是监视，只是她行为奇怪，让人想不注意都难。"他随口问文纪，"她去烟雨阁看什么？"

"听闻烟雨阁看烟雨最美，"陆玑突然想起了什么，笑道，"姜二小姐莫不是去看烟雨的？倒是真风雅。"

"不是。"文纪道，"姜二小姐先和两个丫鬟在烟雨阁坐了坐，然后去了烟雨阁后面的桃树下。那里有一座坟冢，姜二小姐把自己的伞留在了坟冢上，给坟冢遮雨。"

姬蘅和陆玑的动作同时一顿。

姬蘅挑眉，漂亮的眸子里显出几分兴味，他问："哦？她是去祭拜？"

"没有拿拜祭的东西，但姜二小姐看起来像是认识死者，在坟冢前站了很久，看起来很悲伤。"

"那就是祭拜了。"姬蘅道。

陆玑问："大人为何这么说？"

"姜二小姐做事向来滴水不漏，也惯会给自己打掩护。"姬蘅似笑非笑道，"今日出门买东西，去烟雨阁看烟雨，都是幌子。她的目的，就是为了在那座坟冢前站上片刻。"

"坟冢里的人，一定是她重视的人。"他径自下了结论。

如果说姜梨做事滴水不漏，幌子也打得十分周密，姬蘅看事情则是直指重心，一眼就看出事情真相。

"谁的坟冢？"姬蘅问。

"是一个叫薛昭的人。"文纪回答，"一年前被强盗劫杀弃尸江中，不过我们的人查到，其中可能有点蹊跷，薛昭的死可能和当今京兆尹有点关系。"

这世上总有太阳照不到的地方，即使在燕京城天子脚下，每日不明不白死去的人也不少，有点家门还好，那些无权无势的，大多如草芥入海，连个波涛都没惊动一下，就沉下去，再也看不到了。

“这薛昭是什么来头？”陆玑疑惑，“没听过燕京城的官户里有这么个名字。”

文纪顿了顿，才道：“要说这薛昭也不算燕京城的人，他是当今中书舍人沈玉容的小舅子，沈玉容先夫人薛芳菲的亲弟弟。当初薛芳菲出事后，薛昭大概是听闻此事所以进京，没想到刚进京就丢了性命。”

“薛芳菲的弟弟？”陆玑一怔，随即摇头，“这倒是没想到。”

“可薛昭和姜梨有什么关系？”陆玑更疑惑了，“薛家和姜家八竿子也打不着，姜梨在青城山待了八年，这期间应当不会和薛昭有关系，而且薛昭去年就死了，姜梨今年才回来，也不会是姜梨回来后认识的人。”他迟疑了一下，问，“薛昭曾经到过燕京？或是青城山？”

文纪摇头：“应当没有，薛昭在襄阳桐乡长大，没有离开过桐乡。生前第一次来燕京城，就是去年，还未见到薛芳菲就死了。”

陆玑看向姬蘅，道：“这就奇了。”

姜二小姐就算再如何善良，也不会为一个不相干的人露出难过的神色，更别提会如姬蘅说的，绕这么大一圈子，就是为了去看薛昭的坟冢。若非熟识，至于吗？

“或许……”文纪斟酌了一会儿，小心翼翼地提出了一个猜想，“薛昭和姜二小姐曾经有过什么，姜二小姐青睐薛昭？”

“你不是说他二人过去不可能见过？”陆玑道，“见都没见过，何来的青睐？”

这倒也是，文纪不说话了。

姬蘅眯了眯眼，忽然道：“薛昭是襄阳桐乡的人？”

文纪：“正是。”

“姜梨的亲生母亲叶珍珍是襄阳人，薛昭也是襄阳人……”姬蘅道，“不用查姜梨和薛昭的关系，从薛家查起。”

“薛家？”陆玑疑惑，“状元夫人薛芳菲，她父亲好似只是个小吏，家中人口单薄，没什么特别的。”

“别忘了，姜梨即将和叶明轩一道回襄阳。不觉得很奇怪吗？”姬蘅唇角含笑，“以姜二小姐的性子，怎么会刚在姜家站稳脚跟，就离开？无非是襄阳有更重要的东西。”

“她不是回去与叶家重修旧好？”陆玑问。

“姜二小姐可不像是有情有义的人。”姬蘅懒洋洋道，“之前我不明白她为何要回襄阳，现在明白了。她和薛家有关系，或者说，薛家有她想要的东西。”

文纪和陆玑二人听罢，各自心中百转千回，一时之间竟不知说什么。

“文纪，薛昭的死因，你也好好查查。”姬蘅把玩着折扇，道，“或许薛昭的死因，我们这位姜二小姐知道得也不少。”

陆玑一惊：“她连这也知道？”

“她有的是秘密，不差这一两个。”姬蘅不甚在意地掸了掸袍子上的褶皱，淡淡道，“恰好我也要回襄阳，这一路上，看来不寂寞了。”

接下来的日子过得很是平淡，转眼到了十日后，叶明轩来接姜梨，将要一同离开燕京，回襄阳。

这一回，难得地，姜老夫人也出府送行。仍旧没有看到姜幼瑶和姜玉娥的影子，季淑然笑着对叶明轩道：“一路上多多注意安全，梨儿就托付给您照顾了。”

叶明轩笑道：“放心吧。”

叶世杰道：“时候不早了，你们出发吧，早走一刻，多赶些路，也能早日回到襄阳。”

姜梨回身，对着姜老夫人微微一福，道：“父亲、祖母不必挂念，待看完外祖母，我会早些回来的。”

“当然。”季淑然道，“我们等着你回来。”

姜梨微微一笑，不再迟疑，桐儿扶着她上了马车。车帘放下，隔绝了外头姜家人的目光，只听叶明轩吩咐车队的声音响起，马车骨碌碌地往前行去。

她心里这才松了口气，随即又变得激动起来。

这是……回乡的路。

虽然不再是薛芳菲，虽然变成了首辅家的千金小姐，但她总算是走上了回家的路。

从燕京城到襄阳，抓紧赶路不耽误的话，也要一月有余。叶明轩雇了镖局车队来保护姜梨的安全，姜元柏也拨了些护卫，这样一来，便是在路上遇到劫道的，也能全身而退。

好在一路上都十分平安，并未遇到什么危险，甚至顺利得过分。因此，一行人快到襄阳城时，才将将过了一月。

车队到了襄阳城门口的时候，桐儿拉起马车帘，好奇地往外看，喃喃道：“这里就是襄阳城了啊，看着挺热闹的嘛。”

姜梨瞧着外头的风景，眼中闪过一丝感怀。

桐乡是襄阳城下辖的一个小县。从前每逢过节，薛怀远就会来襄阳为薛芳菲和薛昭姐弟二人添置东西。那时候她和薛昭每年都盼望着来襄阳，襄阳比桐乡热闹繁华多了，好吃的好玩的也多得多。只是这样的机会不常有，算起来，她嫁给沈玉容三年便离开桐乡，至于襄阳，也有七八年没来过了。

眼前的襄阳看上去还是熟悉的样子，却比七八年前更热闹，更繁华，也更让人向往。

倘若薛昭还在，他一定会大笑着拉她再去逛逛襄阳城的……

正想着，守城小将见过行令后放了行，车队继续朝前走去。

走了大概一炷香的工夫，车队的速度渐渐慢了下来。又不知过了多久，马车停住，叶明轩的声音从马车外传了进来：“阿梨，下车吧，咱们到了。”

门房见了叶明轩，立刻打开门，并招呼小厮进屋禀告，小厮一路高声道：“二爷回来了！二爷回来了！”

桐儿扶着姜梨跳下马车。

叶家作为襄阳城的首富，其家财便是拿到燕京城也叫得出名号，因此叶家大宅修建得十分气派。据说叶家从叶老大人开始就一直住在这里，朱门大瓦，门口的柱子上都雕刻了细细的花纹，便是连坠着的灯笼，蒙着的白纱也是江南的燕翅纱。

桐儿和白雪站在叶家的大门前，皆是瞪大了眼睛。叶家的豪气，和首辅府的精致风雅全然不同。对于普通百姓来说，自然是这样简单阔气的宅子更为夺人眼球。

叶明轩道：“阿梨，你还是第一次来叶家吧，怎么样？觉得还行？”

“非常不错。”姜梨笑了笑。

她和薛昭从前来襄阳城玩，也听过叶家的大名，曾从叶家大宅前走过。薛昭还感叹，若是能走进去瞧瞧里面是什么模样就好了。却没想到，如今的她居然能光明正大地从朱红的大门走过，一睹风采。

叶明轩笑道：“我们进去吧。”

姜梨和叶明轩一道走了进去。

叶家的宅院看起来比首辅府还要宽敞明亮，比起首辅府的严谨，多了几分市井的热闹。小厮丫鬟身上穿着的衣裳料子也是上乘，足见叶家家产丰厚。这些下人见了叶明轩纷纷行礼，见叶明轩身侧跟着的姜梨一行人，又俱是好奇地打量，猜测着姜梨的身份。

锦画堂里，此刻正站着几人。

“爹总算回来了。”一位十四五岁的少年道，“不知这回从燕京城带回了什么好东西？”

“你就知道这些。”在他身边，颇有书卷气息的妇人嗔道，“平日里府里没少你东西，燕京有的，你又不是没有。”

“妹妹莫要责怪如风。”另一位圆脸妇人笑道，“如风是孩子气了些，世杰在的话，也会如此。”

叶如风的身边站着位花容月貌的少女，年纪看上去比叶如风稍长一些，她担忧道：“不知大哥的情况如何？如今成了户部员外郎，可还应付得来？”

最中央站着的蓝衫中年男子一言不发，只沉默地喝茶。

正说着，忽然听见外头响起小厮的声音：“二爷回来了！”

瘦些的妇人立刻喜出望外地站起身，便见锦画堂的帘子被人撩开，叶明轩大笑道：“大哥，夫人，我回来了！”

“爹！”少年扑了上去。

姜梨站在叶明轩身后，对于叶家的人，她觉得十分陌生。不过，便是真正的姜二小姐来此，大约也是和她一样的感觉，要知道他们已经有十年未见了。

那少年是叶明轩的儿子叶如风，忽然瞥到站在一边的姜梨，当即从叶明轩怀里站出来，疑惑地问道：“她是谁？”

姜梨微笑着站在叶明轩身后，瞧她的衣裳打扮，并不似下人，所以不会是叶明轩在路上收的婢女。

那个瘦高的颇有书卷气的妇人，也就是叶明轩的夫人卓氏，瞧见姜梨，霎时间白了脸，大约以为姜梨是叶明轩在路上收的女子一类。他们富商家里多有此事发生，出去做生意的途中，隔上三五年便带回一个陌生女子，还有所谓的儿子。叶明轩一别几个月，儿子是不可能的，但在路上收用个女子，却不是不可能。

男人在这种事上向来粗心，叶明轩还没发现自家夫人神色不对，姜梨却已经看出来了，也猜到了卓氏的身份。为了避免误会，她只得站上前，笑盈盈地冲着卓氏叫了一声：“舅母。”

这一声舅母倒是叫得卓氏一愣，方才的煞白脸色顿时褪去，取而代之的是疑惑，她问：“老爷，这位姑娘是谁？怎么叫我舅母？”

叶明轩哈哈大笑，冲着站起来的蓝衫男子叶明辉道：“大哥，这次我不是一人回来的。你们看这是谁，可还认得出？”

众人皆不解。只有叶明辉注意到之前姜梨叫卓氏舅母，心中猜到了几分。

“这是珍珍的女儿阿梨啊。”叶明轩笑道，“上次见到阿梨的时候，她还是个小不点儿，如今都是个姑娘家了。阿梨，这是你明辉舅舅和大舅母。”

姜梨笑道：“明辉舅舅，大舅母。”

叶明辉和妻子关氏都是一愣，关氏有些不知所措，叶明辉却是眉头紧皱。

屋子里一片沉寂。

片刻后，叶如风突然开了口，他鄙夷地看向姜梨道：“她是姑姑的女儿，那个嫌弃咱们商户、把祖母气病了的大小姐？”

卓氏赶紧拉了一把叶如风，叶如风目光犀利，毫不客气地继续道：“做都做了，还怕人说什么！”

屋子里的人瞬间都沉默下来，气氛变得十分尴尬。

本来也是，叶明轩在回襄阳的时候，可对姜梨会回来一事只字未提。叶家人都不晓得姜梨会过来，此刻突然看到她，都不知如何应对。要知道多年前姜梨的一番话伤了叶老夫人的心，也伤了整个叶家人的心。对姜梨，他们从此只当没有这个人，谁知道她竟忽然出现。

叶明辉责备地看着叶明轩，斥责他为何不早将此事说明。叶明轩一脸无辜，却又忍不住去看姜梨的反应。

姜梨执意要和自己一起回襄阳，就应该料到会有这么个结果。叶家不会心无芥蒂，如此一来，姜梨会怎么说怎么做？

姜梨瞧着眼前的局面，面上笑容丝毫不减，只道：“是啊，我就是‘那个’姜梨。”

叶家人都呆住了。

这姑娘，可真是以不变应万变哪。叶明轩心里感叹，又有些想笑，想必自己一向沉稳端方的大哥，面对此种情况也有些措手不及。幸而他还知道自己叶家人的身份，便装模作样地清了清嗓子，道：“这是你二舅母。”他向姜梨介绍自己的妻子。

姜梨含笑对卓氏点了点头：“二舅母。”

卓氏下意识回了个笑容，反应过来后有些发呆。

“这是你表姐嘉儿和表哥如风。”叶明轩继续说道。

叶嘉儿比姜梨年长一岁，生得婉约大方，她眼里有对姜梨的好奇，却仍旧带着笑对姜梨点头。

叶如风就没有叶嘉儿那么和气了，他哼了一声就把头扭向一边，看也不看姜梨。

“你明煜舅舅过几日才能回来，现在还不在。”叶明轩道。

姜梨点了点头：“外祖母……”

“老夫人近来身子不大好，”叶明辉犹豫了一下，才说道，“若是知道你来了，难免心情激动，等过一阵子再告诉她，阿梨看如何?”

姜梨还没来得及回答，叶如风就冷冷道：“别见了，外祖母见了她，万一又气病了怎么办？”

“如风！”卓氏警告他。

叶如风这才不说话了，姜梨道：“我听明辉舅舅的。”

叶明辉点了点头，又对关氏道：“你先去院子里找间空房收拾出来，让阿梨暂且住下。”又对姜梨道：“你和老二赶了这么些天路，一定很疲累了。今日就先什么都不想，好好休息，有什么事明天再说。”

姜梨一怔，叶明辉这话说得客气又疏离。她心中深深叹了口气，姜二小姐和叶家的隔阂实在太深了，一时半会儿解决不了，真是任重而道远。

她面上浮起真切的笑容，道：“多谢明辉舅舅。”

比起两个舅舅来，舅母们显得有些不知所措，既不能如叶家两兄弟一般疏离，又不能太过亲近，看起来十分矛盾。姜梨有些想笑，还好不必一直相处下去，等关氏给她腾出干净的屋子住下后，姜梨身边除了两个丫鬟外，就没有别的人了。

总算是安静了下来。

桐儿掩上门，姜梨坐下来，白雪去煮茶，桐儿低声道：“姑娘，叶家的人分明是故意不让您去见叶老夫人的……”

“姑娘，实在不行，见过叶老夫人后咱们就回燕京城吧。”白雪也道，“要是叶家人日后都是这样，住在这里也怪别扭的。”

叶家人是好涵养，所以非但没把她赶出去，还好吃好喝地伺候着，礼节也还算周到，但就是这份礼节周到，才更加让人感到不自在。

“无事，初来乍到，彼此都有一个熟悉的过程。”姜梨笑笑，“况且当初的事是我有错在先，叶家如此态度，已经比我想象的好多了。再过几日吧，等我见过老夫人再说。”

她此番来襄阳，探亲是假，见叶老夫人是假，打听薛怀远的事才是真，只是眼下不能贸然出去打听，以免惹人怀疑。

另一头，叶明轩的屋子里，卓氏正在盘问他。

“好端端的，姜梨怎么会来襄阳？你是怎么做的，也不知提前说道一声，连大哥都没想到。”卓氏来回踱步，“眼下又该如何？她住在咱们府上，外头人看见，难免多嘴。这……你真是的！”

叶明轩哭笑不得：“这怎么能怨我？她自个儿提出要回襄阳看娘，连姜老夫人和姜元柏都发话了，我能怎么着？”

“哼，无非就是看大哥如今成了户部员外郎，”叶如风冷嘲道，“还说咱们商人重利，我看他们姜家也是势利眼，从前叶家无人入仕的时候就忙不迭撇清关系，现在看叶家有门路了，就贴上来。”

“你别胡说。”叶嘉儿制止了叶如风的话，“就算大哥成了户部员外郎，姜家也犯不着来讨好咱们叶家。燕京城有权有势的人多了去了，那些人尚且还要贴着姑父，姑父哪里会因为大哥的关系让姜梨来襄阳？”

“一口一个姑父，姐，你是忘了吧，”叶如风道，“咱们姑父早就另娶他人，人家可看不上咱们叶家。你叫得这么亲热，莫不是也想乘着他们首辅府的东风，做燕京城的大小姐？”

“你！”叶嘉儿气得说不出话来。

“好了好了，别吵了，”卓氏头疼，“眼下已经够乱了，你俩要吵出去吵。”

正在这时，外头有人敲门，却是叶明辉带着关氏来了。这下可好，除了还未回府的叶明煜，叶家两房人都在这屋子里凑齐了。

“老二，你这是什么意思？”刚一进门，叶明辉兜头就问。

叶明轩怔了一下，才道：“什么什么意思？”

“你怎么把她带回来了？”叶明辉皱眉，“也不提前说一声，你搞什么鬼？”

“大哥，你别跟训老三似的训我。”叶明轩委屈，“把姜梨带回来可不是我的主意，是姜梨自己提出来的。”

“她自己提出来的？”关氏疑惑地问。

“是啊。”叶明轩干脆坐下来，细细与其他人说了一遍事情的经过。在燕京城如何与叶世杰重逢，叶世杰如何提起姜梨，他如何到了姜家见到姜梨，姜梨如何提出要与他一同回襄阳。

罢了，叶明轩将两手一摊："事情就是这样。你们能明白咱们这位外甥女是什么心思吗？"

众人都没料到叶明轩去了一趟燕京城，会发生这么多事，更没料到姜梨回燕京城不过半年，竟屡次成为人们议论的对象。

"她真的成了明义堂六艺榜首，还得了皇上授礼？"叶嘉儿惊讶地问，"表妹不是去庵堂里待了八年，庵堂里无人教导，她是怎么得了第一的？"

"是啊。"叶明辉沉吟，"莫非她是天才不成？"

"世上哪有这么多天才。"叶明轩摇头笑道，"我看姜梨身上揣着不少秘密。那一日我去姜府拜访，本以为姜梨刚回燕京，有季淑然在，日子会过得小心一些。谁知道完全不是那回事，她在姜家的地位倒比我想的高一些。你们想想，半年时间，能到如此地步，可不是普通人能办到的事。"

屋子里的众人皆是沉默，咀嚼着叶明轩的话。

叶明轩继续道："她在宫宴上好歹也帮了世杰，之前又提醒过世杰李濂的事，不管她是利用叶家也好，还是有其他打算也罢，暂时都不会伤害世杰。我去姜府，本想着亲眼见见姜梨，谁知道去了后才发现，简直是判若两人。

"她提出想回襄阳，起初我猜测是姜家的意思，但我看姜元柏和姜老夫人的样子，并不知晓此事。我想弄清楚她究竟想干什么，干脆就同意了带她回来。至于回来路上没告诉你们嘛，皆因走得太匆忙，也就没想起来。"

安静了一会儿，叶明辉道："你这么做也没错，既然不知道她是什么意思，那就先走着看看吧。"

"可是二弟，"关氏忧心忡忡道，"你把她带回来，她说想要回来看看娘，但娘如今的身子经不起折腾，要是知道姜梨回来了，指不定会闹出什么事，这……你们说，到底让不让她见娘啊？"

叶明轩被问住了，下意识看向叶明辉。

叶明辉沉声道："让她见，但在这之前，得先跟娘通个气，免得吓着她老人家。"

和叶家人的纠结不同，姜梨过得轻松多了，至少在叶家的下人看来，这位客人实在是服侍起来最轻松的一个。

几日过后，叶家的丫鬟们跟桐儿、白雪渐渐熟络起来，平日里也和桐儿、白雪说些闲话趣事。

不过，即便这样，一连过了五六日，叶家人仍旧没有主动提起安排姜梨和叶老夫人见面的事。

桐儿颇为不忿，道："叶家人到底是几个意思？说好的让姑娘看一看老夫人，这些日子却一个字也不提，可真让人心焦。”

叶家人不主动提起，姜梨也不好问。

“你与那些丫鬟打得火热，就没问出点什么来？”姜梨含笑问道。

桐儿摇头：“我听她们说，老夫人的身子不好，几年前下床就挺困难，大夫说需要静养。”她说到这里，叹了口气，“可能老夫人真是受不得刺激。听说在外游历的叶三老爷也正往襄阳赶呢，大约这几日就到了。”

叶老夫人有三个儿子、一个女儿。叶明辉行一，叶明轩行二。叶三老爷叶明煜与叶珍珍是同时出生。叶珍珍单纯敦厚，叶明煜却从小就不是什么循规蹈矩的性子。早年间喜欢走南闯北做个侠客，在江湖上碰了一鼻子灰后还是决定回家做生意，可即便是做生意，叶明煜也非要特立独行。他每年跟随海上商队出海，沿途去偏远的异国小城，花银子买些奇奇怪怪的小玩意，回来后又倒卖出去。

有时候能淘到不错的玩意儿，更多时候，叶明煜淘到的东西并不能赚多少钱。好在叶家家大业大，叶大老爷和叶二老爷撑着家里的生意，还能让他胡作非为。

这回是因为叶老夫人的确身子不好，叶明煜才未至年底就先离开海上商队，回襄阳看望母亲。

因为叶珍珍和叶明煜是同时出生的龙凤子，两人从小关系就十分亲密。当初姜梨口出恶言伤了叶老夫人，叶家人从此对姜梨寒了心，唯有这位叶三老爷一直念着姜梨。只是后来叶明辉明令禁止叶家再提起姜梨，叶明煜才作罢。

“三老爷回襄阳也不只是因为老夫人吧。”一边擦拭桌子的白雪道，“听说近来叶家的生意出了点麻烦，外头的丫鬟都说叶三老爷是回来帮忙的。”

“生意出了点麻烦？”姜梨问，“什么麻烦？”

白雪摇了摇头：“奴婢没打听到，想来那些丫鬟也不甚清楚，只说是小问题。”

姜梨心中思忖，若是小问题，决计不必连叶明煜也回襄阳的。只是现在叶家人并不信任她，她也无从得知究竟是怎么一回事。

她其实很想回桐乡，但襄阳离桐乡并不近，对襄阳城里的人来说，桐乡是穷乡僻壤，便是打听薛怀远，大约也无人知道。

不过……姜梨的目光闪了闪，还有一个办法，在襄阳也能打听到桐乡的消息，在这里，除了叶家人，她并不是就没有认识的人了。

她毕竟也做了那么多年的薛芳菲。

姜梨站起身，道：“待在屋里怪闷的，出去走走吧。”

桐儿一脸惊讶地看着她：“去哪里？”

“随便逛逛。”姜梨笑笑，“整日都在叶府里待着也不是个办法，既然没什么事可做，不如出去随意走走，看看襄阳有什么风俗，同燕京城有何不一样。”

桐儿和白雪点头赞同。桐儿笑道：“这个好，咱们身上也不缺银子，姑娘看看有什么喜欢的，或是燕京城没有的，敞开了买，咱们带回燕京去。”

姜梨笑道："当然。"

收拾好准备出门的时候，姜梨恰好在路上遇到了叶嘉儿和卓氏。

二人见着她们，也是一愣。卓氏有些尴尬，手足无措了一会儿，才看向姜梨，笑道："阿梨这是去哪儿？"

"在屋里闷得慌，打算出去走走。"姜梨笑着回答。

"你这……是打算一人出去逛？"她迟疑地问。

"是啊。"姜梨笑道，"我这是第一次来襄阳，想看看襄阳与燕京有什么不同。"

卓氏不由得有些脸红，让姜梨一个燕京来的小姐自个儿在陌生的襄阳闲逛，这可说不过去。不过她等会子还要陪关氏看账本，的确分身乏术。

一直在一边安静听着卓氏和姜梨说话的叶嘉儿，此刻轻声开口了，她道："无事，我要去丽正堂，也要出门，就与表妹一块吧。"

姜梨笑道："不必麻烦表姐……"

叶嘉儿笑道："这有什么麻烦不麻烦的，只是顺路罢了。丽正堂是叶家的商铺，我去看看，表妹要是不嫌弃，也可以去瞧瞧有什么喜欢的衣裳，看上了送你就是。"

话都说到这份上，姜梨再推辞就显得有些不识好歹，于是就道："那就恭敬不如从命了。"

叶嘉儿笑起来。

卓氏松了口气，看着二人一起出了府门。

姜梨和这位表姐一起出了叶家大门。

叶嘉儿是典型的大家闺秀，对待姜梨十分友好，在往丽正堂去的路上，两人竟亲密了不少。

不知走了多久，叶嘉儿停下脚步，示意姜梨看："你看，那就是叶家的商铺，丽正堂。"

不远处，一座精致的红瓦小筑立在熙熙攘攘的闹市中间，这间堂筑占地颇广，倒也堂皇。

"叶家出的织料都在这里了，襄阳城的裁缝店要做成衣，都在丽正堂里拿布料。最出名的是古香缎，表妹要是喜欢，可以进去挑几匹。"叶嘉儿道。

姜梨颔首。

叶家巨富，靠织物生意起家，布料天下闻名。叶嘉儿所说的古香缎，燕京城中的贵女们也都十分喜爱。

叶嘉儿虽然谦逊，但说到自家祖产时，语气里仍是不由自主地流露出一丝骄傲。

姜梨并非第一次见丽正堂。过去她和薛昭来襄阳的时候，在闹市玩乐，难免也会见着丽正堂。只是他二人却不是穿得起古香缎料子的人，便也只是在外看看，从不进去。

这回却是被人当作座上宾相邀，真是世事无常。

叶嘉儿笑道："我们进去吧。"

与叶嘉儿一道进了丽正堂，迎客的小伙计见到叶嘉儿，立刻笑脸相迎，道："嘉儿小姐。"

叶嘉儿转头看向姜梨，道："表妹，你可以瞧瞧有没有中意的。"

那伙计和掌柜听到叶嘉儿的话，都朝姜梨看来。姜二小姐来到襄阳一事，铺子里的人都晓得。姜梨杀弟弑母的恶名，襄阳人也有所耳闻，对传说中这个刻薄恶毒的姜二小姐多有猜测。眼下这位被叶嘉儿唤为表妹的人，应当就是近日来回叶家的姜二小姐了。

但见这女孩子站在叶嘉儿身侧，一点也不逊色，眉眼清丽卓绝，笑容清浅温润，并不似想象中的刻毒模样。

姜梨绕过柜子，往这边走来。掌柜的一个激灵，立刻让小伙计拿几匹新出的布料堆在姜梨面前，讨好地笑道："表小姐，这些都是新出的料子，款式也是很时兴的。"

"这里好像没有古香缎吧？"姜梨侧头问道。

叶嘉儿一愣，看向掌柜的，道："钱掌柜，怎么不拿古香缎给表妹看看？"

钱掌柜面上顿时露出几分为难之色，道："嘉儿小姐，不是小的不拿出来给表小姐看，而是……"

话还没说完，目光突然凝住，姜梨顺着他的目光回头一看，却见两个陌生的中年男子走了进来。

"庄叔，赵叔，你们怎么来了？"叶嘉儿开口道。

那二人看着叶嘉儿，问："嘉儿，你爹和你大伯都不在吗？"

"不在。有什么事情吗？"叶嘉儿小心翼翼地问。

叶家偌大的家业不能总是指望上一辈打理，叶世杰走的又是入仕的路子，所以叶家小姐自小就开始学习经商。叶家孙子辈就只剩下叶如风和叶嘉儿了，听叶家的丫鬟们说，叶如风年少气盛，处事不如叶嘉儿得体。眼下丽正堂的一些生意，叶家也开始让叶嘉儿参与。

二人对视了一眼，看向叶嘉儿，道："的确有些事，既然你父亲他们不在，我们先与嘉儿你说一说吧。"

他们与叶嘉儿说话的时候，并未注意到姜梨，大约以为姜梨是叶嘉儿的好友，是无关紧要的人。姜梨却注意着这两人，他们说话时的语气并不轻松，好似遇到了什么棘手的事。

叶嘉儿点头道："好。"又对姜梨抱歉地笑了笑，"表妹，我与庄叔、赵叔有事相商，你要等一会儿……"

"无事。"姜梨温和地打断她，"你只管谈事就好了。我今日本来也只是想出来逛逛，见到丽正堂已经很惊喜了。等下我与桐儿、白雪就在这儿附近逛逛，不会走很远，没事的。"

“你一个人……”

“没关系，”姜梨道，“四处都有城守备，不怕。”

见姜梨坚持，叶嘉儿也不好说什么，况且这一谈也不知谈到什么时候，让姜梨在外头等着，也怪闷的，便对姜梨点了点头，随着那两人进里头商量去了。姜梨辞别了钱掌柜，就带着桐儿、白雪离开了。

路上，桐儿问：“姑娘为何不等表小姐出来呢？那古香缎还没看呢。”

姜梨打趣她：“你在燕京城又不是没见过古香缎，怎生像是第一次见？丢不丢人，古香缎是什么样子，全忘了？”

“可是燕京的古香缎是送来的，叶家的古香缎说不准还有更别致的。”桐儿委屈，又拉过白雪，道，“而且我虽然见过古香缎，白雪可没见过，是不是白雪？”

白雪认真地回答她：“见过的，上次姑娘进宫被陛下授礼第二日，老夫人送了很多衣料来，里面就有古香缎，你还让我摸了。”

桐儿：“……”

姜梨失笑：“好了，我是有自己的事要做，比起古香缎来更重要罢了。”

“姑娘，我们现在去哪里？可别走得太远，您是第一次来襄阳，等会子迷了路，不知道如何回去，咱们今天可没乘马车。”

襄阳不比燕京，燕京的贵族小姐出门决计不能没有马车，但在襄阳，乘不乘马车全凭自己喜好，小姐们出门上街也是很平常的事，可以说是民风淳朴，非常自由。

“无事。”姜梨笑道，“我们就顺着这条街随便逛逛。”

桐儿不疑有他，白雪却觉出些不对，虽然姜梨嘴上说着只是随便走走，但她的脚步分明很坚定，好似下定决心要去什么地方。

又走了一会儿，姜梨停下了脚步。

“姑娘？”桐儿以为姜梨走累了，忙道，“是不是累了，奴婢扶您歇歇脚？”

“不必，”姜梨道，“我们进去吧。”

“进去？”桐儿诧异地看向前边，前方似乎只是一户普通人家的院门，看不出什么特别的，“姑娘，这是别人家吧？咱们进去，是进哪里？姑娘认识里面的人？”她想着，姜梨怎么可能认识襄阳的人，除了叶家，姜梨和襄阳根本没有任何交集嘛。

“不是人家，”姜梨出人意料地回道，“这是惜花楼的后门。”

“惜、惜花楼？”桐儿结结巴巴地问，“这是什么地方？酒楼吗？”

姜梨笑道：“它是襄阳最有名的青楼。”

桐儿和白雪彻底呆住了。

“大人，姜二小姐去了惜花楼。”

此话一出，楼阁里，陆玑一口茶水没有咽下去，噗地吐了出来。

在他对面，红衣美人手疾眼快，啪的一下展开折扇，将陆玑喷出来的茶水尽数扇了回去，眼里闪过一丝嫌弃。

可怜陆玑被自己的口水呛了个半死，又被姬蘅扇回来的茶水兜头浇了一脸，半个身子湿淋淋的，好不可怜。

但陆玑此刻根本顾不上满身狼狈，急忙追问文纪："你说的是真的？她去了惜花楼？"

"的确如此。"文纪一板一眼道，"而且姜二小姐是从惜花楼后门走进去的。"

"后门和正门有什么区别？"陆玑不解。

"惜花楼是襄阳最有名的青楼，里面的玩客都是襄阳的贵人。贵人们从正门进，贵人们府上有家眷的，去惜花楼找人，就从后门进。"

陆玑恍然大悟。简单说来，男人们从正门进，来找自家夫婿回家的妇人们则从后门进——为了给男人们保全面子。说起来，这惜花楼还真是体贴，难怪会成为襄阳男子最爱去的青楼了。

"但她怎么知道从后门进？"陆玑问，"叶家人告诉她的？叶家人不是都洁身自好不去青楼楚馆？况且她一个大家小姐，怎么和叶家人说起青楼一事？她与叶家关系不是还很生分吗？"

陆玑真是一头雾水，怎么也想不明白，这也难怪，燕京城的首辅千金来襄阳的第一件事是去青楼，还晓得规矩从后门进，怎么看都觉得不可思议。

姬蘅没有在意陆玑，只是淡淡道："她和谁一起去的？"

"姜二小姐和她的两个丫鬟，路上无人带路。"

姬蘅："那据你观察，她是有意找去的，还是无意路过的？"

"回大人，属下以为，她是自己找去的。"文纪犹豫了一下，还是按自己心中所想的说道，"姜二小姐对襄阳的路似乎并不陌生，丽正堂到惜花楼并不近，但她还是找到了。一路上她没有去别的地方，直到找到惜花楼。"

"这……"陆玑试图为姜梨的行为找到一个合适的解释，"姜二小姐的记忆一向出众，当初六艺校考的时候，她的书礼都是头名，按说她回京学习也不过数日，说不准有过目不忘之能。"

"不对。"否定他的是文纪，"即便她有过目不忘之能，从燕京到襄阳，初到陌生的地方，一般人会表现得警惕和小心，姜二小姐却没有，她很放松。"

"她连惜花楼后门的规矩都知道，当然不能小看。"姬蘅笑笑，"姜梨一直想方设法回襄阳，也许就是为了这个。文纪，"他气定神闲地开口，"让你的人盯紧姜梨，看看她去惜花楼做了什么，见了什么人。我也很想看看，这位姜二小姐还能给我们带来什么样的惊喜。"

姜梨和桐儿、白雪走进了惜花楼。

刚进门，一个笑容满脸的妙龄女子就迎了上来，道："姑娘可是要找人？"

说起来，惜花楼的东家算是颇有妙想，对于从前门进的男子，迎客的女子们都风情万种、衣衫香艳；而在后门迎客的女子，却穿着规谨，看起来十分“良家”。

这是自然的了，前门进来的男子是来寻欢作乐的，当然要极尽诱惑；后门迎客的专迎那些来抓奸的女子，若是打扮得太过狐媚，更惹得原配夫人生气。

桐儿瞪大眼睛，见这女子并不似青楼女子一般放荡，不由得心中疑惑，以为姜梨方才说此地是青楼是故意骗她，这不过是个正经酒楼。

在桐儿打量着女子的时候，这女子也在打量她们。她一眼就看出姜梨才是主子，只是不明白，姜梨看起来分明是未出嫁的姑娘，怎么也来寻人？莫非寻的是自家未婚夫？

姜梨笑道：“我想找琼枝姑娘。”

迎客的女子顿了顿，露出一个笑容，客客气气地道：“姑娘，咱们惜花楼里的花牌姑娘是不见女客的。”

她见姜梨指名道姓要找琼枝，以为姜梨是因为未婚夫上门来找琼枝的麻烦，自然要阻挠。

姜梨笑了笑，从袖中掏出一张银票，让白雪塞到这女子手心，她道：“放心吧，我不是来找麻烦的，只是想向琼枝姑娘打听些事情，不会给你添麻烦，还请姑娘行个方便，可好？”

那女子瞧着手里银票的数目，不由得心中狂跳，便是前门迎客女子的那些男恩客里，许多也没有这位小姐大方。再看姜梨眉清目秀，言语温和，眼里并无轻蔑之意。

女子有些感怀，做这一行本就没什么尊严，她在后门接待那些来找麻烦的妇人，动辄听难听的话，早已不知道尊严是何物。这位养尊处优的小姐却待她和普通人似的，女子便是有拒绝之意，看在姜梨出手大方的分上，也就说不出什么来了。

她笑道：“请姑娘等上一等，我去瞧瞧琼枝现在有没有客人，若是有……”

“无碍，”姜梨一笑，“若是有，我在这里等她就是，她什么时候得空，我再进去。”

女子一愣，想着这位小姐倒是不同寻常，当即也没有耽误，给姜梨倒了杯茶，便往里头寻人问话去了。

女子走后，桐儿问：“姑娘，那位琼枝姑娘是什么人啊？她不会是……是……”

“妓子”两个字，桐儿无论如何都说不出来。姜梨可是首辅千金，和妓子站在一起，若旁人知道了，舌根不知要嚼坏多少。

姜梨道：“她就是。”

桐儿：“啊！”

虽然惊讶不解，桐儿却不敢继续追问，罢了，谁叫她是自家小姐呢，这辈子即便跟着她上刀山下火海，自己也得认。

不多时，那位拿了姜梨银子的女子又回来了，笑着对姜梨道：“姑娘，琼枝姑娘现在没有客人，您是要现在过去吗？”

姜梨微微一笑："好。"

迎客女子带姜梨她们走的大约是和恩客们不同的路线，一路上没有看到什么不堪入目的画面，这让桐儿大大松了口气。

绕过几条长廊，上了几层楼，女子停了下来，笑道："这便是琼枝姑娘的房间了。"

姜梨顿了顿，道："好。"

等女子走后，姜梨道："桐儿，白雪，你们在门外等我。"说罢推开门走了进去，回头将门掩上。

梳妆台前坐着一个窈窕多姿的背影，水蓝色的纱裙快要滑落腰间，露出大片雪白的皮肤，脊背十分优美，衬得那女子的身影都妙不可言。

"琼枝姑娘。"姜梨轻声开口。

女子慢慢转过身来。

女子生得巴掌大的小脸，细眉长眼，看起来流于尖刻的妩媚，偏偏生了一张略丰厚的嘴，便显得敦厚天真起来，给她添了一份特别的味道。她应当也晓得这张嘴巴生得好，拿艳艳的口脂抿了，越发娇艳欲滴。大约刚刚拆掉发髻，长发蓬松而凌乱，乱七八糟地披在脑后，有种慵懒的美丽。

这便是惜花楼很出名的琼枝姑娘了。

平心而论，要说五官容貌，琼枝并不算惊艳，甚至比姜玉娥都要逊色几分。然而那份刻在骨子里的风情却让人流连忘返，难以忘怀。

琼枝细细将姜梨打量一番，片刻后，笑问："姑娘可要喝杯茶？"

姜梨笑了笑，道："不必了，我来找琼枝姑娘，是想问些事情。"

"可我不认识你呀。"琼枝嫣然一笑，"或者说，莫非我认识你的心上人？"她的尾音撩人，笑容也撩人。

"这倒不是。"姜梨在椅子上坐下来，面对琼枝的挑衅，不疾不徐地一笑，"或许，我认识你的心上人。"

琼枝掩嘴："你说的这是什么话……"

"薛昭。"姜梨吐出两个字。

琼枝的笑容僵住了。

娇憨的美人终于收起了一开始就流露的风情，盯着姜梨的眼睛，虽然掩饰得很好，还是有一丝慌乱。

"你是谁？"许久之后，琼枝开口问道。

"我是薛昭的故人。"姜梨垂眸。

"你怎么知道我认识薛昭？"琼枝问。

"薛昭与我提过你。"姜梨道，"我记了下来。"

"提过我……"琼枝的神情有些恍惚。

姜梨盯着面前的女子，琼枝到底对薛昭还有一丝情意。

当年薛昭与同窗打赌，背着薛怀远去惜花楼喝花酒，虽然喝的是花酒，薛昭却不习惯这种场合，本打算找个借口溜出去，却在溜出去的途中，遇着了琼枝被粗暴的恩客推推搡搡。

薛昭是个见义勇为的性子，当即停下脚步，询问出了何事。琼枝立刻期期艾艾地向薛昭哭诉了一通，却是个良家女子被人逼迫误入歧途的故事。薛昭暴打了那恩客一顿，又问琼枝如何能赎身，琼枝吐出一个巨大的数字，这令薛昭束手无策。

薛昭没有银子，便对琼枝说，只要琼枝愿意，他可以带琼枝逃出惜花楼，可后来才晓得，这一切都是琼枝为了摆脱那位恩客，拿薛昭作筏子脱身。琼枝从没想过离开惜花楼，那个逼良为娼的故事，也不过是顺口编造的谎言。

本来薛昭还辛辛苦苦设计如何帮助琼枝脱身，甚至让姜梨帮他一起想办法。后来琼枝见薛昭真的要带她出逃，觉得不可思议又好笑，这才将真相和盘托出。薛昭自觉受骗，怒气冲冲地走了，发誓再也不相信青楼女子的鬼话。

年少气盛的薛昭被女子玩弄了一腔热血，姜梨看不过去，便去惜花楼见了琼枝一面。得知薛芳菲是薛昭的姐姐，琼枝竟表现出难得的拘谨，话语中十分关心薛昭，还让薛芳菲代她向薛昭道歉。薛芳菲看出，琼枝可能是喜欢上薛昭了，不过薛昭和琼枝并不是一路人，是以也没有把此事告诉薛昭。

从此，他们和琼枝再无往来。

“我倒没想到薛昭和你提过我。”琼枝笑道，“我毕竟是个青楼女子，他那样正气凛然的人，倒不怕污了自己的贤名，不过他与你谈这些事，大约与你关系很好。”

话里是似有若无的试探，大概她以为姜梨和薛昭之间关系不一般。

姜梨笑笑：“我和薛昭的姐姐是好友，这些事其实也不是薛昭告诉我的，是薛昭的姐姐告诉我的。”

听到这话，琼枝的目光变得柔和多了，她笑道：“原来如此。”

“我也是抱着试试的心来此，想着也许你不在惜花楼了，没想到还在。”姜梨道。

“我不在惜花楼，又能去哪里呢？”琼枝也笑。

姜梨默了一刻，问：“当初薛昭想带你离开惜花楼，你为何不答应他？”

琼枝意味不明地看了姜梨一眼，慢慢道：“这位姑娘，我与你不同。我自幼父母双亡，被卖入惜花楼，学琴棋书画，讨好恩客，这是我营生的本事。我不觉得这有什么羞耻的，比起那些被卖入大户人家为奴为婢，也许哪天就被老爷收用了，混个通房妾侍，战战兢兢地在主母手下讨生活的女子，我已经很知足了，至少在这里做个花牌姑娘，不必提防正室的毒药。”

“你瞧着我好似没有尊严，可我要是生在富贵的家府，自然也能养尊处优。没有银子的人，谈尊严很可笑。”她笑道，“薛昭很好，很正义，只是他的正义，有时候显得太天真了。”

琼枝忽然想起了什么，笑了笑，道：“那一日他要来带我走，我问他，便是跟着他离开惜花楼，日后又该怎么办。结果他却很惊讶地看着我，说‘日后当然是你找个正经营生，好好过日子了’。”琼枝摊了摊手，“你看，他从没想过要将我带在身边，旁的男子为姑娘赎身，可不是让她自个儿出门营生的。

“薛昭不喜欢我，他只是因为正义而做出这种事，我不能把这当作怜香惜玉，也不能当作是他对我有感情。一个对我没有感情的人，我不能跟着他。我干吗要离开惜花楼？至少在惜花楼，我不缺银子，也不缺捧着我的男人。”

琼枝叹了口气，眼中流露出些许怅惘，回忆般道：“大概就是他这种天真的正义打动了我。我在惜花楼见的男人多了去了，人人都有自己的主意，人人都自私，如他这般黑白分明的实在是少数。我想这辈子，不知我还能不能遇到这样的人，没有任何目的，单纯想要帮我……可惜……”她自嘲地笑了笑，“他后来再也没有来过，我也没有再见过他。”

姜梨听着琼枝这一席话，有些地方她不赞同，但有些事情，她也不得不佩服琼枝看得很清楚。

按捺下心中翻涌的情绪，姜梨道：“琼枝姑娘，不是薛昭不想来，是他来不了。”

“哦？”琼枝笑了笑，“为何来不了，莫非他成了婚？”

“他死了。”姜梨道。

琼枝一愣，好半晌才明白姜梨说的这三个字是什么意思，惊叫：“不可能！”

“他的确是死了，死在燕京城，被强盗劫杀，弃尸河中。”

琼枝一下子捂住嘴，姜梨清楚地看见，琼枝的眼睛里有点点泪花，她摇头喃喃道：“怎么可能……”

“你只知道薛昭的名字，不知道薛昭的身份。薛昭是桐乡县丞薛怀远的儿子，她的姐姐薛芳菲嫁到了燕京。一年前，薛芳菲在燕京小产，薛昭去燕京看望她，却被强盗劫杀。后来薛芳菲病故，薛怀远也撒手人寰。”姜梨说得分外平静，看着琼枝继续道，“短短一年，薛家三口全部身亡，你不觉得奇怪吗？”

琼枝问：“你是什么意思？”

“因为和薛芳菲的关系，我正在想办法查清此事，不过我可以肯定地告诉你，薛昭的死因有蹊跷，虽然现在还不清楚。我来襄阳，就是为了实现薛芳菲的遗愿。琼枝姑娘，”姜梨看向她，“我知道你是个有能耐的人，襄阳的富贵人家每天都有来惜花楼的，你要打听襄阳的事，易如反掌。”

“你想让我帮你打听什么？”琼枝立刻问。

“桐乡的薛家。”姜梨道，“事实上，薛昭和薛芳菲的死我能确定，因为我亲眼见到了……但薛怀远在桐乡，我并不清楚他的情况。我想请你帮我打听桐乡的薛怀远，半年前他是因何事而死的，后事又是谁料理的，安葬在什么地方？”

“我凭什么相信你？”琼枝问。

虽然突然得知薛昭的死讯，琼枝伤心不已，但这个时候，她还没有失去理智。

“薛昭是个有情有义的人，我想他结交的人也不是无情无义之人。我是为薛家而来，我希望你能帮我。”姜梨道，“我没有与你做交易的筹码，因为你什么都不缺，所以我请求你。”

琼枝呆呆地看着姜梨，姜梨的态度很诚恳，几乎到了卑微的地步。

“薛昭在燕京城并不出名，但薛芳菲的名字燕京城无人不知。”姜梨道，“来惜花楼的人许有去过燕京的，你打听一下，便能知道薛芳菲的事，就知道我有没有说谎。”

姜梨思来想去，觉得最适合让琼枝来打听桐乡的事。

一来琼枝是惜花楼里最红的花牌姑娘，恩客非富即贵，打听点事轻而易举，且能挖出别人不知道的内情。

二来琼枝这个人不受任何威胁。从她说觉得做青楼姑娘也很好这番话就能看出，她不缺银子，不怕死，不想攀附权贵往上爬，还无亲无故，便是有人察觉到自己来找琼枝，想从琼枝嘴里撬消息，琼枝也不会让对方得逞。

最后嘛，自然是因为应当极少有人会想到，姜梨一个首辅千金，会和琼枝这个花牌姑娘有往来，隐藏在暗处，总是更安全。

琼枝挣扎了很久，才咬牙道：“我可以答应你，但你要让我看看薛昭是真的死了。”

“薛昭的坟在燕京。”姜梨轻声道，“不过你放心，总有一日，他姐弟二人都会回归故乡，我会让他们团聚的。到那时，琼枝姑娘可以去探望故人。”

姜梨从屋里走出来的时候，桐儿和白雪等得已经快不耐烦了，见姜梨安然无恙地出来，这才松了口气。

姜梨道：“走吧。”

桐儿忙收起心中思绪，赶紧和白雪追上姜梨的脚步。

姜梨的脚步谈不上轻快，却不像来的时候那般沉重了。

人人都说婊子无情戏子无义，欢场女子必定没有真心，但姜梨以为，烟花之地的女子，重情起来往往比普通人更甚。这一局到底是她赌赢了，琼枝对薛昭仍有旧情，薛昭的死触动了琼枝，琼枝愿意帮忙，这是再好不过的事。

只要得知桐乡的消息，得知薛怀远的情况，她这一趟就不算白来。知晓了是什么情况再想对策，也会简单许多，这一次襄阳之行该想个什么借口回桐乡，也就很容易了。

三人又从来时的路走出去，桐儿本还想找个人带路，省得走错了，却见姜梨并未犹豫，仿佛识得路一般，熟悉得很，便也作罢，想着自家姑娘认路真是一把好手，走一遍就知道了。

走到后门口，没见着先前迎客的女子，倒是与一个男人不期而遇。因着来后门的都是寻自家夫婿的妇人，男子都是从前门进，姜梨便忍不住多看了那人几眼。

是个体型健壮的中年男子，穿得略微古怪，不像是襄阳的服饰，像是带着铠甲的劲装，这么说有些奇怪。那人左脸上有一道一指长的疤痕，略带匪气。

那男子大约没料到从里面突然走出个小姑娘，也忍不住多看了姜梨两眼。

二人对视之间，只觉得有一种异样的感觉，仿佛是熟悉的，但姜梨分明又没见过这男人。略一思忖间，那人已经与她擦身而过，往里走去了。

姜梨停下脚步，回头望去，那男人已经上楼，不见了踪影，也许是来寻欢作乐的恩客。

“姑娘可是觉得有什么不对？”白雪见姜梨回头去看那男人，便问。

“没什么。”姜梨左思右想也想不出那人究竟在什么地方见过，便道，“走吧。”

带着两个丫鬟头也不回地走出了惜花楼。

姜梨前脚刚出了惜花楼，文纪后脚就将此事回禀了楼阁里的姬蘅。

“姜二小姐进了惜花楼，见了惜花楼当红的花牌琼枝姑娘。”文纪道。

“琼枝……”陆玑沉吟，“她是特意去找琼枝的？”

“应当是，琼枝是惜花楼的头牌，住的房前都有暗卫把守，派出去的人无法探听到她们说了什么。不过姜二小姐在琼枝的房间里待了一炷香有余才出来，并不是短暂的停留。她离开后，琼枝似乎很激动，一个人在房里，今日闭门不见客。”

姬蘅挑眉：“如此。”

“大人，不如让人去找那位琼枝姑娘，”陆玑提议，“看姜二小姐究竟与她说了什么。”

“那是不可能的。”姬蘅淡淡一笑。

“为何？”

文纪主动解释：“那位琼枝姑娘是个狠角色，软硬不吃。她自小由惜花楼的妈妈调教，媚骨天成。许多恩客想为她赎身，甚至有大户人家的公子哥儿想要娶她做夫人，都被琼枝一口回绝了。别的花牌姑娘卖身是为了筹够银子从良，琼枝并不缺银子，也不想从良，荣华富贵诱惑不了她，当家主母的位子也无法打动她。”

陆玑怔住。

“且琼枝和襄阳的许多有头有脸的人物都有往来，那些人都愿意保护她，就像燕京城从前的惊鸿仙子，所以不好硬来。况且，以琼枝的性格，就算硬来，也未必能成。”

姬蘅懒洋洋地合上扇子，道：“看到没有，姜二小姐有备而来，特意找了一把没有刀鞘的匕首。”

“如此说来，姜二小姐的心机远比我们想象的还要深。”陆玑沉声道。

姜梨选择了琼枝，不管她们交易了什么，琼枝就是一块撬不开的石头，姜梨一开始就为了防止有人撬开对方的嘴，才找了最保险的琼枝。

“派人盯着琼枝。”姬蘅笑盈盈道，“看她接下来要做什么。”

文纪领命。

陆玑又看向姬蘅：“说起来，李家安排的人也到了。这一回，右相家那小子决定对付叶家，只因叶世杰现在没有按他安排的路走。这一回给叶家下绊子，不知能不能成。”

“为什么不能？”姬蘅反问。

陆玑犹豫了一下，摸了摸他的山羊胡，才道：“大人前面几次计划，都被姜二小姐搅黄了，如今姜二小姐也在襄阳，在下总觉得这个姜二小姐不简单。姜二小姐这次找到琼枝，会不会也和此事有关？要是姜二小姐又横插一杠子，再搅黄了大人的计划，那就不妙了。”

几次三番，姜梨都打乱了姬蘅安排的路，偏偏每一次看起来又是无意为之，陆玑觉得，姜二小姐莫非上辈子是姬蘅的克星，这辈子沿袭老路，总是给姬蘅找些麻烦？有姜梨的地方，就有“意外”。

“她要是有本事，就来搅浑试试。”姬蘅微微眯了眯眼睛，“我等着。”

姜梨和桐儿、白雪离开惜花楼后，天色已经不早了，她们便没有在外继续闲逛，而是直接回了叶府。叶家小厮没人敢管她，她出行倒是很方便。

姜梨今日见了琼枝，也算了了一桩心事，因而心里轻松了许多。这天晚上，她破天荒早早就觉得困乏，上榻休息了。

一夜好梦。

也就是从这天起，叶家人突然忙碌了起来。接下来的几日，姜梨在叶府里走动时，见到的都是管家和丫鬟，别说是叶明轩和叶明辉，连卓氏和关氏也不在。叶如风和叶嘉儿也不知哪里去了，有时候连吃饭的时候都没有人，管家干脆给姜梨做了个小厨房，姜梨每日要吃东西的时候都不必去前堂，单独在自个儿院子里吃就行了。

倒不是叶家人不待见姜梨，实在是叶家人忙得都没时间在府上吃饭。若非晓得丽正堂的事，姜梨都要怀疑偌大一个府邸，并没有主人家在。

姜梨隐约察觉到叶家的麻烦并非小事，但人都见不着，便是她想打听也枉然。让桐儿去打听，叶府的丫鬟也不清楚，姜梨心中十分无奈。

这一日，天气晴好。

秋末冬初，襄阳在南边，比燕京暖和一些，冬日来得也晚些。姜梨披着外裳，站在院子里看桐儿和白雪打络子。

两个丫鬟在叶府里有些惫懒，毕竟不是自己的家，也没心情侍弄花草。有时候白日里只消早上把事情做好便无事可做，姜梨便教她们认认字打发时间。

桐儿打了个哈欠，道：“今日叶府里又没什么人。”

说没什么人当然不对，叶府里有的是人，只是都是下人，问起叶家的事，也是一问三不知，桐儿连攀谈的兴趣都没有了。

日头很好，姜梨道：“我们出去走走吧。”

桐儿一听，立刻高兴起来，拉着白雪起身，道：“好啊，姑娘想去哪里？”

“随便走走。”

几人一起出了院子，门房的小厮也没有拦她，只问需不需要护卫，姜梨婉言谢绝。正在这时，突见一队车马在叶府门前停下。

看样子是个商队，因着马背上都驮着包袱，马车后面也绑着沉重的木箱。

姜梨的脚步微微一顿，这是叶家的客人？

商队停下，却无护卫，只有一个马夫，还有一个小厮模样的人。那小厮见姜梨站在门口，诧异地打量了一下姜梨，又很快往马车走去，不一会儿，从马车上跳下一个男人来。

那男人左脸上有一道小指长的伤疤，穿着一件黑褐色的短打劲装，上身似乎有一层软甲，看上去是个贩夫走卒，脚上蹬着的靴子却是绣着金边的鹿皮靴，一看就很昂贵。

姜梨一愣，这人正是不久前她见过琼枝后，在惜花楼后门口遇见的男人。当时这男人也多看了她几眼，姜梨觉得此人有些面熟，却又是真真切切的陌生人。

没想到眼下在这里遇到了。

门房的小厮一见此人，顿时将姜梨抛之脑后，惊喜地迎上去，道：“三爷，您回来了！”

叶三爷？此人是叶明煜！

姜梨恍然，原来这人就是叶家那位浑蛋老爷叶明煜，也是和自己母亲一同出生的明煜舅舅，难怪她会觉得熟悉，但又的确是陌生人。她和叶明煜从未见过，但到底和叶珍珍血脉相连，所以会有所触动。

叶明煜大笑着和门房打招呼，也在这时看见了姜梨。他凝住目光，显然也认出了姜梨曾和他在惜花楼门口有过一面之缘，疑惑不已，问那门房：“这位姑娘是……”

门房尴尬极了，轻咳一声，道：“这位是燕京城来的表小姐，姜二小姐。”

正吃力地往府门口搬运东西的叶明煜的小厮一听这话，手里的箱子顿时一滑，哐当一声掉在地上。

叶明煜也大吃一惊。

姜二小姐，那不就是他那位双生妹妹的女儿！要知道叶明煜对这位素未谋面的外甥女多有牵挂。当初叶明辉和叶明轩去接姜梨，叶明煜在外行商，叶大爷和叶二爷都亲耳听见了姜梨的伤人话，叶三爷却没听到。因此，叶三爷不像他的两位兄长一般对此耿耿于怀。

而且他行走江湖，本就粗犷豪气，心胸也比其他人来得开阔，简单说来，就是心大，以为姜梨年纪小，说错了话不算什么。要不是后来叶老夫人因此罹患疾病，他定会不顾叶家人的阻拦，再去燕京把姜梨接回来。

后来叶明煜经常随船队一起出海，每年才回来一次，便渐渐打消了接姜梨回来的念头。

没想到此时此刻，竟然在这里见到了传说中的这位外甥女，叶明煜险些疑心自己在做梦。姜梨来了？姜梨怎么可能来襄阳？她可是姜元柏的女儿，首辅家的嫡出小姐，怎么会千里迢迢来襄阳？叶家人又怎么会让她进门？

娘的，这都是什么乱七八糟的事？！叶老二写信的时候怎么丝毫没提起这事？他是在做梦？

叶明煜纵有千言万语，此刻却都堵在喉咙口，一时不知道该说什么才好。

姜梨见他如此，反而笑道："您是明煜舅舅吧，我是姜梨。"

叶明煜这才晕晕乎乎地回过神，问："姜……阿梨，你怎么会在这儿？"

"明轩舅舅来燕京，顺带去姜家拜访，我与明轩舅舅就一起回了襄阳，想看看外祖母。"姜梨扫了一眼叶明煜的身后，"明煜舅舅刚回来，不过叶府里现在没什么人。"

"没什么人算了，反正他们不重要。"叶明煜一挥手，道，"阿梨，我先去放东西，见过母亲。之后，你来与我说说这是怎么一回事。"

姜梨顿了顿，叶明煜倒是不客气，不拿自己当外人，不过这样也好，叶明煜比她想象的还要不拘小节。

今日也不必出门了，姜梨笑道："好，我在前堂等明煜舅舅。不过，"她笑了笑，"我到现在还没见过外祖母，外祖母也不知道我回叶家的事，明煜舅舅见到外祖母的时候，请别提起我的事，免得外祖母一激动伤了身子。"

叶明煜又是一呆，姜梨不是说自己回襄阳就是为了看叶老夫人，但这会儿又说到现在为止没见过叶老夫人，叶老夫人也不知道她回来了，这是怎么一回事？叶老大和叶老二这是唱的哪一出？

叶明煜只觉得脑子里一片糨糊，一时也理不清，只得应了姜梨的话，先去做事了。

姜梨回身往前堂走。

桐儿问："姑娘，那咱们不出去走走了？"

"不去了。"姜梨笑道。出去走走也是想知道叶家发生了什么，既然叶三老爷已经回府了，那么不必出门，从叶三老爷嘴里就能得知。

看样子，叶三老爷是个好说话的人。

回到前堂，姜梨坐在桌前，白雪煮了一壶茶，叶明煜还没过来，姜梨也不急，只耐心等着。

不知过了多久，叶明煜总算回来了。

他一看见姜梨，眼睛一亮，爽朗地笑道："我还以为你已经走了，怎么样，等久了吧？"

"不久。"姜梨也笑，"一杯茶还没喝完呢。"

叶明煜在姜梨对面一屁股坐下来，刚一坐好，立刻迫不及待地问："阿梨，我才从外头回来，不知道发生了什么事，你怎么会突然回襄阳？"

"我已经说过了，"姜梨无奈，"我想回来看看外祖母，就和明轩舅舅一起回来了。"

"那你怎么到现在还没见过老夫人？"叶明煜道。

"不是我不想见外祖母，是明辉舅舅和明轩舅舅说，老夫人身子不好，见到我，难免动气伤了身体。我到襄阳已近半月，一直没寻到合适的机会。"

听完姜梨的话，叶明煜面露羞愧。他当然听出了姜梨的言外之意，是叶家人拦着不让她见叶老夫人。

他讷讷地道："原来如此。"

姜梨笑道："明煜舅舅此番辛苦了。"

叶明煜笑道："我有什么辛苦的？我就是出去游山玩水罢了。"

叶明煜所谓的出海经商，其实每年并不能为叶家牟利多少，叶家人也懒得拘着他，说是做生意，实则确实是游山玩水。正因为玩心太大，姜梨都已经十五了，和叶珍珍同岁的叶明煜还没有成家。

这都快成叶老夫人的一个心病了。每年新年叶明煜回襄阳，叶老夫人就张罗着给他找不错的姑娘。叶明煜也躲得快，新年一过，立刻上路，溜之大吉。

"话虽如此，但不是每个人都有这样的胆量去游山玩水的。"姜梨笑笑，"不拘泥于世俗，随心所欲，人活一世，不就讲究个快活？见识过不同的名山大川，眼界开阔，可比整日在府内的人更加自由。"

叶明煜一听就呆住了，下一刻心中涌起激动，几乎要将姜梨引为知音。

他挠了挠头，突然想到了什么，道："你这次回来，我也没什么可送给你，我的商队从海上带了些小玩意儿。"他有些不好意思，"不过你是从燕京来的，这些东西算不上什么珍奇，我只是看着有趣就买了下来，不知道阿梨你会不会喜欢。"

叶明煜买东西自然是随心所欲，便是跟着船队出海的交易也如他本人一般任性，决计不会考虑能不能发财，只凭喜好。

姜梨笑道："有趣的东西比珍贵的东西难得多了。"

"你说得对。"叶明煜对姜梨说的这句话大加赞同，随即叫他身边的小厮："阿顺，去拿个箱子过来！"

还真是个风风火火的性子。

阿顺和叶明轩的小厮阿福是一双兄弟，长得有几分肖似，性格却截然不同。阿福像叶明轩一样斯文精明，阿顺却如叶明煜一般毛手毛脚。他很快就搬来一个红木箱子，这样的箱子在叶明煜的商队里还有许多。

叶明煜令阿顺将箱子打开，然后笑着问姜梨："阿梨，看上了哪个？舅舅送你。"

姜梨低头往箱子里看去。

箱子里装着零零碎碎的玩意儿。有些珍珠猫眼石，算是值钱的。也有西洋镜，有一个木制的小盒子，按下机关，便有小人从盒子里钻出来跳舞，很是有趣。还有一个长筒一样的东西，姜梨才拿起来看，叶明煜就道："这是万花筒，我教你如何……"

"用"字还没出口，姜梨已经熟稔地拿起来放在眼睛上，转动轴轮。

叶明煜噎住了，阿顺惊讶地看着姜梨。连见多识广的叶明煜第一次看到这玩意也弄不清楚如何用，姜家的表小姐倒好似很熟练。

"你以前见过它？"叶明煜问。

"没有。"姜梨笑道，"只是在一本游记上见过记载，真实的还是第一次拿在手上。"

叶明煜对姜梨更加高看一眼，觉得姜梨与自己十分投缘。

姜梨又拿起一块贝壳样的东西，这贝壳很是别致，像是孔雀的羽毛，鲜艳欲滴，仔细看，对着日光还会泛起细小的光华，波光粼粼的，放在猫眼石旁边，一点也没被比下去。

"这是孔雀羽。"叶明煜见姜梨端详着手里的贝壳，就道，"是我这次从海商队里买回来的。我看这玩意新奇好看，买了很多，屋里头的箱子里都是。不过回来后我问了，旁人听说这是贝壳，便开不起价钱。我真金白银买的孔雀羽，这回大概得赔本。"他不胜唏嘘，突然想起了什么，看着姜梨道，"正好，你既然喜欢，这一箱子孔雀羽都送你了。阿顺，等会儿把这个抬到表小姐院子里去。"

姜梨不好拒绝，笑道："那就多谢明煜舅舅了。"

"不谢不谢。"叶明煜摆了摆手，"你要是觉得不够，我那里多的是，你想要几箱子都行。"

姜梨："……"

再说下去，叶明煜怕真的会把所有的孔雀羽都堆到她院子里来，姜梨道："明煜舅舅，咱们还是说些其他的吧。"

一听这话，叶明煜突然一拍大腿，道："你不说还好，一说我就想起来了，看我跟你说了这么久，有件事还没来得及问你。阿梨，之前我在惜花楼看见的是你，没错吧？好端端的，你去惜花楼做什么？"

叶明煜想起刚才看见姜梨的一刹那，便认出姜梨是自己在惜花楼遇见的小姑娘。那时候他还奇怪，来惜花楼找人的女子都是妇人，这小姑娘的打扮不像妇人，面容也很平静，真是奇怪。而自己看到她时，又觉得面熟，不知在哪见过。现在想想，当时觉得熟悉，大概是骨子里的血脉在提醒他，这是自己的外甥女。

姜梨微笑着道："我也有件事想问明煜舅舅，明煜舅舅至少三日前就已经到了襄阳，还在惜花楼与我撞见，既然早就回来了，为何不回叶家呢？"

叶明煜脸上闪过一丝尴尬，他抬手摸了摸鼻子，道："我……先熟悉熟悉环境，做点准备。"

他没明说，姜梨却懂了。叶明煜还真是去惜花楼找乐子的，大约怕被人发现告诉叶家人，还特意从后门进。至于他为什么过家门而不入，应当是不想这么早回去又被叶家人念叨何时成亲，才躲开的。

姜梨又不是来听叶明煜说他的风流韵事，便点了点头，道：“我不知道惜花楼是什么，还以为是间酒楼，见外面无人，就进去瞧了瞧，没想到是花楼，知道后我就离开了，没想到恰好和明煜舅舅遇见。”

“原来如此。”叶明煜明白了。

“明煜舅舅，有一件事我也想问你。”姜梨犹豫了一下，道。

“什么事，你说。”

“明煜舅舅此番回襄阳，大约也不单单为了看望外祖母，叶家的生意似乎有了点麻烦。连明煜舅舅也赶了回来，这麻烦应该还不是轻易能解决的。”姜梨看向他，“能不能告诉我，到底出了什么问题？”

叶明煜一愣，万万没想到姜梨问的竟然是这个，事关叶家的生意，他稍微谨慎了点，但姜梨却眼睛眨也不眨地盯着他，很坚持。

叶明煜被姜梨看着，不知怎的心里一软，想着姜梨其实也是半个叶家人，叶家这么防贼似的防着她，小姑娘心里也会难过，就道：“其实也不是什么大事，咱们叶家的布料每年都要送往各地的成衣铺，尤其是古香缎，你也知道，燕京城的贵人们也爱穿。”

“最近这批布料出了点问题，有人穿了古香缎做的衣裳，身上就起了很多红疹子，找大夫来看也看不出个所以然，这事我们还在查。”叶明煜难得地显出几分担心，“不过我敢说，肯定不是布料的问题，织造场就在襄阳，大哥二哥他们盯着，从来没出过任何问题。只是这话我们说了，别人也不听。”

他摇摇头，很郁闷的样子。

正说着，外头有脚步声传来，接着有人诧异地叫道：“明煜？”

姜梨和叶明煜往门口看去，原来是叶明辉和叶明轩回来了。

嫡嫁千金

DIJIA
QIANJIN

千山茶客 著

【下册】

江苏凤凰文艺出版社
JIANGSU PHOENIX LITERATURE AND ART PUBLISHING, LTD

第六章　**生意**

叶明辉和叶明轩见到叶明煜时，都很意外，叶明辉道：“回来了怎么也不提前说一声？”

“这不回来得急嘛。”叶明煜面不改色地说谎，“快马加鞭一路上水都没喝几口，哪儿还有时间告诉你们。”

倘若二人晓得叶明煜三天前就回来了，还在惜花楼胡闹了三天，不知是何表情。

“你们怎么才回来？”叶明煜问，“天都黑了，府里连个人都没有。”

“我们……”叶明轩正要回答，一眼看到姜梨，到嘴边的话就咽了下去。

姜梨了然，缓缓地站起身，笑道：“明煜舅舅，你们聊吧，我回屋去了。”

叶明煜笑道：“好。”

见叶明煜和姜梨看起来颇为亲近，叶明辉和叶明轩神情古怪。

待姜梨离开后，叶明轩和叶明辉坐下来，还没来得及说话，叶明煜先开口了：“大哥、二哥，你们太过分了。人家特意回来看娘，结果你们不让见。说点事情还防着别人，我说你们都这么大岁数的人了，干啥还欺负小姑娘？”

叶明轩差点被叶明煜这一番话气得一口气没提上来，道：“我们欺负她？你哪只眼睛看见了？”

“我两只眼睛都看到了！”叶明煜指了指自己的眼睛，“没看见人阿梨都明白了，主动回屋去。也就是小姑娘性子软，要换了我，早就闹起来了。”

“闹闹闹，”叶明轩道，“你尽管闹，你以为你还是十来岁的小公子，也不看看自己多大岁数！”

“你与她说过话了？”叶明辉问。

“说过了。”叶明煜道，“怎么？”

“你觉得她怎么样？”

“好！”叶明煜一拍大腿，“我看阿梨不是普通官家小姐，那见识，那说话的功夫，你们都该同她好好学学。我从海船队带回来的万花筒，不是我说，换了你们任何一个人，都不知道那是啥，也不知道怎么用，她知道啊！她还会用！我找的孔雀羽也就她识货。最重要的是，这姑娘仗义！”

“仗义？”叶明轩问，“为什么说她仗义？她帮你隐瞒什么了？”

叶明煜心里暗骂一声叶明轩真是狡猾，清咳两声，掩饰地道：“没什么，话说回来，你们还没告诉我，你们干吗去了，府里怎么没人？”

兄弟二人对视一眼，叶明辉道：“丽正堂出了点事，我们去丽正堂了。”

“刚我还和阿梨说起这回事，这件事还没解决吗？”叶明煜问。

“你告诉她了？”叶明轩高声问道。

“啊。”叶明煜点头。

“你……你真是……”叶明轩憋了许久，才憋出两个字，“胡来！”

回到院子里，姜梨在桌前坐了下来。

桐儿和白雪忙着将那一箱子孔雀羽搬到屋里，姜梨却有些心不在焉。

原来叶家的生意是因此有麻烦。叶家本是做织造起家，整个北燕都闻名，古香缎更是绝无仅有，只有叶家才能生产出来。

如果叶家的布料真的出了问题，对于叶家的生意是一个巨大的打击。

不知道布料究竟出了什么问题，如叶明煜所说，织造场就在襄阳，又有叶明辉和叶明轩平日里盯着，这么多年都没出问题，突然出事，难道是偶然？

可姜梨隐隐有一种感觉，此事绝非偶然。别的不说，偏偏眼下叶世杰刚刚入仕，正是仕途的起点，如果叶家出了什么问题，有人要拿叶家与叶世杰做文章，叶世杰的仕途几乎就能被人掌控。

想到这里，姜梨猝然一惊，莫非真是如此，叶家生意上的麻烦，真的是被人使了绊子，而最终目的就是利用叶家牵制叶世杰，或者干脆控制整个叶家？要知道叶家的财富是让人眼红的一笔，要真控制了叶家，至少做许多事情都易如反掌。

姜梨的心蓦地紧缩起来。

思索了片刻，姜梨道：“桐儿，明日你出府一趟，打听一下襄阳城里的几处成衣铺，问问他们近来可有古香缎做的衣裳。”

“好。”桐儿应了，问姜梨，“姑娘为何要打听这些？”

“叶家的生意有麻烦，古香缎是关键。如果现在这些成衣铺都开始不收古香缎，此事就严重了。”

还有一句话姜梨没说，古香缎的事至少在燕京城没人知道出了问题，也就是说暂时没有扩散开去，如果这些成衣铺都不约而同不要古香缎，其中就必然有隐情，很有可能早就被人打了招呼。

“你询问的时候，注意这些掌柜的态度。看看他们是说最近没货，还是直接告诉你古香缎有问题。”姜梨嘱咐。

桐儿认真记下来。

做生意不是一锤子买卖，有来有往，细水长流。连叶明煜都不能确定布料是不是真的有问题，掌柜的日后还想与叶家做生意，自然会帮叶家掩饰，但如果立刻昭告天下，直接说是布料有问题，那几乎就能确定，这些成衣铺是得了某人的意思，故意坑害叶家。

叶家是不是得罪了什么人呢？姜梨思忖着。

第二日，桐儿一大早就出门去成衣铺打听消息了，姜梨打算找叶明煜说话，想着或许今日还能从叶明煜嘴里打听到更多的消息。

才到了前堂，她意外地发现叶嘉儿和叶如风也在。叶嘉儿来回踱着步，很是忧心的模样，叶如风也眉头紧蹙。

姜梨脚步一顿，走了进去，喊道：“表姐、表哥。”

叶嘉儿见姜梨来了，浮起一个笑容，只是看起来带着些忧郁，道：“表妹，你来了。”顿了顿，又抱歉地道，“昨日在丽正堂，赵叔和庄叔突然来了，留下你一个人，真是对不住。”

“没事。”姜梨笑道，“表姐忙正事要紧，况且我本来也想着自己一个人走走，后来逛得也很高兴。”

“那就好。”叶嘉儿道。

厅堂几人沉默了下来。叶如风自然不会主动和姜梨说话，若是平时的叶嘉儿，是会与姜梨攀谈几句的，不过今日她看着是有心事，没顾得上姜梨，不知在思索什么。

姜梨想了一会儿，轻声问道：“表姐是为了丽正堂的事忧心吗？”

叶嘉儿一愣，勉强笑道：“是啊，就是生意上有些小麻烦。”

“是古香缎的问题吧，”姜梨看着她，“是不是许多成衣铺都知道了？”

叶嘉儿一惊，叶如风道：“你怎么知道？你偷听我们说话？”

“明煜舅舅告诉我的。”姜梨道。

“表妹说对了。”叶嘉儿叹息。想着既然叶明煜已经告诉了姜梨，此事就没什么好隐瞒的了。再说就算想瞒，瞒得住吗？此事已经越闹越大，难以收拾，姜梨迟早也会从外面人嘴里知道的。

“叶家和成衣铺的交易不菲，如今成衣铺纷纷停止从叶家拿料，不是一家两家，丽正堂这几日每日都有成衣铺的掌柜来停货。表妹看到的庄叔和赵叔，和叶家做了几十年生意，昨日来丽正堂，也是说立刻停布料的。”

“做了几十年生意，就是老熟人，在这个时候也落井下石吗？”姜梨问。

"不能说是落井下石，只能说人之常情。"叶嘉儿耐心解释，"只是古香缎本来织造本钱大，这些掌柜之前不说，这一批古香缎织造出来，无人购货，便是放着，对叶家来说已经是一笔巨大的损失。"

"什么人之常情，就是落井下石。"叶如风冷哼一声，"从前求着咱们先供货给他们家，现在出了事，也不查查清楚，立刻就要停货，什么几十年的交情，都比不过利益！"

叶嘉儿没说话。叶如风话虽说得难听，却不是全无道理。

"其实这一批古香缎赔了就罢了，及时止损叶家也不是没有过。怕的就是叶家古香缎有问题这件事流传出去，叶家的声誉就毁了，叶家的招牌一砸，难道百年基业就此毁于一旦？"叶嘉儿难过极了。

"表姐先别着急，"姜梨安慰她，"古香缎做的衣裳穿了为何会出疹子，现在还不能确定就是料子的问题。只要找出真正的原因，叶家的冤屈就能洗刷。"

"说得容易。"叶嘉儿摇头，"我们怎么也找不出原因，织造场出的古香缎分明是没有问题，可各处的成衣铺里用古香缎做成的成衣却出了问题。"

"也许不是古香缎的原因呢。"姜梨道，"也许是那些成衣铺的原因。"

"一处还好说，全襄阳的成衣铺总不会都出问题吧。"叶嘉儿道，"我知道表妹想说被人陷害，可叶家在襄阳虽然算不上官家，平日里也无人敢招惹，谁有这么大胆子陷害，有这么大胆子的人必定身居高位，这么害我们，图的又是什么呢？"

"那襄阳除了叶家以外，还有没有别的织造场？"姜梨问。

叶嘉儿摇了摇头。

那就不会是生意上的对手了。

姜梨叹气，二人正说着，叶明辉兄弟三人过来了。见叶嘉儿和姜梨正在说话，叶明煜就招呼道："嘉儿，阿梨！"

"明煜舅舅。"姜梨对他点了点头。

叶明辉看向姜梨，似乎有些犹豫，但终于还是说话了，道："阿梨，前些日子没让你见老夫人，皆因老夫人身子着实不好。如今你来襄阳也半月有余，老夫人身子渐渐好转，今日你就与老夫人见上一面吧。"

姜梨惊讶，见一边的叶明煜目露满意，这才明白，想来是叶明煜在一边帮腔，说动了这兄弟二人，叶明辉才下定决心让姜梨现在就见叶老夫人。

姜梨适时地露出一丝高兴，道："太好了。"

"那现在就走吧。"叶明轩道。

姜梨颔首。

正当几人要离开的时候，突然，关氏和卓氏匆匆从外面赶来。关氏道："老爷，佟知府派人过来了。"

"佟知府？"叶明辉疑惑，"他派人来做什么？"

“我也不知道。”关氏显得有些着急，还没说完，便见外头来了一队官差，皆是腰佩长刀，毫无顾忌地直闯前堂，问：“叶大老爷叶二老爷可在？”

叶明轩道：“在，官爷何事？”

“佟大人请你们走一趟，”为首的官差道，“两位老爷，请吧。”

“走？去哪儿？犯了什么事？”叶明煜不怕官，立刻站出来道，“为何单单请了他二人？这是唱的哪一出？”

那官差上下打量了一下叶明煜，叶明煜穿得如贩夫走卒，身上颇有些江湖气，也不知那些人认没认出这是叶三老爷，还是根本就觉得叶明煜无足轻重，只道：“在下只是做事的，这些问题，还请两位老爷与佟大人说道。”却是有些嚣张。

叶明煜还要闹，被叶明辉伸手拦住。叶明辉对官差拱了拱手，道：“既然官爷办事，我们走一趟就是了，还请容我与家人吩咐一下。”

他先是看向姜梨，道：“本想带你看看老夫人，不想中途出了此事。阿梨，只能让你再等一等。”

“没什么。”姜梨道。

叶明辉又看向叶明煜，道：“明煜，你暂且先别管府上生意，护好叶家就行了。丽正堂有什么事，交给嘉儿和如风处理，此次也是他姐弟二人锻炼的好机会。至于我和明轩，不要告诉老夫人我们去见佟知府了，切记。”

卓氏看向官差：“官爷，这……我大哥和夫君，什么时候才能回来呢？”

“这你问我，我也不知道。”那官差问叶明辉，“叶大老爷，可交代清楚了？交代清楚了就走吧。”

叶明辉不再说什么，又稍稍安慰了一下关氏和卓氏，让她们放心，自己和叶明轩很快回来，就和这队官差离开了。

官差们走后，叶家人都一时无措。

这事来得太突然，谁也没想到。叶嘉儿喃喃道：“我爹和大伯……他们没事吧。”

“没事的。”姜梨安慰她，“明辉舅舅都说了，很快就回来。”

“不是的。”叶嘉儿摇头，“大伯以前从来不会说这些话，更不会交代什么，今日他却特意交代丽正堂的事要我和如风来管，他是感觉到了自己不会太快归来，他有这种预感。”

“这到底是怎么一回事？”卓氏道，“好端端的，佟知府怎么会找上门来？”

“一定是为古香缎的事。”叶如风咬牙，“之前成衣铺压着，穿古香缎出事的人也少，但眼下，其他成衣铺都不再和丽正堂往来，古香缎的事迟早会流传出去，百姓若知道此事，必然不会善罢甘休，知府为了安定百姓，定会拿叶家开刀。”

“表哥说得不错。”姜梨道，“我猜测也是因为丽正堂的事。”

叶如风哼了一声。

“不过这位佟知府，是不是叫佟知阳？”

“你怎么知道？”叶明煜问。姜梨是燕京的小姐，从没来过襄阳，知道襄阳知府的名字，着实令人意外。

“他有个妹夫，”姜梨笑道，“在燕京城做钟官令。”

“钟官令是做什么的？”叶家是商户，对官员的职位品级都不甚清楚。

“是主管铸钱的。”姜梨解释。

叶家人这才明白。叶明煜道：“没想到你连他妹夫都知道，阿梨，佟知阳不算什么大官吧。”

“不算。”姜梨笑道，“我在姜家，难免会听到一些。”

她在心里暗暗想着，佟知阳有个妹夫，在燕京城做钟官令，最重要的是，他这个妹夫是右相手下的人，和李濂走得很近。

说到底，佟知阳也是右相手下的人。

襄阳一处院子里，屋中有人在说话。

“大人，佟知阳已经动手了。”陆玑道。

姬蘅坐在椅子上，正在看卷轴，闻言道：“早了点。”

“在下也觉得早了点。”陆玑抚摸着胡子，“说是直接冲到了叶家前堂抓人，动静还不小。现在事情瞒也瞒不住，整个襄阳都知道了。”

“意料之中。”姬蘅笑了一声，“做给李濂看，动静不能小。”

“听说当时姜二小姐也在。”陆玑道，“不过姜二小姐没动作，这回的计划，姜二小姐大概插不上手，不会出什么乱子。”

前后几次都被姜梨砸了场子，陆玑的心里也不敢太过肯定了。

“不一定，”姬蘅一笑，眼波流转分明，他将手上的卷轴放到一边，“不能小看她。”

“已经很不敢小看她了。”陆玑笑道，“只是叶家一事，李濂早已开始筹划。眼下叶明辉和叶明轩不在，叶家就是一盘散沙，那个叶明煜起不了多大作用。古香缎有问题的事一旦传了出去，丽正堂不保，下一步，叶家就会被逼到山穷水尽的地步，李家的机会就来了。”

“陆玑，不要把人都当成傻子。”姬蘅轻轻晃着手中的折扇，金丝牡丹随着他手上的动作盛开流转，晕染出一大片摇曳的美丽。

“李家的主意，并不是天衣无缝，也未必就没有人想到。戏没唱到最后，不敢说精彩。”他笑得温柔。

叶家有些沉寂。

被带走后，叶明辉和叶明轩当天夜里并没有回府。不仅如此，三五天过去，连个音讯都没有。关氏和卓氏按捺不住，亲自去衙门见佟知府，想弄清楚到底发生了何事。可佟知府见也不见关氏，只让身边的师爷出来和关氏打机锋，说的也是叶大爷和叶二爷在衙门做客，事情了结，自然会回家。

关氏束手无策，回头与卓氏抱怨道：“我连佟知阳的面都没能见上！更别说问起老爷和二弟，佟知阳分明就是故意的，他早知我会找上门，才避而不见！”

卓氏闻言忧心忡忡：“他到底想干什么，把爷们儿拘在衙门里，不会对他们私自用刑吧？”

这话被叶明煜听到了，当即怒道：“用刑？他们吃了熊心豹子胆了！大嫂二嫂，你们等着，佟知阳不是不见吗？我他娘就闯进去！拿刀架在他脖子上，看他见不见！”

关氏和卓氏连呼不可，可叶明煜哪是她们拦得住的人，直接从门外挑了一匹骏马扬长而去。

叶明煜身上江湖匪气颇重，不晓得并非事事都能用拳头解决。得了消息赶到前堂的姜梨，看到的是关氏和卓氏正吩咐人去追叶明煜。

叶嘉儿和叶如风也赶了过来，叶如风道：“我去找三叔！”

“如风！”卓氏拉住他，“这时候你就别去添麻烦了！眼下府里一个男丁也没有，真是……唉！”

叶嘉儿也十分为难。姜梨见状，对叶嘉儿道：“表姐，依我看，佟知阳倘若真要对他们不利，大可以早就说明，这样藏着掖着，反倒像是在做交易。我猜一直不肯让婶婶见他们，就是为了待价而沽。”

“待价而沽？”叶嘉儿不解。

“生意场上不都有这样的事嘛，很多生意都不是一蹴而就的，有个拉扯的过程，互相胶着，彼此一点点让步，达到一个双方都能接受的价格。这时候就看谁的筹码更重，耐心更多。”

叶嘉儿恍然，道：“你是说，佟知府不让我们家人见父亲和大伯，若是我们家人心中牵挂沉不住气，便会主动退让，这时候佟知府开出什么样的条件，我们都能接受。”

“正是这个理。”

“可是，佟知府究竟要与我们做什么生意？”叶嘉儿不解，“他扣着咱们家人，又想做什么？”

“这就要看佟知阳开出来的条件是什么了。”姜梨道，“放心，倘若佟知阳真的有交易之心，过不了多久，他会自己开出条件。”

叶嘉儿见姜梨胸有成竹的模样，仿佛找到了主心骨，不由自主地也镇定了下来。她打趣道：“表妹怎么口口声声都直呼佟知府的名字，这要是被人听到了……”

“他只是个知府。”姜梨一笑，带着几分无谓，“我爹可是首辅。就算我站在他面前直呼其名，不管他心里怎么不满意，都只能夹着尾巴做人。”

叶嘉儿一愣，叶如风也朝姜梨看来。

姜梨是真的瞧不上佟知阳，但并非因为佟知阳只是个知府。这位佟知阳靠着妹夫才做到知府的位子，也是沾了夫人的光。他表面十分惧内，却又在外面养了个外室，还生了个孩子。

县丞年末要去同知府校评，薛怀远两袖清风，不像其他县丞给佟知阳送银子，佟知阳就故意找薛怀远的碴儿。薛昭看不过去，想抓抓佟知阳的小辫子，不承想得知了这个秘密，便拿此秘密威胁佟知阳，不让佟知阳再找薛怀远麻烦。

薛怀远还不知道薛昭的这回事，只是奇怪后来几年佟知阳怎么不找他麻烦了。其实当时若不是薛昭误打误撞发现了佟知阳的秘密，薛怀远这个县丞做得了几年还很难说，以佟知阳的狭窄心胸，肯定会找个借口让薛怀远丢官帽的。

姜梨对佟知阳这样的人嗤之以鼻，没想到撞上叶家的又是佟知阳，她自然没什么好脸色。

关氏对卓氏道："怎么去追老三的人还没回来，莫不是没拦住吧？"

"极有可能。"卓氏有些紧张，"三弟的武功好，咱们府里的护卫都比不上，可别是惹了什么祸。眼下这个节骨眼儿上，不能再出问题了。"

"不行，我得去衙门走一趟。"关氏起身，"府里的护卫怎么劝得住老三，我去看看。"

"我跟你一起去。"卓氏道。

二人才将将起身，却见门口，阿福匆匆忙忙地跑进来，这些日子他和阿顺都在丽正堂帮忙，府里用不上。

"阿福，你这是怎么了？"卓氏大吃一惊。

姜梨看去，只见阿福衣裳都被扯坏了大半，破破烂烂地拖沓着，脸上不晓得是吃了拳头还是挨了巴掌，青青红红，嘴角还有血迹，像是在哪里与人打了一架。

"大夫人，二夫人，不好了。"阿福喘了口气道，"丽正堂……丽正堂被人砸了。护卫拦都拦不住，掌柜的被人包围了起来，阿顺在护着，那些人进来就砸东西，砸得停不下来，连丽正堂的招牌都给砸了。夫人，您还是去看看吧！"

"丽正堂被人砸了？！"卓氏差点晕了过去。

"可不是。"阿福扯了扯衣裳，"小人若不是个子小溜得快，便不能回府来报信了。那些人砸红了眼，丽正堂的人一个也不许出去。"

"阿福，"姜梨问，"来砸店的都是些什么人？"

丽正堂是叶家的产业，襄阳城没有人不知道叶家。敢来丽正堂砸店，胆子不小。

阿福回答："就是些普通老百姓。"

"哪里来的刁民，敢在丽正堂撒野，活得不耐烦了！"叶如风勃然大怒，"怎么不报官？！"

"官差都把咱们老爷给抓进去了，少爷，还报哪门子的官。"阿福哭丧着脸。

姜梨问："那他们是为了什么砸店？无缘无故的，他们怎么会来找麻烦？"

"听说是因为古香缎的事。"阿福的脸色有些凝重，"来的老百姓说，穿着咱们的古香缎做的衣裳起疹子，如今襄阳的成衣铺都不接古香缎了。可卖出去的古香缎还在祸害人，前些日子，有人穿了古香缎，没了。”

死人了？

叶嘉儿捂住嘴，身为商户的女儿，她清楚地知道，一旦古香缎会害死人的传言流传开去，叶家就真的没有翻身的可能了。

卓氏和关氏几欲瘫倒。

叶如风则紧紧握着拳头。

阿福看着这一屋子的人，不知为何，生出几分凄凉。眼下大爷和二爷都被请到衙门里，三爷前去找人也不知如何，叶老夫人卧病在床，剩下一屋子的人，叶如风尚且稚嫩，其他人都是弱质女流。叶家的危机来势汹汹，可怎么办才好？

“我去丽正堂。”叶如风道。

“如风，你现在去能做什么？”卓氏阻拦。

“娘，丽正堂是祖宗一手打下来的基业，不能毁于我们手上。现在屋里只有我是男子，我要去。我必须去。”

卓氏怔怔地松开手。

姜梨却很有几分欣赏，关键时候从不退缩，这一点和薛昭倒很像呢。

她的目光蓦然柔和起来。

“我跟你一起去吧。”姜梨道，“不用怕，我来想办法。”

“你……”叶如风正要开口，叶嘉儿已经拉起姜梨的手，“我也去。”

丽正堂外头一片混乱。

街道被围了个水泄不通，周边其他商铺的掌柜都斜倚着门看戏。过去丽正堂占着襄阳这块最好的地，生意好得不得了，难免令人眼红。同行相轻，多有妒忌。眼下见丽正堂倒霉，表面同情，内心却不胜欢喜。

阿顺拦在门口，他跟叶明煜走南闯北，多少也会些拳脚功夫。丽正堂这会儿没被踏破，正是因为他指挥护卫拦着。即便如此，挨着门边的柜子都被砸了个彻底，地上是被撕碎的布料，还不断有新的人涌来，手里举着木棍棒子。

双拳难敌四手，再这么下去，他也快拦不住了

人群里有大户人家派来的家丁，也有看起来并非富户的普通百姓，皆是一脸愤怒地叫嚣着。

“叶家人谋财害命，古香缎穿死人啦！”

“奸商叶家！叫叶家当家的出来！”

“叶家人不得好死！”

叶家在襄阳乐善好施，还是第一次遭此恶名。阿顺听得头晕，有人撩起袖子，让周围人看自己胳膊上细细密密的红疹，引来惊呼，于是砸店的动作越发狂野。

叶嘉儿一行人刚到丽正堂，看到的就是这幅景象。

关氏和卓氏没有来，关氏去衙门寻叶明煜了，卓氏留在府里等消息，姜梨临走时，把从姜家带来的随行侍卫全部叫出来了。

幸亏姜梨叫了侍卫。一行人刚刚走到丽正堂，就有人看到他们，立刻道："叶家小姐和叶家少爷来了！"

呼啦一下子，人全都往这头跑来，阿顺见状暗叫不好，却见姜梨身后的侍卫唰的一下齐齐亮出刀来。

首辅家的侍卫随便拿出来唬人还是可以的。人都欺软怕硬，见有这么多凶神恶煞的护卫，下意识就顿住了。

侍卫们护着姜梨几人往丽正堂里走去，那些闹事的百姓还想跟着，又惧怕侍卫们手里的长刀，只得亦步亦趋地围过来。

待退到丽正堂门口，姜梨往里一看，已是一片狼藉。钱掌柜拿着一方帕子捂着脸，额头渗出血迹。

"大家……"叶如风鼓起勇气道，"切莫激动，冷静一点。我是叶家少爷，有什么事坐下来好好谈，叶家不会逃避责任！"

话没说完，一个鸡蛋就往叶如风头上砸来，被姜梨的侍卫挡住。

"你们的古香缎穿死人，你们害了人，还想赚襄阳百姓的钱，你们赚的是黑心钱，拿的是命债！"

叶如风一下子脸涨得通红，年少的男孩子不曾经历过这种事情，有茫然，也有不解，更有一种心灰意冷。

叶嘉儿比叶如风年长一些，站出来道："各位，我不知道古香缎穿死人的说法从何而来，这件事我们还没查清楚。叶家在襄阳城做生意做了这么多年，商誉有目共睹，我们不会欺骗你们的。"

可这话立刻被吵嚷的声音淹没了，姜梨甚至看见有人弯腰捡石子儿，要往叶嘉儿身上砸。

姜梨赶紧拉了一把叶嘉儿，让她藏在侍卫身后。

"谁说古香缎会穿死人的？"略带冷意的清脆女声并不高昂，却很有穿透力，清晰地传到众人耳中。

众人朝前看去。

不知哪里来的豆蔻少女站在侍卫身前，衣裙是深深浅浅的青碧色，格外干净，眉目秀丽温柔，明澈可爱。

或许"首辅千金"和"商户小姐"之间，因着身份的转变，连气场也会稍有不同。那些百姓敢于朝叶嘉儿扔石头，面对这看起来温和的小姑娘，却不敢口出恶言，仿佛有所忌惮。

也许是姜梨身上，有一股无所忌惮的"气"。

“你是谁？古香缎有问题，这是谁都知道的事，你看我们身上！”那男子许是要臊一臊小姑娘，一把撸起袖子，给姜梨看细细密密的红疹子。

或许以为姜梨会失措之下挡住眼睛，但姜梨只是神情平淡地瞥了一眼他光裸的胳膊，就像是看一只茶杯、一个碗、一盏油灯似的。

“哦。”她淡淡道，随即从袖子抽出一把短短的匕首来。

周围的人群吓了一跳，不由得后退一步，这小姑娘一言不合就拿刀，不会是想杀人吧？

“表妹——”叶嘉儿急急想要劝阻。

却见姜梨将匕首横在手下，刺啦一声，干脆利落地割下一块袖子上的布。

她随手将布料扔往撸起袖子的男人那头，男人下意识接住。

“诸位不妨看看，我穿的也是古香缎。可我的身上，没有起这样的疹子。若是不信，哪位嫂子随我进来验明即可。”姜梨道。

叶嘉儿和叶如风一呆，他们不知道姜梨身上穿的这件是古香缎。今日走得这么匆忙，谁还会注意姜梨穿的是什么。不过姜梨来襄阳的时候，古香缎已经出事了，连丽正堂都不再出售古香缎，姜梨也没能拿到一匹半匹，这必然是她在京城买的了。

姜梨瞧见百姓的神色缓和了一些，心中微微放松。

这件衣裳还是她在带来襄阳的行李中发现的，昨日桐儿为她找衣裳，看见了就恰好告知姜梨，姜梨心中一动，没想到这么快就用上了。

没有什么比穿在身上更有说服力了。

没人来验看姜梨的手臂，也许是因为姜梨的表情实在坦荡，让人不得不相信，那截袖子下的手臂，也如她的脸庞一般洁白。

也有不信姜梨说的话的，拿起被割裂的那半截袖子仔细看看，最后不得不点头：“确是古香缎。”

姜梨笑了：“你看，若是古香缎真有问题，我总不会自己穿在身上，自寻死路吧？”

“这有什么不可能。”人群里有人嘀咕，“万一你是叶家找来的托儿，为了银子替叶家做戏，一条命算得了什么。”

姜梨还没来得及说话，身边的桐儿就气炸了：“胡说八道！我们家小姐的命可比银子值钱多了！”

襄阳人没有见过姜梨，不晓得姜梨是谁。听叶嘉儿叫姜梨表妹，以为姜梨是叶家的远房亲戚，过来投奔叶家。

姜梨道：“我的确犯不着做叶家的托儿，我的命，说不准比这间丽正堂还要值钱呢。”

“你到底是谁啊？”有人嘲笑地问，“难道你是公主吗？”

说到“公主”二字，让姜梨的脸色微微沉敛，很快，她就扬起嘴角，只是嘴角的笑容带了几分讥诮。

“我不是公主，我是燕京首辅姜首辅的嫡出女儿，姜二。”她道。

人群中的嘲笑渐渐寻不出踪迹了。

姜梨的笑容也彻底冷淡了下来。

丽正堂的对面茶楼上，有个漂亮的红衣青年一边喝茶，一边侧头看戏。

青衫文士陆玑站在对面，看着丽正堂此刻的情景，微皱眉头：“没想到姜二小姐会为叶家出头。”

姬蘅一手支着下巴，一手轻摇折扇，折扇合成窄窄的一条，这样漫不经心摇晃着，隐约能见细小的金丝。

“佟知阳的计划成不了了。”他说。

丽正堂门口，姜梨从容地站着。

“姜首辅的嫡出女儿”这句话一出来，人群霎时间沉寂下来。

“你是姜家小姐，也不能仗势欺人哪！”人群中有个瘦长脸男人大着胆子说道，说完这句话，他就躲在一个壮汉的背后，想要藏起自己的脸。

“对啊，怎么能仗势欺人呢！”

“姜家这是要护着姻亲叶家，官商勾结，沆瀣一气！”

瘦长脸的一句话顿时又把人群点着了。叶嘉儿担忧地看向姜梨，叶家出事就罢了，人们把叶家和姜家联系在一起，给姜家也泼上脏水，姜元柏可是在燕京城做大官儿，要是招来麻烦，这可如何是好。

叶如风也紧皱眉头。

姜梨含笑站在原地，开口道：“我们姜家，对自家女儿都不客气，我父亲最是公正清明，何来包庇一说？”

众人这才想起来，这位千金小姐多年前可不是因为杀弟弑母被送往庵堂，这么说，姜元柏的确不是一个会包庇亲人的人。

不过，她就这么提醒别人想到自己的恶事，真的好吗？

姜梨才不介意别人如何看待自己，只是问：“敢问大家，古香缎有问题一事，是从何处得知的呢？”

“成衣铺都在说！”最前面一个妇人回答道，“眼下全襄阳都知道了，佟知府都带叶家老爷回衙门审案去了！”

审案？

姜梨心中冷笑，原来打的是这个主意。心中越是清明，她的笑容也越是真挚，只道：“我倒不知道，织造的事情，什么时候轮到衙门管了。”

有人问：“你这话是什么意思？”

姜梨含笑开口：“襄阳城里最大的官儿大概就是佟知阳这位知府大人了吧。我看，佟知阳官儿当得太大，连什么该管什么不该管都忘了。”

她对佟知阳直呼其名，周围的百姓都惊了一惊，可转念一想，她便是当着佟知阳的面叫其名字，也没什么不敢的，毕竟背后有个首辅老爹撑腰。

“死了人该佟知阳管这不假，可我从没听过织造出了问题，还该他这个知府管。叶家的古香缎，并不只卖给襄阳人，燕京也多是达官贵人在穿。如你们所说，古香缎穿死了人，又不是偶然的事，我想除了襄阳的古香缎有问题，别的地方古香缎也会有问题。

“那燕京城的太太小姐们，若是也被古香缎所害，掀起的波浪也就大了。这么大的一件事，关乎整个北燕百姓的生死，就掌握在一个小小的佟知阳手里，我看他好大的胆子！”

最后一句话，话音加重，十分严厉，叫人心中一凛。

这番话出来，果然震住了不少人。一人小心翼翼地问道：“姜二小姐，这事不该佟知府管，该谁管呢？”

“当然是燕京城的织室令管了，全国的织造问题都归织室令管。如你们所说，叶家的古香缎有问题，就该写明问题，由知府送往燕京织室令，织室令会下派官员来襄阳彻查此事。”姜梨道，“佟知阳倒好，直接把人抓起来审案了，却一点儿不提上报给织室令的问题，他这是想干吗？我看，他才是想‘包庇’叶家吧！”

对面的陆玑看得叹为观止，只道：“这位姜二小姐，颠倒黑白的本事可真是教人惊讶！”

“岂止颠倒黑白，你看她仗势欺人的手法，用得也很熟练。”姬蘅道。

姜梨说完此话，人群中有些茫然，有些恍然。他们都是百姓，便是有做官儿的，也就是个芝麻绿豆官，哪里知道燕京城的这些官职管什么。织造这一块更是不明白，姜梨说得一板一眼，看起来不像是假的。

有人问：“姜二小姐，织室令真的能管这些事？”

“你脚下的土地，是北燕的土地。这些百姓，都是天子的子民。官员就是为民办事，织室令的存在，本就是为了解决织造这一块出现的问题，当然会做事。只是现在佟知阳很奇怪，非但不将此事上报，还想自己解决，这么大的事儿，他解决得了吗？”姜梨语气里带了一丝不屑。

“佟知府为什么不上报此事啊？”

“那就不清楚了。”姜梨意有所指，“也许佟知府在襄阳做官久了，连基本的官令职申都不清楚，心怀天下，什么都想亲力亲为呢。”姜梨笑得真诚，“这样的好官，等我回燕京，务必告诉父亲，让他知道还有这么个人，放在襄阳做个知府，实在是大材小用。”

人群一下子哄笑起来。

姜梨话里的讽刺谁都听得出来，傻子都知道，这位佟知府只怕要倒霉了。

“佟知府忧国忧民，想要自己审案，我们却不能让他累着。”姜梨打趣，“我已经将此事写信回襄阳，我父亲接到信后，会亲自找织室令说明，想来不久后，织室令的人就会过来襄阳。”

“真的啊？”

“我以姜家小姐的身份，向你们发誓。”姜梨笑笑。

她眉眼弯弯，这么一笑，仿佛春暖花开，让方才剑拔弩张的气氛不知不觉柔和了起来。

“我想诸位此番，并不是为了砸丽正堂而来，而是为了有个解决之道。倘若是叶家的过错，叶家当然得认，但织室令没来之前，叶家也不想为莫须有的罪名承担责任。今日前来的各位，眼下天色不早，也多辛苦，我们能做的，会努力做到。桐儿，”她吩咐丫鬟，“拿些银票出来。”

姜梨又道：“还请诸位帮我一个忙，你们买过的古香缎，为了留存证据，希望能收回。当然了，收回的时候，也会赔偿你们银两，除了原本古香缎的买价以外，也有一些赔偿。此事我们都尽力求得一个圆满的结局。不过还请各位多给叶家一些时间，请相信叶家，毕竟过去几十年，叶家从没出过问题。以过去的情谊，请求眼下这个时候的信任，不算过分吧？”

她说得很认真。

认真的女孩子很美丽，而她提出的解决办法也很美丽，银子更美丽。说到底，今日这些人来，目的也无非是求财了。真有问题，叶家不是大夫，也不能管他们身上的红疹好转。

姜梨软硬兼施，这些人也不能得了便宜还卖乖，最重要的是面对首辅的女儿，他们也不能怎么样。

而且姜梨还把原因推到佟知阳身上去了，如果佟知阳早些上报给织室令，叶家的问题早就解决，哪儿还能拖到现在。

有人就道：“那就这样吧。姜二小姐，可一定要让织室令的人早些来襄阳啊。”

“是啊，可拖不得。”

姜梨道：“放心吧，各位，将你们穿过的古香缎交给我们吧，这些也要交给织室令。我怕不交给织室令，佟知府又要亲力亲为了。”

百姓大笑起来，这会子再也没有之前的敌对，纷纷爽快地去找用过的古香缎给姜梨了。

姜梨给叶嘉儿使了个眼色，叶嘉儿马上吩咐下人们去准备银两和人手，心中也舒了口气。能用银子解决的事都不是事，权当是破财免灾了。

叶如风神情复杂地看着姜梨，他从小知道姜梨对叶家的恶言，没想到今日却是姜梨替叶家解了围。

这人，真是让人无法喜欢，也恨不起来。叶如风心里纠结着。

对面的茶楼上，姬蘅看着窗外，问：“这出戏如何？”

陆玑啪啪啪鼓起掌来，道：“我今日才知道，一个小姑娘能有这么大能耐，若非亲眼所见，我会以为是别人杜撰的传说。”

“是啊。”姬蘅轻轻吐出一口气，“十五岁，就能单挑大梁唱大戏了。”

“她这番应对得好，却不怕京城里的姜首辅得知此事责怪于她。”陆玑道，“姜元柏可是只老狐狸，滑头得很，这样的麻烦躲避还不及，不想他的女儿倒是乐意用权。”

姬蘅用扇子点着窗户：“她就是故意抬出姜元柏。”

“嗯？因为姜元柏是首辅，佟知阳会有所忌惮？佟知阳背后可是李家……”

“这就对了。”姬蘅玩味地一笑，“姜二小姐就是要姜家和李家对上，矛盾激化，无法调和。”

陆玑一怔：“为什么？”

“那就看她图的是什么了。”

正说着，陆玑突然啊呀一声。

不远处的街道上，女孩子站在屋檐下，目光精准无误地穿过人群，落在这间茶坊的窗口。

“被发现了。”姬蘅笑着摇了摇扇子，“糟糕。”

姜梨正带着桐儿往外走。

好容易暂且解决了丽正堂的麻烦，姜梨想吩咐侍卫去打听一下叶明煜那头的消息。谁知道才刚走出丽正堂，便感觉到有目光在注视着自己，姜梨随着直觉往上看，却看到了一袭熟悉的红袍和那把轻轻摇着的金丝折扇。

姬蘅？

他怎么在这儿？！

姜梨心中一惊，下意识就想姬蘅不会是跟着自己到了襄阳吧？但应该不会，堂堂肃国公，不至于日日都盯着自己，不会这么无聊。

不过，姜梨瞧了一眼茶楼的小窗，从窗前看去，丽正堂的一切都尽收眼底。这位肃国公最爱看戏，想必这出戏从头到尾他都没错过。

真是讨厌。

姜梨深深吸了口气，无论这位肃国公的目的是什么，她都必须上去与对方见一见。探探底，到底对方是来做什么，若是互不相交，他自然可以看戏，不插手就行了。若是有所冲突，她会权衡，看着办。

姜梨嘱咐了桐儿和白雪几句，独自往茶楼走去。

“来了。”陆玑扶了扶胡子，“大人，不瞒您说，我现在，还有点儿怕这位姜二小姐。”

“怕什么。”姬蘅把玩着折扇，“小姑娘而已。”

“姜二小姐不是普通的小姑娘。”陆玑也笑，“恩威并施，官场的那一套，她把姜元柏的作风学了个十成十，只是我不明白，她在庵堂里待了八年，怎么也如此精通官场规矩？倒像是姜元柏手把手教过她似的，难道只要是亲生骨肉，自然就会继承这一点？”

姬蘅瞥了他一眼："那也不是寻常人能继承的。"

两人正说着，就见引路的小童在外敲门，姜梨进来了。

姜梨一进门，就见到了姬蘅和上次在金满堂堂会上看到的青衫文士。

"真巧，"姬蘅开口，"在这里遇到姜二小姐。"

姜梨心中不置可否，笑道："我也很意外，会在这里遇到国公爷。"她疑惑地问，"不知国公爷来襄阳，所为何事呢？"

姬蘅笑盈盈地看着她，半晌后吐出两个字："公事。"

姜梨的一颗心放了下来。

"叶家好像有麻烦。"姬蘅看向窗外不远处的丽正堂，"如果不是因为你，丽正堂就化为废墟了。"

他说归说，语气里还带了一点遗憾的态度。姜梨一个没忍住，脱口而出："怎么国公爷好似很希望丽正堂变成废墟？"

"没办法，"姬蘅很伤脑筋地回答，"我爱看戏。"

这话真是让人没办法不生气，姜梨皮笑肉不笑地说道："国公爷真是好兴致，什么都能当出戏。"

"但是像二小姐这样精彩的就凤毛麟角了。"姬蘅道。

"我与国公爷一样，"姜梨笑得切齿，"不做戏子。"

"那真可惜。"姬蘅惋惜，"我还想着这次在襄阳遇见你，又有好戏可看。"

"什么？"姜梨看向他。

他漂亮的眸子里光华流动，仿佛旋涡一般诱得人跌倒沉迷，似笑非笑道："有一种预感，姜二小姐在襄阳，会唱不少好戏。"

"国公爷来这里不是所为公事吗？"姜梨笑对，"怎能玩物丧志？"

"戏太精彩，舍不得错过。"他盯着姜梨，眼睛眨也不眨地道，唇齿之间充满挑逗的味道。

姜梨心中大骂姬蘅不要脸，姬蘅如今二十来岁，可姜二小姐只是个青涩的小姑娘，他居然也能毫不在意地以美色诱人。当初薛芳菲出事，燕京人人骂薛芳菲恃美放荡，可怎么就无一人斥责姬蘅恃美行凶！

姜梨盯了姬蘅一会儿，突然道："国公爷听到了吧，我刚刚在丽正堂门口骂了佟知阳。"

"听到了。"姬蘅点头。

"国公爷以为，我骂得可对？"姜梨想套出姬蘅的态度，眼下姜梨猜测佟知阳是受了李家的指使，姬蘅认识李濂，姜梨想知道，姬蘅是不是知道此事和李家有关，他过来襄阳，会不会插手此事。如果姬蘅插手，事情就难办多了。

"姜二小姐叫我观戏不语，"姬蘅含笑道，"我不知道。"

这人，软硬不吃，滴水不漏，真叫人泄气。

姜梨道：“国公爷如果一直观戏不语就好了。”

姬蘅但笑不语。

姜梨便自顾说开：“佟知阳有个钟官令的妹夫，钟官令是右相小儿子李濂的人，说起来，这位佟知阳还是右相的人，还真是不敢小瞧呢。”

姬蘅握着扇子的手微微一顿，看向姜梨的目光里带了几分深思。

陆玑却吓了一跳，姜梨连这个都知道？

姬蘅：“看来二小姐对这些了如指掌。”

“因为我爹是首辅啊。”姜梨轻声道，“咱们姜家，树敌不少，一个不小心就着了别人的道。右相李家和我爹可是死对头，死对头的兵马有什么人，可得记好了，否则不明不白被小卒算计，可算兜头祸事。”

姬蘅笑了：“有姜二小姐在，我看姜家不会被算计，还会绵延百年。”

“国公爷说笑。”姜梨道，“右相背后的势力可不小，我们哪里敢鸡蛋碰石头。”

她的眉目间带了些灵动的狡黠，语气虽然温和有礼，却步步都是试探。

“哦？”姬蘅挑眉，“刚才你在门口斥责佟知阳的时候，一点不害怕？”

姜梨嫣然一笑：“那是为了百姓啊，为了百姓，别说是佟知阳，就算是右相李仲南来了，我也不怕。”

陆玑差点拍案叫绝！

这小姑娘一套一套，见人说人话见鬼说鬼话，脸不红心不跳，坦荡磊落的样子竟让人无言以对。

姬蘅也无言以对。

不知过了多久，他嗤地一笑，道：“二小姐令人佩服。”

“不过此番多少都会被右相迁怒了。”姜梨叹息一声，“也是无可奈何的事。”

“右相不会迁怒你的。”姬蘅笑了，“为了百姓。”

“那最好了。”她站起身，对姬蘅道，“方才看到国公爷在此，才特意上来打声招呼。现在招呼已经打完了，表姐、表哥还在忙，我得去帮忙，就不陪国公爷闲话。”她客客气气地冲姬蘅福了一福，“告辞。”

姬蘅没有送她的意思，淡笑回答：“姜二小姐走好。”

姜梨微微一笑，从容地从茶室里出去。虽然仍然警惕，她应对姬蘅，已经一次比一次从容。

出了茶室，姜梨往楼下走，心跳得很快。

方才那句话，她说“此番多少都会被右相迁怒了”是试探，而试探的结果是，佟知阳针对叶家的事，果然和右相有关。因为姬蘅说“右相不会迁怒你的”，却是默认了李仲南的存在。

姜梨垂眸，李仲南掺和进来，难怪佟知阳胆子如此之大。不过那又如何？正好借着这个机会将事情闹大，拉着姜家的大旗，彻底打破右相和姜家微妙的平衡，也绝了成王想要拉拢姜元柏的可能。

就让成王与姜家成为势不两立的敌人，不是你死就是我活，这样一来，姜元柏才能破釜沉舟，才能毫不犹豫正大光明地、理直气壮地对成王发起进攻。

这就是她的目的。

屋里，陆玑望着楼下姜梨渐行渐远的背影，深深地叹了口气，道："真是长江后浪推前浪，后生可畏啊。"

"上当了。"姬蘅突然开口。

"什么？"陆玑一愣。

"原来刚刚是在套我的话。"姬蘅想到了什么，突然笑起来，"佟知阳不是她的对手。小姑娘挺精明。"

姜梨离开后，回到了丽正堂。等将百姓一一安顿好，天色已近傍晚。姜梨一行人回到叶府，关氏已经回来了，和卓氏得知了丽正堂已经没事的消息，都松了口气。不过，叶明煜却没能一起回来。

"老三性子冲动，等我过去的时候，已经闯进了衙门大堂，嚷着要见佟知府，被官差拿下了。我想向佟知府求个情，却连人也没见到。守门的官差告诉我，要想见人，至少得拿些银子，我出来得匆忙，哪里带了银票。只得明日早上再去，希望老三没吃苦头才好。"

"还要银票？"叶如风恨恨道，"这些狗官！"

"世道如此。"卓氏叹了口气，"咱再凑凑吧，总不能放着老三不管。"

叶嘉儿道："他们想要的是银子，这就好办了。"

"嘉儿，你不知道。"关氏叹了口气，"古香缎出事，已经赔了不少银子。成衣铺停止与咱们做生意，又是一笔不小的损失。怕的就是这些人贪心不足，当咱们叶家是银库。一旦开了这个口，要想将你大伯和你爹捞出来，就要费不少功夫。"

叶家就如一块肥肉，佟知阳盯了这么久，总算找到了下手的机会，怎么会让到嘴的鸭子飞了？

姜梨笑了笑："其实也不必担心。"

屋里众人都朝她看来。

大家都知道，今日丽正堂最后安然无恙，多亏姜梨站出来说了一番话。虽然她年纪比叶嘉儿小，也从未打理过生意，可看她的样子，比在场所有人都要周到。

"不用凑银子，我看佟知阳很快就会放了明煜舅舅。"

"为什么？"叶如风皱眉问道。

"因为我父亲是姜元柏，"姜梨道，"他怕了。"

佟府的书房里，佟知阳高声反问："姜元柏的女儿？她怎么会在襄阳？"

佟知阳生得矮胖圆润，小眼睛大蒜鼻，即便在府里，也穿着锃光的官袍，此刻正对着手下发火。

“小的也不知道。”手下答道，“本以为是叶家的人让人假扮的，可首辅府的侍卫不容作假。襄阳城有去过燕京的人亲自看了，说的确是姜二小姐不假。”

佟知阳道：“不是说叶家和姜家十几年前都断了往来，姜梨都不认叶家人了，怎么会突然来襄阳？”

“这个，听说是叶老夫人病重，姜二小姐来探望的。”

佟知阳一脚踢开地上的板凳：“他们这是骗鬼呢？这么多年没消息，怎么会突然变得重情重义？”

“这也就罢了，老爷，那姜二小姐还站在丽正堂的门口，说、说……”手下吞吞吐吐起来。

“说什么？”

那人犹豫了一下，便将姜梨站在丽正堂前说的话，原原本本复述给了佟知阳。

佟知阳听完，面色青白，憋了许久，才吐出两个字：“浑蛋！”

“老爷，原本对付叶家十拿九稳，谁知道中途杀出个姜二小姐。姜二小姐可是姜家人，那……眼下是不是要重新打算？”

手下的话让佟知阳也思考起来。他的妹夫不久前让他找个机会对付一下叶家，说若是叶家的事办好了，他就能有升迁的机会。佟知阳二话不说就答应了下来，一切按照妹夫的计划行事。只等着叶家被作弄得凄凄惨惨，走投无路，才会给叶家一条早就计划好的最后生路。

借着这个机会，既能让自己升迁，又能大赚一笔叶家的银子，何乐不为？

一切都做得好好的，谁知道突然冒出来个姜梨。

“这样下去不行。”佟知阳在屋里来回走了两圈，道，“去拿纸笔。”

手下连忙去寻了纸笔来，佟知阳抹去额上的汗，看着面前的纸笔，还在想该如何下笔。

荣华富贵固然可爱，但赔了夫人又折兵就不可爱了。佟知阳决定写信问一问妹夫，或者让妹夫的那位贵人拿主意，至少告诉他下一步该如何走，否则单靠自己，走错了路，可就悔之晚矣。

正匆匆写着，手下忽然想起了什么，道：“老爷，那叶家三老爷现在还被关着，是要放还是不放？”

“关什么关？还不赶紧放了！就说是一场误会，手下人自作主张，与我无关！”佟知阳骂道。

手下忙出去复命了。

佟知阳站在屋里，越想越是气急败坏，然而境况容不得他耽误，就如姜梨所说，已经写信回去襄阳告诉姜元柏，自己就得赶紧追上，立刻写信给妹夫，让他想想对策。

真是飞来横祸。

叶明煜在一个时辰后回到了叶府。

叶家人见他安然无恙地回来，俱是喜出望外。关氏问叶明煜可伤着哪儿了，叶明煜也只摇头。那些官差虽然抓了他，他也不是好惹的，没少给对方苦头吃。

“我还以为明日得拿银子去赎你呢。”卓氏松了口气，“回来就好。”

叶明煜挠了挠头：“那些官差起初对我恶声恶气，晚上突然对我恭敬了起来，道歉说只是一场误会，就把我放了回来。”

屋里众人就都看向姜梨。

“你们看阿梨做什么？”叶明煜道，“这事和阿梨有关？”

“这事多亏了表妹。”叶嘉儿便将姜梨在丽正堂门前做的事一一告知叶明煜，说罢又道，“佟知府应该是忌惮姜家，才将三叔这么快就放了出来。”

叶明煜也没想到这其中还有这么一层关系，看着姜梨，一时不知道说什么才好。

从前叶家人总说，当初不该把叶珍珍嫁给姜元柏，要是叶珍珍嫁给普通人，或许命运又是不同。但叶珍珍要真的嫁给普通人，没有姜家的名声镇着，叶家又能撑去几时？过去那些年，不是看在叶珍珍是姜夫人的面上，叶家怕也不会如此安生。十几年过去了，眼见着姜家和叶家再无往来，这些人就立刻蠢蠢欲动。

说到底是树大招风。

姜梨笑道：“没什么，佟知阳这人胆小如鼠，偏偏又贪婪，做事瞻前顾后。自然能为姜家的名号所震，其实要是换一个心狠手辣的，未必就能有如此结果。”

“你倒像是很了解佟知阳。”叶如风忍不住开口。

“从头到尾佟知阳都没露面，一直让旁人来做事，可见是个胆小之人，他这样顾全稳妥，怕是只会等胜券在握、尘埃落定之后才现身。”

叶明煜点头，突然问：“阿梨，你果然同你父亲写信了？”

姜梨在丽正堂前说，自己已经把襄阳的事告诉姜元柏，让姜元柏上报给织室令，由织室令下派人马。叶明煜犹豫了一下，才继续说道：“你父亲……真的会为此事出头？”

姜梨摇头：“没有。”

叶家人都惊讶地看着她，叶嘉儿问：“那么，表妹是唬佟知府的了？”

“那倒不是。”姜梨道，“我虽然没写信给父亲，却写信给了叶表哥。叶表哥如今是新上任的户部员外郎，织室令那头也不敢慢待他。况且我还告诉叶表哥，用我父亲的名义，织室令会更加重视。我想，织室令一接到上报，就会立刻派人来襄阳的。”

大家都没想到姜梨会这么说，叶如风问：“你怎么能让大哥用你父亲的名义？”

“宫宴上，我与表哥一起接受陛下授礼，旁人都知道我和叶表哥的关系。我看父亲对叶表哥也多有欣赏，想来同僚问起的时候，父亲也不会避讳。既然燕京城的人都以为叶表哥和父亲是一路的，不如让他们误会到底。有名号不用，岂不是白费？”

“你就不怕给你爹带来麻烦？”叶如风问，“你自作主张，回到燕京城，你爹也不会饶过你。”

“那又如何？”姜梨微微一笑，“木已成舟，他还能杀了我不成？”

这一副死猪不怕开水烫、船到桥头自然直的姿态，着实让叶家众人哑口无言。

姜梨心中却清楚，她就是要让成王和姜家断开可能结盟的机会，就是要让姜元柏和右相的裂痕不可修复。这样一来，她才有可乘之机。

至于回到燕京城后会被姜元柏如何迁怒，那就是日后要考虑的事了。为了对付永宁公主和沈玉容，她愿意付出任何代价。

哪怕是她的生命。

佟知阳背后如果真的有人，自己的出现打乱了他的计划，他必然要写信求助，但在这之前，姜梨给叶世杰的信已经出去了。在佟知阳得到具体的对策之前，想必织室令的人已经到达襄阳，一切就不是佟知阳说了算。

这个时间上的先后，恰恰就是机会。

“放心吧。”姜梨笑道，“我想佟知阳最近不会轻举妄动，倒是那些收回来的古香缎，务必好好保存。我穿在身上的古香缎没有问题，可见出问题的古香缎是最近才有的，或者说是襄阳才有。怎么想都觉得不是偶然，等织室令的人来，大约就能查清楚。”

叶嘉儿点头：“我也是这般想的。”

等到又说了一些这几日的安排，叶家众人才纷纷散去休息。姜梨走在后面，叶明煜在前，她叫住对方：“明煜舅舅。”

叶明煜停下脚步：“怎么了？阿梨。”

“借一步说话。”

叶明煜随姜梨来到叶明辉的书房，姜梨让桐儿在外把守，道：“明煜舅舅走南闯北，应该有些朋友吧。”

叶明煜大笑起来：“不错，我的确有很多朋友。”

“这些人应当都是会为了朋友两肋插刀之人，明煜舅舅，我想有件事，必须由你，或者你的朋友来做。”

叶明煜见姜梨脸色严肃，不由自主也收起笑容，道：“什么事，阿梨你说。”

“襄阳城的人都知道，佟知阳惧内，虽然此人贪婪无度，在男女一事上却十分干净，连花楼都不曾踏入半步，正因如此，他的夫人才愿意让娘家人拉扯他，让他做这个襄阳知府。”

说起男女一事，连叶明煜都有些不自在，偏看姜梨一脸坦然，叶明煜只好在心中给姜梨找理由，毕竟姜梨在庵堂里待了八年，清心寡欲，懂得色即是空空即是色的道理，对男女一事看得十分平淡。

这就是脱俗吧！

想得有些远，叶明煜又听见姜梨道："不过佟知阳私下里却不如表面看上去规矩，他有个外室，就安置在离襄阳城不远的城边，他给外室买了一栋宅院，那外室还给他生了个儿子。"

"啥？"叶明煜吓了一跳。这等秘事他从来没听说过，要知道那佟知阳畏妻如虎，怎么会有这么大的胆子？

"舅舅不必惊讶。"姜梨说，"那外室生得年轻貌美，很得佟知阳喜爱。加之他自己府里的夫人只为他生了两个女儿，佟知阳心心念念想要儿子，外室一举得男，更是佟知阳的心尖。每隔一阵子，他都要去看望这对母子。"

叶明煜惊得嘴巴都合不上："你、你说的是真的？"

"千真万确。"要知道，当初薛昭就是拿捏着佟知阳的这个把柄，才没让佟知阳继续为难薛怀远。那时候佟知阳也才得了外室的儿子，如今算算，也有五六年了。姜梨打听过，这五六年来，并没有佟知阳在外有外室的传言出来，可见佟知阳隐藏得很好。她还特意托人去城边看了下，那对母子果然仍在。

在这对母子身上，佟知阳长情得可笑。

"就算你说的是真的，"叶明煜问，"你是怎么知道这些事的？"

"我从燕京城带回来的侍卫。"姜梨笑笑，"我让一个侍卫去佟府探听，说来也巧，佟知阳正吩咐人给那对母子送银子。我便让人跟上去，发现果然不差，便得知了这个秘密。"

"好，阿梨，你告诉我佟知阳外室的事，所为何意？"

"如我们所见，佟知阳非常宠爱这对母子，我怀疑佟知阳和叶家这次古香缎出事有关，也许背后还有人指点。为了避免出什么差错，我需要他有所忌惮。至少在织室令派人来襄阳之前，不能做什么手脚。"

叶明煜看着她，不太明白姜梨说的是什么意思。

"明煜舅舅既然是江湖中人，带走一对母子应该不是什么难事吧。"姜梨道，"我希望明煜舅舅或是明煜舅舅的朋友，劫走佟知阳的外室和儿子。佟知阳骤然得知消息，全部精力只会用在寻找这对母子，便分不出其他精力来对付叶家，必要的时候，我们还能用这对母子威胁……"姜梨笑道，"要知道佟知阳不敢让他的夫人知道这对母子的存在，一旦东窗事发，他这个襄阳知府的位子就会不保。为了守护这个秘密，佟知阳肯定会不惜与你做一切交易，毕竟他可是个畏妻如虎的人。"

叶明煜这会儿算是听明白了，姜梨是要他掳走佟知阳的外室和儿子，将他们藏起来。当作筹谋也好，让佟知阳分心的工具也罢，佟知阳投鼠忌器，必然不敢对叶家怎样。

他道："阿梨，你要我去掳掠一对母子……"他们江湖人士不屑于做这种卑劣之事，也不愿意欺负女人和孩子。

姜梨平静地看着叶明煜，道：“明煜舅舅，佟知阳对付叶家的时候，煽动民众打砸丽正堂的时候，可没想到叶家一屋子的老弱病残。且不说叶表哥如今还在燕京城为官，外祖母身子不好，要是得知叶家出事，怎能安然？况且，要你带走那对母子，并不是要对他们做什么。他们大可以好吃好喝，只不过是受些惊吓罢了。等事情办完，再送他们回去。”姜梨笑道，“已经到了生死存亡的时候，明煜舅舅可不能妇人之仁。”

叶明煜听得心中一凛，细细思来，便对姜梨惭愧道：“是我想得太过简单。”他正色道，“此事交给我，明日我便找几个信得过的朋友，寻一处别人找不到的地方。既然佟知阳畏妻如虎，平日里肯定不会明目张胆去找那对母子，这正是我们的机会。”

姜梨点头：“事成之后，等佟知阳得到消息，已经晚了，再想寻人，难上加难。”

“不过，”叶明煜道，“你说佟知阳和这次古香缎出事有关，背后还有人指点，可是真的？”

“我也只是怀疑而已。”姜梨道，“并无确切的证据。不过，只要等织室令来到襄阳，一切就会水落石出。”

襄阳城暂且平静了下来。

丽正堂关了门，之后的两三天，没有百姓来丽正堂门口或是叶家门口闹事。

叶家安定了下来，身为襄阳知府的佟知阳，此刻却遇到了麻烦。

“什么，夫人和少爷不见了？”佟知阳拍案而起。

他与府里的这位佟夫人贺氏瞧上去相敬如宾，但襄阳城的人都知他惧内。佟知阳更是清楚，若非他的夫人娘家提拔，只怕如今他这个知府也做不成。是以多年来，佟知阳也不敢违抗自己夫人的命令。

然而他到底按捺不住寂寞，在襄阳城的城边上养了一房外室。外室乖巧可人，温柔体贴，比家中这个母老虎可爱多了。佟知阳私下里也让下人叫外室为夫人。他倒是对这个外室有情有义，这么多年，冒着这么大的险也要将其留在身边，尤其是外室生下了他的香火，佟知阳就更舍不得丢下他母子俩了。

他自来将这对母子隐藏得极好，除了亲信以外，旁人都不知道。眼下听见母子失踪的消息，差点惊得喊出来。

“怎么回事？是不是贺氏发现了？”

亲信连忙摇头否认：“不是！老爷，不知道对方是什么人，但留下了一封书信，说是借用夫人和少爷几日，过段日子归还。”

“岂有此理！”佟知阳大怒，“他当我的人是什么了？难道是货物不成？”佟知阳又厉声追问，“他们图的是什么？求财？还是有怨？”

“这……”亲信也说不出个所以然。

“在我的地界上抓人，我看他们是活得不耐烦了！”佟知阳冷哼一声，吩咐下去，“搜！挖地三尺，也要把夫人和少爷给我找到！”

亲信领命，又见佟知阳顿了顿，才继续道：“动作小点，不要让贺氏发现。”

他到底投鼠忌器。

姜梨得知佟知阳的外室阮素琴母子都已经安定下来，是从叶明煜嘴里知道的。

叶明轩和叶明辉仍然没能回府，不过关氏和卓氏再去的时候，守门的门卫不再横眉冷对，而是让她们进去见见叶明轩和叶明辉。

叶明辉二人虽身处牢房，倒算干净，没有受伤，询问了这些天发生的事，知道眼下都靠姜梨坐镇指挥，惊讶之余不免唏嘘。没料到危急关头，是姜梨拯救了叶家。之前对姜梨的提防和疏离，霎时间也就去了大半。

二人交代，这些日子不要轻举妄动，静观其变，等着织室令的人来襄阳就是。若是叶家这回真是被人算计，那人一定不会善罢甘休，还会再找机会的。

关氏和卓氏回来后，将这些事原原本本说给叶家人听，也向姜梨转达了叶明辉兄弟的感谢。姜梨笑着受了，有过一同扛事的经历，叶家人对姜梨的态度就亲热了许多。

但因为叶明辉兄弟不在，姜梨与叶老夫人见面一事也只好搁置下来。

叶明煜等其他人都散了后，才寻了个机会，偷偷与姜梨道：“事情已经办妥了。”

姜梨笑道：“多谢明煜舅舅。”

“谢我干啥，”叶明煜道，“说起来是我们叶家该谢谢你。”

“都是一家人，不必客气。”姜梨微笑。

二人说着说着走到府门口，叶宅本就处在襄阳城地皮最贵的地段，这条街都是襄阳最富有的人家，因此一条街宅院寥寥无几，但凡大宅院，便是特别宽敞、占地不小的。

此刻，却有咿咿呀呀唱戏的声音隐隐约约传来。

姜梨道：“这里还有戏班子吗？”

叶明煜对着邻近的一处宅院院墙努了努嘴：“新搬来的，没见着他们主人，应该是个戏痴，这几日都见有人在里面听戏，大概是癖好。”

姜梨听到此处，心中一动，立刻就想到了。

姬蘅如今可在襄阳，这爱听戏又不缺银子，买得起此处的宅院，神秘莫测的，莫不就是姬蘅？

别说莫不是姬蘅，姜梨盯着那院墙青青的石砖，心里叹息，十有八九她能确定，叶明煜嘴里说的新搬来的这位爷，就是姬蘅。

即便这里是襄阳城最贵的地皮，姬蘅也没有必要非搬到这里来。他那样的身份，什么样的好宅院找不到，偏偏就同叶家一墙之隔，实在让人很难不去想，姬蘅就是冲着她来的。

这人难道是想监视自己吗？

姜梨的心里蓦然生出一股怒气。

叶明煜没有发现姜梨的不悦，只伸了伸懒腰，对姜梨道：“我还得去跟我那些弟兄交代一点事，阿梨，你就在府里走走吧。要是无趣，就去找嘉儿，你们两个小姑娘说话投缘得多。”

姜梨点头。

叶明煜骑马离开后，姜梨却没有立刻回府。她站在门口，定定地盯着那院墙一会儿，听着从院墙里飘出来若有若无的戏曲声，慢慢地迈出了一步。

和叶宅通明大气的格局不同，这处邻近的宅院，门口看起来简直肃杀得出奇。颜色以黑白为主，门口连个灯笼也不挂。姜梨走到门口，见看门的是个长得颇为秀丽的小哥。

门房看见姜梨前来，二话不说，直接将大门打开，道了一声姜二小姐，像是早就知道姜梨会来拜访。不必说，这又是姬蘅的交代了。

姜梨惯来不喜欢玩弄人心的人，因此非但没感到被奉为上宾的欣喜，反而有些不快。

进了门，便又有一位漂亮的婢子来引路，姜梨见这宅院四处并无装饰，黑砖白石，肃杀至极。待走到院落，远远地见到四四方方的大院落里搭起了高台，台上的人眼波流转，华衣锦饰，咿咿呀呀地正在唱戏。而台下只有一位观众，穿着红衣的年轻人倚在长椅上，背影落落，正悠然品茶。

婢子笑道：“大人，姜二小姐来了。”

姜梨缓步上前。

姬蘅没有回头，仿佛沉迷到戏中去了，一直等姜梨走到他面前。

“国公爷听戏听到襄阳来了。”姜梨含笑道。

“是他们自己来的。”姬蘅满不在乎地一笑，姜梨看向戏台，便见戏台上的花旦脸上虽抹了油彩，让人分辨不清相貌，然而窈窕的身段、柔软的唱腔，一看便知是当初金满堂唱《九儿案》的那位小桃红。

金满堂怎么会到襄阳来？姜梨看了一眼台上的小桃红，她与身边的小生们唱个不停，眼角的情义却是对着姬蘅无疑。

姜梨恍然大悟，姬蘅能让金满堂在望仙楼这样的地方唱堂会，也能捧红金满堂这个刚在燕京扎根的戏班子。对金满堂的人来说，牢牢抱住姬蘅的大腿，比好好唱戏苦心经营红得快得多。至于那小桃红嘛，这样有权有势的金主，又这样年轻这样好看，女孩子总是容易沦陷的。

不过，姜梨心中微哂，他们在决定靠上姬蘅这棵大树之前，大概忘了姬蘅是个什么样的人。

姬蘅可不是什么善心人，他狠心绝情，诡谲手辣。谁要是抱着算计他的心思，保不准最后被他算计得哭都没处哭去。

台上，小桃红唱的是《剑阁闻铃》，正唱道：“正是断肠人听断肠声啊！似这般不作美的铃声，不作美的雨呀。怎当我割不断的相思，割不断的情。洒窗棂点点敲人心欲碎，摇落木声声使我梦难成。当啷啷惊魂响自檐前起，冰凉凉彻骨寒从被底生……”

姜梨看向姬蘅，道：“国公爷好似很喜欢听悲剧。”

前有《九儿案》，后有《剑阁闻铃》，都是这么凄凄惨惨的戏，姬蘅莫不是看不惯旁人好，连戏也不听好的。

“我不爱看喜剧。”姬蘅把玩着手里的折扇，笑道，“太假。”

姜梨盯着他，一时竟不知说什么才好，片刻才道：“我只是没想到，国公爷会住在叶家附近。”她带着几分玩笑道，“不知道的，还以为是为我而来。”

“倘若我说，我就是为你而来呢？”姬蘅反问。

姜梨怔住。

他唇角还挂着轻松的笑意，眼眸像是深深浅浅的琥珀，多情又薄情，比金玉珠石还要吸引人的目光，让人欲罢不能。

“那我就只能敬而远之了。”姜梨淡淡道。

姬蘅无声地笑起来，以扇柄支着下巴，目光有种邪恶的天真，道：“姜二小姐倒是深知明哲保身的道理。”

“弱者求生，总是步步惊心。”

“二小姐不必妄自菲薄。”他眯起眼睛，“弱者不会设下陷阱，引君入瓮。”

姜梨笑道：“说了这么久，国公爷不累吗？小桃红的嗓子千金难求，莫要辜负。”

她话头转得非常粗暴生硬，态度却自然又温和。姬蘅忍不住多看了她一眼，这才含笑转过头，道：“说得极是。”

台上的小桃红见姬蘅总算不再和姜梨说话，转而向看她来，立刻唱得更加起劲。

姜梨瞧着只觉得好笑，这姑娘一片芳心只怕要零落成泥了，因她不知道这红衣美人惯来只做看戏之人，从不入戏。

“可怜你香魂一缕随风散，却使我血泪千行似雨倾。恸临危，直瞪瞪的星眸咯吱吱的皓齿，战兢兢的玉体惨淡淡的花容。”

小桃红咿咿呀呀唱个不停，水袖带起的风也带着几分凄惨的意味。

姜梨却听出了杀意。

她还以为自己听错了，这可是如假包换的悲剧，凄凄惨惨的唱腔不假，但姜梨如今对人细微的情绪尤其能感知，便从这凄凄惨惨里感受到了一丝不易察觉的冰冷。

她抬眼看向小桃红。

小桃红仍旧毫不在意地朝姬蘅送上柔情蜜意的眼神，那眼神盈盈动动，好不可怜，姜梨却觉得，小桃红锁定姬蘅的样子像极了野兽。

她的脊背不由得挺得笔直，手指蜷缩在袖中，仿佛嗅到了某种阴谋。

“眼睁睁既不能救你又不能替你，悲恸恸将何以酬卿又何以对卿。最伤心一年一度梨花放，从今后一见梨花一惨情。”

唱到最后一句情的时候，小桃红的声音陡然变得尖厉，让人不禁皱眉。姜梨心中一紧，没等她反应，便见那穿着一身白色戏服的小桃红，突然从台上跃起，水袖翻飞，手心一点银光，直扑姬蘅而来！

竟是暗杀姬蘅的刺客！

姜梨来不及惊呼，就见戏台上方才与小桃红搭戏的小生老旦，蓦然间全从四面八方出现，皆是凶神恶煞，哪里还有方才唱戏的传神模样。

这金满堂竟是刺客做的门面，想来身后之人也是足够了解姬蘅，知道姬蘅看戏听戏，便搭了这么一个戏班子，唱的却是鸿门宴。

可真是无妄之灾！

四面八方都是扑来的刺客，迎面又是杀气横溢的小桃红，姜梨避无可避，即便她并非对方的目标，姜梨也心知肚明，一旦姬蘅死了，对方也不会饶过她。况且刀剑无眼，便是姬蘅没死，误杀了她也是有可能的。

她重生一回，步步为营，可不是为了这么一场荒谬的误会，死在这里！

姜梨摸到袖中的口哨，可小桃红的武功竟是超乎想象的好，便见那水袖之中还藏着好几把匕首，已经逼近眼前，千钧一发！

就在这时。

眼前一亮，斜刺里突然盛开了一朵牡丹。

匕首没入艳丽的牡丹，好似也被这朵牡丹惊艳了，没有再继续往前。

姜梨定睛一看，那不是什么牡丹，而是姬蘅的折扇。他展开折扇，挡下了小桃红的一击。

下一刻，她便感觉身子一轻，姬蘅扶着她的后背，将她往后一带，那把漂亮的金丝折扇横于胸前，展露出了惊艳完整的图案。

小桃红也是一愣。

她削铁如泥的匕首就这么被华丽的折扇轻轻松松挡了下来，仿佛她的攻击不堪一击。而金丝折扇上的牡丹，花瓣卷曲舒展，美不胜收，像是在嘲笑她的渺小。

姜梨惊魂未定。

饶是她再镇定从容，生死关头，尤其是今日这场劫杀来得莫名其妙，怎么也不能如从前一般含笑以对。

含笑以对的是姬蘅。

他横折扇于身前，艳红长袍及地，漂漂亮亮地撒下来。外头日光暗下，却显得他在这暗色里越发璀璨，连带着折扇上那朵牡丹都在拼命盛开。

他的手虚虚扶在姜梨身后，姜梨不如他高大，这样一来，远远望去，像是被他揽入怀里，只要他低下头，下巴就能碰到姜梨的头顶。然而他丝毫没有看向姜梨，一双狭长的凤眼浅笑盈盈，含着无尽的潋滟色彩，望向小桃红。

姜梨侧头去看小桃红。

以油墨涂了满脸的女子，自然看不出神情，唯有一双眼睛冷硬如铁，再不见方才唱戏时候的婉转动人。

“谁派你来的？”姬蘅轻声询问。

他的声音也很柔和，仿佛面对的是个友人，含着无限的怜惜。

小桃红不说话。

“你不说我也知道。”他嘴角的笑容清浅，带着一种奇异的蛊惑，“你说出来，我让你结束得痛快一点。”

姜梨心中一寒，突然意识到一件事，怎么这样大的府邸却不见一个侍卫，要说姬蘅没有侍卫，她绝对不信。

正想着，小桃红便冷哼一声，与周围的其他戏子齐齐往姬蘅身边扑来！

四面八方，皆是强敌。逃也不是，留也不是。姜梨心下一横，索性往姬蘅身侧一扑，她相信，姬蘅这样狡猾的人，断然不会就地等死。总会有办法，但她也不能抱着姬蘅，将自己的后背留给小桃红，若是被姬蘅当作肉靶子推了出去，那才是太冤了！

恍惚之中，只听得姬蘅像是笑了一声，姜梨便觉得自己的身子也随姬蘅忽然移动，她看见姬蘅的身后，一个画白脸的戏子正举剑劈头往姬蘅背后刺去。

“小心！”姜梨惊呼出声。

这全然不是因为她心肠好，而是为了自己着想。要是姬蘅死在这里，她也没法活。正想将手再次伸入袖中，便见那持剑的白脸人一顿，像是被人点了穴道，嘴角流出一道殷红血迹，慢慢地仰面倒了下去。

当胸穿过一支银色长箭。

姜梨顺着窸窸窣窣之声抬头一看，便见宅院四角的房檐上，不知何时出现了黑衣侍卫，他们手持弓箭，面无表情，手下不停，只管嗖嗖嗖放箭。

宅院里顿时响起此起彼伏的惨叫声。

但这惨叫声比起常人来也要小不少，是以并没有周围的邻人发现。姜梨猜想金满堂的人都是死士，经过特殊训练，临死的动静都比旁人小一些。

小桃红一心想要刺杀姬蘅，万万没想到外头早有姬蘅的布置，眼见着自己的伙伴一个个倒下，她杀红了眼，不顾一切地朝姬蘅冲来。

姜梨心中叹了口气。

金满堂的人自以为在做戏给姬蘅看，而姬蘅，是真的将金满堂当作一场戏。

那看上去漂亮、慵懒又妖冶的青年，动作格外优雅，身形不如小桃红急促迅猛，却像是狩猎的毒兽，不紧不慢地靠近猎物。姜梨甚至都没看到他们厮杀，只觉得姬蘅轻而易举就用那把金丝折扇劈断了小桃红手里的匕首。

他毫不犹豫打断了小桃红的四肢，卸了她的下巴。

姜梨看得全身发冷。

小桃红被制住了，如玉的美人，此刻毫无形象地瘫倒在地，如任人宰割的猪狗。以她眼前的情况，连自尽尚且做不到。

姬蘅往前走了两步，走到小桃红面前，小桃红身上满是鲜血污泥，姬蘅华丽的袍角却丝毫尘埃也不沾。

他依旧高高在上，依旧是不食人间烟火的看戏人。

“我给过你机会。”姬蘅微微俯身，仿佛很怜悯，轻声道，“可惜你拒绝了。”

小桃红的眼里倏尔划过一丝恐惧。

当死士失去最后的王牌——随意结束自己生命以后，要面对的就是比死还要可怕一万倍的事情。

姜梨认出，那个叫文纪的侍卫走过来，对姬蘅道：“大人，留了十个活口。”

小桃红眼里的恐惧更甚，在这样的情况下，姬蘅竟然还能完整留下十个活口，十个活口意味着什么？意味着有更多的可乘之机，人性都是经不起考验的，同样的十个死士进私牢，比一个死士进私牢可撬出的真相多得多。

姬蘅不会放过这个机会的。

“你们戏唱得不错。”姬蘅笑了笑，“可惜了。”

侍卫将他们全都拖了下去，名噪一时的金满堂，顷刻之间成为阶下囚。

等待他们的，是比这出《剑阁闻铃》还要悲惨的结局。

姜梨望着小桃红的背影。

这样娇俏动人的花旦，饶是她一个女子也忍不住怜惜，姬蘅却没有丝毫动容。

姜梨又回头看向姬蘅。

他的红衣在肃杀黑白的院落里显得格外艳丽，七零八落的戏台上，再也没有方才婉转的唱腔。只有地上散落的鲜血和刀剑，提醒着这里刚刚发生过一场厮杀。美艳的青年轻轻摇着折扇，眉眼都是风花雪月，哪里看得见刚才的冷酷无情。

心如钢铁，面上却作绕指柔情，姜梨从未见过这样的人。谈笑间杀人，不动声色。

“姜二小姐何故这样看我？”他笑盈盈道。

“方才的戏很精彩。”姜梨道，“我很佩服国公爷。”

姬蘅合上扇子，道：“我不做戏。”

“是啊。”姜梨道，“国公爷不入戏，所以国公爷赢了。”

他早就知道金满堂跟着来到襄阳，表面是为了巴结他，实则是为了暗杀他。他偏偏等到眼下这一刻，让金满堂唱完整出戏。

他只是想要看戏而已。

姜梨想，或许自己、姜家还有叶家，在姬蘅的眼里，也只是一出戏而已。

姬蘅道：“二小姐好像很有感触？”

姜梨笑道：“只是觉得世事无常。”

“姜二小姐还算满意？”

“不敢不满意。”姜梨微笑。

“别说得我好像很可怕。”姬蘅唇角一翘，“刚才，二小姐遇险时，不是很害怕地往我怀里钻？”

姜梨险些咳了出来。

“事急从权。”姜梨皮笑肉不笑地道，“唐突了国公爷，真是对不住。”

“无事。”姬蘅道，目光落到地上，忽然弯下腰去，捡起了一样东西。

姜梨一见，竟是之前赎回来的薛怀远在她出生时，亲自拿刀刻下的玉佩。

她忙摸向自己的脖子，便见绳索断了，想来是方才一番混乱的时候被挣断了。

姜梨道：“那是我的玉佩。”

姬蘅摩挲着手里的玉佩，目光在玉佩上流连了一番，看见那只栩栩如生的花狸猫。姜梨心中焦急，顾不得其他，伸手去夺，姬蘅偏不如她愿，身子微微后仰，扬手将玉佩拿高。

姜梨拿也拿不到，道：“国公爷，那是我的玉佩，请还给我。”

“听说姜二小姐单名一个梨字。”他笑道。

姜梨气闷，全燕京城的人都知道她叫姜梨，姬蘅说这话，分明是故意的。

“叶家的人叫你阿梨，不知是哪个梨。梨花的梨，还是狸猫的狸？”他低头，嘴角笑意加深，一双眼睛含着淡薄的冷意，又像是含情，让人迷惑。

有一瞬间，姜梨感到自己浑身的血似乎都被冻住了。

她勉强笑道：“当然是梨花的梨。”

“是吗？”姬蘅盯着她，声音格外轻柔，“我倒觉得，是狸猫的狸。”

姜梨抬眼看他。

男人漂亮得不像话，眼眸下那颗嫣红的泪痣此刻越发明亮，也衬得他的眉目越发深艳。

姜梨道：“为何这么说？”

姬蘅没有说话，过了一会儿，才笑道：“因为你不像梨花可爱，而像狸猫一样狡猾。是不是，阿狸？”

那一句阿狸唤得唇齿生香，姜梨却觉得遍体生寒。

姬蘅不可能知道她的身世，可应该也发现了一些不对，他这是试探，谁动摇谁就输了。

姜梨抬头，露出一个微笑，道：“国公爷爱怎么叫就怎么叫吧，左右只是一个名字。只是旁人听见，未免误会我们的关系。”

姬蘅一笑：“二小姐说话总是这么令人伤心，出人意料。”

姜梨瞧着他，只听姬蘅又道：“不过出人意料的也不止一件，譬如，姜二小姐能找到佟知阳的外室，这就很令我意外。”

姜梨心中一叹。

佟知阳外室母子被叶明煜的人带走，佟知阳查不出下落，但姜梨知道，此事必然瞒不过姬蘅。

“我很想知道，姜二小姐是怎么知道佟知阳外室的行踪。”

“世上没有不透风的墙。”姜梨坦然地看着他，“佟知阳既然做了，总会露出马脚，顺着马脚找出真相，不是什么难事。我也很意外，国公爷会对别人的家事、对这种小事上心。”

“和你有关，没有小事。”姬蘅笑盈盈道，“姜二小姐做的，都是大事。”顿了顿，他又道，“世上的确没有不透风的墙，既然做了，总会露出马脚，顺着马脚，迟早找出真相，”他含笑看向姜梨，“是不是？”

姜梨颔首：“是。”

她明白姬蘅的言外之意，她身上疑点重重，即便掩饰得再好，也难免露出马脚，只要抓住这些马脚，总有一日，她身上的秘密就会被揭开。

也许姬蘅真的能做到吧，但她不怕，她只想为薛家一门报仇，除此以外，未来如何，她不在乎。

姬蘅漫不经心地道：“姜二小姐什么都不怕，是因为有恃无恐吧。凡事做周全打算，现在有佟知阳盯着，谁也不敢动你了。”

姜梨猝然看向他。

这也被姬蘅看出来了。

的确，来襄阳前，姜梨就想到，季淑然母女在宫宴一事上吃了这么大的亏，回头想想，总会怀疑到自己身上。此番回襄阳，给了她们除去自己的一个绝佳机会。

季淑然母女定会请人暗中窥伺，一旦有问题，必然会狠下杀手。在丽正堂门口宣布自己的身份，除了让佟知阳心中生畏、对叶家人客气以外，还是给了自己一道平安符。

自己身份特殊，佟知阳会让人暗中盯着自己的动作。眼下襄阳人都晓得佟知阳得罪了姜梨，如果姜梨在襄阳出了事，无论真相是什么，佟知阳都得背这个锅，所以为了不让自己白白担了恶名，佟知阳的人也得保护好姜梨。

这也是借用佟知阳的人马来对付季淑然的人手，至少在佟知阳所在的襄阳，姜梨是安全的。

姜梨笑道：“天下间，还有什么是国公爷不知道的事？”

“有。”姬蘅看向她，目光动人，“那就是你啊。”

“我？”

“我生平见过的人，”姬蘅道，“在你的年纪，北燕无论男女，有此等心计筹谋的，你是第一个。”

“多谢国公爷夸奖。”姜梨道，“姜梨不敢当。”

“你当得起，我只是疑惑，既然你如此聪慧，八年前怎么会被你的继母赶去青城山？”他含笑问道。

“谋事在人，成事在天。我是运气不好。”姜梨笑道，“上天不会一直眷顾某个人，八年前我是运道不好，但有句话说，风水轮流转，今日到我家。”她淡笑。

“那我就拭目以待了。”

姜梨笑着冲他颔首，这会儿，姬蘅总算是把她的玉佩还给了她。姜梨又冲他回了一礼：“今日的戏十分精彩，我也该回去了。方才多谢国公爷出手相救，姜梨不胜感激。”

“不必谢，”姬蘅笑了一笑，“其实没有我，姜二小姐也能全身而退，不是吗？”

姜梨笑了，道：“还是要多谢。”她再冲姬蘅告辞，这才不慌不忙地转身离开。

待姜梨的身影消失在院落外后，文纪出现在姬蘅身后，道：“大人，金满堂的人……”

“别让人死了。”姬蘅摇了摇扇子，道，“审完了，给她主子送去。”

文纪应道，又问：“姜二小姐那边……”

“继续盯着吧。”姬蘅道，“织室令的人很快就要到了，我倒要看看，接下来她怎么唱完这出戏。”

两日后，织室令下派的人到了襄阳。

织室令的人先去见了佟知阳，佟知阳没料到燕京来人如此之快，他这些日子一心记挂自己养在外面的母子，几乎要把襄阳城翻遍了，怎么也找不着人。人一分心，对于叶家的事就松懈了些，没有细细琢磨，只想着已经把襄阳城情况有变一事写信告诉给了自己的妹夫，看妹夫那头有什么应对的法子。

可妹夫那头还没来信儿，织室令派的人就先到了。佟知阳只得先打起精神应付，想着能拖些日子就拖些日子，拖到燕京来信，就知道下一步如何了。

“唐大人，”佟知阳笑容满面道，“叶家的古香缎是死了人的，眼下叶家当事的人还在咱们衙门，这织造的事儿该你们管，但死人的事儿就该我们管。所以叶家两位老爷，是不能放出来的。”

织室令下派彻查此案的人叫唐帆，听闻佟知阳的话也不好说什么。佟知阳这话说得没错，叶家的布料既然死了人，确实就该让衙门查查。

“没事。”和叶明煜一同前来的姜梨笑道，“我们没有要求明辉舅舅和明轩舅舅现在就出来。”

唐帆心里松了口气，来之前，上司就明确告诉过他，这个案子关系到首辅姜家和叶家，最重要的是姜家，千万莫要得罪了。最近几月，姜梨的事传得沸沸扬扬，谁都知道姜二小姐是个厉害的主。姜二小姐要保叶家，他们也只得顺着办。

佟知阳却是愣了一愣。

丽正堂门口，姜二小姐一番话着实不客气，佟知阳心里就晓得，这位首辅千金必然是个飞扬跋扈的主。她既然要为叶家出头，肯定会保叶明辉和叶明轩，自己再用于理不合来拒绝，就能和织室令的人纠缠，这样纠缠定不会很快结束，便可以为自己争取一些时间，等来燕京城的回信。

谁知姜二小姐居然这么好说话，干脆利落地就答应了。

或许只是虚张声势，其实是个什么事都不懂的小丫头？佟知阳疑惑，面上笑道：“如此，那古香缎的事我们衙门就不再过问。唐大人还请好好彻查此案，给襄阳百姓一个交代。”

唐帆道：“职责所在。”

叶明煜也道：“一切就拜托唐大人了。”

佟知阳正得意的时候，听见姜梨道：“唐大人，之前那些百姓穿了身上起疹子的古香缎做的成衣，已经全部被我们收起来了。现在府里的下人已经将古香缎装在箱子里，送到山下的织造场。”

佟知阳一愣，唐帆讶然地看了姜梨一眼，笑道：“姜二小姐想得很周全。”

“唐大人应该会让人检查那些古香缎到底是哪里出了问题，除此之外，叶家的织造场里，所有东西都不曾动过，方便唐大人的人查探。”姜梨笑道，“需要叶家做什么，叶家都会全力帮忙。一旦唐大人查出东西，便可上报回信给织室令，织室令在燕京城中得了消息，若是叶家的原因，便会封掉叶家的织业，若不是叶家的原因，此事就复杂了，怕是中间还有别的阴谋，得交由知州大人查探。”

她说得不疾不徐，叶明煜不了解官场中事，听得一头雾水，佟知阳皱着眉头，隐隐觉察出姜梨并非他想象中天真不知事的娇小姐。最惊讶的是唐帆，姜梨所说的一切，的确是燕京城行官的流程。莫非姜元柏还在府里教导自己的女儿这些官场中事吗？

如果说之前是看在姜元柏的面上，唐帆不得不对叶家客气，眼下姜梨的一番话，却不由得让唐帆心里也不容小觑，便恭敬道：“那么，时间不容耽误，我们现在就去织造场吧。”

姜梨一行人和唐帆离开了，佟知阳看着他们离开的背影，心中不由得闪过一丝不安。他顿了顿，烦躁地问身边人道：“燕京那边还没回信？”

“回老爷，没有。”

“真是一群废物！”佟知阳骂骂咧咧地道，“再去催问，还有，”他压低声音，“夫人和少爷要是再没下落，别怪我不客气！”

他的外室和儿子至今仍没下落，佟知阳怀疑他们是被人掳出襄阳城，但时间隔得太久，眼下要想查起，却是十分困难。

真是诸事不顺！他愤怒地将杯子摔在桌上。

叶家的织造场就在襄阳一处山底的空地上。

织造场里面已经没有人了，织布的机杼蒙上了一层灰，从门口走进去，偌大的织造场显得格外冷清。叶嘉儿和叶如风正在等待，见姜梨他们来了，连忙迎了上去。

“表妹，你们总算是来了。”叶嘉儿道。

“表姐，古香缎在哪儿呢？”姜梨问。

叶嘉儿忙道：“在这里。”她错开身子，露出身后露台上一排整齐的木箱来。

下人们将木箱打开，唐帆带着他的人走到木箱前。

古香缎的花纹十分古朴幽暗，难得的是布料上天然散发出的淡淡幽香，这是只有叶家才能做出来的布料。古香缎刚出来那两年，一匹难求，如今却成了过街老鼠，人人喊打，叶嘉儿和叶如风的眼里都露出一丝伤感。

“这些古香缎从客人们身上脱下后，我们就不曾动过。”姜梨笑道，“若是古香缎上真有什么能致病的东西，此刻应当还在上面。”

唐帆伸手拈起一块布料，用手搓揉几下，大约是在辨认，过了一会儿，又凑近去轻轻嗅了嗅。

叶嘉儿紧张地握住姜梨的手，姜梨安慰地对她笑了笑，她才稍稍放心了些。

唐帆琢磨了一会儿，又让他手下的人近前，重复他方才的动作，似乎在确认什么。

姜梨见他似乎看出了点什么，就道：“唐大人是不是有发现了？”

对着姜梨，唐帆不敢怠慢，忙道：“发现倒说不上，只是有些奇怪。”

“哪里奇怪？”叶嘉儿急急地问道。

“这古香缎上怎么会有驮萝？”

此话一出，周围的人都是面面相觑。

叶嘉儿问：“唐大人，驮萝是什么？”

“驮萝是西域的一种植物。”姜梨开口回答，“盛开在沼泽周围，气味芳香，不过驮萝的花瓣带毒，曾有人将驮萝花瓣研磨成粉制成毒药，融入吃食衣物之中，无人发现，长此以往，人就会中毒。”

唐帆诧异地看着姜梨，半晌才道：“二小姐如何知道得这样清楚？”

“在父亲的书房看过西域志异，恰好见过此种记载。”姜梨笑道。

唐帆道：“原来如此，二小姐真是博闻强记。”

叶如风和叶嘉儿对视一眼，姜梨年纪比他们都小，似乎懂得比他们都多。

“唐大人的意思是，这里头的古香缎，上面都有驮萝？”叶明煜问。

“不错，”唐帆道，“的确是驮萝无疑。”

“驮萝花瓣含有芳香，古香缎又自带香气，将驮萝花瓣研磨成粉混在古香缎中，是不容易被发现的。这样看来，古香缎之所以会造成人身上起疹子甚至死亡，都是因为驮萝花了。”姜梨道。

“二小姐说得不错。”唐帆看向叶嘉儿，“叶家的古香缎里怎么会有驮萝？”

叶嘉儿摇头：“大人，这绝不可能。无缘无故的，叶家怎么会自毁名声，古香缎这么多年都没出问题，突然出事，必是事出有因，可绝不会是我们叶家自己做的。”

唐帆盯着她：“也许是叶家织造的时候自己不小心将驮萝花混到了里面呢？”

“这……”叶嘉儿迟疑一瞬，随即坚定地摇头，“大人，叶家织造的布料是由我父亲和二叔亲自一匹匹检查过的，不可能出问题，如果是叶家自己内部的问题，早在出织造场之前，就会被发现，不可能让有问题的布料流出去。”

唐帆还要说什么，便听一边的姜梨开口道：“唐大人，据我所知，驮萝花生长在西域南边的沼泽，西域离襄阳实在是太远了。叶家的织女们长年累月都不出襄阳，应当拿不到驮萝。不妨查探襄阳每年进出的商人，有没有从西域来的。倘若有，驮萝最大可能也是从他手上流出来。无论是有意针对叶家也好，无意混进织造场也罢，这种外来的危险花草，都不是平常人能见到的东西。”

叶明煜闻言，也道：“不错，这劳什子驮萝花，应当是个稀罕玩意儿，我常年走南闯北，也是头一回听说这东西。阿梨，这玩意儿不便宜吧。”

“次一点的驮萝花百两银子，好一点的驮萝花千两银子也有。驮萝花颜色越艳丽，香气越浓，毒性越大，也就越贵重。如古香缎上一般，能毒死人的，应当是上了千两银子的无疑。”姜梨看向唐帆，“唐大人，恕我多嘴，一匹上等的古香缎也就五百两银子，‘无意’将价值千两的驮萝花混入价值百两的古香缎，寻常人怕是很难做到，我怀疑是有人故意嫁祸叶家，制造这起阴谋，应当不过分吧。”

唐帆听着听着，眉头皱了起来，姜梨说的的确有可能，但如果真是一场阴谋，事情就大了。

晓得自己卷进了一桩了不得的麻烦中，唐帆有些气闷，思来想去，觉得自己此番是不可能明哲保身了。横竖都要得罪人，还不如就买姜二小姐一个面子，自己此番帮了叶家，姜元柏受了这个人情，日后总会美言几句。

思及此，唐帆立刻道：“二小姐说得有理，此事的确非同小可。我们会与佟知府一同商量，从明日起，就彻查襄阳往来西域的人。”

“佟知府会答应吗？”姜梨有些为难的模样。

“姜二小姐请放心。”唐帆道，“此事关乎襄阳百姓，驮萝花流出也是件危险的事，佟知府一定会答应的。”佟知阳只是个襄阳知府，在地方称霸惯了，不晓得姜二小姐多厉害，他可清楚得很，姜家全盛的时候，大半个朝堂都是姜元柏的门生，如今姜家谨慎了一些，却不代表没落了，得罪不得。

“如此，那就麻烦唐大人了。”姜梨笑道，“我回头就写信告诉父亲此事，告诉他一切顺利。”

唐帆闻言，精神一振，姜梨这话几乎就是保证会在姜元柏面前为自己美言，或许再过不久，他的晋升之路就会更顺遂一些。

唐帆一行人带着有问题的古香缎离开了，作为证据，这些古香缎一部分将会被人带回燕京。接下来便是查探襄阳城的驮萝从何而来，姜梨倒不是很担心查不出人来，只是即便洗清冤屈，叶家也不可能恢复昔日的荣光。

一朝被蛇咬，十年怕井绳，百姓对古香缎只怕会望而却步。

和叶家人一同回到叶宅，关氏和卓氏听完整个过程，皆是惊诧莫名，谁也没料到会突然冒出个驮萝花来。

“有谁会害咱们家？”卓氏不解，“叶家一向与人为善，不曾与人交恶，谁会用这么恶毒的法子败坏叶家的声誉？”

“或许是旁的布料商。”关氏道，“古香缎的生意做得一家独大，难免惹人眼红。”

“要真是眼红，也不必选在这个时候。”姜梨道，“叶家前两年生意更加鼎盛，这些年将其他的生意搁置，专心织造一面。若是想要对付叶家，前两年就开始了，偏偏选在叶表哥刚刚入仕的时候……”

此话一出，众人皆惊。叶明煜看向姜梨，道：“阿梨，你的意思是，有人想害世杰？”

“也不是害叶表哥，”姜梨耐心解释，“叶表哥刚入仕，得了陛下看重，他所处的位置很重要。也许有人想拉拢，也许有人想打压，如果叶表哥孑然一身，反倒不好左右他的想法，但叶家就不一样了。如果有人想要利用叶表哥，从叶家下手，是最稳妥有利的方式。”

叶明煜拍案而起：“这件事是有人故意做的？就为了利用咱们家牵制世杰？”

“明煜舅舅，这只是我的猜想。”姜梨摇头，“具体如何，我也不是很清楚。既然背后之人想要陷害叶家，现在叶家跳出圈套，对方没有得逞，自然会露出马脚，到时候循着蛛丝马迹，总能看出一些端倪。”

“表妹，大哥知道这件事吗？”叶嘉儿问。

“知道。”姜梨道，“我在信里除了让他给织室令写信，还与他说了自己的猜想，但世杰表哥如今在襄阳，就算看在父亲的面上，便是有人想做手脚，也不敢明目张胆。”

“多谢你。”叶如风生硬地道谢，又道，“但是你让人打着姜首辅的名号，姜首辅知道了，真的不会出问题？”

“放心吧。”姜梨微笑，“他毕竟是我的父亲，官已经当得这么大了，有这样的名号不用，岂不是白白浪费？”

况且，这只是一次小小的预演，此事过后，姜家和成王终究会对上的。

她只是让这件事提早到来而已。

织室令调派官的到来，让叶家的人心下稍稍安稳了一些。三日后，叶明轩和叶明辉被放了出来。

家里的主心骨回来，叶家人都很高兴。知道此事都是姜梨周旋的结果，就连一向谨慎的叶明辉也对姜梨敞开了心扉。

叶明辉叹道：“阿梨，这一次叶家有难，多亏了你。从前是我以小人之心度君子之腹了。”他对姜梨长长作了个揖，权当赔礼道歉。

姜梨侧身，表示不敢受，笑道：“明辉舅舅这样说可就吓坏阿梨了，本就是一家人，倘若我娘健在，知道叶家有难，也不会袖手旁观。当初我年纪小，受他人蛊惑，伤了祖母和舅舅们的心，现在想来，万分惭愧。舅舅们愿意给我一个补偿的机会，我已经很感激。”

她不居功，不动声色地提起叶珍珍，再委婉地对当年之事进行解释，一番话说下来，叶家哪里还会和她有隔阂。

叶明轩道：“当初的事也怪不得你，你年纪小不懂事，我们做舅舅的偏还受了奸人挑拨。让你小小年纪就在姜家周旋，还被那女人……”

“喀喀喀，”叶明煜摆了摆手，将话头岔开，“不管怎么说，大哥二哥现在平安归来，总是一件好事，咱们得好好庆祝吧。对了，你们既然回来，什么时候张罗着让阿梨见见娘啊。耽误了这么久，这还做不做正事了？”

“对，”叶嘉儿也想起来，“表妹应该去见见祖母了。”

姜梨迟疑道：“现在？外祖母的身子可受得住？”

话音刚落，便听得自厅堂后传来一个慈祥的声音，道：“谁说老身受不住？乖囡囡，让外祖母看看。”

众人讶然转身，姜梨回头，便见厅堂的帘子被人撩起，两个丫鬟搀扶着一个白发苍苍的老妇人，蹒跚着往这头走来。

“祖母！”叶如风叫了一声，“您怎么出来了？”

姜梨愣住，这就是叶老夫人。

比起姜老夫人的严厉和矍铄，叶老夫人显得慈眉善目许多。她满头银发，戴着松香绿的宝石抹额，走到离姜梨几步远的地方便站住，笑眯眯地看着姜梨，叫了一声：“囡囡。”

姜梨却瞧见了，她眼里的泪光。

下意识地，姜梨就应了一声，叫着外祖母，走到了叶老夫人身前。

叶老夫人见到姜梨，目光恍惚了一下，握住了姜梨的手，细细地盯着姜梨，像是要把姜梨看个清楚明白，道：“有生之年，阿梨还能来看我，我真是高兴极了。”

和叶明辉的提防和叶明轩的谨慎相比，叶老夫人和叶明煜一般，好似完全没有那些隔阂，甚至比叶明煜还要热烈。姜梨相信，在这一刻，叶老夫人的确是因为见到了这个久违的外孙女而欢喜。

“外祖母，不怪我当年做错了事吗？”姜梨轻声问道。

叶老夫人笑得眼泪都要出来了，说：“怎么会，你可是我们叶家的外孙女啊。”

你可是我们叶家的外孙女啊。

这一刻，姜梨的心中涌起了酸涩的感觉，几乎忍不住眼眶里的眼泪，随之而来的又是从心底的满足。她不知道这是不是真正的姜二小姐与叶老夫人血浓于水的亲情使然，但这一刻，她从这位老人眼里看到的，是纯粹没有任何掩饰的真情。

姜二小姐并不是没有人爱的，除了死去的生母叶珍珍，世上还有一位惦念她的亲人。

“娘，你怎么起来了？”叶明轩快步上前，迟疑道，“你怎么知道阿梨来了？”

叶老夫人看了他一眼，道：“我早就知道了。从阿梨来到叶家的第一天开始。”

众人一愣。

叶老夫人身边的丫鬟轻声开口：“表小姐刚到襄阳回府，老夫人就知道了此事。怕惊扰了表小姐，让奴婢们不要告诉旁人她知道二小姐回府的事。本想着过几日便能与表小姐见着面，不想中途叶家的古香缎出了事。”

“老身本想找朋友帮忙救老大和老二出来，阿梨却主动站了出来。”叶老夫人拍着姜梨的手，“我没想到阿梨会有这么大的本事，你比你娘还要能干聪明，你娘在天有灵，知道你如今聪慧至此，也会欣慰有加。”

姜梨没想到自己到了叶家的一举一动，早已被叶老夫人看在眼中。

叶明煜挠了挠头：“娘，我们还想着要阿梨怎么与您见面才好，您倒好，什么都知道，却瞒着不说，害孩儿们心力交瘁。”

“我要不装聋作哑，怎么会看见你们如此不中用。”叶老夫人叹了口气，“早与你们说过，叶家繁盛如此，总会招来麻烦，要有提防之心，谁料到还是被人钻了空子。”

姜梨安慰：“外祖母，这次的确不怪明煜舅舅和明轩舅舅，明枪易躲暗箭难防，此事不是那么简单。”

叶老夫人看着姜梨，半是欣慰半是心疼地道：“囡囡，你小小年纪能想到如此，可见在姜家过得也甚是艰难，都是我们叶家对不住你。当初要是我再强硬一些，将你带回襄阳，又怎么会让你受这么多委屈。”

姜梨的聪慧众人有目共睹，但当年的姜梨骄纵任性也是尽人皆知，从骄纵的小姐变得有手腕、有谋略，必然是生活所迫。

姜梨笑着握住叶老夫人的手，道：“我没有受委屈，在姜家过得也还不错。”

叶老夫人欲言又止，罢了只是道：“无论怎么样，回来就好。”

她却是一心一意为姜梨的归来而欢喜，大约在叶老夫人眼里，姜梨只是一个使性子的孩子。她从来不曾真正生过姜梨的气，无论姜梨什么时候回来，她都会如眼前一般，含笑欢迎。

这就是家人。

姜梨的眼眶不由得也湿润了，倘若薛怀远还在，犯了识人不清的错的薛芳菲，应当也是会被原谅的吧。

可惜，薛芳菲的家人都已经不在了。而她找不到原谅自己的理由，只有独自一人走下去，惩罚仇人，也惩罚自己。

“嗯，”姜梨隐去眼底的一点泪意，道，“我回来了。”

时隔多年冰释前嫌，一家其乐融融，到底也瞒不过邻人。

毗邻叶家不远的黑白大宅里，侍卫们蹲在房檐上，正看着花坛里小厮们卖力地挖掘泥土，将一棵一棵的花苗栽种下去。

“叶老夫人与姜二小姐已经见过面了。”文纪道，“没有特别的事发生。”

姬蘅旁边的陆玑询问道：“他们相处可算融洽？”

“十分融洽。”文纪道，“就像一家人。”

陆玑叹了口气，道：“姜二小姐真不简单，这么短的时间就让叶家人待她再无隔阂。”

“能在危急时刻共患难的人，当然容易令人感动。”窗前，姬蘅笑了笑，虽是夸赞的话语，由他嘴里说出来，却像带着嘲讽。

“是啊，这就是姜二小姐的聪明之处了。”陆玑点头，“本来叶家和她之间的结难以解开，偏偏叶家这回遭逢难事，幸得她在关键时候挺身而出，同舟共济，解了燃眉之急，叶家怎么也不会对她横眉冷对。”罢了，感叹一声，“也算是运气吧。”

“什么运气，”姬蘅摇了摇扇子，“她早就知道会有这么一遭，早早就等着戏开场。这年头，多的是感动自己的人。”

陆玑沉默一刻，才道：“大人，织室令的人已经到了。襄阳的事，咱们要不要插手，眼下看来，佟知阳不是个担事的人，他的外室又被叶明煜拿捏在手中。叶家是安然了，局面恐有变化。”

“不必。”姬蘅道。

阴天，折扇上的牡丹似乎也被阴郁的天气影响，显得黯淡了几分，唯有他的红色衣袍成为天地间一抹亮色，岿然不动地鲜妍着。

“李家的小子难堪大用。”姬蘅慢慢地道，“还不如一个小姑娘有本事。叶家的事李濂插不上手了，至于栽不栽跟头，让他自求多福吧。”他的眼里划过一丝奇异的色彩，“倒是姜家的小姑娘……如果不姓姜，就好了。”

和叶老夫人见面的事，比姜梨想象中还要顺利。接下来要做的，便是安心等待唐帆那头传来的结果。只是众人都没料到，结果会来得这么令人措手不及。

三日后，唐帆登门叶家，进门就道：“找到带驮萝花来襄阳的人了。”

叶明辉问：“是谁？”

唐帆摇头：“这几日我同佟知府一同派人查案，顺藤摸瓜，找出了襄阳城的大封药铺，这间药铺每隔半年都会搜集一些珍稀药材。他手下有个伶俐的伙计，两个月前从西域回来。有人说他带回了不少药材，根据旁人的说法，似乎有驮萝花的痕迹。”

“大封药铺？”叶明轩沉吟了一下，“襄阳百姓抓药都在大封药铺，可和咱们叶家没什么过节儿。”

“我们本想尽快抓人，谁知道今日一早，大封药铺掌柜一家七口，连同从西域归来的那个伙计，都被人灭了口。”

"灭口？"叶嘉儿惊呼一声。

"不错，应当不是仇杀，我倒是觉得，"唐帆看向姜梨，"很有可能是背后之人知道我们在调查，弃车保帅。"

"你是说，背后还有人？"叶明煜问。

"如果单是大封药铺的人自己的主意，大可不必灭门。"唐帆回答。

"唐大人对大封药铺的怀疑，应当还没有泄露出去。"姜梨微微一笑，"在这么短的时间里却让大封药铺的人被灭了口，会不会有人提前得知了消息，这才对大封药铺下杀手。这样一来，便是有内奸……"

"绝不可能！"唐帆急急保证，"我们由织室令派来襄阳，目的就是为了彻查此事，与大封药铺毫无关联，绝不会走漏风声。"

"唐大人不必心急，此事我既然全都交给唐大人，自然相信唐大人会给我们一个交代。只是实在很巧，刚刚盯上大封药铺，大封药铺就一个活口不留。佟知府手下不少，会不会是佟知府的人不小心泄露了消息，给人可乘之机了？"姜梨笑道。

唐帆看向姜梨的目光微变，心中暗叹一声，佟知阳这是彻彻底底得罪了这位姜家二小姐啊。姜梨话里的意思，却是怀疑佟知阳与陷害叶家的人是一伙的，得了消息，便告诉对方，对方这才派人灭了大封药铺满门。

唐帆道："我们在大封药铺伙计屋后的院子里，发现了一点散落的驮萝花粉，虽然大封药铺被人灭门，但大概可以断定，此事就是伙计所为。只等再搜集足够的证据，就能还叶家一个清白。"

"可背后之人没找到，不是吗？"叶明辉沉声道，"这一次不成，下一次那些人再算计我们又如何？眼下好不容易才找到一点线索，大封药铺就被人灭口。这下百姓如何相信叶家的说辞，说不准还以为我叶家和官家官商勾结找借口。"

唐帆道："我们织室令会想办法告诉百姓实情。"

"明辉舅舅，"姜梨开口道，"查案一事，本不是织室令该做的，想要知道幕后之人的线索，还得仰仗佟知府。咱们将此事全权交给佟知府，让佟知府来调查。若是佟知府也查不出，就继续上报，一层上报一层，要是连燕京京兆尹都查不出，想个办法，我让父亲进宫面圣也不是不可以，总能找到出路的。"

她说得轻描淡写，唐帆在一边听得心惊肉跳，心中思忖，佟知阳这个知府看来是走到头了，幸好自己一开始就站在了姜家这边。否则以姜二小姐锱铢必较的性子，事后收拾，也不知道要着多少道。

心里想着，唐帆也不敢怠慢，又与姜梨细细交代了一番接下来的事，这才离开。

唐帆走后，叶如风忍不住开口："大封药铺的人与我们无冤无仇，怎么会被人当枪使，给咱们叶家下绊子。"

"人为财死，鸟为食亡。"叶明轩教导自家儿子，"既然甘心为枪，要么是受了人好处，要么是受了人威胁。倘若此次织室令的人没有出手，叶家就是死路一条。踏着别人的血来好好地活，总会付出代价。你看，好好的一个药铺，现在什么都没了。”

“但至少给我们提了个醒，不是吗？”姜梨笑道。

“古香缎的生意却是断了。”关氏叹了口气。

想到叶家未来的艰难，众人都是心事重重。散去的时候，姜梨拉了一下叶明煜的衣角，叶明煜见状，心领神会，和姜梨走到屋子里说话。

“明煜舅舅，素琴和佟雨现在还好吧？”姜梨问。

素琴和佟雨就是佟知阳的外室和儿子。

“放心，被我好好地安置着。佟知阳这些天像条疯狗，到处派人查探两母子的消息。要不是忌惮着贺氏，我看他能把他们衙门的所有人手都调出来找人！”

姜梨道：“无事，今日便让人给佟知阳带信吧。”

“带什么信？”叶明煜狐疑，“我正愁这母子俩应该怎么解决，现在古香缎的事尘埃落定，母子俩在我手里也没什么用，我还想要不直接告诉贺氏，让贺氏收拾佟知阳。”

“最后肯定是要告诉贺氏的。”姜梨笑笑，“但在这之前，我们得让佟知阳吐出谁才是在幕后害叶家的人。”

“他知道？”叶明煜一震。

“我想以他一个知府的身份，还不至于知道对方的身份，但他总能说出一点线索，有了这点线索，等我回了燕京城，不怕找不出人来。”她看向叶明煜，“明煜舅舅就拿佟雨的贴身织物来威胁佟知阳吧，佟知阳就算为了这唯一的香火，也会知无不言的。”

叶明煜道：“我这就去！”

“小心些。”姜梨道，“别被人抓住了把柄。”

叶明煜一笑：“放心吧！”

佟知阳这些日子过得很不顺遂。

先是原本叶家十拿九稳的事，突然冒出个搅乱全局的姜梨，后来又来了个唐帆，仗着织室令的名义，在襄阳城压着他，让他毫无威严。

最重要的是，他最宠爱的外室素琴和儿子佟雨失踪到现在还没找到。

佟知阳怀疑是贺氏将母子俩带走的，但仔细想想，以贺氏的性子，若是知道了素琴和佟雨的存在，绝不会装聋作哑。而且就算真是贺氏做的，佟知阳也没有胆量去质问贺氏，只得憋在心里，坐立难安。

织室令的动作太快，好在他及时将唐帆怀疑大封药铺的人说了出去，不至于让大封药铺那头出了岔子，虽然没能完成妹夫的计划，却也不至于捅出什么娄子来。

正想着，他的小厮突然从外面匆匆忙忙地跑来，叫道：“老爷！”

佟知阳不耐烦地回头：“一惊一乍的干什么！”

小厮关上门，喘着粗气道：“少爷……少爷……”

“少爷有消息了？”一听有关佟雨，佟知阳立刻激动地站起来。

小厮将手里的一封信送到佟知阳手里，连同一块长命锁，道：“这是在门房发现的，不知道多久了，小的看出这是少爷的锁，猜此事和少爷有关。”他把信和银锁一起递给佟知阳。

佟知阳看了看那银锁，激动之情顿时溢于言表，道：“是雨儿的！”

佟知阳宠爱佟雨，佟雨出生时，特意让人打了一块长命锁。眼下手上的这一块，赫然就是佟雨那一块。他迫不及待地拆开信，越看脸色越难看。

小厮不晓得出了什么事，只见佟知阳看完后，将信砸在地上，咬牙道了一声：“岂有此理！”

“老爷，出什么事了？”小厮问。

“有人绑了雨儿和素琴。”佟知阳深吸一口气，“这封信就是来威胁我的！”

“他们是要银子？”小厮问。

“要是要银子就好了！”佟知阳十分气恼。那信里说得清清楚楚，佟雨和素琴都在对方手上，对方让他把所知道的叶家麻烦的来龙去脉说个清楚明白，要是对方满意了，自然会放人，要是对方不满意，就等佟知阳说到他们满意为止。

这是要让佟知阳出卖自己的妹夫！

佟知阳心不甘情不愿，可看着佟雨的长命锁，又十分不甘。如果没有佟雨，他官儿做得再大，家产再丰厚，也是后继无人。

思来想去，佟知阳一咬牙，下定决心。人都是自私的，再说他妹夫的事他已经仁至义尽了，要怪就怪姜家二小姐突然出现让事情反转，他却不能为了别人拿自己的骨肉开玩笑。

“拿纸笔来！”佟知阳道。

小厮忙不迭跑去拿东西，佟知阳看着地上的那封信，又咬了咬牙。

对方让他写好信后，派人送到贺家后院。贺家是贺氏的娘家，他再如何胆大，也不敢在贺家眼皮子底下动手，更怕贺家人因为他，发现素琴母子的存在。

对方真是机关算尽，滴水不漏，让人恨得咬牙……

姜梨站在叶府的门口，在等叶明煜回来的消息。

日光暖洋洋地洒下来，襄阳城的冬天暖洋洋的，下雪的时候都不很冷，倒像风里飘起梨花。

邻宅的门打开了，姜梨往那头看了一眼，便见姬蘅和那个叫文纪的侍卫从里面走了出来。

他二人也看到了姜梨，姬蘅瞧着姜梨，露出一个笑，不紧不慢地往这头走来。

叶宅门口的行人并不多，住在这里的都是达官贵人，但姬蘅容貌太盛，顿时吸引了所有人的目光。姜梨甚至看见远处的宅子门口，有妙龄少女倚在门前，频频往姬蘅这头看。

“国公爷。”姜梨同姬蘅行礼。

“难得见姜二小姐出来晒太阳。”姬蘅握着折扇道。

寒冬腊月，折扇早已不必用了，若是旁人拿着，只怕要被说附庸风雅，但由他拿着，却是十分契合，好像金丝折扇天生就该被他这样美丽的人握在掌心。当然，见过那折扇上的牡丹挡住刀尖的一刻，姜梨就知道，这折扇还是最危险的武器，只是用这样散漫的方式隐藏着。

就如它的主人。

姜梨笑道：“国公爷也有好兴致。”

“二小姐在等什么？”姬蘅道，“等佟知阳的告密？”

姜梨抬眼看他，果然，便是自己这一头的动静，哪怕只是微小的一点，也瞒不过姬蘅的眼睛。

她便大大方方地应承了：“什么都瞒不过您的眼睛。”

“襄阳城毕竟这么小。”姬蘅谦逊。

“那倒是事实。”

“二小姐好像已经猜到是谁了。”姬蘅含笑瞧了她一眼。

“我猜是李家。”姜梨直接道。

大约是没料到姜梨会突然说出来，姬蘅微微意外，没有说话，下一刻，就听见姜梨道：“国公爷早就知道了，对吧？”

她倒是一点也不怕他。

姬蘅道：“为何问我？”

“因为襄阳太小，什么秘密都瞒不过国公爷的眼睛啊。”姜梨理所当然地回答。

姬蘅也笑了，问：“想知道？”

姜梨只是看着他笑，姬蘅就摇了摇扇子，道：“不可说。”

说是不可说，其实也就是说了。

正说着，自远而近奔来一匹枣红骏马，马上人也不拉缰绳，只是打了个唿哨，大马便在门前蓦地止蹄。

是叶明煜回来了。

叶明煜翻身下马，就看见姜梨和一个漂亮得不像话的男人站在一起。这男人一身红衣，美得过分，却又丝毫不显女气，虽是笑着，一双狭长凤眼却全无笑意。刀尖上舔血的日子过得多了，叶明煜本能地察觉到危险，下意识就想将姜梨拉到自己身后，远离这男人。

“明煜舅舅。”姜梨唤道。

“阿梨，这位是——”叶明煜看向姬蘅。

姜梨犹豫了一瞬，就道：“是住在邻宅的一位公子，有过几面之缘。”

姬蘅笑笑，对姜梨道：“秘密回来了，二小姐快回去吧。”很有几分意味深长的模样。

因叶明煜在此，姜梨也不方便说更多，便对姬蘅颔首，随着叶明煜走进叶宅。

文纪见二人离开后，问道：“大人，可需要我……”

姬蘅拿扇子一挡，道：“不必。”看了一眼紧闭的叶宅大门，笑了笑，“不用看也知道她要做什么。襄阳要被搅得天翻地覆了。”

叶明煜和姜梨回到姜梨的院子里。

桐儿和白雪连忙给叶明煜沏茶，叶明煜见这里没有别人，立刻迫不及待地问：“阿梨，刚才的男人是谁？你们好似有旧交情的模样。”

姜梨见瞒不过他，就道：“他是当今肃国公姬蘅。”

“肃国公？”叶明煜倒吸一口凉气，“肃国公怎么会在这里？”

姜梨摇了摇头，道：“我也不知。曾随父亲赴宫宴的时候见过他，算有几面之缘。这一次偶然在襄阳见到，实在意外。不过，”顿了顿，姜梨继续道，“肃国公身份特殊，为了避免麻烦，还是不要说出去为好。”

“我知道。”叶明煜拍了拍胸脯，从怀中掏出一封信，“这是在贺府搜到的回信。”又夸奖姜梨，“你可真厉害，知道佟知阳畏妻如虎，将回信的地方放在贺府。佟知阳果然没敢让人跟着，这信拿得容易得很，就是不知道佟知阳写的是真还是假。”

姜梨一边拆信一边道：“真的，佟知阳不会拿自己儿子的性命冒险。”

她展开信，细细看了起来，片刻后，将信递给叶明煜，示意叶明煜来看。

叶明煜拿起来看，姜梨陷入沉思。

佟知阳非常着紧佟雨的性命，这封信传递出的消息不少。叶家古香缎的事具体是谁而为，佟知阳自己也不太清楚。只是他那位钟官令的妹夫写信来嘱咐，在叶家古香缎一事上，佟知阳一定要让叶家吃苦头。到叶家走投无路的时候，佟知阳就会给叶家一条生路，叶家要付出一定代价，但佟知阳就是叶家唯一的救命稻草。

这样看来，似乎是有人利用古香缎一事，想要逼得叶家走投无路，与对方做一笔交易，成为对方的一把刀。对方究竟是什么人，佟知阳也不清楚。虽然此事是借由他的妹夫所说，但他的妹夫也只是一个传话人。因为他的妹夫曾经保证，倘若此事能成，佟知阳的仕途必然会再上一层楼。

而那位钟官令也隐隐约约透露出一个意思，这整件事背后有一个庞大的势力，涉及燕京城一位颇有权势的贵人，他们都是替这位贵人办事。

这就是佟知阳所知道的全部事实，再多的他也不知道了。姜梨相信，佟知阳还是隐瞒了一部分，比如大封药铺的灭门，但这些也不是最重要的，重要的是在佟知阳说出来的部分事实里，那位有权有势的贵人，她如果没猜错，应当就是右相李仲南家的人无疑了。

从一开始的李濂瞄上叶世杰，到后来李璟和姬蘅的攀谈，再到现在对叶家的阴谋，整件事扑朔迷离，似乎看不到边。

“阿梨，”叶明煜看完信，“这信上的字我都认识，怎么连起来，就看不懂是什么意思了？”

“明煜舅舅，简单说来，就是燕京城有位贵人，看上了叶家的家产，还有叶表哥的仕途，故意做了一出请君入瓮的戏。不过嘛，”她一笑，“唱糊了。”

叶明煜有些发怔，姜梨说的他听得不太明白，却也不是全不明白。

他喃喃道：“哪儿有千日防贼的道理……”

“明煜舅舅放心，只要我还活着，就不会让姜叶两家断了往来。我父亲和二叔在朝中地位匪浅，那一位是贵人，我们姜家也不是低贱之户，还有叶表哥，如今已是户部员外郎，等叶表哥走到一定地位的时候，叶家就有了天然屏障。”

姜梨顿了顿，继续道：“那些人为何选择现在动手，无非就是现在叶表哥羽翼未丰，等野兽长出爪牙，要想动手就难上加难。他们这一次没能得逞，日后想要找到机会，只会越来越难。”

她这么一说，叶明煜心中才稍觉安慰了一些。

姜梨笑道：“不管怎么说，古香缎的事暂且是解决了。佟知阳的外室母子是个问题，既然这位佟知府如此守信，那我们也还是按照约定，将他的美人和儿子归还。”

“就这么还给他？”叶明煜有些不忿。

“做人要守信嘛。”姜梨笑得和善，“佟知阳这么心疼他的儿子，就是因为佟雨是他唯一的香火。让他唯一的香火流落在外，可不是一件好事。我们这回也就做个好事，顺便帮佟雨一把，让贺家也得知佟雨的存在，这么一来，佟雨也就不必做个私生子，而是名正言顺的知府少爷。日后佟知阳步步高升，好歹也后继有人，不是吗？”

叶明煜听着听着，忍不住哈哈大笑，道：“大丈夫有所为有所不为，可我今日才知道，小女子也是不好惹的！佟知阳畏妻如虎，一听说易信的地方在贺家，都不敢派人跟着，可见他有多忌惮自己的夫人。如今要让贺氏得知了这对母子的存在，佟知阳的好日子也就到头了。阿梨，你这一招，可是很妙啊！”

“舅舅谬赞。”姜梨笑得谦逊。

叶明煜想到就做，当即便站起身，道：“事不宜迟，我早就想看佟知阳那孙子丢脸的模样了。阿梨，你在府里等着，这回就看我怎么给咱们叶家报仇！”

他消失在门前。

叶明煜走后，桐儿担心地问道：“姑娘，三老爷这样做不会出事吧？万一那贺氏和佟知阳联手转头来对付我们该怎么办？”

“放心吧，不会的。”姜梨笑道，“手心手背都是肉，贺氏必然容不下佟雨，佟知阳又必然要护着佟雨，单是佟雨，就能让他夫妻二人鸡飞狗跳。只要稍加挑拨，彻底离心只是时间问题。”

她这么一说，桐儿才放下心来。

姜梨却没有舒展眉头。

叶家的事情是暂时告一段落了，可她的事情还未解决，她回襄阳的真正目的并不在此，而是桐乡……

她的父亲，薛怀远。

叶明煜的动作很快，当天下午，襄阳城里就出了一场闹剧。

佟府门前，佟知阳和贺氏大闹一场，扇了贺氏一个巴掌。襄阳城的人都知道佟知阳畏妻如虎，平日里见了夫人就如同老鼠见了猫，更别提对自家夫人动手。然而青天白日，众目睽睽之下，佟知阳却吃了熊心豹子胆，打了自家夫人一巴掌。

百姓看得津津有味，才瞧见佟知阳的身后护着一位年轻姣美的女子，还有一个长得和佟知阳有几分相似的小童。这下子事情便一目了然了，原来佟知府在外面养了一位外室，还有了儿子。眼下东窗事发，当然要被收拾了。

“你这个杀千刀的！”贺氏被打了一巴掌，发髻也乱了，她指着佟知阳的鼻子骂道，“竟然敢为了这个贱人打我？佟知阳，你胆子越来越大了！”

佟知阳打了贺氏一巴掌后立刻就后悔了，对贺氏动手，之后肯定没好果子吃，可看见贺氏要对佟雨下手的时候，他又实在忍不住。佟雨可是他唯一的儿子，贺氏这个毒妇，竟然连他的骨肉都不放过。

这样想来，他心一横，索性大吼出声：“毒妇，我早就受够你了！我与你成亲多年，没有子嗣，我佟家总不能绝后，便是七出之无子这一条，我就能休了你。素琴给我佟家生下儿子，你非但不能容下她，还想对雨儿痛下杀手，世上怎么会有你这么恶毒的女人！”

“休了我？”贺氏不怒反笑，“好啊，你既然有胆子休了我，现在就回去写休书。我绝不多说二句，不过你记好了，你佟家的宅子、下人，还有你这个知府的身份，全都是我的。没有我，你什么都不是！你不是要给佟家留香火吗？可以！我看你没了银子，还拿什么来传宗接代！”她一挥手，直接让佟家的下人跟着她回府，进了佟府，吩咐下人将门砰的一下关上了。

竟是不许佟知阳进门。

佟知阳大庭广众之下被扫地出门，脸上如何挂得住。当即吩咐人群散了散了，心中又气又恨，气的是不知怎么让贺氏发现了素琴母子的存在，恨的是贺氏不讲夫妻情义。随之而来的，却有一丝不安的恐惧。

贺氏的确能剥夺他现在所拥有的一切，如果他不是知府，手上也没有银子，日后该怎么办？

这下可是进退维谷，不知所措了。

叶明煜将佟府门口的事情说与大伙儿听。

关氏奇道："没想到佟知府平日里看起来对贺氏说一不二，竟是偷偷养了外室，原是阳奉阴违，连儿子都这么大了。"

叶明轩摇头："按理说瞒了这么久，怎么会在这个节骨眼儿上被贺氏抓住辫子？"

"常在河边走，哪有不湿鞋。"叶如风不屑，"他自己做的事，纸包不住火，迟早会被人知道。"

"佟知阳的官路这下子走得艰难了。"叶明轩道，"即便为了给个教训，贺氏也不会让他如从前一般好过，指不定会削减他手上的职权。"

"对我们来说反倒是一件好事吧。"叶嘉儿道，"不过，即便如此，古香缎的生意现在也是一落千丈。"

唐帆让人交代了古香缎事情的来龙去脉，但百姓只管结果，穿过古香缎可能会死，那就不穿。

织造场已经重新开始织造布料，可最新出来的一批古香缎却无人敢买。不得已，叶明辉只得暂停织造场的所有织造，直到现在，也没想出一个好法子来解决。

"要不，咱不做这生意了。"叶明煜大大咧咧地道，"反正叶家的家产够用几代人，就学那些富贵人家的纨绔子弟，成日游山玩水不好吗？"

这简直不像是叶家人说出的话，果然，此话一出，叶明辉就严厉地看了一眼自己的弟弟，道："你这话，最好不要在娘跟前提起。这么多年，我看你是虚长了岁数，越活越回去了！"

关氏无奈："三弟，叶家的生意是爹娘一手拉扯起来的，怎么能让叶家的生意败坏在咱们手上？日后九泉之下，我们有什么脸面见爹。"

"是啊，三叔，"叶嘉儿也道，"眼下大哥还在朝中为官呢，听说在朝为官，上下打点都需要用银子。燕京又不比襄阳，银子不见得能花多久。总不能让大哥在燕京城过得捉襟见肘吧。"

"好了好了，说来说去都是我不懂事。"叶明煜被群起而攻之，连忙拱手做了个讨饶的姿势，"我说不过你们，都是我不对，但这也不是我说了算，本来古香缎的生意看样子就不能做了，咱们叶家的织造主要就是靠古香缎，没错吧？"

叶家人都沉默了。

姜梨问："叶家织造，除了古香缎以外，就没有别的了吗？"

"也不是没有别的。"关氏解释，"但那些布料，别人也能织造出来。娘当年和爹在一起的时候，每隔一阵子都要出些时兴的布料，但流传久的只有古香缎。"

"古香缎料子上乘，又自带芳香，富贵人家都喜欢用，便是平头老百姓，手上有些宽裕银子，也愿意买上一两匹逢年过节做衣裳穿，因此不缺人买。"

姜梨想了想，道："说来说去，叶家之所以靠古香缎起家，是因为古香缎受人喜爱，但并不是不可替代的。只要再做出比古香缎更吸引人的布料，不就可以重振声名了吗？”

屋里人静了静，叶嘉儿道：“表妹，话虽说得简单，可这么多年，北燕做布料的商户数不胜数，有那么多花色，你能做出来的，别人也能做出来，别说喜不喜爱，便是‘不可替代’四个字，也不是简单就能做到的。”

“明煜舅舅不是常年在外奔走吗？”姜梨看向叶明煜，问，“要说新鲜的没人见过的原料，明煜舅舅应该见过很多才是。”

众人看向叶明煜，叶明煜摸了摸鼻子，难为情地小声道：“我成日里是见过不少稀罕玩意儿，可都跟布料生意无关，出去玩儿，谁还惦记着生意哪……”

叶明辉和叶明轩便都露出恨铁不成钢的神情，这个弟弟不靠谱，是众所周知的事情。

但姜梨没有气馁。

她道：“不一定是和织造有关的稀罕玩意儿，譬如明煜舅舅送我的那一箱子孔雀羽，不是也可以用在布料上吗？”

“孔雀羽？”叶明煜愣住。

“什么孔雀羽？”叶明轩问。

“三叔回来的时候带了几箱贝壳，不值什么银子。”叶如风没好气道，说完又好奇地看向姜梨，“孔雀羽如何用在布料上？”

“我也是突然想到这件事的。”姜梨笑道，“我对布料的事一窍不通，只是突发奇想，若是说错了，大家不要笑话我。孔雀羽上有细小的磷光，我曾看过一本志异，上头说海上仙岛有仙子出没，穿的衣裳上有细小磷光如水波，却不是金线、银线绣成，仿佛珠光。颜色鲜艳却不俗气。我想着，古香缎既然能让布料自带香气，孔雀羽是不是也能让布料产生志异上记载的那种粼粼波光。当然，不一定要用孔雀羽，只要让它泛出和孔雀羽相似的光华，就说得通了，而且有志异记载，放到燕京城的贵人中，定然很受女儿家喜欢。虽然古香缎做不成了，可叶家的招牌还在，做出新的比古香缎还要招人喜欢的布料，慢慢地就形成了新的生意。”

她的这个想法出人意料，沉默了不知多久，叶明辉突然站起身来，对叶明煜道：“你去把你的孔雀羽拿过来给我看看，明日去织造场。”

叶明煜一怔，还没回过神，就见叶明轩跟着激动起来，道：“我看这是个好主意，也未必不能成。先到织造场看看能不能出，若是可以……若是可以……”他顿了顿，脸上好似有抑制不住的欣喜，才说出后面半句话，“我们叶家，恐怕要迎来新的盛景了！”

叶明煜带着大家去看孔雀羽，姜梨没有跟着去。

她先去看了一会儿叶老夫人，陪叶老夫人说了些话，祖孙二人其乐融融，越发亲密无间。

等叶老夫人乏了，躺下休息的时候，姜梨出了叶老夫人的院子，没有回自己的院子，反而向门外走去。

桐儿问：“姑娘是打算出门？”

姜梨点头：“出去走走吧，今日天气也不错。”

桐儿和白雪点头应了。叶家和姜家不同，在叶家，姜梨是绝对自由的，不会有人窥探她去了什么地方、做了什么事，也方便了姜梨自己的筹谋。

姜梨和桐儿、白雪三人，先是在襄阳城中心走了一会儿，因她如今姜二小姐的身份被人知晓，姜梨也戴了个幕篱。桐儿和白雪觉得新奇，买了些小玩意儿，姜梨瞧着，却没什么兴趣。

不知不觉中，也不知道走了多久，姜梨在一处大宅前停下脚步。

桐儿看着眼前熟悉的宅子，声音都哆嗦了，道：“姑娘，这是惜、惜……”

“惜花楼。”姜梨提醒。

“惜花楼！”桐儿悄声对姜梨道，“姑娘，咱们怎么又来这里了？”

莫不是自家姑娘真的在里面看上了什么姑娘吧？自家姑娘可没有磨镜之好啊。

桐儿心里胡思乱想着，就听见姜梨道：“你们不必上去了，在这里等我，我很快回来。”

桐儿和白雪都没来得及劝阻，姜梨就头也不回地往前走去。已经过去了一些日子，她把叶家的事暂时解决了，但她回到襄阳后真正要做之事，这才刚刚开始。

不知道琼枝那头，对桐乡的事打听得如何了。

第七章　冤屈

惜花楼的后门，迎客的女子还是姜梨上次见到的那位姑娘。瞧见姜梨，她愕然了一刻，随即笑道："姑娘可是又来找琼枝的？"

姜梨道："正是。"从袖中递了一张银票过去。

女子也不推辞，施施然接了银票，对姜梨说："姑娘请随我来。"就将姜梨往琼枝的房里带去。

姜梨被带到琼枝的房间前，女子笑道："琼枝已经在这里等您了，有什么吩咐您再叫我。"退了下去。

姜梨推开门，走进了琼枝的房间。

也不知是不是姜梨的错觉，这些日子不见，琼枝整个人消瘦了不少，仿佛红花将败未败，更加惹人注目了。

"你来了。"琼枝坐在桌前，正在拨弄桌上一张乱七八糟的棋盘，听见动静，没有动身，只是看向她。

姜梨掩上门，道："是。"

琼枝定定地盯了她一会儿，突然笑起来，道："从前都说薛昭胆子大，如今看来，这里还有个比他胆子更大的，不知燕京城的姜元柏姜首辅得知自己的千金在襄阳逛青楼，是个什么神情。"

她知道了姜梨的身份。

姜梨默然了一刻，走上前，在琼枝的对面坐了下来，道："你知道了。"

"姜二小姐在丽正堂前的一番慷慨陈词，眼下整个襄阳城都传遍了，想不知道都难。"琼枝叹了口气，"我只是没想到，来找我的你就是姜家二小姐。"

“也不知道是好事还是坏事。”姜梨苦笑一声。

“我只有一件事想问你。”琼枝看着手腕上的镯子问，“你为何会认识薛家人？姜二小姐过去的事迹我都已经知道了，怎么看，也不该和薛家有关系。”

琼枝的恩客里，有侠客，也有朝官，并不能小看，所以姜梨才会让琼枝去打听桐乡的事。偏偏姜二小姐的事情，别说是燕京，便是北燕其他地方多少也知晓一二，那些“丰功伟绩”，稍加打听就会知道。

姜梨沉默了很久，道：“我认识薛昭的姐姐。”不等琼枝发出疑问，就继续道，“你不必怀疑我与薛芳菲是如何认识的，我的确想为薛芳菲报仇。我不能告诉你更多的事，但是你眼下只能相信我。”

琼枝一愣，认认真真地抬头看着姜梨。

“薛昭死了，你也很想为薛昭报仇吧，但事实上你并不能做什么，但我可以。”姜梨说到这里，露出了一个淡淡的笑容，“我是姜元柏的女儿，若是对方有权有势，我也毫无畏惧。”

琼枝扯了扯嘴角，最后却是轻轻叹了口气，半是无奈半是不甘，道：“你早就知道，我只能信任你。”

姜梨道：“其实你不必多虑。左右告诉我桐乡的事，也不会对你有所影响。”

琼枝是个聪明的姑娘，常年在市井之中讨生活的人更容易察言观色，像琼枝这样在花楼里长大的女子，比寻常人更多了一丝戒备，时时提防。

“现在，你能告诉我桐乡的事了吗？”姜梨问。

“你真想知道？”琼枝问。

姜梨笼在袖中的手不自觉微微握紧，心仿佛被一根丝线牵了起来，摇摇晃晃地悬在空中。

“告诉你也无妨，薛家一门算是败落了。这些日子，我是打听到了一点端倪。”她的语气低落下去，“本来我想着，也许薛昭之死是你编出来的荒唐之词，心中还存着侥幸。直到遇到了一个从燕京探亲回来不久的贵人，他告诉我，状元郎夫人薛芳菲的确是因为与人私通一事，日渐消瘦不治身亡，她的弟弟薛昭在赶赴燕京途中被匪盗杀害，弃尸河中，与你说的一般无二。”

“那都是燕京的事了。”姜梨道，“桐乡薛怀远如何？”

不知是不是她的语气里流露出一丝急切，而这急切被琼枝捕捉到了，琼枝顿了顿，才探究地看向姜梨：“这就是我不明白的事了，你说薛怀远半年前就死了，要让我打听薛怀远是为何事而死，又安葬在什么地方，可是，薛怀远并没有死。”

“你说什么？”姜梨忍不住惊呼出声。

姜梨也顾不得琼枝如何看她，那一刻，心中被涌起的狂喜占满，道：“你说薛怀远没死？！你说的可是真的，是从哪里听到的？！”

琼枝道：“的确没死，不过也并不很好，薛家这位老爷，桐乡县丞薛怀远，已经疯了，六亲不认，如今被关在桐乡衙门的大牢里。”

姜梨的手心霎时间变得冰凉，狂喜瞬间灰飞烟灭，她定定地看着琼枝，道：“你说什么？”

琼枝道：“来往我这里的客人，但凡有点势力的，我都询问了，但不知为何，他们对桐乡薛怀远的事情都讳莫如深，不愿与我谈起，要么就是直接拂袖而去。只有一位商人，他与我关系向来不错，见我问得认真，便也悄声告诉了我。”

“听闻桐乡县丞薛怀远半年前因贪污朝廷下拨的赈灾款，被下狱，现在桐乡县丞另有其人。薛怀远已经疯了，在狱中六亲不认，很是凄惨……”

“薛怀远怎么会贪污？”姜梨愤怒道，“桐乡百姓都不会相信的！”

琼枝诧异于姜梨的反应，不过还是继续道：“百姓也没办法，毕竟是上头的意思，再说了，”琼枝笑了一声，“人走茶凉呗。民不与官斗，便是薛怀远是个清官，但有谁会为了他说话呢？人人都求自保。”

姜梨怔住。

薛怀远一心为民，从未想过索求回报一事，但琼枝说得也没错，人都自私，谁会为了一个已经下狱的疯子去得罪更大的贵人呢？但如果薛怀远还清醒的话，看到这一幕，也会心灰意冷。

说不准，薛怀远就是看见自己一心维护的百姓如此冷漠凉薄，加之子女皆丧，才会受不住打击，罹患失心疯。

琼枝突然一愣，道：“姜二小姐，你……”

姜梨见她神情有异，不自觉摸了一把脸，发现自己不知不觉中竟然落下泪来。

“如此说来，薛家一事，现在不曾有人敢过问了？”姜梨从袖中摸出绢帕，擦去眼角泪珠，神情变得冰冷。

琼枝犹豫了一下，道：“的确如此，只怕此事牵扯上了不得了的人，并非表面看上去的简单。”

姜梨心中冷笑，牵扯到了其他人，不用想也知道是永宁公主在背后做的手脚！当时她自己奄奄一息，永宁公主为了斩断她的念想，抑或是为了让她痛不欲生，便告诉她薛怀远已经病死。现在想想，薛家一门三人全都在差不多的时间里相继去世，难免惹人非议，永宁公主自然不怕，沈玉容却不能不顾忌。为了不添麻烦，永宁公主不能杀了薛怀远，但以永宁公主的狭窄心肠，也必然容不下薛怀远，便干脆以这么一个莫须有的罪名，让薛怀远下狱，承受无尽的折磨！

“我能打听到的也就这么多了。”琼枝道，“我毕竟不能随意离开惜花楼，而此事牵扯极大，你说得没错，或许能帮薛昭报仇的只有你。”琼枝看向姜梨的目光里浮现起一丝希望。

姜梨微微一笑，缓缓道：“我当然会帮薛昭报仇，不仅帮薛昭报仇，谁在背后陷害薛家，我也会让他们百倍还之。”

从一个柔弱的官家小姐嘴里说出这种话，本当是可笑的，琼枝却不知为何打了个冷战。

“多谢你。”姜梨看向琼枝，“多谢你替我打听薛家的消息。只是如你所说，此事既然牵扯不少，你这样打听，若是被人发现……”

琼枝道：“不必担心，我询问的人都是信得过的。”她忍不住问，“姜二小姐，你既然打定主意要管桐乡的事，接下来，应当怎么做？”

“在襄阳是没办法弄清事实真相的。”姜梨冷冷道，“我要去一趟桐乡。”

琼枝张了张嘴。

“不管背后之人势力有多大，”姜梨垂下眼眸，“便是拼上这条性命，我也要拉他们一起陪葬。”

琼枝被她一瞬间的戾气所震慑，竟然再也不敢说话了。

从惜花楼里出来的时候，桐儿和白雪都看出了姜梨的不对劲。

她的脸上全无一丝笑意，似乎被深重的心事所烦恼，双唇紧闭，眉头深锁，目光有些涣散。

桐儿吓了一跳，还以为她在里头受了欺负，连忙道：“姑娘，姑娘，您怎么了？”

这一叫，才将姜梨的精神头给叫回来，姜梨瞧了瞧她，怔了一会儿，才慢慢道：“没事，我们回府吧。”她从白雪的手里接过幕篱，又给自己戴上，自顾往前走去。

叶府邻宅里，陆玑坐在屋里的长藤椅上，斜对面的榻上，姬蘅正手持一本书，漫不经心地翻着。

文纪从外面进来，道了一声：“大人。”

姬蘅：“说。”

“刚才姜二小姐又去了惜花楼。”文纪道。

陆玑看向文纪，姬蘅的目光却一点儿没从书页上移开，随口问道：“她又去见了那位琼枝姑娘？”

“正是。”文纪迟疑了一下，才道，“有一件事很奇怪，属下发现，姜二小姐见过琼枝，从惜花楼里出来后，不知道发生了什么，有些失魂落魄。”

姬蘅看书的动作一顿，陆玑面上也闪过一丝讶然。

“失魂落魄？”姬蘅问。

“不错，从惜花楼里出来后，姜二小姐就带着两个丫鬟回叶家，一路上走错了许多路，显然心神不在于此，后来看两个丫鬟都很焦急，应当是姜二小姐神情有异。”文纪细细答道。

陆玑忍不住问：“她与琼枝究竟说了什么，有没有办法问出来？”

“没办法。”文纪无奈道，“这位琼枝姑娘非常有防备心，且十分聪明。大人不让我们硬来，至今也不知道姜二小姐和琼枝姑娘究竟说了什么。”

姜二小姐分明是故意找这么一块硬石头的。

“不用知道她们说了什么，”姬蘅道，“看她如何做就是了。”

“大人，您知道姜二小姐要做什么？”陆玑问。

“不知道。”姬蘅道，“但很快就能知道了。”

“我想，姜梨回襄阳的真正目的就要出现了。事实上，我也很好奇，”姬蘅含笑道，“她到底想干什么。”

姜梨并不晓得自己的一切早就被人尽收眼底。但即便晓得了，眼下的她，也没有心思去与姬蘅周旋。

桐儿和白雪问了几遍，姜梨都没有告诉她们究竟出了何事。到了最后，不知是厌烦还是怎么，干脆让桐儿和白雪都出去，自己一个人留在屋里。两个丫鬟怕她做什么傻事，干脆都坐在门前，耳朵贴着门，仔细听着里头的动静。打算一旦有什么不对，就破门而入，千万不能让姜梨出事。

姜梨坐在桌前，无声地将脸埋入臂弯。

只要一想起永宁公主和沈玉容对薛怀远做的事，姜梨就恨不得将他们全都撕成碎片，这根本就是两个没有人性的畜生！

姜梨心中恨极，却又明白眼下更重要的事不是报仇，而是将薛怀远从狱中救出来，薛怀远年纪大了，若是熬不住……姜梨不敢想下去。

她一下子站起身来，事不宜迟，她必须尽快赶回桐乡！

正想着，门外传来桐儿和白雪的声音，白雪道：“三老爷，您来了，我们姑娘在里面。”

叶明煜？姜梨起身打开门，白雪还没说完，就见姜梨自己先出来了，再看姜梨的脸色，比方才好了些，白雪心中松了口气。

姜梨道：“明煜舅舅。”

“我是特意来找你的。”叶明煜没注意两个丫鬟的脸色，自己走到屋里小几前坐了下来，笑道，“阿梨，你不知道，大哥二哥他们去了织造场，织造场的人看了我们那孔雀羽，觉得可以一试。我看你说的那法子大约能成，如果真成了，咱们叶家除了古香缎以外，可能又要多出一种新鲜的布料。你可是大功臣！”

姜梨勉强笑了笑：“那就恭喜明煜舅舅了，如果真的成功了，此事最大的功臣应当是明煜舅舅才是。要不是明煜舅舅找到了那些孔雀羽，我也不能想出这个法子。”

叶明煜闻言，哈哈大笑道：“我就喜欢阿梨这一点，不居功！放心吧，大哥和二哥方才在织造场的时候已经夸了我。还说此次要是成功，日后给我一支有武功的商队，一年到头可以多跑跑，看见些珍奇的玩意儿便淘回来。我寻思着要不让如风那小子跟我一起去得了，他既有经商的头脑，跟我一道也许收获更多。况且男孩子应当多走走开阔眼界，成日在襄阳城窝着，成不了什么大事。”

姜梨心不在焉道："那也很好。"

"阿梨，你是燕京城来的，听说不久前的校考又是头名，想来是很有学问的人了。我就想着，如果孔雀羽做成的布料出来了，应当取个什么名字比较好？像古香缎那样，一听就能听出味道来，又不落俗气的，你可有什么好提议？"

平日里，姜梨很乐意和叶明煜交流这些琐事，但是见过琼枝之后，姜梨知道，每一刻流失的时间，都是机会。时间过得越久，对薛怀远来说就越不利。

她不是一个能眼睁睁看着亲生父亲在牢狱里受苦的女儿。

"明煜舅舅，我有一事相求。"姜梨打断了叶明煜的絮叨。

叶明煜一愣，看见自己这个侄女脸色罕见地严肃起来，不由自主也坐直了身子，问道："什么事？"

姜梨深吸一口气："我想去桐乡一趟。"

叶明煜愣住，奇道："你去桐乡做什么？"

"不瞒舅舅，此事说来话长，我得一位故人嘱托，来了却她的一桩心事。她有位心上人在桐乡，知晓我此番来襄阳，便请求我能帮她带一句话。前些日子叶家有事，我便忘了此事，现在事情已了，便打算去桐乡寻一寻我那位故人的心上人。"

此话说完，姜梨也觉得尴尬，她此生没说过这么蹩脚的谎言，却又实在想不出别的什么好点子。

叶明煜定定地看了一会儿姜梨，半晌才道："阿梨，你要是有什么难言之隐，不方便，便不要说，何必绞尽脑汁找这么个理由，连我都听出来了。"

姜梨脸颊微红。叶明煜虽然行事粗豪，却不是傻子，真要迟钝蠢笨，如何在厮杀的江湖中活到现在。

"阿梨，我和大哥二哥不一样，咱们江湖中人，不会强人所难。等你想说的时候，自然会说。虽然我不知道你去桐乡做什么，不过你是个有主意的姑娘，不会胡来。"叶明煜顿了顿，又道，"但你刚才的理由，拿到我大哥二哥面前去，是绝对行不通的。尤其是我二哥，他心眼不比你少，你这话连我都不信，又怎么能去糊弄他。"

姜梨心中微微叹了口气。

她实在不愿意去欺骗别人，但有些事是真的不可说。

看着姜梨为难的样子，叶明煜突然拍了拍胸脯，道："此事就交给我，你去桐乡，我来想办法说服娘和哥哥们，你只管跟我一起去！"

"跟你一起去？"姜梨惊讶。

"当然！难不成你一个小姑娘独自一人去陌生的地方？要不你在大哥二哥和我之间选一个，要谁陪你去！"

姜梨："……"

要真选，她还真只会选和叶明煜一起去。

于是姜梨道："那就多谢明煜舅舅了。"

叶明煜乐道："放心吧！你用得上我，我自然鼎力相助。"

姜梨犹豫了一下，才道："我知道此事有些出格，不过，明煜舅舅，我想如果可以的话，我们越快越好，早一刻到桐乡也是好的。"

她已经等不及了。

叶明煜面色闪过一丝疑惑，不过很快就挠头道："好吧，你还从没要求过什么，这个小小的要求，舅舅这就帮你做到！"他腾地站起身来，甩出一句，"你先去收拾东西，等我一下。"就出了门。

姜梨没料到叶明煜如此雷厉风行，但这对她来说是件好事，于是便起身吩咐门外的桐儿和白雪，道："我们收拾收拾东西吧。"

桐儿和白雪收拾完后，桐儿问："姑娘，咱们真的去桐乡？桐乡好玩吗？"

姜梨笑道："我们不是去玩的。"

"不是去玩的？"白雪讶然，正要再问，就看见叶明轩身边的阿福在外面道："表小姐，老夫人和老爷们请您去一下厅堂。"

姜梨笑了，叶明煜的动作比她想象的还要快，当即就对桐儿和白雪道："拿上包袱，我们走。"

桐儿和白雪赶紧跟上，几人到了叶家厅堂外，老远就看见叶明煜正和叶明轩叶明辉争执着什么，间或还被坐在榻上的叶老夫人数落两句，看见姜梨到来，叶明煜眼睛一亮，连忙道："阿梨？你来了！来得好，快来告诉娘，你是愿意跟我去桐乡的是不是？"

姜梨道："是，我很愿意和明煜舅舅去桐乡。"

"囡囡，"叶老夫人有些着急，"你跟着他瞎胡闹什么？你三舅舅就是个浑人，成日走马游街，谁知道他去桐乡做什么，还带着你，莫要让你吃苦受了委屈。"

三言两语，姜梨明白过来，叶明煜大约真的觉得姜梨那个谎言十分蹩脚，干脆自己编了个。说他自己要去桐乡办事，需要姜梨帮忙，要带姜梨一起去桐乡。叶明煜在叶家不干正事，没有人会问他究竟要去做什么，便是要问，叶明煜也能编出一大堆理由，从他嘴里说出什么样的谎言都不会让人吃惊，但别人的矛头就会对准叶明煜。

因为姜梨是被叶明煜带走的。

姜梨对叶明煜投去一个感激的眼神。被姜梨的目光给刺激了，叶明煜大声回道："娘，您这么说可不公平！我是阿梨的舅舅，我能坑害阿梨吗？不能啊！而且有我在身边，谁敢欺负阿梨！"

"有你在身边才更让人担心。"叶明轩没好气地道，"你好端端的要阿梨帮你做什么啊？这么大一把年纪，还让小姑娘帮忙，害不害臊？！"

"老二你可别在这儿挑拨离间。"叶明煜不服，"小姑娘又怎么了？别的不说，这回古香缎的事，还不是靠阿梨才能解决麻烦。小姑娘，哼，阿梨可不是普通小姑娘，她本事大着呢，有阿梨帮忙，我高兴都来不及，害什么臊！"

叶明轩被叶明煜的厚颜无耻惊呆了，叶明辉沉声道：“胡闹！你自己胡闹就罢了，别把阿梨带进去！要不，你就说说到底是去做什么事？”

“明辉舅舅，明轩舅舅，”姜梨开口道，“此事我的确和明煜舅舅商量过了。至于是做什么，这个就不要勉强明煜舅舅了吧。此次来襄阳，我也想多走走多看看，桐乡我从没去过，这一次也能跟着明煜舅舅长见识。”

关氏忍不住道：“可是我们担心你……”

叶明煜眼睛往上一翻，就担心姜梨，就不担心他，合着他是叶老夫人捡来的吗？

“不用担心我的。”姜梨笑得柔和，“我向外祖母和舅舅、舅母发誓，明煜舅舅绝不是去瞎胡闹，而是去做正经事，也不会有危险。”

叶老夫人叹了口气：“既然阿梨你已经有了主意，那就去做吧。”她看着姜梨，慈爱地道，“你可别怪你舅舅、舅母多话，他们是担心你一个小姑娘应付不来。”

姜梨拉住叶老夫人的手，笑道：“我晓得的。外祖母，我已经长大了，会保护自己的。”

叶老夫人闻言，一阵恍惚，仿佛又看见了当年玉貌绮年的叶珍珍要嫁给姜元柏的时候，叶老大人担心她嫁过去受委屈，叶珍珍就噘着嘴，娇声娇气地道：“珍珍已经长大了，会保护好自己的。”

到底没能保护好自己。

叶老夫人心头一酸，拍了拍姜梨的手，道：“如此，那你们就快去快回吧。”她让丫鬟过来，扶着她往里屋走去。

姜梨沉默。

她感受到了，叶老夫人应当是想起了过去的事。

叶明煜打破了低沉的气氛，嚷道：“都同意了是吧？都同意了那我们就不多留了，赶时间，阿梨，走，听娘的话，快去快回！”

叶明辉白了他一眼，道：“好好照顾阿梨！”

从襄阳到桐乡，大约要一日的路程，下午出发，晚上在路边客栈歇上一晚，次日下午便可到达。临行人并不是很多，姜梨不愿意带姜家的侍卫，因着这些侍卫虽然会护着她的周全，可她做事难免束手束脚。于是，叶明辉从叶家的护卫里挑了几个身手最好的跟着，还有姜梨的丫鬟、叶明煜的小厮阿顺。

到了夜里，众人就歇息在路边的客栈。

叶家这一行动静，虽然隐秘，却也没有瞒过隔壁的芳邻。

宅院里，姬蘅正在花坛前给花浇水。

黄铜做的细颈花壶被他轻握在手中，他站在夜色里，轻轻倾倒茶壶，壶里晶莹的水珠如透明的宝石，又像珠帘，一颗颗洒落在花瓣上，顺着花茎滚落，没入泥土里不见。

空气里只余一些淡淡的芳香。

陆玑站在姬蘅身后，青衫在风里微动，黑衣侍卫的声音平板无波，道："叶三老爷跟随姜二小姐出发去桐乡了。"

姬蘅嗯了一声。

他仍然很认真地在浇花，仿佛世间唯有这一件事值得他这么小心翼翼地对待。

冬日的花开起来格外妖艳。他一株一株浇完，用了小半个时辰。伸手，小厮从他手里接过花壶，姬蘅从袖中摸出一方绢帕，细细地擦拭手指。

他转身，看向文纪："连夜走了？"

文纪道："是。"

姬蘅笑了一声："真是一刻也等不及。"

陆玑忍不住开口问："大人，姜梨这回去桐乡，应当就是在惜花楼和琼枝所筹谋之事了吧。"

"她来襄阳，就是为了桐乡之行。"姬蘅含笑道，"防着姜家，瞒着叶家，她的最终目的很快就要水落石出了，等着看吧。"

陆玑摇了摇头："但这位姜二小姐行事章法实在让人琢磨不透，便是知道她做了什么，也未必知道她为何这么做。"

正说着，自外头走来一名容貌俊秀的小厮，恭敬道："大人，车马已经备好了。"

陆玑一愣，看向姬蘅："大人要离开吗？"

姬蘅看了一眼花坛里怒放的鲜花，笑道："是。"

"去哪里？"

"桐乡。"

"桐乡？"陆玑更不明白了，"大人想观察姜梨？"

姬蘅笑了笑，没有回答。

第二日一早，叶家的马车早早地上路。

因叶明煜赶路赶得紧，快要到桐乡的时候，竟然才刚过晌午。

冬日的天气，叶明煜竟也出了一身汗。他拿帕子随意一抹，让姜梨掀开帘子看，道："阿梨，你看，前面就是桐乡了。"

桐儿忍不住道："原来这就是桐乡啊，不如襄阳繁华嘛。"

远处，正是桐乡的正街道，街道不如襄阳宽敞，更别说燕京城了。两边倒是林林总总的商铺，许多小贩们在街边摆摊，卖糖葫芦之类的小吃食。

听见桐儿的话，叶明煜道："现在好多啦！以前桐乡可是襄阳最穷的一个县，家里面一双鞋都要兄弟姊妹换着穿。卖货郎一个月进来一次，这就算是交换。后来桐乡来了个县丞，在这儿待了十余年，桐乡就渐渐富裕了起来。"

姜梨轻轻问道："那位县丞现在怎么样了？"

"怎么样了？"叶明煜挠了挠头，"什么怎么样？就那样吧，我没见过那位县丞，只从别人嘴里听过他的事，再说我多少年没来过桐乡了，又长年不在襄阳，不知道这些事儿啊！不过我猜，他当官儿当得这么好，指不定早就升迁了，当大官去了吧！”

姜梨嘴角溢出一丝苦笑。

事实恰恰相反，薛怀远非但没有飞黄腾达，反而成为了阶下囚，这实在很荒唐。

“走吧。”叶明煜催促马车队，继续朝前出发。

桐乡不像燕京城或是襄阳，还有守城门的小兵。进出桐乡的人也很少，城门口的石像上甚至积了一层灰。偶尔有几个背着背篓的采药人从城门前走过，间或向叶明煜一行人投来诧异的目光。

叶明煜走到马车边上，问姜梨：“阿梨，你想去什么地方？”

姜梨想了想：“咱们这么多人，行动也是不便，先找个地方落脚吧。”

“行，是住客栈——”

叶明煜还没说完，就听见姜梨打断了他的话：“这边住客栈不方便，倒不如找个民宿暂且租住一段日子。”

叶明煜皱了皱眉：“租住？阿梨，你是要在这里待很长一段时间？”

“我也不知道。”姜梨语气有几分怅惘，“且走着看吧。”

薛怀远一事，的确不是三天两日就能解决的，要胶着多久，实在没办法现在就下判断。

闻言，叶明煜道：“既然如此，那就租住吧。”

姜梨道：“我听说桐乡有个叫青石巷的地方，那里的民宿还不错，我们往那里走吧。”

“没问题。”叶明煜吩咐马车队中的一人，“去找个人，问问青石巷在哪个方向，咱们这就去青石巷。”

姜梨又重新坐回了马车中。

马车骨碌骨碌地往青石巷走去。

那是姜梨最为熟悉的一条路。

薛府，曾经她和父亲以及薛昭居住的地方就在那里。从桐乡城门往青石巷的路，她曾经无数次走过。后来她又从青石巷走出去了，只是这一走，就再也没能回来。而回来的时候，她成了姜梨。

不知过了多久，马车停了下来。

叶明煜的声音在马车外面响起：“阿梨，到了！”

桐儿和白雪先跳下马车，挑开马车帘子，伸手扶姜梨下马车。

姜梨深深吸了一口气，搭上桐儿的手，从马车上跳了下来。

连空气都是熟悉的。

门前的金花草发出熟悉的清香，巷口的青石板上还有落雨顺着房檐砸下来的小坑，远处有孩童嬉戏笑闹的声音。

姜梨的嘴角扯出了一个笑容，一切都是熟悉的，一切都是记忆里原来的样子，除了她自己，从来都不曾改变。

“往前走走吧。”姜梨道。

这话虽然是对叶明煜说的，可没等叶明煜回话，她便忍不住自己往前走去。

快了，就快了，就快到薛家了，她本以为自己会近乡情怯，真到了这一刻，才晓得哪里还有什么犹豫，循着本能就往前走。

那是回家了。

叶明煜一行人赶紧跟上。

蓦地，姜梨的脚步停住了。

在她面前五六步远的地方，有一座宅院的门，宅院并不大，房檐上的青石瓦不知是风吹雨打还是年久失修，有一些掉了下来，上面空荡荡的，还有一株压断了的树。

虽有日光，却平白给人一种家徒四壁、妻离子散的凄凉之感。

紧跟而上的叶明煜一行人瞧见姜梨站在宅院前动也不动，皆是纳闷，叶明煜小声道：“阿梨？”

“嗯。”姜梨扬起嘴角，眼泪一瞬间落了下来。

姜梨从没见过这样的薛家。

在她的记忆里，薛家的宅院永远都是炊烟袅袅、生机勃勃。然而眼前的薛家，门庭破败，官府的封条看上去尤为刺眼。

好好一个家，说散就散了。

叶明煜见姜梨突然流下泪来，大惊失色，问：“阿梨，你怎么了？”

姜梨回神，笑了笑，道：“这里灰尘太多，被沙子眯了眼睛。”她摸出帕子，边擦拭眼睛边道，“擦擦就好了。”

叶明煜不疑有他，在他看来，姜梨是第一次来桐乡，这座陌生的宅院怎么也不能让姜梨掉眼泪。他道：“这是谁家？怎么还被官府封了？”

“薛家。”姜梨道。

叶明煜大为惊奇：“你怎么知道？”

姜梨朝封条指了指：“上头写着呢。想来就是明煜舅舅你方才说的，那个一心为民的县丞的家了。”

白雪和桐儿都十分不解，叶明煜更是惊得说不出话来，半晌才道：“弄错了吧？这……（省略号连上）这是出了什么事？”

姜梨笑了笑，语气有些发冷：“天有不测风云，人有旦夕祸福。薛县丞不知是遇到了什么事，连家都被抄了底。”

叶明煜觉得姜梨这话说得怪怪的，却又不知道怪在哪里。几人正在沉默，不远处吱呀一声，毗邻薛家的隔壁小院里，有人推门走了出来。

那是一个头上包着花布巾的妇人，皮肤微黑，蓝布裙，肘间挎着一只竹篮，从院子里出来。她也没料到被封的薛家门口会突然站了这么一队人马，模样还十分陌生。于是站在原地，有些惊疑不定地看着他们。

姜梨瞧见这妇人，熟悉的感觉油然而生。

蓝裙妇人是隔壁邻家的春芳婶子，从小看着她和薛昭长大的，也是多年未见，姜梨朝春芳婶子走去。

叶明煜在后面小声唤她：“哎，阿梨，你做什么？”

姜梨走到春芳面前。

春芳看着姜梨，踌躇地握紧了手。这几个人一看就不是桐乡人，正胡思乱想着，就见面前年轻的小姐看着她，温和地道：“这位婶子，敢问这间被封的宅院，可是县丞薛怀远的家？”

春芳吓了一跳，打量了一下姜梨，才道：“正是，你认识薛家人？”

“不认识。”姜梨摇头，“有些好奇罢了，请问这位薛县丞的家，为何会被封起来呢？”

春芳愣了愣，随即摇头：“不……不知道……”

“他是地方官，是你们的县丞，好端端的一介官员家宅被封，总会有个原因吧，婶子怎么会不知道？”

春芳不自觉后退一步，有些语无伦次道：“不、不知道就是不知道，你去问问别人吧。”

姜梨道：“婶子是不知道，还是不愿意说？”

春芳抬起头来看向姜梨，鼓起勇气道：“你为什么要打听薛大人的事？你是什么人？”

姜梨这般逼问，任谁也不会相信她只是好奇来问此事。春芳避而不谈，却是欲盖弥彰。

姜梨笑道：“我是谁不重要，重要的是我想打听薛家的事，婶子愿不愿意说？”

正在这时，春芳院子的门又吱呀一声开了，春芳的男人的声音从远处飘来：“阿芳，你还不走，在干什么呢？”

“我要去卖刺绣了。”春芳仿佛找到了一个借口，匆匆忙忙就要逃开去，但走到一半，犹豫了一下，又回过头来，“这位小姐，看你们初来乍到，我也给你们提个醒，当着外人，薛家的事不要再提了，省得给自己找来麻烦。你们……别太招摇了。”说罢，仿佛有什么可怕的东西在追着她似的，很快就消失不见了。

叶明煜走上前，抱怨道：“真是的，阿梨这么好声好气，怎么跟见了鬼似的。”又看向姜梨，“我刚才听你们说什么薛家，阿梨，你要做什么？”

姜梨无缘无故来青石巷，在薛家面前停留了这么久，还同陌生妇人询问和薛家有关的事，叶明煜也看了出来，这绝不是偶然或是一时兴起，姜梨此行的目的，和薛家有关。

“明煜舅舅，”姜梨道，“我来桐乡就是为了这个，我要为薛家平反。”

叶明煜呆住了，桐儿和白雪也呆住了。

过了好一会儿，叶明煜才找回了自己的声音，道：“你……你说什么？”

“我不能告诉你我为什么要这么做。”姜梨抱歉道，“但薛家的薛县丞，的确是被人冤枉入狱，我受人之托，便是为了彻查此事，还薛县丞一个清白。”

“可是，你怎么知道薛县丞是清白的？你一个小姑娘，又如何查清楚，如何帮他平反？”

“明煜舅舅，”姜梨的声音很平静，“薛县丞是不是清白的，查查就知道了。你就权当是我为了报恩吧。江湖中人不是讲究有仇报仇有冤抱冤，我知道此事事关重大，也不愿意连累舅舅你，舅舅若是觉得不妥，现在便可退出，我一人足矣。”

叶明煜盯着姜梨的眼睛，莫名生出一股孤勇之气，道：“上刀山下火海，老子奉陪到底！”他拍了拍姜梨的头，“谁叫我是你亲舅舅呢？”

姜梨：“……”

“那么舅舅，”姜梨说，“等我们安定下来，有一件事想要舅舅帮忙。”

“你说！”叶明煜爽快地答应了。

“还请这些侍卫，想办法在桐乡最热闹的地方，酒馆茶楼也好，大声同人打听薛家被封一事，越引人注目越好。”

“姑娘，”桐儿小声道，“刚才那位婶子不是说，不要当着外人提薛家的事，省得招来麻烦吗？怎生……怎生还特意让人知道？”

姜梨笑道：“因为我要打草惊蛇。”

叶明煜不解。

“我找不到蛇，就让蛇来找我。”她微微一笑。

她懒得去一个个打听对方有什么人，索性就坐在这里，等着别人自投罗网。

桐乡百姓平静的生活，在这个午后被打破了。

下午不知从哪里来了一群外地人，在茶馆酒楼四处打听被封的薛县丞家一事。

姜梨和叶明煜就坐在酒馆里面，这是桐乡最热闹的一间酒馆。过去的日子，但凡桐乡有什么新鲜事儿，人们总喜欢在这间小酒馆里议论纷纷。

但今日很不同。

叶明煜的护卫们一旦问起薛家一事，百姓脸上就顿时露出惶恐的神色，纷纷四散逃离，仿佛在躲避什么。要么就是闭口不言，拼命摇头。

他们就像是瘟疫，不过短短半个下午的时间，街道上的百姓见了他们都绕道走，不然就窃窃私语着什么。

等他们在这间酒馆里坐下来，酒馆里一个客人也没有了。

掌柜的也是一样，干脆将店交给小二，自己走为上计。小二更好笑，端茶都端得战战兢兢的，叶明煜想让他拿点瓜果过来给姜梨润嗓子，才刚张了张嘴，那小二就像怕从叶明煜嘴里吐出什么可怕的话语来似的，一溜烟儿跑了。

“嘿，我就奇了怪了，”叶明煜又好气又好笑，“咱们做什么了？这些人跟老鼠见了猫似的，我留大胡子行走江湖的时候，也没见人这么害怕啊？”

姜梨微微一笑：“因为你提了薛字。”

“薛字又不是什么禁忌的字，咋还提都不能提了？”叶明煜一说起来就满肚子气，“阿梨，我看你说得没错，这桐乡古古怪怪的，简直欲盖弥彰！我看，薛怀远八成就是被诬陷的，谁他娘的在背后算计薛家？”

这话刚说完，楼下就传来哐当一声，像是小伙计没拿稳算盘，不小心掉在地上发出的响声。姜梨往下望了一眼，那小伙计坐在酒馆门边上，仿佛想尽力离姜梨远一些。

“道路以目。”姜梨道。

“啥？”叶明煜不解

姜梨缓缓而道：“三十四年，王益严，国人莫敢言，道路以目。

“历史上有位君王施政暴虐，受宠臣唆使改变朝制，把平民赖以谋生的许多行业改归王室所有，一时间民生困苦，民冤沸腾。君王不仅不听劝谏，还派人请了很多巫师，在国都川流不息地巡回大街小巷，偷听人们的谈话，凡经他们指认为反叛或诽谤的人，即行下狱处决。这样一来，举国上下不再敢对国事评头论足了，就是相互见面，也不乱搭腔，而是道路以目。”

叶明煜道：“你是说，桐乡这里被人监视，偷听人们的谈话，一旦发现有人谈论薛家的事情，就下令处决，所以百姓才谈薛色变，视我们如洪水猛兽？”

姜梨道：“正是。”

“这也太……”叶明煜道，“这太嚣张了！佟知阳尚且还要顾忌百姓的嘴，谁敢这么大胆，谁给他们这么大的权力？”

姜梨心中冷笑，背后撑腰的是成王的亲妹子永宁公主，他们自然有恃无恐，敢让桐乡人“道路以目”。

“啊，我明白了！”叶明煜突然一拍桌子，“难怪阿梨你要让我们这样大张旗鼓去谈论薛家。如果那些人混在人群中偷听百姓的谈话，对方肯定会知道，会主动来找我们！”

“是的。”姜梨道，“也省去许多时间。”

叶明煜忍不住问：“不过，阿梨，你不害怕吗？”

“我不害怕，”姜梨淡淡道，“比良心，身正不怕影子歪；比权力，我的父亲是文人之首。我什么都不怕，唯一怕的是他不来。不过还好，”姜梨的嘴角一翘，“他们来了。”

叶明煜朝楼下看去。

酒馆外头，忽地涌来一群骑马的官兵。小二吓得差点从椅子上跌下去，浑身抖如筛糠。为首的官兵喝道："方才谈论薛家的人在哪儿？"

"老子在这儿！"叶明煜把杯子往桌上一蹾，站起身来，气势如虹，大踏步往楼下走去。

姜梨也随叶明煜往下走去，桐儿和白雪有些担心，亦步亦趋地跟着姜梨，只怕姜梨吃亏。

叶明煜派出去的人马此刻都回到了酒馆之中，正被那些官兵围在中间。剑拔弩张的时候，叶明煜还不慌不忙地从酒馆木质的楼梯上踏步而下，踩得楼梯咯吱咯吱作响，越发显得脚步重而浑厚。

他身材高大，腰间佩刀，面上带疤，匪气纵横，倒很能唬人。而他身后，年轻女孩子袅袅婷婷拾级而下，笑容温软，清灵秀澈。

英雄美人，画面异样和谐，但为首的官兵觉得，虽然美人面带笑容，却要比那英雄杀气更盛，神情更冷。

大约是自己的错觉。

定了定神，官兵头子问："你们四处打听罪臣薛怀远，是何居心？"

当头就是一顶帽子扣了下来。

叶明煜想也没想，就道："无聊，想打听就打听，怎么着？你们桐乡还管老百姓闲聊？管得够宽的啊，管人家吃喝拉撒不？"

那官兵勃然大怒，当即要抽出腰间佩剑直指叶明煜，却见叶明煜双目一瞪，一把拔出腰间长刀，凶相毕露。

闯荡江湖靠的不是心慈手软，谁还不是个狠角色。

这些官兵齐齐抽刀，叶明煜的人马也齐齐抽刀，两相对峙，吓得小二躲在了桌子底下。

剑拔弩张中，美人轻笑。姜梨走到面前，伸出一根手指，将官兵头子对准叶明煜的剑尖轻轻地、轻轻地往旁边一拨。

葱尖细指白白软软，搭在冷硬闪着银光的剑尖上，非但不显得脆弱，反而有种清丽的寒意。她的笑容温暖，一点也不害怕官兵似的，淡淡道："舅舅别玩笑了，这位差人，我们不是要找罪臣薛怀远。"她把"罪臣"两个字咬得很重，顿了顿，才道，"我们要找的，是你们大人。"

"我们大人？"官兵头子眉头一皱，"什么意思？"

"很简单呀，"姜梨道，"我不知道你们大人在什么地方，也不知道怎么请他来，更不知道怎么才能让他晓得，我们来了。听说只要在这里说薛家的事，你们大人就会出现，所以我说啦，果然，你们就来了。"

"少废话！"领头的官兵恼羞成怒，"你找我们大人做什么？"

"其实如果我不来找你们大人，当你们大人知道我来桐乡之后，也一定会前来请我的。"姜梨漫不经心道，"不过我们此行时间很紧，所以才会这么急着要见他。"

叶明煜不耐烦道："阿梨，跟他们说这么多做什么？让他们给我们带路，让我们见见这位劳什子大人！"

那官兵头子还是第一次遇到这么不将他们当回事的人，冷笑一声道："你想见我们大人就见我们大人，你们当自己是什么人？说得嚣张，还不知道你们和罪臣薛怀远是什么关系。"他一挥手，"把他们全都带走！"

姜梨笑着反问："你确定要这么做？"

那官兵头子不屑地看她，正想说什么，乍然间看到姜梨耳垂边一粒翡翠耳坠，住了口。

耳坠通体翠绿，嫩色欲滴，一看便价值不菲。他记得大人最宠爱的小妾有一只成色不如这个的镯子，就那只镯子，还是大人花了大价钱让人给买来的。

这女孩子不过十五六岁，穿戴却十分精致，尤其眉目间温软灵气，有一种大户人家长养出来的华贵。还有她身边被她称为舅舅的大高个儿，手上那柄长刀，刀柄上却有一颗鸽子蛋大小的红宝石。

这一行人身份不同寻常，官兵心里打了个突，再看向姜梨的时候，就有些没底。

但当着这么多人的面，尤其还有自己的下属，就这么服软，又太扫面子。在心里衡量了几下，官兵头子还是打算再放些狠话，还没说出口，便见面前的女孩子瞧着自己的指尖，随意地道："我若是你，就趁我现在好好说话的时候带路，否则……"她抬起头，冲对方嫣然一笑，"倒霉的一定不是我们。"

分明是温和无害的模样，但领头的官兵在那一瞬间的确瞧见了女孩子笑容里的恶意。他有种直觉，若是不按照姜梨说的做，到最后很有可能成为她所说的结果。

他并不愿意倒霉。

他上上下下打量了姜梨一行人几眼，板着脸，硬邦邦吐出一句："带他们见大人！"大概是觉得颜面无光，很快走到队伍前头，不愿意再看姜梨一眼。

叶明煜朝姜梨使了个眼色，低声道："可以呀，阿梨，你这模样，很有你舅舅我当年的风采，不错！"

桐儿拍着胸脯："姑娘，您可吓死奴婢了。那些官兵那么凶，亏您还敢和他们针锋相对。"

姜梨微微一笑："纸老虎而已。"

她倒要看看，敢在桐乡称王称霸，做出"道路以目"的暴君，眼巴巴给永宁公主当一条看门狗的"大人"，到底是何方神圣。

姜梨和叶明煜随着这队官差走了。

从酒馆到县衙的路，姜梨走过太多次。她一边走，一边注意四周的模样。桐乡还是那个桐乡，但百姓变了。

周围路过的百姓见了这些官差，皆是绕道行走，且神色惶惶，仿佛见了匪寇。而街边一些熟悉的小店，有些关门大吉，有些则是改头换面。最明显的是，从前的桐乡，百姓走在街上，黄发垂髫，悠然自得。如今的桐乡，每个人面上都带着深深的倦意，死气沉沉。

看来这位新上任的县丞，并不是个廉政爱民的好官。想来也是，上梁不正下梁歪，能为永宁公主卖命的人，想也知道是个什么德行。

姜梨手心发紧。

两炷香的时间，便到了县衙。

刚到县衙门口，叶明煜便惊呼了一声，道："这县衙还挺大的嘛。"

姜梨瞧着县衙门口，目光微动。

薛怀远在任时，为了缩减开支，县衙都是沿用之前的，除了必要时候修修补补，平日里县衙看起来甚至有些简陋。

然而眼前这县衙，衙门都被红漆漆得崭新，柱子也重新雕刻，连牌匾都变成了烫金的。

领头的官兵道："你们在这里等着，我去通报大人！"

姜梨颔首。

白雪道："这比咱们老家的县衙看起来要气派多哩。"

叶明煜不屑道："他要是把修缮县衙的银子拿去救济穷人，街上也不会有那么多乞儿了。"

姜梨道："舅舅倒看得明白。"

"那当然。"叶明煜得意地点头。

一炷香内，没有任何人从县衙大门里出来迎接他们，负责看管他们的官差一问三不知。站久了，没有茶喝，叶明煜口渴，不耐烦道："这些人磨磨蹭蹭搞什么，还见不见了？"

姜梨笑道："耐心等着吧，我看就快了。"

"为啥？"叶明煜问。

"他就是要在我们等不下去的时候叫我们进去，既然舅舅你已经等得不耐烦了，他瞧见你不舒服，心中就舒坦了，自然没有必要再让我们等着。"

叶明煜没好气道："合着他就是想让我们不好受是吧？什么人啊这是。"

又耐心等了一会儿，里面终于有人出来，不是方才那个领头的官兵，而是一个随从般的人，走到姜梨几人面前，道："大人让你们进去。"

叶明煜从鼻子里哼了一声，道："别大人、大人的，我又不是桐乡人，我管他什么大人小人的？"

随从忍着怒气道："进来吧。"

姜梨和叶明煜这才跟上。

越是往县衙里头走，姜梨才发现里面也是焕然一新，不仅陈设焕然一新，连所有的官差护卫乃至端茶的都焕然一新，没有一个熟悉的影子。

应当真的是怕落人口舌，才会这么迫不及待销毁证据。

待走到了衙门正厅，便见一派官差开立大厅两侧，持棍，神情凶恶，姜梨和叶明煜走进去，正如升堂时候被带上来的罪人，将要接受罪罚。

随从道：“大人，人带来了。”

姜梨抬眼望去。

正厅厅前高位上坐着的是一名身材干瘦的中年男子，这人生得尖嘴猴腮，一双吊梢三角眼，滴溜溜打量人的时候更显猥琐，一看便觉此人心术不正，说是街头流氓也差不离。

“就是你们想来寻本官？”瘦猴一样的官老爷高傲地问。

姜梨瞥见这人的容颜，只觉得有几分面熟，不由得心中思索究竟是在哪里见过。那人也看向姜梨，待看清楚姜梨的相貌时，眼里不由得闪过一丝贪婪。

叶明煜心中大怒，一把将姜梨护在身后，差点破口大骂。

将将在这个时候，姜梨也突然想起来此人的身份，冯裕堂！

她心中大诧，没想到接替薛怀远新上任的县丞竟然是冯裕堂！

冯裕堂此人，姜梨从前是见过的。最初的时候，县衙里原先那位师爷家中老母病重，需要他回乡照料，师爷离开。后来有人推举了冯裕堂，冯裕堂是桐乡的一个秀才，当年应试多次不中，但认得字，也写得文章。薛怀远将他带到身边，本想冯裕堂得了这个差事，会好好干，谁知道冯裕堂却在衙门里，贪人钱财，与状师勾结，在其中做手脚，企图左右薛怀远判案。

此事被薛怀远发现，将冯裕堂重责几十大板，驱逐出县衙。记得当时，冯裕堂还扬言要薛怀远付出代价，差点被薛昭追出去再打一顿。

没想到，如今会在这里再见冯裕堂，而他果然实现了当初的扬言，坐上了薛怀远的位子，还将薛怀远关进大牢！

冯裕堂见叶明煜将姜梨挡在身后，轻咳一声，喝道：“来者何人？你们在桐乡闹事，所为何事？”

姜梨侧过身，越过叶明煜，目光平静地看向冯裕堂。

“我们没有闹事。”姜梨道，“我们只是要来见大人你而已。”

她说话轻言细语，又是个清雅美人，冯裕堂色眯眯的目光在姜梨身上扫了扫，语气带了几分狐假虎威的自大，道：“哦？你们见本官，所为何事？”

这几人一看便不是桐乡人，在桐乡却四处打听薛怀远的事，他一开始就得了交代，自然不敢掉以轻心。

姜梨瞧着他，吐出一句话：“我们来见冯大人，是想弄明白，原桐乡县丞薛怀远，为什么会入狱。”

此话一出，屋里人都安静了下来。

令叶明煜他们不解的是，一路上都没人提过这位大人姓甚名谁，怎的姜梨一来就知道叫冯大人，她是什么时候知道的？

冯裕堂震惊的却是，姜梨居然敢当着他的面问出这个问题！

之前姜梨被官兵们带来时，说之所以打听薛家的事，是为了见自己，但眼下见到自己，她却说见自己是为了问薛家的事。

她在耍弄他们！

冯裕堂心头立刻涌起一种被玩弄的暴怒，喝道："竟然当着本官的面问罪臣薛家一事，本官看你们就是薛家同谋，来人，把薛家同党全都给本官拿下！"

四周的官兵立刻就要上前抓人。

叶明煜一把抽出长刀，高声道："谁他娘的敢动一下，老子剁碎他的脑袋！"

叶明煜唬人的功夫还是有的，一声中气十足的怒吼，险些让冯裕堂坐不稳。他扶了扶歪掉的帽子，气急败坏道："还愣着干什么，还不动手？！"

就在这时，姜梨突然轻轻笑起来。

众人不由自主地看着她。

冯裕堂更是看直了眼，舔了一下嘴唇。

桐乡的美人不是没有，但都是些小家子气的美人。从前有一个薛芳菲，算是极品中的极品，只是他还没想法子弄到手，自己就先被薛怀远给弄下去了。后来薛芳菲远嫁燕京，他还遗憾了好久。倘若薛芳菲如今还活着，他必然会给弄到自己府上，成日销魂。

姜梨看到冯裕堂飘飘然的眼神，就知道他打的什么主意。她道："冯大人，我是姜梨。"

冯裕堂看着她："什么姜梨？"

"我是说，"姜梨一字一顿道，"我的名字叫姜梨。"

姜梨？冯裕堂在脑中思索一遍，慢条斯理道："怎么？小姐告诉本官名字，是要本官记得你，叫你的名字不成？"这话里带了三分暧昧。

满堂的官差跟着哄然大笑起来。这哪里像个县衙，倒像是地痞流氓聚集之地，满是乌合之众。

叶明煜一听，骂道："狗官尔敢！"

姜梨冷眼看着冯裕堂得意的模样，道："冯大人是桐乡的一方之主，知晓桐乡每一位百姓的名字，是位好官，成日忙于公务，不认识我也是自然，毕竟这里不是燕京。"

冯裕堂本来还带着几分得意的笑在听姜梨说话，待听到最后几个字的时候，笑容渐渐收起来，他问："燕京？"

姜梨淡笑着看向他。

冯裕堂心里咯噔一下，他当然知道燕京，提拔他的那位贵人就是燕京的贵人。怎么，眼前这位眉清目秀的小美人，莫不是那位主子派来的？不不不，不可能，这小美人看起来不是来给薛怀远落井下石的。

他心下惊疑不定，问出口来，道：“你是燕京什么人？”

姜梨笑道：“即便冯大人没见过，也应当听过当今首辅姜首辅的名声，不巧，我便是姜首辅嫡出的女儿，姜家行二。冯大人应该唤我一声，姜二小姐。”

她语气不轻不重，恰到好处地带了一丝嘲讽。

冯裕堂惊呆了，围在叶明煜身边的官差们也吓了一跳。姜元柏是传说一样的人物，如今姜梨自称是姜元柏的女儿，那就是正经的首辅千金。

“你你你……”冯裕堂一连说了几个你字，再说不出话来。

姜梨心底的不屑更浓，或许她应该感谢姜元柏，这个姜二小姐的名义能让她省去不少的事。

“姜、姜二小姐，”冯裕堂的额头渗出汗来，生硬地叫了一声，“你来见下官，所为何事？”

叶明煜噗的一声笑出声来，从本官到下官，冯裕堂的脸变得也真够快的。

“我不是说过了吗，”姜梨道，“我来找冯大人，就是想问问，薛家为何会被封，薛县丞为何会入狱？”

冯裕堂瞧着姜梨，心中飞快盘算着，从姜梨这一句话中便可以断定，她绝不是永宁公主那头的人。

冯裕堂正色道：“薛家被封，是因为罪臣薛怀远贪污赈灾银两，证据确凿，朝廷严惩贪官污吏，这才将他下狱。”

“哦？”这是姜梨早已预料到的回答，“证据确凿啊。”

“不错。”

“也是，”姜梨点了点头，有些无奈地道，“那就没办法了。”

冯裕堂心中一喜，还没等他说话，就见姜梨又抬头，笑盈盈地看向他：“那么，冯大人，我能去见见这位罪臣薛怀远吗？”

冯裕堂呆住，叶明煜也诧异地看了姜梨一眼。

“姜二小姐，你怎么……”冯裕堂话没说完，看见姜梨的表情，心里一动，突然明白过来。姜二小姐不可能是心血来潮，堂堂首辅千金怎么会对一个囚犯这样重视。她虽然没有追问薛怀远的事，却提出要看薛怀远，她要坏事！

谨记着自己主子的吩咐，冯裕堂道：“姜二小姐，按照北燕律令，死囚犯是不能被人探视的。”

“死囚？”姜梨的笑容一瞬间消失殆尽。

“是的。”冯裕堂道，“依照案卷，罪臣薛怀远半年前就该被处刑，只是后来他突然失去神志，耽误了一段日子。而今七日后，就该于午门斩首。”

叶明煜和桐儿、白雪一同看向姜梨。

姜梨要为这位县丞平反，将他救出牢狱。现在冯裕堂却说，薛怀远七日后就要被处刑？姜梨岂不是白跑一趟了？

姜梨心中冷笑，耽误了一段日子？是永宁公主想多折磨薛怀远一段日子吧。现在时间过得够久，薛芳菲也已经死了，再折磨薛怀远，对永宁公主来说兴趣不大，才会如此痛快地处刑。

“冯大人莫不是在骗我？”姜梨淡淡一笑，“不会是怕我对薛县丞做什么，生出周折，所以才匆忙立下决定，所谓的七日后处刑，也就是方才一瞬间做出的决定？”

冯裕堂皮笑肉不笑道：“这是真的，姜二小姐若是不信，可以写信回燕京城，询问上级。不过，有件事我也不明白，你说自己是姜二小姐，可有证据？若是没有证据，冒充朝廷命官的家眷，你知道是什么罪名吗？”

“我当然知道是什么罪名。不过，我究竟是不是真的姜二小姐，冯大人看不出来吗？”姜梨反问。

冯裕堂看着姜梨，手心冒汗。

他直觉这位头脑清晰的小美人，的确是真的姜二小姐。但是，他不能就这么承认，姜二小姐分明是冲着薛家来的，似乎是要保薛家，他得了永宁公主命令，绝不能让此事发生。只能假装不信，先宰后奏，大不了事后再同姜二小姐赔罪，最多得一个识人不清的错，但要是将薛怀远放跑了，永宁公主怪罪下来，十个脑袋他都不够丢的。

再说了，他的背后是永宁公主，成王的妹妹。姜二小姐的爹是首辅又如何？到底只是个臣子，成王将来可能是要坐上皇位的。姜二小姐要真的对他不依不饶，他就搬出永宁公主，看谁怕谁？

这么一想，冯裕堂又安下心来，正要说话，就听见姜梨叫了一声冯大人。

“冯大人，”姜梨不咸不淡道，“我奉劝你，最好不要打着假装不相信我的身份，事后赔罪的想法。事实上，为了防止这种事情发生，我特意带了父亲的手令。”她从袖中摸出一枚手令，漫不经心地绕在手上，却能让人清楚地看见手令上的字迹，的确是姜元柏的印信无疑。

冯裕堂心下一沉。

正在思考着对策，又听见姜梨平静的声音传来。

姜梨道：“我知道冯大人的主子大有来头，凭着这个，冯大人可以行事无忌。但有一句话冯大人应当听过，叫神仙打架，小鬼遭殃。冯大人是神仙还是小鬼，应当有自知之明吧。”

姜梨话音刚落，冯裕堂的脸色已然变得十分难看。姜梨的言外之意他听得出来，姜梨是首辅千金，他的主子是永宁公主，姜梨和永宁公主对峙起来，彼此都有强大的家族作为后盾，而他只是一个小小的县丞。无论如何，要是他被牺牲，那只是不值一提的小事。

“姜二小姐，”冯裕堂赔笑道，“下官也只是奉命行事，还请不要为难。”

“奉命？”姜梨笑了，“你冯大人在桐乡说一不二，无人敢违抗你的命令。这薛县丞的案子也是经由你手定夺，你就是桐乡的天，你这是奉谁的命？要不说出来让我听听，或许我在燕京城里还熟识呢。”

冯裕堂冷汗涔涔，他当然不能说出永宁公主的名字，苦笑道：“下官都是按照章程办事，姜二小姐，下官不明白您究竟想做什么。您想打听薛家的事，下官都着实相告，如今你还想怎么样呢？”

叶明煜皱了皱眉，这样耍无赖的县丞，他还是第一次看到。

“我不想怎么样。”姜梨微微一笑，和气道，“我说了，我来就是为了问一问薛家为何被查封。案卷一事，只要上级调令，是可以查看的。桐乡隶属襄阳，我已经同襄阳那头递了官司，是可以看薛家案卷的。”姜梨从袖中抽出一封行令，示意桐儿递上去，一边笑道，“冯大人，调令在此，我可以看看薛家的案卷了吧。”

冯裕堂一愣。

这个县丞是永宁公主赏给他的，官员的考核从没经历过，官令的大小事宜他一概不知。什么调令，他一窍不通，下意识接过桐儿递上来的调令，见上面有襄阳知府的印信，犹豫了一下，点了点头，令身边人去寻案卷交给姜梨。

叶明煜不记得姜梨什么时候去找佟知阳要过这东西，而且佟知阳和叶家闹成这样，怎么还会轻而易举给姜梨调令。

姜梨唇角含笑。这封调令说是调令，也不是调令，并不是佟知阳亲自批的，是借用唐帆的手，以燕京织室令查案的事得到佟知阳的印信。唐帆还想要姜元柏在燕京的关系，当然会帮她。而姜梨深知北燕官制不足，能钻这个空子，达到自己查阅薛家一案卷宗的目的。

冯裕堂是个只懂吃喝玩乐的流氓，她只要编个像模像样的借口，冯裕堂就会深信不疑。

桐儿接过送来的卷宗，递到姜梨手上。

姜梨瞥了一眼卷宗，确认的确是真的无疑，便对冯裕堂露出一个微笑，道：“多谢冯大人，我没什么事了。”

冯裕堂巴不得姜梨赶紧走，他好飞鸽传书给永宁公主递个信儿，立刻道：“好好好。姜二小姐是要离开……”

“我不走。”姜梨道，“我要在桐乡住一段日子。”

“住、住一段日子？”

“是啊。”姜梨看着他，“冯大人好似不乐意？”

“不……不……”冯裕堂笑道，“怎么会？姜二小姐安排好了住宿的地方没有？没有的话，下官可以代劳。”

“那就不必了，我们人多，不叨扰冯大人秉办公务。”姜梨似笑非笑道，“我想冯大人应当也忙得很，不必相送，我们这就离开。”

冯裕堂只好赔笑，要命了，这姜家小姐就像是生了一对看透人心的眼睛，她怎么知道自己急着给永宁公主通信？

“那下官就，就不送了。”冯裕堂道。

姜梨瞥了他一眼，与叶明煜说了两句话，叶明煜收起腰间佩刀，领着姜梨，大摇大摆地从冯裕堂面前扬长而去。

冯裕堂看着姜梨一行人的背影，不知为何，心中倏尔十分不安。他坐了一会儿，突然回过神，踢了一脚随从，道：“快！快给爷寻纸笔墨来！”

姜梨和叶明煜出了县衙的大门。

临到门口时，有个老妪提着夜香桶从姜梨的面前路过，抬起眼皮子打量了他们一眼，又很快垂下目光，头也不回地蹒跚离开。

姜梨心中一动，叶明煜却道：“那县丞是怎么回事？我他娘的就从没见过这样的县丞。这叫县丞？这种人也能当县丞？”

“无事的，明煜舅舅，他这样的人做县丞也做不了多久。”姜梨安慰他，心情却怎么都高兴不起来。

冯裕堂竟然说七日后，薛怀远就要被处斩？竟然这般快！姜梨恨得捏紧了拳头。

七日，她的时间不多了。七日里，她必须为薛怀远翻案，阻止午门的处刑，但现在除了一卷被动过手脚的卷宗，她什么也没有。父亲已经疯了，没办法为自己辩解。要为父亲翻案，只能靠她自己。

桐乡的百姓为冯裕堂的暴政所慑，不敢出言。父亲曾经的手下被全部换掉，生死不知。她回到了桐乡，面对的却是最陌生的环境，怎么看，都对她不利。

可她还得往前走。

叶明煜问：“阿梨，现在怎么办？”

“先回去吧，”姜梨道，“容我想想。”

正想着，突然有一个五六岁的小童走过来，怯生生地扯了扯她的衣角。姜梨低头一看，那小童往她手心里塞了一张纸条，转身跑远了。

叶明煜好奇：“怎么了？”

姜梨展开纸条，很快看完，将纸条撕碎，往不远处一家酒楼上看去，便见一抹艳艳的红色铺展开来，在风里尤为显眼。

姜梨对叶明煜道：“明煜舅舅，你们先回去吧。我还有事，很快就回来。”

“你要去干啥？”叶明煜不干，“你一个人太危险了，我跟你一道去。”

“不危险。”姜梨道，“明煜舅舅，你们先回去吧，我晓得路，等会儿和桐儿她们一道回来。”

叶明煜见姜梨一脸坚持，十分无奈，道：“这样吧，我不回去，我就在这里，你刚看的是旁边酒馆是吧？你是要去见什么人吗？放心，我不跟着，我在外等你，不进来。”

话都说到这个份上，姜梨也只得作罢，道：“好吧，舅舅在此稍稍等我，我很快回来。”

叶明煜果然带着人马在街边蹲着等姜梨，姜梨和桐儿、白雪一道往酒馆走去，心中疑窦丛生。

姬蘅怎么也来了？这下子，说他不是跟着自己而来，鬼也不会相信。

兵来将挡水来土掩，只有走一步算一步了。

她走进酒馆。

整个酒馆里亦是空无一人。之前的酒馆，掌柜的还放了个小二看店，这家店可好，连个小二都没有。那个叫文纪的侍卫站在门口，目送姜梨进去。

想来这间酒馆已经被这位国公爷大人暂时“盘”下来了。他倒是架子摆得大，自己在酒馆，就要把酒馆里的其他人都撵出去，有够霸道。

姜梨上了二楼。

二楼靠窗的地方，红衣的年轻男人正在斟茶，他斟茶的动作很熟练，行云流水的模样，光是看着，也令人赏心悦目。

他斟了两杯茶。

姜梨走到他面前，姬蘅便将斟好的一杯茶推到她手边，做了一个请的手势。

姜梨在他对面坐下来，没有碰那杯茶。

“白毫银针，姜二小姐尝尝。”他含笑道，仿佛热络的老友。

“多谢大人，我不渴。”姜梨道。

“二小姐不会是怕我在里面下毒吧？”姬蘅笑问。

姜梨笑答：“怎么会？国公爷真想要我性命，也不过顷刻之间，不会多此一举，浪费好茶。”

姬蘅笑笑：“你倒了解我。”

姜梨：“不敢。”

姬蘅此人心思太深，诡谲莫辨，谁敢说了解他？“喜怒无常”四个字，可不是说说而已。姜梨不愿意与姬蘅绕弯子，如今她的时间太少了，多浪费一刻，薛怀远生还的机会就减弱一分。她道：“国公爷这回来桐乡，也是为了看戏？”

“不。”姬蘅低声道，“是来看你。”

他目光潋滟，嘴唇红润，多情的模样，真是翩翩佳郎，只是这种鬼话，姜梨才不会相信。她笑道：“原来是来看我的戏。”

“没办法，谁让姜二小姐太特别，让人不注意也难。”姬蘅一手持茶盏，轻轻吹了一口水面上的浮叶，随意地道，“二小姐此番下襄阳，就是为了桐乡之行吧？至于桐乡之行的目的，就是为了薛家一案？”

姜梨顿了顿，抬眼看向他，笑道：“国公爷什么都知道，何必来问我呢？”

“我不明白，所以才问二小姐。”姬蘅嘴角一勾，“二小姐和薛家，到底是什么关系？”

他琥珀色的眼眸里，全是认真的疑惑。

“国公爷神通广大，真要知道，不需要我说，一定会知道的。”姜梨道。

“二小姐看来是不肯说了。”

“国公爷不是早就猜到了吗？”

二人谁也不让谁，都是笑意盈盈，温柔细语，却像是有火花四溢，刀刀血溅。白雪和桐儿二人站在一边，看得大气都不敢出，紧张极了。

姬蘅不紧不慢地喝了一口茶，道：“二小姐向来所向披靡，但这一回，事情不那么简单。”

“我做的事情，从来都不简单。”姜梨笑笑。

“想救薛怀远，痴人说梦。”他道。

姜梨的指尖搭上茶杯的杯沿，道：“只要大人不插手，就不是痴人说梦。”

“哦？”姬蘅笑了，“你这是在请求我？”

“如果请求有用的话，”姜梨看向他，“我真心实意地请求大人。”

姬蘅看了她一会儿，道：“我原以为二小姐从来不肯向人低头。”

姜梨笑：“那大人错看我了，我的骨头轻得很。”

姬蘅呛住。

姜梨却像是要执拗地寻求一个答案，问道：“不知大人能不能答应我的请求。”

姬蘅没有回答姜梨的话，反而问道：“二小姐可能不知道，如果插手薛家的案子，会遇上什么人。”

“我知道的。”姜梨打断他的话。

姬蘅微微一怔，探究地看向姜梨。至少从旁人眼里，姜梨和薛家，是八竿子也打不着的。怕是姜元柏自己也不晓得，姜梨到桐乡干了这么一档子事，而薛怀远一案背后的隐情，整个北燕，知道的人也寥寥无几。姜梨和薛家无干系，和那一位也没关系，她会知道吗？

姬蘅突然想到，先前明义堂校考的时候，姜梨也曾借着孟红锦的手，对着永宁公主放冷箭，似乎和永宁公主结怨不小。如此一来，她说她知道，就是真的。

姬蘅的眼里闪过一丝兴味。

他找不到姜梨和永宁公主的交集，也找不到姜梨和薛怀远的交集，甚至连姜梨和他们之间所有的关联都找不到。事实上，因为姜梨经历的单纯，她的过去很容易就能打听到。偏偏她做的每一件事，都是针对永宁公主和薛家。

这就很奇怪了。

“知道了还这么做，二小姐这是何必？”姬蘅淡笑，“为了不相干的人惹上大麻烦，不值得，或者说，”他意有所指道，“不是不相干？”

“大人不必试探我了。”姜梨道，“想知道的事，大人不必问我也会知道。我这出戏未必精彩，但大人想要观戏，我也得倾尽全力演好这出。”

“我怕戏未演完，祸已先行。”

姜梨失笑："国公爷好心提醒，总不会是担心我吧？"

"本来不是的，"姬蘅嘴角一勾，"说得多了，我对二小姐还真有点担心。"

"那就不必了，"姜梨也道，"我不会有事的。"

"你说得如此肯定，是后顾无忧？"姬蘅摇头，"你不知道你面对的是什么。"

"我知道的，他们会派人来杀我，即便我是姜家的小姐。"

永宁公主不会因为她是姜元柏的女儿就对她有所忌惮，那个女人已经丧心病狂。

姜梨的语气如此冷静，连文纪也忍不住看了她一眼。

姬蘅叹息："既然如此，你何必这样执着？"

"执着吗？"姜梨轻轻问，像是问自己，又像是不知问谁，低声笑了一下，"也许吧。"

姬蘅将姜梨的神情看在眼里，眸中闪过一丝异色。

少女正是花样年华，生得明媚可爱，和世家千金不一样，她永远平静，永远镇定，即便是惊讶，也很快消失不见。

她是燕京城里的一个异类，就像在长满了名贵花草的花圃里生出的一株奇异植物。外表温顺，毫无危害，安静地站在那里，惹人怜爱。当猎物走近的时候，就会伸出枝条，将猎物牢牢抓住，再不放开，以绝对凶残的姿态吞噬干净。

看似温和的外表下隐藏着冷静的凶悍，这株植物最大的危险，便是不惧怕对手是谁，毒蛇也好，猛兽也罢，其吞噬的姿态毫不留情，丝毫无惧。

姜梨就是花圃里最特别的存在，倘若府里养上这么一株凶悍且有杀伤力的植物，整个家宅都安宁了。姬蘅的脑子里莫名其妙浮现出这个念头。

见姬蘅若有所思地盯着自己，姜梨收起眼底的情绪，微笑着道："能在这里看见大人，是我的荣幸。每次我登台唱戏的时候，大人也在场，或许我们真是有缘。"

姬蘅差点笑出声来，真有趣，小姑娘分明恨得已经咬牙了，却还要面不改色地露出诚挚的模样。

"你就不怕，我搅黄了你的这出戏？"姬蘅慢悠悠地道。

姜梨看向他，道："是吗？可是我想来想去，国公爷都没有这么做的理由。"

"你想不出理由吗？"姬蘅笑问，"看来二小姐是把我想得太善良，还是忘记了，李家和我的关系。"他像是要故意提醒姜梨似的，"宫宴花园中，你不是看见了我和李家的人？"

姜梨的心里有一瞬间的诧异。姬蘅已经知道了她认出对方，或许在那时，自己短暂的讶然已经被姬蘅看在眼里，在那时，姬蘅就已经知道了她是认识李家人的。

姜梨道："所以？"

"所以？"姬蘅反问。

"和李家的人在一起，就一定是站在李家一边的吗？"姜梨笑道，"我倒是觉得，我和国公爷日后未必就不是一条船上的人。"

文纪惊住，姜二小姐居然敢对大人说这样的话？当初成王想拉拢姬蘅的时候，都不敢这样说。

“你是真聪明呢，还是假聪明？”姬蘅看着她，轻声问。

姜梨笑了笑：“谁知道呢。”

屋里人沉默下来，谁也没有说话。

姜梨看了看眼前的茶水，原本滚烫的白毫银针，因着天气冷，已经变得温热，时间又过去了许多。

“今日就寒暄到这里吧。”姜梨笑道，“舅舅还在外面等我，我得回去了。多谢国公爷对我的提醒，希望我能将这出戏唱到最好，让国公爷看得尽兴。”

姬蘅意味深长地看着她：“再会。”

姜梨对姬蘅行了一礼，起身离开了酒馆。

窗前，姬蘅瞧着姜梨走到街对面，蹲着的叶明煜站起身，往这头看了一眼，和姜梨一道往外走了。

“看来真的很心急。”姬蘅笑了一声。

“是因为薛怀远七日后就要处刑了。”文纪道，“可惜了，找不到姜二小姐和薛怀远有关联的地方。”

“不是薛怀远，是薛家。”姬蘅道。

“沈如云是薛芳菲的小姑子，姜梨算计沈如云；薛昭是薛芳菲的弟弟，姜梨拜祭薛昭；薛怀远是薛芳菲的生父，现在姜梨要去为薛怀远平反。”姬蘅声音很平静，“都是薛家人。”

文纪道：“薛家一案，事关公主殿下。”

旁人不知道其中渊源，却瞒不过他们。

“还没看出来？”姬蘅道，“她早就知道了。她知道，她不怕。”

姜梨从酒馆里走了出去。

叶明煜在街边蹲了许久，见姜梨走过来，吐掉嘴里嚼着的草根，问：“怎么样？说完啦？”

姜梨点了点头：“说完了，舅舅，我们回去吧。”

和姬蘅见面一事，没有让姜梨放在心上。看戏便看戏吧。她从来不惮成为戏子，但这出戏的起承转合，都要由她自己把握。

姬蘅不重要，重要的是七日后，父亲就要被处刑了。她找不到证据替父亲翻案，就得做好最坏的打算，劫法场。

叶明煜见姜梨说回去，欣然答应。他们暂住的一家民宿也在青石巷，和被封的薛家离得不远。想来冯裕堂的人会关注他们落脚的地方，选在青石巷，实在是再惹眼不过。但姜梨就是要大张旗鼓，就是要让冯裕堂知道，她来秋后算账了。

回到了民宿，叶明煜让人去弄点吃的，顺便问问护卫这一带的地形，姜梨待在房内，叶明煜把薛家的卷宗给了姜梨，没敢打扰她，只让桐儿和白雪在门口伺候着，若是姜梨要喝茶吃东西什么的，也能搭把手。

姜梨在认真看卷宗。

如果可以，她须得找出卷宗上的疑点和漏洞，一步步追查下去。便是不行，也能将此故意放大，混淆视听，为薛怀远争取时间。

卷宗应当是冯裕堂令人做的，将薛怀远描述成了一个无恶不作的贪吏，罄竹难书。姜梨看着看着，心中想要冷笑。

上面的事情，薛怀远一桩也没做过，反倒是现在的桐乡县丞冯裕堂，桩桩件件都差不离。偏偏薛怀远还认罪了，姜梨能想到，为了让薛怀远承认罪行，他们都做了什么，或许就是为此，薛怀远才会被折磨得失去心智。

姜梨一目十行地看完。

卷宗上是可以揪出一些小漏洞的。比如说薛怀远贪污的赈灾银，在薛家后院挖了出来。但当年的赈灾银，的确是清清楚楚分到了每一位百姓的手上。新出来的“银子”，大约是永宁公主让人添的。

冯裕堂能给薛怀远增添莫须有的罪行，却不能抹去薛怀远曾经的善心和政绩。光在这一点上，姜梨揪住不放，就能为薛怀远争取一线机会。

“还不够。”姜梨喃喃道，这远远不够。给薛怀远增添的这点机会，实在不值一提，一旦永宁公主他们发觉，利用冯裕堂现在的身份，再作假，再添油加醋，这点证据就会成为没有用的证据。

必须让冯裕堂发挥不了作用，即便他是桐乡的县丞，在薛家一案上也再不能插手。这要怎么做呢……姜梨冥思苦想着。

桐儿轻手轻脚地来给姜梨倒茶，姜梨正想得入神，没瞧见桐儿倒的茶正在手边，伸手按住额心，那茶杯哐当一下掉在地上，滚烫的热茶尽数溅在姜梨胳膊上。

“天啊！”桐儿惊叫一声，慌忙拿帕子去给姜梨擦拭，一边擦拭一边道，“姑娘，姑娘没事吧？白雪，拿个烫伤膏子过来！”

白雪匆匆去了，叶明煜听到动静赶紧过来看，一边道：“怎么回事？发生什么事了？”

桐儿自责得眼泪都要掉出来了，道：“是奴婢不好，奴婢倒茶，让茶烫伤了姑娘，可别落下痕迹，这可怎么办。”

“阿梨，你没事吧？疼不疼？”叶明煜转头看向姜梨，却见姜梨呆呆坐着，看着地上摔成碎片的茶杯出神。

叶明煜还以为姜梨痛得傻了，赶紧上前几步，伸开五指在姜梨面前晃了晃：“阿梨？阿梨？”

姜梨愣愣地把目光投向他，似乎这才反应过来，然而立刻就站起身，激动道：“我知道，我知道了！”

“知道什么？”叶明煜摸不着头脑，桐儿也一头雾水。

“按北燕律令，人证物证确凿，状告地方官的话，可以同上级府衙状告。但上级府衙是佟知阳，未必肯帮。我算来算去，唯有燕京城情势复杂，将此案拿到燕京城，交由大理寺再查，可我希望审的不是薛家的案子，而是冯裕堂。只要冯裕堂自己身在此案，便不可再在其中插手。经由冯裕堂手的证据，便作不得数！”

这是避嫌，冯裕堂可以毫无顾忌地编造证据，姜梨也可以由他去做，反正到了大理寺，冯裕堂的那些证据全都作不得数。反倒是她，和薛家没有关系，是个真真正正的局外人。

叶明煜并非官场中人，对北燕的官制也不太了解，只是道：“但大理寺为何要接桐乡的案子？”

一个桐乡的案子，至于吗？

“所以要闹大才行。”姜梨道。

叶明煜想了想，还是不懂，就问：“你打算如何闹大？”

“光查询卷宗上的证据还远远不够。分量不够重，拿到大理寺也说不通。”姜梨道，“还需要人证。”

“人证？”叶明煜问，“你是说桐乡的百姓站出来为他们原先的县丞平反？这怎么可能，你没看见，这些百姓见了官兵都跟老鼠见了猫似的，连句真话都不敢说，怎么还敢站出来？而且今日护卫们打听到，之前有人为薛怀远说话，官府就让人把这家的儿子给抓了起来，拿人父母子女威胁，便真的有心怀正义之人，也不敢说真话，祸不及妻儿啊！”

姜梨道：“那是因为冯裕堂做得太过分了，而且冯裕堂给人的感觉，便是他能长长久久在这个县丞的位子上坐下去，百姓才敢怒不敢言，一旦百姓认为冯裕堂可能要倒台了，就会生出胆量，来指证冯裕堂的罪行。”

“所以呢？你要找的百姓就是人证吗？”叶明煜问。

“不是。”姜梨摇头，“百姓所能说的，也就是冯裕堂的恶行，薛县丞的清明。这些话，只能作为压死骆驼的最后一根稻草，不是现在该出现的，在另一个时候出来，效果会好得多。”

叶明煜更加不解了：“那阿梨，你要找的人证是谁？”

“是官差。”姜梨目光深邃，“是薛怀远从前的手下，如今县衙里的官差，全都被冯裕堂换掉了。那些官差都是性情坚毅之人，倘若还活着，他们就是证据，倘若他们死了，那些尸体也是证据。整个县衙里的官差全部横死，想来也是北燕奇事一桩，是吧？”

叶明煜听得呆住，忍不住后背发麻，江湖上灭人满门的都是极少，况且都是深仇大恨。冯裕堂只是个小小的县丞，难道一个县丞换人，也要付出这么多性命吗？

“阿梨，你怎么知道这些官差都是冯裕堂换掉的人？”叶明煜道。

姜梨笑笑：“一看就知道了，正经的官差怎么会是那种德行，言行举动连根本的官礼都不知道，不知道冯裕堂从哪里寻来的这么一群乌合之众。”

叶明煜见她言之有理，点头道：“的确如此，我看那些官差也不是什么正经人。”

“阿梨，你是要我们的护卫四处在桐乡寻人？”

“这倒不是，桐乡虽然小，但地形复杂，我去寻张地图也好。但问题在于，冯裕堂一旦发现我们在寻找这些官差，很可能将官差藏起来。”

“那就抢人！”叶明煜想也没想就道。

“是要抢人，但不是现在。”姜梨思忖一下，“舅舅，县衙里有一位倒夜香的哑婆，你能不能让你的人想法子将哑婆接出来与我见上一面，但不要惊动任何人，也不能被冯裕堂的人发现。”

“一个人？”叶明煜拍了拍胸脯，“没问题，掳人这事我顺手了。上次佟知阳的外室和儿子不就是我亲自掳的吗？到现在佟知阳都没发现是我做的手脚。”

“不是掳走，这位哑婆很有可能知道官差们现在的下落。”姜梨道，“所以，一定要小心。”

叶明煜站起身：“放心吧，舅舅办事，哪一次给你办砸过？”他走了几步，突然回过头问，“不过，这哑婆叫哑婆，该不会是哑的吧？要是哑的，你怎么问？她识字吗？”

“她不哑。”姜梨在他身后道，“她会说话。”

等叶明煜离开后，姜梨找人送了纸笔墨进来，开始细细勾勒地图。没有人比她更了解桐乡，叶明煜要在桐乡行动，有了这份地图，便如虎添翼。

等做完地图后，她又开始看卷宗，将里面有漏洞的地方记下来。不知不觉，天渐渐黑了，屋里点起油灯，姜梨才惊觉已经到了夜里。她看了看窗外，皱眉问道：“舅舅还没回来？”

白雪摇了摇头。

“怎么去了这么久……”姜梨喃喃道。

正说着，叶明煜身边的阿顺来报：“表小姐，三老爷回来了，哑婆也带回来了，您现在要不要见见？”

姜梨喜出望外，道：“就来。”

等去了房里见到哑婆，哑婆正在狼吞虎咽地吃饭。叶明煜坐在一边，跷着腿，见姜梨到来，邀功似的道：“阿梨，怎么样，我把人带来了，一个人都没发现。”又道，“呸，冯裕堂真晦气，找人跟踪我，要不是我让人扮成我自己的样子引开他，还不知道什么时候能甩掉这个麻烦。哑婆住的地方倒是没人监视，不过为以防万一，我还是等天黑了才带她过来。”

姜梨看向哑婆。

头发花白的老太太咽下最后一口粥，这才看向姜梨。

哑婆的眼皮子耷下来，驼背，身材瘦小，是个风烛残年的老太太。因做的是倒夜香的活计，浑身散发着一股难闻的味道，旁人避之不及。

姜梨道："哑婆。"

哑婆看了姜梨一会儿，突然开口："你是谁？"

叶明煜吓了一跳，嘴里嘟哝了一句："还真会说话啊。"

"我叫姜梨。"姜梨看着她，笑道，"哑婆，我找你来，是为了打听薛县丞原先的手下现在在什么地方。"

哑婆道："我不知道。"

姜梨笑了："你怎么会不知道？冯裕堂换走了薛怀远原先所有的人，唯独没有换下你。大约是觉得你不会坏事，但我知道，你是知道的，对吧？"

哑婆道："我知道，但我不能说，说了就没命了。"

"难道你不想为薛县丞报仇吗？"姜梨笑笑，"薛县丞可是个好人。"还有一句话她没有说，薛怀远曾经帮过哑婆。

哑婆原先是个寡妇，丈夫年纪轻轻就死了，她没有子女，也没有改嫁。因相貌丑陋，又独身一人，时常遭人欺负。薛怀远带着他们上任的时候，哑婆已经是个丑陋的被人欺负的老妇了。

她时常去捡别人剩下的东西吃，饥一顿饱一顿，薛怀远见她年纪大了实在可怜，便让她在县衙里倒夜香，一月也能拿些月钱，吃饱穿暖是不成问题的。

若非薛怀远，哑婆怕是早就冻死在某个冬日了。而哑婆的哑，正是因为她常年遭受别人欺负，渐渐不愿说话，别人就以为她不会说话了。姜梨知道哑婆会说话，因为有一次薛昭拿自己摘的野果给哑婆的时候，她听到哑婆对薛昭说谢谢。

冯裕堂几乎换走了县衙里所有的人，却没有换走哑婆，大约觉得哑婆只是个倒夜香的，没什么用处，另外，哑婆还是个哑巴，便是真看到了，听到了，也说不出去。

但姜梨今日在县衙里看到哑婆还在的一刹那，她就知道，自己的机会来了。

哑婆木然看着姜梨，道："我为什么相信你？"

"这不是相信我。"姜梨轻声道，"这是相信公平和正义。

"难道薛县丞入狱，是公平的吗？难道冯裕堂那样的人能做上地方官，又是正义的吗？别的不说，薛县丞在的时候，哑婆，你过得应当比现在好多了吧。"

哑婆低下头。

这位小姐说得没错，薛怀远在的时候，她吃得饱穿得暖。如今她虽还在县衙，别说是月钱，平日吃的都是残羹冷炙。

哑婆重新抬起头来看向姜梨，问："你为什么要帮薛家？"

"我和薛家是故交，"姜梨道，"也是受人之托，替薛家平反。您请放心，我不会告诉别人是您告诉了我们这些事，我能保证您的安全。"

哑婆笑起来，一笑，脸上的褶子挤作一团，道：“我有什么好怕的，我活了这么大岁数，早就活够了。还留在县衙，就是为了看冯裕堂这个县丞能做到几时。我希望给薛家报仇，但我做不到，我等啊等啊，终于等来了你。”

叶明煜张大嘴巴，乍然从这个不善言辞的老妇人嘴里说出这么大一段话，委实令人吃惊。

姜梨静静地看着她，半晌，伸手握住哑婆的手：“谢谢您。”

年轻饱满的手和苍老干枯的手叠在一起，却像是给老人注入了生机。哑婆的眼睛变得很亮，她说得很慢，却一字一顿很是清楚。

“冯裕堂他们，换掉了县衙里的所有人。薛大人下狱，他的手下们不服，就被关了起来。有一个挣扎得厉害的，被他们杀死了。剩下的人，冯裕堂害怕杀得太多生事，便将他们送到东山的矿道里，给人挖矿。”

“东山矿道？”姜梨惊讶，“那不是一座早已废弃的矿山吗？”

哑婆看了她一眼：“难得你也知道。”

叶明煜插嘴：“那矿山是什么？桐乡还有矿山？”

哑婆叹息一声：“矿山的事，很少有人知道，到了年轻的一辈，别说是外地人，就是桐乡本地人，也不晓得桐乡还有座矿山。几十年前，有人在桐乡东山里挖到了金子，旁人说是金矿，便上报了朝廷。朝廷派人下来勘探，还让人在矿道开采，但挖了整整一年，除了面上一点点，并未挖到金矿。当时负责挖矿的官员都被罢黜，这座矿山也就是废弃的矿山。”

姜梨问：“既然是一座废弃的矿山，冯裕堂为何要将他们送往那里？”

哑婆冷笑一声：“因为冯裕堂要折磨这些人。他又将那些人送到矿山，让他们从早到晚在矿道里干活，直到挖出金子，谁都知道东山挖不出金子，那些人一辈子挖不到金子，一辈子就别想出来。”

“他这是滥用职权，矿山的开采都要经过朝廷上报，他竟然私自采金，便是个废弃的矿山，也足够成为他的罪名！”姜梨怒道。

“这位小姐，你要知道，矿山里干活的人，没有一个是舒适的。况且冯裕堂本就打算折磨他们，只会变本加厉。我听冯裕堂的手下说，那些官差被脱光衣服，四肢绑上镣铐，成日干活，干得不好，动辄拳打脚踢，死伤是常事。堂堂七尺男儿，过得比狗还不如。这样下去，不知道撑得下来的还有几个。”

“这也太过分了！”听完哑婆的话，叶明煜一拍桌子，“简直丧心病狂！”

姜梨抿紧嘴唇不说话，冯裕堂还真的在桐乡无法无天了。

“我知道的，就是这些了。”哑婆道，“这位小姐，如果你们要找那些消失的官差，就去东山看看吧。不过不要让人发现了，那里还有冯裕堂的手下监视，你们知不知道东山在什么地方？”

“我知道。”姜梨道，“我知道怎么找到那些人。”

哑婆看着她，慢慢道："这位小姐，我不知道你们是什么来头，但既然你们开始调查薛家的案子，我希望你们调查到底。我这把老骨头，看着就要进棺材了，只要能给薛家翻案，让我看到老天爷还有公平和正义，搭上我这条性命，也没什么值不值得的。"

"你放心。"姜梨看着她，立誓一般道，"我发誓，我会追查到底，不会半途而废，无论遇上什么麻烦，也决不放弃。如违誓言，天打雷劈。"

哑婆放下心来。

叶明煜让人将哑婆送回去后，和姜梨在屋中对坐着。

已经是深夜，二人却是一点睡意也无。

叶明煜看着姜梨，道："阿梨，此事可不简单。"

姜梨见叶明煜神色凝重，知晓叶明煜心中担忧的是什么，便道："我知道，舅舅，但我不打算放弃。"

这句话却是叶明煜意料之中的。是以叶明煜只是小小纠结了一下，爽快地道："既然这样，阿梨，我也不劝你，接下来怎么做、要做什么，你只管说，舅舅跟你一块儿。"

这话说得姜梨心中生出暖意，道："虽然哑婆说了那些人现在在东山，但时间已经过去了这样久，不知冯裕堂他们有没有将人移走，或是他们是否还活着。"

"这样吧，"叶明煜道，"我先带人跑一趟东山，看看那些人现在是什么情况。桐乡不大，连夜走一趟东山应当不难。"

姜梨继续道："不仅如此，若他们真的在东山，冯裕堂在矿山一定有安排监工的人，舅舅的人得看清楚他们人马有多少，能不能避开，不要惊动了。非要惊动的话，能不能在短时间里将他们全部拿下，省得他们报信给冯裕堂这边，等来援兵，咱们再想动作，也就难了。"

叶明煜嘿嘿一笑："放心吧，这些威胁人的事，你舅舅我已经驾轻就熟了。"

姜梨颔首："不知舅舅明日能不能给我答复？"

"这么快？"叶明煜吃惊。

"并非我要为难舅舅。"姜梨一脸歉意，"实在是因为时间不多了，七日后，薛县丞就要被处刑，如果七日以内不能找到足够的证据，一切都是白费。"

叶明煜叹了口气，知道姜梨说得也有道理，道："好，我尽力而为。阿梨，我不在的时候，你在这里等着我，注意安全。"

姜梨道："好。"她从袖中摸出地图递给叶明煜道，"这是之前我根据旁人说的话画的桐乡地图，舅舅你拿着，必要的时候能用上。东山的地图我也能画，不过得等我一炷香的时间。"

叶明煜接过地图，但见那图纸之上画得密密麻麻，标写得十分细致，一时怔然。他什么也没说，只是笑道："好好好，有了这个，我看我们的事能轻松一半儿。阿梨，剩下的就交给你了，我先去给兄弟们交代一下。"

叶明煜走去外面交代他的小弟们了，姜梨瞧着他的背影，心中既是愧疚又是感动。叶明煜明知道有许多疑点，却因为自己，什么都不问，这份信任弥足珍贵，她会永远记在心里。

“桐儿，帮我磨墨。”姜梨道。

桐儿连忙走到桌前，姜梨提起笔，她曾经因为好奇，也因为薛怀远要了解东山是个什么情况，和薛怀远去过一次东山。虽然只有一次，但她走过的地方到现在都还记得。虽然如今的东山可能因为冯裕堂的“开采”而变得有些不同，但大致的位置应当还是没有改变。

她画出东山矿道的位置，能让叶明煜他们查探起来轻松一些。

一炷香过后，姜梨将画好的东山图给了叶明煜。叶明煜也没有马虎，拿到图后，立刻就带着他的人马出发了。

叶明煜走后，姜梨也没闲着，继续拿起薛怀远的卷宗慢慢看，觉得困乏时才上了榻，和衣小憩了一会儿。

但也没休息多久。

姜梨是自己醒来的，不知为何，她虽然很累，但大约是心系薛怀远，知道如今一刻也不能耽误，便是在梦里也存着几分清醒。她睡得懵懵懂懂的时候，隐约听见桐儿在小声对外头的什么人说：“姑娘才睡下不久，昨夜天亮的时候才睡下的，舅老爷还是再等姑娘休息一阵子吧。”

姜梨猛地睁开眼，从榻上起身，便见外头风尘仆仆的叶明煜，虽然也是面带倦意，一双眼睛却亮得很。

姜梨的睡意顿时一扫而光，立刻问道：“舅舅，你回来了。”

叶明煜和桐儿这才发现姜梨走了出来，桐儿焦急道：“哎，姑娘，您怎么起来了？”

“是啊，阿梨。”叶明煜也道，“怎么不多睡一会儿？”

“我睡醒了。”姜梨问，“舅舅，东山查探得怎么样？”

问起正事，叶明煜也顾不得其他，就回道：“阿梨，我带人去看了，哑婆说得没错，东山上是有人在矿道里。不过外头有人守着，我们趁着守夜人睡着的时候走到矿道口，本想往里走，看东山山洞实在太大了，我们找不到路，害怕走散了惊动了旁人，就先退了出来。”

姜梨喃喃道：“不错，东山山洞的确地势复杂，不明白的人容易在里头迷路，舅舅你们的人及时退出来是对的，否则迷失在里面，容易被困住。”

叶明煜道：“虽然没有进去，但我们能确定，的确有人在矿道里采金，至于是不是那些官差，因为我不认识过去的官差，所以不知道。”

姜梨问：“舅舅如何确定？”

“冯裕堂的人太不是东西了，我们趁夜到了矿山，都这么晚了，那些矿工还在干活！”叶明煜提起此事，也是义愤填膺，“这是把人不当人看，实在可恶！”

姜梨垂眸，冯裕堂有心要折磨那些人，自然不会让他们好过，这样不分昼夜地干活，那些官差能撑下来的有几人呢？

“舅舅有没有打探到，在矿道里采金的矿工大约有多少人？”姜梨问。

叶明煜道：“具体不知道，不过我猜绝对不多。”

姜梨心中一沉，问：“为何这么说？”

“因为看守的人太少了，”叶明煜道，“一共只有两人。若不是因为不熟悉地形，我一个人都能将这些看守打倒，把里头的矿工救出来。”

姜梨沉默良久，道：“舅舅说得很对。”

“阿梨，现在人是找到了，但东山这头地形复杂，我们暂时找不到办法将这些人全都带出来。还有，便是我们能把人带走，桐乡这个地方我不熟悉，不知道什么地方能将这些人安全藏起来。”

姜梨沉吟许久，道：“将人藏在什么地方，这个明煜舅舅不用担心，我有办法。”虽然桐乡小，但并非一览无余。她和薛昭从小在桐乡长大，每一个犄角旮旯都曾走过。那些废弃的密室，薛昭曾当好玩的东西与她分享，在别人不知道的情况下，现在真的成了宝藏。

叶明煜便道：“好吧，这件事暂且不提，但咱们怎么把那些人捞出来？你想要他们作为人证，就要把他们带离东山。一旦冯裕堂知道你有这个打算，或者猜到，他就会杀人灭口，到时候咱们白忙一场。”

“明煜舅舅，你们之所以觉得麻烦，并不是因为外头看守的人，而是因为不熟悉东山，害怕在里头众多的矿洞里迷路。”姜梨道，“这件事交给我吧。”

叶明煜问：“什么意思？阿梨，你有什么办法？”

“我去东山，”姜梨道，“进矿道，由我带那些官差出来。”

此话一出，叶明煜差点跳起来，道：“开什么玩笑，阿梨，你怎么能进去？”

“是啊！”一直听着的桐儿这会儿也忍不住开口劝道，“姑娘，您也是头一遭来桐乡，舅老爷都不知道矿道如何走，里面这样凶险，您怎么能犯险？”

“我不是犯险。”姜梨道，“我知道矿道里面怎么走。”

“不行，”叶明煜道，“太危险了。再说，你如何知道矿道怎么走？”

“明煜舅舅，”姜梨看着叶明煜的眼睛，认真开口，“我说，我知道矿道里面怎么走。”

叶明煜一愣。

姜梨的眼睛清澈分明，她没有说谎，她真的知道矿道里面如何走。

“好。”半晌，叶明煜才道，“但我不能放你一人进去，阿梨，我要跟你一起去。”

姜梨还想说什么，叶明煜摆了摆手：“阿梨，我知道你做事有自己的计较，我不会追问你为什么、是什么，但我是你的家人，我不能眼睁睁看着你犯险。”

叶明煜的态度也很坚持。

过了一会儿，姜梨道：“好吧。”

叶明煜一听这话，道：“好！阿梨，你说，什么时候出发？”

姜梨：“现在。”

“现在？”

“是的，就现在。冯裕堂现在还没想到官差的事，但很快就会想到了。为了以防万一，他会把所有可能成为证据的东西全部清理，官差也在内。所以我们没有多余的时间，必须尽快将那些官差全部带出来。”

“可是姑娘，你才刚醒……”桐儿提醒。

“我不碍事，明煜舅舅，咱们还得再辛苦一下了。只要将他们带出来藏好，暂时就能轻松一段日子。”

叶明煜爽快地回答：“没事，阿梨，你有什么，只消告诉舅舅一声，舅舅绝无二话，走就走！”

白雪和桐儿无奈地面面相觑，这舅甥两个，一样的胆大包天。

“那咱们就出发吧。”

从决定到出发，也不过半炷香的时间。

一行人便趁着清晨，避开行人，偷偷地出发前去东山。

叶明煜并没有带上全部人马，留下一部分还得扮作叶明煜的样子，来糊弄冯裕堂派来监视他们的人。

这一行人除去姜梨总共七人，其余六人在矿山门口等着接应他们，叶明煜和姜梨进矿道里头去搜寻官差。又因为怕他们有特殊的传信办法，从寻人到接人出来，最好在一炷香的时间完成。

其实接应人并不难，难的是在四通八达的矿道里找到那些官差，所以一切重担就落在了姜梨身上。

姜梨换上了一身男子装扮，短麻衣，黑裤鹿皮靴，长发束起藏在帽子里，看起来倒是个眉清目秀的小郎君。

叶明煜问姜梨：“阿梨，别太担心，如果找不到他们，咱们就回去，多试几次，总能摸清楚路。”

“不担心。”姜梨对着他微微一笑，“明煜舅舅，不会找不到他们的。”

叶明煜挠了挠头，道：“那好吧。”

从青石巷到东山的距离并不远，一路上，马车都是按照姜梨所说的路径行走。叶明煜渐渐发现，姜梨让他们走的那条路，一路上都没什么行人，也十分偏僻。

正因如此，哪怕一开始认为姜梨说自己认识东山矿道的路是安慰的言语，到了现在，叶明煜也渐渐相信了，姜梨的确是认识东山的路。

不知过了多久，马车停住了。叶明煜在外面道：“阿梨，到了。”

姜梨跳下马车。

东山在桐乡西边，平日里几乎没有人来，这座山也不如寻常的山苍翠幽静，反而荒凉得要命。偶尔从长空之中传来一声乌鸦的鸣叫，听着更添几分萧索。

姜梨抬眼朝东山的方向看去。

便见一座光秃秃的圆头山，孤零零地坐落在一片干枯的湖边。山上怪石嶙峋，显得整座山形状怪异，看着让人心里瘆得慌。

姜梨却感觉到了亲切。她和薛昭及薛怀远来此地的时候，薛怀远要调查东山过去的历史，曾带他们来过一回，也只是在山口看看，不曾进山。

但薛昭生性大胆爱冒险，自己偷偷去里面转悠了几回，不仅如此，还拉着薛芳菲一起。来往的次数多了，对里头有什么、地形如何都一清二楚。

如今冯裕堂让人重新开采矿道，最初姜梨认为，里面的矿道会有所改变，但后来想想，父亲的手下也就十来人。十来人要重新开采出许多矿道，并不是一件容易的事。

所以山洞里头的矿道，十有八九还是原来的样子。

叶明煜让姜梨和两个护卫先在原地等着，自己和手下去“撂倒”看守的两个人，但不知道对方会不会有后招，一旦有什么不对，护卫会带着姜梨先逃走。

姜梨和护卫们安静地在草丛里等着，在等待叶明煜回来的时候，姜梨闭上眼，将过去和薛昭在东山矿道里探索的场景又重新回忆了一遍。

当她准备回忆第二遍的时候，身边的护卫有人道：“三老爷回来了！”

姜梨睁开眼，入眼就是叶明煜高兴的脸，叶明煜道：“两个人都被我们放倒了，留了几人在那边看着，阿梨，我先和你进去，其他人在外面等着！有什么不对，就放信号箭！”

姜梨和叶明煜一道进了矿山山口。

山洞里很黑，叶明煜点起火把，将周围照亮，却更加能看清楚山体内部的空旷。叶明煜朝上一看，惊道：“我的乖乖，这地方可真大，这么大，能找到人吗？从哪儿找啊？”

姜梨笑道：“没事，舅舅跟我来。”她没等叶明煜继续感叹，就率先跨了出去，径直往前走。

叶明煜没能拦住，只得赶紧跟上。

姜梨猜得没错，东山矿道里的路径并没有什么变化。姜梨循着原先的记忆往前走，一路看看留下来的新鲜脚印，感知风向气味的变化。

也不知走了多久，叶明煜感觉四周都是矿洞，看不出来和刚才有什么区别，他不明白姜梨是如何分辨这些不同，正要叫姜梨是不是该退出去的时候，矿洞深处突然传来了人的咳嗽声。

姜梨问：“谁在那里？”

叶明煜将姜梨护在身侧，谨慎地朝前走了两步，拿高火把，目光一凝。

靠着石壁的地方坐着两个人。乍一眼没看出来这是两个人，因为这两人实在太狼狈了。衣裳破破烂烂，浑身脏臭，身上手上全是血痕，说是囚犯还差不多。

看见姜梨二人，这两人谁也没有动弹，唯有一双眼睛微微转了转，才晓得这是两个活人。

叶明煜尚且还在发呆，姜梨已经走到了两人身前蹲下。她看着两人，一颗心像是坠了铅似的，不住地往下沉。

虽然知道冯裕堂会竭尽全力折磨薛怀远原先的手下，但真看到了眼前这一幕，姜梨还是发现，自己低估了冯裕堂的残暴。

这两人奄奄一息，倘若姜梨没有前来，应当活不过今天夜里。

二人见姜梨蹲在身前，眼珠子只又微微动了一下，仍是一片死寂。

姜梨仔细瞧着他们的面貌，终于辨认了出来，这是从前跟在父亲身边的古大和古二。古大和古二是一对孪生兄弟，父母双亡后，薛怀远见他二人功夫了得，便让他们做了官差。在她的记忆里，古大和古二总是精神奕奕，一手漂亮的剑法还曾让薛昭十分眼馋，没想到如今这般狼狈。

姜梨轻声道：“古大，古二，我来接你们出去。”

古大动了动嘴唇，姜梨没有听到他发出的声音，不知道他在说什么。

“他嗓子喊哑了，两天没喝水，说不了话。”从身后突然传来一个嘶哑的声音。

姜梨回头一看，见石壁之后不知何时又站了两个人。一人稍微好些，一双眼睛十分有神，警惕地瞧着姜梨。另一人身材纤弱，瘦得仿佛一阵风吹过就要被拦腰折断。

说话的正是那个健壮一些的人。

姜梨看着那个说话的人，眼中几乎也要湿润了，顿了顿，她才道：“你就是彭笑吧。”

那个男人，彭笑，看着姜梨问：“你是谁？”

“我是来带你们离开这里的。”姜梨道，“我要为薛县丞翻案。”

此话一出，彭笑和他身边的人，以及奄奄一息的古大和古二眼里都迸出一丝亮光。

姜梨看着彭笑，心中酸楚。

在眼下这个山洞，出现的四人都是她过去的熟人。古大和古二常和薛昭论剑，彭笑是父亲手下的官兵之首，姜梨还记得他虽是官差头子，待人却很和气，一笑就露出一口白牙。她和薛昭都拿他当自己的大哥。那个瘦弱的几乎要被风吹倒的男子，叫何君，是所有的官差中唯一识字的。他时常向薛芳菲请教问题，是个很好学的人。

“你是什么人，你为什么要为大人翻案？”何君问道。

“我叫姜梨。”姜梨道，“我是当今首辅姜元柏的嫡出女儿，此番下桐乡，是受薛县丞女儿薛芳菲之托，替薛家翻案。”

“姜元柏？”几人都有一瞬间的茫然，对他们来说，燕京太遥远，燕京城里的首辅更是见都没见过的。

彭笑盯着她，道："薛小姐已经死了。"

姜梨心中一叹，这事连彭笑他们都知道，看来薛怀远更知道了。想来也是，为了折磨薛怀远，永宁公主当然会将一个一个的噩耗不断告诉给薛怀远，让薛怀远生不如死，慢慢崩溃。

"薛小姐是死了，可她死得并不简单。"姜梨道，"我和薛芳菲是故交，我这回就是来替整个薛家洗清冤屈的。"

"你打算如何替薛家翻案？我们为何要相信你说的话？"何君问。

姜梨看着何君的眼睛："我打算以你们为人证，卷宗的漏洞为物证，集合桐乡百姓，搜集冯裕堂罪证，进京翻案，昭告天下，大理寺理不清楚，就进宫告御状。此事冯裕堂并不是幕后主使，背后另有他人，这位他人，足够让皇上也重视，不怕告不成御状。

"至于你们说的如何相信我的话，现在冯裕堂掌握了整个桐乡，百姓甚至到了不敢谈论薛家的地步。薛家如此，你们也是如此，事实上，除了我，没有人站出来替薛家平反。我没有必要欺骗你们，你们现在除了一条命一无所有，便是这条命，现在也只剩半条，我若想要你们的性命，也不必这样麻烦，轻而易举就得到了。"

彭笑几人沉默了。

姜梨说得没错，他们四人现在病的病，残的残，便是姜梨真要对付他们，犯不着还来编什么谎言。

"现在，我只问你们，愿不愿意跟我出去，替你们的薛大人昭雪？"姜梨问。

她目光坚定，莫名让人也跟着无惧起来。

彭笑抬头看着她，然后一字一顿道："我跟你出去。"

"我也去！"何君道，"我们都在这矿山里待了这么久了，十五个弟兄如今只剩我们五人！我们为什么拼着一口气也要活到现在，是因为我们怕死吗？不是！我们就是盼着有一天能走出去给大人翻案！既然这位小姐愿意给薛家翻案，我们兄弟五人，愿意跟随！"

角落里，古大和古二互相搀扶着站起来，他们虚弱得要命，说话的声音哑到姜梨也听不见，但能看见他们嘴唇的动作，是在说着"愿意"。

"可是不对啊。"叶明煜咂了咂嘴，"这也顶多四个人，你们不是活下来了五个人吗？还有一个人在什么地方？"

彭笑看了一眼姜梨和叶明煜，转身往前走，道："跟我来。"

绕过一处洞室，靠着石壁内，地上还躺着一个人。一眼看过去，还以为这人已经死了，直到走近蹲下身来，才看见这人鼻息间还有轻微的呼吸，仿佛燃着星火的蜡烛，只要吹一口气，立刻就能灭了。

小黑？姜梨看清楚了那人的脸。

“黑子病了有半个来月了。”何君恨声道，“冯裕堂的人不会给我们请大夫，我们另外十个弟兄，都是这么被折磨死的。”他说着，颤抖着解开了小黑背后的衣裳。

那背上，衣裳和皮肉都已经连成了一片，血肉模糊，散发出阵阵恶臭。上头的鞭痕每一鞭都嵌入皮肉，没一块完整的好皮。

“他们拿来抽打我们的鞭子，上面都带了倒刺。”何君看着小黑，“小黑年纪小，生生顶到了最后，眼下快不行了。”

姜梨知道小黑，父亲的手下里他是年纪最小的一个。每次看到小黑，就仿佛看到薛昭，小黑躺在这里一动不动，让姜梨心中阵阵绞痛。

她身边的人，一个一个失去得实在太多了。

“我们马上带他们出去，去给他找大夫，他不能死。”事不宜迟，姜梨对叶明煜道，“明煜舅舅，你帮忙背着小黑，我扶着古大兄弟，我们尽快离开这里。等外头的人一来，我们就将他们送到密室，去找一个大夫，小黑耽误不得了。”

“可是我们怎么出去？”何君忍不住问道，“我们虽然在矿道里几个月，但矿道里的路都是相通的，我们吃住都在矿道，从没走到过矿道外面。”

“不必担心，”姜梨道，“我知道怎么走。”

“你怎么知道如何走”这句话还没问出来，姜梨就已经帮着叶明煜去背小黑了。何君只得咽下满腹的疑问，跟着姜梨往前走。

一行人往矿道外走去。

姜梨搀扶着古大和古二，她虽穿着男子的衣裳，但一张脸清丽娇嫩，一看就是大户人家长养出来的小姐。彭笑没忘记姜梨刚才自报家门说的是什么，她是当今首辅的嫡出千金，这样一个高门千金，扶着他们这些脏臭的人，却没有一丝一毫的厌恶。

彭笑有些恍惚。女孩子温柔又坚毅的模样，让他想到了大人的女儿薛小姐。薛小姐容貌倾城，聪明绝顶，是他们看着长大的。后来得知薛小姐出事，还是以那般不堪的罪名出事的时候，他们所有人都不敢相信。

大人也不相信，可他们没等来真相，却等来大人的锒铛入狱，他们成为阶下囚。

好在……彭笑看向姜梨，姜梨扶着古大和古二，坚定地往前走。黑漆漆的矿道里，伸手不见五指，她却像是知道哪个方向有光明，只要坚持走下去，就能找到出口。

只要坚持走下去，就会看到希望吧。彭笑心里这样想着，精神一振，跟着往前走去。

走到出口时，其实才用了半炷香不到的时间，姜梨和叶明煜却都觉得分外漫长。

叶明煜的手下迫不及待地迎上去，姜梨将马车让给小黑和古大、古二几人。

“走吧舅舅。”姜梨道，“事不宜迟，咱们得赶去下一个地方，先把他们藏起来。”

冯裕堂的人很快就会发现矿道里的官差被人劫走，必会四下搜寻他们几人的下落。趁着冯裕堂还没开始全城搜查的时候把人送到密室，这样也会更安全。

叶明煜深以为然，喝令出发，一面问姜梨："咱们怎么请大夫过来给他们看？那些百姓都害怕冯裕堂的官威，怎么敢主动帮忙？"

"找个有妻有子的大夫，带着他们的家室一道去密室，药材全都准备好。"姜梨低声道，"没办法了，情况特殊，只能威逼。届时再许以足够的银两，保证将他们送出桐乡，他们会答应的。"姜梨又想了一会儿，道，"去找保和堂的钟大夫吧，他很合适。"

又来了，叶明煜心想，姜梨对桐乡的事实在太熟悉了。这是怎么一回事？叶明煜也没有多问，饶是他心里一万个不明白，也尊重姜梨拥有自己的秘密。

啧，他们江湖中人，性情至上，从来不强人所难。

姜梨这头在东山将人劫走的事，暂时还没有传到冯裕堂的耳中。

冯裕堂的府邸，书房内，他的美妾跪在地上，轻柔地为他捶着腿，突然自外头匆匆跑来一名小厮，冯裕堂立刻屏退姬妾，让小厮进来，关上门，小厮从怀里摸出一封书信，送到冯裕堂手中，冯裕堂拿起书信，飞快扯出来，一目十行地看完，瘫坐在椅子上。

"老爷？"小厮见他面色难看，小声问道。

冯裕堂没说话，拿着书信的手微微颤抖，一个不小心，书信飘然落在地上，小厮飞快瞟了一眼，其他的没看清，却看到了一个触目惊心的"杀"字，格外显眼。

冯裕堂一颗心跳得极快。

飞鸽传书，有特别的途径，永宁公主的书信也回来得特别快。冯裕堂早就知道永宁公主是个嚣张跋扈的性子，但万万没想到，永宁公主的嚣张跋扈，在面对当朝首辅的时候亦没有一点收敛。她在信里写道，如果姜梨要调查薛家一案，打着为薛怀远翻案的主意，在桐乡，冯裕堂务必痛下杀手，让姜梨命丧黄泉！

冯裕堂不敢相信自己的眼睛。

他写信给永宁公主，是希望永宁公主能告诉他接下来该怎么做，但冯裕堂并没有料到永宁公主的办法是这个。谋杀当朝首辅的女儿，想到此事，冯裕堂就心惊肉跳，他不敢！

这可是皇帝恩师，首席大学士，当朝首辅姜元柏的女儿！

早知道是这么个结果，他就不该急匆匆地给永宁公主写信。现在可好，永宁公主在信里下了命令要自己杀掉姜梨。替永宁公主办了这么多回事，冯裕堂对永宁公主的性子也有所了解，顺其者昌逆其者亡，永宁公主的命令，若是不办，自己也是一个死字！

这可怎么办才好？

冯裕堂只觉得额上全是汗水，往前是死，往后也是死，他到底该如何？

小厮恭敬地伏倒在地上，大气也不敢出。不知过了多久，冯裕堂的声音从头上传来，他问："你以为，违抗主子的命令如何？"

"那可万万使不得。"小厮吓了一跳，"老爷，这位主子的性子，您是知道的，那要是……可是连性命都不保啊！"

连小厮都知道永宁公主杀人不眨眼的性子，更别说他了。冯裕堂烦躁地在屋里走了两圈，突然一拍桌子，道："做就做！好死不如赖活着，杀了她是可能会死，不杀她马上就死，杀！"

他想清楚了，就算杀了姜梨，姜元柏派来查案的人到桐乡还有一段日子，大不了他趁此机会逃之夭夭。再说，他替永宁公主办事，永宁公主总得护一护他吧。便是不为他这个小人物操心费神，想来赏赐的银子也不会少。他要是不做这件事，永宁公主立刻就能让人来取了他的性命。

既然如此，还不如先谋取眼下安定。

"姜梨一行一共几人？"冯裕堂问。

小厮答道："一共八人，护卫六人，大个子一人，姜梨一人。"

"八人……"冯裕堂沉吟了一会儿，"不算多，主子留下了几个杀手，现在去请他们过来，是时候轮到他们出手了，我们的人手不够。"

正说着，外头突然又有人进来，道："不好了，老爷，不好了！"

冯裕堂心中更加烦躁，怒道："叫什么叫，有什么不好的？！"

"老爷，"小厮也不敢多言，只道，"东山矿道里的那些人被人劫走了！"

"什么？"冯裕堂勃然大怒，"那些守卫干什么吃的？好好的能被人在眼皮子底下劫走？拖下去！看清楚了是什么人干的没有？"

小厮摇头。

"哼，不用说我也知道。"冯裕堂冷笑，"如今还在桐乡公然提起薛家一案的就只有那群人了，那群官差跟废人差不多，寻常人谁会去关照，分明就是姜梨干的！"

"但矿道里地形复杂，他们是如何找到出口的？"小厮问。

"谁知道呢。"冯裕堂哼了一声，心里渐渐感到不安。

"他们劫走那些官差是想为薛怀远翻案。"冯裕堂面色沉沉道，"找！派出县衙所有人手，掘地三尺，也要把那些官差给我找到，我就不信，这么多的人还会凭空消失了不成！"

小厮领命离去，冯裕堂却觉得心里发堵，说不清是为什么，总觉得有什么不受控制的事正在发生。

但不管怎么说，有一件事他还得做，那就是刺杀姜梨。

只要姜梨死了，群龙无首，还怕他们掀起什么风浪？

"这个姜二小姐挺厉害的。"冯裕堂眼中划过一丝狠戾，"不过，也就到此为止了。"

桐乡酒馆里空荡荡的，什么人也没有。

“那是冯裕堂的人马吧。”靠窗的地方，陆玑目光跟随着楼下的一队人马，从刚才开始，县衙里便源源不断涌出官差，似乎有什么重要的事发生了。

“他们这是去东山。”陆玑笑道，“姜二小姐的动作挺快的。”越看姜梨做事，越是对这个女孩子啧啧称奇。在东山矿道这样陌生的地方，她竟然能如此迅速地带走薛怀远的手下，对别人来说，光是成功找到矿道出口，不在里头迷路，就已经很不简单了。

“现在去也晚了。”姬蘅瞥了一眼楼下，“人都送到密室了，找什么。”

“姜二小姐是怎么发现这里的密室的？”陆玑疑惑，“她从没到过桐乡，怎么连这样隐秘的密室都能发现？”

“从没到过桐乡？”姬蘅似笑非笑。

“什么意思？”陆玑不解。

“没什么意思。”

陆玑顿了一会儿，又道：“永宁公主的信应当已经送到了冯裕堂手里，大人以为，永宁公主会让冯裕堂怎么做？”

“她心肠歹毒，不如我怜香惜玉，当然会斩草除根。”姬蘅把玩着折扇，语气轻松。

“冯裕堂会这么做吗？”

“会。”

陆玑又沉默了一会儿，试探地问道：“姜二小姐自来智勇双全，应当不会出事吧？”

不知为何，这么一直看着姜梨，原本是局外人看热闹，但陆玑看久了，就跟自己养孩子似的，不愿意这孩子养到一半就夭折了。

至少不是现在。

“未必。”姬蘅道。

陆玑：“大人会出手吗？”

姬蘅：“未必。”

第八章　父亲

姜梨所说的密室，藏在桐乡一处闹鬼的废弃农庄里。农庄的地下有一条地道，入口是湖边的石壁，外面都是郁郁葱葱的野草，旁人根本看不见。

叶明煜将彭笑几人安置在密室里，让人给彭笑他们换过衣裳，吃了点东西。彭笑和何君二人还好，只是身子虚弱些，古大和古二状况不佳，最差的是小的时候，钟大夫连连摇头。

叶明煜把钟大夫唯一的儿子也给带来了，还给了钟大夫五百两银子，告诉钟大夫，只要能治好小黑几人，他们会想办法送钟大夫离开桐乡，再给钟大夫一千五百两银子，足够他们在外安家了。

钟大夫心惊胆战，便也拿出十二万分的努力，为小黑治疗。

趁着小黑、古大、古二休息的时候，姜梨和彭笑几人走到外面说话。

叶明煜在密室边上寻了块石头坐下来，道："阿梨，你这地方找得好，我看冯裕堂就是掘地三尺，也找不出第二个这样的地方。这里面还有石桌石凳呢，也不知是谁留下的。"

谁留下的？自然是薛昭。那时薛昭志怪游记看得多了，时常道："有朝一日我们也如话本里写的，捡到一个落魄英雄，正被官府追杀，我们就让他住在这里头，保管别人找不到他，他就在这里教我武功，嘿，过个三五年，我就是一代大侠，谁也不敢找我碴儿，谁要是敢动姐你一根手指头，我就——一剑让他们跪倒求饶！"

少年肆意的笑声似乎还回荡在幽深的密室里，一语成谶，多年以后，他们果真救了被官府追杀的人藏在这里，但没有一个薛昭来习人武功了。

姜梨收回思绪，迎着彭笑几人的目光，道："我也是偶然听人说的。这地方暂且安全，至少七日以内，冯裕堂的人找不到这里来。只要七日一过，就什么都不一样了。”

“姜二小姐，多谢你。”彭笑道。

“我们能做什么？”何君问。

“单看薛家的案子，只能经由桐乡冯裕堂的手。只要冯裕堂经手，薛家的案子有利也会变得不利，你们也知道，冯裕堂就是故意让薛县丞入狱。所以此案不能经由冯裕堂之手，我想来想去，唯有把冯裕堂也牵扯进来，交由大理寺来管，才会有周旋的余地。”

彭笑和何君对视一眼，道：“您想让我们指认冯裕堂？”

和聪明人打交道就是轻松，姜梨道：“不错。本来我还想，让你们指认冯裕堂，多少有些困难，但冯裕堂竟然让你们去东山矿道，这就是自寻死路。”

“这是什么意思？”叶明煜插嘴道，“不指认冯裕堂的暴行，指认他什么？”

“指认他不上告朝廷，私自挖金。虽然东山是座废弃的矿山，人人都知道挖不出来金，但十几年了，许多人都忘记了这回事。只要放出风声，东山还是有金子可挖，而冯裕堂却瞒着朝廷，私自派人挖金，他的罪名可就大了。”

何君喃喃道：“私自挖金，是要抄家灭族的死罪。”

“不仅如此，”姜梨微微一笑，“这位冯大人背后，似乎还有高人指点。燕京水浑，谁知道冯裕堂要挖金做什么，挖金无非是求财，这么大一笔财富，若是用来招兵买马，岂不是有通敌叛国的嫌疑？通敌叛国，那就是天下大事，大事大事，怎能在桐乡一个小小的地方解决？便是告御状也不为过。”

叶明煜傻了，何君和彭笑也听得目瞪口呆。

姜梨这短短的一席话，却把冯裕堂的罪名给上升到了通敌叛国的地步。

“不错。”何君声音里带着一丝痛快的恨意，“说是通敌叛国还是便宜了他们。姜二小姐，你说得极有道理！那冯裕堂让我们兄弟十五人挖金，我们届时便做人证，指认冯裕堂的狼子野心！他想要挖金，又怕旁人发现他的打算，便让我们这些薛大人的手下替他做事，这样日夜不停歇地挖矿，一旦死了，也无人收尸，却是最不泄密的办法！”

姜梨笑了笑。

彭笑沉声道：“不只是我们，还有死去的十名弟兄。大人当初体恤我们，我们兄弟十五人，皆是父母早亡之辈。家中到底有妻儿，如今他们被冯裕堂折磨而死，尸体扔在东山野外被野狗分食，可怜还有那些刚刚新婚不久，喜得麟儿的，如今他们的妻子儿女不知如何度过，便是拼了这条命，我彭笑也要为那些死去的弟兄报仇！”

高大的汉子虽然不流泪，却字字血泪，听得叶明煜心头也激荡不已，道：“也算我一份！那冯裕堂做尽下作事，早该遭报应了，既然老天不来出这个头，我他娘的出！”

也许人心齐了，许多事情一开始看着艰难，到了最后也就没有那么不可想象。

“但是……”何君顿了顿，看向姜梨，“问的是冯裕堂的罪，我们大人又如何？”他还心心念念着薛怀远。

“薛县丞的罪名，根本就是无稽之谈。说是贪污赈灾银两，桐乡百姓都可以做证。当初天灾的时候，银子都是分发到百姓手中去的，薛怀远没有贪污过一两银子。”姜梨道。

“我们都知道。”彭笑低下头，“但问题是，没有桐乡百姓愿意站出来。”

“也不怪他们。”何君插嘴，“祸不及妻儿，冯裕堂拿他们的父母子女来要挟，谁心里都顾忌着，不敢出来为大人做证。姜二小姐，冯裕堂在桐乡成为县丞以后，欺男霸女，无恶不作，百姓都是敢怒不敢言。冯裕堂原本就是流氓，手段十分下作，没人敢冒这个险。”

“我知道。”姜梨轻声道，“我并没有怪他们。”

“那怎么办？”叶明煜挠挠头。

“虽然百姓有苦衷，但此事还需要桐乡的百姓站出来。我知道有危险，但没有办法，世道如此，原本的公平正义，现在需要付出代价才能得到。只有百姓站出来，才能成为压死骆驼的最后一根稻草，我要让陷害薛家的罪人这一回不死也要脱层皮，绝不让他们好过！”姜梨说到此处，语气加重，眸中仿佛有一团火。

“我来，桐乡一共五百六十八户人，没有一户不曾受到薛县丞的恩惠。滴水之恩涌泉相报，人心都是肉长的，我一家家去敲门，一家家去问，五百六十八户人，我就不信找不出一户愿意站出来。”她看向几人，“总会有一户人的，对吧？”

几人都沉默了。

片刻后，彭笑道：“对的，一定不止一户人，还会有很多人。桐乡的百姓，不是忘恩负义之徒，姜二小姐，你不要小看他们。”

姜梨嘴角一翘，道：“我一直相信他们。”

就跟父亲相信他们一样。

从密室里出来，姜梨和叶明煜往回走。

叶明煜道：“阿梨，你去说动那些百姓的时候，我也跟着一起去吧。我怕你一个人忙不过来。”

姜梨想了想：“舅舅，你不知道他们受了薛县丞哪些恩惠，怕是说服不了。要不我回头写册子给你，你照着册子先看。”

叶明煜一愣：“难道你知道他们受了薛县丞哪些恩惠？”

“算是吧。”姜梨笑笑。她和薛昭有时候觉得，薛怀远真是世上难得的大善人，因着桐乡每个百姓，只要有难处，薛怀远都会帮一帮。当初桐乡穷，没有人愿意来，薛怀远来了，也从没打过离开的主意。在薛怀远看来，桐乡的每一个百姓，都是他的亲人，身为父母官，就要为百姓解难，若是百姓连他也不能依靠，就没有人可以依靠了。

从前她觉得问心无愧就好，到了现在，忽然有些迷茫，不知道当初薛怀远做的这些事究竟有没有意义。

马车车队，绕过姜梨走的路，重新走回了正路之上。姜梨已经在马车上换回了原来的装束，想来冯裕堂已经发现了东山的人被带走，正气急败坏地寻人。

姜梨坐在马车里，认真想着接下来应当如何做，不知不觉，外面天已经黑了。

这一日其实时间抓得很紧，但即便这样，时间也过得很快。七日已经过去两日，剩下的五日，不知还来不来得及。

她挑开马车帘，冬日里天黑得早，街道上行人寥寥无几。家家户户都闭门闭灯，显得桐乡像个空城，马车在街道上行走，发出回荡的声音，格外清晰。

叶明煜在外面嘟囔道："怎么一个人都没有。"

风吹起马车帘的一角，没来由地，姜梨的心突然一跳。

拐过一个弯，就是青石巷，姜梨的心中突然涌出不祥的预感。

她叫了一声："舅舅！"

"怎么了，阿——"叶明煜的梨字还没说出来，便听得半空之中传来一阵风带起的冷声，他反应极快，想也没想，拔刀反手一挡，铛的一声，刀剑相碰，发出一声巨大的响声。

从房檐四周嗖嗖嗖跳出几条黑影，几乎和黑夜融为一体，从四面八方向马车直扑而来，剑尖直指姜梨！

"保护表小姐！"叶明煜只来得及喊出这么一声，便和这些黑衣刺客缠斗在一起。

姜梨的心咯噔一下，她是想到了永宁公主会吩咐冯裕堂对自己痛下杀手，却没想到会这么快！从燕京到桐乡传信的时间且不提，冯裕堂接到永宁公主的命令，至少会犹豫一阵，自己是姜元柏的女儿，光是这个身份，也得让冯裕堂有所忌惮。

但凡事都有料错的时候，冯裕堂和他的主子一样狠辣，或许他还以为永宁公主会保他平安无虞，才会这般胆大妄为！

姜梨往外看去，一颗心渐渐往下沉，永宁公主真是大手笔，他们一行不过七人，永宁公主的人却有二十来个。这二十来个里，有几人武功特别高强，和叶明煜缠斗在一起，剩下的稍次些，也绊住了其他护卫。不住有人往马车这边扑来，他们的目标是姜梨！

这样下去不行！姜梨的心里掠过一个猜想，这些人的目的是她，不是叶明煜他们。一直纠缠下去，叶明煜没准有危险。她想也不想，从马车里钻出，倒吓了叶明煜一跳，厉声道："阿梨回去！"

"我没事，舅舅！"姜梨动作快得像是在一眨眼间，转头摸出袖中匕首砍断马车绳索，脚蹬马镫翻身上马，一拉缰绳，朝着夜色里疾驰而去。

转眼没了踪迹。

那些杀手见姜梨竟然弃马车逃走，纷纷不与叶明煜他们缠斗，要追赶姜梨而去。叶明煜岂会让他们得逞，继续提刀作战，但对方人多，终究是漏了几个，追随姜梨的背影而去。

姜梨在马背上，此时此刻，越是危急，她的头脑反而越是清楚。

她已经瞧了出来，方才来追杀他们的一行人，分成了两拨。人少的那些功夫更好，人多的那些功夫不怎么样。功夫好的人应当是永宁公主的人，功夫次的就是冯裕堂不知从哪里找来的乌合之众。想来现在紧紧追随在自己身后的杀手，就是永宁公主的人。

毕竟追杀自己是他们的任务。

姜梨微微一笑，马儿灵巧地跨过树道。夜色里，月亮渐渐被厚厚的云层遮盖，什么也看不到。

但她像是能看到，在树林里灵活地穿梭。

她是在桐乡长大的，这里就是她的家。她在这里看薛昭打猎，知道打猎的时候，最重要的是将猎物诱入陷阱，不动声色，一点一点，每一棵树，每一块土地，都是天然的屏障。

身后的追击声渐渐逼近，她甚至能感觉到只要一回头，就会有一柄锃光的银剑横在自己的脖颈之上，顷刻间盗取自己的性命。

但姜梨只是轻巧地跳过面前的草丛，停了下来。

扑通——扑通——扑通——

像是重物没入水中发出的声响，紧接着，是奇怪的咒骂。

姜梨停下脚步，在草丛的对面轻声笑起来。

平静的草丛此刻变成了一个可以动起来的湖泊，像是有什么黏稠的流动之物将人裹了进去，有人影在其中挣扎。

“别挣扎了，”姜梨慢慢道，“这是这一带最可怕的沼泽，越是挣扎，陷进去越快。”

月亮渐渐从云层里钻了出来，她衣裳裙角都沾满了树林里的泥泞，一张脸蛋却干净得不像话，温温柔柔地开口：“哎呀，你们已经半个身子都下去了，这就没救了，便是有人来，也救不了你们，只会跟着一道被拉下去。”她叹息道，“真可怜。”

那些黑衣杀手愤怒地望着她，半个身子已经陷进去了，甚至有一个半张脸都陷进去了，想来是因为挣扎得太凶狠，沼泽淹没了他的嘴巴，马上要灌进他的鼻子，他的眼里露出了惊恐。

这种活生生等待死亡的滋味，实在太煎熬了。

姜梨转身上马，离开了这片沼泽。

薛怀远曾经因为树林有这块沼泽，而明令禁止她和薛昭在这里玩耍。薛昭调皮，却觉得这是个天然的陷阱。他们在这里做了很多捕兽夹，抓住了许多猎物。若非今日冯裕堂的杀手出来得突然，她让叶明煜布置布置这片树林，要将杀手们一网打尽也不难。就像在战争里，兵法有时候能胜过蛮力。

只有三个，真是可惜了。

姜梨骑马往回走，她要重新走一条路线，安全回到叶明煜身边，也不知叶明煜现在如何。

马儿往前走了几步，突然不走了，前蹄在空中虚晃几下，仿佛嗅到了某种危险的味道，踟蹰不前。

清亮亮的月色里，树丛下，隐隐约约有数十个黑衣人呈包围之势，将她围在中间。

“二小姐果然神通广大。”为首的人冷笑一声，“难怪夫人要让咱们这么多人一起前来，先前还以为是大材小用，现在看来，还是低估了二小姐。”

夫人？姜梨眉头一皱：“季淑然？”

对方没有说话，姜梨却是瞬间明了。

她知道自己这回回襄阳，季淑然一定会在暗中动手脚，但她没想到，季淑然的人会这么沉得住气，甚至还能想出螳螂捕蝉黄雀在后的办法，让人在背后跟着，等到自己和冯裕堂的人两败俱伤，分心的时候，突然杀自己一个措手不及。

对方有十来个人，自己孤身一个。没有武器，除了袖中那一把短短的匕首，但这匕首也起不了什么作用，敌我实力太过悬殊。她没有可以用来分散对方注意力的东西，看到冯裕堂的人陷入沼泽，这些人也只会更加警惕，不会上重复的当。

老天爷惯会玩笑，总是在前面看似是康庄大道的时候，告诉人生机已绝。

“二小姐不用左顾右盼，”为首的人声音里带了一丝恶意，“夫人让我们用尽所有办法折磨你，然后杀了。”他黏糊糊地笑了起来，“可是二小姐如此清纯可人、智慧勇敢，我们都舍不得用很可怕的法子折磨你呢，要不，换个舒服些的法子？”

他周围的黑衣人齐齐发出恶心的笑声。都不用想，姜梨知道他们心里在想什么下作的法子。

一瞬间，她仿佛又回到了在沈家的那个午后，那种屈辱的、愤慨的情绪掌握了她后来奄奄一息的半年，让她的人生翻天覆地。而这些人，又重新勾起了她那些恶心的回忆。

姜梨目光加深，冷笑道：“你们认为自己赢定了吗？难道我就没有其他办法了吗？”

为首的人又笑了，道：“我知道二小姐这是在找拖延时间的办法，不过方才叶三老爷已经受了伤，冯裕堂的人在前面绊住了他。再者二小姐的马走得太快，叶三老爷的马却不识路，不晓得有这片树林，也找不到二小姐的下落。现在这里，就只有我们，和你。”

他说得嚣张极了，姜梨认路，所以能带着三个杀手逃进树林，让他们深陷沼泽再无生机。但叶明煜即便摆脱了那些杀手，也无法找到姜梨的下落——对他来说，桐乡是完全陌生的。

但姜梨只是笑笑：“谁说我要找叶三老爷？”

那人一愣。

她的声音清亮，含着莫名笑意，回荡在树林里。

“国公爷，看了这么久的戏，可否出来一聚？”

清亮的声音回荡在夜里的树林中，月亮低低，几乎要躺在树梢枝头，照亮了姜梨清秀的脸。

她眼眸澄澈分明，非但没有穷途末路时候的慌张，反而显得成竹在胸。

黑衣人们瞧着她，为首的笑道："二小姐何必故弄玄虚……"

话音未落，就听见树林深处传来一声轻笑，自黑暗里渐渐走出一个绯红身影。月色下，越是幽暗，他的红衣就越是华丽，月光落在他袍角刺绣的黑金蝴蝶之上，那些蝴蝶也要展翅欲飞似的，在这一刻显得妖冶到了极致。

姬蘅不紧不慢地从夜色里走出来，手持金丝折扇，唇角含笑，道："什么都瞒不过你。"

姜梨瞧着他，心中微微松了口气。

姬蘅时常派人盯着她，桐乡上下，没有他不知道的事。她相信冯裕堂的人和季淑然的人来围杀自己，也在姬蘅的掌握之中。此人最爱看戏，这样一出精彩纷呈的戏，姬蘅绝不会错过。

不管是姬蘅本人来盯着自己，还是姬蘅的手下盯着自己，姜梨相信，他们一定不会放任自己离开他们的视线。在季淑然的人中途杀出来后，本来她已经再无退路，避无可避，突然想到，那跟在自己身后一路默默无声的人，或许能在此保自己一命。

便是不能保，留下来分散对方的注意力也好。

幸运的是，的确有人跟在自己身后，更幸运的是，竟然是姬蘅亲自跟随。

有姬蘅在，姜梨就安心多了。这其实是很奇怪的想法，姬蘅算不得她的友人，但姜梨与姬蘅打了好几次交道，姬蘅并没有伤害她的意思，姜梨当然不会认为这是姬蘅怜香惜玉，或许自己身上还有什么值得姬蘅利用的地方。

有利用价值总比没有好，只要姬蘅在，今日这一场仗，她就有完全的把握。且不说那些身手了得的侍卫，便是他手中那柄漂亮的金丝折扇，姜梨也是见识过其威力的。

他并不是一个坐以待毙的人，反而浑身都是杀招，谁要是看他长得漂亮就心生轻视，便会被危险狠狠地打脸。

姬蘅的出现，立刻引起了季淑然请来的杀手们的注意，其中一部分人的剑尖便指向姬蘅。

姜梨的那句国公爷，这些杀手并没有错过。而姬蘅容貌太盛，太过妖冶，独自一人突然出现在黑漆漆的树林中，便如林中精魅，带着艳丽的危险。或许是因为做杀手的有对危险的直觉，那黑衣头领便问姬蘅："阁下何人？"

姬蘅却没有理会他们，含笑看向姜梨，道："二小姐做戏的本事，越来越精彩了。"

"戏不精彩，如何吸引大人来看。"姜梨笑意更盛，"大人，他们拿剑指着您呢。"

黑衣头领瞥见姬蘅的眼神，莫名想要后退一步，手指都有些不自觉地蜷起，总觉得十分不妥。

姬蘅没有在意，只是笑看着姜梨：“二小姐何必祸水东引，我说过了，我不入戏。”

“难道国公爷看了我这么多场戏，就白白看了？倘若我今日命丧于此，国公爷再也看不到我的戏，心中不会有一丝可惜？”她仰头问。

女孩子脸蛋干干净净、白白嫩嫩，一双灵动秀丽的眼睛，仿佛含了无限祈求。当她用温软的、可怜巴巴的语气说话的时候，神仙也会忍不住怜爱。

然而，姬蘅不是神仙，他只是笑盈盈地看着姜梨，道：“我不入戏。”

姜梨的祈求之色一瞬间消失不见。叫人难以想象，方才那番动人的情态，她居然能这么快收起。

姜梨瞧着姬蘅，心中有一丝恼意。前生她为薛芳菲的时候，容颜倾城，虽然她并不觉得这有什么了不得，但大多数在外面的时候，因着那副好看的皮相，几乎是顺风顺水。与人发生冲突，对方看着她的脸，便不会穷追不舍。

美人只需要撒撒娇，一切都能手到擒来。她不喜欢用这种办法，是以薛昭老是说她白白浪费了这么好的皮囊，居然没弄出个祸国殃民的妖女名声。

如今她倒是屈居人下，也不得不逢场作戏装出一副可怜可爱的模样，但不知是对方心肠太硬，还是姜二小姐的皮囊算不得倾国倾城，居然一点儿也没有打动对方，反而换来了如此清醒的回答。

真叫人泄气。

姬蘅仍旧笑盈盈地看着她，他说得轻描淡写，似乎也并不认为自己这么见死不救有什么不对。一双狭长凤眼下，鲜红的泪痣也有无限风情，在夜里慢慢地氤氲着诱人的风光。

黑衣首领却像是在这会儿回过味儿来了，对姬蘅道：“阁下既然与我们并无冲突，那事情就好办了。”又看向姜梨，“二小姐，您的这位援军似乎不打算帮您，我们也就不磨蹭时间，来吧！”说罢，不知是不是怕姬蘅的出现导致夜长梦多，便直扑姜梨而来，闪着银光的剑尖在夜色里带起杀气，激得树叶扑簌簌往下掉。

姜梨见事情再无扭转，偏偏身边人还在云淡风轻地作壁上观，一狠心，毫不犹豫地大声道：“国公爷，我知道您为何要和右相、成王扯上关系。如今朝廷三方分立，陛下虽然式微，却非池中物，只是生性多疑，你要陛下独独信任你一人，便得扶持成王起立，前有狼后有虎，陛下情急之下必然多多倚仗于你，你能做到朝臣第一，这朝廷中的三分局面，就是国公爷您一手造成的！”

姜梨这一番话，说得又快又急，听得黑衣人都是一愣，什么成王，什么右相，这又是什么跟什么？

姬蘅唇角的笑容在一瞬间凝结成冰。

姜梨话音刚落，眼前已经出现了一柄剑尖，身后又有人持剑朝她刺来，前冲丧命，后退黄泉，前后都是一个死字！

正在这时，一只修长的手突然伸过来，握着她的肩往旁侧轻轻一推，下一刻，一朵牡丹鲜艳地盛开来。

姬蘅打开了他的扇子。

那扇子的前端，猛然像是成了尖锐的刀锋，姜梨只看见扇子前后一挥，开合之间，牡丹花瓣上的金丝绣线闪出细小的微光，不过顷刻，咚的一声巨响，那两个一前一后围杀姜梨的黑衣人都扑倒在地，面上还带着诧异，仿佛在生命的最后一刻，仍旧迷茫，不知死因。

周围的黑衣人被这边的阵势暂时惊住了。

没有人看清姬蘅是如何出手的，姬蘅动作太快，姜梨盯着姬蘅的扇子。那扇子的威力，她再一次看到了，又或许并不是扇子太恐怖，而是眼前这个男人实在可怕。

“兄弟们，不管了，一起上！”黑衣首领咬了咬牙，突然招呼身后的人一同前来！

姜梨才堪堪逃过一劫，见四面八方都是杀意。想也没想，立刻抓紧姬蘅的衣角。姬蘅这人危险，但敌人的敌人就是朋友，眼下还能护她一时安危的，就只有姬蘅了！

姬蘅瞥了她一下，还未说话，前方的黑衣人已经涌来。他唇角带起些冷笑，手上的扇子完全展开，一手拎起姜梨的后颈衣领，带着姜梨飞速后退。他动作极快，让人难以看清，只能看清他袍角翩跹飞舞的黑蝶，带着浓重诡异的妖魅。

夜色之下，他身形极快，手中的扇子像是某种可怕的兵器，俯仰之间，开合之间，大朵血花绽放开来，仿佛五月桃花，扇子上闪动的细小光辉令人脊背发寒。

此起彼伏的惨叫在林间响起，这一刻，这里如同人间地狱。

姜梨下意识往姬蘅身边贴，却觉得他的衣袍冰凉，仿佛并不是人间人，没有一丝温暖。

不知过了多久，外面的惨叫声消失，姬蘅的动作也停了下来。

头顶随即响起姬蘅讥嘲的声音：“姜二小姐，场子已经清理干净了。”

姜梨慢慢地松开手，抬起头，看向周围。

月光下，横七竖八的都是黑衣人的尸体，地上全是血花，像是寺庙里壁画上画的人间炼狱。

姬蘅一人便杀了十来人，而这，仿佛才过了短短一刻钟。

姜梨转头看向姬蘅。

月光格外皎洁，皎洁的月光和着满地的血污，让人分辨不清这是噩梦还是现实。

姬蘅就站在血污之中，长袍艳色红红，让人疑心这红色是不是用地上的血染就的。但他持着折扇，仿佛并没有觉出这一切有多让人不适，只是瞧着姜梨，道：“姜二小姐，不该跟我道声谢吗？”

姜梨无言。

下一刻，那柄扇子突然抵上了姜梨的喉咙。

从认识姬蘅到现在，他总是笑眯眯的、惫懒的，即便知道那是他的伪装，但当毒兽真的亮出爪牙的那一刻，任谁也会感到心寒。

“姜二小姐，我说过了，我不喜欢入戏，你为什么偏偏拉我入戏呢？”他的声音很轻，像情人之间缠绵的私语，却含着莫名冷意，一寸寸爬上人的脊梁，让人后背发寒。

“没办法。”姜梨直视着他的眼睛，声音到底有一点软，像是真切感到抱歉，“我不想死。”

在方才，她能感觉到姬蘅是真的不打算出手，但她决不能让这种事发生，姬蘅要是不出手，她就只能死在这里。父亲还在狱中，薛昭的死还没有真相大白，她不能死在这里，至少现在不能。

所以，她只能说出那个早就窥见的秘密。

不知是什么时候起，有一日她思索姬蘅、成王、皇帝和姜元柏的关系时，就恍然大悟了。

当今朝廷三分天下，成王、姜元柏一派、洪孝帝一派。可成王在和右相联手之前，势力并没有现在这般稳固。那时候朝廷大约只能算两派，姜元柏和洪孝帝之间，有师生之谊，姜元柏倘若不生出谋逆之心，洪孝帝也不会有太多忌惮。

但后来成王突然和右相联手，朝廷之间的平衡就被打破了。成王的势力在姜元柏和洪孝帝之间挑拨，导致双方师生情谊还在，信任却不在了。姜梨相信，如果有朝一日姜家真有谋逆的证据，洪孝帝也会毫不犹豫地将姜元柏下狱。

洪孝帝不可能和姜元柏联手，但洪孝帝势力渐微，姜梨从上次就感觉到，洪孝帝生母是早早逝去的夏贵妃，人却并不如表面上一般好摆弄。姬蘅也许就是看见了洪孝帝的野心，才会决定站在洪孝帝一派。

世上有种人，做事就要做到最好，仅仅成为洪孝帝臣子中的一名，显然不是姬蘅所愿意的。姬蘅所希望出现的局面，是成为洪孝帝的心腹，成为洪孝帝最为信任的人，虽然不知道是为了什么，但姜梨能确定，姬蘅就是为了达到这个目的，才会扶持成王。

也就是说，在一开始，姬蘅就在设法扶持成王，让成王和右相联手，成为姜家的威胁。成王挑拨，洪孝帝和姜元柏离心，于是整个朝廷就此成为姬蘅所希望的三分局面。孤立的洪孝帝选择信任姬蘅，让姬蘅成为心腹。

当姜梨窥见这个秘密的时候，她就知道一定要将这个秘密烂在心中，因为一旦姬蘅晓得自己的秘密被窥见，第一件事就是灭口。

病从口入祸从口出，择食无疾择言无祸。这是姜梨的主意，但人算不如天算，她也没想到会在今夜被人逼到穷途末路，姬蘅在身边，但没有出手的意思，所以她只能借刀杀人了。

她当着那些杀手的面将姬蘅的秘密公之于众，姬蘅绝不会容许知道他秘密的人活在世上，那些杀手注定要被灭口。

“姜二小姐，你要知道，”他缓慢地开口，“灭口这种事，是不会留活口的。”

他能杀了那些杀手，也能杀了她。一来她知道了姬蘅的秘密，二来她居然用姬蘅的秘密算计姬蘅，只这两项罪名，就足够让她没有活下去的理由了。

扇子冰冰凉凉，抵在脆弱的脖颈之上，他的目光流连在姜梨的脖颈，仿佛带了一丝缠绵的情欲，但仔细一看，又尽是漠然的残忍。扇子一寸一寸逼近，死亡的感觉如此清晰，姜梨听见自己心跳的声音，可她的声音很平静。

“国公爷，我不想死，否则我也就不会说那些话了。”她道。

“给我一个你不用死的理由。”姬蘅看着他。

“国公爷要让陛下信任，势必要成王和姜家两斗，扶持成王不是目的，扶持是为了更好地解决。”姜梨道，“我能让姜家和成王再无修复的可能，能消磨成王的势力。”

姬蘅笑了一声：“你如何做？”

“薛家一案，冯裕堂只是个幌子，背后之人是永宁公主。”姜梨垂眸，“我要着手薛家一案，迟早会对上永宁公主，和成王也是不死不休。无论我父亲怎么看待我，只要我姓姜，成王就会把这笔账算到姜家头上，成王和姜家成为对手，我是姜家人，我会帮助姜家对付成王。”

“你怎么对付成王？”姬蘅道，“你如今才十五岁。”

姜梨只说了四个字：“不择手段。”

姬蘅沉默了一会儿，道：“姜家也好，成王也罢，最后都留不下来。”

这是姜梨之前就猜到的事，姬蘅扶持成王，挑拨姜家，为的就是成王和姜家互相对抗，互相消磨，这样洪孝帝的势力才会增长。她一心对付成王，但姜家也岌岌可危。

平心而论，虽然她并不是真正的姜二小姐，但借着姜元柏的名声，也做成了很多事。倘若姜家真的倒了，覆巢之下焉有完卵，她没有生机。

她得在保全姜家的情况下，再对永宁公主和沈玉容进行报复。

“国公爷，我不知道您最后的目的是什么，但姜家倒了，迟早也会有第二个姜家。”姜梨轻声道，“留着姜家，万一日后姜家成为你的助力、你的援军呢？”

她的苦口婆心并没有打动姬蘅，姬蘅笑了一笑：“我不需要助力，也不需要援军。”

姜梨：“……”

“你还没有说服我，”姬蘅提醒她，“不杀你的理由。”

“我找不出理由。”姜梨坦然地看着他，“因为这些理由，我连自己都说服不了，但我有没做完的事，现在还不想死。如果国公爷不愿意放过我的话，希望能给我一些时间，我的命留在这里，等我该做的事做完了，亲自将这条命送上来，希望国公爷笑纳。”

姬蘅瞧着她，笑着道：“如果我说不呢？”

姜梨再一次默然。

又过了一会儿，她道：“如果真的不行，国公爷就下手吧，其实我也赚了，本来今日国公爷不出现，我就死在这些人手上，或许死得还极不体面。如今能死在国公爷手上，是我的荣幸，何况还有这么多人陪葬，想起来也不亏。这些日子，多谢国公爷照应，如果有下辈子，姜梨再结草衔环相报。”说完这句话，姜梨就真的闭上眼睛，平静地微微仰头，等着姬蘅下手了。

扇子在白玉般的脖颈上移动，她五官分明，嘴巴小而红润，抿起来的时候有些倔强，而长长的眼睫毛像是沾了一层浅浅的露水，将落未落。

毒蛇缠住猎物，张开獠牙，毒液一滴滴地滴下来，白兔瑟缩成一团，可怜的，小心翼翼的，指望还有一线生机。

它慢慢地靠近，蛇芯子冰凉，目光也冰凉，只需要轻轻一咬，这只兔子就再也动弹不得。

但它突然甩开了尾巴，扭开头，游走了。

姜梨只觉得自己脖颈之上的扇子一轻，一瞬间什么感觉都没有了。她抬起头，看见的是姬蘅平淡的侧脸。

姬蘅道："被我杀还谢我的人，你是第一个。"

姜梨道："是吗？那也是我的荣幸。"

"你的嘴巴真甜。"姬蘅唇角一翘，"你是惯来如此吗？"

"不，我只是对着国公爷如此。"姜梨颔首，心中长舒一口气。她终究还是赌赢了。

自己一旦表现出完全无害温顺的一面，让姬蘅知道她对自己没有任何影响，他就懒得对她下手了。

"我知道你不如看起来这般无害温顺。"姬蘅像能料到她想的是什么，突然开口，"你无意中破坏了我很多计划，我不喜欢手下留情。但是，"他看向姜梨，眼眸通透又深沉，"你拉我入戏了。这出戏我要看到最后，最精彩的时候，你不能死了。所以你的命，暂时留给你，等你办完事，我再来取。"

姜梨问："倘若我办的事要很久很久以后才会办成呢？"

"那就等着。"姬蘅道，"我有耐心，你知道。"

姜梨默然，姬蘅的确很有耐心，早在很久以前，成王还没壮大之时，姬蘅就开始布置。他就这么一步步把成王扶持到如今谁也不容小觑的地步，姜家如今的收敛都是因此人所致。

他比谁都有耐心。

但姜梨已经很满意了，这条命暂且还留着也好，她要将薛怀远从狱中救出来，活着揭开永宁公主和沈玉容的真面目，活着给薛昭报仇。

前路漫漫，留着命，总能走出头。

"这些人……"姜梨看着地上的这些尸体。

"不必管。"姬蘅看向她，"或许你希望装起来，送回燕京的季淑然眼前？"

姜梨认真想了想：“不必了。送回去，她知道事情落败，难免还会想其他法子，我实在分身乏术。还不如就让她以为一切得逞，等我回到燕京，她自然大吃一惊，也是一件快事。”

姬蘅欣然点头：“有道理。”

“国公爷现在打算如何？”姜梨问，“我得回去了，不知道舅舅现在怎么样，冯裕堂的人一心杀我，我怕舅舅有危险。”

“叶明煜没事。”姬蘅道，“冯裕堂的人，永宁公主身边功夫最好的三个杀手过来追你，被你算计在沼泽地里了。”他意味深长地看了一眼姜梨，才道，“剩下的人不足为惧，叶明煜能应付。”

姜梨听见姬蘅如此说，这才稍稍放心。

“走吧。”姬蘅道，示意她骑马上前。

姜梨怔了怔，方才她匆忙逃避的时候脚有扭到，不方便行走，本想忍忍，没想到姬蘅看出来了，但眼下也不是造作的时候，姜梨便也没多想，撑着身子，翻身上了马。

姬蘅在身侧不紧不慢地走着，姜梨拉着缰绳坐在马背之上，他二人此番相处，竟是从未有过地和谐。

“国公爷，有件事想问你。”姜梨轻声道，“这条命是借给我的，但倘若还未给你，我便死了呢？”

“那是不可能的。”姬蘅头也没回，红色衣袍在夜里划过一道艳丽流光，“我的东西，别人不可能拿走，包括你的命。”

姜梨和姬蘅回到树林外的时候，叶明煜已经和他的手下寻过来了。叶明煜的胳膊上被划了道口子，他却浑不在意，从衣裳上扯了块布随意绑住。

看见姜梨，叶明煜喜出望外，赶紧带着人马迎上去，一边叫道：“阿梨！”

“舅舅！”姜梨勒缰绳下马，舅甥二人重聚，彼此都有逃过一劫的庆幸。姜梨看向叶明煜身后：“舅舅没事吧？那些刺客呢？”

“都是些乌合之众，三个功夫最厉害的去追你了。等我们解决掉后面的那些，早就没了你的影子。我们分散四处去找你，怎么也找不到，可他娘的急死我了。还好你没事。”

他上下打量姜梨，见姜梨没伤着一根小指头，这才放下心。

姜梨道：“舅舅，你受伤了！”

“没什么，”叶明煜挥了挥手，“都是小伤，不值一提。说起来，那三人怎么样了？我看见他们追着你过去，你是怎么从他们手下逃过去的？”

姜梨想了想，道：“我骑着马，误打误撞进了一片树林，那些人也跟着我进了树林，大约他们也是第一次进树林，在里面迷失了方向，我借着天上星斗的指引，先他们一步走了出来。”

她随口胡诌，叶明煜竟也没怀疑，就道：“好险好险。”

姬蘅闻言却是瞥了姜梨一眼，唇角一勾，好似在笑话她谎话连篇。

叶明煜注意到了姬蘅，犹豫了一下，问道："阿梨，这位……"

"我在出来的时候遇到了国公爷，"姜梨笑道，"若非国公爷出手相助，恐怕我也没这么容易回来。"

叶明煜闻言，立刻对姬蘅抱了抱拳，感激道："是吗？多谢国公爷出手相助！叶三感激不尽，日后要是有所需求，叶三鞍前马后，必然竭诚相报！"

姬蘅看向姜梨，笑道："你们家人都这么喜欢报恩？"

姜梨脸颊微红，在她被姬蘅的扇子抵住脖颈之时，为了让姬蘅心软，也曾说出下辈子结草衔环相报这种话。

"不是喜欢报恩。"姜梨道，"我们是恩怨分明而已。"

"好了，不多说了。"姬蘅道，"我回去了。七日以内，冯裕堂的人动不了你们。我住在县衙对面的酒馆里，有什么事来酒馆找我。"

叶明煜有些受宠若惊，这人有这么好心？他不是国公吗？能纡尊降贵做这些事情？难道国公比首辅的官儿要小，他要讨好姜元柏升官？或许他根本就是想讨好姜梨？不是他自夸，姜梨的模样性情可是顶好的，又聪慧勇敢，这男人难道是癞……天鹅想吃天鹅肉？但话又说回来，国公到底是个多大的官儿？

姜梨不知道自己的舅舅此刻思绪已经飞得老远，她对姬蘅行了一礼，道："国公爷大恩，姜梨无以为报，待有来日，必定相还。"

叶明煜一听，浑身汗毛竖起，警惕地瞧着姬蘅。按照他们行走江湖路过酒馆听说书人说戏本子的经验，那纨绔子弟此时就该说"那你就以身相许吧"了！

绝不能让这登徒子得手！

叶明煜正待说句话，姬蘅已经开口了："不必谢，我既然入戏，就不喜欢看闲杂人等。"

姜梨道："不管怎么说，还是多谢国公爷。"

姬蘅懒懒地看了她一眼，便头也不回往路的另一边走去。月色之下，青石巷的路格外悠长，他的背影华丽而寂寥。

姜梨觉得姬蘅和之前有些不一样了。

他是个矛盾的人，但总归不像之前那么"不像个人"了。

叶明煜看姜梨定定盯着姬蘅的背影，心中暗叫不好，外甥女到底年纪小了些，对上这妖孽般的男人难免动心。这会儿瞧着人家的背影出神，莫不是已经沦陷了？啐！世道就是这般不公平，长得好看的男人随便说几句话，就跟真的似的。

他赶紧拉了拉姜梨："阿梨，怎么样？咱们回去了吧？"

姜梨回头，看着叶明煜的胳膊："好，舅舅，我们先回家，找个大夫重新上药，伤口这么包扎可不行。"

叶明煜便道好。

白雪和桐儿二人守着门口，守得脖子都要望断了。整整一天，也没见姜梨他们回来。两个丫鬟担心得吃不下、睡不下，突然见一行人安然无恙地回来，差点儿喜极而泣。姜梨吩咐她们去打热水准备吃食，又让一个没受伤的人去请大夫，先给叶明煜的人马安顿一下。

趁着白雪给叶明煜清洗伤口的时候，叶明煜问姜梨道："阿梨，现在彭笑他们已经救下来了，卷宗也已经到手了，咱们接下来怎么做？你说的家家户户去找桐乡百姓吗？"

"是的。"姜梨点了点头，"舅舅今夜好好休息一下，明日一早，我们就挨家挨户地问询。"

"这五日就做这些事情？"叶明煜问。

"只要有一户人家肯站出来，就能上书大理寺名状，大理寺会立刻终止薛县丞的斩令，抓冯裕堂进京。大理寺的案子都要过皇帝的手。只要在这上面添上一笔京中重官，陛下就不会轻视。"

有一句话姜梨没告诉叶明煜，她不会只写京中重官，她会直接写上永宁公主的名字。

"好！"叶明煜一拍大腿，"只要说动桐乡百姓，薛家一案就能翻案，冯裕堂那浑蛋也能被绳之以法，老子早就看他不顺眼了。就这么个王八蛋还能当县丞，去他娘的！"

姜梨眉心笼上一层忧色："事实上，最后一步，才是最难的。"

她其实也没有把握，她对人心最没有把握。

但总要一试。

这一夜，过得分外漫长，到了清晨，十几年没下雪的桐乡，忽然飘起了小雪。

雪不如燕京的粗犷，温柔地小粒小粒地往下坠，带出晶莹的亮色。

冯裕堂到了县衙，穿上官服，冷得喷嚏连连。小厮送上一杯热茶，冯裕堂往椅子上一躺，抱怨道："天儿真冷。"

"是啊。"小厮赔笑道，"门口的灯笼都给风吹倒了呢。"

冯裕堂看了看外面，问："昨晚出去的人还没回来？"

小厮道："没有。"

"没有规矩！"冯裕堂愤愤道。永宁公主的三个杀手，连他都不放在眼里。没办法，谁让人家是永宁公主的人呢？况且他在这头有时候出了什么问题，还得仰仗那些人。所以虽然心里不满，冯裕堂也只敢在背后嘀咕。

昨夜想来又是那三人办完事，带着他的人马不知道干吗去了。冯裕堂悻悻地想，他倒是没想过暗杀姜梨这事儿没能成功。在他看来，永宁公主的人，那就是身手极好的，姜梨一个小姑娘，叶明煜一行人，也就叶明煜能打。姜梨死在那些人手里，是毋庸置疑的事。

想起来姜梨那张温软秀丽的小脸，冯裕堂咂了咂嘴，还觉得有些可惜。若不是她自己作死，非要调查薛怀远的案子，又何至于此？

但姜梨一个小姑娘和薛家应当没什么往来，好端端的怎么会调查薛怀远的案子？莫不是她父亲姜元柏的示意吧？

这样想着，不觉有些烦躁。本来等着一大早有人来报姜梨的死讯，到现在也没动静。冯裕堂的心里隐隐觉得不安，催促身边小厮："再派人去看看，花楼酒馆里有没有他们的人？"

正说着，外头有人跌跌撞撞地跑来，大呼道："大人！大人，大事不好了！"

冯裕堂一脚踢过去："嚷嚷什么？什么大事不好了？"

"大人，您、您还是亲自去县衙后院看看吧！"手下面带惊恐。

冯裕堂见此情景，心道不好，三步并作两步往后院走去，还没到后院，便闻到一股浓重的血腥气。再往里走，就见院子里的地上整整齐齐摆着二十具尸体。

下了一夜的雪，尸体上覆盖了一层雪粒，冷冰冰的，硬邦邦的，早已没有了呼吸。血迹都已经凝固，冯裕堂看得倒退一步，险险扶住面前的柱子，才让自己没跌倒。

他在心里数数，连数三遍，正是二十人。

二十人，他一共派出了自己的二十人，还有永宁公主的三人。现在这里有二十人，还有三人去哪里了？

冯裕堂问："其他人呢？"

最先说话的手下上前，语气惊惶："大人，一共二十人，还有三人不见踪迹，没能发现他们。"

没能发现，说不准他们还活着。是了，永宁公主的人身手了得，肯定不会这么容易就死了。冯裕堂的心里又浮起一丝希望，问："有没有发现他们的踪迹？"

手下摇了摇头："没有发现他们的影子，但在黑树林的沼泽地旁，发现了他们的兵器，大人，他们多半，凶多吉少。"

冯裕堂眼前一黑，险些晕倒过去，回过神当即破口大骂，道："他们二十几人，去围杀七个人！还能全军覆没！一帮废物！"骂得太急，冯裕堂胸口急剧起伏，像是喘不过气，但即便是手下，也能听出他声音里的愤怒和恐慌。

冯裕堂害怕了。

"姜梨呢？"冯裕堂抓住那个报信的手下问道，"姜梨呢？死了没？死了没？"

他眼眶充血，形容可怖，手下被逼得后退一步，摇了摇头。

冯裕堂的心渐渐沉了下去。

"姜二小姐和那个大个子，一大早就从青石巷的宅子里出来，四处走动，安然无恙。"

冯裕堂无力地松开手。

暗杀失败了，他损了二十三人，而姜梨毫发无损，甚至还敢在第二日大摇大摆地在县城游走，这是挑衅！

面前的二十具尸体就是姜梨的回敬。她早就知道来暗杀她的是冯裕堂的人，所以才把尸体送回来，让他看个清楚明白，这就是下场。

没有退路了，冯裕堂想，如果不能杀了她，等姜梨和姜元柏会合，她也不会放过自己。

这是两拨人之间的战争，不是姜梨死就是他死，他必须做到底。

“继续派人，追杀姜梨。”冯裕堂恨声道。

“大人……”手下惊讶地看着他，像是对他做出这个决定很是不解，“恐怕……”

“恐怕个屁！”冯裕堂骂道，“你懂什么，还不快去，去晚了，我们都得没命！”

这条路，真得走到黑了。

县衙对面的酒馆里，文纪道：“大人，冯裕堂重新派出人马去追杀姜二小姐了。”

姬蘅坐在椅子里，看着杯里的茶水，不知在想什么。

半晌，他道：“你去找人打发了。”

文纪领命离去。

坐在旁边的陆玑若有所思地看着姬蘅，没有说话，自从知道昨夜里姜二小姐被季淑然和冯裕堂的两拨人一起追杀，陆玑心里就悬了一块石头。这样的双方联合，姜二小姐纵然有天大的本事也插翅难逃。没想到，昨夜里跟着姜二小姐的不是文纪，而是姬蘅。而从不插手旁人家事的姬蘅，竟然出手相帮。

姬蘅从来不是一个心慈手软的人，更不会善心大发去拔刀相助，但终究还是出手，不管是出于什么目的，利用也好，其他打算也罢，姜二小姐还是成功了。

她以不可思议的手段，将大人也拉入了局。姜二小姐，真是十分厉害。

桐乡这一日早上飘起了小雪。

代云早早地起了床，将院子里枝藤上的雪粒仔细拂去，她年幼的女儿、六岁的平安正乖乖坐在堂屋里吃饭。

代云在院子里道：“平安，把窗关了，莫要着凉。”

平安应了一声，从凳子上爬起来，踮着脚将窗子关上了。

代云看了看破旧的屋顶，叹了口气，天气越来越冷，得找个时间让人将屋顶补上，要是家里有个男人就好了，代云忍不住这么想。

代云今年还不到二十五岁，生得年轻貌美，是个寡妇，丈夫在平安两岁的时候去河里打鱼，遇着风雨，人没了，从此剩下代云和平安母女相依为命。

家里没有男人，总是不方便。新任县丞冯裕堂每每又在她身上打主意，代云一次两次还能应付周旋，再这么下去，也不知能坚持多久。那些邻人大叔，从前还愿意帮衬，但因着冯裕堂的恐吓，如今也不敢与她多有交流，她只得默默受着。

代云走到院子的石桌前坐下，桌上放着未做完的针线。平安乖乖地抱着木头小狗出来，坐在代云身边。

母女俩正要开始一天的劳作，突然听见外头有人叩击院门的声音，笃笃笃。

“有人来了！”平安道。

代云看向院门，心中一紧，唯恐又是冯裕堂过来找麻烦，但今日的敲门声比起往日的不耐烦急促，显得温和了许多。

平安睁大眼睛，呆呆地看着代云。代云只得站起身，走到院门前，犹豫了一下，才将门打开。

门外是一个陌生女孩子。

不过十五六岁的模样，生得眉清目秀，穿着暗绿色苏绣月华裙，外罩一件青色花纹的披风。披风宽大，显得她格外柔弱娇小，一双眼睛灵气逼人，唇边挂着浅浅笑意。

代云不认识这个女孩子，却能认出对方身上穿的衣料，至少也要上百两银子。

她有些惶恐，道：“您是……”

女孩子对她笑了笑：“我叫姜梨，我来找您，是为了薛县丞的案子。”

代云一愣，平安悄悄地跟了过来，躲在院子里的篱笆后面，偷偷地看向这位陌生姐姐。

代云还没来得及说话，女孩子已经径自走了进去，道：“进来说吧，外面很冷。”

姜梨跨进了代云的院子。

院子还是原先的模样，比起从前更加破败陈旧。看来代云的日子过得并不好，当初薛怀远让她来给代云送银子的时候，平安还是个小不点，如今都已经长得这么高了。

时间真是过得很快。

代云看着这女孩子，一瞬间十分踌躇。姜梨看了看她做的针线活，诚心诚意地赞叹：“做得真好。”

代云拉着平安走到姜梨面前，道：“姜……姜姑娘，我不知道您说的话是什么意思。薛县丞一案……怎么了？”

姜梨抬眼看向她，道：“代云，薛县丞因贪污赈灾银两被下狱，五日后就会被处斩。薛县丞是什么人，你不会不知道。我替薛县丞翻案，需要证人，你愿意做我的证人，替薛县丞洗清不白之冤吗？”

她的声音轻轻柔柔，代云将平安的手握得更紧了些，勉强挤出一个笑，道：“薛县丞的事，我们也不是很清楚，我们只是老百姓，官府说什么，就是什么……”

“你怎么会不清楚呢？”姜梨看着平安，平安躲在代云身后，好奇地看向她。姜梨朝她伸出手，平安就忍不住往前走了两步，也伸出胖乎乎的小手，去摸姜梨的指尖。

“平安！”代云激动地制止平安，平安就是她的命根子，她绝不允许平安出一点儿差错。

平安听见母亲的斥责，连忙缩回手，仍旧满脸好奇地看着姜梨。

“如果没有薛县丞，平安也不会健康地活到现在吧？”姜梨看向代云，“凭这一点，还不能让你成为人证，替薛县丞说一句话吗？”

代云如遭雷击。

当年夫君早亡，代云长得好看，又年轻，寡妇门前是非多，有人打代云的主意。只是代云和亡夫感情深厚，并不愿意改嫁。平安两岁半时，生了一场重病，代云不得已四处筹借银子给平安看病，病是好了，也花了不少银子。债主早就垂涎代云美色，要纳代云为小妾抵银，代云不肯，那人便威胁她，说要将平安抓走，卖给青楼妈妈。

正在代云走投无路的时候，薛怀远站了出来，救出被人抓走的平安，替她们母女还清了银子。来送银子的是薛怀远的女儿，代云还记得那位薛家小姐的容貌，她感叹世上怎么会有如此倾城的女子，平安也很喜欢薛家小姐，一见她就咯咯咯地笑。

眼下姜梨突然旧事重提，代云十分慌乱，她不愿意让平安知道自己是个忘恩负义的人，但她也不能拿平安的安危开玩笑。如果冯裕堂知道自己站出来做证，一定会对平安下手。

她是个母亲，不能眼睁睁看着自己的孩子陷入危险。

代云看向姜梨，眼里流露出一丝祈求：“姜姑娘，我们、我们真的不知道，您找别人吧，就当我们对不起薛县丞了。”

姜梨什么话也没说，但代云还是看见了，对方眼里的一丝失望。那一刻，恍惚间代云觉得自己看到的，不是这位陌生的姜姑娘，而是那位人美又心善的薛家小姐，她也就是这么安静地坐着，失望地看着自己。

代云突然觉得自己没脸见人。

姜梨站起身来，摸了摸平安的头，道：“既然如此，那我就去找别人吧。”她对代云道，“打扰了。”转身往外走。

就这么，完了？

代云道：“姜姑娘，”等姜梨停住的时候，她又不知道说什么才好，半晌才讷讷道，“也许桐乡的其他人，也如我这般……”

她说不下去。

姜梨道：“我知道，但不这么做，薛县丞就真的一点希望也没有了。我很庆幸，薛县丞过去帮助过桐乡的每一户百姓，五百六十八户人，听上去还是很有希望。”顿了顿，她又道，“好好抚养平安吧，你既然付出了这么大代价，便不要放弃。”

姜梨离开了。

代云低下头，平安牵着她的裙角，睁着眼睛，天真无邪，唤了一声：“娘亲。”

代云泪如雨下。

另一头，叶明煜正敲开了一户人家的门。

这户人家很穷，住的是破草屋，因着昨夜下雪又吹风，整座房子都摇摇欲坠，看着令人心酸。

许久之后，有人来开门，是个风烛残年的老妇人，穿着一件薄薄的棉衣，光是看着，叶明煜都觉得冷。

老妇人看见叶明煜，却像是没看见似的，疑惑地问道：“有人吗？您是……”

这妇人是个瞎子，什么也看不见。

叶明煜道：“老夫人，您儿子在吗？我来找您儿子。”姜梨写给叶明煜的册子中，这一家人还有个秀才儿子。

“你找文轩啊。”老妇人道，“他出去买豆腐了，很快就回来，你找他什么事？”

话音刚落，外头就有人说话的声音：“娘，我回来了！”

莫文轩刚回家，就见他家门前站着一个高大的汉子，待再细看，那汉子脸上还有一道疤，匪气十足的模样，当即吓了一跳，差点连豆腐都掉了。

他问：“这位大哥……”

“你就是莫文轩？”叶明煜挑剔地打量莫文轩。莫文轩头发有些乱，长胡子，一身洗得发白的棉布袍。如今都快三十了，还未成家，孑然一人，也不怪他，他家实在是太穷了，他又是个一心做学问的，只是考到现在还是个秀才。

莫文轩道：“是啊。”

“我有些事情找你。”叶明煜豪爽地道，“借一步说话。”

这家太穷，连个院子也没有，叶明煜只得和莫文轩到屋后面的空地上说话。

叶明煜道：“莫文轩，你知不知道薛县丞被下狱的事情？”

莫文轩一愣，随即紧张地摆手，四下顾盼，道：“大哥，提不得，提不得！”

真是个胆小怕事的书生，叶明煜心中不屑，道：“怕什么？提了会死吗？放心，有我在，保管你不死。”

莫文轩没料到会遇到这么一个口无遮拦的主，纵然他万般害怕竭力阻止，叶明煜仍旧不为所动，一口一个薛县丞，生怕别人听不到似的。

“我说，小子，薛县丞现在下了狱，五日后就要处刑，罪名是贪污赈灾银两，薛县丞是个什么人，你不会不知道吧？现在我们要替薛县丞翻案，需要证人，你愿不愿意出来做证人，揭发冯裕堂，帮薛县丞平反？”

莫文轩一听，更是吓得抖如筛糠，道：“使不得，使不得啊！”

“什么不得不得的？”叶明煜看不上这样的人，没好气地道，“有什么使不得的？你且说说！我看当初薛县丞帮你在桐乡落脚，让你进乡学念书，让你考秀才，怎么没说使不得？要不是薛县丞，如今你连买豆腐的铜板都没有，你拿什么养你老娘？！”

莫文轩并不是桐乡人，多年以前，他带着瞎眼的老母来桐乡投奔亲戚，谁知那位远房亲戚已死，莫文轩身无分文，又是个外地人，差点就要沦落到乞讨为生。正好薛怀远在街头遇见他被一帮恶霸欺凌，于是伸出援手，了解了他的情况。知道莫文轩一心向学，还让他进乡学，这才有了莫文轩后来考中秀才。虽然如今生活贫困，但要不是当初薛怀远的帮衬，莫文轩怕是早就饿死了，哪里还能赡养老母。

“都说仗义每多屠狗辈，负心多是读书人，我他娘的今日也算是见识了！”叶明煜恨声道，“薛县丞要是知道当初帮衬的是这么一只白眼狼，就不该伸手拉你一把，合该让你被那些恶霸欺负而死！”

莫文轩怔怔听着，脸色涨红，突然怒道：“够了，住口！难道我不愿意为薛大人平反吗？仁义忠孝，我读书的时候都读过的！但冯裕堂实在太不是东西了！你知道他怎么对待那些之前想帮薛大人的人吗？他加害别人的父母妻儿！我莫文轩虽然算不上什么好汉，但一条命而已，也没什么怕的，只要能帮恩人！但我现在还有我娘，我娘辛辛苦苦抚养了我，她眼睛瞎了，什么都做不了。我这辈子没能让她享福，但不能让她因为我而身陷险境！”

莫文轩一口气说完，胸口剧烈起伏，脖子都涨红了。

叶明煜看着他，怒火稍微散了点，但仍恨他不争气，只道：“你不愿意让你娘因你犯险，但你愿意让你娘为你蒙羞吗？你不知道，你这么做，你娘知道了，心里会有多失望？这比什么贫穷无能还要低贱百倍！”

“你！”莫文轩被堵得哑口无言。

正在这时，一个颤巍巍的声音响了起来：“文轩。”

二人回头一看，不知什么时候，莫文轩的娘亲，这位瞎眼的老妇人，拄着拐杖一步步摸索了过来。可想而知，方才他们的争吵，全都被老妇人听在耳中。

老妇人问：“文轩，这位小哥说的可是真的，薛县丞真的入狱了？”

莫文轩支支吾吾答不上来，老妇人瞎了眼，不能外出，不晓得桐乡早已发生了翻天覆地的变化。他没告诉自己的娘亲，因为晓得以老妇人的脾性，一旦知道此事，必然要为薛县丞说话。

可他不愿意看着自己的亲娘犯险。

“文轩。”老妇人的声音，严厉了起来。

“是真的。”莫文轩无奈地答道，“已经有大半年了。薛大人是以贪污赈灾银两的罪入狱，很快就要处刑了。”

“一派胡言！”老妇人突然伸出拐杖，狠狠地杵了一下地，“薛县丞是什么样的人，桐乡百姓都知道。没有薛县丞，就没有桐乡的今天。文轩，你快跟这位小哥说，你愿意做这个证人，做人不能忘本，如果我们不站出来，那和那些奸人有何区别？这是助纣为虐！”

“可是娘……”

“我知道你心里在怕什么，我活了这么大年纪，已经活够了，我不怕死！你要是不怕死，就站出去，要是有人想害你，娘陪你一起担着，这么多年咱们母子都一起过来了，一起死又怕什么，做人最重要的是有骨气。要是你怕死，你就找个地方躲起来，我和这位小哥出去做证，绝对不连累你！”

“娘，您说的这是什么话？儿子怎么会让你一个人犯险。”莫文轩急得跺脚，看向叶明煜，狠心道，“这位大哥，你还是找个地方把我娘藏起来吧，我和你去做证。我娘说得对，做人不能忘本，冯裕堂这样的奸人迟早要下地狱，这一次由我做这个送他下地狱的人又如何？！”

叶明煜本来已经打算放弃了，这个叫莫文轩的书生畏首畏尾，他又最不耐烦和读书人打交道。谁知道在最后一刻，峰回路转，莫文轩的亲娘跳了出来，改变了莫文轩的主意。

叶明煜看着这母子俩，突然有一丝感慨，他年富力强，自小胆子颇大，做事顾头不顾尾。但许多人有家人，有羁绊，勇气不是那么简单就能生出来的。难怪姜梨要说，最后一步是最困难的，因为人心难测，又有许多桎梏。

但终于还是有一个人愿意站出来了，是吧？

五百六十八户人，有一户人站了出来，肯定会有第二户、第三户……人性有恶，也有善。

叶明煜拍了拍莫文轩的肩，粗声粗气地道：“小子，别抱着一副英勇献身的模样，冯裕堂就是只纸老虎，不值一提。再说，他在桐乡的好日子马上就要到头了。没人会对你怎么样，也没人会对你娘怎么样。大家都会没事，有事的只有冯裕堂而已。”

莫文轩拱手：“都仰仗大哥了。”

“别客气！”叶明煜道，“那我就不多待了，我还得去找下一户。”

“下一户？”老妇人奇怪地问。

“桐乡五百六十八户人，家家户户都受过薛县丞的恩惠，我要找完这五百多户，一家一家寻找证人。”叶明煜十分自豪。

“您可真是个好人。”莫文轩呆呆地道，“这样尽心尽力帮助薛大人，是过去也受过薛大人的恩惠吗？有您这样知恩图报的人，薛大人一定很欣慰。我替薛大人谢谢您。”

“哎，别瞎说，我可没受过薛县丞的恩惠。”叶明煜道，“是我外甥女，和薛大人的家人是故交，这次才特意赶来桐乡帮忙。要谢就谢她吧，她叫姜梨，是当今首辅姜元柏的女儿，以后你们就能看到了，是个难得的好姑娘。”

叶明煜乐滋滋地想，这才是第一户人家，便找着了愿意站出来的人，姜梨要是知道此事，一定很高兴吧。

为她自己，也为那身在狱中的、可怜的薛县丞。

县衙里，冯裕堂在焦急地等着回信。

他必须要在五日内取了姜梨的性命，他不知道姜梨在做什么，薛家案子且不提，便是永宁公主知道了他把事情办砸，也不会放过他。

况且那摆在县衙后院的二十具尸体，实在让冯裕堂坐立难安。

今日一大早，他派出去的人马又如昨夜里派出去的二十三人一般，到现在都还没有讯息。冯裕堂从早晨等到晌午，又从晌午等到午后，傍晚时分，小雪渐渐停了下来，外面无风无雪，很是平静。

平静得让人心生焦躁。

没有音讯，不仅如此，这些人就像在短暂的几刻中突然销声匿迹了，没有人发现他们的踪迹，甚至让人怀疑，他们是否真实存在过。

“大人……”守门的小厮屁滚尿流地滚了进来，声音惊恐得不得了，“大人，他们，他们找到了！”

“找到了！”冯裕堂心中一振，站起身来，“在哪儿？”

“在，在后院。”小厮惶惑地道。

冯裕堂脚步一滑，差点没能站稳，努力打起精神，道：“去看看……”

之前早晨发现的二十具尸体，被他的手下蒙上白布，摞在后院角落，还不知如何处理。如今小雪停了，原本已经空出来的后院，又多了一排没有生机的尸体。

冯裕堂闭了闭眼。

这样的手段，这样的挑衅，他已经不知所措了。姜梨分明只有七个人，怎么能如砍瓜切菜一般，将他的人马折了一拨又一拨。难道他们这些护卫全都是绝世高手不成？

但他们又是如何悄无声息地将这些尸体送回县衙后院的？冯裕堂知道，他们既然能将尸体无知无觉地送回县衙，也就意味着，他们随时都可以悄无声息地取走自己的性命。

但他们为何没有暗杀自己呢？

冯裕堂不明白。他问：“院子里不是有个哑婆吗？让她出来，问她什么时候看见过可疑人，不能说话就比画！”

如果哑婆在院子里，也许看得清楚那些人是怎么进来的。

小厮一愣，像是才想起有这么个人，道：“说起来，好像有几日没看见哑婆了。”

“莫不是死了？”冯裕堂眉头一皱，那个老妇活得够久，每次看到她，都觉得下一秒她就会断气。

“这些人既然没能杀了姜梨，姜梨现在就还活着。”冯裕堂突然问，“姜梨现在在哪里，在做什么？”

两个手下面面相觑，皆是不敢说的模样。

冯裕堂看着就来气，骂道：“说！”

“姜、姜二小姐一大早就和叶三老爷兵分两路，顺着县东一路往西走，敲开了几户人家的门，不知道同里面的人说了什么，很快出来，又找第二家，就这么找了几十户。”

“但是好像有人听见他们提到了薛怀远的名字，应当说的是薛家的案子。”

桐乡自从冯裕堂上任后，再没人敢在街上说起“薛县丞”三个字，久而久之，似乎所有人都忘了薛县丞三个字意味着什么。那意味着走投无路时候的一丝曙光，意味着遭遇不公时候的唯一希望，意味着正义，意味着良心。

但所有人似乎又没有忘，像是埋下的屈辱火种，只等有一日有人带着火星前来，只消一点点，便能熊熊燃烧。

今日，“薛县丞”三个字，又悄悄地在桐乡四处响了起来。

夜里，青石巷的一间屋子里燃起灯火。

灯火幽微，一屋子的人或坐或站，面色皆是沮丧。

叶明煜一拳擂向桌子，愤愤道：“这可太难了！”

他与姜梨还有手下的六位弟兄，一大早分成几路，挨个儿去找桐乡的百姓。五百多户人家，今日从早到晚，问到的也就几十户。其实几十户也不算少，但愿意站出来为薛怀远做证的，只有那个穷秀才莫文轩。

叶明煜不知道该说什么好。去责怪这些百姓忘恩负义？别人只是想保护自己的家人，与其责怪百姓，倒不如痛骂冯裕堂手段下作，但这些百姓就真的没有任何责任吗？如果他们稍稍反抗一些，或许薛县丞便是入狱，也不会如今日这般悲惨。

人世间总归有许多无奈的事。

“没事的，舅舅。”姜梨微笑，“也不是全无收获，至少有一人也好，不是吗？只要今日有一人，明日有一人，这样下去，到五日过后，我们统共能有五人，也是不少了。”

一名护卫嘟嘟囔囔地道：“五百六十八户人，站出来的只有五人，这也太心酸了。”

叶明煜道：“说起来，今日好几次我都感觉有人在跟着我们，还有杀气，本来等着大战一场，结果过了一会儿，那感觉又没有了，真奇怪。”

“我也是我也是！”屋里的护卫纷纷附和，“我今日也有这种感觉，还以为是自己想太多。”

“莫不是见了鬼，怎么大伙儿都有这种感觉？”

“我看是桐乡的匪寇，本来劫道勒索我们，结果看兄弟们武艺高强，心生忌惮，自己就退去了。”

“有这个理，我看就是这样了！”

“去去去，”叶明煜挥了挥手，“你们懂个屁，别什么功劳都往自己身上揽，谁会劫你们的道？你们看起来很有钱吗？要劫也是劫老子！再说了，桐乡能有劫道的吗？桐乡这么穷，要有劫道的，早就饿死了！”

屋里顿时哑口无言，叶明煜转头问姜梨：“阿梨，这事儿，是那劳什子国公爷帮的忙吧？”

姜梨哭笑不得，道：“多半是了。”

冯裕堂的人马一夜间少了这样多，他却一声不吭，一点动静也没有，自然是姬蘅的手笔。今日他们在桐乡公开提起薛怀远的案子，冯裕堂的人也不来阻拦，这自然是不可能的。唯一的可能是，冯裕堂的确是派人阻拦了，只是被姬蘅的人拦了下来。

“明煜舅舅，你们早些休息吧。”姜梨道，“今天你们也累了，晚上养养元气，明日一早还要继续呢。”

叶明煜点头，带着手下们先去休息了。

姜梨坐回桌前。

桐儿和白雪见状，问：“姑娘不睡吗？”

“我还得写一下册子，明日分发给舅舅他们，写完了再睡。”姜梨按了按额心，“白雪，替我倒杯热茶来吧。”

雪过天晴，第二日是极好的天气。

姜梨一大早就和叶明煜他们分道扬镳，各自去寻各自的人家。

远处，屋门已经能看到了。

姜梨走到这户人家面前，犹豫了一下，终于还是敲开了门。

这户人家是个屠夫，人称张屠夫，生得凶神恶煞，十分可怕，寻常小孩被他看一眼，都会哭。

敲门三声，有人来开门。

开门的就是张屠夫。

时隔多年，张屠夫还是当年的模样，一点儿也没变。大冷的冬日，穿着一件薄单衣，衣袖挽起，他生得高而胖，满脸横肉，身上泛着肉腥味，手里提着一只桶，桶上盖着一块白布，姜梨晓得，那白布里是新鲜的猪肉。

张屠夫还有一把长刀，也放在这桶上。刀极长极锋利，光是看见，也让人发寒。

姜梨的目光不由自主地落在长刀之上。

张屠夫低头看了看姜梨，将手里的桶咚的一声放在脚边，语气不善地道：“你找谁？”

“我找您。”姜梨收回目光，“我叫姜梨。”

张屠夫道：“我知道你，昨日就是你，从城东开始挨家挨户地问薛县丞的事，想让人站出来给薛大人做证！”

张屠夫声音凶厉，对着姜梨说话的时候，面无表情。

“是的。”姜梨平静地看着他，“薛县丞究竟是不是一个好官，会不会贪污赈灾银两，桐乡百姓不会不知道。我想问这位大叔，愿不愿意站出来作为证人，替这位无辜的县丞平反冤案呢？”

张屠夫定定地看着姜梨。

他眼睛很小，几乎是眯缝成一条，让人难以看清他的表情。这位张屠夫孤身一人，至今无妻室，因他长得太丑太凶，无人敢亲近。他居高临下地看着姜梨，像是下一刻就要对着姜梨举起屠刀。

但下一刻，他突然放声大笑起来。

姜梨从未见过张屠夫这般笑，仿佛夙愿得以完成、心想事成的快乐的笑。

他道："小姑娘，一大早我就在屋里等你，还以为你不来了，总算等到你了。我愿意站出来，跟你去帮薛大人翻案！"

这一回，轮到姜梨诧异了。

在张屠夫的大笑声中，想了想，姜梨问："您为什么会愿意？"

"为什么会愿意？"张屠夫看向她，仿佛她说了什么好笑的问题，"你应当问我，我为什么会不愿意？薛大人对我来说如再生父母，当年有人诬陷我，说我的猪肉吃死了人，说我是杀人凶手，我被人冤枉入狱，在狱中吃尽苦头，要不是薛大人明察秋毫，重审我案，还我清白，早就没有今日的我了！"他把长刀顺势一顿，"我虽然是杀猪的屠夫，却不是个忘恩负义的白眼狼！"

这事姜梨是知道的，当初薛怀远刚上任的时候，前任县丞收人钱财。那桩案子里，分明是有钱人家的儿子犯事，却找了个替死鬼。不是张屠夫毒死的人，硬说是张屠夫的肉吃死了人。张屠夫成了替罪羔羊，那位县丞收了钱，才不管一个屠夫的身家清白。加之张屠夫生得凶厉，一时间竟无人怀疑。

薛怀远上任后，看出这桩案子里的疑点，不惜得罪那户在桐乡有权有势的人家，也要给张屠夫翻案。最后证据确凿，还了张屠夫一身清白。

"我知道被人冤枉的滋味，要说薛大人那样的人贪污银子，谁都不信！我本来想，五日之后就去劫法场，只我一人也好，便是死了，也是和恩人死在一块儿！小姑娘，我看你们一行不是普通人，身家地位都不低，又不怕冯裕堂的权势，一心想为薛大人翻案，我相信你们！既然如此，你们为薛大人翻案，算我一个，要我做什么，刀山火海，我绝不说二话！反正我无亲无故，孑然一身，就只有这把屠刀，我就带着这把屠刀，去杀这帮猪狗不如的畜生！"

姜梨的心一瞬间跟着激荡起来。

她深深地对着张屠夫行了个礼。

张屠夫吓了一跳，连忙道："小姑娘，你干什么？"

"我替薛县丞谢谢您。"姜梨认真地道，"您能站出来，我很感激。"

"没什么好感激的。"张屠夫摆手，"当初我成为过街老鼠、人人喊打的时候，只有薛大人愿意相信我，不嫌弃我，没有薛大人，我早就死了。我这条命本来就是薛大人的，薛大人有难，我坐视不理，那还是人吗？"

姜梨看着这男人凶煞的模样，也觉得可爱了，二人对视着，彼此都笑了起来。

第二日，到了夜里，同叶明煜他们会合的时候，姜梨发现，愿意站出来的证人就只有张屠夫一个。

在见过张屠夫后，她后来找去的人家，皆是面露难色，支支吾吾，姜梨也不强人所难。叶明煜和其他护卫那边更是一无所获，叶明煜有些泄气。

“没事。”姜梨给他打气，“我们不是还找到了一人吗？我说过的，一日一人，也能找到五人，没事的。”

叶明煜看了看姜梨，没有说话。他叹气并不是为找不到人，而是对人心失望。

一家家，一户户，姜梨给的册子上都写了，每一家每一户都真实接受过薛怀远的帮助。那么现在薛怀远有困难，就因为冯裕堂的权势，没有人敢站出来吗？

知道自己这样想有些赌气，但犹如一盆凉水，将叶明煜火热的心浇得冰凉。他喜欢快意恩仇的江湖生活，桐乡之行，却让他看到了市井之中太多无奈，他没办法去责备什么，每个人都有自己的理由，但他胸口就是不爽利，闷闷的。

姜梨道：“没关系的，舅舅，还有三天。明日起，我要开始向襄阳知府上报了，冯裕堂的罪名成立，薛县丞的斩令暂停，最后一日，我们就能接薛县丞出狱，带着这些桐乡百姓上京告状。”

“佟知阳会答应？”叶明煜问。

“容不得他不答应，规矩如此，况且织室令唐大人还未离开，唐大人知道利弊，会劝服佟知阳的。”姜梨道，“当然，如果能找到更多愿意出来做证的百姓就好了。”

姜梨的步子没有停歇，第三日早上，她仍旧起了大早，和叶明煜的手下兵分几路，去说服那些受过薛怀远恩惠的百姓。

春芳婶子也不出去了，就站在院子里，目送着姜梨他们离开，怔怔的，不知道想什么。

又是一日早出晚归。

这一日到了晚上，姜梨和叶明煜一无所获，倒是叶明煜的手下有一人，说服了一对开面馆的夫妇，叫阿怪夫妇。当年阿怪夫妇被人欺骗，地契出了问题，差点被人将面馆夺去，失去了安身立命的本钱。薛怀远审了这桩案子，让阿怪夫妇拿回了地契，不至于流离失所。

因此，阿怪夫妇一直很感谢薛县丞。如今薛怀远入狱，阿怪夫妇有心要为薛怀远鸣不平，又不知道自己能做什么，总觉得站出来有如螳臂当车，如今姜梨一行人的出现，令他夫妇喜出望外，似乎总算知道能做些什么了，没多想就答应下来。

“一共找到了三人。”叶明煜道，“明日就送令给襄阳那头吗？”

姜梨点头：“够了。”

叶明煜问：“那还继续找人吗？”

“找。”姜梨道，“只有百姓越多，此事闹得越大，上大理寺也好，告御状也罢，才能让人压也压不下去，才能让天下人都看看，撕开这层皮，真正的桐乡县丞出了多大的乱子。”

叶明煜道：“我知道了，那继续吧！”

这一夜，姜梨睡得很是安稳，梦里见到了薛昭和父亲，三人走在青石巷回家路上，夜色四合，薛昭背着剑，得意地在姜梨面前耍一套剑法，被薛怀远笑骂。

温暖得让姜梨不愿醒来。

直到白雪轻轻地来叫醒她："姑娘，该起了。"

这些日子，姜梨每日都起得很早，没办法，时间不容耽误。她心里还在回忆昨夜里那个美梦，动作却清醒又果决。不过片刻，已经梳洗完毕，吃了点东西，准备出门。

五百六十八户人，还有一半未曾拜访。而过去的一半，只有三人愿意站出来。

悲哀吗？或许吧，但应该庆幸不是一个都没有，还不到最糟的时候。

叶明煜笑着与姜梨打招呼："阿梨，今儿又要忙活了。"

姜梨也笑："今天也要辛苦舅舅和各位小哥了。"

大家笑着出了门，打开院子，突然愣住。

春芳婶子站在门口，她穿得单薄，不知等了多久，身子微微颤抖着，看见姜梨，眼睛一亮。

"春芳婶子？"姜梨疑惑地看着她，"您怎么来了？"

"我……我……"春芳嗫嚅着嘴唇，似乎隔了好久才鼓起勇气，"小姐，我、我愿意站出来，替薛大人做证！"

姜梨愣住。

"我想过了，薛大人帮了我们许多，要是不管，那是没有良心，我愿意站出来！"

这怯懦的妇人，像是没来由地得了勇气，声音陡然加大，坚定地道。

姜梨和叶明煜都没料到她会说这么一句话。

半晌，姜梨笑了，道："谢谢你，春芳婶子。"

春芳的脸红了，慌忙摆了摆手，像是受不得似的道："不只是我，还有她们。"

便见墙角处，又走出两个人，是牵着平安的代云。

平安看见姜梨，对着姜梨甜甜一笑，代云道："姜姑娘，我想过了，薛大人救过平安，我们不能对平安的救命恩人如此无情。我们母女在桐乡，一直接受薛大人的帮助，不能因为我们的自私，让一个好人蒙冤受屈。我们愿意站出来。"

姜梨看向她。代云紧紧拉着平安的手，瞧得出来，做出这个决定，她也挣扎了好一段日子，但现在，她带着平安来了。

"谢谢你们。"姜梨微笑，"有了你们，薛大人的案子会轻松许多，我想薛大人离平反的日子，不远了。"

"不只我们哩。"春芳道，"您看看外面。"她指向一个方向。

姜梨往前走了几步。

青石巷的巷道口，不知何时，早已挤满了密密麻麻的人群，一些在外面，一些在里面，将巷道挤得水泄不通，少说也有上百人。男女老少都有，粗粗一看，尽是桐乡百姓。

看到姜梨，他们高声道：“姜姑娘，我们都愿意做薛县丞的证人！”

“姜姑娘，带我们去帮薛县丞吧！滴水之恩当涌泉相报，咱们都受过薛大人的恩惠，现在轮到我们报答薛大人了！”

“我们知道了姜姑娘的打算，这是特意来找姜姑娘的，姜姑娘要我们做什么，我们就做什么，只要能救薛大人！”

姜梨怔怔地看着眼前的一切。

叶明煜和手下往前两步，也看到了面前的情景，叶明煜低声道：“我的乖乖……”声音满是不可思议。

对比前几日挨家挨户碰钉子的局面，今日的一切，像个梦境。这些桐乡百姓，老弱妇孺都有，但面上都是豁出去的勇气。

那些薛怀远曾经帮助过的人，那些缩在家中、因为种种原因不敢站出来的人，经历了挣扎、犹豫、彷徨和不安，最终战胜了恐惧，还是站了出来。

人心值得期待吗？

人心不值得期待吗？

平安挣开母亲的手，往前跑了两步，拉住姜梨的手，软软地叫了一声：“姐姐，我们愿意站出来。”

姜梨眼眶一热，说不出话来。

剩下的几百户人家，似乎不用一一去问询了。

突然涌出来的百姓，已经足够成为薛怀远的证人。而这些百姓听到姜梨说要进燕京城为薛怀远翻案，纷纷表示愿意同往。

叶明煜心中大快，拍着胸脯保证进京的车马食宿都由他一人出了。桐儿和白雪也十分高兴，叶明煜得了空，问道：“阿梨，现在咱们提前完成了任务？能做什么？”

“都有这么多人了，冯裕堂的人马又折了大半，手无寸铁的老百姓对冯裕堂早就积怨已深，是时候让他们出气了。襄阳的刑令迟早要下来，既然冯裕堂喜欢在桐乡称王称霸，这一回，也让他尝尝被人称王称霸是什么感觉。舅舅，带着这些百姓去县衙门，我们要唱一出戏，叫绑官上殿。”

“我只听过绑子上殿，没听过绑官上殿的。”叶明煜乐了。

“我也没见过，事不宜迟，我看冯裕堂得了这一头的消息，要盘算溜之大吉了，不能让他跑路。”

叶明煜闻言，大叫一声好。这些日子可算憋屈死了，现在终于能扬眉吐气，将他早就看不顺眼的冯裕堂抓起来，可真是好事一桩！

“走走走！”叶明煜迫不及待道。

县衙里，今日静悄悄的。

冯裕堂坐在屋里，等着人将他的行李运送过来。

他连最宠爱的小妾都没有带上，只带了这些年在桐乡搜刮的金银财宝。要是让那些小妾发现他跑路这件事，一定会闹起来，到时候惊动了姜梨一行人，便是想走也走不了了。

姜梨有句话说得很对，神仙打架，小鬼遭殃。他已经无法阻挡姜梨为薛怀远翻案了，办砸了差事，永宁公主随时可以灭了他的生机，又得罪了姜元柏的女儿，现在不走更待何时？因此冯裕堂今日一大早，就去了县衙，搬来的箱子都在这里，他带着几个亲信，只等着接人的马车前来，就赶紧上路。

姜梨和永宁公主如何斗法，随她们去吧，他已逃之夭夭，一切都和他没有关系了！

正在想这些的时候，冯裕堂突然听见外面有动静，精神一振，立刻从凳子上站起身，吩咐亲信赶紧去抬箱子，自己率先往门外走去，一边不满道：“都说了动静小些，被人发现了怎么办？”

刚说完这句话，冯裕堂恰好走到县衙大门边，声音迅速消失，一下子愣住了。

站在他面前的，正是叶明煜和姜梨二人。

“冯大人。”姜梨对他一笑。

冯裕堂勉强也回了一个笑容。

“姜二小姐。”他问姜梨，“您二位这么早前来，找下官可是有什么事？”

姜梨没有回答冯裕堂的话，而是越过冯裕堂看向他的身后，奇道：“冯大人怎么搬了这么多箱子，这是要出远门？”

冯裕堂心中咯噔一下，赶紧回头，用眼神示意手下们将箱子搬回去，赔笑道：“怎么会？这些都是之前拿出去的东西，正要收回来呢。”

“原来如此。”姜梨笑了笑，“这就好，我还以为冯大人要出远门，刚才还有些为难，若是冯大人出远门，日后就不好办了，还有事想请冯大人帮忙呢。”

冯裕堂试探地问：“二小姐想请下官帮忙做何事？”

“很简单的事。”姜梨轻描淡写道，“也就是让冯大人陪我一道回燕京，去大理寺给薛县丞的案子做证罢了。”

冯裕堂呆立在原地，随即道：“二小姐这是说的什么玩笑话。”

“我可不喜欢说玩笑。”

冯裕堂咬了咬牙：“二小姐是非要下官这么做不可了？”

姜梨笑着点头。

她越温柔，冯裕堂就越窝火，怒从心头起恶向胆边生地问：“倘若下官不肯呢？”

“不肯？”姜梨笑容收起，冷冷道，“恐怕容不得冯大人不肯了。”

冯裕堂不肯示弱：“姜二小姐逼人太甚，是要打算杀了本官吗？”

“这和我无关。”姜梨摇了摇头，“不放过你的，是他们。”她侧开身子。

冯裕堂看到了。

姜梨的身后，叶明煜护卫挡着的县衙大门外，密密麻麻站着的全是桐乡的百姓。他们不知站在这里多久了，目光里全是愤怒和激动，仿佛要冲进去将冯裕堂杀了泄愤一般。

“你看。”姜梨笑了。

冯裕堂脚步退了一步，嘴里喃喃道：“不可能的……”

短短一夜时间，怎么会有这么多桐乡百姓跟在她身后？发生什么事了，她对桐乡百姓说了什么？

“冯裕堂！”有年轻的小伙子悲愤道，“你掳走我妹妹做你小妾，人进你府邸不过三日就死了，你还我妹妹！”

“他这个畜生，他抢了我们家铺子，我老娘生生气死在屋里！”

“他与恶霸勾结，抢了我们家三幅古玩！”

“冯裕堂！”

一声一声的控诉，响彻桐乡县衙门前的天空。

冯裕堂在任期间，欺男霸女，无恶不作，桐乡百姓早已忍让多时，如今一朝爆发出来，吓得冯裕堂连连后退。

他色厉内荏地吼了一句：“你们要干什么？你们这是要造反吗？”

回答他的是百姓更沸腾的怒吼。

一片吵嚷声中，姜梨的声音分外清晰：“冯大人，多行不义必自毙，不是不报时候未到，现在，你的时候到了。”

冯裕堂看了她片刻，突然转身就跑！

逃？又能逃到哪里去呢？

姜梨冷眼看着冯裕堂仓皇逃窜的背影，一挥手道：“冯大人想跑呢，就请大家帮忙，将冯大人请回来吧。”

话音刚落，轰的一声，对冯裕堂早已满腹怨言的百姓立刻一拥而上，追着冯裕堂而去。连带着冯裕堂的那些手下，皆是被这些或持着长棍或持着簸箕的百姓打得招架不住，连连求饶。姜梨让叶明煜的护卫盯着，有心要让这些百姓出一出气，却必须保证不能让冯裕堂逃了。

叶明煜瞧着正被一位妇人恶狠狠地用扁担砸脑袋的冯裕堂，乐得哈哈大笑，一边招呼姜梨也看，道：“那王八蛋现在也尝到任人宰割的滋味了。”

姜梨淡淡一笑：“因果报应嘛。”

做了这些事还想脱身，冯裕堂想得未免也太美好了一些。她会让冯裕堂，让永宁公主，为自己的所作所为后悔终生。

姜梨对叶明煜道：“明煜舅舅，让人把冯裕堂绑起来，别让他溜了，看管好吧。”

叶明煜点头，看姜梨转身要走，问姜梨：“阿梨，你去哪儿？”

姜梨道：“狱中，冯裕堂已经失势了，牢头得知消息早已跑路，现在去看薛县丞，已经不会有阻拦。”她一笑，“我想桐乡的狱中，还有许多如薛县丞一般被冤枉的囚犯，我要将他们都放出来。桐乡的天地，是时候改换了。”

最后和姜梨进牢狱的是叶明煜的小厮阿顺，还有张屠夫。

虽然得到的消息是牢头已经逃了，但为以防万一，叶明煜还是让姜梨带上几人。他自己要看着冯裕堂，免得冯裕堂得了空子逃跑。

牢狱的门口地上都是凌乱的脚印，还有一些散乱的银子，不过叶明煜也已经派了些人和桐乡百姓堵在城门口，一旦有想出城逃跑的，都会被他们拦下来。

阿顺站在门口，和张屠夫点起火把，伸头往里看。牢里阴森森的，阿顺正要提醒姜梨小心些，就看见姜梨连火把也没接，自己走下去了。

阿顺：“……”

年幼的时候，薛怀远不许他和薛昭去大牢里。但每次薛昭都带着她偷摸着进来，牢头知道他们是薛怀远的儿女，知道小孩子贪玩，也晓得他们不会做出什么事，便睁一只眼闭一只眼。

薛怀远曾在里面将被冤入狱的张屠夫解救出来，也曾将真正有罪、却逍遥法外的恶人送进去。

姜梨从未想过有朝一日，会在牢里，穿着囚服的人里，看见父亲的影子。

庆幸大牢里的火把都灭了，而张屠夫和阿顺手里的火把，还不足以让人看见她模糊的眼眶。她每走一步都很慢，看上去像是害怕摔倒而小心翼翼，但只有姜梨自己知道，她的手在微微颤抖。

阿顺的火把一间间照亮牢房里人的脸，此起彼伏的叫冤声突然响了起来，但更多的人只是抬眼漠然地看他们一眼，仿佛对未来失去了所有的希望——这是被折磨得已经不肯相信希望的人。

不是、不是、不是。姜梨一张张看过去，那些缺胳膊少腿的，看见不是自己的父亲，她的心里会小小地松口气，紧接着就会更加急迫，怎么还没见到他？

直到最后一间。

阿顺的火把已经到了牢门前，里面的人却缩在角落，不知是睡着还是躺着，总归背对着姜梨他们，不肯回过头来看一眼。阿顺下意识地看了姜梨一眼，他没见过薛怀远，不晓得薛怀远长什么样子，张屠夫知道，但每次张屠夫还没认出来，姜梨就比张屠夫更快地摇头。

没有人会怀疑，姜梨也认识薛怀远这件事，甚至她比张屠夫还要熟悉薛怀远，所以才能在第一时间判断里面的人不是薛怀远。

阿顺看向姜梨，便见姜梨突然抓住牢门，神情变得恍惚。

他精神一振，晓得姜梨这个神情代表什么，这人确是薛怀远无疑，赶紧掏出牢房钥匙，这也是掉在门口地上的。

牢门一下子开了。

张屠夫尚自犹豫，他虽认识薛怀远，但这人未曾转过身来，看不到面目。张屠夫正想自己先走进去瞧瞧，就见那姑娘忍耐不住似的，飞快跑了进去。

张屠夫和阿顺都是一愣，阿顺道：“哎，表小姐，您的火把……”

幽暗的火把灯光下，姜梨瞧见那身影孤独地坐在牢门角落里，头磕在石壁上，头发蓬乱。那个伟岸高大的身影，不知何时变得这般佝偻，瘦瘦小小的一团。她脑子嗡的一下，双膝一软，跪了下来。

阿顺大惊，几乎想要惊呼出口，被身边的张屠夫拉了一把，将喉咙间的惊呼硬生生吞咽了下去。

有什么值得表小姐突然就跪了下来，还是表小姐走得膝盖不舒服，跌了下去呢？

但很快阿顺就否认了自己这个猜想，眼睁睁看着姜梨伸手，扶住那脏兮兮的囚犯，将他慢慢地转过身，露出全脸来。

张屠夫和阿顺都瞪大眼睛。

那是一张瘦得几乎不能被称之为人的脸，瘦得脸颊凹陷、颧骨高高凸了出来，姜梨扶着的身子更是骨瘦如柴。阿顺不是没见过囚犯，大多囚犯都生得凶神恶煞、尖嘴猴腮，也有看上去狼狈落魄的，但没有一个像眼前人这般触目惊心。

他的头发竟然全白了，雪白一片，一眼看过去，还以为是桐乡的雪覆在人的头上。仿佛将熄烛火，只差一口气，便要被吹灭了。

张屠夫喃喃道：“薛大人……”

阿顺下意识看向张屠夫，就这么个瘦得出奇、看起来行将就木的老人，就是那位民心所向、听说很有风骨、光风霁月的薛县丞？

薛县丞竟然如此潦倒？要知道，任谁看见眼前的囚犯，都不会怀疑，过不了多久，这囚犯将要一命呜呼。

表小姐看见这么个人，会害怕吧？阿顺这么想着，紧接着就看见姜梨伸手，慢慢地挽起薛怀远的袖子。

袖子挽起来的一刹那，身边的张屠夫低低地倒抽一口凉气。

微弱的火光也掩饰不了这可怜老人身上的伤痕，那些伤痕像是鞭伤，又像是刀伤，又或是烧红的烙铁烫在人皮肤上后结的伤疤。伤口层层叠叠，旧伤未愈，新伤又添，散发出阵阵恶臭。

阿顺看得胆寒。

一只手臂尚且如此，可想而知，薛怀远的身上，同样的伤痕还会有多少。

在这样暗不见天日的牢狱，不间断遭受重刑，生不得，死不得，难怪薛怀远会疯了。阿顺甚至觉得，几日后的处刑，若是姜梨不来解救这位大人，或许对薛县丞来说，也是一种解脱。

这样的日子，实在太难熬、太难熬了。

同时，他又在心里怀疑，这样的薛县丞便是被救出去了，还能活多久？就算勉强活了下来，一个失去了心智的人，一切都失去了，这样行尸走肉般活着，有什么意义呢？

刚想到这里，牢狱里突然响起了一声低号。

阿顺吓了一跳，顺着声音去看，却惊讶地发现，发出那声音的不是别人，正是表小姐姜梨。

那向来喜欢温柔笑着、从容不迫的小姐，此时跪在地上，从喉咙里发出似悲似喜的声音，慢慢弯下腰，抱着薛怀远的肩膀，放声痛哭起来。

阿顺看呆了，张屠夫也没有说话。牢狱里，因为他们到来而四处喊冤的声音，不知何时突然安静了下来。只能听到女孩子痛哭的声音。

哭声像是也有感染，在黑暗的牢狱里、幽微的灯火中晃动，如人生隔了多少年后喜怒哀乐都品尝了一遍，乍然得了重来的机会，喜极而泣的痛哭，又如站在滚滚长江之前，故去的时光不可再来，错失世间事的哀愁。

让人听得难过，让人听得心酸。

女孩子也不怕这囚犯身上的恶臭和蛆虫，她紧紧抱着他，像小小的走失的姑娘在人群里，终于看到了自己的父亲，抓着这一根救命稻草，毫无顾忌地安心地大哭起来。

姜梨心中大恸。

薛怀远比姜元柏大不了几岁，高大的父亲，如今老得这样快，还不到知天命的年纪，竟已头发全白。若非遭逢巨大打击，又何至于此？

手下的人骨头硌人得厉害，仿佛身上没有皮肉，只有骨头。冯裕堂连饭也只给薛怀远吃一点点，让他饱受饥寒。

突然，在姜梨的痛哭声里，有虚弱的声音响起，如梦境般轻微。

“阿狸？”

阿顺浑身一震，惊讶地看向那人，这薛县丞为何知道来人是表小姐？还唤得如此亲昵？

姜梨亦是怔了一怔，她缓慢地低下头，呼吸都放轻微了，看向抱着的人。

父亲，没有失去心智吗？她的心里倏尔涌起一阵狂喜。

但那狂喜之色很快就黯淡了下去。

薛怀远睁开眼睛，却没有看她，看的是石壁，他挣脱姜梨，很快又缩回到方才的角落，抱起地上的一捧稻草，紧紧捂在怀中，生怕有人会抢走一般，嘴里喃喃道：“阿狸，阿狸……”

姜梨的鼻子一酸，又要掉下泪来。父亲并没有清醒，之所以嘴里叫着阿狸的名字，不过是因为这个名字在他生命里占据了很重要的位置，便是疯了之后，嘴里也如此喊着。

“表小姐？”阿顺有些担心。

姜梨回过头：“我没事。”看着缩在角落里兀自念叨的薛怀远，心中又是一阵绞痛，“我把薛县丞带出去，薛县丞身子太虚弱，烦请张大叔去寻桐乡医术最好的大夫来，给薛县丞瞧瞧。”

张屠夫见救命恩人如此，亦是恨极了冯裕堂。听到姜梨吩咐，二话没说，立刻出门去寻大夫了。

阿顺本想帮忙，姜梨已经将薛怀远搀扶起来。她不嫌弃薛怀远身上脏臭，小心翼翼地扶着他的肩膀，挽着他的手臂。如今的薛怀远，就像个两三岁的孩子，手舞足蹈，挥出去的手一不小心拍到姜梨脸上，她白嫩的脸上顿时出现了脏脏的手印。

阿顺看不下去，道："表小姐，还是我来吧。"

"我来。"姜梨只说了两个字。

姜梨扶着薛怀远走出地牢。

阿顺问："表小姐，剩下的这些人……"

冯裕堂善恶不分，唯利是图，这牢房里关着的未必没有如薛怀远一般被冤枉入狱、做替罪羔羊的好人。薛怀远是出来了，剩下的人怎么办？

"无事。"姜梨道，"晚点让人把卷宗送来，有疑点的，我拎出来。冯裕堂这个桐乡县丞当到头了。此案过后，朝廷很快会派新任县丞上来，届时这些案子再重审一遍，不会让人蒙冤。"

阿顺放下心来。

待走到县衙门口，薛怀远像看到了什么可怕的东西，突然不愿意往前走了，还大叫挣扎起来。姜梨十分心酸，阿顺忙让人去拉薛怀远。

叶明煜远远地瞧见姜梨，走过来道："阿梨，你们这么快就回来了？冯裕堂被打了个半死，要不是见他还有用，我让人拦着，今日他这条命非得交待在这里不可。哎，你把薛县丞带回来了……"叶明煜突然住口，因为看到了薛怀远狼狈的模样。

叶明煜怔了一会儿，才道："薛县丞太可怜了。"

姜梨道："舅舅，我让张大叔去请了大夫，先让他给薛县丞瞧瞧，薛县丞如今身子虚弱得很，此番还要回襄阳上燕京，不调养些，只怕很难。"又看了一眼另一头，"地牢里有许多囚车，找一辆出来，给冯大人装上吧。不必等襄阳佟知阳的调令了，直接回襄阳就是。"

叶明煜下意识点头，问："东山上的那些官差，现在也能让他们出来了吧。冯裕堂的人现在被抓的抓，跑的跑，他们也没什么危险了。"

姜梨点头："多谢舅舅。"

给彭笑他们看病的钟大夫，这回又被请来给薛怀远看病。

走出屋子，姜梨问："钟大夫，怎么样？"

"这位小姐，"钟大夫道，"薛大人此番受了不少苦，能熬到这个时候，已经是奇迹。但毕竟年纪大了，身子虚弱，不过万幸没受致命伤。好好调养，假以时日，未必不能好起来。"

姜梨犹豫了一下，问："敢问钟大夫，薛大人现在失去了心智，认不得人，有朝一日，他能不能清醒过来？"

“这老夫可不敢保证。”钟大夫摆手，“老夫只是桐乡一个小小的坐馆大夫，听说小姐要带薛大人上燕京，燕京城能人异士众多，或许在那里能寻到一位神医，让薛大人重新恢复理智。”

姜梨沉默。

钟大夫不是第一个这样说的大夫，事实上，她已经问过许多桐乡的大夫了，能让薛怀远清醒的，没有一个。

她很希望父亲能清醒过来，再唤她一声阿狸，为了这个，她愿付出一切代价。

“我知道了。”姜梨道，“谢谢钟大夫。”

屋外，早已挤满了前来探望薛怀远的桐乡百姓。春芳婶子抹着泪道：“大人怎么变成如今这副模样？！”

“要是我们早点站出来就好了，都怪我。”代云牵着平安的手，后悔不迭，“我不知道大人竟遭受了这样的折磨。”

“冯裕堂不是人！”张屠夫道，“若非现在留着他还有用，老子一刀劈死他！”

姜梨越过人群，走到里面，薛怀远坐在床榻上，像个孩子一般摆弄着手里的木头人，嘻嘻哈哈地笑着。四周的彭笑、何君和古大、古二两兄弟，目光沉痛。

见姜梨进来，彭笑看向她，问：“大夫如何说？”

姜梨摇了摇头。

几人的目光立刻失望起来。

“无事，我们很快会上燕京。”姜梨道，“到了燕京，我会再寻神医，为薛大人治病。”

“大人弄成如此模样，都是冯裕堂这个王八蛋的错！”古大咬牙切齿道，“我一定要将他碎尸万段！”

“冯裕堂顶多是条狗，真正的人还在背后。”姜梨慢慢道，“谁让薛大人受此折磨，我就要谁做好被报复的准备。”

“我们兄弟几人已经猜到冯裕堂是受人指使，却不知背后之人到底是谁，又是为何要对大人下狠手，还请小姐明示。”何君道。

“到了燕京，你们自然知道背后之人是谁。其实这次案子，未必能伤了她，但就算要不了她的性命，扒她一层皮下来也是好的。你们四位是这个案子的证人，对方为了灭口，一定会无所不用其极，你们面对的，也许是比冯裕堂还要阴险可怕百倍千倍的敌人，你们要想清楚。”

“我们已经想清楚了。”彭笑打断了姜梨的话，“要为大人报仇，不管能不能成功。”

姜梨慢慢地笑起来：“好，那就仰仗几位了。”

“是我们仰仗姜二小姐才是。”

姜梨决定不等佟知阳的调令，第二日就带着这些桐乡百姓回襄阳，直接上燕京，也只是一刻钟的事。

决定了以后，叶明煜就派人收拾去了。和薛怀远一案有关的人证、卷宗还有县衙里的重要证据，都被搜集起来一并带走。因着第二日就要启程，大家都睡得很早。

失去心智的薛怀远就像个孩子，要哄着他入睡得颇费一番心力，哄完薛怀远睡觉，桐儿问姜梨："姑娘，要回去休息吗？"

姜梨看了看外面，风从外面吹来，夹杂着雪花，姜梨披上斗篷，道："不了，我去看看冯裕堂。"

冯裕堂？桐儿和白雪面面相觑，姜梨已经走出了屋子。

雪白的兔毛斗篷披在身上，她将帽子放了下来，只剩下巴掌大的一张脸，灯笼下，小脸更加苍白。她走得不紧不慢，很快就走到了院子的角落里。

囚车里，冯裕堂蜷缩成一团。

外面下雪了，囚车没有被放进屋里，任凭冯裕堂喊哑了嗓子，也没有人来看他一眼。他冷得很，只得缩成一团。

夜里，院子分外寂静，姜梨脚踩在雪地里，发出窸窸窣窣的声音。冯裕堂猝然抬头，看见姜梨的第一眼，下意识想要呼救，可是下一刻又顿住了。

他知道，就算他喊了，面前这个看起来温软纯善的年轻小姐也不会施舍他一床被子，甚至可以说，他之所以落到如今这个地步，被扔在囚车里自生自灭，都是拜眼前的女孩子所赐。

姜梨在囚车前停下脚步，看着冯裕堂。

冯裕堂哑着嗓子问："姜二小姐过来做什么？"

"过来看看你。"姜梨说。

"看我？"冯裕堂笑起来，"姜二小姐，你知道怂恿百姓囚禁朝廷命官是什么罪名吗？便是你的父亲，也救不了你。"

"很快就不是朝廷命官了。"姜梨淡淡道，"襄阳的调令很快就会下来，薛家一案将被重审，我们会一起上燕京，当然了，并不单单是为了给薛县丞平反，也是为了你。冯大人在桐乡做的事，放到燕京，也不是平平无奇的小事。至于我们是在调令之前囚禁的冯大人，还是在调令之后抓捕的冯大人，反正也没人知道，不是吗？"

冯裕堂眼里闪过一丝软弱，他恐吓不了姜梨，反而会被姜梨恐吓。为何一个十五六岁的女孩子，像是能考虑到所有事情的细枝末节，她要算计一个人，绝不会漏算任何一条，天涯海角、四面八方都是她的陷阱。踩进去了，死了，罢了，她还要抹一把陷阱上的草灰，让人再也看不出痕迹来。

冯裕堂鼓足勇气，道："二小姐，我知道您是姜大人的女儿，什么都不怕。有些事情，您何必为了一个小人物如此大动干戈？我虽是个小人物，但我的主子……"

"永宁公主，你的主子。"姜梨打断了他的话。

冯裕堂呆住。

他自以为没外人知道，姜梨怎么可能知道？而且知道了她还敢这么做？还敢坏永宁公主的事？

“冯大人，有件事你得知道，”姜梨盯着他，缓缓开口，“我对付你，就是为了对付她。”

“她是永宁公主，”冯裕堂颤巍巍地道，“是成王的妹妹！”

“是成王的妹妹？”姜梨讥嘲道，“那我就连成王一起对付，你要说成王是刘太妃的儿子，我就连刘太妃一起对付。谁动了薛怀远，我就让谁血债血偿！所以，”姜梨轻蔑地道，“不要再说什么永宁公主了，‘永宁公主’四个字，就是让我出手的理由。‘永宁公主’四个字，就是丧钟的开始！”

冯裕堂觉得手脚发软。

夜色下，姜梨的眼睛极亮，他毫不怀疑，其中有着刻骨的恨意。她那如野草般疯狂滋长的凶悍，平日里掩藏在温软的外表下，这一刻全部暴露出来。

“冯大人放心，在事情结束之前，我不会让你死的。”她道，“我会让你好好活着，就像你对薛大人做的那样。”

她冰冷地看了他一眼，提着灯笼，转身走了。

冯裕堂只觉得比起刚才自己更冷了。不知是雪的缘故，还是她的缘故。

离开冯裕堂的囚车，姜梨没有回屋子。

她没有睡意，心情也并不如表面上看起来的平静。

父亲已经成了这副模样，不知何时才会清醒过来。带人回燕京，对上永宁公主，也不是一件简单的事。自己在桐乡的所作所为，姜元柏知道后，季淑然再抓紧时机吹些枕边风，日后会在姜家遇到什么样的阻碍，她不能完全估计。

走通了一条路，走上了另一条路，又是新的荆棘。

她坐在池塘边的大石头上，慢慢地想着，直到身边的桐儿惊呼一声，抬眼看去，就见雪夜里，有美人持伞而来。

姬蘅穿着绯红绣黑牡丹的大氅，今日没有拿那把金丝折扇，只拿了一把素白的绢布伞，从远处的雪地走来。

更深露重，他像是一抹艳色，点亮了寒冷的天地。

“国公爷。”姜梨没有站起身，也没有行礼，今日的她，实在太累了。

姬蘅走到了姜梨面前，停了停，将伞停在了她的头上。

“这么难过？”他笑着道，“可不像你的性子。”

“这么温柔？”姜梨看向他，“这也不像你的性子。”

姬蘅大笑起来：“你这么说我，我很伤心，我待你手下留情，你却说我不温柔。”

“我只是受宠若惊罢了。”

姬蘅问：“现在你能告诉我，为什么要救薛怀远，就算与永宁公主为敌？你和薛家，本应该没有任何关联。”

“国公爷，”姜梨道，“我并不打算对你隐瞒任何事，因为就算我不说，你迟早也会自己查到。所以这件事的理由，我会告诉你，等我将性命交到你手上的那一天，我会告诉你所有事，也算是有头有尾。你并不会强迫我，对吧？”

“你为何总是对我示弱？”姬蘅不解，“难道我看起来像会怜香惜玉之人？就算是……”他上下打量了一下姜梨，“你是娇花吗？”

姜梨问：“我不是吗？”

“你是食人花。”姬蘅道。

姜梨笑起来。

他二人最初相识的时候，彼此猜忌，互相提防，到后来，也就是姜梨突然说出姬蘅的打算，将这条命放到姬蘅面前时，像是彼此交换了秘密，有种惺惺相惜的同盟之感。

当然，这或许也是姜梨的错觉，但姬蘅做戏也罢，真心也罢，他二人还是头一次能这么平和地坐在一起交谈。

“明日就要回襄阳上燕京了。”姜梨道，“这一路上，也许永宁公主会得了消息追杀，也许季淑然的人马贼心不死，一路上的阻碍，都要麻烦国公爷帮忙肃清。”

“你把我当成你的护卫？”姬蘅好笑，“你不怕我杀了你。”

“我这条命是你的，就是你的东西。”姜梨耍赖，“为了维护你自己的东西，杀掉一些强盗，不是很正常的事吗？”

潜藏在暗处的姬蘅的暗卫听得目瞪口呆。

“我好像收的不是你的命，”姬蘅道，“是个累赘。”

“也许累赘有朝一日会帮上你的忙呢。”姜梨笑笑。

她说得很认真，姬蘅说：“你要知道我做什么，就不会这么说了。现在嘛，”他低笑一声，“童言无忌。”

姜梨看着姬蘅，算起来，若是加上上一世的年纪，姬蘅和她也算年纪相仿。这人在这样年轻的时候，并不单单像个年轻人。

姜梨道：“谁知道？也许吧，到了那一日，也许我的决定也出乎国公爷的意料，不是吗？但我得先活到那一日。”

姬蘅有趣地看着她。看她所做的事，不像是个轻言放弃的人。当她说要放弃自己性命的时候，也洒脱得云淡风轻。就像她的一生，走到这世上，只为了办一件事情。为了这件事情，她努力活着，一旦这件事办完，她什么都不在乎了，包括她自己的命。

姬蘅轻笑道：“要是你不在了，我会很可惜。”

“是吗？”姜梨偏过头看她，两只脚在裙子底下轻轻晃动，像是无忧无虑的少女，她笑道，“能让国公爷觉得可惜，也是我的荣幸。如果你我唱同一出戏，也许这出戏的结局，更会皆大欢喜。”

姬蘅漂亮的长眸一眯：“小家伙，你怎么老是想拉我入戏，我说过了，我不入戏。”

是啊，他不入戏，因为天下最大的一出戏，就是他在背后操纵。就连金銮殿上的那位九五之尊，也被他玩弄在股掌之中。局势诡谲，各方势力，浮浮沉沉，争权夺利，可最后兜兜转转，却不知是为谁作嫁衣裳？

“我想要站在国公爷这一边，至少不与国公爷为敌。”她难得显现出乖巧。

身在姜家，北燕的文臣之首，这一次朝廷动荡，姜家必须要站队。自古以来都是如此，站对了自然可以飞黄腾达荫庇子孙，要是站错了，谁也料不到是个什么后果。成王败寇，也没什么后悔的，都是自己选择的路。

且不说成王是永宁公主的妹妹，单从可能性来看，姜梨也愿意选一个看起来不会输的。

她早已转换了策略，不会硬碰硬，既然做不到相安无事，那就表明态度，早早开始站队吧。

姬蘅笑盈盈地看着她，像是洞悉了她所有的企图，拂掉落到袖子上的一朵雪花，道：“其实你不必装乖巧的，阿狸。”

姜梨有些迷惑地看向姬蘅，他的语气太过熟稔，她能很清楚地听出来，他唤的是“阿狸”，而不是“阿梨”。

也许从一开始，他就看穿了她，正如她看穿了他一样。

姜梨耸了耸肩：“习惯了。”

姬蘅看了她一会儿，道：“你回去吧。”他把伞递给姜梨。

姜梨怔了怔，接过他手上的伞，从石头上站了起来，巧笑嫣然道：“那就多谢国公爷了。”

“不必谢。”姬蘅道，“维护我自己的东西，应当的。”

“你这么说，”姜梨沉吟了一下，“让我有种自己背后有座大靠山的感觉，很想放手一搏，去毫无顾忌地惹麻烦。”

“你惹的麻烦难道还少了？”姬蘅浑不在意，“有没有靠山都一样凶悍。”

“也是。”姜梨点头，“我走了。”她见那素白的伞底还有一朵线绣的牡丹，淡淡的，倘若不认真看，几乎看不出来。

她持着伞，和桐儿、白雪回屋去了。

姬蘅并没有马上离开。

他就站在池塘边上，天上的雪微微变大了些。风斜斜刮起来，雪粒从水面上飘过去，白白的、晶莹的一点，很快消失不见。

文纪静静站在姬蘅身后，轻声问道：“大人，为何要帮助姜二小姐？”

姬蘅道：“把性命交给别人，人生永远悬在刀尖上，还笑得出来。”他的声音含笑，“文纪，你不觉得，和我很像吗？”

不同的是，他堕入深渊，从黑暗中开出花朵，而姜梨却在荆棘中劈开一条血路，企图从树林的漏缝里抓到一丁点微末的阳光。

她走上了一条与他截然不同的路，所以他对她动了恻隐之心。就像是他府里花园中生长的那些珍奇花朵，起于千难万险之地，拼命往上爬，如果不精心呵护，就会昙花一现，迅速枯萎，永远从世上消失。

世上奇花多少，姜梨只有一个。

他发现了这朵凶悍的、与众不同的食人花，想要将这株看似温顺的植物放进燕京这座花圃里，看看厮杀之后，还剩几何。

他们在逢场作戏中狭路相逢，在棋布错峙之中撕下彼此面具，虚伪又真诚，于利用之中，又存了一丝惺惺相惜的真心。

真好。

人生短短几十载，还能遇到这样一个和自己十分相似又截然不同的人，真是一件有趣的事情。

所以他希望她活着。

至少现在是。

第二日，姜梨和叶明煜一行人就启程回襄阳了。

桐乡大半乡民都主动要和姜梨他们上燕京告状，姜梨本觉得人太多了些，奈何群情激愤，最后除了不能出远门的老弱妇孺，其他人都跟着车马队。

至于车马费，当初冯裕堂搜刮民脂民膏，打算带着金银财宝逃跑。没料到没来得及跑出去，就被百姓堵在县衙门口。那几口大箱子也没来得及带走，里头的金银财宝足够这些百姓一路上的食宿了。

在上燕京之前，还得先回襄阳去拿调令，顺便与叶家人说清楚这其中的缘故。

回襄阳的路比来桐乡的路程还要快，冯裕堂被关在囚车内，还有他的几个爪牙，无精打采地随着车队一起前行。

他们深知大势已去，皆是心灰意冷。姜梨让叶明煜的人注意着冯裕堂他们，只怕永宁公主的人马得了消息，干脆杀人灭口。

等回到襄阳，姜梨并没有先回叶家，而是让叶明煜找个地方将百姓先安顿下来，就直接带人去找佟知阳。

佟知阳没在知府府，而是和他的外室、儿子住在一间看起来不怎么样的小院里。

听闻贺氏在那一日和佟知阳争吵后，直接回了娘家。佟父大怒，扬言要杀了佟知阳，佟知阳害怕得连知府都不敢做，事实上，他也做不了了。他这个知府本就是靠着贺氏才做成的，如今得罪了贺氏，乌纱帽也保不了，成日和外室、儿子躲在这间小院夹着尾巴做人。

姜梨没与佟知阳废话，道："我需要的官令，佟大人给还是不给？"

佟知阳对姜梨敢怒不敢言，道："姜二小姐，我现在连知府衙门都不敢进。"

"你夫人如此跋扈，不过是因为贺氏的妹夫在燕京做官，做钟官令。"姜梨道，

“你若想光明正大做人，不怕被贺家人追杀，便得让贺氏无所依靠。”她看了一眼佟知阳，“你若替我做好这枚手令，我就让贺氏的妹夫在京城做不成官，贺家没了依靠，自然不敢动你。”

佟知阳眼睛一亮，问姜梨：“你说的可是真的？”

姜梨一笑：“你不相信我？”

“不不不，”佟知阳连忙道，“我相信，我相信。”他当然相信，姜梨来桐乡不久，就能让织室令短短几日内赶到襄阳为叶家案子办事。再看她这次要的手令，又是帮薛怀远脱罪。自古以来，帮罪臣翻案，一不小心就会连累自身，若非底气十足，谁敢这么做，也就因为她是姜家小姐，才敢这么有恃无恐。

“姜二小姐，我还有个不情之请。”佟知阳抹了把汗，“贺氏的妹夫丢官，那是自然的，叶家那些事，就是他们搞出来的鬼，我只是奉命行事，我对姜二小姐，对叶家，那是忠心耿耿！能不能让我这个知府继续做下去，我保证日后一定关照叶家！”他充满希望地看着姜梨。

姜梨面上的笑容收起，淡淡道：“佟大人，人心不足蛇吞象。况且，作为姜家的姻亲，任谁一个人做襄阳知府，我想都会关照叶家的，这一点不劳佟大人费心。现在的佟大人，连这屋里的母子都保不住，自己还有危险。我能让贺氏的妹夫丢官，至少你不必躲藏着做人，也不必担心佟雨被人杀害，已经是不幸之中的万幸了。”

佟知阳看着姜梨，忍不住缩了缩脖子。他自知理亏，便也没说什么，对姜梨道：“姜二小姐请等我片刻。”起身便进屋去了。

不消一刻钟，佟知阳又带着一张官令过来。官令都是依葫芦画瓢写的，需要佟知阳做的，不过是盖个印章。

姜梨拿到官令，见是能用的，就对佟知阳笑道：“如此，多谢佟大人了。”转身潇洒离去。

佟知阳在后面巴巴地小跑出来，讨好地道：“姜二小姐，钟官令的事，可别忘了啊！”

拿到官令，阿顺来接姜梨回叶家。叶明煜安顿好桐乡百姓，已经先回去了。桐乡这么一大帮人进襄阳，自然引起无数人的注意。这么惊天动地的大事，叶家这会儿还在盘问叶明煜。

姜梨就上了马车，先到了叶家。刚到府门口，门房立刻冲里头吼道：“表小姐回来了！表小姐回来了！”

姜梨进了叶家，锦画堂里叶家所有人都到齐了。叶明煜被围在最中央，像是犯了错似的耷拉着脑袋。

“说了让你不要惹麻烦，这下好了，还嫌惹的麻烦不够多，这到底是怎么一回事？”叶明轩数落他道。

叶明煜十分委屈，这回可真不是他惹的事。他虽然平日里在外面没少惹事，可从来不参与这些官场复杂的关系，可这会儿又不能出卖自家外甥女，唉，真是晦气！

正想着，姜梨从外面进来。

叶老夫人首先看见她，唤了一声："阿梨！"

姜梨几步走到叶老夫人面前。

叶老夫人这几日看起来精神像好了些，拉着姜梨，仔细端详了一遍，这才松了口气，道："看见你好，我就放心了。"

"外祖母宽心，我很好。"姜梨笑道，"舅舅一直照顾着我。"

"阿梨，"关氏忍不住问道，"这到底是怎么一回事？外面那些人，你们怎么又和桐乡县丞的案子扯上了关系？"

姜梨显出几分为难的神色，半晌才道："这，其实是父亲的意思。"

"姜元柏？"叶明辉皱眉，"姜元柏让你来襄阳，就是为了这事？"

"算是吧，因为我要回襄阳看外祖母，父亲还有别的打算，就让我去桐乡一趟，此事其实是由父亲指挥，我不过是依照父亲的意思办事。等回到燕京，这些事情都会交给父亲亲自督办。"姜梨笑道，"是我不好，惹外祖母和舅舅、舅母们担心了。"

她将事情推给姜元柏，将她自己完全择出来，叶家人就不会太过担心了。

果然，这么说，叶家人面面相觑，虽然神情仍然有异，到底不如一开始那般急切了。

姜元柏是老狐狸，官场上的事情，叶家人不懂，所以他们也不好去问为何要这么做。

叶明煜见状，心中暗暗对姜梨竖起了大拇指。

虽然将事情推到了姜元柏头上，姜梨还得给叶家人解释一遍薛怀远的案子是怎么回事。不过并没有提冯裕堂的上头还有主子。因此听在叶家人耳中，是冯裕堂陷害薛怀远，自己做县丞，无恶不作。

叶如风道："冯裕堂也实在太混账了！可怜那薛县丞。"

"世上竟有如此恶徒。"叶嘉儿十分感怀，"更可怕的是这样的恶徒还能为官。"

叶明轩沉吟了一会儿，道："这么说，姜元柏这回还是干了一件好事。"他看了一眼姜梨。

叶明轩是个聪明人，还是察觉到一点儿不对。姜元柏可不是什么一心为国为民的大清官，更重要的是，姜元柏和薛家也没什么关系，何必专门让姜梨跑一趟桐乡，就为了替薛家平反？

但怀疑归怀疑，叶明轩也没有其他的证据，只得作罢。

"既然是一件好事，那薛大人也是个可怜人。"叶老夫人道，"阿梨，你们就早些回燕京吧。官令是有时间限制的，从襄阳到燕京，还得有一些日子，你们早点出发，也能早点回到燕京。"叶老夫人是个明事理的性子，听闻来龙去脉，如此劝姜梨。

"我也是这般想的。"姜梨笑道，"我们在襄阳停留一日，明日就出发。"

“明日？”卓氏惊讶，“怎么这么急？”

“嫂嫂，咱们是去办正事，当然耽误不得。”叶明煜道。

“怎么，你也要去？”叶明轩问叶明煜。

“那当然了！这件事阿梨也说了，有我在，能把阿梨照顾得妥妥帖帖，这么多人哪，难道你要阿梨一个人带着这么多桐乡百姓进京，你想累死阿梨？我就不一样了，当初我闯荡江湖的时候，带了多少小弟？最适合做这种发号施令的事。有我来领头，保管阿梨一路上舒舒服服，什么山贼、匪寇、强盗，没有一个敢来的。来一个杀一个，来两个杀一双！”他凶狠地比画了两下。

“得了吧，我看你去就是添乱。”叶明轩没好气地道。

“明轩舅舅，这一次的确多亏明煜舅舅的帮忙。”姜梨笑道，“我希望进京的时候，明煜舅舅能陪着一起，有他在，我也安心许多。”

叶明煜听到姜梨为他说话，立刻挺直了身子，给了叶明轩一个“看到没有”的眼神。

叶明轩还要反驳，叶老夫人发话道：“好了，既然阿梨要老三一起去，老三就跟着去吧。阿梨是个女孩子，虽然有护卫，我也不放心。老三，我就把阿梨交给你了，要是阿梨有个三长两短，回来我拿你是问。”

“放心吧娘。”叶明煜眉飞色舞，“我办事，您放心！”

叶老夫人又转头看向姜梨，眼里都是不舍：“阿梨，你才回襄阳不久，就要离开，不知下一次再来，是什么时候。”

姜梨拉着叶老夫人的手道：“外祖母，没事的，等我回襄阳办完事，会尽快再找机会回襄阳。等您身子再好一些，让舅舅、舅母带着您一道来燕京，叶表哥现在做户部员外郎，等他根扎稳了，咱们叶家在燕京立足，也是不错的。”

一句“咱们叶家”，说得叶老夫人心中熨帖极了，面上的笑容怎么也止不住，道：“好啊，好，那我就在襄阳好好地养身子，等能走的时候，就和你舅母、舅舅们来燕京，看看世杰和你。”

叶明辉一行人在旁边有些感怀，姜梨未曾回叶家时，叶老夫人病得连床都不能下，姜梨回叶家没多久，老夫人的身子却一日比一日好了起来。

人到底还是有念想好，有念想，一切都有希望。

姜梨又与叶家人说了些话，直到天色已晚，用过饭，大家才散去。

薛怀远已经睡下了，姜梨去看了看他，嘱咐周围的护卫看护好，才回到自己屋子。没料到在屋里见到了叶嘉儿。

桐儿给叶嘉儿沏了热茶，姜梨走进去，唤她：“表姐。”

“表妹。”叶嘉儿站起身。

姜梨道：“这么晚，表姐还来找我，可是有什么事？”

叶嘉儿不好意思地指了指桌上的匣子，道：“给你的。”

姜梨打开来看，发现原来是一件衣裳。一件宽袖窄身长裙，颜色是温润的珍珠白，但在灯火下发出些粼粼光彩，像是海水的波纹，闪出细小的蓝光。

“三叔那些孔雀羽，我们拿出来做了，先做样布，出了几匹料子，喏，大概就是这衣料的模样。”叶嘉儿道，“因着才在探索，所以作废了许多，到现在为止，统共成功了这么一匹，我得了父亲和大伯父的同意，将它做成衣裳送给你。这是你出的主意，古香缎的生意做不了了，我们得做出新的可以媲美古香缎的料子。表妹，你觉得这料子如何？”

姜梨道：“很美。”

“真的？”

“我从不说假话。”

“听见你这么说，我就放心了。表妹你在燕京城，见过的好东西多的是，既然你都说好，肯定不会差，我相信你。”叶嘉儿很高兴，“我们商议过了，这料子的纹路如海水一般，就叫涛水纹。”

“涛水纹，”姜梨默念了两遍，看向她，“名字很好听。”

“是我想的。”叶嘉儿不好意思地捏了捏裙角，道，“我想着，表妹是首辅家的小姐，一定认识许多贵女，穿这身衣服出去，旁人若是觉得表妹穿得好看，自然会询问这衣料是什么、在哪儿做的，届时，便可顺势说出涛水纹的名字。”她顿了顿，才道，“表妹不要觉得咱们商户重利，实在是如今的叶家，如果不做出能代替古香缎的衣料，便会一蹶不振。我不想让祖母和祖父一生的心血白费。”

末了，她犹犹豫豫地道：“我知道自己的要求过分。”

“不过分。”姜梨道。

叶嘉儿看着她。

“我虽然不姓叶，身上却流着一半叶家的血。叶家的责任，我自然也要承担。”姜梨笑道，“并且，我并不认为这有什么不好。涛水纹现在仅仅只有一匹，想来要出，并不容易。物以稀为贵，涛水纹越是难得，人们对它的渴求也就越重。这是叶家的机会，表姐，你抓住了它，我想，叶家的生意，不愁后继无人。”

这是姜梨的真心话。

叶嘉儿愣愣地看着姜梨，过了一会儿，突然笑了，用力点了点头。

“嗯！”

第二日，姜梨就和叶明煜一行人，还有桐乡的百姓，浩浩荡荡踏上了去燕京的路。

叶家人依依不舍地同姜梨告别，叶老夫人站在城门口，一直目送姜梨一行人，直到背影再也看不到了，才同叶家人离开。

马车上，薛怀远同姜梨坐在一起。叶明煜得了空钻进马车，姜梨正用帕子拭去薛怀远弄在身上的点心渣，叶明煜瞧着瞧着，突然生出一种古怪的错觉。姜梨和薛怀远神态眉目之间，竟然有那么一丝神似。

看上去，仿佛一对父女。

意识到自己这个念头，叶明煜心中一个激灵，暗骂自己想得太多。

抛开心里这乱七八糟的念头，叶明煜问："阿梨，咱们这路程还要些日子。现在你爹不知道你做的事，等咱们回燕京了，到时候他若让你不能出面，你不如交代交代我，接下来我该如何？"

姜梨笑着摇了摇头："不行的。燕京城里，官户之间关系很复杂，叶家是商户，倘若有人要压，此事被压下去也有可能。扯上我就不同了，因我背后是官家，自然会引人注意。薛家一案，须闹大才有机会。"

"可是，"叶明煜犹豫了一下，"你爹那头……"

"不必担心，我来说服他。"姜梨笑道。姜元柏是个聪明人，在仕途上可不像他在后宅上那么糊涂，姜梨相信他会做出和自己相同的选择。

不过，不知道燕京城的永宁公主得知自己做了些什么后，是何种表情？

一定气急败坏。

燕京城地处北地，冬日里，没有一日不飘雪的。

公主府里，温暖如春。

地上垫了长长的羊毛毯子，绣着繁复花纹，赤脚踩上去也不会冷。因此高座上的妙龄女子，便是在冬日也着薄薄的纱衣，微微露出绣着并蒂莲的兜肚一角，娇艳如夏日里的荷花。

她伏在人的膝头。

男子生得俊秀温文，微笑着看向膝头的可人儿。

她红润的唇吐出缠绵的诗句："宿昔不梳头，丝发披两肩，腕伸郎膝上，何处不可怜……"说到最后一字时，声音暗下，脖颈却仰起，红唇轻轻印在男子的薄唇之上。

殿里的下人们都低头不敢看，永宁公主和她的情郎燕好的时候，没人敢多看一眼。

"永宁。"他唇齿间逸出一声叹息。

这叹息声却让女子陷入疯狂，她看着对方的眼睛，几乎要沉醉，突然道："沈郎，我们什么时候成亲？"

男子——如今是中书舍人的沈玉容一怔，像从欲望中突然清醒过来，微微仰身，避开了永宁公主亲密的搂抱。

永宁公主感到了他的疏离，又不依不饶地伏上去，娇嗔道："沈郎，你怎么不说话？"

"公主，"沈玉容不再叫她永宁了，蹙眉道，"我夫人过世还不到一年……"

又是薛芳菲！永宁公主心中恨极，他总是说要为薛芳菲守孝，要让天下人看到他的痴情。可永宁公主心中清楚，这不过是理由。

他之所以不肯娶她，就是因为心中还有那个贱人！薛芳菲就是死了，他还念念不忘！他之所以对自己柔情蜜意，也是因为自己有个成王哥哥，自己是公主，他为了权势富贵才会同自己在一起！

永宁公主并不是不明白，但明白没什么用，因为她爱他。沈玉容越是克制有礼，她越是按捺不住。他若即若离忽远忽近，对她来说就是致命的毒药。

得不到的才是最好的，她越得不到沈玉容，就越想要得到。不管沈玉容对她真情还是假意，她都要将沈玉容绑在身边，他这辈子只能看着她一个女人。

她要沈玉容做她的驸马。

“沈郎，”永宁公主道，“我如今年纪已经到了，母妃昨日还与我说起，正在替我寻找合适的良配，身在皇家，婚姻由不得自己做主，若非我心中有你，一直周旋着，只怕如今已经成为他人妇。”

沈玉容温柔地看着她，他有时候对永宁公主冷漠，有时候又对她缱绻，永宁公主被她弄得心神不宁，欲罢不能，譬如此刻。

“你说，要是母妃一朝真将我嫁给旁人，你伤心不伤心？后悔不后悔？”

沈玉容轻声道：“自然伤心、后悔。”

永宁公主顿时笑靥如花：“那你还等什么，只要我禀明了母妃，此事就能成。”

“可是……”

“你又要说要为薛芳菲守孝吗？”三番五次，永宁公主耐心终于告罄，仍旧笑着，语气里却带了几分冷意，“沈郎，世人都知道薛芳菲是与人私通，心中羞愧，郁郁寡欢而死，世人都为你鸣不平，你便是不守孝，哪怕第二日迎娶他人，天下人都不会说你一个不是。

“薛芳菲是个死人，我却是个活生生的人。你要为一个死人守孝，难道要眼睁睁错过我吗？哥哥已经见过你几次，对你也有器重的主意，你若是因此让我伤心，哥哥也会生气，我可不愿意因为我，让你们之间产生误会。”

这是明晃晃的威胁。

永宁公主能成为他的垫脚石，也能成为他的拦路石。她能在沈玉容和成王之间架起一座桥梁，也能将这座桥梁踩断。

沈玉容瞧着她，永宁公主嘟嘟囔囔地道：“沈郎，你就答应我，答应我。”

他知道她惯来没耐心，当初知道他有妻子，就迅速除去了薛芳菲。或许他应该庆幸，永宁公主对他的耐心这样长，一旦她对他的耐心不再，去找别人，他就永远没有机会了。

改变命运的机会。

沈玉容轻轻笑了起来。

他的笑容里含了一丝奇异的讽刺，讽刺转瞬不见，又成了深刻的柔和，他道：“好。”

永宁公主的笑容顿住，看向他："你说什么？"她已经做好再一次被对方拒绝的准备，但也同时决定，这一次，无论是威逼利诱，她都要成为沈夫人。

但他竟然说愿意。

永宁公主跳起来，一把抱住沈玉容的脖子，高兴地道："沈郎，你答应了！明日我就进宫告诉母妃，让母妃与皇兄说这件事！"

沈玉容宠溺地拍了拍她的后背，回抱着她。下人们都低着头，永宁公主背对着他，因此，也就没有人看到沈玉容眼中一闪而过的冷漠。

他知道永宁公主的底线在哪里，所以他得收得恰到好处。

沈玉容离开公主府的时候，永宁公主十分不舍。

她希望沈玉容能在这里留宿，但沈玉容不肯。他说按如今他的身份，朝中许多人都盯着他，想要拿住他的把柄，若是被人揪住小辫子，会有麻烦。

永宁公主只得作罢，想着既然沈玉容已经答应，很快她就能成为对方名正言顺的妻子，便觉得这片刻的分离也是能够忍让的。

沈玉容走出了公主府，走出了街道，一直回到了沈家。

状元府崭新如同最初皇帝赐下的模样。门房向他行礼，沈玉容走到院子里，在花圃前停了下来。

他一直维持的温文笑意突然出现裂缝，随即弯下腰去，被什么东西恶心了似的，猛地干呕起来。

头脑发昏，胸中沉闷时，他似乎看到了一双脚，顺着那双脚往上看，是最熟悉的枕边人。

那女子容颜绝色，倾国倾城，什么话也不说，只安静地看着他，一如往昔，然而那双眼眸里，沈玉容还是看到了嘲弄。

就如他嘲弄地看着永宁公主一般。

他伸出手，想要碰一碰那模糊的影子，那影子就碎了。

沈母的声音响了起来："玉容，你干什么呢？"

沈玉容晃了晃，站直身子，轻声道了一句："没什么。"就回房了。

没什么，有得必有失。他失去了一些东西，虽然偶尔也让人难过，但是，他还是得到了更多。

他终于改变了自己的命运，他不再是那个人人都看不起的穷书生了。

和从前截然不同的人生，才刚刚开始。

姜梨离开桐乡的十日后，回京的信终于传到了姜元柏手中。

不仅是回京的信，还有燕京城中沸沸扬扬的传言，传言姜二小姐姜梨在襄阳桐乡为一个罪臣大闹，还带着乡民上京告状。

这事在燕京城引起轩然大波，一个官家千金，好端端的，回乡探亲怎么还牵扯到罪臣案中？罪臣案就罢了，还带着乡民上京，难道她想做青天大老爷，还想入朝为官吗？

朝廷中的同僚看姜元柏的眼神都有些不对劲，有成王一派的，和姜元柏不对盘的臣子还故意对姜元柏道："真是虎父无犬女啊！令媛很有大人的风范，路见不平拔刀相助，这是义举，义举啊！"

姜元柏很气恼，姜梨和叶明轩回乡看叶老夫人，如何惹出这么大一桩祸事？他倒是没将此事往姜梨头上想，毕竟姜梨和薛怀远连认识都谈不上，没有理由去插手这件案子。姜元柏怀疑此事是叶家的主意。

叶家古香缎的事就不提了，织室令那头后来婉转地与他提了一遍此事，姜元柏才晓得姜梨以他的名义让织室令办事。这也就罢了，叶家与他有个姻亲的名头，姜梨在襄阳，替叶家解围，并没有对姜家的声誉有什么影响。就算得罪个把人，他堂堂一个首辅，还不至于在这上面害怕谁。

但薛家一案就不同了，且不说姜梨还没回来就已经闹得满城风雨，那薛怀远既然是个清官，最后还能被害成如此模样，冯裕堂敢在桐乡横行霸道，自然背后有所倚仗。姜元柏已经隐隐听到风声，说薛怀远一案的背后，还牵扯到燕京城的一位贵人。

这位贵人究竟是谁，姜元柏并不知道。如果是以前，他也未必会忌惮，但如今成王和右相对姜家虎视眈眈，一旦姜家被拿住了什么把柄，他的对头们一定会落井下石。姜元柏眼下是在求稳，不愿意生出什么事端。

只要姜梨一回京，他就禁了姜梨的足，让她在府里好好反省反省，也好让她和桐乡的案子割裂开来，将那些人打发出去。

淑秀园里。

姜幼瑶一脚跨进屋里，连门都没关，兜头就质问道："娘，你听说了没有，姜梨那小贱人要回来了！"

姜梨离开的日子里，姜玉娥成了小妾，被抬进了周彦邦的府邸。沈如云要到今年开春才嫁到周家去。

整个姜府里的小姐便只剩下了姜幼瑶和姜玉燕。

这些日子，姜幼瑶渐渐冷静下来。她想得很清楚，不管她能不能嫁给周彦邦，有两个人一定不能放过。一个是姜玉娥，一个就是姜梨。姜玉娥竟敢肖想她的未婚夫，这是挑衅！而姜玉娥之所以成功，是因为姜梨在其中推波助澜，她们是一伙的！

至于沈如云，在没有嫁到周家之前，她都算不得周夫人，既然如此，中途出什么事，谁也料不到。谁说她就完全没有机会呢？

季淑然让丫鬟将门掩上，责备道："你大声嚷嚷做什么？小心被你父亲听到不喜。"

"可她都要回来了！"姜幼瑶跺脚，"娘，您想好怎么对付她了没有！"

季淑然有些头疼。

姜梨即将回京的消息传到她耳中时，她难掩惊异。派出去的杀手都是一等一的好手，此事是陈季氏一手帮忙操办的，她一直在燕京城等待回音，但迟迟没有回信。季淑然已经感到不安，直到姜元柏接到了那封信。

她咬牙，看来姜梨是躲过一劫了。否则不可能这么长时间那些人还没得手。她竟有如此能耐！

姜幼瑶不耐烦地道："娘，咱们现在该怎么办？是她害得我现在成了燕京城的笑柄，害我失去周世子，我一定不会放过她！"

"我知道。"季淑然叹了口气，"此事我会想办法解决的。你放心，她如今还未回燕京，便已经惹出这么多麻烦。你爹已经十分不喜，你祖母这一次也不会站在她这边。倘若她真的得罪了不该得罪的人，不必我出手，她就已经自寻死路。来日方长，我到底还是大房的夫人，想要对她出手，有的是机会。"她看向姜幼瑶，神情略略严肃了些，"倒是你，幼瑶，周世子已经过去了，日后娘会为你再寻更好的夫婿，你不要念着他了，你现在想要再嫁进周家，这是不可能的。"

姜幼瑶眼圈顿时红了，道："我知道，娘，我不会的。"

季淑然一边给姜幼瑶擦眼泪，一边道："娘不是要惹你伤心。周家已经决定让沈如云进门，便是看在小沈大人的面上，也不会让你再与周世子有往来。当然了，周家那样的人家，我也看不上。"

"世上男子千千万，并非周彦邦一个，你值得更好的，谁也不能和你比。"季淑然柔声道。

姜幼瑶将脸埋在季淑然怀里，藏在袖中的手，渐渐紧握成拳。

到底不甘心。

姜梨的消息传得沸沸扬扬，传到了姜家，自然也传到了周家。

姜玉娥正在院子里洗衣。

她长发绾成妇人发髻，衣裳溅了水珠，竟比在姜家时穿得还要不如。几个丫鬟站在一边，若无其事地说话，像是没有看到姜玉娥在洗衣一般。

姜玉娥心中十分屈辱。

她从未这般像下人一样过活，即便在姜家她需要讨好季淑然母女，但名义上，她至少是姜家的小姐，姜家也没有亏待过她。

但自她进了周府以来，等待她的并不是周彦邦的柔情蜜意。他甚至新婚之夜都只是看了她一眼就离开，从那以后，他就再也没有来过自己的院子。周家下人不把她当主子，背地里说她趁着少爷酒醉爬了床。

姜玉娥恨周彦邦，也恨姜幼瑶，更恨姜梨。若非当初姜梨的阴差阳错，她又何至于此。

她几乎想要将怒气全部发泄在洗衣锤上，洗着洗着，一双靴子突然停在她面前。

姜玉娥一怔，慢慢地抬起头。

周彦邦俊美的脸出现她眼前，姜玉娥不敢相信自己的眼睛。

这么久了，姜玉娥渐渐地明白，当初她以为周彦邦好歹对自己有一丁点的情义，现在看来，一丁点也没有。他恨自己毁了他的仕途，在宫宴上出丑，结束了和姜家的亲事。

他把一切都怪到自己身上，他在惩罚自己。

姜玉娥颤声道：“世子……”

周彦邦冷冷地看着他，他过去的温文尔雅全都不见了，宫宴后像是变了一个人。

他扫了一眼姜玉娥，道：“听说姜梨要回京了。”

姜玉娥一愣。

“姜玉娥，你想不想当我的人？”

姜玉娥心里涌出一阵惊喜。

“等姜梨回了京，你帮我把姜梨引出来。”他道。

第九章　**鸣冤**

二十日后，叶明煜一行人的车马队，来到了燕京城门口。

“原来这就是燕京城。”张屠夫乐呵呵道，突然想到了什么，“当年薛大人的女儿就是嫁到了这里呢。”

姜梨看了一眼马车里已经睡着的薛怀远，心中一片黯然。

“阿梨，我们现在就进去吧。”叶明煜道。

姜梨回过神：“好。”

这一行人少说也有一百来人。守门小将见这么一群人突然前来，还以为是逃命的难民。几人围了过来，将叶明煜堵在门口，仔细盘问。

桐儿将姜家的通行令递过去，笑道：“诸位大哥，我们府上小姐是姜家二小姐，这些都是桐乡的百姓，上燕京是为了打官司告状的。”她从袖中摸出一方纸递过去，笑道，“这是誊写的诉状，这里的每个人上头都有名字的。我便将这张誊写的给你们，待这场官司打完后，大家出城的时候各位再一一比对。可好？”

几个小将一愣，姜二小姐？

那不就是前些日子燕京城里传得沸沸扬扬的，说姜二小姐在襄阳乡下带了一帮百姓，要给罪臣翻案？怎么现在已经到了？

看手上的通行令，的确是姜家人无疑。小将侧开身子，让另一头打开城门，道：“姜二小姐请过。”

既然是姜家的小姐，出什么事也有姜家兜着。

城门大开，一行人浩浩荡荡进了城。

进了城，就更热闹了。

燕京城的街道比桐乡宽阔许多，街上人来人往，酒楼修得高大气派，四处可见杂耍艺人、卖糖葫芦的小贩。第一次上京的桐乡人，几乎要看花了眼。

桐乡人看稀奇的同时，燕京人也在看桐乡这一行人的稀奇。有人认出了车马队随行的护卫，偷偷与身边人说道："哎，那不是首辅府上的护卫吗？"

"首辅府？首辅府没什么人离京啊。莫不是姜二小姐吧，不是说她带着一帮乡民上京为罪臣翻案嘛，算起来现在回到燕京城，正是时候。"

"姜二小姐带着桐乡县民回来了"这个消息，潮水一般迅速席卷了整个燕京城。

有人问："姜二小姐这是要把这些人都带回姜府去吗？首辅家虽然大，但这么多人，只怕也住不下吧。"

"不知道，反正要是我，我肯定不干。"

"姜家小姐真是太出格了。生出此女，家宅不宁，家宅不宁啊！"

首辅府里，姜元柏刚刚下朝，才在书房里脱下外袍，喝了一口季淑然送上来的热茶，外头就有人来报："老爷，二小姐回京了！"

"什么？"姜元柏喝茶的动作一顿，"什么时候？"

"就在刚才，报信的人现在正在晚凤堂和老夫人说此事呢。说二小姐带着上百号人，燕京城的街道都占了一半，街上全是看热闹的人，都瞅着二小姐。"

姜元柏的脸上红一阵白一阵，一回京就闹出这么大阵仗，全燕京城的人怕是都留意到他们姜家了，姜梨要是做了什么出格的事，外人能嚼他姜元柏的舌根嚼一辈子！

"我去晚凤堂看看。"姜元柏说完这句话，拿起外裳就走。

季淑然应道："我也去。"

来到晚凤堂，姜老夫人正与姜元平说着什么。

见姜元柏来了，姜老夫人道："老大，你都知道了。"

"娘，"姜元柏道，"儿子惭愧，是儿子没有教好姜梨。"

姜老夫人叹了口气，她其实觉得姜梨是个挺聪明的人。这个最聪明的小辈，如今却在这种大事上犯糊涂。

姜老夫人道："我并不想责怪她，毕竟她是我孙女。但是老大，二丫头总是忘记一件事，她是我们姜家的女儿，做事之前，首先要考虑的是姜家会不会受影响。如今她做的这件事，闹得满城风雨，幼瑶的亲事也会受影响，她这是，这是做的什么事呀！"姜老夫人连连摇头。

季淑然听提到姜幼瑶，立刻打蛇随棍上，含泪道："老爷，娘说得对，这一次梨儿实在是太过分了。幼瑶什么都没做，先是周世子那头，如今我什么都不想，只希望能再为幼瑶寻一份妥当的亲事，梨儿这么一闹，燕京城里还有哪户好人家敢亲近咱们，这、这，我实在是没办法了。我是梨儿的继母，平日里不敢责怪她，我管不了她，老爷，您是她的亲生父亲，您总得管管呀！"

姜元柏沉声道：“你是大房夫人，她唤你一声母亲，你有什么不敢管的！日后她要是反驳，你就带她来见我！我就不信这姜家上下，没有一个人治得了她！”

季淑然一听，心中喜出望外，姜元柏这话分明是对姜梨失望了。只要姜元柏心中对姜梨的那份愧疚不再，彻底失望，让姜元柏厌弃姜梨，也不过是迟早的事。

姜老夫人平静道：“事情已经发生了，责怪哪个，日后说也不迟，当务之急是现在怎么做。”

“大哥，”姜元平也道，“梨儿刚一回京，全京城的人都看着咱们，不能让她这么继续下去了。”

“我想好了，”姜元柏面色沉寂，“等他们一回府，我就把她关起来，谁也不许见！什么罪臣翻案，什么桐乡风波，都和我们姜家无关！没有姜梨，那些人也成不了气候，权当一场笑话，京里人笑着笑着，此事就过去了，日后谁也别再提！”

众人沉默，现在看来，这也的确是最好的法子了。

正说着，姜景睿从外面跑了进来，一进来，就道：“听说姜梨回来了？怎么没见着她？”

姜元柏没好气地道：“还没到。”

“还没到？”姜景睿奇怪，“按之前传话的消息来看，姜梨应该到咱们府上了啊。脚程再慢也该到了，她该不会不回府了吧？”

“怎么可能？刚回京不回府还能去哪儿，这像话吗？！”姜元柏怒道。

姜景睿耸了耸肩，没再说话。正在这时，报信的小厮又回来了。

这一回，他比上回看起来惊慌多了，大冬天的，额上的汗顺着脸颊流了下来，道：“老夫人，老爷，二小姐他们没有回府，他们、他们去了长安门。”

长安门？

姜元柏面色大变。

“他们去长安门做什么？”姜景睿好奇地问。

“去长安门，打石狮，鸣冤。”姜元柏挤出几个字来。

长安门在皇宫的正前方。

特殊日子时，皇帝在这里举行祭典，平日里官兵把守，并无什么人来。

四方场地里，两座高大威武的石狮矗立着，石狮面前又各自有一块漆了红漆的羊皮巨鼓。鼓槌也在上面，不知是不是很长时间没有人动过，面上蒙着一层厚厚的灰尘。

车队在长安门前停下来，姜梨从马车上跳了下来。以长安门为中心，四面八方都是围观的人群。

不远处的酒楼里，亦有红衣美人漫不经心地看着长安门前的纤弱身影，吩咐身边人，道：“看紧点儿，别让人钻了空子，弄死了小家伙。”

“是。”文纪领命。

姜梨闹出这么大阵势，那位知道了，自然会气急败坏，恰好又不是什么有所忌惮的性子，就怕躲在人群中暗暗对姜梨下手。既是自己的人，被别人取了性命，他的脸上也无光。

况且，他也想看姜梨怎么赢回这一局。

姜梨走到长安门前。

长安门前两个小将木讷地盯着她。

姜梨转过身，叶明煜站在他身边，桐乡的百姓都安静下来，到了这里，他们都知道要做什么。

“我想了又想，此事不能久等，因此我未曾回府，直奔这里，今日事今日毕，今日我们既然来到燕京，就干脆将第一件事办了。诸位，”她指了指那两座石狮，“我也是第一次来这里，这里就是长安门。”

“长安门，打石狮，鸣冤鼓。”姜梨道，“这就是最后一个可以得到公正的机会。”

她想，若是当年她还有一口气，能出状元府，第一件事也就是奔赴这里，拿起鼓槌，打石狮鸣冤鼓，将自己的一腔冤屈全都诉说出来。不过，当时的情况未必可行，她的对手是永宁公主，而她只有一个人，永宁公主勾勾指头，就能将她的证据轻而易举抹去，就像她的性命一般。

现在不同了，以姜二小姐的身份，全燕京城的人，上至达官贵人，下至小老百姓，全都关注这件事，而且她的身边还有这么多人。永宁公主这一回想把痕迹清理得干干净净，恐怕会有些困难。

而且她也不会给永宁公主这个机会。

姜梨面对着桐乡百姓，道：“世道上，公平与正义本就很难得，有时候付出性命也未必能得到。所幸我们至少得到了这个机会，虽然这个机会也不是白白得来的。”顿了顿，她才说出后面的话，“民告官如子杀父，坐笞五十。打了这头石狮，鸣了这面冤鼓，就要坐笞五十。假若胜了呢，自然皆大欢喜；假若败了，轻则翻不了案，遭杖刑，重则性命都要丢掉。”

桐乡的百姓面面相觑，燕京城的百姓也交头接耳，便是囚车里的冯裕堂一行人也有些诧异，都不知道这其中还有这些门道。

姜梨道：“用这些换一个公平和正义，但未必知道结果。谁愿意站出来？鸣这面冤鼓？”

坐笞五十，至少也要丢半条命，有些身子弱些的，一命呜呼也有可能。这样的话，便是打胜了官司，付出的代价也实在太惨重了。

姜梨平静地道：“如果没有人愿意，这面冤鼓，就由我来鸣吧。”

人群顿时骚动起来。

她面色淡然，似乎觉得这是理所应当的事。

“怎能劳烦二小姐。”一个人从人群里站出来，从容道，“我誓死追随大人，为大人翻案，是做属下的职责。这面冤鼓，由我来鸣。”是彭笑。

“还有我。”何君也站出来道，“坐笞五十，比起我们在桐乡被狗官动用的酷刑，实在不值一提。我也来。”

“还有我们。”古大、古二也站出来，“不过是鸣冤鼓，我兄弟二人愿意！”

叶明煜哈哈大笑起来，道：“这些人细胳膊瘦腿的就不必了，爷爷我皮糙，不怕打，我这辈子还没鸣过冤鼓呢，我来！”

“谁都别和我争了，这件事怎么能少了我。”张屠夫也站出来，“你们力气小，我是杀猪的，力气大，打一下，保管整个燕京城都能听到，我来！”

“我来！”

“我来！”

“我来！”

就像是被感染了，一个又一个的桐乡百姓站出来，争先恐后地要鸣冤鼓。

就连柔弱的代云也道：“我也想鸣一鸣冤鼓，就算不为了薛大人，也是为了我们自己，冯裕堂在的这些日子，我们这些桐乡百姓实在太苦了。既然公平和正义这么难得到，坐笞五十又算得了什么呢？二小姐，您让我来吧！”

没有一个人退缩。

管着长安门的两个小将，木讷的神情第一次出现了变化。他们在这里守着两座石狮，见多了想要来鸣冤鼓的人。若非走投无路，一腔冤情无处诉说，谁会来这种地方？那些来的人，大部分转悠了许久，都回去了。只因负担不起公平的“代价”。那些没有回去的，大多也抱着必死无疑的决然，想与仇家同归于尽，仿佛赶赴刑场。

但凡有其他选择，他们都不会主动去鸣那面鼓。

两个小将还是第一次看到这么多人争先恐后想要将那面大鼓敲响，毫无退缩之意。就连被柔弱妇人牵着的女童，目光里也满是坚定。

看来的确是有天大的冤屈，看来也无所畏惧。

燕京的百姓看着这头，渐渐地沉默下来。

姜二小姐就站在人群的最中央，她就像人群的主心骨，短短的几句话，就是这里的民心所向，人们愿意追随着她，因她能带给他们希望。哪怕希望再渺茫、再艰难，希望就是希望。

希望能给人走下去的勇气，希望能战胜一切。

囚车里，冯裕堂突然哈哈大笑起来。他笑得张扬，众人的目光都向他投去。

一个桐乡百姓厌恶他极了，见他大笑，当即从地上捡起一颗石子朝他掷去，恶狠狠地道：“笑什么笑！”

冯裕堂道：“我笑你们蠢！我笑上天真是厚待我，不管这场官司怎么样，还没打，这里面的人就要倒下一半，也许还有人死了呢！你们为了整我，付出这么大代价，我心中快意，乐不可支！”

说罢，他又哈哈大笑起来。

人群愤怒地看着他，但也不得不承认，冯裕堂说的是事实。这种感觉实在令人憋屈，恶人还没得到惩罚，好人就先失去东西，谁他娘定的规矩！

姜梨也轻轻笑起来。

冯裕堂渐渐止住笑容，阴鸷地看着她，问：“你又笑什么？”

“我笑冯大人天真。”姜梨淡淡道，“坐笞五十是不假，但你忘了，鸣冤鼓的人不止一人。从没有人说过，既然是一桩案子，所有的人加起来坐笞五十，是不可行的。”

“这里有上百人，每人一下都多了，倒也挨得过去，算不得什么。”姜梨讥嘲地看着他，“你说是吧？冯大人。”

冯裕堂渐渐笑不出来了，取而代之的，是人群里的哄笑声。

“才一人半下啊！那没啥，我帮大伙儿多挨几下！我皮厚，不碍事！”

“别啊，我也想尝尝是什么滋味，大家不许抢！”

“能不能多打半下呢？这半下半下地打，也真他娘的太折腾人了，痛快些！”

小楼里，姬蘅扑哧一下笑出来。

这种办法，她还真是想得出来，不过钻官制的漏洞向来是她最擅长的事。她是决计不肯吃亏的，她精明得要命。

姜梨慢慢地走到那面巨鼓前。

巨鼓静静立在那里，像是早已等待多时，石狮威严，头覆霜雪，穿越了四季秋冬，正义终于要来了。

咚！鼓面的灰尘被重击捶得四处飘散，几乎要与天上的雪混在一处，灰尘过后，竟是清明。

咚！两世的冤屈，终于找到正义的出口，这出口狭窄而深不见底，然而仔细循着光亮找出去，终于还是看到了一线天光。

咚！从沉闷到清晰，从混沌到清明，也不过是三声。

鼓声响彻整个长安门，惊动了整个燕京城。

所有人都听到了。

长安门前的鸣冤鼓，许多年都没有响起过了。

鼓声响彻长空，惊动了皇宫里的人。

洪孝帝正在花园里和丽嫔下棋，丽嫔是他的后妃中年纪最大的一位，甚至比洪孝帝还要年长，却也是最受宠的一位。

她容貌并不衰老，仍旧年轻貌美，除此之外，还有那些少女不可及的风情。

因此，每当洪孝帝得了空闲，总爱去丽嫔那里坐坐。仿佛与丽嫔多说几句话，在朝堂之中的疲倦和不适就能一扫而光。

今日也是一样。

“朕又输了。”洪孝帝笑着摇了摇头。

“是臣妾运气好。”丽嫔笑盈盈道，“皇上才会输给我。”

“少来，朕在棋艺一项向来不如你。罢了，”他打趣道，“你若是个男儿，朕一定要将你揽为己用。”

“臣妾也就是会下棋罢了，天下大事可不敢插手。”丽嫔端起茶杯来轻轻抿了一口，“男儿们要做的大事实在太累了，臣妾恨不得日日都在花园里下棋，躲着惫懒才好，没心思做这些。”

洪孝帝就笑得更真切了些。站在一边服侍的苏公公内心感叹，要不说这季家的长女厉害呢，能将皇上哄得服服帖帖。

没有一个帝王会去提防这样的小女人。

正想着，自皇宫外面的天空中，远远传来几声模糊的鼓声。

起初鼓声并不清晰，后来，声音越来越重，不像在耳边回响，却也听得十分清楚。

洪孝帝一怔，问：“外面是怎么回事？”

苏公公道：“陛下，奴才这就去打听。”他招了招手，招来一个小内侍，吩咐了小内侍几句，内侍离开了片刻，不多时又回来了，在洪孝帝二人面前躬身道：“回陛下，宫外长安门前，有人正在打石狮击冤鼓。”

“打石狮击冤鼓？”洪孝帝一愣。

“是首辅大人府上的二小姐。”小内侍小心翼翼地道，“带着襄阳桐乡的乡民，已经到了长安门。听说是今日午后回来的，回来便直奔此处。”

洪孝帝看向丽嫔：“哦？是你妹妹的继女。”

丽嫔微微一笑：“是呢。”又有些诧异道，“之前外面的风声，臣妾也听人说过一些。只是一直以为是传言。毕竟那小姑娘我也见过，温温柔柔的，不像是闹事的人，不想她真的带着人进京了。”

“闹事？也未必是闹事吧。”洪孝帝站起身，“到底是怎么回事，朕还是亲自去外头，听听他们到底想怎么说吧。苏公公，你跟我来。”

苏公公连忙跟上。

丽嫔也赶紧侧身，行礼送洪孝帝离去。她没有跟上去，跟了洪孝帝这么久，她也知道皇帝的性子，做正事的时候，她最好还是回避。皇帝最讨厌的就是后宫干政，当年成王的母妃刘太妃仗着先帝的宠爱和娘家的势力，差点就让成王做了皇帝。若非如今的太后在其中周旋，如今这帝位，怕早就不是他的了。

洪孝帝来到了御书房坐下。

不断地有内侍进来，将长安门的境况仔细报与他听。当说到姜梨所说的鸣冤鼓的人不止一人，一百来号人一共坐笞五十，也不过一人半杖时，绷着的脸也忍不住笑起来，笑骂道：“姜元柏这老狐狸，生的女儿也一样奸猾！”

苏公公在一边瞧着，洪孝帝虽然这么说，面上神情却没有一点震怒，心里便回过味儿来，至少姜梨带着乡民进京鸣冤鼓这等大事，对于洪孝帝来说，并没有什么。

“皇上，这十几年来没人在天子脚下鸣冤鼓了。”苏公公道，“姜二小姐这回可做了燕京城的大事，多少双眼睛都盯着呢。”

“苏公公，你以为她这事做得如何？”洪孝帝问。

“这，老奴不敢瞎猜。”苏公公道，“只是不知道姜大人知不知道姜二姑娘这般行事。”

“当然不知道。”洪孝帝一笑，“这姜家小姐连姜府都没回，就匆匆忙忙赶到长安门鸣冤鼓，很明显，姜家小姐是怕横生变故，被姜元柏阻挠，才决定先斩后奏。”

苏公公看着洪孝帝，笑道：“姜家二姑娘是个机灵人，就是胆子大了些。世家小姐，谁敢做这些事？还和庶民们混在一起。”

“和庶民们混在一起怎么了？”洪孝帝道，“天下本就由庶民组成，没有百姓，也就没有江山。姜家小姐的状子，叶世杰已经给朕呈上来，朕看过了！不看不知道，一看朕才知道朕的江山，天子脚下，还有这等猖狂的匪寇！”

说到此处，声音陡然转冷，苏公公不敢再接话，心中却很疑惑，户部员外郎叶世杰？叶世杰什么时候给皇帝呈折子了？

既然叶世杰已经给皇帝看过有关薛家案的折子，皇帝又是这么个态度，眼下的情形便能明白许多，至少这薛家一案，姜家小姐应当是稳赚不赔，不会出什么差错的。

洪孝帝看着面前的折子，叶世杰呈上来的诉状，里面写满了县丞冯裕堂的罪状，还有薛怀远被冤的经过。光是看到，也足以令他这个皇帝勃然大怒。但凭借这个，鸣冤鼓是可以，面圣的话就有些过分了。姜梨带了这么多桐乡百姓进京，燕京城的百姓也都看着，如果案子处理不好，他这个皇帝也就等于失去了民心，所以姜梨其实是给他找了个麻烦。

权衡利弊，洪孝帝不应该对这个案子过多关注，甚至应该提点姜元柏，让他好好管教女儿，毕竟桐乡县丞的事与她何干，她又不姓薛。

但叶世杰呈上来的诉状里，还隐晦地提到一事，冯裕堂背后的主子是永宁公主。薛怀远入狱一事，也是永宁公主的吩咐。

永宁公主是成王的妹妹，洪孝帝不得不怀疑，永宁公主针对薛家会不会是成王的主意，否则无缘无故为何要加害薛怀远。薛怀远身在桐乡，永宁公主住在燕京，薛怀远也不可能得罪永宁公主。

一来是其中蹊跷，二来是，即便查不出什么，只要这件事落实，永宁公主的名声必会受到打击，对成王来说未必是件好事。成王如果贼心不死，必然要爱惜羽毛，妹妹都这样心狠手辣，他这羽毛只怕也是废了。

因此，这案子必须审，不仅要审，还要审得天下皆知，由他亲自督办，才能达到目的。

这会儿，洪孝帝看叶世杰和姜梨表兄妹俩便是说不出的顺眼。这桩案子若是没有牵扯进永宁公主，也就是一桩普通的案子，要是牵扯进来，对洪孝帝来说，就是一把绝佳的剑。

有人把这剑送到他手上，他绝不会把这剑推出去。

“传令下去吧，刑部三日后提审，朕要亲自督办。”他道。

苏公公退下了。

长安门前，鸣冤鼓敲得震天响。

姜梨松开了鼓槌，桐乡的百姓争先恐后拥上去，像是要把长时间以来的愤懑、苦楚、压抑全都释放出来，一个敲得比一个响。平安捂着耳朵蹲在代云身边，咯咯咯地笑。

囚车里的冯裕堂几人早已是面如死灰。很快，刑部的人闻讯赶来，姜梨将诉状递过去，刑部的人将冯裕堂一行人带走，说是三日后提审，洪孝帝亲自督办。

听到洪孝帝亲自督办后，姜梨心里的一块石头总算落了地。

一个本来就想要对付永宁公主的帝王来督办这件案子，她的盟友便是天下最尊贵的人，于是这件案子，她可能没有什么阻力了。

桐乡的百姓都被叶明煜安顿好了，官府也派人来保护这些人证。姜梨特意说了，要刑部派人，因为京兆尹是永宁公主的人，当初薛昭就是找到京兆尹，却被京兆尹通知给永宁公主，这才白白丧了一条命，同样的错误姜梨不会犯第二次。除此之外，她还安排叶明煜的人也盯着。

至于叶明煜和薛怀远，就跟着姜梨回姜家。

首辅府的大门，今日是紧闭的。

叶明煜把刀扛在肩上，道：“阿梨，看样子，你爹这是怪你，连门都不让你进啊。”

“不怕。”姜梨坦然道，“我做错的事何止这一件？当初连杀弟弑母的事都干了，不也没事了吗？”她一边说，一边走到门口，轻轻叩着宅门。

叶明煜也是一噎，合着姜梨觉得她这恶名还挺光荣，非但没有避之不提，还主动说起。

门房并没有马上来开门，姜梨也有耐心，等了一会儿，终于有人来开门。

开门的小厮看见姜梨，道了一声：“二小姐。”又看了一眼拿刀的叶明煜和被桐儿搀扶着的薛怀远，面色复杂地道：“老夫人在晚凤堂等着您。”

姜梨一行人进了姜府。

姜梨对桐儿和白雪道：“你们先把薛大人扶到我院子里去照顾着，我和舅舅去晚凤堂。”

桐儿和白雪带着薛怀远离开后，姜梨才和叶明煜去了晚凤堂。

刚进晚凤堂，姜元柏的暴喝声就传来：“孽女，跪下！”

姜梨抬眼，看见的就是姜元柏怒气冲冲的眼神。

跪就跪呗，姜梨也没想过这次回姜府自己会安然无恙。姜元柏只是让她跪下，没拿鞭子抽她，她应该感到庆幸才是。

她正准备跪下，叶明煜手疾眼快，一把拉住她，对姜元柏中气十足地吼回去：“跪什么跪，凭什么跪！阿梨听好，不跪！”

姜元柏大怒：“我是她爹！”

“我还是她舅舅呢！是她爹就能让她跪，阿梨身上还流着我叶家一半的血呢，那是不是也该听叶家的话？我不让她跪，再说了，都说外甥像舅，要说起来，阿梨一点儿都不像你，还是像我多些，当然该听我的话！”

秀才遇到兵，有理说不清。姜元柏遇上叶明煜这般胡搅蛮缠的无赖，还真是不知道说什么才好。

季淑然看着姜梨，道：“梨儿，好歹他是你爹，旁人管不了你，你爹总管得了你吧。你可是姓姜不姓叶。”

叶明煜闻言，转头看了季淑然一眼。季淑然被他盯得心中发毛，后退一步，侧身躲在姜元柏身后。

姜梨站出来，道：“爹，是女儿错了，错在不该不与您打招呼就参与薛家一案，回京之后也没有先回府，而是去了长安门击鼓鸣冤，更错在在襄阳的时候，在叶家古香缎一事上，借用您的名声调令织室令，令织室令的人盘查。”

她自小犯了错和薛昭就在薛怀远面前来这一招，承认错误如行云流水，十分真诚。姜元柏都没办法继续骂她。

加上还有个叶明煜在一边虎视眈眈。

姜老夫人坐在榻上，沉声道：“二丫头，认错的事，日后再说吧。我来问你，你与那薛家县丞非亲非故，好端端的，如何会牵扯进这么一桩案子里，还带了这么多乡民？听说你连那已经疯了的罪臣都一并带回了府中，你是疯了吗，做出这等事情？”

姜梨沉吟了一下，道：“其实这件事情，和叶表哥有关。”

叶世杰？不仅是姜家人，连叶明煜也一并朝她看来。

“这件事情，我只能告诉父亲。”姜梨歉意地道，“我能和父亲单独谈谈吗？”

季淑然笑道：“有什么事情，是我们不能听的，梨儿，你……”

“此事事关重大，我看母亲还是不要插手的好。”姜梨打断了她的话。

季淑然脸上的笑容僵住。

姜梨这一次回府，越发有恃无恐了，如今当着老夫人和姜元柏的面也敢这么待她，季淑然咬紧了牙关。

姜梨看着姜元柏，姜元柏顿了顿，突然道：“你跟我来吧。”

姜梨绽开一个笑容：“好的，父亲。”

她和姜元柏来到姜元柏的书房。

姜元柏的书房旁人是不许进去的，姜梨已经是第二次来。一进屋，姜元柏就把门关上，让人在外把守，问道："你到底在打什么主意？"

"父亲，在襄阳叶家古香缎一事中，燕京来的织室令唐大人发现此事是有人陷害叶家，想来这件事你也从信中知道了。怀疑的那家药铺，一夜之间被人灭了满门，线索就此中断。尽管如此，我们还是找到了一些蛛丝马迹，父亲，陷害叶家的人，十有八九就是右相李家。"

"李家？"姜元柏皱眉，"李仲南？"

"不错。"姜梨道，"不仅如此，桐乡薛家案子也可能牵扯到了李仲南身上。叶表哥只是一个新任户部员外郎，在朝廷之中连脚跟都没站稳，李家却开始针对叶家，毫无疑问，这是针对叶表哥。堂堂丞相，又何必在一个小小的户部员外郎身上花费这么多心思？父亲，右相这不是针对叶家，是针对姜家。"

姜元柏冷道："你知不知道自己在说些什么？"

"李家和咱们姜家向来不和，自从李家和成王渐渐走近，咱们姜家就渐渐不如往昔了。如今还能撑上一撑，日子久了，姜家也是撑不住的。现在右相他们已经按捺不住，蠢蠢欲动，咱们难道还能置之不理？"

姜元柏像是第一次认识姜梨般看着自己的女儿。

"叶表哥也查到了此事，拜托我在桐乡将薛县丞从狱中救出来。我是您的女儿，打着姜家的名声做事，也方便些。既然右相已经对我们动手，一味躲避也不是办法，倒不如反击。要知道薛家一案就是最好的反击利器，顺着薛家一案拉扯出来右相，将右相牵扯进来，岂不是反将他们一军？"

姜元柏摇头："你说得简单，自古以来，冤假错案数不胜数，能翻案的寥寥无几，你以为，你又能如何翻案？"

"父亲有所不知，冯裕堂在桐乡欺男霸女，无恶不作，百姓对他深恶痛绝。此番进京，光是进京的就有上百号人，卷宗漏洞百出，证据确凿。最重要的是，冯裕堂竟然在桐乡私自开采金矿，这是重罪！若非有人在背后支持，他哪里有这么大的胆子。"

"你太鲁莽了，李家不是那么容易被打倒的。这一次你只能挫伤李家的锐气，却能让他对你怀恨在心，一旦寻到机会，就会对姜家疯狂报复。"

"难道不反击，李家就不会对咱们府上出手吗？"姜梨打断他的话，"就比如现在，咱们什么都没做，李家就借用叶家想要打击我们了。而且父亲忘记了，当我在长安门鸣冤鼓，得到的结果是什么？结果是三日后刑部提审，皇上亲自督办。皇上已经注意到了这件事。这些年，右相和成王越走越近，难道皇上没有看在眼里？薛家一案牵扯到右相，皇上重视，才会要求亲自督办。这一次，皇上是站在我们这边的。父亲，倘若姜家和陛下没有生出嫌隙，如今的您，应当是站在皇上一边的，不是吗？"

"住嘴！"姜元柏急迫地打断她的话，"活得不耐烦了，这种话也是乱说的！"

姜梨看着他。

姜元柏烦躁地挥了挥手："算了，你先出去吧，你说的我都知道了，此事我还要再想想。"

姜梨颔首。

她故意把薛家一案和李家扯上关系，知道右相是姜元柏最忌惮的心结，她搅浑了对象，让姜元柏迷惑。

姜元柏倘若知道此事牵扯到了成王和永宁公主，是一定会阻拦的，但对手变成了右相李仲南，他的态度就不一定了。

姜梨离开姜元柏的书房后，姜元柏没再找她。

暂且是平静了下来。

叶明煜住在客人住的院子里，离姜梨的院子不远。虽然薛怀远如今是个老人，但在姜家，姜梨不可能和薛怀远住在一处，只能让叶明煜和薛怀远住着，好在离得近，可以随时去看他。

桐儿从外面走进来，愤愤道："姑娘，刚刚院子门口，又有几个鬼头鬼脑的往里看的人。季氏还真是不消停，咱们才刚回府，她想干什么呀？"

莫名其妙的监视，整个姜府里，也只有季淑然能做出来了。

姜梨笑笑，道："随她去吧，我现在没工夫对付她。"

她上了榻，很快屋里就熄了灯。

芳菲苑灯熄得早，姜梨歇息得快，姜府里有些人却是睡不着。

季淑然一边为姜元柏捶背，一边忧心忡忡道："老爷，梨儿这回是怎么了？她从前不管做什么，总归在府里闹，如今都到府外闹去了，别人指不定要将账算到老爷头上。"

姜元柏蹙眉，摆了摆手道："这些事你就别管了，我自有主张。"

季淑然为他捶背的手微微一紧，姜元柏的语气她听了出来，分明态度有所软化。姜梨究竟对他说了什么，让他这么快就转变了看法。要知道之前在晚凤堂的时候，姜元柏可是因为此事大怒。

季淑然换了个话头："老爷，其实别的妾身倒也没什么。梨儿将疯县丞给带回了府，这也就罢了，但是妾身今日听到了些风言风语，听说梨儿待那疯县丞犹如亲人一般，无微不至地照顾，亲自服侍喝水吃食，有人说、说比待老爷还要关切呢。"

"胡说！"姜元柏拍案而起，"一派胡言！"

季淑然连忙道："老爷息怒，妾身也是听到旁人这么说的。梨儿善良，见那县丞可怜，对他关切是自然的。只是妾身不明白，梨儿身为姜家小姐，为何还要亲自去做这些事？疯县丞是否从前认识梨儿？梨儿好端端的卷入桐乡这桩案子，莫不是有别的隐情？"

姜元柏目光阴晴不定，似乎陷入沉思。

季淑然见状，没有再继续说话，心中掠过一丝得意。

早在知道这件事的时候，她心中也生出疑惑。姜梨本性客气疏离，对亲生父亲姜元柏都只是维持表面的尊敬，更别说是对待一个陌生人，但据打听回来的消息，却说姜梨对薛怀远的衣食起居从不假于人手，事无巨细，无微不至。

光是这一点，就能让她在其中大做文章，比如她将此事告诉姜元柏，姜元柏这不就起了疑心了吗？

而且近来姜梨操心桐乡案子的事，必定没工夫应付她。同薛怀远如此亲切，这其中一定有什么隐情，她肯定会查出来的。

到时候，就是姜梨的死期。

第二日一早，姜梨起了个大早。

吃过早饭，她想要去叶明煜院子里看看薛怀远，还没来得及出门，白雪就进来道：“姑娘，外头有人来报，叶表少爷来看您了。”

叶世杰？姜梨还没来得及去找他，他倒先来姜府了。

姜梨道：“好。我去见见。”

待到了晚凤堂，只有姜老夫人在和叶世杰说话，姜元柏和季淑然都不在。

叶世杰见了她，唤了一声：“表妹。”

姜梨回礼：“叶表哥。”

姜老夫人了然道：“二丫头，你表哥来府上，是有些话要与你说。你兄妹二人就先去说说话吧，老身也乏了，先回屋去了。”

等姜老夫人走后，姜梨才道：“表哥，明煜舅舅也在府上，我刚刚正要过去，既然你过来了，我们一起去看看他吧。”

“好。”叶世杰道。

二人一同往叶明煜的院子走去。

“在襄阳的事我都听说了，古香缎的事，谢谢你的帮忙。”叶世杰道。

“没什么，”姜梨笑了笑，“这件事要不是你在燕京城找织室令，断没有这么顺利。不该谢我，该谢你自己。”

叶世杰摇了摇头：“如果没有姜大人的名义，织室令的动作不会这么快。”

“那也不该谢我。”姜梨道，“我顶多是狐假虎威罢了。”

叶世杰侧头看她。多少日不见，她似乎又长高了一些，更像个少女了。多少年前，他决计想不到有朝一日，他会和姜梨如此平心静气地谈话，仿佛过去那些隔阂、误会全都消失不见。

“叶表哥，两日后的提审，你也会在场吧？”姜梨问。

叶世杰点头：“是。”默了默又道，“不知是何光景。”

姜梨笑着看他：“怎么样，这些日子做官的感受如何？还行得通吗？”

叶世杰苦笑。

姜梨拍了拍他的肩：“表哥不必烦恼。倘若你不愿意违背本意去得到一些东西，那就坚守你自己的东西。总有一日会有人看到你，就像当初国子监校考你拔得头筹一般，你需要的只是一个机会，如果你没有机会，那我们创造机会也行。”

叶世杰一愣，忍不住看向姜梨，突然觉得从襄阳回来后的姜梨，像是放开了什么，开始显露咄咄逼人的锋芒。

是什么改变了她？

正想着，姜梨指了指前面，道：“到了。”

桐儿和白雪先去通报。

很快，叶明煜的大嗓门就从里面响了起来：“阿梨，世杰，你们来得挺早的啊！”

姜梨和叶世杰进了叶明煜的院子。

一进院子，就看见叶明煜正在给薛怀远擦嘴，两个护卫按着薛怀远，薛怀远挣扎得厉害，弄得叶明煜也是手忙脚乱。

姜梨走上前道：“我来吧。”接过帕子，让两个护卫松手，慢慢地安抚薛怀远。

薛怀远看着她，渐渐地停下来，乖巧地坐着，姜梨拿帕子仔细地给他擦嘴。

叶明煜大大松了口气，道：“还是阿梨你有办法，真是累死我了。”

叶世杰看得怔住，问：“这是……”

“这就是桐乡原来的县丞，薛怀远。如今疯了，阿梨怕他在外面被人灭口，就带回了府上。”

叶世杰又转头看向姜梨，微微发愣。

姜梨喜欢笑，唇角总是含着一抹温柔的笑意，但那种笑意究竟是不是发自肺腑，旁人无法揣测清楚。当她拿帕子小心仔细地擦拭薛怀远的嘴角时，冬日的日光爬上她的侧脸，让她显现出从未有过的单纯和美好。

“小子，”叶明煜的声音在耳边响起，吓了叶世杰一大跳，“怎么样，小表妹好看吧？是不是看呆了，是不是想娶她为妻？”

“三叔！”叶世杰脸涨得通红，早知道这个三叔说话口无遮拦，没料到连这种玩笑也敢开。

“好好好，我不说了。”叶明煜虽然这么说，面上却带着一副了然的笑意，让叶世杰更为羞恼。

姜梨这头照顾完了薛怀远，让桐儿和白雪陪着薛怀远玩儿，才走过去道：“你们在说什么。”

“没什么。”叶世杰忙道。

“我在说，好久没看到我世杰侄儿，我侄儿长得都这么高了。”叶明煜抚着下巴，一本正经地开口，“看看现在，也是一表人才，年纪轻轻的又靠自己本事做了京官，这是打着灯笼也难找的好人家。是时候给他说个好媳妇了，不知哪家的姑娘这么有福，能找到我世杰侄儿呢？你说是吧，阿梨？”

叶世杰羞恼道："三叔！"

"是啊。"姜梨也笑，"我若是遇到合适的大家闺秀，定会帮着叶表哥留意的。"

叶世杰和叶明煜同时一愣，叶明煜看了一眼叶世杰，突然哈哈大笑，挠了挠头道："这个嘛，也不急，先成家后立业，不急不急，慢慢来慢慢来。"

叶世杰没有说话。

"明煜舅舅，昨夜客栈那头没有什么问题吧？"姜梨问。

她担心有人会对桐乡百姓出手。

"没事，今儿来报信的人说了，昨晚外头是有些动静，不过出去看又没什么事。我看阿梨你是不是多虑了，这是天子脚下，谁敢在天子脚下杀人，不要命了吧？"

姜梨道："那就好。"心中却思忖，大约是姬蘅的人在外帮着应付，才会有动静。

叶世杰道："皇上已经让刑部提审，说实话，鸣冤鼓能做到如此，让陛下亲自督办，实在出乎我的意料。"

"那有啥，"叶明煜满不在乎，"世杰啊，你是没看到，冯裕堂真他娘的不是个东西，皇上得为民做主啊，咱们都冒着坐笞五十的代价鸣冤鼓了，皇帝听到了，当然得出来为老百姓出头，是不是？"

"三叔，你想得太简单了。"叶世杰沉声道，"这案子一个不小心就会处理得连皇上也失了民声，棘手得很。我看并非因为案子，而是因为案子上的人，对吧？"他看向姜梨。

姜梨道："是。"

"那封折子里究竟写了什么？"叶世杰问，"你说薛家一案背后还有主使，此人，必然就是让皇上亲自督办案子的关键，那人到底是谁？"

给皇帝的折子是姜梨写好，由叶世杰帮忙呈上去的。叶世杰并没有看过，也不知道折子上头薛家一案还牵扯到了什么人，他能感觉此事的关键就在此人。

"对啊，阿梨，"叶世杰这么一说，叶明煜也想了起来，"之前你不是告诉我，薛家案背后还有一个有权有势的人，你说到了燕京城我自然就知道了，现在你能告诉我，这人是谁了吧？"

姜梨看着他二人，吐出一个名字。

"永宁公主。"

公主府上，永宁公主啪的一下摔碎了手中的杯子。

沈玉容招了招手，道："去拿包扎的伤药来。"

伤药很快被寻来，沈玉容示意下人们退出去，自己拉起永宁公主的手放在腿上，细细给她涂了。

永宁公主被他的温柔打动了，但心中仍旧憋着一腔怒意，恨声道："姜梨！"

如今整个燕京城都在传姜家二小姐带着一帮桐乡县民要为之前的薛怀远一案平反，

永宁公主之前不知道，她一心想要刘太妃促成自己同沈玉容的亲事，刘太妃并不喜欢沈玉容，还是希望永宁公主能嫁给一个世家大族，门当户对。好在成王也帮着沈玉容说话，刘太妃好容易才答应了下来，寻思着再过些日子就同洪孝帝提起此事。本以为这件事已经万无一失，永宁公主都在欢欢喜喜地为自己准备嫁衣，直到姜梨昨日回京，在长安门前打石狮鸣冤鼓，刑部决定提审的事传到公主府，永宁公主才得知了此事。

永宁公主勃然大怒，她以为姜梨早就死在桐乡了。冯裕堂之前说姜元柏的女儿来桐乡，有心为薛家一案平反的时候，她便吩咐冯裕堂，让冯裕堂杀了姜梨。

但永宁公主没想到冯裕堂会如此没用，不仅没杀了姜梨，反而被姜梨捉住了把柄，更没想到姜梨会带着桐乡县民进京鸣冤鼓。

永宁公主得了消息，就立刻令人去长安门，想要暗杀冯裕堂灭口，但姜梨的人马了得，她派出去的杀手竟然没能得手。

接着到了夜里，永宁公主再派出人去，桐乡县民住的客栈外竟然滴水不漏，这一次仍旧没能得手。永宁公主也不是傻子，姜梨如何寻得这么厉害的人，永宁公主隐隐察觉到，姜梨的背后，可能也有人在帮她。

她思来想去，仍旧没有头绪。接二连三的碰壁，已经让永宁公主十分恼火。她不害怕冯裕堂说出自己的名字，冯裕堂没有那个胆子，也没有什么证据。她恼恨的是姜梨居然将薛怀远给救了出来。

那是薛怀远，薛芳菲的父亲！她就是要对薛家赶尽杀绝，任何一个薛家人逃出生天，都会让她不悦！

“永宁公主，此事算了吧。”沈玉容道。

永宁公主抬头，看着他问：“沈郎，你这话是什么意思？”

“薛怀远的案子，你不要插手了。即便姜梨带着桐乡县民告御状，也牵连不到你。你若再生事端，就说不定了。”

永宁公主心中咯噔一下，看着沈玉容，没有说话。

她授意冯裕堂将薛怀远下狱这件事，没有告诉沈玉容。永宁公主猜测沈玉容也是不知道的，他对薛芳菲还有余情，怎么会眼睁睁看着薛芳菲的父亲受苦。

姜梨带薛怀远进京，此事闹得这样大，沈玉容无论如何都会知道。

但他这么平静地陈述这件事，永宁公主全身上下竟然起了一层鸡皮疙瘩。

他早就知道了，他甚至知道自己暗中交代冯裕堂对薛怀远做的那些事，但他并没有阻拦，就这么看着她做了一切。

永宁公主有些迷惑，这个男人真的爱薛芳菲吗？若是爱，又能做到如此无情吗？他爱不爱自己呢？他对自己，会不会也是如此冷酷呢？

“永宁公主，”他的声音含着一种理智的温柔，“我不希望你出事。”

永宁公主心中的迷惑和不安顿时一扫而光，又陷入他深情的眼神中。

“我只是觉得奇怪，”永宁公主道，“一件小小的地方案子，便是姜梨带着人去长安门鸣冤鼓，也不至于立刻让刑部提审。便是提审，皇兄也不至于亲自督办。但皇上不仅过问了，看样子，还很认真。沈郎，你聪明，你能想到皇上为何要这么做吗？”

沈玉容摇了摇头。

他的确不知道，因为皇上的举动确实反常。他又不由自主想到，倘若薛芳菲还在就好了，她冰雪聪明，与她商量几句，或许就能得到真相。

可惜，薛芳菲只有一个，而那一个已经死了。

他亲眼看着她死的。

时间很快到了三日后。

姜梨起了个大早，御前办案，姜梨须得进宫。和上一次进宫不同，这一次，势必已经得到成王和永宁公主的注意。

桐儿笑道：“姑娘，梳好头了，看看怎么样？”

姜梨看着镜中的自己，简单的乌纱髻，黑纱蒙住的发髻之上，什么饰物也没有，却衬得她脸庞洁白、眉目秀媚，越发脱俗。

桐儿瞧着瞧着自己也满意起来，道：“姑娘真好看，梳什么头都好看。”

白雪托着披风走来，犹豫了一下，问道：“姑娘，这么穿是不是太素了些？老爷会不会生气？”

姜梨接过那雪白披风披在身上，道：“无事，唯有如此，方能显出我对薛家一案的重视。”

她转过身来，白衣黑发，道：“我们走吧。”

姜元柏的马车已经在外等候，作为朝臣，姜元柏也当作为观看这场案子的提审。姜梨刚出了院子，就见到了季淑然和姜幼瑶二人。

季淑然笑着对姜梨道：“梨儿，这么早就进宫了？”

“看来二姐是迫不及待想进宫为薛家平反。”姜幼瑶冷笑，“我倒是不知道，咱们家还有位想做青天大老爷的女先生？不要给家里招了灾祸才好。”

“幼瑶！”季淑然道歉道，“幼瑶是说笑的，梨儿可别放在心上。”

姜梨微笑着道：“无事。”侧过身子，越过她母女二人，直接走掉了。

姜幼瑶跺了跺脚，咬牙道：“娘，你看她！”

“没关系。”季淑然脸上的笑容也淡了下来，望着姜梨的背影，淡淡道，“且看她还能嚣张到几时。”

姜梨带着桐儿继续往前走，待到了府门口，姜元柏的马车已经停好了。

后头的马车里，叶明煜从里面探出头来，小声同姜梨打招呼：“阿梨！”

姜梨笑着回道：“舅舅。”

叶明煜和薛怀远在一辆马车里。今日，薛怀远也得上殿。叶明煜对薛怀远寸步不离，不给永宁公主任何下手的机会。

姜梨上了马车。

桐儿掀开帘子一角，险些被外头的风雪刮得睁不开眼睛，道："姑娘，外面的雪好大。"

姜梨往外瞧了一眼，倒也是，北燕自来冬日风雪大。今日也算特别大了，鹅毛大雪簌簌下着，天与地都要连在一处。

"等风来了就好了。"姜梨笑道。

等风来了，吹开混沌，一切真相就水落石出。

进宫的路其实不算远，但姜梨觉得今日十分漫长。

不知过了多久，马车停了下来。

外头有声音响起："老爷，到了。"

姜梨下了马车，姜元柏已经站在马车外，神情复杂地看着这个女儿。

"我现在要先去见皇上。"姜元柏对她道，"你和你三舅舅得去见刑部的那位大人。下人会带你们去。"顿了顿，他又道，"你……万事小心。"

"我知道，谢谢爹。"姜梨笑道，"爹放心，有明煜舅舅陪着我，不会出事的。"

她倒是对叶家人很是信任，姜元柏心中有些不舒服，没再多说，先离开了。

叶明煜扶着薛怀远下了马车，与姜梨随着领路的宫人一道往里走去。

刑部的周德昭周大人负责此案，姜梨将作为人证和叶明煜一同先与周大人会合。

领路的宫人口风很紧，叶明煜想要从其嘴里打听出些消息，半天后也就无奈了。等到了一处行宫外，宫人停了下来。从里面走出一个侍卫模样的人，看了看姜梨，道："姜二小姐，周大人在屋里等候。"

姜梨与叶明煜对视一眼，进了屋。

周德昭年纪与姜元柏相仿，身材瘦削，国字脸，下巴方正，一眼看上去是个刚毅之人。他看了看姜梨和叶明煜，又扫了一眼玩着拨浪鼓的薛怀远，没有多说废话，开门见山道："姜二小姐，皇上将薛家一案的折子给本官看过了，你可知此案牵扯到谁？"

"永宁公主。"姜梨道。

周德昭一愣，似乎没想到姜梨会说得如此坦然。

"姜二小姐手中证据确凿，"周德昭道，"皇上也有心为桐乡百姓平反，但此案因为牵扯公主，势力复杂。姜二小姐可要想清楚了。"

"开弓没有回头箭，"姜梨笑笑，"皇上亲自督办此案，姜梨心中感激都来不及，势必会竭尽全力，让此案的真相水落石出。"

"水落石出"四个字，姜梨咬得格外重。

"但这桩案子，并非无懈可击。"周德昭道，"倘若幕后人真与公主有关，光靠此桩案子，并不能真正解决，反而会让姜二小姐身陷危险。即便是这样，姜二小姐也不改变主意吗？"

"周大人不必试探我了。"姜梨笑道，"我若是心存退缩之意，也就不必做这些事。况且皇上亲自督办，我还有所保留，岂不是犯了欺君之罪？”

周德昭好心提醒，见姜梨心意坚定，反而不好再说什么，便点了点头：“姜二小姐整理一下，稍后我们上殿。”顿了顿，他又道，“今日永宁公主不会上殿，但成王殿下会在。”

成王是永宁公主的亲哥哥，姜梨若是被成王刁难，也是有可能的。

“管他是谁，”叶明煜听不下去了，“他总不会当着皇上的面儿做太过分的事儿吧。”

姜梨和周德昭都没有说话，叶明煜远离庙堂自然不知道，但成王的势力和嚣张，并非一朝一夕的事。洪孝帝要韬光养晦，也得避其锋芒，表面装得兄友弟恭，实则暗流涌动。

姜梨轻轻地叹了口气，也不知道该不该同情这位北燕的帝王，且不说他的帝位还有众多人虎视眈眈，他最为仰仗的臣子姬蘅，也有自己的筹谋。

“周大人，我们走吧。”姜梨收起心中的思绪道。

周德昭点了点头。

薛怀远不能立刻跟姜梨一道上殿，怕他神志不清惊扰了圣驾，是以只有姜梨、叶明煜随着周德昭往金銮殿走去。估摸着时间，这会儿来观看提审的诸位臣子陆陆续续也都该到了。

快到金銮殿的时候，也有一些臣子看见了他们，皆向姜梨投来打量的目光。

如今姜梨也算燕京城里的大红人，好好的小姐不做，偏卷入这场风波，在外抛头露面就为了个不相干的人，也不知到底是图什么。

正走着，身后突然传来一个人的声音：“周大人。”

周德昭和姜梨转身，便见从花园后，慢慢走来一名年轻男子。

这男人穿着华贵的锦衣，气度不凡，身边随从也不像是普通人的模样，模样倒也算英俊，只是一双眼睛深沉精明，打量人的时候，让人觉出几分阴鸷。

他虽然嘴里唤着周德昭，却是直直地盯着姜梨，毫无顾忌地打量，一边的叶明煜有些恼火，哪儿有这样盯着一个小姑娘看的。

周德昭躬身行礼道：“下官见过成王殿下。”

姜梨也屈身行礼。

周德昭说的话这么快就应验了。姜梨还没进金銮殿，就先在此处和成王狭路相逢。

成王道：“这就是姜二小姐啊。”他微微一笑，“前些日子校考场上见过姜二姑娘风姿，倒是迷人，未想多日不见，姜二姑娘的本事越发大了起来，真是日日都让本王惊喜。”

他这话说得实在有些轻浮。叶明煜目露不忿，姜梨唯恐他在此处生出事端，便对周德昭道：“周大人，您先同我舅舅进殿吧，我同成王殿下说几句话，很快就来。”

“这怎么行？”不等周德昭说话，叶明煜先反对了，“要走一起走。”

这成王一看就不是什么好人，他实在不放心姜梨和成王单独待在一起。

周德昭也有些意外，这个时候，姜梨不赶紧想法子避开成王，竟然还主动迎上去，难道她不怕成王？

姜梨的确不怕，对叶明煜解释："无事，舅舅，我和成王殿下就在金銮殿几步远的地方，这里来来往往都是人，我和成王殿下不会有危险的。只是有些话要说，很快就进来。舅舅你在这里，反而耽误同周大人的事，不是吗？"

叶明煜还想说什么，周德昭就已经拱手道："如此说来，那下官就先行告退了。"他向叶明煜示意，叶明煜还有些犹豫，见姜梨给他使眼色，顿了顿，心不甘情不愿地同周德昭先进殿了。

姜梨做事，自来有自己的主张，叶明煜也是怕自己冒失，反而打乱了姜梨的计划。

叶明煜二人走后，成王眯起眼睛，打量着姜梨，目光颇有深意。

姜梨说给叶明煜让他放心的话，其实也是说给他听。这里就在金銮殿几步远的地方，来往都是人，自己势必不能对姜梨动手。她也正是算准了这一点，才有这么大的胆子，敢在这里同自己单独说话。

"姜二姑娘好胆量。"成王道，"姜首辅自来稳健，没想到他的女儿倒是颇有勇武之气，本王佩服。"

姜梨微微一笑："殿下谬赞。"

成王哈哈大笑起来，道："姜二姑娘老是令人意外，不知为何总是这般成竹在胸，难道真的笃定今日一事必然能牵扯到永宁公主，所以这般有恃无恐？"

姜梨猝然抬头，盯着成王，一颗心微微下沉。

成王在宫中有自己的势力，姜梨早就晓得了。毕竟志在那个位子的人，怎么可能不到处安插棋子，但自己写的折子，成王现在就晓得了，可见洪孝帝的身边还有成王的眼线，而且能够接触到如此隐蔽的事，那眼线应当就是洪孝帝身边亲近的人了。

"姜二姑娘在想什么？在想本王是如何知道的？"成王更进一步，忽然压低声音，恶狠狠地道，"这天底下的事情，没有什么是本王不知道的。二姑娘想在本王眼皮子底下瞒天过海耍手段，未免太天真了，你爹尚且不敢这么做，你一个黄毛丫头，胆子倒是不小。"

他不笑的时候，脸上的阴沉不是伪装，但凡换个小姑娘，便要真的被成王吓破胆了。可偏偏是姜梨，她甚至还在心里估量，成王虽然势大，性子却肖似他的母妃刘太妃，不知收敛，嚣张自傲。单从心性筹谋来说，反而不如势力单薄的洪孝帝。

见姜梨并没有如意想中露出惊惶的神色，成王心中更加不悦，道："姜二姑娘好胆色，却不知这胆色能维持到几时？你可知得罪了本王，便是你父亲也保不住你！"

"成王殿下。"正在这时，不远处忽然又传来一个人的声音。

姜梨和成王一齐朝声音看去，却见不远处，有少年快步前来，恭恭敬敬地对成王再次行礼："下官见过成王殿下。"

姜梨一怔，这人是叶世杰。

如今叶世杰是新任的户部员外郎，因是皇帝钦点，看上去又和首辅家是姻亲关系，在朝廷新秀中，人人愿意买他一个面子，洪孝帝也很欣赏他。

姜梨微微蹙眉，没想到叶世杰会在这时候站出来。叶世杰如今才刚刚进朝不久，若是因为此事被成王为难，就糟糕了。

“哦？救兵来了。”成王瞧了瞧姜梨，又瞧了瞧叶世杰，“姜二姑娘的表哥和姜二姑娘看来感情倒是很好。叶员外，”他阴鸷的目光牢牢锁定叶世杰，“你要是聪明一些，今日就不会这般匆忙地跳出来了。真可惜，你这样的可造之才，本王还真舍不得没了。”

此话一出，姜梨心中一紧，成王分明是盯上了叶世杰！

叶世杰面上仍是恭敬的模样，道：“殿下说笑，能被殿下抬爱，是下官的福气。”

他到底不是那个在街上会为一幅画与人争执不休的意气少年了，面对挑衅，也知道避其锋芒，装疯卖傻。

成王不怒反笑，道：“你二人倒是不惧本王，本王一定会让你们后悔。”

他话没说完，就被一声轻笑打断了，有个人的声音从花园后面飘来，带着漫不经心的慵懒，还带着几分笑意，道：“哟，这不是成王吗？”

又有人来了。

姜梨听见这声音，心中一喜，抬眼看去，冰天雪地里，那人一抹红色，在宫墙重重的深宫里也丝毫没有黯淡一丝光彩。

他衣裳鲜艳夺目，容貌勾魂夺魄，身边的护卫替他打着伞，雪花便不会飘到他身上。他嗓音低哑，迷人低醇得，却有一种看热闹的幸灾乐祸，道：“大早上的，吵什么呢？”

是肃国公姬蘅。

成王也是一怔，半晌过后，才对着姬蘅道了一声：“肃国公。”

按礼，姬蘅也应当同他行礼的，但成王不敢勉强他，在成王心中，对姬蘅的忌惮多过于洪孝帝。他曾想不顾一切将姬蘅拉到自己的阵营来，但失败了，而姬蘅也并没有参与到洪孝帝和姜家的阵营之中，也正是因为他始终维持着中立的姿态，使成王对他防备有加，但不会主动对他下手。

他不愿意给自己找个意外的麻烦。

“老远就听到你们说什么死啊活的，怎么，有人要倒霉了？”他双手笼在袖中，笑盈盈地问。

姜梨对他行了一礼，道：“是臣女和表兄惹怒了成王殿下，成王殿下正是气怒。”

这下子，成王和叶世杰都看向姜梨。

姜梨居然当着成王的面挑拨离间？而他挑拨离间的对象是谁，是姬蘅！那个只晓得看戏的肃国公，这话的意思里，竟然还含着一丝不易察觉的、软绵绵的控诉，仿佛姬蘅是来调解的长辈，是能为姜梨做主的青天大老爷一样。

她疯了吗？

成王冷笑一声："姜二姑娘挺会推托，只怕你不是惹恼本王，是得罪本王了。天底下，得罪本王的没有一个有好下场。"

他也不避讳姬蘅在场，姬蘅再喜怒无常，也不敢对一个王爷如何。他当着姬蘅的面说出这话，似乎也是想要试探姬蘅的反应，看姬蘅和姜梨究竟是什么关系。

姬蘅漂亮的凤眼微微一眯，唇角勾起一个浅淡的笑容来，轻描淡写地道："小孩子不懂事，成王何必斤斤计较，算了吧。"

他竟然……劝和？

叶世杰和成王都不可思议地盯着姬蘅，姬蘅这毫无歉意的道歉，却是真真切切表明了他的态度，他在维护姜梨！

姜梨也瞪大眼睛。她是故意把姬蘅扯进来的，也想利用姬蘅来让成王忌惮，但从来没想过姬蘅会当着成王的面替自己说话！

成王神色不定地看着姬蘅，半晌，笑了一声道："肃国公倒是会怜香惜玉。"

姬蘅挑眉："当然。"

"既然如此，那本王也不能把姜二姑娘怎么样了。"不敢对姬蘅怎样，成王却仍敢明目张胆地威胁姜梨，"就是不知道今日的案子最后是个什么结果，姜二姑娘现在成竹在胸，到了最后，希望也笑得出来。"说罢，瞧了姬蘅一眼，转身拂袖而去。

姜梨回过神，对姬蘅行礼："今日又多谢国公爷解围。"

"过去可没见你这么客气。"

"过去是情势所逼。"姜梨也笑，"日后有机会，自然会一一道谢的。"

"你的嘴巴一如既往地甜。"他气定神闲地眨了眨眼，"别说我没告诉你，成王一定会在薛家案子上动手脚，今日要治冯裕堂的罪容易，脱薛怀远的罪却很难。"

"他有备而来，我们准备的也不在少数。"姜梨笑道，"国公爷能为我的事挂怀，姜梨不胜荣幸。"

姬蘅道："你不必花言巧语讨我开心，今日提审，我又不能多说一句话。不过看你的样子，是有了应付的办法。那就好。"他不紧不慢道，"你的命还在我手上，我可不希望我还没来得及收债，人就没了。我虽然不喜欢做生意，却也从不做亏本的买卖。"

姜梨扑哧一声笑起来。

叶世杰看着姜梨和姬蘅熟稔地说话，十分狐疑，一个国公，一个首辅千金，姬蘅和姜家从无往来，又如何和姬蘅关系这样亲近？

姜梨道："时间不早，要是想要闲话，改日也好，今日还有正事，我们先进殿吧。"

姬蘅做了一个请的手势。

姜梨就同叶世杰一起往殿上走去。

纵然心里再多疑问，眼下也不是问这些的时候，叶世杰只好按捺住心中的想法，先进去殿中。

殿中已经来了不少臣子，皆是今日来廷议的。多年以前，先皇在世时，朝中有许多拿捏不定的案子，事关重大，都会召见大臣来廷议。那时候，参加廷议的多半都是宗室。先皇在位的后些年，宗室衰微，廷议更加开放，普通臣子也能参与。

今日本是提审，倒也不必这般劳师动众，但看过折子的洪孝帝偏偏选择了廷议，还让姜梨来主导，其中意味令人深思。

叶明煜见姜梨和叶世杰一道进来，这才松了口气。他就怕成王找姜梨麻烦，看姜梨安然无恙，这才放心。

姜元柏也看到了姜梨，对姜梨微微点了点头，这案子是他的嫡亲女儿搅和出来的，许多同僚都意味深长地看着他，又看着姜梨，颇有深意。

成王站在一端，冷眼瞧着姜梨一行人。瞧他的样子，十分阴冷残暴，令人胆寒，即便姜元柏、叶明煜在这里，也丝毫不肯收敛。

还有许多熟人，譬如柳絮的父亲柳元丰柳大人，季淑然的父亲季彦霖，姜梨还看到了沈玉容。

沈玉容来得晚了些，他一进殿，许多朝臣就涌了上去，纷纷与他打招呼。沈玉容面带微笑，容貌俊美，温文尔雅，在这朝廷之中，如一股清流，惹人注目。

叶明煜也看直了眼，道："那小子是谁？这么年轻，我看官儿做得不小吧？长得还挺俊，阿梨你要是和他……"叶明煜瞥见一边叶世杰的眼神，便又活生生地将"在一起"三个字咽了下去。

虽然如此，姜梨却也能猜到叶明煜接下来要说什么，不由得在心中冷笑。

光是那张面皮，沈玉容的确是很能唬人的。当初他只是个秀才的时候，就有许多富家小姐上赶着要嫁给他。如今他做了官，穿得华贵，倒比从前更加招人稀罕，难怪永宁公主见了，不惜谋害自己这个正室也要嫁到沈家。

沈玉容察觉到有人在看自己，顺着目光一看，便看到不远处，面带刀疤的汉子身边站着的娇小少女。

少女容貌清丽，身材窈窕，十五六岁的好年华，如树上新开的梨花，清新可爱。虽算不上国色天香，眉目间却自有灵秀之气，一时竟让人看得移不开眼，又觉得她的眼神似曾相识，像在什么地方见过。

沈玉容看着姜梨出了神。

叶世杰眉头一皱，侧身挡住姜梨，对沈玉容拱了拱手，道："沈大人。"

沈玉容回过神，对叶世杰回礼，目光却盯着姜梨。

他见过姜梨，明义堂校考上，姜梨弹得一手好琴可与芳菲媲美。对姜梨的过去，他也知晓一二，当初因谋害继母被送去寺庙，回来之后短短数月便能在首辅府上站稳脚跟，可见不是个没有头脑之人。

他看着姜梨，姜梨也看着他，沈玉容能清楚地感觉到，姜梨看他的眼神里，没有一丝一毫的爱慕。

就在沈玉容还在犹豫要不要与姜梨也打个招呼的时候，姜梨已经移开目光。

这时候，内侍苏公公带着人从殿后走来，洪孝帝到了。

本朝朝律松散，上朝的规矩也不如先皇在的时候严密。有人说这是因为洪孝帝势单力薄，旁人对洪孝帝无所畏惧，也不知皇帝能做到几时，因此都是有恃无恐。

从前，姜梨也以为洪孝帝虽然没有表面上看起来那般中庸，但也说不上什么千古难遇的明君，可自从知道了姬蘅的打算后，姜梨就晓得，自己对洪孝帝的判断大约错了。姬蘅虽然把持朝政，玩弄权术，但最是心高气傲，要他俯首称臣于一个废人，怕是做不到。在三方势力中，他选择了洪孝帝，自然是因为洪孝帝值得他扶持。若是姬蘅志在最高的位子，日后洪孝帝就是他的对手，如果洪孝帝不堪大用，选择这样的对手，是侮辱了他。

如果姬蘅不是志在皇位，而是有其他打算，那洪孝帝于他来说，是利用的刀也好，站在一条船上的同盟也罢，都不会是池中物。

洪孝帝在高座上坐下来，其他臣子列位，金銮殿上的沉默，似乎只是一瞬间的事。

由周德昭之请，桐乡百位百姓联名，召集廷议，重审薛家一案。

姜梨的心激动起来，随着文武百官俯下身叩谢圣恩，她笼在袖中的手已然握紧成拳。

成败在此一举，今日一战，便是薛家洗尽冤屈、掀开真相一角的关键，她势必全力以赴，纵然成王阻拦，不过是不死不休！

宫殿巍峨雄伟，朝堂之中站着的文武百官，有的是姜梨陌生的，有的是姜梨熟悉的。有的曾为枕边人，今朝为死仇；有的曾是陌路，眼下成血亲。

洪孝帝高高在上，看向周德昭，道：“周爱卿，开始吧。”

周德昭起身站出，恭敬称是。不过片刻，身着囚衣的冯裕堂便被人带了上来。

“罪臣冯裕堂，在桐乡做县丞期间，以权谋私，欺男霸女，无恶不作。曾陷害前任县丞薛怀远入狱。其心可诛，已入卷书。”他看向冯裕堂，“冯裕堂，你可知罪？”

冯裕堂犹如丧家之犬，蓬头垢面，道：“小民知罪，做县丞期间，的确以权谋私，不过陷害薛怀远一事，却是无稽之谈。当初薛怀远因贪污赈灾银两入狱，证据确凿，此事却与小民无关。可谓欲加之罪何患无辞，莫须有的罪名，小民却是不认的。”

“大胆！”周德昭怒喝，“金銮殿上，岂容尔巧言善辩！”

冯裕堂忙跪倒称不敢。

姜梨冷眼瞧着，心中了然。冯裕堂自知难逃一死，如今一口咬死全是自己的错，还能死得痛快些。要是供出了永宁公主，怕是不单自己死得难过，他府上的姬妾子嗣，都要死个干净。

“周大人，”一边的成王悠然开口，“一切卷宗上都有记载。这冯裕堂的罪证据确凿，但关于薛怀远的罪过，却也是之前审过的。薛怀远贪污一案，银两皆在府中，还有账本，有证人做证，亦是人证物证俱在。不能因为冯裕堂有罪，便确认薛怀远无罪。凡事要讲究证据，当着皇上的面，你们总不能屈打成招，还请不要浪费时间了。”

这话当着洪孝帝的面说出来，可谓是十分不客气。

旁的臣子不明白，只觉得成王大约也是看热闹，或者是因为看不惯姜家，而提出薛家一案的又恰好是姜家的小姐，这才咄咄逼人。可听在洪孝帝耳中，这话却是别有意味。

叶世杰呈上来的折子里说，此案牵扯到了永宁公主，倘若成王没有今日的举动，洪孝帝还要怀疑这其中会不会有什么误会，但成王如此，洪孝帝立刻就能断定，此事和永宁公主有关，绝不是假的。成王这态度，摆明了是知晓此事内情。

但洪孝帝什么也没说，高深莫测地坐着，看着底下臣子的各自发言。

周德昭还没来得及说话，成王便将矛头转向了姜梨，看向姜梨皮笑肉不笑地道：“此案由姜二小姐提出来，姜二小姐亲自走了一趟桐乡，看来是知晓许多旁人不知道的内情，知道旁人许多不知道的证据。既然要为薛怀远脱罪，烦请拿出证据来。”

“不错。”这一回，说话的竟是右相李仲南，李仲南拱手道，“姜二小姐巾帼不让须眉，有清明之志，带着桐乡百姓不远长途跋涉，来长安门鸣冤鼓，想来是有天大的冤屈。天大的冤屈，断不会如此简单。在场诸位都与陛下一般，愿意耳闻，还请速速道来。”

李家居然在这时候落井下石，姜元柏眉头一皱，正想帮姜梨说话，但就在这时，姜梨反而开口了。而她开口说的话，令殿中的每一个人都愣住了。

她道：“陛下，臣女长途跋涉，带桐乡百姓来长安门鸣冤鼓，是要状告恶官冯裕堂。还有，请陛下为前任桐乡县丞薛怀远定罪！”

“定罪？”洪孝帝一顿，问，“何为定罪？”

“众所周知，桐乡县丞薛怀远贪污赈灾银两，证据确凿，是朝廷的蛀虫，陛下尚且崇尚清减，一个小小的桐乡县丞却如此胆大包天，是对皇室的不敬。仅仅下狱斩首何足挂齿，在臣女看来，当行千刀万剐之刑！”

叶世杰一愣，跪着的冯裕堂连低头都忘了，直直地看向姜梨。谁都知道，姜梨为了薛怀远奔走不停，便是站在薛怀远一边，可眼下竟然说薛怀远斩首都不够，还要千刀万剐，她是疯了吗？还是一开始她就并非站在薛怀远一边？！

叶明煜也心中一惊，万万没料到姜梨会说这话。

成王和洪孝帝也十分迷惑。前者是不解，后者是怀疑。

唯有沈玉容和姬蘅二人，神色和百官截然不同。

沈玉容神情异样，瞧着姜梨的目光带着深思。姬蘅却一点儿也没有为姜梨担心的意思，甚至也不意外，就像姜梨的反应在他意料之中，只是眸中含着些许有趣。

“继续。”洪孝帝道。

姜梨俯身行礼，继续娓娓道来：“桐乡县丞薛怀远，官职虽小，却代表北燕朝廷的官员，由小见大，造成的影响却非同小可。薛怀远为官数十载，唯独去年被人查出贪墨，想来过去十多年，亦有贪污银两的行径。这些银两去往何处，为何不见踪迹，卷宗上未曾记载，此中疑点众多。许是做贩卖军马之务，又有通敌叛国之嫌，不可不究而杀。”

“究。”洪孝帝动了动手指，“但证据都在卷宗里。”

姜梨再次俯身：“正因如此，臣女才会带着桐乡百姓进京。臣女请唤人证。”

“传人证。”洪孝帝大手一挥。

周德昭忙吩咐下人带人证上来。

很快，人证便被带了上来。带来的人证皆是桐乡的百姓，有代云、平安、莫文轩、张屠夫、春芳婶子等。这些桐乡百姓亦是第一次进京，第一次进宫，第一次见皇帝。面对着文武百官，早已吓得面色苍白，两股战战，跪在地上几乎就要起不来了。

姜梨就道：“人证请说吧，关于县丞薛怀远贪墨一事。”

这些人证本就是受过薛怀远恩惠的百姓，此次进京就是为了给他们的县丞平反，如何会说薛怀远的不是，便一一将薛怀远过去的事情种种道来。薛怀远爱民如子，心地善良，清明公正，体恤下人。在桐乡任上的时候，兴修水利，教农民灌溉，无所不知无所不能。短短数十载，便让桐乡从人人穿不起鞋，发展到如今安居乐业的盛况。

这些不像是在数落薛怀远的罪证，反倒像在赞扬他。李仲南和成王都皱起眉，意识到事情正在往他们不愿意发展的方向走。

光凭证据，姜梨是不可能让薛怀远完全脱罪的。在廷议上，最后定夺的也是皇帝本人。但这样的廷议，民意的天平分明已经倒向了薛怀远这头，这些文武百官渐渐也开始同情薛怀远。

姜梨不为所动，没有随着百姓的话为薛怀远喊冤，而是摇头道：“贪污之人，如何会这样尽心尽力为百姓做实事？这些人满口谎言，不必理会。”

一个一个人证被带了下去，新来的桐乡百姓又前来，没有一个说薛怀远不是的。

见势头不好，成王冷笑：“这桐乡县丞惯会作假，能贪污如此银两，必不能小看，才会使这等小恩小惠来笼络人心，便是证据确凿，也有人为他说话。”

“成王殿下所言极是。”姜梨道，“只是这县丞贪污赈灾银两，应当不止一回。冯裕堂在任半年，已然贪污众多。半年前薛怀远下狱，家产籍没，臣女请御史大夫公布查抄所得薛家家产和冯家家产，让诸位都看一看，比起冯裕堂来，这薛怀远是如何的丑恶！”

冯裕堂一听，立刻抖如筛糠。

薛怀远是什么人，贪墨本就是杜撰的。薛怀远自己的家产加起来也没几个，他上任半年，却已经将搜刮民脂民膏做到极致。这样一对比，自然能看出蹊跷！

果然，御史大夫来公布两家家产，结果却出乎所有人的意料。薛怀远的家产除了贪墨的银子外，几乎一无所有，比家徒四壁好不了多少。便是仅有的俸禄，还时常因为接济百姓没了。冯裕堂却不同，短短半年，比薛怀远十几年来的所有还要多个几十倍。

众人都沉默了。

姜梨道："诸位大人不觉得奇怪吗，如薛怀远这般罪臣，十年来的所作所为，竟比燕京城许多官员还要清廉。倘若别的贪污官员都能如薛怀远这般，咱们北燕，便也不愁不繁盛了。"

"巧言令色，"李仲南冷哼一声，"那他总是贪了！"

姜梨一笑："传人证。"

这一次，传的人证却是薛怀远曾经的部下，彭笑、何君、古大、古二他们。他们早有一腔热血，便是为了能在有生之年为薛怀远平反，终于等到了如今的时机。不等姜梨开口，立刻就跪下，细细诉说薛怀远这十多年来的艰辛。

没有人比他们更了解薛怀远，因着数十年的相伴，因此他们的话也格外让人感同身受，当说到薛怀远被人陷害入狱，而他们这些官差被冯裕堂的人丢到矿山狠心折磨的时候，七尺男儿，竟然忍不住落下泪来。

都是血泪。

洪孝帝似有所动，成王暗叫不好，当机立断道："不管如何，薛怀远贪墨一事是事实，也就如姜二小姐所说，让薛怀远行千刀万剐之刑。"不能让姜梨说下去了。

"慢。"洪孝帝道。

一个慢字，让成王的心沉了下去。

情理，情理，要给薛怀远脱罪，理不够，情来凑，姜梨却用了这么一种令人无法拒绝的手段，一步一步将薛怀远身上的冤屈洗净。

姜元柏像是不认识似的盯着自己的女儿。他知道姜梨聪明，但这样的朝廷手段，未免太过，姜元柏内心甚至怀疑，今日姜梨的做法，背后会不会有高人指点。

旁人不会以为这是姜梨想出来的办法，只会将此事放在姜元柏的头上，认为是姜元柏让姜梨在殿上如此说，认为姜元柏是真正的老奸巨猾。

"你接着说。"洪孝帝对姜梨道。

姜梨俯身，声音清脆，道："臣女要说的话已经说完了。桐乡县丞薛怀远有罪，罪在上任数十载，除了贪污赈灾银之外，淡泊寡欲，洗手奉职，臣心如水，清风峻节。世上难有这样的贪官，定是在筹谋更深之事。为官多年，将桐乡改头换面，内有阴谋。家中家产无几，去向不明，臣女以为，薛怀远之罪，罪无可赦，恳请陛下，治薛怀远千刀万剐之罪！"

右相李仲南闭了闭眼，晓得姜梨这一番话说下来，薛怀远身上的罪责，便彻底洗清了。

殿中是久久的沉默。

过了许久，洪孝帝的声音响起，道："如此说来，薛怀远并无罪过，反倒有功。如此有功之臣罪责加身，恐有冤情。冯裕堂一案，冯裕堂有罪不疑，薛怀远贪墨，疑点重重，周德昭，朕要你重新彻查此案！”

最后一个字落地，姜梨的心仿佛被热水浇灌过，渐渐沸腾起来。

而她只是俯下身去，再次道：“臣女再恳请，带桐乡县丞薛怀远上殿。薛怀远也是人证，陛下不妨先看看薛县丞如今的模样。”

“带薛怀远。”洪孝帝道。

周德昭忙请人带薛怀远上来，忍不住又看了一眼姜梨。今日之事，一开始分明是成王和右相占上风，可到了现在，全程都被姜梨牵着鼻子走。不管这办法是姜梨想出来的，还是姜元柏想出来的，姜家都不容小觑。本以为在朝廷之中，姜家势力渐渐微弱，尤其是右相越来越壮大，眼下看来，瘦死的骆驼比马大，且不说势力如何，单是这份心机，姜元柏也丝毫不输右相。

这样下去，还不知道最后输的人是谁呢。

薛怀远很快被带上来了。

他被换过干净的衣裳，也洗干净了脸，手里紧紧攥着一个拨浪鼓。御前侍卫护着洪孝帝，免得薛怀远突然伤人。薛怀远乍然看到这么多人，惊惶不已，瑟缩成一团，无助地往姜梨身边跑来。

姜梨安抚地拍了拍薛怀远的肩，因着薛怀远须发全白，和姜元柏的年纪相仿，却已经像个垂垂老者，因此姜梨的行为看起来并不出格。不过她的耐心看在姜元柏眼里，却十分刺眼。

总觉得姜梨面对自己这个亲生父亲都不曾有过这般柔和的目光。

姜梨对洪孝帝道：“陛下，这就是桐乡县丞薛怀远，因着被冯裕堂关进地牢里百般折磨，如今已神志不清，形如小儿。可怜一代清明忠臣，如今却落得这样的下场，此事传出去，天下多少清官忠臣会寒心，又有多少人还会忠心耿耿地效忠陛下呢？”

“大胆！”李仲南大怒，“姜梨，你敢质疑陛下！”

“李大人，”姜元柏不悦道，“陛下都没说话，您这是说的哪门子话。”

姜梨这话算是大不敬，成王冷笑：“看来姜大人教女儿自有一套章法，姜二小姐说这话，对于女儿家来说，未免有些出格了吧。”

姜元柏敢明目张胆和李仲南呛，这时候却不好下成王的面子。正在迟疑说什么才好的时候，一直不怎么说话的肃国公开口了。

姬蘅摇了摇扇子，轻笑道：“不巧，姜二小姐的说法，倒和我想的不谋而合。”

只一句话，朝臣们都愣了一愣。姬蘅竟然说话了，还是帮着姜梨说话？

姬蘅恍然不觉自己一句话已经被在场诸位在心中揣摩了千万遍，漫不经心道：“良药苦口，忠言逆耳。姜二小姐所言虽然出格，听着还是有几分道理。不然本朝忠臣尽弃，任用奸臣，怕是国将不国啊。”

年轻人容貌俊美，形若妖孽，似笑非笑说这种带着几分恐吓的话，立刻就起到了效果。洪孝帝道：“肃国公说得不错，朕并非听不得真话之人，姜爱卿，”他对姜元柏道，“你这个女儿，养得很好。”

姜元柏连忙谢恩，心中却纳闷，他们姜家和肃国公可是没有一星半点往来，姜梨和姬蘅也当没什么交情，何以这位喜怒无常的肃国公会突然帮姜梨说话？

莫非……他看着姜梨干净的脸，容貌有了少女的楚楚风姿，清丽秀媚如同春日初生的雪白梨花，干净清新，招人喜爱。

不不不，姜元柏又立刻打消了自己心里这个荒唐的念头。肃国公自己生得绝色倾城，什么样的美人没见过，姜梨顶多算个小美人，怕是还入不了姬蘅的眼。况且姬蘅此人阴险狠辣，并非良配。虽然他与姜梨不是很亲厚，但到底是自己的骨血，不希望姜梨落得凄惨结局，被人算计，最后还要连累姜家。

心里胡思乱想着，朝臣里忽然有人开口道：“薛凌云，这不是薛凌云吗？”

薛凌云？众人奇怪。

洪孝帝问：“什么薛凌云？”

那朝臣拱了拱手，道：“当年先皇还在的时候，薛凌云曾为燕京兴修运河水利，先皇见他颇有才干，提拔为工部尚书。只不过薛凌云只做了一年工部尚书，就辞官离去。今日一见薛怀远，下官这才发现，这薛怀远与薛凌云一模一样，只是苍老了太多，下官斗胆猜测，薛怀远就是薛凌云。”

薛凌云？这个名字对于殿中诸位来说，都很陌生，但关于京中运河水利，却是无人不知。能主导这般工程的人，自然是有才干的。为何要放着工部尚书不做，去做小小的县丞？

姜梨却是恍然。难怪当年跟着父亲多年的下人说，父亲有济世之才，偏偏安居在桐乡狭小的天地，若非厌恶官场风气，怕是早已飞黄腾达。她时时就觉得奇怪，父亲有这样大的本事，关于朝中局势，大处小处都看得清楚明白，为何只做了一个县丞。

原来不是机遇，是父亲曾经已经做到了大官，却自认性情不适合这样的官场。北燕朝廷臣子间相互倾轧，或沆瀣一气。对父亲来说，倒不如做个小小的县丞，造福一方百姓来得好。

所以他甚至改了名字，从有凌云之志的薛凌云，到望月怀远的薛怀远。

姜梨和薛昭生下来的时候，薛怀远已经不做工部尚书了，也改了名字。因此姜梨并不知道这一段过往，由这位薛怀远的旧识老臣说出来，方才晓得真相。

这老臣当年应当与薛怀远交情不错，见到故人，便将当初薛怀远为何辞官娓娓道来。有志不能伸，到底是憋屈。众人听来，只觉得心中感慨万千，十分惋惜。

洪孝帝道：“如此有才华之人，却被当成罪臣诬告入狱，如今还落得这样凄惨。这是朕之过，亦是北燕的损失。”

姜梨心中一动，就道：“陛下，薛怀远落得如此下场，全都是冯裕堂一手造成，公报私仇，臣女请求重惩冯裕堂！”

“自然重惩！”洪孝帝冷哼一声，“朕也不知道，天子脚下，还有如此猖狂之人，陷害忠良！”

“冯大人的胆子可是不小。”姜梨道，“不仅陷害忠良，还在桐乡东山私自挖矿。朝廷多年以前就明令禁止，私自挖矿，形同叛国，当诛！”

冯裕堂已经冷汗涔涔，几乎要晕过去。

“不过冯大人很奇怪，在桐乡已然敛财无数，却还想要更多金子。分明是索求无度，且胆大包天。臣女在冯府上搜出一封信件，信件中直指要求冯裕堂折磨薛怀远。不过信件的主人却很奇怪……”姜梨微微一笑，“那信件上的印信，正是本朝永宁公主的印信！”

唱了这么久的戏，她终于唱到了高潮！

“大胆！”成王脸色铁青，“诬蔑一国公主，你可知这是怎样的罪名？这可以砍了你的脑袋！”

“成王殿下不必着急，”姜梨丝毫不惧，冷冷回道，“臣女只是陈述事实，并没有为公主定罪。这封信自然可以是假冒的，事实上，臣女也认为这是陷阱。”

洪孝帝盯着姜梨，叶世杰呈上来的折子事关永宁公主，这会儿姜梨提出来，也在他意料之中。只是姜梨既然提出来，为何又要自己否定自己。

“永宁公主与薛家非亲非故，亦没有任何联系，如何会指使冯裕堂陷害薛家，令薛怀远入狱？臣女打听过了，薛家一门，薛怀远只有一子一女，其子薛昭已于去年在京被匪寇所杀。其女薛芳菲，是当朝中书舍人沈大人的亡妻，半年前也于沈家病故。无论是薛昭还是薛芳菲，和沈家亦是没有关联。因此臣女看来，应当作不得真！”

“薛芳菲”三个字一出口，众人的目光不约而同投向了沈玉容。

当年薛芳菲给沈玉容戴了绿帽子，燕京城内或是看沈玉容笑话，或是同情，或是骂奸夫淫妇，总之，无人不知，无人不晓。半年过去，一代绝色薛芳菲香消玉殒，便是被人当作茶余饭后的谈资，也是不起眼的那个。

好容易渐渐淡忘了这个名字，忽然又在这时候被提起，还是在关于薛怀远这个人人关注的案子上。

沈玉容面上仍然一派云淡风轻，他自来好风度，只是看向姜梨的目光里，带了些说不清楚的深意。

姬蘅瞧着姜梨，唇角的笑容渐渐加深。文武百官里，他是唯一一个以轻松的神态观看这场廷议的人。有人如临大敌，有人幸灾乐祸，只有他带着洞悉一切的漫不经心，不轻不重帮忙推动着，顺着她的心意。

成王看向沈玉容，心中闪过一丝恼火。

姜梨神情真诚，仿佛是真的相信永宁公主的清白，迫不及待为永宁公主解释。她的心，却无声笑了起来。

表面上是主动为永宁公主洗清冤屈，却让薛昭和薛芳菲暴露在众人面前。薛怀远一案，仅仅只有薛怀远一人，本就查不出什么，最关键的线索还在薛芳菲身上。

永宁公主志在沈玉容，总有一日要入主沈家，成为沈夫人，但永宁公主指使冯裕堂陷害薛怀远的传言一出来，永宁公主要嫁给沈玉容，就会困难重重。因为一旦她这么做，就给她陷害薛怀远找到了完美的理由。人们就会说，看啊，她想要嫁给沈玉容，所以谋害了薛怀远，甚至薛芳菲和薛昭的死，也会被人怀疑。

三人成虎，众口铄金，永宁公主要想洗净这个罪名，就得和沈家划清界限，永远不要和沈玉容有所往来。

但问题是，永宁公主做得到吗？

永宁公主已经到了谈婚论嫁的时日，要彻底将风头避过去，等个三五年，怕是耗不起。因此，永宁公主和沈玉容之间，必定会因此事生出嫌隙，弄出波折。

那就是她的机会。

姜梨的目光从殿中众人脸上扫过，成王的气急败坏，李仲南的恼火，姜元柏的愕然，季彦霖的疑惑，叶世杰的惊诧，沈玉容的故作镇定，洪孝帝的意味深长，还有姬蘅的笑。

他的笑，带着一点隔岸观火的轻松，又有些知晓彼此秘密的心照不宣，一双眼睛潋滟动人。

他是知道的，他什么都知道。

姜梨低下头去，今日这一战，她尽了全力，为薛怀远平反，让冯裕堂血债血偿，最重要的是，她在永宁公主和沈玉容之间埋下了一颗种子，这种子终将破土发芽，在他二人的土地上形成一道永远不可调和的裂缝，姜梨就要以这道裂缝劈开一道口子，开始复仇的道路。

这只是一个开始，她这样想。

关于薛家一案的廷议，就这么结束了。

廷议的结果出来后，短短一个时辰，传遍了整个燕京城都。

那薛怀远是好官，却被害到如此田地。众人也晓得了，薛怀远曾叫薛凌云，做的是工部尚书，燕京城的运河便是他主持修缮的。

运河一事，造福了多少百姓，燕京百姓闻言，皆为薛怀远的遭遇大感不平。冯裕堂被判处绞刑，百姓便自发要去目睹恶人断气。

与此同时，还有一则传言传得沸沸扬扬，听说薛怀远入狱，是当朝永宁公主指使冯裕堂干的。这传言没什么根据，且永宁公主和薛家也没什么往来，因此说的时候，并不能找到切实的根据，但说的人多了，渐渐整个燕京城的人都知道了。

听说成王的人派人去查传言的源头从哪里出来，可传言的人却在短短时间里消失无踪。燕京不是桐乡，成王做不到冯裕堂那般让燕京城的人“道路以目”，最多只惩治了几个公然谈论永宁公主的人，至于私下里谈论的人，却不能一一处置。

毫无疑问，放出传言的人，自然就是姜梨了。

姜梨今日是去看冯裕堂受刑的。

她其实不愿意看这些血腥气十足的场面，但每每想起冯裕堂如何折磨薛怀远，她就不能释怀。因此即便血腥，今日她还是要看冯裕堂受刑。

冯裕堂过后，就是永宁公主和沈玉容。

菜市口围满的都是看热闹的人，桐乡的百姓还没有回去，每个人都到了。他们往冯裕堂脸上扔石子、菜叶，表达内心的愤懑。姜梨远远地站在人群里，戴着斗笠，不让人瞧见她。

姜元柏如今配给她的侍卫倒是多了一倍。在廷议上，姜梨的做法狠狠地得罪了成王。成王必定会寻机会报复，为了以防万一，姜元柏这些日子都不让姜梨出门，今日还是姜梨偷偷出来的。

姜元柏那一日在廷议后，曾问过她，为何这桩案子里最后牵扯到的是永宁公主，明明她一早对姜元柏所说的并非永宁公主，而是右相李仲南。倘若早知道此案和永宁公主有关，姜元柏决计不会任由姜梨如此行动。

姜梨只道："父亲，此案的确和右相李仲南有关，只是比起李仲南，永宁公主的信件更是准确。廷议上的事您也瞧见了，李仲南帮着成王，是成王的人，说永宁公主还是李仲南，到头来，都是一样的道理。"

"可最后永宁公主也并未落实罪名！"姜元柏道。

"是吗？"姜梨当时只回答了一句，"可是父亲，再看来日，这罪名总有一日会落实的。如今咱们就只当提早知道了结果，至于日后，走着瞧就是。"

姜元柏仍是不信，但事到如今，已经没有转圜的余地，心中却终究对姜梨的自作主张起了不喜。

姜梨并不理会，桐儿和白雪纵然平日里也算胆大的，但看到行刑的画面，还是捂住了眼睛。倒是姜梨，一眨不眨地盯着冯裕堂，直到他咽气。

冯裕堂的党羽已经一网打尽，洪孝帝也重新任命了襄阳桐乡的新县丞，这位新县丞姜梨虽然不是很了解，但至少有了冯裕堂的前车之鉴，他也不敢做出什么出格的事。

薛怀远留在了燕京城，洪孝帝金口玉言，广招天下神医，为薛怀远治病。让他留在姜家，姜梨怕季淑然为了对付自己，拿薛怀远下手。想来想去，只得把薛怀远托付给叶明煜。

叶明煜暂且不打算回襄阳，留下来和叶世杰一起住，将薛怀远托付给叶明煜，一来叶明煜武功不错，身边手下又都是江湖人士，多少能保证薛怀远的安全，二来薛怀远这些日子和叶明煜也待得多了，除了姜梨以外，最亲近的人就是叶明煜。

行刑完毕，姜梨和桐儿、白雪往马车那头走去，心中思量着，桐乡的事暂时告一段落，接下来，她是彻底得罪了成王和永宁公主。成王或许还不会这么快出手，但是永宁公主一定会在最短的时间里找上门来。

马车停在街道的拐角处，姜梨来到马车前，在桐儿的搀扶下上了马车。桐儿和白雪也要上来，忽然听得姜梨的声音从里面传来：“等等。”

桐儿和白雪不明所以。

姜梨抬眼看向马车中的人。

红衣青年非但没有鸠占鹊巢的自责，反而姿态优雅，手握折扇，笑意盈盈道：“二小姐。”

姜梨顿了顿，在他对面坐下来：“国公爷。”

姬蘅居然就这么明目张胆地进了她的马车，可想而知，马车夫也早已被他换了。

“国公爷来找我，所为何事？”姜梨问。

他道：“你不来找我，我只有来找你了。”

姜梨略一思忖：“廷议上，多亏国公爷替我说话，姜梨感激不尽。”

“不必感谢，是成王太蠢，我看不下去。”他漂亮的眸子里清晰地映出姜梨的影子，摇曳其中，活色生香。

姬蘅道：“不过你倒是出乎我的意料，绕了这么久的圈子，终于把薛芳菲的事情翻出来了。”

只一句话，让姜梨不由得抬起头来看向姬蘅。片刻后，她笑道：“国公爷说的是哪里话，这事和薛芳菲有什么关系？”

“哦？”姬蘅笑笑，“你不是急着为薛芳菲平反，才在廷议之上说出薛芳菲的名字。你这样，永宁公主可不会快活了。”

他多智近妖，什么事情都瞒不过他的眼睛，但姜梨未曾想到，即便如此，他还是想到了在薛家一案中的薛芳菲。

“为何要为薛芳菲平反？”姜梨不动声色道，“她不是不守妇道，与人私通，中书舍人沈玉容顾念旧情，没能休了她。谁知道老天开眼，很快就收了她去，也算咎由自取。这样的人，为何要为她平反？”

姬蘅笑了一声，身子忽然往前探了一截，意味深长地打量着姜梨的神色，忽然低声笑道：“为何要为她平反，你不是最清楚吗？”

姜梨一怔，道：“我不明白国公爷在说什么。”

“你这个人，好恶很分明。”姬蘅淡淡道，“难道你自己没发现，你说到沈玉容的时候，连句沈大人也不称。他和你有仇吧。”姬蘅漫不经心把玩着折扇，“永宁公主也和你有仇。”

姜梨心中思忖几下，道：“国公爷。”

“你知道他们的关系了。”姬蘅看着她。

姜梨深吸了一口气，姬蘅到底知道多少，她并不清楚，但有一点可以肯定，姬蘅知道的，远远比她想的还要多。自己一味装傻，反而会让这个盟友生出不喜，倒不如坦诚一些，真真假假，和盘托出，或许能有一些意想不到的收获。

“国公爷指什么？指永宁公主和沈玉容胶膝相投，情深似海？”她说得嘲讽，姬蘅听得也是一哂。

“听你的语气，很有几分酸涩。莫不是你也爱慕小沈大人？”姬蘅道，“才会心中妒恨。”

“酸涩？国公爷真是说笑了。我可不觉得沈玉容值得爱慕。”

“那就奇怪了。”姬蘅饶有兴致地盯着她，“小沈大人容貌俊美，温文尔雅，燕京城里喜欢他的贵女数不胜数。我看你也是情窦初开的年纪，居然不喜欢这样俊俏的大人？”

姜梨冷笑一声：“沈玉容说到底也只是个中书舍人，又无家族支持，对我来说，也不过是从低贱草民中不择手段往上爬的人之一罢了。我也是姜家的小姐，论起门当户对，他沈玉容还不够格。”

这话说得可谓极尽挖苦之能事了，姜梨自己也没想到，有朝一日，会从自己嘴里听到如此刻薄的话。

“你为了桐乡百姓奔走，吃喝一处，不嫌对方身份低贱，到了小沈大人这里，却嫌他家境贫穷，看来你对小沈大人成见很深啊。难道有血海深仇？”他笑盈盈地回话。

姜梨笑道：“我说的不过是实话而已。况且国公爷虽然口口声声称赞沈玉容，在我看来，沈玉容不及国公爷一根头发。无论是容貌风致、家境地位，抑或是文韬武略、智谋手段，沈玉容都差国公爷太多。与其被沈玉容这样的凡夫俗子迷惑，倒不如为国公爷这样的天人倾倒。不是吗？”

姬蘅静静地看着她，过了一会儿，突然笑起来，道：“你倒是很会说话，姜元柏自诩文臣清流，他的女儿却长了一张蜜糖样的嘴。如果不是我这个人心硬如铁，恐怕真的会舍不得你。”

姜梨微笑，她当然不会傻到以为自己的奉承话讨得姬蘅心花大开，不过伸手不打笑面人，况且贬低沈玉容抬高姬蘅，她也是很乐于去做的。

“你的举动已经引起了沈玉容和永宁公主的注意。”姬蘅道，“接下来，他们就会对付你了。”

“多谢国公爷提醒。”姜梨瞧着他，很认真地道，“但是国公爷曾经说过，我的命是你的。没有人能从你手中抢东西，包括我的命。所以我不担心，因为我相信国公爷。”

“小家伙，你想将我绕进去？”他一双长眸动人，“我说过要保你的命，可不是给你当贴身侍卫。北燕朝中，想求得我庇佑，恐怕你出不起这个价钱。”

姜梨道：“正因为国公爷是北燕朝中最能庇佑我的人，所以我才希望求得您的庇佑。我所谋之事，大逆不道，且艰难重重。一不小心就会连累身边人，所以有些事情我只能一个人去做，但再难，我也要做到。国公爷，三十年河东，三十年河西，风水轮流转，虽然眼下我人微言轻，对你来说只是一个没什么用处的小姐，但假以时日，未必就不能助国公爷一臂之力。”

“你人这么小，口气倒很大。想要帮我？”他摇了摇扇子。

“至少我以为，我比成王他们，更值得国公爷信赖。”

姬蘅看了她一会儿，道：“罢了，你去做你的事吧。姜家内部的事，我不能插手太多。如果你凡事都要我搭救，你就没有得我庇佑的价值。我们国公府花园里养的花，除了长得好看，株株都有奇效。阿狸，”他唤她的名字温柔，但说的话像是要将世间最残酷的真相剥给她看，“在燕京，想要活下去容易，活得好却很难。关于沈玉容和永宁公主，我不会插手。”

“那是你的事。”他说。

姜梨慢慢地笑起来。

她说：“多谢国公爷。”

姬蘅没再说什么，他走下马车，突然想到了什么，从袖中摸出一物，丢给姜梨，道：“你若是有什么需要，吹响此哨。你们姜府里有我的人，会来接应你，算是送你的礼物。”他没有回头，“祝你得偿所愿。”

姬蘅离开了，白雪和桐儿忽然见马车上下来个大男人，也是吓了一跳。待看清楚是姬蘅，却又稍稍放心了一些。

等上了车后，桐儿问姜梨：“姑娘，方才国公爷怎么来马车了？是有什么事情吗？”

“无事。”姜梨看着掌心的哨子。

白雪顺着她的目光，也看到了那只哨子，道：“这哨子做得好精致。”

雪白的细瓷哨子顶端，绽放着一朵黑色牡丹。姜梨将哨子收好，道：“是啊。”

姬蘅给了她哨子，也默认了一个事实，他虽然猜不到自己就是薛芳菲，但对于自己要做的事，未来对付沈玉容和永宁公主，为薛芳菲、薛昭姐弟二人翻案，却是心照不宣。

他知道了，他不会过问，他默认，关键时候，还会出手相助。

她于是又有了一个筹码，还是北燕朝中最大的筹码。虽然这筹码需要她付出代价，而现在这代价究竟是什么，还不甚明朗。

但姜梨以为，这都是一桩不亏的生意，以至于在未来，她几乎可以无所畏惧了。

她只需要做好谋划，至于能不能做、敢不敢做，有姬蘅，她没什么好怕的。

正如姬蘅所说，公主府中，永宁公主正在大发雷霆。

她好容易说动了刘太妃，择日就同洪孝帝说要沈玉容做驸马的事，沈玉容也同意了。偏偏在这个时候，薛家一案暴露，已经渐渐被燕京城遗忘的薛芳菲又被人提起。

这样一来，别说她和沈玉容成亲，只要她和沈玉容稍微扯上一些关系，走得亲密些，那些捕风捉影的人就会道：永宁公主就是为了和沈玉容在一起，才指使冯裕堂陷害薛怀远下狱，这等手段，说不准当初薛芳菲与人私通也大有文章！

要让薛芳菲身上的脏水洗干净，永宁公主绝对不同意！最让她揪心的是沈玉容因为此案，要将她与自己的亲事暂且放一放。

若不是姜梨多管闲事，要去追究薛家的案子，怎么会闹到如此境地！

永宁公主怀疑姜梨根本就是故意的，自己吩咐冯裕堂暗杀姜梨没有成功，还被姜梨带着桐乡人杀到了京城，在廷议上提出自己的名字，分明就是故意的。她早就知道了自己对她下杀手，从而反将一军。永宁公主心中甚至猜想，姜梨可能早就知道自己就是冯裕堂背后的主子，并非偶然得知信件。薛芳菲这个名字，也不是她随口提出来的，说不准姜梨连薛芳菲的死因都知道，可她究竟知道了多少？

永宁公主噌的一下站起身来，眉目间满是焦躁。关于薛芳菲的事，知情的人都被她处理了，她自认做得万无一失，但不知为何，姜梨的出现让她生出一种隐隐不安的感觉。

“不行，”她眉目间闪过一丝戾色，“姜梨不能活在这世上。”

“公主，不可。”永宁公主的贴身宫女梅香道，“如今薛家的案子刚过，成王殿下说过，皇上不知暗中在筹谋什么。要是这个节骨眼儿上姜二小姐出事，岂不是给了皇上对付咱们公主府的机会。况且姜二小姐身边侍卫众多，要在燕京城中下手，难免留下痕迹。公主，实在太冒险了。”

梅香是永宁公主的心腹，永宁公主拧眉，不耐烦地道：“这也不行，那也不行，要不是她，本宫和沈郎何至于闹到如此田地。本宫在她手上吃了亏，难道要默默咽下不成？”

梅香走过来，扶着永宁公主重新坐下，轻柔地为她捶着肩，道：“公主，不是不对付姜二小姐，而是不能在现在这个时候。等风头稍微过去，公主再下手也不迟。”

“说得容易。”永宁公主冷笑一声，“本宫现在想起这件事，就恨不得扒了这个贱人的皮，你要本宫忍耐，谈何容易？”

“其实公主，并非要忍耐。”梅香耐着性子道，“有些事情，不必公主亲自动手。那姜二小姐虽然看着温柔，但在姜家里树敌也不少，若是有人替公主动手，公主什么都不必做，只等着坐收渔翁之利就好了，岂不也是美事一桩？”

永宁公主听出了她话中的言外之意，问道：“你这是何意？”

“奴婢听说，姜二小姐七年前被送往青城山，就是因为得了杀弟弑母的名声。您想想，自己的儿子折在了这位小姐的手里，如今的姜夫人如何甘心？姜家大房有两位嫡女，原本姜家三小姐姜幼瑶名满京城，人人称羡，谁知道姜二小姐回京不过半年，不仅得了校考头筹，得了陛下授礼，如今连民心都得了。全京城的百姓听到姜二小姐的名字，都是称赞有加。

“相比之下，姜三小姐就暗淡了不少，人都是比较出来的。姜二小姐越是风光，姜三小姐就越是难受，季氏作为姜三小姐的生母，又和姜二小姐有旧怨，岂能舒坦？所以，公主您说，眼下最恨姜二小姐，将她视作眼中钉的，又是谁？”

“是季氏。”永宁公主目光一闪，不过很快，她又狐疑地看了自己的丫头一眼，“这些事情你如何得知得一清二楚，你又有何证据？季氏是恨姜梨不假，但季氏素来有贤名，为了保全姜家夫人的名号，忍让一时又怎么样？再说了，姜梨如此狡诈阴险，季氏未必斗得过她。”

梅香小声道：“公主，奴婢的表妹，就在姜家三小姐的院子里做事。是表妹告诉奴婢的，还听说这位季氏恨姜梨恨得咬牙切齿，之前姜梨去桐乡的时候，季氏还买通了杀手，要人在路途中害姜二小姐的性命，但不知为何没能成功，姜二小姐还是平安回到了燕京城。”

闻言，永宁公主咬了咬牙：“她可真是命大。”

“所以公主殿下勿要操心，姜二小姐做了这么多事，想要她命的人数不胜数。这回姜二小姐又赢了薛家的案子，看在季氏眼中就更不得了了。季氏为绝后患，一定会下狠手，公主不妨看着。倘若季氏赢了，姜二小姐落败，自然皆大欢喜，要是季氏输了，那对于姜二小姐，公主便得更加提防，可见姜二小姐不简单。”

“你说季氏？”永宁公主不屑道，“一介妇人而已，她要是真有本事，怎么会容忍姜梨爬到她头上来，要她对付姜梨，我看她应付不来。”

“季氏是不怎么样，但季氏背后是副都御史季家，公主别忘了，丽嫔娘娘可是季家人，能在宫中独获陛下宠爱，丽嫔也不是什么笨人。季氏真的没什么法子，只要同丽嫔娘娘讨个办法，丽嫔娘娘不会坐视不理。这样一来最后谁胜谁败，还不好说呢。”

永宁公主点头，道：“你说得也有道理。丽嫔的确有几分头脑。既然如此——”她看向梅香，“你既然聪明，这桩事情你就想法子在其中推波助澜一把好了。利用你那表妹也好，还是你自己去想法子也罢，一个月内，我要季氏对姜梨下手，不管结果如何，她二人必有伤亡！”

梅香忙应下。

永宁公主似乎这才觉得舒心了些，看向梅香，道：“你是个忠心的，放心，此事要是成功，必然记你头功，大大有赏。”

梅香欢喜地谢恩，低下头的时候，无人看见她眼中闪过的一丝异色。

姜府里，季淑然正与姜幼瑶说话。

季淑然的丫鬟夏菡走了进来，道：“夫人，二小姐不在府里，说是去叶家看望薛怀远了。”

“薛怀远？”闻言，姜幼瑶冷哼一声，“不就是个疯子吗，还成日去看，她可真是会惺惺作态，好让自己得个心地善良的名声。”

季淑然没理会姜幼瑶的话，只是问：“可查出来了姜梨和薛家之前有什么渊源？”

夏菡摇了摇头：“二小姐从小就在燕京，要说去别的地方，就是八年前去青城山。

但薛家人从未去过青城山，的确找不到半点有关联的地方。”

“那就奇怪了。”季淑然目光闪了闪，“既然没有关系，为何对薛怀远如此上心？”

“娘，我都说了，她是在做样子，做给别人看，好让人家瞧见她慈悲心肠。真是恶心。”

季淑然摇头道：“她并非做戏。”

寻春在一边道：“奴婢看二小姐待薛怀远倒像是对亲人，事无巨细，二小姐莫不是中邪了吧？”

中邪？季淑然心中一动。

她道：“胡说什么，中邪的事也是能随便说的？”

姜幼瑶闻言，不以为然道：“我看她就是中邪了，不然，娘，为何她从青城山回来后，就像变了一个人。青城山能把傻瓜变成聪明人，那些尼姑和尚都是神仙不错？她莫不是被什么狐狸精怪上了身，让咱家遭灾呢！”

姜幼瑶无心的一句话，让季淑然真的深思起来。

其实她对姜梨的怀疑也不是一日两日了。当年季淑然进门的时候，就看得出姜梨是个蠢笨的。叶珍珍死得早，无人教导她，季淑然过门后将姜梨笼络得服服帖帖。

姜梨性情冲动，凡事不过脑子。这样的人养在府里本来也没什么，谁知道姜梨可能知道了那个秘密，这就让季淑然惴惴不安起来。她不惜用上了肚子里那块肉，就是为了让姜元柏厌弃姜梨，不肯相信姜梨说的话。

姜元柏的确做到了，他把姜梨送到了青城山。八年来，整个姜家对姜梨不闻不问，放任她在青城山上自生自灭。季淑然惊讶姜梨生命的顽强，那样的境况之下竟然活了下来。但随着姜幼瑶和周彦邦亲事的逼近，她害怕姜元柏会想起这个女儿，所以她暗中派人动了手脚。

回报的人说，姜梨投了湖，旁人都看不出来动了手脚，眼下也是奄奄一息，是活不过这个夏日了。季淑然这才安了心，但这心安了没多久，姜梨从鬼门关走了一遭，居然活着回来了。不仅如此，鹤林寺了悟和静安师太的风流韵事事发，承德郎夫人柳夫人突然前去，洪孝帝亲自敲打姜元柏……一件件，一桩桩，来得猝不及防，打乱了她的所有计划，姜梨就这么平平安安进了京。

就是从那个时候起，一切都开始不受控制。校考场上她抢了姜幼瑶的风头，周彦邦突然和姜玉娥在一起，叶家的那个少爷莫名其妙做了官，如今整个燕京城交口称赞……姜梨就像变了一个人，在这个十五岁的女孩子面前，季淑然讨不到一点好处，还频频吃亏。

并非是她变笨了，而是姜梨变聪明了。她变得狡猾有心计，面上却仍然温良，每当看到她的眼睛，季淑然就会觉得遍体生寒。

怎么会有这么会伪装的女孩子？

姜幼瑶的话提醒了季淑然。

姜梨从青城山回来后就性情大变，样样精通，她对那个桐乡县丞薛怀远如此小心翼翼，两人之间定有内情。便是查不出来也没关系，只要将她身上的疑点点出来，姜梨就别想安然无恙了。

但要如何点，如何达到最好的目的，还得照她想的来。

“我得进宫一趟。”季淑然站起身。

“进宫做什么？”姜幼瑶问。

季淑然笑了笑：“当然是见你的姨母，丽嫔娘娘。”

关于杀人不见血这件事，丽嫔向来是其中佼佼者。要筹谋，还得要丽嫔帮忙。

宫中，丽嫔正坐在殿中瞧着人抚琴。

坐在她对面的正是明义堂的女先生，如今燕京城的第一女琴师，萧德音。

一曲弹罢，丽嫔拊掌，笑罢后道：“今日倒有闲心到我这里来了，怎么不去找公主殿下？”

永宁公主亦喜欢萧德音的琴声，时时邀萧德音去府上弹奏。

“公主殿下这几日心情烦闷，还是不要打扰的好。”萧德音笑道。

丽嫔闻言，问：“可是因为薛家一案？”

萧德音点头：“正是。”

丽嫔叹了口气：“永宁公主这也是遭了无妄之灾，好好地，薛家一案怎么会牵扯到了她，如今外头传言什么都有，她却是要费一番心神了。”

萧德音道：“的确，这次是姜二小姐做得太出格了，本来薛家一案就复杂，没有证据，却把永宁公主也拉进了这浑水，于姜二小姐只是一句话的事，对永宁公主来说，可是有嘴说不清了。”

“是啊，”丽嫔感叹，“听说姜二小姐在廷议上，还说起薛怀远的亲人，说起薛芳菲的时候，中书舍人沈大人也在场，好似十分尴尬。”

说到“薛芳菲”三个字的时候，萧德音神情有一瞬间的不自然。

好在丽嫔没有继续这个话头，而是道：“那姜二小姐也是厉害极了，不说这一次廷议，便是当初校考，也是风头无两，她的琴声你也是听到过的，算是很不错了。”

这下子，萧德音脸色更难看了，要知道当初那场校考过后，许多人都把姜梨的《胡笳十八拍》和她的比，若非她和姜梨没有同处一场，只怕许多人就要说姜梨把她比下去了。

萧德音很不服气，也很怕，姜梨倘若要再在什么场合弹奏，她这个第一琴师的名号还能坚持多久？

丽嫔捧起桌上的茶杯抿了一口。正在这时，宫人进来道：“娘娘，姜夫人来了。”

萧德音忙起身：“如此，就不打扰丽嫔娘娘了，德音告退。”

丽嫔没有挽留她，道：“既然如此，那我们改日再聊吧。红珠，送送萧先生。”

红珠送萧德音离开了，绿芜问：“娘娘为何要提起姜二小姐在校考场弹琴的事？奴婢瞧着萧先生脸色实在不大好看。”

“就是要她心里不痛快。”丽嫔面上的笑容渐渐收起，“萧德音这人，最是争强好胜，将名声看得比一切都重。姜梨如此难缠，多一个萧德音对付她，我那妹妹也好过一些。不过，”她叹了口气，“淑然应当是没办法了，这才来找我帮忙，也不知是遇到了什么事。”

季淑然进来了。

她进来，先恭恭敬敬地行礼，榻座上，丽嫔叫宫女扶她起来。

“三妹，”丽嫔道，“你怎么来了？”

季淑然看向自己的姐姐，和自己比起来，丽嫔反而更年轻。并非季淑然不够貌美，而是丽嫔虽然比她年长，神情里却总是带了几分少女的娇憨。

她们季氏一门三姐妹中，生得最好看的是丽嫔，性情最强势的是陈季氏，剩下她却因一个小妹的名号，备受宠爱。季淑然和陈季氏更亲近，但对于这个大姐，才是最佩服的。别的不说，以她们的年纪，丽嫔还能在宫中独霸洪孝帝的宠爱。

“姐姐，”季淑然没有叫她娘娘，而是如寻常姐妹一般叫，“我府上如今是个什么情况，你也瞧见了。姜梨这丫头越发难以控制，我得寻个办法除掉她。”

丽嫔闻言，摇头道：“上回宫宴上我瞧见了，就觉得姜梨是个难对付之人。小妹，你也在后宅浸淫了这么多年，怎么能放任她成长到如此地步。要是我，绝不会等到现在才动手。如今这丫头羽翼渐丰，要想除掉她，却不是从前那么容易了。”

“我不是没想过除掉她，只是当年事发突然。”季淑然道，“老爷将她送往了青城山，我想着也不过是个小姑娘，成不了什么气候，等年纪大了，找个人打发出去，还能给丙吉铺路。谁知道回来后的姜梨狡诈无比，连我都难以应付。”

丽嫔看着她，道：“你如今来找我，无非是想我来帮你除掉她。且不说我在宫里，处处也有眼睛盯着，一旦出手帮你，倒会给自己惹来麻烦。而且现在薛家一案刚过，姜梨要是紧跟着这时候出事，陛下一定会让官府来彻查。你想动手，可不是什么明智之举。”

“姐姐误会我了。”季淑然道，“我自然知道姜梨这时候不能出什么生命危险，但若是家事，旁人总该管不着吧。”

丽嫔问：“你想如何？”

“姐姐在宫里，应当认识不少高人。我想姜梨这丫头自打回燕京城后，处处都是可疑。那青城山里又没有先生，她如何习得一身本事？而且有时候我觉得……我觉得她好像变了一个人。此次桐乡案你也听说了，之前姜梨把薛怀远接到姜府，事无巨细地照顾，便是现在，还每日要去叶家探望薛怀远，那架势倒比跟咱们老爷更像是父女。府里有人传言说，姜梨就是邪了门了，青城山上自来狐狸精魅多，她莫不是被什么东西附了身，这才变得十分奇怪……我想让姐姐帮我找个人，最好是颇有名气的高人，来咱们府上驱驱邪……”

大家都是聪明人，彼此心照不宣，不必说得特别明白，尤其又是自家姐妹，一点就通。

丽嫔已经明白了，微微一笑：“你这也是个办法，但若是不做好一点，恐怕无法令人相信。”

“的确如此。”季淑然道，“所以这高人就很关键了。”这位“高人”说的话，一定要是能够令人信服的方可，最好是有名望之人。

“我知道了。”丽嫔道，“此事我会安排，但小妹，你要做此事，就须得成功，如今后宫之中，盯着我位子的人也不在少数，要是你失败了，牵扯出我……”

“不会的。”季淑然心中一凛，要是真牵扯到了丽嫔，别说丽嫔如何，就是季彦霖也饶不了自己。想到此处，她又看向丽嫔的小腹，“其实……只要姐姐怀上龙子，区区一个姜梨又算得了什么。老爷便是想护她也护不住，还有幼瑶，也不必为亲事如此纠结了。”

“我又何尝不想？”丽嫔悠悠叹了口气，“什么法子都用过了，就是怀不上，这大约是命吧。”

怕触及丽嫔的伤心事，季淑然也不敢多说。不过得了丽嫔的承诺，她还是很高兴的，又与丽嫔谈论了一下家事便告退了。

季淑然走后，丽嫔对贴身宫女红珠道：“去拿我的帖子，请冲虚道长过来。”

红珠领命去了，绿芜道：“娘娘真要请冲虚道长？”

“当然，”丽嫔叹了口气，“我这位妹妹虽然糊涂，但有一件事与我的感觉倒是一样。”她的目光暗下来，“姜梨，留不得。”

姜府里，姜梨刚刚从叶家看望薛怀远回来。

一进院子，清风和明月便迫不及待地迎上来，待到了里屋，清风道：“姑娘，您走了后，季氏不久后就进宫去了。”

“进宫？”姜梨坐下来，奇道，“她进宫做什么？”

“奴婢偷偷买通了淑秀园的丫鬟，听说是进宫见丽嫔娘娘去了。”

桐儿闻言大惊，看向姜梨：“姑娘，季氏突然见丽嫔，莫不是为了您的事？”

“就是就是。”明月跟着在一边点头，“奴婢也是这般想的。您回了府里后，季氏一直风平浪静的，指不定在搞什么阴谋。如今见丽嫔娘娘，莫不是要丽嫔娘娘做主，在想什么歪招呢。”

姜梨笑道：“没事，左右她们也奈何不了我。”

“就怕他们使阴招。”桐儿面色严肃地开口。

“没关系。”姜梨想到袖中的那只小巧瓷哨，道。

“对了，宁远侯府那边也下帖子过来了。”明月从袖中掏出一封帖子，递给姜梨。

“宁远侯府？”白雪诧异，“宁远侯世子都已经定了亲事，怎么还给姑娘下帖子？”

“不是周世子，”清风道，“是五小姐下的帖子。”

“姜玉娥？”姜梨打开帖子的手一顿，往下一看，那帖子还真是姜玉娥下的。上头只说许久都没见到姜梨，邀请姜梨去周家小聚。

姜梨只看了一眼，就把那帖子抛向一边。

“姑娘？”桐儿不解。

“不知道她在打什么主意，我实在没心思来应付她。”姜梨道。

姜玉娥这封帖子，就差没在上面写“来者不善”四个字了。

姜玉娥如此低声下气，就为了让自己去周家小聚，姜梨可不这么认为。那周彦邦后来想明白了宫宴上自己算计他，未必会甘心，怕是想借着姜玉娥的手生出点什么事，她可没工夫陪着他们一起唱戏。

“就这么不管了？”桐儿问，“奴婢还是拿去烧了吧，或是存了？姑娘得回帖拒绝才是。”

姜梨想了想，道：“不扔，想办法在姜幼瑶的丫鬟经过的路上落下来，让姜幼瑶看看吧。”

“这是为何？”白雪不解，“三小姐见了，不是更生气吗？”

“是啊，她脑子不好，一生气就做出格的事。我想有她闹一闹，季淑然总要忙着应付她，从而没工夫对付我，消停几日。”

几个丫鬟合计了一下，觉得此事可行，就商量着如何自然而然地将这封帖子带到姜幼瑶面前。

姜梨将她们打发了出去，说是要看书，待坐到书桌前，却是摸到了袖中的瓷哨。

瓷哨冰冰凉凉，很难相信这府上居然还藏有姬蘅的人。姜梨想了想，又放了回去。

现在不太安全，等天色晚了，她得先试用一次。

到了夜里，整个姜府都陷入了沉寂。

姜梨让桐儿和白雪都去睡了，推说自己还要看会儿书。等两个丫鬟离开后，姜梨站在窗口，从袖中摸出那只哨子，轻轻吹响。

过了片刻，窗户前的树下突然有人影一闪，似乎有什么人站在窗下了。

姜梨轻声道：“进来吧。”

下一刻，那人悄无声息地从窗口跃了进来，停在了姜梨面前。

姜梨掩上窗，回头一看，待看清楚那人的面貌时，忍不住也是呆了一呆。这人不是别人，却是姜家的花匠，成日在府里帮忙打理花园的，姜梨记不起他的名字，却晓得有这么个人。据说这人还是季淑然令人高价请回来的，侍弄得一手好花草。

他年纪甚至不大，看起来只有十六七岁，生得稚嫩俊俏，听说那一手侍弄花草的功夫十分难得，便是之前季淑然那盆最喜欢的兰花快要死了，也是此人挽救回来的。

姜梨起先觉得很不可思议，没料到这人竟然会以此种身份潜伏在姜家，可是转念一想，又觉得十分自然。要知道姬蘅最爱赏花，他府里的小厮人人都会种花，人人又都俊俏。这人既会种花又俊俏，的确就是姬蘅府上的人。只不过没有人想到，姬蘅的人胆子这般大，竟明目张胆来姜府当花匠。

"你叫什么？"姜梨问。

"属下赵轲。"花匠道。

"赵轲，"姜梨沉吟了一下，"你来姜府多久了？"

赵轲看了姜梨一眼，没有回答。姜梨道："你主子既然告诉了我你的存在，就是默许我会问你这个问题。你只管说，我保证他不会因此责罚你。"

赵轲犹豫了一下，道："七年前。"

七年前，那时候姜梨已经离开姜家了，那时候姬蘅也才不过是十四岁的少年，竟然就让人潜伏在姜家，不过这么多年，姜家没倒，那看来他派人在姜家，并不是想把姜家弄垮。

"你平日里都做些什么？"姜梨问。

"在姜家做花匠，若有大事，跟大人禀告，无大事，侍弄花草。"赵轲答道。

姜梨点头："你知道今日季淑然进宫去见丽嫔了吧？"

赵轲点头。

"她去见丽嫔做什么？回府之后，又有什么动作？"姜梨问。

赵轲道："属下没有跟进宫，不知季氏和丽嫔二人筹谋什么。今日听闻淑秀园丫鬟说，姜幼瑶怀疑您……"他犹豫了一下，似乎觉得此话有些难以启齿，顿了顿才继续道，"是被山精野怪附了身，才会从青城山回来后性情大变。季氏就是听了此话，突然决定去宫中。"

姜梨瞧了他一眼："淑秀园的事情，你倒是听得很清楚。莫不是我这院子里的一举一动，也逃不过你的眼睛？"

赵轲没有说话。

"我没有怪你的意思。"姜梨道，"我知道这是你主子的命令，与你无关。没关系，你要看就看着吧。季氏进宫的目的，我大约已经猜到了。"

赵轲看向姜梨，这么快就猜到了？

姜梨垂下眼眸，季氏的这种手段实在不陌生。当初沈玉容春风得意的时候，她作为沈夫人外出应酬，听到了许多高门秘闻。但凡正房想要陷害宠妾，寻求道长法师的帮助是很常见的事。

当然，姜梨不是普通的宠妾，她是姜元柏的女儿，季淑然想要陷害她，并不是那么容易。普通的道长法师也不能让旁人信服，所以季淑然才会想到丽嫔。丽嫔在宫中，人脉众多，为季淑然找到的那位高人，一定声名在外，他的话才能起到作用。

“冲虚道长。”姜梨道。

赵轲抬起头，诧异地看着姜梨。

“三年前，丽嫔在宫中因被宠妃使用巫术陷害，命在旦夕，幸得冲虚道长出现，救了丽嫔一命，丽嫔才渐渐好转。丽嫔想要将重金酬谢这位道长，这位道长却分文不取，又自去云游了，从此不见踪迹。”

赵轲心中疑惑，这些事虽算不上宫中秘闻，但也不是人人都知道的，更何况姜梨三年前还在青城山，如何能得知这些事情？当时太后认为宫中出现了这种事，是丑闻，不可外扬，因此宫中人都被下了封口令。

但姜梨知道。

姜梨微微一笑，看得出来赵轲的疑惑，这件事后来是沈玉容告诉她的，不知道沈玉容从哪里听来，但那时候他已做官，自然能接触到这些秘闻。

“季氏找丽嫔，无非就是要借丽嫔的手寻一位高人。没有什么高人比这位冲虚道长更适合了。我看——”她目光微凉，“这位神龙见首不见尾的冲虚道长，很快就要再次出现了。”

大约猜到了接下来季淑然的打算，姜梨反而安下心来。

赵轲已经走了，姜梨坐在榻上，内心浮起一个疑问。季氏为何要对自己穷追不舍？就算看上周彦邦这桩婚事想抢过来，也不用置自己于死地。当年姜梨杀弟弑母尽人皆知，众目睽睽之下无可抵赖，但在这之前，听闻姜梨和季淑然相处也算和睦。

没有无缘无故的恨，虽然后来传言是姜梨颇有心计，假装与继母友好，到了继母怀了身子的时候才推季淑然小产，但姜梨以为，当年的姜梨年纪太小，且又处在这样的环境，手段和心机无人教导，如何能到此种地步，连季淑然都能算计了？

这事姜梨一看就觉得蹊跷，但时间隔得太久，很多事情都不好查起，如今季淑然步步紧逼，倒是让姜梨生出要彻查此事的决心。倘若这其中还有什么隐情，就可以成为对付季淑然的工具。

不管如何，明日再去找赵轲询问一番。

想到此处，姜梨便睡下了。

瑶光筑里，今夜姜幼瑶也是无眠。

她的丫鬟金花在姜府走廊紧跟着姜梨的丫头桐儿时，发现桐儿落下了一封帖子，金花悄悄捡起帖子，打开一看，发现是宁远侯府给姜梨下的帖子，就将帖子给了姜幼瑶。

姜幼瑶睡不着，反复摩挲着这封帖子。帖子倒不是周彦邦下的，而是姜玉娥。想到姜玉娥，姜幼瑶便恨得咬牙切齿，周彦邦原本该是姜玉娥的姐夫，如今却成了姜玉娥的夫君。

“姜梨……”姜幼瑶看着帖子，姜玉娥和姜梨自来不对付，为何嫁到了周家后，反而邀请姜梨去小聚？

宫宴之上，季淑然曾说过，本想算计的是姜梨和叶世杰，最后出事的不知为何成了周彦邦和姜玉娥。一定是姜梨在其中搞鬼，姜梨大约和姜玉娥定下了什么协定。如此一来，才会让姜玉娥称心如意。

姜幼瑶没有把帖子的事告诉季淑然，她收下帖子，也不打算还给姜梨，决计重新以姜梨的名义回一封帖子给姜玉娥，看看姜玉娥和姜梨究竟打的什么主意。

姜梨醒来的时候，燕京的冬日难得出了一回太阳。

院子里积雪未化，太阳照在积雪之上，发出细微的暖色光泽。姜梨照例打算吃过饭去见薛怀远，却在去叶府的路上遇到了一个陌生妇人。

这妇人年纪不小，眉目间依稀能看出年轻时候的风致，穿得不像下人，却也不华丽，只带了一个丫鬟，神情平淡如同死水，激不起半点斑斓。

她们在走廊上撞见，妇人的丫鬟唤了一声二小姐，给姜梨行礼，那妇人这才慢吞吞地看向姜梨，跟着轻声唤了一声："二小姐。"

姜梨仔细盯着她，对方的神情没有一丝波动，仿佛就这么无悲无喜过了千年万年。姜梨道："胡姨娘。"

胡姨娘是姜府大房唯一的姨娘。姜家的几个儿子，姜元柏、姜元平，还有庶子姜元兴，都只有正房所生的嫡子。纵然有姨娘，也都是没有儿子的。听说姜老大人宠妾，生了姜元兴，为此做了许多糊涂事，姜老夫人恶心那宠妾，连带着对姜元兴不喜，不仅如此，还为正门楣家风，不许儿子们让姨娘诞下子嗣。

而胡姨娘就是整个姜府里，唯一诞下子嗣的姨娘。

胡姨娘当初是姜老夫人身边的丫鬟，姜老夫人做主给姜元柏做了通房，后来叶珍珍嫁进来三年无子，通房丫鬟却先怀了孩子。原本姜老夫人要给这丫鬟一碗药，但叶珍珍心软，主动求情，还是让孩子生下来了。

生下来的是个女儿，就是姜家大小姐，不久之后姜梨就出生了。那位通房丫鬟顺势成了姨娘。听人说，胡姨娘不争不抢，为人和善，和叶珍珍很合得来。叶珍珍生下姜梨不久病故，胡姨娘很是消沉了一阵子。

再后来，季淑然进门，姜梨两岁的时候，那位姜家大小姐在花园里玩，不慎从假山上摔下来，没救了，从此胡姨娘日日夜夜伤心，得了癔症，成日在院子里抱着枕头唱摇篮曲。老夫人感念多年主仆情义，仍旧找丫鬟伺候着她，反正姜家不缺这点银子，权当多了一双吃饭的筷子，也碍不着什么事。

胡姨娘看着姜梨，轻轻低了一下头。

姜梨内心闪过一丝疑惑，人人都说胡姨娘有癔症，姜梨也只在家宴上远远见过一回，这会儿凑近看，这位胡姨娘虽然神情平淡，但一双眼睛并非是疯了后才会有的混浊。

姜梨忽然道："今日阳光很好，这里似乎离胡姨娘的院子也很近，胡姨娘，我去你那里坐坐，你应当不会拒绝吧？”

几人都怔住了。

胡姨娘身边的丫鬟亦是惊讶，姜梨只是笑着看向胡姨娘。

过了一会儿，胡姨娘轻声道：“好。”

胡姨娘的院子比姜梨的芳菲苑还要偏，屋子里一张床、一张桌子、几把椅子，就是全部的家当了。

胡姨娘的丫鬟去给姜梨倒茶，姜梨瞧见，屋里仅有两个茶杯，那茶壶还是缺了口的。至于桌上的点心，更是没有。

丫鬟有些尴尬，胡姨娘却很自然，仿佛并不觉得有什么不妥。

“胡姨娘这里真是很冷清。”姜梨道，“冬日里怎么连炭火也不生一盆？”

那丫鬟委屈得都要哭出来了，道：“奴婢们去厨房拿炭火，厨房给的炭火全是潮的。便是晾干了在屋里生，也是最下等的炭，熏得人直咳嗽……二小姐若是可怜咱们姨娘，便去厨房那头说一声，咱们姨娘今年冬日都冻伤了好几回了。”

姜梨道：“为何不去找母亲呢？当家权力都在母亲手中，这点小事，母亲会为你们做主的。”

丫鬟顿时不说话了，胡姨娘道：“无事，习惯了，我不冷。”

她说话的声音也是轻轻的，姜梨瞧着她，这位妇人绝不是一个得了癔症的人，她在自己面前也没有掩饰清醒的真相。她要掩饰的对象不是自己，她要坦白的对象才是自己。

为了什么？

姜梨笑道：“我听说，母亲刚生下我的时候，胡姨娘还经常抱我呢。这么多年过去，许多事情我记不大清了，看见胡姨娘觉得陌生了许多，但又觉得其实是很亲切的。”

这句话却像是勾起了胡姨娘的回忆，她的目光变得悠远，慢慢地道：“是啊，当年……”

她没有再说下去。

姜梨道：“当年，大姐姐从假山上摔下去，到底是怎么一回事？”

突如其来的一句话，令屋子里所有的人都呆住了。

胡姨娘的丫鬟微微颤抖着身子，胡姨娘却看向姜梨，问：“你说的，是什么意思？”

“我就是问问，当年大姐姐的死，是不是有什么隐情？比如，她是被人害了呢？”

她说话大胆而不避讳，丫鬟们都不知应当用什么表情才合适，但胡姨娘平静的神色被打破了。

她说：“二小姐，慎言，有的话，在这府里是不能够说的。”

“所以姨娘你才要装作癔症，假意不知其中隐情，装聋作哑，才能侥幸活着，却又日日受着锥心之苦，在女儿的死中走不出来。”她扫了一眼屋里桌上的东西。

姜家大小姐是早夭，不得入姜家祠堂。胡姨娘就把姜大小姐的牌位摆到屋里来了，屋里长年残留着香烛的气味。桌上还有一些小孩子的玩意儿，拨浪鼓什么的，可见胡姨娘到现在心里还放不下。

这么多年，她应该放下了，如此耿耿于怀，是不是因为自己女儿的死有内情，实在冤屈？她不甘心，又没办法，只能这样饱含着愤懑和仇恨，隐忍活着。

姜梨瞧着她，温和地开口：“胡姨娘，倘若大姐姐还在世的话，今年也该出嫁了。”

胡姨娘微微闭了闭眼，姜梨瞧见她放在桌上的手，握紧又松开。她看向姜梨，道：“二小姐，妾身什么都不知道。”

姜梨道：“是吗？那真可惜。”她站起身，状若无意地拍了拍衣裳，“我本以为，倘若这其中真有什么隐情，或许我还能帮上一些忙。倒不是我要帮胡姨娘，我只是为大姐姐可惜罢了。”

胡姨娘动了动嘴唇，姜梨招呼桐儿和白雪往外走去，边走边道：“今日我还有事，便不在这里久留了。胡姨娘这里没有炭火，实在太冷了，倘若姨娘有什么要与我说的，大可以来芳菲苑找我。芳菲苑有足够的炭火，也不冷，我想姨娘应当多来芳菲苑坐坐，毕竟……曾经我娘与您，也是很好的。”

说完这句话，她不再回头，径自跨出了门去。

胡姨娘没有看她，只是专注地看着杯里的茶。茶叶是粗糙劣质的茶，放得久了，屋里又潮湿，已经变了味。

丫鬟道：“姨娘……”

胡姨娘轻轻叹了口气，道：“二小姐长大了。”

丫鬟没有说话。

“我的女儿如果还在……”她喃喃道，“也该长大了。”

“姨娘，现在该怎么办呢？”丫鬟小声问道，“二小姐找上门来，难免会被夫人发现。”

“二小姐和夫人之间，必然不死不休。”胡姨娘垂下眼眸，“现在就是时候了。”

走出胡姨娘的院子，白雪和桐儿似乎这才回过神。

“没料到，胡姨娘看起来好端端的，并没有什么癔症。”桐儿道，“奴婢起初听府里的人说，胡姨娘什么人都不认识了，今日一见，分明清楚得很。”

“奴婢也觉得奇怪。”白雪插嘴，“胡姨娘和奴婢心里想的全然不一样。”

“哪里不一样？”姜梨笑问。

“倒也说不上来，总觉得别人嘴里说的胡姨娘和这个胡姨娘不是一个人。”白雪见四下无人，又凑近姜梨悄声问道，“姑娘起先说，大小姐的死另有隐情，是什么意思？大小姐该不会是被人害了吧？”

桐儿也紧张地看向姜梨。

高门大户里这些事情她们也曾听过，只是姜家人口简单。这种事情，大家从未想过。刚才姜梨和胡姨娘说话，其中透露的意思，现在回想起来令人毛骨悚然。

“还不确定呢，别胡说。”姜梨道，“此事别让其他人知道了，剩下的咱们再看看吧。”

白雪和桐儿连忙噤声。

姜梨心中已经有了大概的猜想，胡姨娘既然没有否认，那就是姜大小姐的死的确不是意外。而胡姨娘的提醒似乎也证明了，她之所以没有说出来，是因为顾忌着什么人。

姜家三房是庶子暂且不提，姜家二房也没必要对付一个大房的妾室，唯有大房……姜大小姐是在季淑然进门后才出事的。

当天夜里，姜梨站在窗前，吹响了那只画着牡丹花的哨子。

这一回，赵轲出现得很快。

“姜二小姐有何吩咐？”赵轲问。

姜梨道：“赵轲，你七年前来姜家，那时候我已经去青城山了，虽然在这之前你也没在姜家，但我想，之前姜家发生的事，你的主子应当让你查过的。”

赵轲不解：“属下不明白。”

“我想，或许你知道一些姜府里的秘辛，旁人不知道的事，我过去不知道的事。你既然知道了，不如分享给我，让我也明白明白？”

她说得轻巧，听得赵轲却是一怔，片刻后，面色青白了几分，道：“属下……属下并非探听旁人秘密之人。”

他又不是那些街头巷尾喜欢嚼舌根的长舌妇人，平日里就爱打听些家族八卦。

“小事情自然不必你理会，”姜梨道，“但人命关天的大事你总知道吧。别的不说，姜家大小姐，我父亲的第一个庶长女，多年以前在花园里玩耍的时候从假山上摔了下来，一命呜呼。不过今日我得了些传闻，姜大小姐的死并非全然是个意外。赵轲，这其中你知不知道些什么隐情？”

国公府里，书房里依旧灯火通明。

侍卫文纪站在书房里，低头对面前人道：“姜二小姐今夜又吹响了哨子。”

红衣青年坐在书桌前，长袍软软铺在地上，华衣在上，衬得地毯也生出宝石般的明亮光泽。

“哦？”姬蘅问，“为何事？”

“打听多年前，姜大小姐死去的原因。”

噗——正在喝茶的陆玑一口茶险些喷了出来，道：“姜二小姐居然问赵轲打听这种事？”

那是赵轲啊，国公府里功夫数一数二的赵轲，居然被当成了打听秘辛八卦的探子，她这样随意使用真的好吗？

姬蘅说有要事的时候就吹响哨子，但姜梨这哨子吹得也太频繁了，这也不算什么要事吧？

“她还挺不客气。”姬蘅笑了一声，没有生气，只道，“真拿自己不当外人。”

姜府里，姜梨盯着赵轲，目光动也不动。

赵轲终于败下阵来，道：“属下来姜府的时候，姜大小姐已经过世了。大人让属下在姜府守着，属下就将姜府里能打听的事都打听了一遍，但后宅倾轧不是属下打听的范围，是以只知道了个大概。”

“你说。”姜梨道。

“姜大小姐早夭一事，当初属下没有亲眼所见，但姜家大房对此讳莫如深。那以后，姜大小姐的生母胡姨娘搬进偏院，有几次也险些有生命危险。”

姜梨目光一凝：“此话怎讲？”

“都是些意外之事，但胡姨娘运气不错，每次都能侥幸逃脱。后来姜老夫人见她可怜，时时帮衬，并且胡姨娘时不时犯病，府里逐渐没有这个人的踪迹了。”

姜梨想了想，只问：“赵轲，你只管告诉我，姜大小姐的死是否和季淑然有关。”

赵轲迟疑了一下才道：“十之八九。”

“果然……”姜梨喃喃道，转而看向赵轲，问题越发犀利，“那我的事，你又知道多少？”

赵轲：“什么？”

“当初我杀弟弑母的名声传得燕京城沸沸扬扬，你既然来姜家做探子，不可能遗漏这一点。关于我的事，你又知道多少？譬如，我为什么要推季淑然小产，我当时小小年纪，竟有本事做出这些事，或许这其中还有些隐情？”

当年事发后，那些丫鬟婆子都以照顾不力被赶出府去，现在要找个知情人，根本找不到。那件事留下来的线索，除了一个恶贯满盈的名声，什么也没有，但姜梨并非真的姜二小姐，没有那件事情的记忆，根本不知道真相如何。

赵轲道：“二小姐，虽然这是姜家的大事，但当年您去青城山，在燕京人眼中，与姜家的弃子无异。大人让属下潜伏在姜家，并不会费心尽力去调查一个弃子的事。”

姜梨：“……”

“况且，”赵轲又道，“姜二小姐为何要问属下这些事？真相如何，二小姐自己不是最清楚不过？”

姜梨一笑：“可我当年所见，亦是片面，季淑然隐藏的面目我也只看到了一部分。并非我看到的就是真相，也许真相背后还有更深的东西，不是吗？”

赵轲道：“是。”

“赵轲，你真的对当年季淑然小产一事一无所知？”

赵轲回答："属下不知。"

姜梨打量着他的神色，确定他并非说谎。心中明白过来，她想了想，道："好吧，这几日，我要你替我办三件事，第一，帮我尽可能多地查查当年姜大小姐早夭的原因。若是打听不到，关于姜大小姐的琐事也尽可能让我知道。第二，你多留意燕京城中是否有高人出没，我想冲虚道长应该到了。第三件事，"她顿了顿，"我需要一个口技高手，你们国公府能人异士众多，我想你也应当认识不少这样的人。"

这三件事说完，赵轲的脸色又变得十分难看，道："姜二小姐，您并非属下的主子。"

"我不是你的主子，但你家大人把你借给了我，就能任我使用。"姜梨微笑，"要不然，你回去跟你家大人抗议抗议，从姜家离开，换个人来？"

赵轲心里郁闷极了，他是国公府数一数二的人才，如今姜二小姐用起自己来倒顺手得很。不知道的，还以为他是她的小厮。

真是岂有此理！

赵轲无可奈何地应道："好。没什么事的话，属下就告退了。"

姜梨叫住他，问："我与你说的话，你是不是会一字不差地告诉你家大人？"

"姜二小姐，"赵轲郑重其事地道，"大人才是属下的主子。"

"好。"姜梨道，"那你可以顺便加上一句，有些你无法打听的事，要是你家大人能打听出来，不知能不能代劳？"

赵轲目瞪口呆地看着姜梨，这人居然得寸进尺，不但敢命令自己，还敢对大人提出如此无理的要求？！

因着他内心受到的震动实在是太大了，面上反而做不出任何表情，只是木着一张脸消失在窗前。

姜梨关上窗，重新回到榻上坐下来，想着赵轲的话，当年的事如此难以挖掘，似乎越发印证了季淑然做过不少隐秘的事。

因为姜二小姐，她才活了下来，或许现在唯一能帮姜二小姐做的事，就是找回真相，不去负担不属于自己的罪名。

另一头，国公府里，听到赵轲传来的消息时，陆玑坐不住了。

"她她她……"青衫文士急道，"她怎么能这般大胆？"

岂止大胆，简直不知天高地厚了，连姬蘅也敢使唤。这丫头是吃熊心豹子胆长大的？

姬蘅却没把这事放在心上，只是自语道："问到季淑然小产的事？"

"是的。"文纪答道，"赵轲说，姜二小姐是这么问的。"

"她要赵轲办的三件事，前两件还可以想想，第三件，寻个口技出众的人……这是什么意思？"陆玑摇头，"她要变戏法吗？"

"府上门客众多，陆玑，你去寻一个来。"姬蘅道。

“姜二小姐最近好像在查季氏的事。”陆玑道，“她莫不是要着手对付季氏了？季氏背后是季家，季家还有个丽嫔。姜二小姐要是对付季氏，就是对付丽嫔。眼下永宁公主也恨上了姜二小姐，要是永宁公主和丽嫔联手，姜二小姐的日子不好过哇。”陆玑摇头，“她一向精明，怎么会在这个节骨眼儿上干这种事？”

姬蘅道：“如此倒也爽快。”

陆玑叹了口气：“这下子，可有的看了。”

姬蘅盯着桌上忽明忽暗的烛火，唇畔含笑，目光却深幽。

的确有的看了，因他自己，也开始好奇起来。

第十章　庶姐

燕京城的冬日，日头总是很珍贵。一大早起来，寒风夹杂着雨雪，吹得花坛里的花枝折断了不少。

明月和清风穿着厚棉袄，正把院子里断了的花枝清扫在一处。姜梨看着窗外，桐儿道："姑娘，今日风雪这样大，还是不去叶家了吧？"

"不能不去，"姜梨看着天，"不过眼下出门的确不方便，等下午雪小一点的时候再去吧。"

桐儿认命地低下头，姜梨这个回答简直在她的意料之中。对于薛怀远，不论风吹雨打，姜梨都要前去探望的。

正想着，白雪从外面走进来，道："姑娘，胡姨娘来了。"

"胡姨娘？"桐儿一愣。

姜梨微微一笑："比我想的要快多了！桐儿，去倒茶；白雪，请胡姨娘进来吧。"

胡姨娘来的时候，身边仍然跟着那日的丫鬟，她只有这一个丫鬟。

胡姨娘和丫鬟一起进了姜梨的屋子。

屋里和屋外似乎是两个天地，而胡姨娘和她的丫鬟大概是许久都没有感受过这样的温暖了。那丫鬟不由自主靠近了炭火一点，贪婪地汲取屋里的一点点暖意。

姜梨心中叹了口气，寒冬腊月，这主仆二人只穿着薄薄的棉衣。难以想象，姜府这样的大家族，便是仆人亦有冬衣，这二人却过得如此潦倒。姜老夫人虽有心接济胡姨娘，但管家大权到底在季淑然手中，姜老夫人不可能照顾到细枝末节。而胡姨娘主仆落到如此境地，若说没有季淑然的默许，姜梨是不信的。

"外面冷，胡姨娘喝点热茶吧。"姜梨把茶杯往胡姨娘面前推了推。

胡姨娘接过茶杯，喝了一口，这才有了点暖意，道：“二小姐，妾身今日前来，是来回答二小姐昨日的问题。”

姜梨笑道：“我说过了，胡姨娘希望什么时候说，就什么时候说，不急于一时，我不会逼你的。”

“二小姐菩萨心肠，自然不会逼迫妾身，只是依妾身所看，二小姐和季氏之间的恶战，很快就要开始了。妾身与季氏有不共戴天之仇，自然偏帮二小姐。所以今日来此，就是为了向二小姐表心，妾身愿意助二小姐一臂之力。”

“助我一臂之力？”姜梨笑笑，“胡姨娘不必说得如此正义，助我一臂之力还是借刀杀人，不过是换了个说法而已。况且，帮我不等于帮姨娘自己吗？”

胡姨娘看了姜梨半晌，忽然笑了，说：“二小姐和夫人还真是不一样。”

她说的夫人，自然是指叶珍珍。

姜梨无所谓地一笑：“我与我娘相处的时间不长，也只有从别人嘴里才能得知她是个什么样的人。听闻姨娘与我娘曾经交好，大约姨娘知晓。”

“夫人是好人。”胡姨娘轻声道。

“因为我娘容得下您和大姐姐的存在，而季氏容不下吧。”

此话一出，屋里的几人都沉默了。

“二小姐胆子太大了，”胡姨娘道，“说这些话，就不怕老爷听到吗？”

“姨娘把我爹想得也太过耳聪目明。”姜梨淡淡道，“他要是真能什么都看见，什么都听见，这府里也就不会出现这么多糊涂事了。”

“二小姐是个明白人。”胡姨娘垂下头，慢慢道，“月儿从假山上掉下来，的确不是意外。”

月儿是姜大小姐的乳名，其实无论是乳名还是大名，整个姜家，似乎都无人记得起了。这只是一个庶女，当初若非叶珍珍心软，本就不该存在于世。因此月儿最后的死，大家也认为都是命。

但究竟是命还是阴谋，却没有人继续在意，除了她的生母。

“你慢慢说。”

“我生下月儿后，夫人后来也有了二小姐。夫人待月儿很好，有什么好东西，都分给月儿一份。虽然月儿是庶女，其实与二小姐的待遇差得并不多。”

“没料到夫人去得那般早，后来季氏进门了。”她看向姜梨，自嘲地笑笑，“虽然季氏表面上看起来也温婉大方，对月儿很好，但我总有一种直觉，她看月儿的眼神，觉得月儿是个妨碍。我想让月儿远离她，不要靠近她，没想到还是出事了。他们把月儿当作是陪着姜幼瑶玩耍的玩伴，但寻常人怎么会这样待自己的玩伴，那一日……”

那一日，姜家大小姐在府里和姜幼瑶玩儿，姜幼瑶才将将两岁，姜家大小姐不知道做了什么，碰着姜幼瑶哪里了，季淑然大怒，顺势踢了姜月儿一脚。姜家大小姐才四岁，那一踢，没有留情，将姜月儿踢得仰倒在地，后脑磕着了门槛，人当场就没了。

季淑然慌乱了一刻，立刻做出了决定，让下人带着姜月儿去假山上，做出姜月儿从假山上不慎跌倒下去，这才丢了性命。

“他们也不想想，月儿才四岁，如何爬得上那样的假山。”胡姨娘身子微微颤抖，蜷起手指，胡乱抓了一下，仿佛要抓住自己已经消失的女儿，“我的月儿，就死在了季淑然的手上。”

“你如何知道的？”姜梨问。

“我的丫鬟，叫抱琴。”她抬首，示意站在她身边的那个丫鬟，“她的孪生姐姐叫司棋，那一日，就是司棋跟在月儿身边。她在外面，恰好瞧见季氏吩咐旁人做样子的事，立刻趁人不注意，跑回了院子，告诉了我。”

“那个丫鬟呢？”姜梨问。

“死了。”胡姨娘垂首，“那一日院子里的人全都做了替罪羔羊。司棋以保护小姐不力，被活活打死。我没能救得了她。”

“你知道此事，为何不告诉父亲？”姜梨问。

“二小姐，你以为我没有告诉过老爷吗？”胡姨娘讥诮道，“只是我的话，没有一个人相信。他们都说我是因为失去月儿得了癔症发疯，诋毁诬陷季氏，甚至还想将我送去庙里，若非老夫人惦念主仆之情为我说话，我怕是早就在去往哪个庙的中途出了意外，死于非命。”

姜梨沉默，过了一会儿，说：“你说的话，府里没有一个人相信吗？”

“如何相信？”胡姨娘道，“她是季家的小姐，如今的正房夫人，温柔大方，贤良淑德，没有人会相信她对一个并不妨碍她的庶出小姐动手。或许吧，也许有人察觉到其中的不自然，但当时季家蒸蒸日上，有谁会为一个已经死了的人去得罪季家这门姻亲？二小姐，你也身在姜家，人情利益，你当看得比我清楚。他们也有亲情，只是这点亲情，在利益面前很脆弱。”

姜梨能透过这年华不再的妇人脸上，瞧见她满腔的愤懑和悲伤。

胡姨娘平静了一会儿，才轻声道：“这府里有一个人应当会相信我，就是夫人，可惜她已经死了。这可能就是我的报应吧。”

“什么意思？”

“二小姐，这件事埋在我心里也有多年了。”胡姨娘惨笑道，“这府里，人人都避我如瘟疫，我也没能把这秘密说给旁人听。如今你来了，我想，你应当也要知道这件事才对。其实夫人的死，当初并非偶然。”

姜梨的笑容消失殆尽，只道：“胡姨娘，你可要说清楚。”

胡姨娘道：“当初，季氏刚进门，一开始，我以为只要表现得温柔服帖，季氏就会饶过我们母女。那时候，我时常去讨好季氏，给季氏送我做的吃食、刺绣之类。有一日，我听到季氏与她的嬷嬷说话，说的却是当初给夫人瞧病的大夫，如今又回到了燕京城，得找人灭口才是。”

“你说什么？！”姜梨皱眉，“我娘当初不是因为生我，身子虚弱才过世的？”

“身子虚弱，慢慢调养就是。”胡姨娘道，“但夫人那半年身子却是每况愈下。当时我们也没多想，那一日，我却突然觉出些不对来。夫人死后，夫人的几个贴身丫鬟也都因为各种原因，要么回老家，要么出府嫁人，半年间再也没有任何音讯。现在想来，未必不是季氏买通了这些丫鬟和瞧病的大夫，在夫人的药膳里做手脚，让夫人出事。”

姜梨摇头：“但这没有必要。我父亲是在我娘过世后才相中季氏的。季氏那时候还待字闺中。”

“这也是妾身不理解的。”胡姨娘的面上也泛出些困惑，“要说季氏之前就青睐老爷，才用了这般狠毒手段，也说不过去。季氏和老爷之前并没有见过面。”

姜梨不说话了。

“知道了此事后，妾身不敢声张，只怕知道的秘密越多，死得越快。”胡姨娘道，“便想，只要能护月儿长大，这些事就当不知道，烂在肚子里才好，没想到……”她苦笑一声，“这是老天爷对我的惩罚，夫人平日待我这般好，我不能为她诉冤，所以活该我失去月儿。这是我咎由自取。”

姜梨看着她，倘若当初胡姨娘将这些事情透露出一点点，真正的姜二小姐对季氏起了提防之心，也不会酿成最后的悲剧。

“二小姐，我知道你怨我，我也不奢望你能原谅我，但是季氏身上背了两条人命，还能过得如鱼得水，我不甘心。”这一回，她连妾身也不称了，“我忍了这么多年，想过怎么和她同归于尽，但我连她的身都近不了。我没有银子，支使不动下人，就是想给她下毒，都没钱买砒霜。我又觉得，这样让季氏死了，实在太便宜她。便是我杀了她，旁人只会说，我恶毒狠辣，杀了当家主母，所以活该我的月儿活不长。但季氏呢？还是一个贤良的名声，死了也死得光明，那不是我想要的。”

姜梨看着她，道：“你与我说这些，又想说什么？”

“二小姐，我知道你带着桐乡百姓上长安门鸣冤鼓，为了一个素昧平生的陌生人，你能替他洗尽冤屈。且不说月儿，夫人是你的娘亲，你一定有办法为夫人的死证明清白，不是吗？”

“那么你呢？”姜梨问，“胡姨娘，你能做什么？”

“我能……付出一切。”死水一般的妇人，眼里渐渐迸发出复仇的火焰，“包括我的命。”

她突然站起身，面对着姜梨，跪了下来。

“妾身，求二小姐。”

姜梨看着她，不知为何，想到了当初沈府里，被软禁起来的走投无路的自己。

她道：“胡姨娘，起来吧，我答应你，不是为你，而是，季氏必须死。”

她应该付出代价。

等胡姨娘走后，桐儿将屋里的门掩上，才道："姑娘，胡姨娘所说的话，虽然不一定是真的，但是……事关重大，姑娘须得好好查探才是。"

白雪也道："倘若胡姨娘说的是实话，那如今的季氏可就背的是杀人的罪名。还没嫁到府上，便令人谋害府上夫人，拿到京兆府去，即便是官眷，也要偿命的。"

姜梨摆了摆手，道："胡姨娘的话只是一面之词，这件事情未有结果之前，不得外传。"

桐儿和白雪晓得事情重要，当即表示，一个字也不会跟外头吐露。

姜梨目光幽深。

直觉告诉她，胡姨娘说的恐怕是真的。但还有一事姜梨不明白，就是那时叶珍珍尚且活着，季淑然还未出嫁，怎么会甘心筹谋给姜元柏当续弦，甚至害死叶珍珍。

在这之前，姜元柏和季淑然并未有过接触，据姜梨打听到的消息，季淑然是叶珍珍过世的时候被姜元柏相中的，不可能在这之前他们就生出私情，从而害死发妻。

如果是真的……姜梨心中发冷，季淑然和姜元柏岂不是又一个永宁公主和沈玉容，可怜的叶珍珍，岂不是走了和她一样的路？

姜梨心中胡思乱想着，怎么也找不出头绪。要想得知到底是怎么一回事，还得从季淑然下手。她并无可以用的人手去季家打听，况且当年之事，隔得久远，要说从季淑然未出嫁那几年算起，查起来更是难如登天。

因着心里有事，破天荒地，今日姜梨也没去叶家，将自己关在房中，冥思苦想了一整日。

到了夜里，天色暗下来，姜梨照旧打发了桐儿和白雪，自己待在屋中。

交代赵轲的事，不知道办得怎么样了。姜梨以为，今日起还得加入第四件事，就是调查一番关于季淑然出嫁前与姜元柏可有接触。若是有过接触，私下里有没有其他纠葛。

姜梨攥紧了手中的哨子，犹豫了一下，还是轻轻吹响了。

姜府里静悄悄的，已是深夜，众人都睡下了。外面风雪声声，她的院子又离正院远得很，虽说名叫芳菲苑，夜里只有伶仃树影，非但没有芳菲琳琅，反而十分荒凉。只觉得孤夜寒星，连个虫子的叫声都没有。

赵轲没有来。

姜梨眉头一皱，将白瓷哨子放在嘴边，再一次轻轻吹响。哨声清脆却不大，听上去像某种鸟类的呓语，在夜里并不引人注意，不知国公府的人是如何分辨的。

仍旧没有赵轲的身影。

姜梨疑惑极了，等了一会儿，没有任何动静。看了看外面，风雪极大，几乎要眯住人的眼睛，确定赵轲应当是不会来了，便叹了口气，伸手将窗户掩上，回过头来。

这一回头，却让姜梨险些惊叫出声。

摇曳的灯火之下，小几之前，不知何时已经坐了一人。正用手中的折扇掸去落在衣袍上的雪花。他应当是刚从外面进来，浑身上下都带着风雪的寒意，却又着一袭深红长袍，于是冷淡的夜好像也有了颜色，屋子里也仿佛生出情香。

他抬起头，露出一张颠倒众生的俊颜，笑意清浅又惑人，长眸盛满夜色，道："怎么啦？"

姜梨放下捂住嘴的手，上前一步，道："国公爷。"

姬蘅拿扇柄支着脑袋，笑盈盈地看她。

"您怎么来了？"

"我听见你吹了两次哨子。"姬蘅道，"有什么事要找赵轲？"

"是关于府上的一些事。"姜梨一时有些摸不清姬蘅的来意，便没有隐瞒。

"听说你找我的手下，问当初你推季淑然小产的内情？"

姜梨道："的确如此，不过赵轲并不知晓其中隐情。"

"赵轲不知道是自然的。"他看了一眼姜梨，唇角一勾，"我知道。"

姜梨怔住。

姬蘅把玩着折扇，漫不经心道："燕京城高门宅邸里的大事小事，我愿意知道的，不愿意知道的，差不多都知道。姜家那年的事，恰好我也知道一点。"

"国公爷，"姜梨道，"能否告知？"

"可以。"姬蘅答得很爽快，但下一句话又让姜梨拧起眉头，"但这是你自己的事，你为何要来问我？"

他目光动人，深深浅浅都是情意，琥珀色的眸子在灯火之下像是微微晃动的杯中酒，只要多看一眼，也会醉人。

"我只知道结果，不知道原因。"姜梨道，"毕竟当年的我还小，对于季淑然知晓得还太少了。"

"这是你给自己找到的理由吗？"姬蘅问。

"算是吧。"姜梨道，"这个理由，足够说服国公爷了吗？"

姬蘅遗憾地摇了摇头："当然不行。"不过很快，他又笑笑，"不过你既然吹响了哨子，今日你的问题，我知道的都会告诉你，所以这不妨碍我告诉你。你可以问了。"

姜梨瞧着他，这男人举手投足都能勾魂夺魄，便是这样一来一往间，寻常的谈话，人也被他撩得心神荡漾。

"季淑然在我娘死之前，和我爹究竟有没有私情？"姜梨问。

姬蘅神情微顿，看着姜梨饶有兴致道："看来你又查到了不少东西？"

"一点点罢了。"

姬蘅道："没有。"见姜梨盯着他，又补充道，"季氏嫁给姜元柏之前，和姜元柏没有往来。"

姜梨心中暗暗松了一口气，她并不愿意真相是如此。要是姜元柏真的联合季氏害死发妻，那对叶珍珍来说就太残忍了。

“你好像乐见其成。”姬蘅道。

“至少能证明，我父亲不是杀人凶手，难道不值得开心吗？”

姬蘅不置可否，道：“姜元柏没那么胆大，季淑然和你父亲没有私情，因为与她有私情的，另有其人。”

这下子，姜梨倒是真正惊讶起来。

姬蘅被她的神态逗笑了，支着下巴，道：“怎么，不相信？”

“我只是……觉得很奇特罢了。”姜梨道，“我瞧季氏对我父亲应当是很上心的。大房里，除了一个得了癔症的姨娘，什么女人都没有。她这般，我以为她心里是有父亲的，才会如此。”

虽然是个豆蔻少女，谈论起这些的时候，却丝毫不害臊。姬蘅目光微微一闪，道：“季淑然现在是爱你的父亲，不过当年……她与她的表哥感情如胶似漆。”

姜梨瞪大眼睛：“表哥？”

她可从未听过季氏有什么表哥。

“季氏这位表哥，叫柳文才，唔，生得比姜元柏俊俏一些，当年和季氏也算得上郎才女貌。”

原来多年以前，季淑然和柳文才曾有一段情。柳文才俊俏不凡，颇懂女人心思，情窦初开的季淑然哪里是柳文才的对手，竟然瞒着季家人和柳文才好上了，几乎到了私订终身的地步。柳文才本来和季淑然也算门当户对，但家中早已为他另寻了一桩亲事。季氏还巴巴做着柳文才来迎娶自己的美梦，柳文才就已经另娶他人。

季氏心中愤懑，决心要报复柳文才，要嫁一个比柳文才更好、地位更高的男人。然而燕京城中，合适的郎君虽然多，一时半会儿却也找不到比柳文才更好的。季彦霖想让季淑然嫁给一位同僚的儿子来拉近关系，那位同僚的儿子痴肥不已，府中姬妾无数，季氏如何瞧得上，如此一来，季氏就更着急了。

正在这时，季氏偶然一次在宴会上看见了姜元柏。当时的姜元柏虽然不如柳文才俊俏，却自有清雅风姿。季淑然得知姜元柏在朝中地位比季彦霖想让她嫁的那位同僚更高。

唯一的问题是，姜元柏已经有了妻子。

那时姜元柏刚刚得了姜梨，听闻姜元柏的妻子叶珍珍生孩子的时候伤了根本。季淑然心中冒出一个大胆的想法，要是叶珍珍因此重病不治，姜元柏便得续弦。季淑然不在乎做续弦，对她而言，就算是给姜元柏做续弦，也比给季彦霖同僚的儿子做正妻来得风光。

季淑然便买通了给叶珍珍诊脉的大夫，又对叶珍珍身边的丫鬟许以重利，所有人都没想到叶珍珍会有仇家，更没想到，有人会为了嫁到姜家做出这般丧心病狂的事。季淑然耐心等着，竟然真的被她做成了这件事。

叶珍珍死了。

叶珍珍死后，季淑然才同季夫人吐露出，与其做同僚儿子的妻子，不如做姜元柏的续弦。姜家在朝中地位超然，还能对季家予以提拔。季夫人将此事与季彦霖一说，季彦霖也觉得不错，后来就安排了姜元柏相中季淑然的那次宴会。

那一次宴会，季淑然自然也是下足了功夫，早早就令人打听姜元柏喜欢什么曲子，喜欢女子什么样的打扮，才有了姜元柏对季淑然的一见倾心。

等季淑然进了姜家门之后，过去叶珍珍的那些奴仆，死的死，散的散，当然，是都被季淑然灭口了。除了季淑然身边的心腹，无人知道这件事。随着季淑然在姜家生了两个孩子，站稳脚跟，更加不会被人知晓。

姬蘅道："赵轲来姜家之前，我曾让他打听过姜家发生的一切事。文纪也查到了一些，姜夫人的下人半年之内全部出事，无一幸免，到底令人疑惑，没想到查出来这么一桩隐秘。"

"柳文才……"姜梨喃喃道，"那人现在在什么地方？"

"柳家后来出事，柳老爷被贬，离开燕京城到了滴州，不能和季家相提并论。不过……"姬蘅瞧着她，"八年前，柳文才曾来过燕京城。"

八年前，就是姜梨推季淑然小产那一年，被送往青城山那一年？

"他来找季淑然？"姜梨问。

"应该是吧。"姬蘅漫不经心道，"大概为了重温旧梦。"

姜梨只觉得一阵恶心，但该问的还要问下去，问："季淑然与他重温旧梦了？"

"岂止，"姬蘅一笑，"还有了孽种呢。"

姜梨脑子一蒙，紧接着像是一切豁然开朗，什么都明白了，声音里都带了急切："这个孽种，是不是就是被我推倒流产的那个？"

"对呀，"姬蘅叹息一声，仿佛很怜惜她，声音都放得轻柔，"为了一个孽种，姜元柏却让你去青城山，一待就是八年，很委屈吧。"

姜梨咬了咬唇："不是的，季淑然与柳文才有了孽种，到现在都没人发现，当时应当也没人发现。既然如此，只要她不主动说出来，谁知道这孩子不是姜家人？季淑然宁愿不要这个孩子，宁愿除去这个孩子，也要害我离家，除非……她害怕有人知道这个孩子是柳文才的，出于恐惧，才不惜流产，但找上我……她是怕我知道此事？我看到了什么？"

像是有一道天光突然出现，所有的事情都有了眉目。姜梨还没来得及进一步分析，便听见姬蘅的声音从近处传来："我也是这般想的，但是阿狸，你为什么要用旁观者的身份来说你自己的事呢？"

姜梨一个激灵，对上的就是姬蘅似笑非笑的目光。

刚才她震惊之下，忘了掩饰，一句"我看到了什么"，却显出了违和。她这般自问，但寻常人如何会问自己？

“我……”姜梨脑子飞速想着应对的说法，“我不知道这些，我不记得有看到过柳文才和季淑然怎样，是以我才会反问自己。”

说完这话，她自己也疑惑起来。姜二小姐要是真看到了柳文才和季淑然私通，当时为什么不说呢？这么多年，为何也不说？莫非其实姜二小姐并没有看到、听到什么，但季淑然以为姜二小姐知晓了内情，宁愿错杀，不肯漏网，这才借姜梨的手除去了腹中孽种，还能让姜家人厌弃姜梨，一石二鸟？

她看向姬蘅，这个答案姬蘅显然是不信的。因为他点头的模样也很是敷衍，仿佛大人早已看穿小孩子拙劣的谎言，又不愿意与小孩子深究，便假意点头，表示相信。

姜梨也顾不了那么多了。姬蘅好像一个无所不知的宝库，而她对姜家一无所知，她最大的缺陷恰好能由姬蘅补上，所以恨不得姬蘅能告诉她所有的事。

“柳文才现在在什么地方？”姜梨问。

姬蘅道：“死了。”

“死了？”姜梨惊讶。

“季淑然亲自吩咐人弄死的。”姬蘅说得随意，却令姜梨感到毛骨悚然，“在小产之前，就派人弄死了。据说，”他笑容暗含讥嘲，“柳文才还做着能靠季淑然在燕京重新过上从前富家公子生活的美梦，季淑然许诺给他银子，让他在燕京最好的地段开赌场，第二日就死在了屋里，还是喝酒醉死的。”

姜梨说不出话来。

仍有余情，却能头也不回地杀了他？

姬蘅像是看出了她的难以理解，道：“季淑然可不爱他。”

“不爱？”

“柳文才落魄了。”姬蘅淡淡道，“一无所有，季淑然是首辅夫人，怎么可能看得上柳文才。她同柳文才在一起，是报复当年柳文才对她的抛弃。她一开始就想着要抛弃柳文才，不仅如此，还要对方的命。难怪世人都说——”他感叹道，“青竹蛇儿口，黄蜂尾后针，两者皆不毒，最毒妇人心。”

他的语气里带着看戏之人特有的散漫与讥嘲。

“起先我不觉得，”姜梨道，“我不认为自己碍了季淑然的路，即便妨碍，也不必拿走性命。听你这么一说，我明白了。如季淑然这样的人，从骨子里就是刻毒的，即便我不招惹她，她也会除去我。因为她恶毒。”

“难道你现在才知道？”姬蘅道，“你与她交过手，我还以为你早就知道了。”

姜梨看向姬蘅：“无论如何，多谢国公爷告诉我这些。”

“其实我本不想告诉你这些。”姬蘅盯着她，玩味道，“真相总是残酷的，但是……阿狸，”他唤阿狸的时候，原本平淡无奇的两个字似也含了烂漫春意，悱恻缠绵起来，“你要活下去，走得更远，就必须早点看清事实。而且，你接受得了，对不对？”

姜梨也笑了，道：“良药苦口，忠言逆耳，对陛下说的话，对我说亦是一样的道理。国公爷告诉我事实，我感谢都还来不及。”

“但是知道真相，活得太清醒，可是很辛苦的一件事。”

“是吗？”姜梨盯着他的眼睛，“国公爷不也是这样过来了。”

有一瞬间，姜梨感觉他唇边的笑容僵住，或者说消失了，目光里划过一丝很复杂的东西。

半晌，他重新笑起来，道：“被一个小姑娘看穿，说出去好像挺丢人。”

“世上没有人敢认为您丢人的。”姜梨笑。

姬蘅忽地伸手，擒住她的下巴。

他的指尖微凉，欺身逼近，自上而下盯着姜梨，嘴角笑意加深，语气喃喃：“你这张嘴实在太甜了，让人很想尝一尝。”

姜梨的身子僵住。

她并不惧怕姬蘅，也晓得姬蘅是带着恶意在捉弄，但当对方的气息越来越近，可以看清他长长的睫毛投下的阴影，可以看见对方眼眸里清晰的自己，看见他有趣的目光，看见他微翘的红润的嘴……姜梨忽地垂眸，避开姬蘅意味深长的眼神，拒绝再向姬蘅展示自己的脆弱。

他的唇在距离她一毫厘的地方停住了。

取而代之的是他好笑的声音，他道：“原来你还是会怕我的，我还以为，你对我已经到了肆无忌惮的地步。”

姜梨得了空间，心中大大松了口气。

下一刻，姬蘅放开手，坐回了原来的位子，懒洋洋地冲她笑。

灯火下，他的容貌挑不出一丝一毫的瑕疵，像个要命的精魅。

姜梨又错开目光，实在……太耀眼了些。

他收回扇子，站起身道：“今日就说到这里吧，时候不早。日后你有需求，大可以继续吹你的哨子。赵轲会回答你的问题，有时候，”他笑意盎然，“我也会来。”

姜梨道：“那就不必了。”

“这可不是你说了算。”他支开窗子，留下一句再会，下一刻，屋中就没了这人的影子。

唯有灯火摇曳，似有余香。

第二日，姜梨起得迟了些，用过早饭，桐儿过来道：“姑娘，季氏今日又进宫去了？”

“哦？”姜梨将桌上被风吹得四处乱飞的纸收好，道：“她倒是进宫进得勤快。”

“听说是丽嫔娘娘身子不舒服，季氏一大早就匆匆进宫，说要去看看姐姐。”桐儿颇看不上眼地道，“谁不知道她有个丽嫔姐姐，不过平日里也没见关系这么好，真是兴师动众。”

“你呀，”姜梨侧过身，点了一下桐儿的额头，“真是越来越口无遮拦了。这话也就是在我面前说说，可不能被别人听到了。”

“奴婢知道，奴婢有分寸的。”桐儿问，“季氏把姜幼瑶也带进宫了，却没有知会姑娘一声，这是不是在下姑娘面子啊？”

“这算什么下面子，本就不是一家人，又无血缘关系。”姜梨不在意地道，“要是真让我过去，才是恶心人。”

桐儿点头：“说得有理，那咱们就不理会她们了。”

姜梨站在桌前，手在收好的纸上打了个圈儿，看向窗外。季氏今日一大早就进宫，绝非偶然。前头才看了丽嫔，丽嫔就生病了。看来对方这是来势汹汹，根本不给自己喘息的机会。

“桐儿，把手炉拿上。我们去胡姨娘院子坐坐。”她微微一笑。

宫里偏殿，只余袅袅药香，带着发涩的苦意。

榻上，女子靠枕半坐半躺，长发散在脑后，越发衬得脸色苍白，唇无血色。

一夜之间，她消瘦憔悴了不少。洪孝帝得了消息，下了朝就赶过来看丽嫔。太医院的太医都来看过，确认丽嫔脉象并无问题，也没有任何病症，至于为何会造成眼前这种情况，却是原因不明。

起初宫人怀疑丽嫔是中了毒，但彻查了整个宫中和丽嫔的吃食衣物，并未发现异样。丽嫔迅速衰弱下去，眼看着奄奄一息了。

季家人得了消息，全都匆匆赶来。陈季氏拉着丽嫔的手，道：“这到底是怎么了啊？无缘无故的，怎么会突然出了这种事？”

“是啊，前日里我来看娘娘，娘娘不是还好好的。怎么这么短的工夫，就弄成这副模样？”季淑然拿帕子抹泪。

正在这时，丽嫔身边的贴身宫女红珠跪在洪孝帝面前，道：“奴婢有一句话，斗胆告诉陛下。”

洪孝帝道：“你说。”

“几年前，娘娘也曾遇到过此事。当时娘娘危在旦夕，是……冲虚道长找出原因，才让娘娘躲过一劫。如今没来由地，娘娘又遭此厄运，奴婢看着，与多年前那一次相似，就想斗胆恳请陛下，请冲虚道长进宫为娘娘诊看，是不是宫中有魇魔缠上了娘娘！”

说完这句话，红珠就砰砰砰地给洪孝帝磕了好几个头。一边的绿芜见了，也跟着跪了下来。

多年前，丽嫔被宫里其他妃子嫉妒怀恨在心，那妃子不知从哪里得了丽嫔的八字，用了厌胜之术，让丽嫔差点香消玉殒，还是恰好遇上太后生辰，请了冲虚道长来清宫，发现不对，找到了置放的人偶。太后大怒，竟然有人敢在宫里做这等事，那妃子遂被赐了一杯毒酒，对外只说是病故。丽嫔因此捡回了一条命，渐渐好了起来。

此时此刻，红珠突然又说起当年的事情。

本以为洪孝帝听完这话，会立刻欣喜地找到一个新法子，但过了许久，都没有听到洪孝帝的回答。红珠有些不安，正在她犹豫着要不要再磕几个头的时候，洪孝帝的声音从头顶传来："冲虚道长四处云游，如今更不知身在何处……"

"皇上说的可是那位高人冲虚道长？"一边的陈季氏站起身看向这边，"臣妾三日前曾听过，燕京城里的道观里来了一位高人作法，好似就是冲虚道长。这样说来，冲虚道长也许还在燕京城。"

"是吗？"洪孝帝招了招手，苏公公赶紧上前，"传朕旨意，立刻召冲虚道长进宫，给丽嫔娘娘诊看。"

苏公公领命离去。

季淑然仍然伏在榻前，握着丽嫔的手却是微微一紧，眼中闪过一丝不易察觉的得意，转眼又落下了两滴泪来。

冲虚道长在一个时辰后来到了宫中。

这道人已经到了天命之年，看起来清瘦刚毅，很有几分仙风道骨，背后背着桃木剑，身上挂着拂尘，道袍布鞋。进了宫，向洪孝帝行礼，也是不卑不亢。

"一别经年，道长还是老样子。"洪孝帝的眉头舒展开来。

"贫道有幸得陛下挂怀。"冲虚道长道，"听闻陛下召贫道前来，是丽嫔娘娘有事？"

"正是。"洪孝帝道，"宫中太医都束手无策，找不出原因。丽嫔的丫鬟恳请朕来找你一试，恰好朕听闻，最近你尚在燕京，便想找你进宫，给丽嫔瞧瞧。"

洪孝帝不好把话说得太过明白，冲虚道长对洪孝帝拱了拱手，道："既然如此，贫道就先给丽嫔娘娘瞧瞧。"

红珠和绿芜连忙将冲虚道长迎进去。

丽嫔被扶着坐到软榻上，神情苍白，看向冲虚道长道："还要劳烦道长亲自来一趟……"

冲虚道长摆手："丽嫔娘娘言重。能为陛下分忧，是贫道的福分。"说完这句话，他眉头一皱，盯着丽嫔的周围，像是看见了其他什么东西，从包袱里掏出一个小铃铛来。

仔细看，是一个巴掌大的小鼓，小鼓周围，缀满了一圈红色的铃铛。他一手持铃铛，慢慢地摇动，紧接着越摇越快，铃铛声也从一开始的温和变得阵阵急促，清脆到刺耳。

丽嫔突然弯下腰，猛地咳嗽起来，仿佛胸中憋着的一口气被疏通，接过红珠手里的帕子擦拭嘴角，竟像是吐出了什么看不见的东西。

这阵势看得在场的女眷都有些害怕。刘太妃拍着胸口，道："啊呀，吓死了，这到底是什么东西？”

冲虚道长没有说话，而是转身快步走到殿里的桌前，从包袱里再次掏出黄色的符纸，他抓了一把朱砂倒在桌上，又拔出一个葫芦，打开葫芦嘴狠狠灌了一口，噗地全部喷在朱砂之上，殿中顿时浮起酒气。

烈酒混着朱砂，慢慢融成一片殷红，冲虚道长掏出一支木头笔，饱蘸朱砂酒，提笔在黄色的符纸上写下一串看不清楚的符文。

罢了，他将符纸展开晾干，三两下折成三角折纸，递给丽嫔道：“娘娘须让人将这封符纸以红线穿好，细心收藏，一个月后，自然无虞。”

太后问：“哀家不明白，丽嫔何以弄成这副模样，道长方才一番作为，可是宫中有人对丽嫔用了压胜之术？”

冲虚道长回头，道：“回太后娘娘，丽嫔所患，并非因宫中有人用厌胜之术。此事和旁人所为不相干，而是丽嫔娘娘被邪气入侵，这邪气难以控制，几乎要吸干丽嫔娘娘精气。不过贫道方才已经为丽嫔娘娘驱邪，又以符纸镇压，接下来就不会有什么问题了。”

“邪气入侵？”刘太妃往后退了一步，慌张地道，“你说的是什么意思？难不成在这宫里还有邪气了？道士，你可不要胡乱说话。”

太后打断她：“不可对道长无礼。”她看向冲虚道长：“道长，这到底是怎么回事？”

“太后娘娘请放心，这邪气并非宫中滋长出来。陛下是九五之尊，身上有真龙护体，邪毒不侵。真有邪祟，在宫中也只会慢慢消散下去，成不了大气候。”

听闻他这么说，刘太妃才松了口气，紧接着又想起什么，问：“那丽嫔这是从哪里招惹来的邪气？她又没出宫。”

“敢问……”冲虚道长问，“丽嫔娘娘这几日可见过什么宫外的人？”

宫里是没有邪祟的，邪祟是从宫外来的，丽嫔不能出宫，她的身边人也没有出宫，唯一可能的就是见过了什么人。

丽嫔愣愣地看着冲虚道长，声音虚弱：“见过……”她对洪孝帝道，“臣妾之前，见过臣妾的妹妹淑然。”

季淑然诧异了一刻，紧接着连忙跪了下来，道：“臣妇日前的确见过丽嫔娘娘一面，当时与丽嫔娘娘闲话家常，待了半日就回去了。臣妇……臣妇不知道这是怎么回事，臣妇绝无谋害娘娘之心，请陛下明察！”

她惶惑不安，丽嫔也艰难地探直身，道：“臣妾可为臣妹担保，臣妹绝不会加害臣妾的。”

“对对对！”陈季氏回过神，也跟着跪下道，“丽嫔娘娘与姜夫人是亲生姐妹，自来感情颇好，如何会下手害人？陛下一定要明察啊！”

洪孝帝皱眉：“朕还什么都没说，你们忙着跪什么？冲虚道长，你看可有什么问题？”

冲虚道长盯着季淑然。

他目光炯炯，似利剑，季淑然被他看得有些害怕，忍不住后退了一步。冲虚道长叹了口气，走近季淑然，道："这位夫人邪气缠身，表面看起来比丽嫔娘娘康健，实则不然，邪气已经入体，再待下去，只怕性命堪忧啊。"

"什么？"此话一出，季淑然大惊，惶惑道，"道长请直言。"

"不知夫人从哪里招惹来如此的邪气，看样子唯有与邪物日日待在一处，才有可能侵入如此之深。夫人府上可有什么奇怪的事情发生？"

季淑然摇头："不曾有过。"

"道长，"丽嫔撑起身子道，"您的意思是，臣妹身上也沾染有邪气？是臣妹府上带来的？"

"十有八九。"冲虚道长摸了摸自己长长的胡须，"您再仔细想想，府上真没有什么奇怪的事情发生？抑或是有奇怪的人？"

季淑然又仔细想了想，不知想到了什么，突然面色怪异。这神色落在众人眼中，陈季氏就道："淑然，你可是想到了什么？"

季淑然吞吞吐吐道："不……没有什么。"她像是难以启齿，明眼人都瞧得出来。

刘太妃看热闹也看够了，她自己还有几个侄女也送到了宫中，奈何洪孝帝只宠爱丽嫔，几个侄女一点忙也帮不上。今日本以为丽嫔要死了，才巴巴地赶过来，谁知道却是空欢喜一场。

刘太妃道："也不知藏着掖着做什么。"她从鼻子里哼了一声，与太后和洪孝帝打了个招呼，便先行回自己的寝宫了。

刘太妃走后，丽嫔也催促季淑然道："淑然，你到底有什么难言苦衷。方才你分明是有事却不肯说。陛下此刻也在这里，有什么事，陛下会为你做主的。"

季淑然想了想，摇了摇头，道："多谢娘娘挂怀，但臣妇府上的确无甚特别事情发生，至于邪气，也不知从何而来。说和邪物共处一个房檐下，更是无限惶恐，不知是哪里出了错。"

"夫人要是不便明说，"冲虚道长沉吟道，"可以领贫道去府上，待贫道至夫人府上走上一遭，自然就知道是哪里出了问题。"

"这……"季淑然一愣，丽嫔已经替她接过话头，"道长去姜府走上一遭，若是瞧见那邪祟，自然能帮着驱除，要是没见着，权当是走一趟，却也是皆大欢喜。陛下……"她盈盈看向洪孝帝，"可否准允？"

"准。"洪孝帝对冲虚道长道，"道长，你就去姜家替姜夫人看看，到底是哪里出了问题吧。"

冲虚道长应了，季淑然连忙谢恩。

"臣妇今日先回府上与老爷说清楚此事，明日召集府中所有人，在府中恭迎道长，省得错漏那邪祟。"季淑然道。

“好。”冲虚道长点头。

此事就这么尘埃落定。半炷香后，丽嫔的脸色看起来果然比方才好多了，也有精神了些。众人纷纷夸赞冲虚道长乃神人，冲虚道长替丽嫔料理过一切后，便按太后吩咐，去慈宁宫祈福净化。

季淑然和陈季氏也离开了，因着要与姜元柏商量此事，季淑然走的时候都是魂不守舍的，还是陈季氏将她扶着，才上了马车。

待出了宫，陈季氏坐在马车里，季淑然见这里再也没有外人，一扫方才的惶惑，接过丫鬟递上的茶，饮了一口，才道：“成了。”

“你和大姐做事，事先也不与我商量一声。”陈季氏埋怨道，“好在我猜到了，才能陪着你们唱好这出。”

“事发突然，我如何来得及与你说？”季淑然摇头，“我这也是被姜梨给逼得急了。总觉得再不快些除掉她，怕是要出什么大事。她做初一我做十五，也别怪我心狠。”

“这回应当不会留下什么把柄。”陈季氏也道，“大姐做事，向来是妥帖的。”

两人沉默了一会儿，陈季氏又道：“我今日瞧着，皇上对大姐也还是颇为上心的。”

“不错，”季淑然道，“来的时候都听宫里下人说了，如今整个皇宫里最受宠的还是大姐。以她的手段心机，要巩固地位不是难事。”

“可她没有儿子。”陈季氏的一句话让季淑然也沉默下来。

“父亲已经在物色季家远房亲戚家的适龄女儿了。”陈季氏道，“倘若大姐再生不出儿子，这样的恩宠父亲怕不长远，还得送几个女儿进宫。”

季淑然皱了皱眉：“大姐付出了这么多，这些季家女子就这般光明正大地瓜分她的成果，大姐会甘心吗？”

“不甘心又如何？”陈季氏叹了口气，“只要她是季家的女儿，就得为大局着想。你我也是一样。”

季淑然不再说话了。

宫中，太医来看过丽嫔，给丽嫔开了几服调养的方子。红珠带人煎药去了，洪孝帝留在偏殿，坐在丽嫔榻边。

“陛下怜惜臣妾，召冲虚道长前来为臣妾诊看，再次救了臣妾一命，臣妾感激不尽。”丽嫔道。

洪孝帝安慰她道：“你是朕的女人，朕当然不能让你有事。”

丽嫔将头靠在洪孝帝的肩膀上，轻声道：“臣妾知晓，如今全国上下都不能大肆贪图神鬼一事。陛下为了臣妾，不惜为人落下话柄……臣妾这一生已经满足了。纵然此刻死去，也没什么可遗憾的。”

“说什么胡话。”洪孝帝笑骂，语气满含着宠溺，丽嫔靠着他，听得他温柔的话语，却瞧不见他带着冷意的眼睛。

一丝温情也无。

季淑然回到姜府里的时候还有陈季氏送她，桐儿将这件事告诉姜梨，姜梨正在桌前看书。

“听说季氏回来的时候路都走不稳，还是陈季氏将她扶下来的。”白雪道，“她怎么变得如此虚弱了，莫不是在宫里挨打了吧？”

“怎么可能，丽嫔是她大姐呢，要是她在宫里挨打，只能说明一件事。”桐儿说。

“什么事？”白雪好奇地问。

桐儿答得飞快：“丽嫔失宠了呗！”

扑哧一声，桐儿忍不住笑起来，姜梨听着也好笑，骂道：“什么都敢说。”

桐儿得意地飞了个眼神：“不过话说回来，季氏去宫里到底干吗，怎么弄成这个样子？她莫不是要苦肉计，惹得老爷心疼？”

姜梨目光深深：“还能怎么回事，做样子。”

季淑然的动作比她想象的还要快。

“冲虚道长来府上？”另一头，听完事情原委的姜元柏一愣，随即皱起眉头，“胡闹，什么邪祟！我们府上怎么会有邪祟！”

姜元柏并非深信鬼神之人，对于季淑然说的话，他下意识排斥。陈季氏见状，道：“姜大人，要冲虚道长来府上驱邪，这话可是皇上亲自说的。您要是对皇上的决定不满，不如亲自进宫一趟，找皇上说个清楚。您对着淑然发脾气，这可不地道。”

季淑然只是不安地绞着帕子。

姜元柏心中很不满，季淑然的姐姐里，他其实不大喜欢这个陈季氏，陈季氏为人实在太过强势，很多时候不懂得低头示好。之前季淑然刚嫁过来的时候，陈季氏还仗着季淑然姐姐的身份对姜家内宅之事指手画脚。如今季彦霖官路越是亨通，陈季氏就觉得靠山越是雄厚，人也越发有恃无恐起来。

“大哥也只是心中疑惑罢了。”姜元平笑眯眯地出来打圆场，“这么说，冲虚道长来府上驱邪，已经是皇上的旨意了吧。”

“正是，”陈季氏语气不善道，“这不仅仅是为了姜家，宫里的丽嫔差点就被贵府的邪祟伤了性命。那可是宫里的娘娘！要是丽嫔娘娘有个三长两短，姜大人你也脱不了干系。所以啊，这事也算是给丽嫔娘娘讨个公道。”

姜元柏听得满肚子窝火，一个妇人而已，况且又没生下龙子，还不知道得宠几年。不过面上，他仍然浮起一个笑来，道：“那既然是皇上的圣旨，臣领旨。”

说得十足嘲讽，并非为了丽嫔，而是因为这是圣旨，他不得不做！

姜梨得了姜元柏的消息时，已经是傍晚了。

姜元柏并没有直说明日有道士来驱邪，但说明日里姜府众人不可离府，都得在府里待着。

闭着眼睛姜梨都知道这是什么意思，无非是瓮中捉鳖，所有的人都到齐了，才方便那位冲虚道长来指认谁是“邪祟精魅”。

姜梨站在窗前，吹响哨子，这一回没有避着桐儿和白雪——她们总要慢慢习惯自己干的惊世骇俗的事。

赵轲不动声色地出现在屋里。

桐儿和白雪吓了一跳，瞧姜梨从容的样子，显然这事做过已经不止一回两回了。姜梨问赵轲：“口技出众的人已经安排好了？”

“安排好了。”赵轲道，“由他顶替了府里的一个小厮，明日会在院子里守着。”

姜梨闻言好奇道：“怎么顶替？难道管事那头不会发现人不同了吗？”

赵轲只说了两个字：“易容。”

姜梨恍然，又觉得姬蘅手下的人还真是神通广大。赵轲瞧见姜梨的神色，解释道：“寻常难以易容，但找的那位小厮本就是姜府里的普通人，平时不引人注目，没有人过多关注。便是有些许不同，也不会为人察觉。如果易容为稍有人关注的人，立刻就会被发现。”

姜梨道：“原来如此。”心中有些遗憾，还想着或许可以用这个法子来走捷径，如今只有打消这个念头。

桐儿硬着头皮道：“姑娘，倘若明日那神棍真要指认您，老爷真的会坐视不理吗？”

“当然会了。”

“可您到底是他的女儿啊。”白雪有些接受不了。

“冲虚道长是高人，在民间很有声名。他说的话，自然会被人奉若真理。我父亲纵然不相信鬼神，但季淑然一定有备而来。我身上的疑点太多，唯一可以解释清楚的就是，我是个妖怪。”

“怎么可能！”桐儿脱口而出，“她们凭什么这样说？”

姜梨笑容淡了一些：“我离开姜家太久了，这点亲情和愧疚实在微薄得不像话。我不能否认它存在，但我知道，它很脆弱，经不起考验。”

一直默默听着的赵轲诧异地看向姜梨，不过才十五六岁的小姑娘，对人性竟然已经不抱期望。

“姑娘，奴婢瞧着冲虚道长能做出这种事，就是个江湖骗子。况且他又给丽嫔治过病，说不准早就是丽嫔的人了。难道明日咱们不戳穿他的真实面目？”

姜梨道：“不急。打脸这种事，当然要在万众瞩目之下。不过你说得也没错，冲虚道长本就是个江湖骗子。”

赵轲打听消息很快、很灵，冲虚道长虽然在燕京城颇有名气，但多年前其实是因为身上背负着一条人命官司才来燕京城的。他在家乡与有夫之妇勾搭，被妇人的丈夫发现，争执之中将那人杀死。他与妇人掩埋了男人后，连夜逃走。一路上隐姓埋名，后来遇到云游的道士冲虚，假意修道拜师。

道士最后在一次兵斗中死了，冲虚道长就借他师父的名号，化身冲虚，来到燕京城，从此以后，在燕京城招摇撞骗。他生得很能唬人，许多人还真以为他是高人。后来小有名气之后，他又遇到了丽嫔。

虽然丽嫔当年一事现在不好查探，但姜梨猜测，那或许也是丽嫔一手操控的。当时陷害丽嫔的那位妃子也颇得圣宠，就因为冲虚道长的出现，当时那位丽嫔在后宫里最大的敌人，就这么消失了。

这未必不是冲虚道长和丽嫔心照不宣做的局，不过连这种后宫之事都敢掺和，冲虚道长的胆子也实在太大了些。

“丽嫔既然如此相信冲虚道长，两次都是因为冲虚道长才捡回了一条命，宫里的人都知道。这样一来，等冲虚道长的身份被发现，丽嫔才会更无地自容。她也需要向皇帝解释，这是为什么。”

“最重要的是，我得让季淑然后悔。”姜梨温柔地开口，“季淑然这不是请帮手，这是引狼入室，我要她玩火自焚！因这位高人而露出狐狸尾巴，然后让她知道，这高人是假的。”

赵轲心中一凛，只觉得这看似温良无害的姜二小姐，折磨人的法子并不如她长相那般温和。

还是少招惹为妙。

第二日很快到来。

一大早起来，天色十分阴沉，浓重的黑云压在天空之上，几乎要垂在房屋顶上一般。分明是早晨，阴得如同傍晚。

桐儿躲在屋子里看外面，小声道：“这天儿也忒邪门了。”

比起来，姜梨就显得要坦然多了，甚至还让白雪给她绾了一个双丫髻。她生得俏丽灵秀，这么一来，越发像仙山九州上才有的莲花仙童，不食人间烟火般明净。桐儿对着她琢磨了好一会儿，才摇头叹道：“要是季氏和那劳什子道长真的指责姑娘是妖怪，怕是难以令人信服。哪儿有生得这么脱俗的妖怪？话本子里写的妖怪，不都是穿着鲜艳的衣裳，一出现就勾人魂魄，迷得人找不着北吗？”

白雪听到了，一本正经地回答：“你说的那是肃国公。”

正在暗处潜伏着的赵轲闻言差点儿一头栽倒在地上，瞪着里面不知道说什么好。他那天上地下唯我独尊的主子哟！在这里就这么被小丫鬟议论。

姜梨一愣，扑哧一声笑出来，道：“你说得也是很有道理的。先吃点东西吧。”姜梨微微一笑，“冲虚道长要过来，还得等一阵子。”

高人在场嘛，惯会摆架子。倘若来得太快，就会显得上赶着掉份儿。

“姑娘，您要的东西也都安排好了。”白雪道，“都放在花园草丛，赵大哥已经全部替换掉了季淑然的人放下的。”

“好。”姜梨笑笑，“这就可以放心了。”

一个时辰后，姜老夫人身边的丫鬟过来，让姜梨去晚凤堂。

姜梨便拿上披风，和桐儿、白雪一起去了晚凤堂。

还没走到晚凤堂，就听见姜景睿的声音从里面传来，道：“啧，咱们府上好好的，驱什么邪？有什么邪可驱的？莫名其妙。”

然后就是卢氏制止的声音：“景睿，闭嘴，这是陛下的命令。”

姜景睿就不作声了。

姜梨抬脚走了进去，里面的议论声都戛然而止。众人都朝她看来。

季淑然身边站着姜幼瑶，嬷嬷手里抱着姜丙吉。二房的卢氏、姜元平都到了，姜景佑还是笑眯眯的样子。至于整个三房，沉默了许多，不知是不是因为姜玉娥，如今三房和其余两房的关系变得十分尴尬，便是见了也不怎么多说话。姜玉燕本就懦弱胆小，只是看了一眼姜梨就飞快收回目光，低头看着自己的脚尖。

除此之外，今日府里的主子连各房的姨娘通房，大的小的受宠的不受宠的都到了，听闻昨夜里便下了禁令，府里一切人，包括小厮、丫鬟都不许出府。

看来是为了确保冲虚道长“作法”。

姜梨也看到了胡姨娘。

胡姨娘孤零零地与抱琴站在人群外，显得格外可怜。她身上穿的薄棉袍已经发黄，没有任何首饰。如果不说话，一定会被认为是伺候姨娘的下人。

她的目光在空中与姜梨短暂交会，很快落向虚空。她总是呆呆的样子，人们也愿意对她报以同情的宽容，都是得了癔症的人，还能要她做什么呢？

但姜梨知道，胡姨娘这么多年一直等待的机会，就要来了。

“阿梨，”姜元柏道，“今日是冲虚道长来府上驱邪作法的日子，府里人都要走一遍。”他解释。

姜梨面上浮起一个恰好的惊讶，似乎有些不解，道：“知道了，父亲。”

正在这时，外头的小厮来报：“老爷，冲虚道长到了。”

姜老夫人道：“出去看看吧。”

姜梨是第一次见冲虚道长，他穿着道袍布鞋，模样不错，重要的是眉宇之间看着十分正气，生了一张迷惑人的脸。

冲虚道长进到姜家大门以后，面对姜老夫人带着这么一大帮人前来，仍旧不卑不亢，只让自己身边的小道童摆好道台。

小道童去了，姜元柏向冲虚道长见过礼，道：“道长今日特意来为府上驱邪，感激不尽。”

“姜大人不必多礼。”冲虚道长回礼，“这是贫道分内之事。”

“你真会驱邪啊？”姜景睿抱着胸，挑衅道，“不是骗子吧？”

“景睿！”卢氏打了一下他的背。

姜元平只好出来打圆场，道：“犬子不懂事，还望道长包涵，见笑了，见笑了。”

“无事。”冲虚道长神色明朗，笑道，“令公子直率坦诚，很是难得。”

姜景睿嘁了一声，转过头去。姜梨瞧着冲虚道长，这人也算是很会说话了。

冲虚道长看也没看姜梨，只是盯着自己的道台，神情严肃了些，对姜元柏道：“姜大人，不瞒您说，贫道上次在宫中见到您的夫人时，便觉得姜夫人身上邪气侵蚀，故而才有了来姜家一观的想法，今日贫道还未到你家门，便发觉……”他迟疑了一下，没有说下去。

姜老夫人还没说话，季淑然忍不住道：“道长发觉了什么？”

“贵府府邸上空黑气缭绕，恐有大邪祟，若不除去，怕有血光之灾。”

“啊呀。”姜幼瑶吓得惊叫出声，姜玉燕也有些害怕，站在杨氏身后，只露出小半个身子。

众人都沉寂了一刻。

“道长是说我们府上有邪物吗？”卢氏问道，“可我们府上从未发生过奇怪的事啊。”

“没发生过不代表没有。”冲虚道长的目光扫向院子里的众人，被冲虚道长目光注意到的人，都忍不住低下头，不敢与之直视。

“看贵府上的黑气，邪祟应当在府上存在了一段日子，听夫人说府上未曾有奇怪的事发生，想是近来也没有人死去。”冲虚道长眉头紧锁，沉吟了一会儿，“因此，这邪物潜伏在府里已经有一段时间，但还不至于很久。若是超过一年，邪祟成形，将家运败坏，就该有血光之灾，也就是说，贵府上下，人人都有性命之忧。”

这话一出，众人心头一寒。

“那……好端端的，府上怎么会出现邪祟呢？”季淑然问，“如道长所说，看来这邪祟至此，还不满一年。难不成是从外面招来的？”

“也是极有可能。”冲虚道长一扬拂尘，“也许是有人从外面招来的，也许是有人带了不干净的东西，引得上面的邪物寻迹而来。”

众人面面相觑。

姜梨只冷眼看着，仅凭这点，至多闹得人心惶惶，还不至于让人完全相信冲虚道长。至少姜元柏此刻，面上并未露出相信的神色。姜梨晓得，这不仅仅是因为姜元柏本来不信鬼神，还因为姜元柏认为，陈季氏插手姜家家务事，是打了他的脸。

卢氏问：“道长，眼下可怎么办呢？”

“无事。”冲虚道长道，“容贫道先探清楚，邪祟从何而来。”

此刻，道台已经搭好了，道童将桃木剑、铜钱、红线、朱砂，还有刻着奇奇怪怪符文的黄纸、铃铛等东西都各自归位。中间有一处四方形，四角插了铜做的细柱子，柱子与柱子之间，都绷紧了用朱砂染红的线，每条线下都吊着细小的铃铛。

此刻无风，冲虚道长就站在这四方形的中间，一手持着铜钱做的长剑，靠着八卦垫席地而坐，闭上眼睛，嘴里念念有词，不知道在念些什么。

姜梨饶有兴致地看着这一幕，薛怀远也是不信鬼神之人，从前桐乡穷，穷人们抓不起药，有时候小孩子病重了，就去找所谓的神婆。那些神婆会根据穷人们的家境来索取报酬，能做的无非也是在人家里“作法”，逼人喝掺了香灰的符水什么的。薛怀远对这种事深恶痛绝，要知道许多小孩子就是这样被耽误了治病的良机，就此不治身亡。

薛怀远到桐乡上任，禁止桐乡再出现这样的神婆。一开始，那些神婆还偷偷地到人家里去，死性不改。薛昭知道后，就悄悄去恶作剧，让那些骗局无所遁形。次数多了，百姓也就明白过来，神婆搞的本就是骗人的伎俩，不再上当受骗。

薛怀远虽然每次责备薛昭调皮，但对于薛昭捉弄神婆一事，却一直都是睁一只眼闭一只眼。这会儿看见冲虚道长如此，姜梨不知怎的又想起过去的事来。只觉得倘若薛昭在这里，不知又会生出怎样的恶作剧。

冲虚道长念念有词了一会儿，突然，那绷在柱子上的细线下吊着的铃铛有了动静。

此刻无风，众人站在院子里都感受得分明，愣是眼睁睁看着那铃铛从细微晃动到渐渐急促，清晰到每一个人都能听见，而且越来越大。

姜幼瑶胆怯地抓紧了季淑然的衣角，无缘无故，铃铛自己响了起来，她只觉得院子里冷飕飕的。

今日天气本就奇怪，黑云沉沉，院子里点燃了道童点着的细香，烟气缭绕，却越发显得鬼气森森。下人们不由得都靠近站了一点，就连桐儿和白雪，都觉得后背上起了一层鸡皮疙瘩。

人群后，胡姨娘忍不住握紧拳头，只觉得掌心之间黏糊糊的。她实在太紧张，流了太多汗。然而她心头终究不安，又朝着姜梨的方向看去。

便见姜梨站在姜元柏身侧，神情仍然平静又温柔，不知是不是点燃的火光照亮了她的脸，胡姨娘觉得，女孩子漆黑的眼睛里好似也燃着一团火，她不激烈，不冲动，静静燃烧着。

然后一切都燃烧殆尽。

铃铛声没有停下来，而是越来越响，越来越响，与此同时，平地里忽然起了一阵风。

冲虚道长已经松了手，那把铜钱剑却并没有倒下，而是颤巍巍地立了起来。

周围又是一阵惊呼。

铜钱剑是驱邪的宝物，能够斩妖除魔。这会儿竟然在众目睽睽之下自己立了起来，是不是说明府里真的有邪祟？

这下子，姜元柏的眉头都皱了起来。

姜梨却在心里叹了口气。

没有两下子，冲虚道长怎敢连当今天子都欺瞒，这一手戏法可谓出神入化。

下一刻，那把铜钱剑突然掉转方向，剑尖指向姜梨，猛地直冲过来！

所有人都惊呼一声，尚未来得及反应，姜老夫人更是险些晕倒。

然而姜梨却是稳稳站着，剑尖在她鼻尖处停下，虽然铜钱剑不比佩剑锋利，但这样的变故来得太突然。她仍旧噙着微笑，面上一丝惊惶也无。

冲虚道长目光一怔，来之前，他已经知晓了不少姜二小姐的事情。在校考场上惊马却仍旧将骑射一项比完，可见此女心性坚韧，但今日事又与骑射不同，就算姜梨不吓得花容失色，也该表现出惊诧。

但她没有。

女孩子脊背挺得笔直，甚至顺着冲虚道长的目光看过来，对着冲虚道长点了点头。

一瞬间，冲虚道长的后背爬满凉意，甚至真的觉得也许姜二小姐有几分邪气。她已经镇静不似常人。

姜元柏终于反应过来，眉头一皱，道："道长，这是何意？"

铜钱剑仍旧虚浮着，剑尖指着姜梨毫不动弹。姜幼瑶捂住嘴，小声道："这把剑指着二姐，莫非，莫非，二姐就是邪祟吗？！"

"住口！"姜老夫人眉眼一厉，"幼瑶，怎可平白诬蔑你姐姐名声！"

姜幼瑶委屈地往季淑然身后躲了躲，季淑然安抚地拍了拍她的手。

冲虚道长伸出手，铜钱剑像是长了眼睛，嗖的一声飞回他手中。周围的人噤若寒蝉，冲虚道长对姜元柏道："姜大人，这……"

姜元柏道："道长有话但说无妨。"

"本来驱邪一事，倒也不必那么简单。因为潜伏在贵府的邪物还未生成，所以极好分辨。就是……"他看向姜梨，目光里含了几分犹豫和迟疑。

"道长，您这话是什么意思？"姜老夫人问。

"府上这位小姐，就是邪祟的宿主了。"冲虚道长看向姜梨。

这下子，院子里的奴仆下人全都朝姜梨看来。姜梨分辨得出那些目光里有畏惧、厌恶的，也有避之如瘟疫的。

一听这老道开口诬蔑姜梨，桐儿忍不住道："胡说！我们姑娘怎么会与邪祟有关，你分明是血口喷人！"

"桐儿。"姜梨对她摇了摇头，又对姜老夫人歉疚道："我的丫鬟护主心切，还请老夫人不要责怪。"

"无妨。"姜老夫人道。

季淑然看在眼里，眉头几不可见地一皱。这都什么时候了，姜梨都被指着鼻子说邪祟，居然还有心思管自己的丫鬟，还真以为她能平安脱身？

姜景睿没理会卢氏警告的眼神，开口道：“姜梨是邪祟？道长，你可没看错吧？我们府上的姜梨之前可在青城山的庵堂里住了八年。庵堂里那可是纯净之地，纯净之地怎么可能生出邪物呢？”

姜元平想了想，也道：“不错，道长，我这位侄女平日里也很是温和柔静，不似什么邪祟之物。”

冲虚道长的声音响起：“这位少爷只知其一，不知其二，佛门净地并非生不出污秽。相反，许多人遁入空门，六根未净，反而容易引发心魔，此刻邪祟乘虚而入，便让生人为其宿主。不过佛门净地便是有邪祟，也不敢出来作恶，无非是藏在宿主体内，伺机而动。一旦出了佛门，来到市井，邪祟便可无限生长，这位小姐既然之前在庵堂里待过，如今回府，恰恰有可能引发邪祟。”

姜景睿仍旧不信：“好的不好的都被你说了，你一张嘴说了算，我们信不信又有什么关系？”

“贫道并非信口开河，被邪祟缠身，最可能表现出来的便是性情大变，判若两人。俗话说，人的性情不会一朝一夕就发生翻天覆地的变化，便是性情变了，过去的习性和本质还会留存。这位小姐，是否性情巨变，同从前大不一样？”

这话一说，院子里的人再次沉默了。

姜梨可不就是从青城山回府之后性情大变？想想从前的姜梨，被送往青城山之前，骄纵烂漫，什么情绪都写在脸上。时间飞快过去，再回来的姜梨却让府里所有认识她的人都看不透了。

她冷静温柔，总是带着柔柔的笑意，但她心里在想些什么，却没人知道。她不再哭了，她甚至连害怕、委屈这样的情绪都没有。无论遭遇什么，她也只是笑一笑。

好像根本不在意。

“是了，”一片寂静中，季淑然的声音响了起来，“梨儿回府后，的确是同从前大不一样了。性情比从前稳重，却不像个十五岁的姑娘。幼瑶年纪与她相仿，像个长不大的孩子，她从前爱吃荤腥，最爱厨房做的羊肉羹，如今一闻到羊肉就恶心，比起荤腥来，更爱吃青菜，什么都不同……”

姜梨冷眼看着季淑然一桩桩一件件地数落自己与姜二小姐的不同。季淑然每说一句，院子里的人面上的疑窦就增加一分。

是，她本就不是真正的姜二小姐，更与姜二小姐没有一分相似的地方，季淑然要找她们的不同轻而易举。

这些怀疑，姜老夫人和姜元柏一定也有，季淑然在这时候说出来，无非是让大家更相信冲虚道长的话。

季淑然说完，忧心地看向姜元柏：“这么说来，梨儿的确是同从前大不一样，老爷，我可不是在怀疑梨儿真是什么邪祟，但这一切都是为了梨儿、为了姜家着想。要是梨儿，梨儿真成了劳什子邪祟的宿主，道长一定有办法将邪祟驱赶出来。到那时，梨儿不就没事了吗？”

姜梨道：“母亲。”

季淑然朝她看来，带着几分小心翼翼，像是害怕被邪物沾身。

“母亲自来慈爱，不管姜梨是不是真的邪祟，给姜梨说话的工夫总还是有的吧。”

姜元柏盯着这个陌生的女儿，道：“说吧。”

“道长说得没错，人的性情喜好一夜之间的确不能发生翻天覆地的变化，但是，我离家去往庵堂，不是一夜，不是一天两天，也不是一月两月，是八年。八年时间，不能称之为短吧。”她笑盈盈地看向冲虚道长。

对上女孩子柔和的眼神，冲虚道长心头诧异，点了点头，道：“是很长的时间了。”

“很长的时间，许多事都发生了变化。母亲所说的我与三妹年纪相仿，性情却天差地别，且不说人与人之间本就有各自不同，便是要我与三妹一样天真烂漫，对我来说未免也太苛刻了些。”她唇角的笑容一如既往，“柳夫人当日来青城山拜佛，偶然见到了我，不知大家有没有注意她的话，她当日见到我的时候，我正在祠堂里罚跪，一天一夜滴水未沾。对我来说，这都是生活常态，吃不饱穿不暖，更是习以为常。在这样的境况下，请恕姜梨无能，实在难以天真烂漫起来。”

这话说出来，姜老夫人和姜元柏脸上都有些无光。

“再来说习惯，我幼时的确喜欢吃荤腥，喜欢睡软软的床，甚至连衣裳布料都喜欢颜色鲜艳、针脚精致的，但我在庵堂多年，哪里来的羊肉羹，铺的被子都只有一床，冬日里缝上棉花，夏日里又把棉花掏出来。母亲可能不知道，那棉花都快被折腾得只剩棉渣了。人的环境就是这般，还如以往一般，怕是姜梨无法待下去，早就疯了。所以改掉习惯，不过是为了活下去。别说鲜艳的衣裳，庙里有多余的缁衣，都好过衣不蔽体了。

“我只是想要挣扎着活下去，但三妹不同，三妹在府里什么都不缺，自然可以养成什么都不缺的性子。我被生活打磨，若是不委曲求全，早些成长起来……实在不晓得，还有没有命，回来见父亲了。”

她这一番话说得平平稳稳，却字字血泪。向来泼辣的卢氏面上都划过一丝不忍，搞不清楚姜元柏究竟是怎么想的。即便姜梨有错，那也是他自个儿的骨肉，要是姜景睿和姜景佑犯了错，她会狠狠责罚他们，却不会做到姜元柏这样的地步。

姜元柏的面上，羞愧、恼怒、憋屈混为一团，却是避开了姜梨的眼神。

季淑然在心里狠狠地唾骂一声，真是个巧舌如簧的小贱人，都死到临头了，还要翻腾两下，难怪不好对付。难怪当初在青城山，她早就吩咐了人磋磨姜梨，却还是让这小蹄子活了下来！

冲虚道长却隐隐觉得不安。这么多年，他四处招摇撞骗，连皇帝都敢瞒，除了他骗人的把戏高明之外，还因为他看人很准。只要抓住每个人的性格弱点，在这上头予以打击，很多事情都会变得容易。

但这个姜二小姐，到了这时候也一点不慌乱，单就这份心性已经十分棘手了。

姜幼瑶道："二姐说得是，可是……二姐在青城山上，也出落得不比咱们燕京城长大的小姐们差呀。校考上，二姐不是还拿了六艺头筹吗？"

六艺？季淑然心中一动，迟疑地道："梨儿小时候不爱读书，没想到在庵堂里待了八年，回来还成了个才女呢。后来我托人去打听，那庵堂里没有马匹，也没有长琴，梨儿却能够无师自通，实在很厉害了。"

姜元柏看向姜梨，这也是他的狐疑。

"还有，"季淑然忧心忡忡道，"梨儿上回去襄阳，回来还带了桐乡县丞薛怀远。梨儿即便是胸有正义，见义勇为，但对薛怀远是十分上心了。过去同薛怀远没有半分关联，何以对外人如此挂心，莫不是真的被邪祟迷了眼睛，才会做出这等让人难以理解之事？"

这话一出，姜元柏目光陡然严厉。这也是姜元柏的心病，是梗在他心头的一块石头，姜梨对薛怀远比对他这个父亲还要孝顺，早就让姜元柏憋了一肚子气。要不是薛怀远如今是个理智全无的疯子，姜元柏真要弄清楚这究竟是怎么回事。

但姜梨说不出来，她没法说出来。

于是落在众人眼里，便是她黔驴技穷，默认了自己被邪祟缠身的事实。

"其实谁愿意这么折腾孩子？"季淑然又道，"若是梨儿真的有什么不对，日后害了姜家，害了府上上上下下，还有小辈们……可不是什么好事。"

一听到危害姜家，姜老夫人也有些动容，问冲虚道长："依道长看，还要如何驱邪？倘若为我这孙女驱邪，会不会伤害到她？"

虽是关心姜梨，姜梨心里却也摇摇头，为姜二小姐感到同情。要知道，一旦默认了姜梨与邪祟有什么关系，也就是默认了接下来季淑然为姜梨设计好的一条路，这条路的尽头自然不是什么好去处，但为了姜家，姜老夫人没有为她据理力争，没有相信她到底。

倘若是真的姜二小姐，必然要伤心了。

"不会的。"冲虚道长道，"只是驱邪过后，二小姐须得在佛门净地养上一段时间，不得见外人。邪祟虽然眼下看不出来，但驱邪过后，二小姐身上会产生一些遗留的病症，比如身子虚弱一类，需要好好养着。"

姜梨了然，去往佛门？又是让她像多年前那样去青城山？然后再说她身子虚弱，在佛门里一日比一日消瘦，最后重症不治无声无息地死了也是自然，倒是寻得这么一个绝佳的借口！姜梨相信，她前脚刚走，季淑然就会把这件事传得满城风雨。那时候，她便不必再回燕京城，只会默默地死在青城山。

而姜家为了掩盖事情的真相，会随意编个理由，比如病逝，她的一生就如叶珍珍，抑或是自己的前生，不明不白死去了。

“二丫头，”姜老夫人问，“既然没什么大碍，你便让冲虚道长为你驱邪吧？”

姜梨颔首，转向姜元柏，问：“父亲也同意吗？”

姜元柏盯着姜梨，狠下心肠道：“对你没有伤害，你便去吧。”

“好。”姜梨颔首，“冲虚道长，请吧。”

她从容得像是去赴宴，令冲虚道长也愣了一愣。

冲虚道长道：“二小姐，请。”

冲虚道长领着姜梨走到绷着线的四方柱子之间，让姜梨手握一面铃铛。他自己则走到道台面前，道童将准备好的活鸡奉上，冲虚道长的剑尖划开鸡的脖子，一线鸡血迸溅出来。

“啊呀！”院子里的小丫鬟们都吓得转过身捂住眼睛。正在此时，黑雾越浓，几乎像是在夜里，阴惨惨的。

季淑然不由得把姜幼瑶往身边拉了一点，往后站了站。虽然知道这是假的，但眼下院子里鬼气森森的模样，真的令她有些发毛。

卢氏早就攥着两个儿子的手站在了后面，她看起来泼辣，其实最是胆小，又特别相信鬼神之说。对于冲虚道长的话，她才是深信不疑。

三房的杨氏和姜元兴则是面带狐疑，姜玉燕早已吓得背过身子，不再往这头看。

人群里，胡姨娘站在一个不起眼的位置，直直地盯着姜梨。

从开始到现在，姜梨一直都是被动的，这让胡姨娘心里也生出些不确定。她把所有的宝都押在姜梨身上，姜梨虽然与她说了自己的计划，但胡姨娘还是觉得有些冒险，而且是在别人的眼皮子底下骗人，未免太难。

但姜梨很笃定，胡姨娘也没有办法。她自己一个人是没办法报仇的，为了配合姜梨将这出戏演好，她也下定了决心。要付出最大的代价，倘若姜梨失败了……倘若……正在这时，她的目光在空中与姜梨交会了一下。

黑雾下，女孩子目光明亮温柔，含着不容置疑的坚定。

一瞬间，胡姨娘就安静下来。

还不到心急的时候，还不到……

冲虚道长在“作法”。

旁人看来，他的举动高深莫测，一派高人风范。这些年来，他做这些事情也很是熟练。事实上，世上哪里有鬼神？有的不过是人心里的鬼。

他就是利用人心里的鬼，招摇撞骗了这么多年还没被发现。他的师父，真正的冲虚道长，是个真正的高人，但一辈子又得到了什么？只有他，才将“冲虚道长”这个名讳的作用发挥了出来。

想到这里，冲虚道长不禁有些得意。每当他在“作法”的时候，见那些平日里人人都仰望的权贵正深信不疑地看着自己，指望自己给他们最后一根救命稻草的时候，冲虚道长都很得意。他能将这些人玩弄于股掌之间，这是他的本事。

冲虚道长将鸡血抹在桃木剑上，四面黄色的符纸在他的经文中，噌的一下直直立起，将姜梨包围起来！

这场面已经是十足诡异。

而那仙风道骨的道人手指桃木剑，暴喝一声，往姜梨身前刺去！

木剑并没有刺入身体，而在身体前一指的地方停下来，但冲虚道长身子一震，仿佛虚空刺入了什么东西，发出一声金石碰撞之音。

那已经被放了血的鸡，突然啼叫起来。

院子里的人吓得跪作一团，这下子连姜元柏心里都信了几分。

冲虚道长手里不知抓着一团什么东西，又是一声暴喝："妖孽出来！"手一扬，一大团糯米混着不知名的东西洒了下来。

那糯米间似乎还有别的，姜梨下意识紧闭口鼻，后退一步。

然而立刻，她的鼻腔、嘴角都开始流血了。

她心里冷冷一哂，这就是冲虚道长的把戏！

要做出邪祟的样子，自然看起来要像个邪祟，这糯米里不知混了什么药粉，令她形容恐怖。或许还能令她神志不清，但她因闭了口鼻，没有吸入，不知如何。

阴惨惨的夜色里，姜梨身穿素衣，白面黑发，耳鼻口流血，形如厉鬼，当即吓得一院子的人连滚带爬。

姜幼瑶尖叫一声鬼啊，把姜家人都吓得往后退了一步。

冲虚道长心中得意，想要看看女孩子惊慌失措的眼神。

一看之下就愣住了。

幽暗的烛火下，姜梨对他粲然一笑。

可那模样实在算不得可爱，反而可怕。

姜梨冷笑，邪祟自然是邪祟，但不是他们想的那个邪祟，这个邪祟能要了季淑然的命！

院子里，突然爆出了一阵女童的啼哭。

巨大的哭声，仿佛回响在每个人的耳边。

女童的啼哭声乍然响在院子里，众人都吓了一跳。胆子小一点的丫鬟直接哭出声来。

姜梨却是垂着头，像是失去了全部力气，但又偏偏保持着直立的身子。

这动静让冲虚道长也吓了一跳，他的这出戏里，可没有这么一出。按道理，糯米里混了药，能让人暂且失去理智，姜梨只要保持着这副面目就足够吓人，她所做的一切难以理解的事，就都能解释为"撞鬼"了。

这一招，冲虚道长用过无数次，也得手了无数次，没有一次失败的。对于接下来应当怎么做，他也早就烂熟于心。而今日姜梨接下来的动静，却不在他的计划里。

还没来得及反应，女童的声音更大地爆发出来，几乎显得刺耳。

“呜呜——呜呜——”和着天上的黑云，和着燃着香烛的道台，格外诡异。

季淑然搂紧了姜幼瑶，心中高兴极了。又感叹着，冲虚道长唬人的本事果然还是有一些，难怪敢进宫当着皇上的面也不怯场。

这么一想，她便去看冲虚道长，谁知道一看冲虚道长，只见他并没有接下来的动作，反而像是愣住了，直勾勾地盯着姜梨，甚至后退了一步。

再看姜梨，她垂着脑袋，跌跌撞撞地走起来，脚步踉踉跄跄，姜家人都不敢近前，唯有芳菲苑的几个丫鬟。清风、明月吓得手足无措，桐儿却是追上去，和白雪急唤道：“姑娘！”

姜梨没把完整的计划告诉她们，白雪她们并不知接下来如何发展，这会儿看姜梨如此，一下子慌了神。白雪道：“我们姑娘不是鬼，绝对不是！全天下找不出第二个比姑娘心肠更好的人了，怎么会是邪物？”

“就是！一定是这道士在其中动了手脚！”桐儿心中一动，“你到底是怎么害了我们姑娘！”

季淑然对姜老夫人道：“娘，梨儿性子软和，纵得芳菲苑的丫鬟们都不知天高地厚了。冲虚道长可是皇上都认定的道长，别说是丫鬟，便是咱们做主子的也不敢妄加断议，这两个丫鬟说的话要是传出去，没的说我们姜家不将皇家威严看在眼里……”

姜老夫人摇头：“二丫头的确太纵着丫鬟了，主子跟前也敢放肆。”

“不是，老夫人！”桐儿哭着跪倒在姜老夫人面前，“奴婢怎么样都没关系，可是姑娘真是被冤枉的。您一定要相信她呀！”

“真是实在太没规矩了。”季淑然失望地道，“嬷嬷，把这两个丫鬟带下去吧，梨儿不忍心教导她们，我这个做母亲的也只好代劳了。”

清风和明月眼皮子狠狠一跳，自家姑娘这会儿刚刚出事，季淑然就迫不及待要罚姑娘的身边人了？这也太过分了！

姜老夫人也不着痕迹地看了季淑然一眼，也不知怎的，先前姜梨没回府，这个大房夫人平日里倒也是鲜少出错，看着贤良淑德，但自从姜梨回来后，她就越发沉不住气，连她都看不下去了。

“行了，教导丫鬟的事不急于一时。”姜老夫人道，“先等二丫头的事弄好才说。”

卢氏道：“道长，求您赶快让她……快别哭了！”她是真的怕。

那女童的声音却愈加清晰起来，开始只是含糊的哭声，渐渐地，哭声里似乎带了些话语。再然后像是剥落的尘埃，露出里头的砖墙，那声音渐渐回响起来。

“爹！”

女童的声音在叫爹。

姜元柏一怔，在听到这一声爹的叫声时，他的心里浮起了一丝奇异的熟悉感。这熟悉感令他面对姜梨的时候不再露出忌惮的神情，反而朝姜梨走了两步。

姜梨低着头，那女童的哭声像是从她嘴里传来，又像是近在人的耳边，但有一点毋庸置疑，姜梨的声音决计不是这样，无论是幼时的姜梨，还是现在的姜梨，这都不是姜梨的声音，分明是另一个人。

冲虚道长后退两步，方才的得意早就一扫而光。他未曾遇到过这种境况，此刻心里都是说不清道不明的惊慌，还得强迫自己镇定下来。

人群里的胡姨娘却是忽然惊叫一声，她站在角落，这一呼惹得几人朝她看来，只见胡姨娘跌跌撞撞地朝姜梨跑去，跑到姜梨面前的时候，又像是不敢近前，却是又哭又笑，道："月儿，我的月儿……"

月儿？月儿是谁？

这个名字太陌生，听到的人都是不解。

季淑然心中咯噔一下，忍不住道："怎么把胡姨娘叫出来了？莫不是在这时候犯癔症了，快把她带回房去，别让她冲撞了道长驱邪。"

可胡姨娘根本没给季淑然叫人的机会，已经转头看向姜元柏，眼泪滚滚而下："老爷，你不记得了吗？这是月儿的声音，月儿的声音啊！您的长女月儿啊！"

姜元柏一怔，灵台猛地清明。

是了，他就觉得这声音十分熟悉，是他的长女，那个早早就去了的姜月儿！

季淑然怔住，没想到在这个节骨眼上胡姨娘会突然冲出来。对于胡姨娘，刚进姜府那几年，她还横看竖看都觉得是根刺，想把胡姨娘打发出去。后来姜月儿死了，胡姨娘犯了癔症，老夫人护着，季淑然也就随她去了，反正翻不出什么波浪，老爷也不可能再宠爱胡姨娘。

这么多年，胡姨娘鲜少出院子，若非逢年过节，季淑然都想不起府上还有这么个人。

就这么个早就被她抛之脑后的人，今日却突然出现在她面前，还口口声声提到她那短命的女儿。虽然不知道这是发的哪门子疯，但季淑然以为，不能让胡姨娘这般闹下去。况且这分明是冲虚道长做的局，不知道这个疯女人在激动什么。

季淑然道："胡姨娘准是想到月儿了，老爷，还是把胡姨娘送回房去吧。"

"夫人，"胡姨娘转过头，惨然笑道，"妾身没有疯，妾身自己女儿的声音，如何听不出来，老爷——"她痴痴地喊，"你听，大小姐在叫爹呢。"她说最后一句话的时候，语气温柔，唇角含笑，却有一种令人毛骨悚然的疯狂。

季淑然额头出了一层细细的冷汗。

那女童的声音仍旧叫着爹，时远时近，像是从姜梨嘴里叫出来，又不那么像。

季淑然强忍住心中的不安，道："老爷，我看胡姨娘准是犯病了……"

"她没有犯病……"姜元柏打断她的话，"这就是月儿的声音。"

季淑然说不出话来了。

姜元柏愣愣地看着姜梨，脑海里浮现起了一个小小的身影。

他其实有三个女儿，当年叶珍珍嫁到姜家三年无子，胡姨娘却先怀了身子，叶珍珍心肠软，让胡姨娘生了下来，姜元柏那时候初为人父，对姜月儿其实是很喜爱的。

看起来，他对姜幼瑶宠爱有加，但事实上，在这之前他对姜月儿也一点不差。姜月儿满足了他成为一个父亲的幻想，加上小时候的姜月儿确实可爱。

姜梨小时候骄纵，姜幼瑶天真，但论起机灵嘴甜，却是这个庶长女。所以虽然是姨娘所生，姜元柏也没有亏待她。他甚至教姜月儿认字，要把她教成一个女状元。

谁知道姜月儿后来从假山上摔下来，他失去了这个女儿。

那时叶珍珍去世，季淑然进门，又刚得了姜幼瑶不久，接二连三发生了这么多事，他有些分心，不如从前一般照顾周全，但没想到，姜月儿就这么死了。

他大发雷霆，把当时所有照顾姜月儿的人都狠狠惩罚了。很长一段时间，府里都不能提起“大小姐”三个字。

这么多年过去，那个声音早就从他脑海里淡去，只留下一团模糊的影子，姜元柏自己都记不清了。

没想到，会在此刻再次听到小姑娘的声音。

胡姨娘说得没错，那是姜月儿的声音。

姜元柏神色太过郑重，让季淑然也忍不住后退一步。

罢了，她勉强笑道：“这怎么可能……”

她笑不出来了，看见冲虚道长已经躲得远远的，眉目间的惊慌不似作伪。

怎么……这不是……一出戏吗？

见姜元柏走过来，没有抬头的姜梨的嘴里，女童的声音突然收住，道：“爹，月儿好疼啊，月儿被人害死了，月儿好疼……”

季淑然魂飞魄散。

卢氏早就吓得躲到了自家儿子身后，闻言也没有耽误心中的思量。姜梨分明就是被死去的姜大小姐鬼上身了，不过……害死？什么害死？姜大小姐当年不是自己不慎从假山上摔了下来吗？

“月儿，谁害的你？”姜元柏的声音，像是从很远的地方传来。

“母亲害我。”女童的声音仍旧稚嫩，却带了几分愤恨，“母亲害月儿，害死月儿，还装作月儿摔死。母亲害我！”

“你胡说！”姜幼瑶早已吓得惊慌失措，却忍不住回道，“这分明是邪祟迷惑人心的手段！道长，还不快将这邪祟铲除！”

“冲虚道长，你还愣着做什么？”季淑然语无伦次地道，“快驱邪，把她弄走啊！”

冲虚道长硬着头皮拿着桃木剑，小道童早就不知道溜到哪里去了，连个人影都没有。他如何会斩妖除魔，今日本来是作假，谁知道真的招来邪祟。他拿着桃木剑，无论如何都不敢近前，只道：“这邪物实在太厉害了，贫道……贫道未必能收服。”

“可她在这里妖言惑众！”季淑然忍不住尖叫，掌心里满是湿漉漉的汗水，她害怕了，当年的事绝不可能有人知道，知道的人都已经死了，这不可能……一定是有人知道了，才用这种办法害她！

那女童的声音突然变了，变成一个妙龄女子的声音，比起姜月儿的稚嫩来，要显得年长许多，她道：“夫人好狠的心。当年让大小姐陪三小姐玩儿，不过因为三小姐哭了一声，便迁怒大小姐，狠踢了大小姐一脚。大小姐头磕在门槛上没了，却还被装成不慎跌落假山……司棋想要赶回向老爷禀告，却被你们杀人灭口！”

“司棋……”站在胡姨娘身边的一个丫鬟突然愣愣地道，“这是司棋的声音……”

其实过了这么多年，谁会记得一个丫鬟和一个死去的小姐究竟是什么声音？能认出来的更是寥寥无几，但胡姨娘和抱琴都是最接近姜月儿和司棋的人，因此她们说是，就没有人怀疑不是。

姜元柏转头看向季淑然。

“不是。”季淑然摇头，眼泪一下子落下来，拉着姜元柏的衣角，“老爷，不是我，真的不是我，我没有做过这种事……”

姜幼瑶也哭道：“爹，您宁愿相信一个邪祟的鬼话，也不肯相信娘亲吗？”

“这可说不准。”卢氏道，“人之将死其言也善，更何况是已经死了的人。这世上，人心比鬼可怕多了，那表面上看起来慈眉善目的，谁知道包含了什么歹毒心肠？”

姜老夫人神情巨变。对她来说，让姜家繁荣、子嗣成长是她的责任，因此当年姜梨将季淑然推倒小产，害季淑然失去儿子，才让姜老夫人格外震怒。在姜家，她睁一只眼闭一只眼默许季淑然的行为，不代表她能容忍有些人在府邸之中残害姜家子嗣！

季淑然拼命摇着头，道：“不是的，这是邪祟的胡话，怎么能相信？老爷，平白无故的，妾身为何要害大姑娘？”

就在这时，只见姜梨又跌跌撞撞往前走了两步。她往前走的时候，姜府的下人们全都侧身避得远远的，毕竟姜梨眼下被鬼上身，实在可怕极了。姜梨往前走，姿势十分怪异，从她的脚底生出一些黑色的烟雾来，这便令她看起来也像没有踩到实处。

姜梨走到了花园的槐树下，蹲下来开始挖掘，埋着的东西很浅，很快就被她挖了出来。

“天啊。”胡姨娘捂住嘴，泪如雨下，“这些……这些是月儿的东西……”

姜月儿的东西当初早在姜月儿出事后随着下葬的棺材一起深埋于地了。当时害怕姜元柏触景生情，府里并没有留姜月儿的东西。是以这么多年，她才像个陌生人一般，没有在姜家留下一点痕迹。

然而姜梨挖掘出来的拨浪鼓、布老虎一类，却都是姜月儿曾经玩过的，甚至还有一件襁褓。胡姨娘跪倒在地，泣不成声，只道：“月儿，月儿……”声声凄厉。

面对这诡异而可怕的一瞬，唯有这女人没有害怕，只有悲伤，于是黑沉沉的院子里，也染上了一丝凄厉的色彩。她哭声极大，闻者落泪。

没有人会相信，胡姨娘是假的。

季淑然见此情景，越发后怕，她跪下身去，攥着姜元柏的衣角，道："老爷，这邪祟果然厉害，善于蛊惑人心。您没看见，冲虚道长都已经制服不了她了吗？老爷……老爷，您不能相信她说的话，道长，你还在干什么！"

冲虚道长一个激灵，看向姜梨，手中的捆妖绳怎么也不敢使出来，心中叫苦不迭，这姜家是怎么回事，本来只是做一场戏而已，怎么丽嫔却没事先告诉他，这府里还真的有鬼？

这下可怎么办？

紧接着，季淑然又看见姜梨抬起头。

她的五官越发清秀，但因着鲜血，就越发狰狞，阴惨惨地看着季淑然，突然怪笑起来。笑罢，她又低下头去。

"月如，你好狠的心哪！"

这一句话却是让季淑然呆住了，也让院子里的所有人呆住了。

这声音分明是个男子！

姜元柏忍不住往前走了两步，想看看那些话是否是从姜梨嘴里说出来的，但他往前走了两步后又顿住了，不知是不是因为心中到底有所忌惮。

"月如……月如，我死的这些年你有没有想我？"他的语气温柔得让人起了一层鸡皮疙瘩，像是从深远的地狱里传来。

"月如是谁？"姜景睿问。

姜元柏冷冷地看向季淑然，季淑然呆呆地看着姜梨。如果说之前姜月儿和司棋的声音还让季淑然怀疑，这个陌生的男子声音出来的时候，季淑然却什么话都说不出了，只觉得脑子嗡嗡作响，全身上下都失去了力气。

月如是季淑然的小字。

能唤她小字的，除了父母亲人以外，只有她的夫君。而这个声音不是姜元柏的，事实上，这个声音很像一个人。

已经死去的柳文才。

"月如，表哥当年来燕京城找你，说好了双宿双飞，你嘴上答应，转身就让人把我害死在客栈。一日夫妻百日恩，月如，你好狠的心哪！"

一石激起千层浪！

卢氏瞪大眼睛，她虽然喜欢看季淑然的热闹，晓得季淑然不是什么善茬儿，但也没料到季淑然有这么大的胆子，竟然给姜元柏戴了绿帽子。

"说好的非君不嫁，你却嫁给了姜元柏……还为他生儿育女，月如，你背叛了我！"

季淑然往后退了一步，摇头：“没有，你是谁……我不认识你……”

“我是柳文才，你的表哥，你的情郎，你亲手杀死的人，你孩子的父亲呀！”那声音笑着道。

“父亲？”姜老夫人捂着胸口，像是难以接受这个事实。一直呆愣的姜幼瑶手一松，愣愣地看着季淑然，目光满是怀疑。

季淑然像是被姜幼瑶的目光刺痛了，道：“幼瑶！”就要去拉姜幼瑶的手，姜幼瑶避开了，躲闪着她的目光。

她害怕自己是私生的孽种，如果那样，她就不是姜家的嫡出小姐了。

姜元柏看向了姜丙吉。

“不是的。”季淑然心头一痛，“老爷，丙吉是你的亲生骨肉，你不要听他妖言惑众。”

“呵呵呵呵。”奇怪的男人声音也响了起来，道，“月如，你可还记得，我们的骨肉是被你亲手杀死的。你怀疑姜梨撞见你与我幽会，激怒姜梨自己从阶梯上滚了下来。你把姜梨送走了，也除去了私生的孽种，你高枕无忧，一石二鸟，可曾想过我的感受？那可是你的亲骨肉，月如！”

院子里的所有人都朝姜梨看来。

当年姜梨背着杀弟弑母的名声被送往青城山，怎么居然是季淑然一早就设计好的？季淑然害怕被人发现她腹中的孽种，为了清除证据，便做局如此？这样一来，姜梨当年根本就没有做错，却被白白送到了青城山，不闻不问了八年！

姜元柏后退两步，小厮扶着他才让他站稳。他面沉如水，一时间竟不知作何表情。只觉得院子里的每一个人都在嘲笑自己的无知和愚蠢！

“不是的。”季淑然挣扎了两下，“不是……”

“月如，你敢以你的一双儿女名义起誓，没有做这些事，否则你的一双儿女三日内暴毙身亡，死后下地狱永不超生！”

这誓言可谓毒辣，倘若没有今日这一出，季淑然未必不敢下，可眼睁睁看见世上是有鬼神的，她如何敢拿姜幼瑶和姜丙吉冒这个险？

季淑然不说。

院子里的人看季淑然的神情，已是了然。

被这样的眼神看着，季淑然突然冷笑一声，眼神里像是滋长出疯狂的情绪，对着姜梨或者是死去的柳文才，道：“柳文才，不是我背叛了你，是你背叛了我！当年你说好要娶我，背过身你却娶了别人！是你先不仁，休怪我不义！”

“哦？”柳文才道，“那你就杀了叶珍珍？”

姜元柏的嘴唇在哆嗦，说：“你说什么？”

季淑然大笑道：“是啊，我要嫁一个比你更好的人，可我父亲只想让我嫁给一个纨绔子弟。叶珍珍刚生了姜梨，身子不好，我就买通了姜府的侍女，在叶珍珍的药里少放了几味药，叶珍珍很快就死了。我成了姜夫人！柳文才，我到底比你厉害多了！我想得到的，都会得到，但你柳文才算个什么东西？你欺骗我，抛弃我，柳家败落后，你以为我还看得上你吗？你来找我，卑躬屈膝地讨好，我很爽快，但是我已经不再爱你了。你的存在对我来说，只是提醒我不堪的过去，所以你必须死，因为我讨厌你！”

她的眼睛里慢慢地流出眼泪，然而神情却越发凶狠，带着尖刻的恨意：“柳文才，如果不是你，我不会成为如今的样子！我的一切都是拜你所赐！你既然已经走了，为何还要出现？你既然已经死了，就不该回来！”

姜梨流血，形容可怖，人们站在院子里，却觉得最可怕的人并非姜梨，也并非藏在暗处的鬼魂，而是季淑然。

一个人要有多狠毒才会做到如此境地？看起来温婉和善，手上却沾了这么多条人命。叶珍珍还在的时候，季淑然不过是个未出阁的少女，那时候就能为了自己的利益，毫不犹豫去害一个和自己无冤无仇的女人。

最毒妇人心，至少在季淑然身上，得到了完美的印证。

姜元柏突然笑起来。

他笑得嘲讽，不知道是在嘲讽别人，还是在嘲讽自己，笑声回荡在院子里，格外苍凉心酸。

他说：“我竟然……被你欺瞒至此，季淑然！”

最后三个字他是咬着牙说出来的，每一个字都用尽了全身力气，仿佛恨不得喝她的血、吃她的肉。

至亲至疏。

季淑然抬头看向姜元柏。

她此刻混混沌沌，恐惧混合着怨愤让她口不择言，等她回过神，才知道说了不该说的话。

话已出口，再也没有转圜的余地。她的心里陡然间生出一股绝望。

怎么会变成这样的？今日一切本就是一场戏，如何落幕，是什么结果，本该是她说了算，但弄成现在无法收场的局面，已经远远超乎了她的意料。

她不知道该如何挽回。

她并不信鬼神，在她还未出阁就令人收买叶珍珍的侍女，害死叶珍珍的那一刻，她就对鬼神没有敬畏。这个世上，无论用什么手段，人只有靠自己，才能得享想要的一切。倘若软弱，就会被人宰割。

她从不做什么善男信女，这些年不也好好过来了？那些所谓的软弱善良的人，叶珍珍也好，姜月儿也罢，甚至她过去的情郎、她的骨肉，早已化作尘埃，只有她，还活得如花似锦，幸福不已。

这一切……就要到头了吗？

“是你害死了我的月儿……”胡姨娘的声音格外凄厉，“是你害死了我的月儿！你还害死了夫人！你怎么会有如此恶毒的心肠！”

季淑然转头看向胡姨娘。

昔日如花女子到了如今，不过也是个得了癔症的疯子。倘若姜月儿在天有灵，为何不早些为自己鸣冤？如今胡姨娘什么都没有，还不是连她都不如！

季淑然的面上浮起了一个恶毒的笑容，道：“你怎么能怪我？是怪姜月儿自己短寿！就算我不杀她，她也活不了多少岁！投生成一个庶女有什么好？倒不如早早去了，重新投胎，下辈子投个好人家，做个嫡女，荣华富贵享之不尽，你该感谢我还来不及！”

“混账！混账！”姜老夫人气得浑身发抖，指向姜元柏，“这就是你娶回来的夫人！”

姜元柏哑口无言。

他能说什么，就如姜老夫人所说，季淑然是他亲自挑的夫人。他因这个女人，失去了发妻，失去了长女，与次女分隔多年。姜元柏觉得自己像个傻子，不禁冷笑道：“好，好啊！”

“老爷。”季淑然看着他，眼泪一瞬间涌了上来，“妾身是对不住您，可是妾身也是真的心悦于您，这么多年，老爷感觉不出妾身的心意吗？”

“是啊，这么多年，就是块石头也该被焐热了，但是——”姜元柏面无表情地看着她，“你让我觉得恶心。”

季淑然又看向姜幼瑶，道：“幼瑶，你帮娘说说话，你帮娘说说话呀！”

姜幼瑶看了看季淑然，忍不住后退一步，将自己的衣角从季淑然的手中挣脱出来。

季淑然心寒，这就是她捧在掌心的女儿？

姜丙吉早已被这变故吓得哇哇大哭，姜老夫人没有将他搂在怀里安慰，只是神情冰冷地让奶娘将姜丙吉带回屋中去。

姜梨站起身来。

她一直垂着头说话，这会儿突然抬起头，面无表情，一步一步靠近冲虚道长。冲虚道长吓得连连后退，居然跌了一跤，摔倒在地，两只手撑着身子慢慢往后退。

姜梨脚步未停，一步步朝他走来，冲虚道长仿佛看见人来向他索命，吓得涕泗横流，十分狼狈，道：“小的只是混口饭吃……是……是丽嫔娘娘让小的来府上驱邪，不承想得罪了大人，还请各位姐姐哥哥高抬贵手，放过小的……”

众人诧异地看着他。

姜家人倏尔明白过来。冲虚道长言外之意，丽嫔让他来驱邪，不是偶然。至于为何要来驱邪，怕是一开始就针对的是姜梨。这道士本就是个假道士，却不想今日遇着了真邪祟。虽然这邪祟好似就是姜府里本来就有的，或者是被季淑然害死的冤魂。

姜梨突然停下脚步，身子软绵绵地倒了下去。桐儿惊叫一声，赶紧和白雪上前扶起姜梨，却见姜梨双目紧闭，像是失去了知觉。

“老爷，姑娘晕过去了，还请老爷请大夫来给姑娘看看。”桐儿哭着道，“姑娘可不能再出什么事了。”

姜元柏这才回过神来，道：“拿帖子，快去请大夫！”

此时黑云散去，院子里的香烛火烟也被风吹得散去了。风吹散了云，迎来了光，庭院大亮，不再有方才的鬼气森森，像是有了活气，奇诡的气氛也一扫而光。

只是多了哭泣不止的人。

胡姨娘在哭，抱琴也在哭。姜丙吉的哭声从房间里远远传来，季淑然也在哭。整个院子里，鬼哭狼嚎，十分热闹。

冲虚道长躲在树后心惊肉跳，知道得越多，死得越快。今日他听到了首辅家如此多的秘辛，只怕就算一再保证不会将此事透露出去，也会性命不保。还有……他的欺君之罪。

他必须赶快离开燕京城，离开姜家，才能保住自己的一条性命。

这里暂且无人理会冲虚道长，姜元柏冷凝着脸吩咐人将季淑然带下去看管起来，又随人去见大夫。姜梨既然已经瘫软在地，那莫名的声音也不再出现，应是离开了。虽然不知道有没有离开姜府，以后再请人来作法也不迟。

今日发生的事请，实在是太多了。

胡姨娘被抱琴搀扶着回院子里去了，走的时候，她手里拿着姜梨从花坛里掘出来的姜月儿的小玩意儿，步子踉跄。姜元柏看着她的背影，似乎想说什么，最后却是叹了口气。

他到底是亏待了她。

来给姜梨瞧病的大夫看到姜梨的时候，吓了一跳，姜梨口鼻流血，十分吓人，但为姜梨把了脉后，发现姜梨并无什么不对，只是身子虚弱，似乎受了惊吓。至于流血的原因，却是不明，总归现在已经止住了，熬点调养身子的汤药服下就没事。

但姜梨这一睡，就是一天一夜。

等她醒来的时候，只有白雪陪在身边。

姜梨坐起身，白雪正坐在桌前打盹儿，看见姜梨起身，睡意顿时一扫而光，道：“姑娘！您醒了！”

姜梨瞧了瞧外面，居然已经是傍晚，她道：“我睡了多久？”

“一天一夜。”白雪担心道，“奴婢还以为姑娘还要睡下去，担心得很。老爷找了好几个大夫来看过了，都说没事。好在姑娘眼下是醒过来了，奴婢的心才能落到肚子里去。”

向来老实的白雪能说这么一大段话已经少见，可见这回是真的吓着了。姜梨笑了笑：“没事的。”

她在此之前已经在牙齿里藏了蜡丸，里头是可以令人昏睡的药。虽然她自己也可以假装晕倒，但总觉得这样做戏未免太辛苦，还是偷懒来得真实些。

她四下看了看："桐儿呢？"

"去老夫人那里拿东西去了。姑娘睡着的时候，老夫人和老爷令人送了好多东西过来，布料啊补药还有吃食什么的，老爷还令人送了一匣子银票。"

季淑然过去的罪行暴露在人前之后，姜老夫人和姜元柏到底对她心中有愧。

姜梨正要问起她昏睡的这些时日发生了什么，忽然看见白雪的头上别着一朵白花。她愣了愣，伸手碰了碰，道："你怎么戴着这个？"

白雪见姜梨看过来，低下头嗫嚅了一下。

姜梨眉头渐渐皱了起来，道："发生了什么事？"

"胡姨娘……"白雪道，"胡姨娘没了。"

姜梨瞪大眼睛，她晕倒之前，胡姨娘可是好端端的。

"胡姨娘在那一日晚上回了自家院子，第二日早晨抱琴起来，发现胡姨娘悬了梁，走之前给老爷留了一封信。老爷看了后什么都没说，把自己关在房里，谁也不让进。"白雪说着说着就叹了口气，"好容易熬出来了，也替大小姐找到了杀人真凶，怎么就想不明白呢？"

"她不是想不明白。"姜梨道，"她是要切断季淑然的所有退路。"

季淑然狡猾，季家还有季彦霖，丽嫔若是出手相救，未必不能让季淑然寻得一线生机，所以胡姨娘决定让自己的死成为压死季淑然的最后一根稻草。

这个一辈子虽然身为姨娘，却没有任何后宅手段，反而让自己的女儿成为了牺牲品的女人，大概是用她这辈子第一次也是最后一次的心机和谋略，完成了这场后宅里的绝唱。

"胡姨娘身边的抱琴说，胡姨娘走之前那一晚，还要抱琴好好谢谢姑娘。姑娘的大恩，来生一定相报。"白雪道。

"人们把做不到的事情推给来生。"姜梨苦笑，"来生还要背负着今生的债，多辛苦啊。"

她叹了口气，正在这时，门被推开，桐儿从外面走了进来。

见到姜梨坐起身，还与白雪说话，桐儿高兴得差点跳起来，一溜烟跑到姜梨跟前，道："姑娘，你可醒了，吓死奴婢了。"

姜梨笑着摸了摸她的头："没事的。再说，我可是被鬼上过身子的人，你不怕？"

"不怕。"桐儿回答得理直气壮，"就算有鬼，姑娘人这么好，鬼上身也是想要借着姑娘给自己申冤。姑娘这么做，是功德一件。"

姜梨哭笑不得，道："怎么好话都被你说尽了。"

"是真的。"桐儿道，"俗话说不是不报，时候未到。季氏现在可不就是到了该还债的时候了？听说老夫人这回要严惩季氏，季家人要人来了，老夫人不放人，还当着季家人把季氏所做的那些丑事全都揭露出来。季家人开始还不服气，老爷说要让人彻查到底，还说实在不行就报官，今日也让他来当一回大义灭亲之人。季家人一听到老爷要报官，再不提接季氏回家的事，灰溜溜地走了。”

白雪鄙夷：“害死了那么多人，还想要接季氏回家？就是咱们老百姓家中发生了这种事，也是要偿命的。”

“就是。”桐儿道，“真以为宫中有人，就奈何不了他们季家？”

姜梨瞧着桐儿，觉得她这话有些意思，就问：“怎么？”

“就算他们家宫里有位娘娘，这会子说不定还自身难保呢。”桐儿道，“那劳什子冲虚道长不是当着全府上下的面承认自己是个骗子嘛。之后还想跑，咱们的人找到他了，他躲在燕京城一处客栈里，还没来得及出城。老爷将他绑了，今日面见了皇上，不知道和皇上说了什么。奴婢估摸着，这么大个事儿，这冲虚道长也是犯了欺君之罪，老爷肯定不会帮着瞒的。皇上要是知道有人欺骗自己，那得多生气啊。丽嫔也少不了被连累吧，毕竟那道士两次都‘救了’丽嫔的命。”

桐儿说得揶揄，姜梨点了点她的脑袋：“就你促狭。”

“总之，他们这回是偷鸡不成蚀把米。还不知老夫人如何处置季氏呢，不过姑娘可知道，姜幼瑶实在太让人恶心了。姜丙吉尚且还为季氏求情，三小姐可是从来没去看季氏一眼，甚至连提都没提一句，这还是亲生母女呢，就这点情分，连外人都不如。”

姜梨笑容很淡：“季淑然平日里凉薄待人，姜幼瑶耳濡目染，自然也养成了自私自利的性情。”

桐儿想到了什么，问姜梨道：“姑娘以为，这次他们会如何处置季氏？”

“私通，残害女眷，残害子嗣，陷害嫡女，无论哪一样拿出来，季淑然都没有活路。所以——”姜梨垂眸，“也到了她偿命的时候。”

白雪问：“老爷会处死季氏吗？”

“会。不过会为她遮掩一下。求个其他的罪名，这样季家的脸上也好看些。”

“那姑娘害她流产的黑锅还能洗清吗？”桐儿问，“当年分明就是季氏算计姑娘，结果平白无故害姑娘耽误了这么多年。”

“桐儿，有些事情是没有结果的。”姜梨道，“如果要替我洗清罪名，季淑然与人私通甚至怀孕的事都会被发现。这是姜家的丑事，家丑不可外扬。姜家为了大局，不可能为我做到这一步。他们只会私下里补偿我。”

“姑娘实在太委屈了。”白雪心里为姜梨鸣不平。

“世上有许多事，”姜梨道，“有些可以争取，有些只能打落牙齿和血吞，能让季淑然赔上性命，已经很好了。而且，远不止如此。”

“什么意思？”桐儿问。

“姜幼瑶和姜丙吉，怕是在很长一段时间里都难以得到姜元柏的喜爱。”

与桐儿、白雪说了一阵子话，桐儿和白雪怕耽误姜梨休息，便先去跟姜老夫人禀告一声，明日再安排姜梨和姜老夫人见面。

等桐儿走后，姜梨背靠着榻坐着，将这几日发生的事思量了一遍，确认没有出什么差错。

不过赵轲找来的那位口技高手，的确比她想象的还要好。那些变戏法似的黑雾和无故吹来的风、跳动的纸人，并非冲虚道长所为，想来也是那位高人顺手而为。

其实这样做很有些冒险，因姜梨自己从此以后就会担着一个“鬼上身”的过去，但此事除了姜家上下外暂时无人知道，想来姜老夫人也会令人打点好一切，不会走漏风声。

正想着，窗户外发出叩叩的敲击声。

姜梨走过去，将窗户打开，赵轲站在外面。

“我没有吹哨子。”姜梨道。

赵轲道：“大人让属下带话给二小姐。”

“什么事？”

“明日午后叶家，大人在等你。”

姜梨闻言，惊讶道：“叶家？叶世杰怎么会和你家主子在一起？”

赵轲：“……不是，应当只是在叶家方便而已。”

姜梨：“他把叶家也当作姜家了？”

赵轲：“……也许吧。”

“你家大人究竟有什么事要找我？”姜梨问，“倘若有正事，可以托你给我带话。如今我身上官司不少，许多人都盯着我，没的给你家大人招来麻烦。”

赵轲：“……”

虽然姜二小姐说得一本正经，但是他分明看得出来，姜二小姐的言外之意——没什么事，就不要打扰她了。

“冲虚道长一事，替我谢谢你们大人。”姜梨顿了一下，又道，“待得了空闲，我必然亲自登门拜访你家大人，厚礼相谢。”

“大人请二小姐去叶家，并非为了听二小姐道谢。”赵轲觉得，还是有必要为自家主子解释一下，“大人想让二小姐认识一个人。”

姜梨怔了怔：“什么人。”

“北燕第一神医。”赵轲道，“也许是能治好薛县丞之人。”

第二日一早，姜梨还没来得及去晚凤堂给姜老夫人请安，芳菲苑就迎来了一位意外的客人。

姜元柏来了。

清风和明月正在扫院子，看见姜元柏的时候大吃一惊，正要去通报，姜元柏制止了她们。姜梨起床梳洗后，看见的就是姜元柏在院中独坐的场景。

姜元柏看着姜梨，嘴角牵动一下，道：“小梨。”

姜梨颔首：“父亲。”

她的态度客气又疏离，并不像对待父亲，仿佛对待旁人家的大人。姜元柏眼中闪过一丝失望，随即又自嘲起来。

事已至此，他本就无法对姜梨要求太多。当年姜梨被季淑然陷害送往青城山的时候，他这个做父亲的没有察觉真相，助纣为虐，亲手将女儿推离身边。如今想要补偿，却是于事无补。

但他总还想做点什么，道：“还没用饭吧，一起？”

姜梨看了他一眼，姜元柏的目光里竟然流露出一丝紧张的期待，姜梨的心稍稍软了些，就道：“好。”

姜元柏大喜过望。

用饭的时候，姜元柏道：“前日的事情，你……”

“被道长驱邪以后，我就失去了知觉，迷迷糊糊听到有人说话，但什么都不知道。等我醒来后，白雪把之后发生的事情告诉了我。”姜梨的声音依旧平静，“我很惊讶，原来冲虚道长说的是真的，我果真是被邪祟缠身。”

“什么道长，”姜元柏冷笑一声，“不过是装神弄鬼的骗子而已。一旦出事，就吓得原形毕露！”

姜梨讶然地看着姜元柏：“骗子？父亲，这可是陛下亲认过的。”

“陛下也有可能看走眼。”

姜梨迟疑地道：“父亲会将此事告诉陛下吗？”

“当然。”姜元柏道，“欺君之罪，我不可能和骗子同流合污。”

“可这毕竟也是皇家私事，父亲要是参与其中，不怕皇上心生不喜？”姜梨问。

“这是君臣之道。”姜元柏道，“皇上就算心生不喜，我也要说。”

“那……夫人，父亲打算如何处置？”姜梨还是问了出来。

姜元柏全身一震，沉默片刻后，道：“她做了不可饶恕之事，理应受到惩罚。”

姜梨笑了笑，道：“什么样的惩罚？”

“以命抵命。”他道。

姜梨面色没有太大波动，姜元柏心中无声叹息，他知道，仅仅这样不足以弥补姜梨所遭受的委屈，但他同时还是姜家的大老爷，不能置姜家的名声于不顾。

“我不知道……我不知道季氏有如此歹毒的心肠，当初你娘病情一日比一日重，我只当她是身子疲弱，从没想过她是被奸人所害。如果我知道……如果我知道，我绝不会让季氏进姜家的大门。”

这一点也不怪姜元柏。谁能想到当时会有人想要下毒害叶珍珍呢？胡姨娘没有那个胆子，姜元柏也没有其他女人。没想到，还没进姜家大门，季淑然就一步一步设计好了。

姜元柏摇头：“我也不知月儿是被她害的，那么小的孩子……她也狠得下心。我更没想到，她会与人私通，还顺势诬陷于你。季氏有错，我也有错，我差一点就让姜家出了大事。”他自嘲道，“小梨，你一定很怨恨我吧？”

“还好。其实打那以后，我对于有人无条件相信我一事，已经不抱期望了。所以遇到什么事也不会感到意外。父亲不是觉得很奇怪，为何我对薛县丞如此上心？是因为看见薛县丞，就像看到了曾经的我。曾经的事情已经无法挽回，至少现在我能帮薛县丞平反，”姜梨笑了，“这样我就很满足了，父亲。”

姜元柏听明白了她的话，她没有怨恨姜元柏，但是也不再尊敬孺慕姜元柏了。

姜梨放下筷子，道：“父亲还有别的事吗？没有的话，我就先离开了。”

“你要去哪里？”

“去叶家，看看舅舅和叶表哥。”姜梨顿了顿，“父亲放心，前日里发生的事，我一个字也不会同舅舅他们吐露。姜家的名声不可糟蹋，我知道的。”

姜元柏无力地摆了摆手：“去吧。”

“是，父亲。”

简单收拾了一下，姜梨就乘马车去往叶府。

等到了叶府，门房看见姜家的马车来了，立刻热络地迎上来牵马。小厮笑道：“二小姐总算是来了，您这三天都没来，三老爷还以为您是不是出什么事了，要不是少爷按着三老爷，三老爷非得上姜家一趟不可。”

姜梨笑了：“我没事。”

“三老爷是真心待姑娘好。”白雪感叹道。

等到了叶家院子里，叶明煜背着把刀出来，门房大约还没来得及通报，叶明煜看见姜梨，差点跳起来，道：“阿梨，你来了！”

“舅舅。”姜梨走上前。

“你这两天怎么都没来叶府，我本来想上姜家看看你，世杰那小子非不让，说你定是有自己的事。怎么了，你没事吧？你爹他是不是揍你了？”

姜梨摇头：“没事的，舅舅，这几日我只是稍稍感染了风寒，在屋里没能出门。”

“风寒？”叶明煜瞪大眼睛，“那你怎么还出来？感染了风寒就不要出门！”

“已经好了。叶表哥不在？”姜梨四下看了看，未曾看到叶世杰的身影。

“户部有事，他去忙了。”叶明煜一屁股在椅子上坐下来，“不知道的还以为做了天大的官儿，每日灯都要亮到深夜，好几次我夜里起来，这小子还在看折子，不知道弄些什么。”

“世杰表哥刚上任，正是忙碌的时候。”姜梨笑了笑，“薛县丞这几日还好吧？”

“好着呢。”叶明煜没好气地道，“你舅舅我每天陪他游戏，他怎么会不好？就为这事儿，我都被我兄弟手下笑了。”

“都是我让舅舅照顾薛县丞，舅舅才会如此辛苦。”姜梨歉疚。

叶明煜一看姜梨这副模样，连忙道："不麻烦，都是一家人，反正我在燕京城也没事干，陪他玩儿。阿梨你不必跟我道谢，太生分了！"

"对了，阿梨，"叶明煜迟疑了一下，突然道，"那个，国公爷在我们府上。"

姜梨本来还想着如何婉转地询问叶明煜有关于姬蘅的事，或者姬蘅根本没与叶明煜打招呼，等自己单独走到一个僻静角落的时候就会出现，没料到叶明煜就这么毫无遮掩地说了出来。

让姜梨都吓了一跳。

"他说你今日午后会来，我还以为是假话。"叶明煜道，"没想到是真的。"

"他……现在就在府上？"姜梨问。

"是啊。"叶明煜道，"晌午过后就来了。"他低声抱怨，"又没有人请他来。他刚来的时候我都想赶人，不过他说和阿梨你约在这里见面，我就只好放他进来了。想着你们是自己人，也许要商量什么要事，不能耽误了你的事。"

在叶明煜的眼里，她和姬蘅都算得上自己人了？

姜梨也不知道该哭还是该笑。不过转念一想，在桐乡的好几次，姬蘅都与自己单独见面，也并未伤害自己，甚至还出手相助。看在别人眼里，的确是有足够的理由表示两个人是一伙儿的了。

"那他们现在在何处？我想去看看他们。"姜梨道。

"你怎么知道他不是一个人来的？"叶明煜奇道。

姜梨说："我跟他事先说好的。"

"也是。"叶明煜点头，"要不是他还带着别人，我才不放心让你们两个单独见面。你好歹也是个姑娘，他又是个男人，万一对你抱有什么非分之想……我不放心，阿梨，舅舅告诉你，男人最重要的是担当，不是相貌。他长得是不错，可长得不错不能过一辈子，等年纪大了，还不是满脸皱纹，不如街头上二十岁的讨饭郎。"

姜梨："……"

她有时候真不知道该不该怪这位舅舅瞎操心，只好道："知道了，舅舅，他不会对我有非分之想的，我对他也全无兴趣。我找他是为了正事。舅舅，还是先去见他吧。"

叶明煜见姜梨真的很急切的模样，这才不情不愿地点了点头："好吧。"

叶府后院的偏房里，小几前正坐着三人。

听见动静，那三人回过头。

"阿梨来了。"叶明煜道。

姜梨往屋里看去。

姬蘅含笑朝她看来，无论什么时候见到他，他都是这般华丽耀眼。坐在叶家这什么都没有的偏房里，却把偏房衬得也光亮了几分。

"舅舅，您先回去吧，我与国公爷说几句话。"姜梨笑道。

叶明煜看了看姜梨，又看了看姬蘅，忍耐了一下，终于还是出去了。他道：“我就在院子外面，你要是有什么事，就叫我。”

等叶明煜走后，屋子里的三人也站起身来。

姬蘅身后是一个十八九岁的少年郎，穿一身白衣，翩翩佳公子，生得俊秀莫名，面上挂着和煦的笑意。他往前走了两步，好奇地打量姜梨，道：“原来这位就是姜二小姐，真是百闻不如一见。”

姜梨冲他笑了笑。这一笑，这男子就更不得了，道：“姜二姑娘真是太可爱了。”

姜梨：“……”

“闻人遥，你再这么说话，我就要吐了。”从姬蘅的身后又传来一个女子的声音。姜梨瞧过去，便见一身黑衣的少女走了出来。

这少女似乎并非燕京人氏，穿着打扮皆是异族款式，头发绑成细细的小辫，上面缀满黑色的铃铛。她生得甜美，只是一双水盈盈的眼睛里透着几分淡漠的狡黠。姜梨注意到，她的手上还文着一只小小的蝎子。

姜梨还记着今日来见姬蘅的初衷，便看向姬蘅，道：“冲虚道长一事，多谢国公爷的人手了。”

姬蘅笑得有几分刻薄：“我只是意外，你会用如此难看的办法，装鬼这种东西都用上了。”

姜梨：“……”

那叫闻人遥的闻言，也扑哧一声笑起来，道：“我不认为二小姐这办法难看呀，我觉得……很可爱。”他一脸真诚地盯着姜梨的眼睛，“不过骗人这种事，二小姐要是有需要，可以来找我。在下最懂得如何骗人了，最擅长骗的……是女人的心。”

姜梨呛住，猛地咳嗽起来。

闻人遥一脸关心：“二小姐没事吧？是不是出来受了风寒？这几日燕京冷……”

姬蘅扇子一展，挡住闻人遥凑近姜梨的脸，冷眼道：“说够了没有，说够了就滚出去。”

“阿蘅，你变了……”闻人遥苦着脸。

姬蘅没理会他，只对姜梨道：“赵轲告诉过你了，今日来，是带你认识可以为薛县丞治病之人。”

姜梨看向闻人遥，就是这个人吗？要真是这个人，似乎也太不靠谱了些。

下一刻，就见那黑衣少女站了出来，打量着她，露出一个颇有些毛骨悚然的笑：“司徒九月。”

“九月姑娘。”姜梨从善如流，“听赵轲说过，您是北燕第一神医。”

司徒九月一笑：“赵轲说错了，我并非北燕第一神医，我是北燕第一毒手。我是制毒的，不是救人的。对我来说，救人并没有制毒好玩。”

姬蘅道：“司徒九月。”

少女脸色变也不变，继续道："不过我受人之托，忠人之事，偶尔也会帮忙救个人。虽然我救人不是很擅长，但至少比起这世间大部分大夫，尤其是太医院那群老废物来说，高明得多。"

这少女行事无忌，不知是哪家养出的这样的性子。姜梨在脑子里搜寻了一下，这辈子上辈子，却都没听过这么一号人物。

"薛县丞日后还能恢复吗？"收回思绪，姜梨问出了一直想问的问题。

"不好说，也许能，也许不能。很多人崩溃，失去心智，是遭受了巨大打击。而人们大多不愿意回忆那部分痛苦的记忆，会主动避开，这样一来，就会一直找不回清明。"司徒九月道，"我看薛县丞应当就是如此。听说他的一双儿女都已经过世了，这样的人在世上孑然一身，了无牵挂，并没有回忆过去的理由。"她盯着姜梨的眼睛，"恕我直言，姜二小姐，这薛怀远已经如此痛苦，您何必让他再想起以前？"

姜梨摇了摇头："不，薛县丞自己是希望能醒过来的。"

司徒九月一愣，闻人遥也诧异，只有姬蘅并不意外。

"我知道薛县丞是希望自己能醒过来的。虽然他的一双儿女是没了，但是没得不明不白。我若是薛县丞，必然希望能为儿女洗清冤屈，查找真相。所以，他希望能清醒过来，他是有担当的父亲。"姜梨道。

司徒九月耸了耸肩，道："好，那我就试试看。我会每日来给薛怀远施诊。"

姜梨深深拜谢："那就多谢九月姑娘了。"

"不必谢我，要谢就谢他吧。"司徒九月看了看姬蘅，"国公爷好像有话单独跟你说，我们先出去了。"说罢，她就拉着还想看热闹的闻人遥出了屋，还带上了门。

屋里只剩姜梨和姬蘅二人。

半晌，姜梨道："我又欠了你一个人情。"

"奇怪，我帮过你那么多次，好像只有这次，你感激得最多。"姬蘅玩味笑道，"看来比起你自己的事，薛怀远的事更让你看重。"

姜梨也笑："或许吧。"

"九月姑娘似乎不是燕京人氏？"姜梨问。

"漠兰公主。"姬蘅道，"父兄在小叔篡位的时候死了，她逃了出来。"

姜梨怔住。漠兰动乱的事她也曾听说过一点，对她来说是很遥远的故事了。听说漠兰人都擅长制毒用毒，难怪司徒九月会如此。

"季氏已经被你对付了。"姬蘅笑笑，"接下来，你打算怎么办？"

"不必我打算，问题就会出现在眼前。"姜梨叹了口气，"永宁公主会找到办法收拾我的。"

姬蘅瞥了她一眼："听你的语气，好像还挺期待？"

"如果我说是，国公爷会相信吗？"

"信。"姬蘅慢条斯理道，"你说什么我都信。"

闻人遥说自己善于诱骗女人心，大约不假，闻人遥这样的少年就像一块蜜糖，放在装点了花瓣的糕点里，女孩子们见了，总被甜蜜的味道诱惑，想要尝一尝。

姬蘅不是蜜糖，他是一杯毒药。席上觥筹交错，推杯换盏，那一杯明亮的，渗着幽幽毒意的鸩酒就放在台上。人们走过，不自觉被吸引，明知道是肠穿肚烂的毒药，也会为一刻的梦幻倾倒，醉生梦死片刻。

“国公爷已经对我信任到如此地步，是姜梨的荣幸。”她笑道。

姬蘅收回目光，站直身子，懒洋洋地道：“据我所知，周彦邦似乎对你念念不忘。”

“姜玉娥给我写了帖子。”姜梨道，“不过我没去，丢给了姜幼瑶。”

这些事想必姬蘅真想知道，赵轲也会告诉他，因此姜梨也不隐瞒。

“你的仇家真多。”姬蘅道，“一波未平一波又起。”

处理完了一批，赶紧又来一批。十五岁的姑娘家，能被人记恨至此，姜梨也算是很出色了。

“我也不想。”姜梨道，“实在太碍手碍脚了。”

“需要我帮忙吗？”姬蘅挑眉道。

“如何帮？”姜梨问。

“我不喜欢掺和这些事，如果我出手，就会很可怕。”他像是恐吓小孩的恶劣大人，“姜玉娥、姜幼瑶、周彦邦，加上一个沈如云。”他笑眯眯地看着姜梨，“你想让谁死？或者，你希望哪一个活？还是，一个都不放？”

姜梨道：“多谢国公爷好意，不过弄出性命之事，宁远侯府那头也不好交代吧。如今燕京城正是多事之秋，再生事端，反而惹人怀疑。”

她委婉地拒绝了姬蘅的帮忙。

姬蘅不置可否，道：“那你自己多提防着点。”顿了顿，他又提醒，“你的命是我的，可别不小心被别人拿去了。”

姜梨笑了：“是。”

又与姬蘅说了会儿话，姜梨就走出屋看薛怀远去了。司徒九月今日是第一次为薛怀远扎针，薛怀远极是害怕，姜梨只好扶着薛怀远的肩，轻声哄着他，薛怀远才渐渐安静下来。

“他很听你的话。”司徒九月看了她一眼，“这很难得。”

“我将薛县丞从桐乡牢狱接出来后，很长时间都是我在照顾他。他虽然失去了心智，却懵懂地知道谁对他好，我在的时候，他会安心一些。”

“可不只这样简单。”司徒九月把一根银针扎进薛怀远的穴道，头也不抬地继续道，“这一类失去心智的人，看每个人都是一样的。不会对人有极好极坏之分，但他对你明显态度不同，叶明煜在这里与他相处的时间也不短，他却对叶明煜没有任何感情。你们之前认识吗？”

姜梨心中一跳，断然否认："不，我在燕京城，后来去了青城山，薛县丞一直在桐乡，我们没有交集。"

"这就奇怪了。"司徒九月似乎有些不解，"对你做出这样的举动，应当缘于在他残留的记忆习惯里，你是他熟悉的人。"

姜梨只好道："我也不知为何会这样。"

司徒九月又看了她一眼："你的事我都听说了，你胆子可真大，难怪姬蘅会对你另眼相看。"

姜梨见她直呼姬蘅的名字，心中好奇，便问："九月姑娘似乎与国公爷很是熟悉？"

"算是吧。"司徒九月道，"彼此都有救命之恩。"

姜梨心中诧异，姬蘅救过司徒九月的命，姜梨倒不意外。记得漠兰动乱也是很多年前了，那时候算起来，司徒九月应该还是个五六岁的小姑娘。没有自保能力，漠兰在北燕东线边境，司徒九月能来到北燕，应当有北燕人帮忙。这个人是不是姬蘅，姜梨就不知道了。

但司徒九月竟也救过姬蘅的命？

"你别看他现在活蹦乱跳，当年差点就死了。"司徒九月道，"好容易活了下来，现在倒是谁也弄不死。"

这姑娘说话还真够不客气的。

屋里没有别人，薛怀远兀自呀呀叫着，司徒九月一手扶着他的后颈，将一根银针缓慢地刺入，一边道："不过他叫我过来帮你，倒是出乎意料。姬蘅身边的人都不是善类，你怎么会跟他们混在一起？要我说，"她起手娴熟，看得姜梨眼花缭乱，"你不如趁早和姬蘅划清界限，免得日后连累了你。就算连累不了你，也迟早被他吓死。"

姜梨笑了笑："多谢九月姑娘关心。"

司徒九月眉头一皱："我可不是在关心你。"

说完，她已经为薛怀远扎完最后一根针，薛怀远似乎是乏了，沉沉睡去。姜梨将他扶到床上躺下，盖好被子，掖好被角。

司徒九月站在一边看着。她穿一身黑，笑容也带点狠意，一看便不是好惹的人。

她道："你可真是会照顾人。"

"是吗？"姜梨笑了笑。

"没有人这么说过吗？"司徒九月奇怪。

"你是第一个。"姜梨道。

她前生在夫家的时候，将沈家一大家子伺候得服服帖帖，可从未受到任何夸奖。

想着想着，突然见自己面前有东西晃动，是司徒九月拿手在她眼前晃，道："你想到什么了，这么出神？"

姜梨回过神，道：“是想到家中事了。”

司徒九月道：“好吧。”

“九月姑娘特意为薛县丞施诊，姜梨在此先谢过。”

“不必道谢。”司徒九月道，“我可不敢违抗姬蘅的命令。你还有事吗？没什么事的话，我先走了。”

说完这句话，她果然就走了，潇洒得一句话都没跟姜梨多说。不过姜梨并未觉得有什么，反而觉得这姑娘十分有趣。

她走出去，姬蘅不知什么时候也离开了。闻人遥见她出来，眼睛一亮，一口一个二小姐地缠上来。姜梨被他的热情弄得一脑门汗，随意寻了个借口，就离开叶府先回姜家了。

姜梨走后，闻人遥站在院子里，问司徒九月道：“九月，我好看吗？”

司徒九月：“滚！”

“好奇怪啊。”他对着镜子照了照，年轻的男子白面俊秀，风姿如玉，“为何姜二小姐见了我跟见了鬼似的，寻常姑娘得我这般对待，不都笑得格外开心吗？”

司徒九月冷笑一声：“姬蘅长得比你好看多了，姜梨看见他不照样冷静得很。有上好的佳肴不爱吃，还能爱吃屎？！”

闻人遥：“你真是太粗俗了！”

姜府里，晚凤堂中，姜老夫人合目坐着。

自从冲虚道长一事过后，胡姨娘又寻短见而死。姜家也算家逢巨变，闹到如此地步，让季淑然眼睁睁在自己眼皮子底下害了几条性命，姜老夫人一夜间苍老了不少。

翡翠走进来道：“老夫人，三小姐还在外面，求着想见您一面。”

姜老夫人睁开双眼，道：“让她回去吧。”

翡翠道：“是。”

嬷嬷站在姜老夫人身边，小心地为她揉着肩，道：“这几日三小姐来找老夫人好几回了。”

“她倒是机灵，不去找她爹，反来找我。”姜老夫人的语气有淡淡的嘲讽。

虽然知道季淑然做的事和姜幼瑶无关，但人吃五谷杂粮长大，都有七情六欲。姜老夫人只要想到叶珍珍，想到死去的姜月儿，想到季淑然甚至和柳文才有过一个孽种，就犯恶心，连带着看姜幼瑶也实在喜欢不起来。

“老夫人……几日过去了，季氏那头您想如何处置？”嬷嬷问道。

沉默了半晌，嬷嬷几乎以为姜老夫人是不是睡着的时候，姜老夫人平淡的声音响了起来：“喂药吧。”

嬷嬷的手一抖，老夫人虽然待人严厉，但伤人性命的事却很少做。

“怎么？你认为我下手太狠了？”姜老夫人自嘲地道，“我还嫌实在太便宜她了。

且不提她和奸夫私通，怀了孽子，还让我们姜家也赔上了三条性命，三条性命啊。”她喃喃道，“你说是有多歹毒的心肠，才会连孩子也下手？我早就跟元柏说过，娶妻不必娶太过聪明的，以姜家的家世，也不必去攀附什么。叶氏虽然家世次了一些，但重在人敦厚温柔。现在想来，也不知是福是祸，也许正是因为叶氏平日里为人太过宽和，才会让手下生出异心，被季氏蛊惑，丢了性命。不过，这也是我治家不严的罪过，若是我当年多注意一些，叶氏未必能着了季氏的道。”

“老夫人不必太过自责。”嬷嬷道，“谁能知道当时夫人还在，季氏就看中了夫人的位子，生了歹心呢？这在燕京城也是闻所未闻的事。”

“不说叶氏，连她的女儿二丫头我也没照顾好。”姜老夫人的笑有些苦涩，“当年二丫头口口声声说自己没推季氏，我却只相信自己的眼睛，从未想到不过是季氏做的一场戏。我只是没想到，季氏连自己腹中的骨肉也能干脆舍去。”

嬷嬷想到这里，也不觉心惊肉跳。那可是自己身上的肉啊，季氏竟然为了陷害姜梨，就毫不犹豫地舍去。众目睽睽之下，骗过了所有人。

“二丫头在青城山待了八年，如今她回来了，你看看，她可曾亲近过这府里的一个人？”姜老夫人问道。

嬷嬷说不出话。

二小姐行事温柔礼貌，但要说多亲近，没有，连对姜元柏也是客客气气的。

“她每日都要去叶家，别的不说，就是对一个失去心智的外人，也比咱们亲近得多。这是咱们咎由自取，当年舍弃了她，她自然也看不上咱们。”

嬷嬷听着不由得鼻酸，劝道：“二小姐是刚回姜家，时日不长，有心结。如今季氏的事情真相大白，她的心结也会慢慢解开，等日子长了，自然会好的。您和大老爷是她的亲人，她不亲近你们，还能亲近谁呢？”

姜老夫人摇了摇头：“我活了这么大岁数，一只脚都迈进棺材里了，什么人没见过，这把年纪想看走眼的人也少。二丫头不会亲近咱们了，晚了。”

嬷嬷还没来得及说话，姜老夫人的声音又传来：“不过挺好，她这样倒不会像她娘一般被人欺凌。心肠硬一些，凡事多留个心眼，不至于遇上个人就掏心掏肺，日后也不会被人骗。这样一来，我也就放心了。”

嬷嬷想了一会儿，道：“老夫人先不必将话说死，人心都是肉长的，只要现在开始咱们对二小姐好，总有一日，二小姐会看到。”

姜老夫人摆了摆手：“算啦，我活着的时候，不知还能不能看到那时候。二丫头现在还没回府？”

“出门去了叶家。”嬷嬷道。

“等她回来的时候，让她去看看季氏，有什么话要对季氏说的就对季氏说。”

“老夫人，这是……”嬷嬷心中一惊。

“等她见过了季氏之后，就给季氏喂药吧。”姜老夫人眉目冷凝，“早点上路，早点赎罪。”

说完这句话，她就再次合上双目，像是睡着了。

嬷嬷沉默半晌，没有再说话。

瑶光筑里，姜幼瑶在屋里烦躁地踱着步子。

季淑然被关了起来，旁人不许靠近，她不能去看望，事实上，姜幼瑶也不敢去看望。

当年燕京才貌双绝的状元夫人薛芳菲就是因为私通被发现，到了现在，人们提起她的时候，也只会说一句荡妇。如今这人换成了季淑然，可想而知，要是被人传出去，当朝首辅夫人私通，绝对比状元夫人私通更有话头。

好在姜老夫人已经处理好了，院子里下人的卖身契都攥在老夫人手里，保证不会泄露出去一个字。即便如此，姜幼瑶心中也是惴惴不安的。还有二房、三房看她的眼神，卢氏这两日看见她的时候，目光里的嘲讽真是让姜幼瑶恨不得找个地缝钻进去。

季淑然脏了，人们看她的眼神也很脏，就像她才是那个私通有的孽种。可她不是，她是姜家嫡出的小姐，名副其实的金枝玉叶！这个位子别人别想抢走，也永远抢不走！

“小姐……怎么办……老夫人态度太强硬了。”丫鬟金花道。

“我给姨母写的信，有回信了吗？”姜幼瑶问。

银花摇了摇头。

姜幼瑶顿时目露失望之色，道：“不会的，是不是老夫人如今将姜家守得太严，外面的信进不来。金花，你再去打听一下。”

金花小心翼翼道：“小姐，恐怕陈夫人是不会再来了。前日夫人出事后，季家的人来过一趟，可后来又走掉了……他们是不是不打算再管夫人了？”

此话一出，啪的一声，金花挨了姜幼瑶一个巴掌，姜幼瑶恨恨地道：“胡说八道！外祖母、姨母怎么会不管我娘？这分明是缓兵之计！不知道祖母和父亲他们说了什么，才骗得姨母她们离开，姨母她们是不知道我娘现在是什么情形。如今我在信里都写清楚了，他们得知了娘的境况，就会立刻派人来救我们出去的！”

金花连忙跪倒在地，道：“奴婢知错，是奴婢胡说八道，陈夫人一定会来救夫人的。”

姜幼瑶心中余怒未消，虽说得笃定，可随着金花的一番话，心中也渐渐不安起来。

她一下站起身，道：“不行，我得想办法出府一趟。”

“小姐？”金花一愣，“如今府里管得严严实实，如何能出去？”

为了防止下人将此事传播出去，府里一只苍蝇都不许飞出去，更别说姜幼瑶这样的大活人了。姜幼瑶虽然没被禁足，但其实哪里都去不了。

“可恶。”姜幼瑶沮丧地在椅子上坐下来，“这可怎么办？”

天色渐渐暗下来。

芳菲苑里，清风和明月坐在院子里绣荷包，看见姜梨回来，起身迎接。

“府里可有发生什么事？”姜梨问。

“抱琴来了一趟，将姑娘先前救济给胡姨娘的银子和炭火都还了回来。”明月道，“抱琴跟了胡姨娘一辈子，胡姨娘走后，抱琴没了去处，老夫人把卖身契还给了抱琴，让抱琴回家。不过抱琴似乎已经死心，说要去庙里，青灯古佛过完下半辈子。”明月说着叹了口气，“也是个可怜人。”

“她已经走了吗？”姜梨问。

“明日离府。”

姜梨复又把银子递给明月：“虽然是去庙里，但银子也是必不可少的。你想个办法，把这些银子带给她，不必让她知道。”

明月接过银子，愣了愣，半晌笑道：“姑娘心肠真好。”

“对了，老夫人身边的珍珠也来过一趟。”清风想起了什么，“珍珠说，老夫人让姑娘回来后去见见季氏，有什么要对季氏说的，可以去跟季氏说。”

桐儿诧异：“老夫人不是不让人接近季氏那个疯子吗？”

“谁知道呢，也许是特意为了给姑娘出气。季氏把姑娘和夫人害得这么惨，自然应当好好骂她一顿，方才解气。”清风不以为然。

姜梨却不这么想，老夫人突然说这句话，只能说明她是下定决心了。季淑然的路，就走到了这里，老夫人这是让她去见季淑然最后一面。

姜梨道：“既然是老夫人的话，那我们走吧。”

“现在吗？”桐儿问。

“就现在。”

再晚，就来不及了。

季淑然被绑在偏院的一处旧房屋里。

房屋里里外外都挂着白绸，胡姨娘死了，本来府里姨娘去了，大户人家是不必操办丧事的，尤其是胡姨娘这样的，常年在府里几乎没有人记起，但因死得太凄惨，姜家有愧，所以即便是个姨娘，仍旧好好下葬，府里人人戴孝。

季淑然待的这间屋子亦是如此。屋子里只燃了两支白色的蜡烛，门口不知是谁架起了铜盆，里面还有未曾燃尽的纸钱，一些飞了出来，映在窗户上，翩跹出诡异的影子。

季淑然缩在角落里，脊背发凉。

屋子里一个人也没有。她心里很害怕，甚至那些对她恶声恶气的粗使婆子此刻她也觉得格外想念，至少这屋里有个人，她就不会觉得鬼气森森。

她向来认为自己是不怕鬼神的。只要人有手段，鬼都害怕恶人，可冲虚道长来驱邪的那一日，她亲眼见到了鬼魅，粉碎了心中的坚定。这世上是有鬼的，一旦确定了这一点，季淑然闭上眼睛，就能看见那些被自己害死的人张牙舞爪地前来。

叶珍珍、姜月儿、柳文才、司棋，还有许多许多，包括她肚子里的孩子。她的脑子里分外嘈杂，有许多人说话。这时候，她觉得自己脆弱极了，很希望姜丙吉和姜幼瑶在眼前。

不过，他们没有来。

想想也是，她如今在姜家人面前是罪不可赦的，她的一双儿女自然应当也被明令禁止来看望自己。好在姜元柏和姜老夫人倒不是不讲道理之人，不会因为自己而迁怒一双儿女，这样一来，季淑然心中也好受些。

正在这时，外面似乎有什么响动。季淑然又紧张地蜷缩起身子，因手脚都被绑了起来，她无法动弹，也不能逃跑。自打生下来，她虽然不是什么皇亲国戚，却也没过过什么苦日子，更不用提被人如此对待。季淑然想着，姜家待她如此苛待，待她出去，一定会让自己的姐姐丽嫔想办法，狠狠报复姜家人。

门外的脚步声渐渐清晰起来，一步一步，不轻不重，季淑然却觉得每一步都重重击打在了心上。

外面传来说话的声音。

门吱呀一声开了。

风吹起地上的纸钱，有人素衣白裙，头戴白花，提着灯笼走了进来。

是姜梨。

季淑然愣愣地看着她。

姜梨一个人进了屋，丫鬟都在外面，屋里的门也被带上了。姜梨也没有点灯，于是屋子里除了蜡烛的火光之外，就只有姜梨手提的白灯笼发出清幽幽的光。

季淑然觉得更冷了，然而面上却浮起一个冷笑："你来做什么？"

"我来看看你。"姜梨在桌前的椅子上坐下来，灯笼被她随意搁在地上，"好歹你也在姜府过了这么多年，临走，我应当来看看你。"

"临走？"季淑然皱起眉头，"什么临走？"

姜梨静静地看着她，过了一会儿，道："做了这么多事，夫人不会以为自己还能全身而退吧？"

季氏觉得浑身上下都要痉挛了，衣裳难以带给她一丝暖意："姜梨，你少来恐吓我！这一次是我棋差一着，才会中了你的计！"

"夫人还真是十年如一日般喜欢让旁人承担莫须有的罪名，落到如此田地，难道不是夫人的报应吗？你不是中了我的计，你只是被你谋害的人找上门来了而已。"

这话却是戳中了季淑然连日来心中的恐慌，可越是恐慌，就越是要否定姜梨的说法，仿佛这样就能给自己勇气。她道："可笑，这世上哪有什么因果报应。要是真有因果报应，为何不早来，却要等到这时候？如今做了鬼来寻我，难道我会怕？不过是白费力气！"她冷冷道，"我在姜家早已立足，又诞下一儿一女，娘家姐姐更是陛下宠嫔，就算到了如今地步，也不是全无生机。看在我爹的脸面上，姜家也不会奈我何。”

她挑衅地看了一眼姜梨：“叶珍珍死了，姜月儿也死了！她们都死了，我的儿女却还有大好的未来，世上有报应又如何？报应来得太晚，我还是赢了！”

说到这里，她近乎癫狂地笑了起来。

姜梨只是瞧着她，从前自己不是出身高门大户，在薛家也不必钩心斗角，因此得知季淑然所有罪行的那一刻，姜梨除了诧异之外，只有不理解。如今看来，她却能理解一点了。

季家养出了一个自私自利、心肠歹毒的女人，就算季淑然生在普通人家，也会为了自己，不惜让别人成为垫脚石。

人性的善恶两面，在季淑然身上，姜梨只看到了恶。

姜梨道：“是吗？你真的以为，姜幼瑶和姜丙吉日后会过得很好？还是你以为丽嫔会安然无恙？恕我直言，丽嫔如今自身难保，你让丽嫔帮你，却让丽嫔也陷入麻烦里，季家埋怨你都来不及，如何会为你花费代价保你平安？你自己也是季家人，季家会如何做，你不会不明白吧？还是根本就知道，却一定要自欺欺人？”

季淑然神情变了变，道：“你说谎！”

“冲虚道长是招摇撞骗的江湖术士。”姜梨笑笑，“是过去身上背负两条命债，从家乡出逃的官府通缉犯。倘若这一次不是因为来姜府作法，还不会有人发现。不过这一次东窗事发，宫里的丽嫔如何解释呢？毕竟多年前，陛下宠爱的那位贵人可就是在这位道长的指认下香消玉殒，丽嫔在宫中再无争宠对手，才能到如今的地位。

“你说，要是当今陛下发觉自己被骗，当初心爱的那位贵人是被人冤枉谋害，这位道长是个骗子，他会不会认为这是丽嫔为了除去对手特意设的一个局，会不会后悔？帝王不会承认自己的错，他只会加倍把过去的错责怪在别人身上。”

季淑然愣愣地听着姜梨的话，道：“你怎么知道？”

丽嫔多年前在宫中陷害那位贵人一事，知道的人并不多。

“我是如何知道的你不必操心，你只需知道的是，丽嫔这一回怕是自身难保了。”

季淑然心中慢慢地觉出冷意，可仍旧嘴硬道：“你如何知道冲虚道长是骗子？你——”

“我自有办法。”姜梨只说了一句话。

季淑然看着她。

“事实上，昨天季家的人已经来过了，不过你不知道，也没人告诉你，大约是知道了你的消息，本来打算来救你的。”姜梨的语气含着淡淡的嘲讽，“不过他们已经回去了，在见过父亲和老夫人之后，我想以后也不会再来。”

“不可能！”季淑然惨然叫道，“他们不可能放弃我！”

“为什么？”姜梨冷漠地回答，“你可以为了除去我保护你自己，牺牲自己的骨肉，季家人为何不能为了保护自己，牺牲你呢？”

季淑然恨恨地盯着姜梨。身为季家人，她比任何人都明白季家人骨子里的趋利避害。是的，她流着季家自私自利的血液，季家人没有理由不是这样。

“季家已经抛弃你了，父亲和老夫人从前对你宽容，无非是看在你失去过一个孩子的分上。如今已经证明，当初对你的怜悯不过是你一手主导的阴谋，你手上还有姜家的几条命债，终究是要偿还。”姜梨说得轻言细语，却让季淑然心头发冷，“你死之后，父亲仍旧续弦，府里不能没有新夫人。当年你如何对待我，新夫人就会如何对待姜幼瑶和姜丙吉。”

这话就像一个诅咒，让季淑然尖叫起来：“不！我要见老爷，我要见老爷！”

“父亲不会来看你的。每当看到你，就会提醒他当年的自己有多愚蠢，谁会自讨苦吃？”姜梨又笑了笑，“姜幼瑶被你宠得无法无天，不必新夫人亲自动手，迟早有一天，她也会自己将自己的路封死。至于姜丙吉——”姜梨特意停顿了一下，才慢慢道，“虽然姜丙吉出生的时候，柳文才已经死了多年，但因为有你这样的娘，父亲虽然不会迁怒，只怕对姜丙吉也再难毫无隔阂。连父亲都对他如此，新夫人又怎会上心？只要新夫人生下儿子，姜丙吉就自然被厌弃，当然，若是这位新夫人心里再狠一些，就会像你对姜月儿做的那样——”

“不！”季淑然面上勉强维持的平静终于碎裂，像是被抢走幼崽的野兽，狰狞地尖叫着，“老爷不会这么对他们的！他们是老爷的骨肉！”

“季淑然，”姜梨平静地道，“你说的报应拿你无可奈何，那是不可能的。你作的孽，当然要慢慢偿还。倘若轻饶了你，就必然严待你儿女。你当年如何对我，以后别人就如何对待你的骨肉。”姜梨微笑，“这很公平。”

季淑然的眼泪鼻涕混作一团，十分狼狈。

她什么都不怕，虽然怕死，但最担心的还是两个孩子。季淑然做好了最坏的打算，就是用自己的死来换取姜元柏对两个孩子的愧疚和疼爱。姜梨如今把她这个愿望也粉碎了。

季淑然心中绝望，又从绝望中生出怨恨，看着姜梨，道：“冲虚道长就算是骗子，你也是邪物。你不是叶珍珍的女儿！你不是姜梨！”

季淑然是在发泄自己的不甘。

她筹谋一世，败在一个乳臭未干的小丫头手上，满盘皆输，如何甘心！姜梨小小年纪就满腹心机，自从回府以来，屡次交手，她从没在姜梨手中讨得一丁点好处，还总是一步一步丢失城池，和宁远侯府的亲事，姜幼瑶的才名，还有这一次，这一次若非是为了对付姜梨，她何至于请冲虚道长来府上，何至于弄成这样一个结果！

本是为了发泄，却见姜梨闻言微微侧头，看了她一会儿，站起身来。

季淑然本能地后退，背后靠着的却是墙壁，她手脚都被绑着，动弹不得，只能眼睁睁地看着那少女慢慢逼近。

分明是秀气的豆蔻少女，季淑然却觉得仿佛厉鬼。姜梨一步一步走到她面前，蹲下身来，看着她，突然露出一个顽皮的笑容，轻飘飘地道：“被你发现了啊。”

季淑然有一瞬间的迷惑，发现什么了？

待她想清楚姜梨究竟说的是什么的时候，浑身上下出了冷汗。

你不是叶珍珍的女儿！你不是姜梨！

被你发现了啊。

季淑然恐惧地往后缩着身子，姜梨微笑着打量她，声音十分轻微，就像是情人间的耳语。她贴着季淑然的耳朵说话，便是屋里有第三个人，也不会听清楚她在说什么。

耳朵上传来令人战栗的触感，那少女微笑着道：“可惜，没有人会相信你的话。”

季淑然豁然开朗。

为什么姜梨会突然性情大变，为什么六艺能夺得魁首，为什么年纪轻轻却满腹心机，又为什么她什么都知道？

似乎一切都有了一个答案。

“你不是她！”季淑然的声音都在哆嗦，“你为何要害我？”

“为了叶珍珍、姜月儿、胡姨娘、司棋，还有姜梨，为了所有你害过的人。”姜梨微笑道，“所以你猜，我会怎么对待姜幼瑶和姜丙吉呢？”

季淑然的喉咙里发出一声绝望的嘶叫。姜梨站起身来，季淑然瑟瑟发抖，破口骂道：“你这个邪物！你不是姜梨！我要见老爷，你这个邪物！”

姜梨居高临下地看着她，笑道：“永别了，季氏。”

她头也不回地出了屋子。

姜梨离开屋子的下一刻，两个身材粗壮的婆子走了进来，一人手里拿着托盘，上面有一只瓷壶。

季淑然意识到了什么，惊恐地道：“你们要做什么？你们要做什么？来人啊，救命啊！”

屋子里的挣扎声渐渐微弱了下去，很快什么动静都没有了。

走了一段路，姜梨停下脚步，回过头望着偏房的方向。

桐儿和白雪站在她身边。

天上下起纷纷扬扬的雪，姜梨心里默默地想，姜二小姐，你可以安心了。

雪到了第二日就停了，是个难得的晴天。

这一夜，姜梨睡得分外安稳，梦里有个眉清目秀的少女，站在雪地里对她深深行礼，道：“多谢了。”她的声音陌生，面容却十分眼熟，那是姜梨自己。

不，那并不是姜梨，那是真正的姜二小姐。

姜梨醒来的时候看着掌心发怔。梦里遇见了姜二小姐，不知是日有所思夜有所梦的巧合，还是那位可怜的小姐真的前来道谢了？

桐儿从外面进来，一进来就四处看了看，姜梨瞧见她这副模样，笑了：“你瞅什么？”

桐儿吓了一跳，道："姑娘，您醒了啊，奴婢以为您还睡着。"她过来扶姜梨下床，一边道，"今儿晨起难得见姑娘睡得香，奴婢就没有叫醒姑娘。这几日也辛苦了，多休息一些也好。"

姜梨可没忘记桐儿方才的神色，就问："可是出了什么事？"

桐儿动作顿了一顿，抬起头看向姜梨："姑娘，季氏死了。"

姜梨没有现出意外的神色。

老夫人对季氏下手真是干脆利落，原本还以为就是看在季家的脸面上，也会蹉跎一些时日，没料到这么快就作出了决定。

"不过……虽然季氏死了，但府里如今并没有大肆谈论这件事，瞧着外头似乎也还不晓得。"桐儿有些犹豫。

姜梨道："季氏的死并非自然，若是大张旗鼓，反而奇怪。"

"别的奴婢不担心，只是担心三小姐。"桐儿忧心忡忡道，"三小姐那性子，府里人都知道。如今季氏死了，三小姐定会把这笔账算在姑娘头上，若是她不依不饶起来……"

"不必担心。"姜梨微微笑了一下，"季氏一死，她大势已去，成不了气候。"

姜幼瑶不足为惧，再不济，还有赵轲在一边盯着。现在要对付的，最重要的，还是永宁公主和沈玉容。

属于薛芳菲的仇人。

季氏的死，原本应该是一件大事，但在姜府里，竟然还不如一个胡姨娘令人看重。无论如何，短短几日，姜府里接连死去两个人，还将往昔血淋淋的真相剥离在众人面前，姜府里的气氛实在算不上轻快。这个冬日，也比往年更冷了一些。

姜老夫人和姜元柏像是要补偿姜梨过去的委屈，对姜梨百依百顺，光是老夫人身边的珍珠、翡翠，过来送衣物银子都来了好几回。

季氏是要下葬的，但对外称是突发疾病，一夜病逝。不管外面人如何指指点点，或是疑惑或是不解，身为季淑然娘家的季家人都没说话，显然也是默认了这个事实。

季淑然的棺木过了七日才下葬。七日里，只有姜幼瑶为季淑然守灵。姜丙吉年纪太小，姜梨是季淑然名义上的女儿，可季淑然害死了她的生母，她如何会为杀母仇人守灵？至于姜家其他人，季淑然身上背负了这么多条人命，还害死了先前的夫人，谁给这么个杀人凶手守灵，就是和姜老夫人对着干。

姜幼瑶忍着屈辱独自为季淑然守灵。一开始得知季淑然死去的时候，姜幼瑶恨不得去找姜老夫人和姜元柏理论，可这两人压根儿就不见她，还是姜幼瑶身边的金花提醒她，此事根本就是姜老夫人的意思，姜幼瑶才认清了事实，与此同时，她的心里也浮起了深深的恐惧。

姜家人能毫不犹豫地杀死她的母亲，也能毫不犹豫地杀死她！恐惧战胜了悲伤，姜幼瑶甚至没有心思为季淑然喊冤，起先她一心要将所有希望寄托在季家人身上，只等着季家人来姜家的时候，让季家带她离开，可季家从季淑然死后，根本都没有出现。

连吊唁都不曾有过。

那一刻，姜幼瑶就真的明白，自己的母亲连同自己，都被季家抛弃了，从此以后，在姜家，她只能靠自己。

这些事情，都是通过桐儿的嘴传到姜梨耳中来的。对于姜幼瑶的举动，姜梨并不意外，季淑然凡事都帮姜幼瑶考虑周全，自然也养成了一旦出事，姜幼瑶习惯依赖他人帮助的性子，但季家这回恐怕要让她失望了。为了维持和姜家的关系，至少表面上不至于撕破脸，季家断不会做出任何为季淑然抱不平之事。

季淑然已经下葬，姜幼瑶暂时沉寂了下来，府里也没生出什么事端。姜梨也仍旧每日去叶府，看看司徒九月给薛怀远扎针，虽然仍旧没什么起色，但至少心中有了个惦记。

但这一日，难得的平静被打破了。

姜梨才起，让桐儿给梳了头，打算去叶府逛逛，清风突然匆匆跑进里屋，道："姑娘，出事了！"

桐儿的手一抖，簪子没挂住头发，已经梳好的头发复又散开，黑发垂在脑后。姜梨没管它，只看向清风问："何事？"

"奴婢今日出府采买，大街上到处都在说季氏的死！"

"说就说呗。"桐儿奇道，"不是早就有人说了？"

"不是的。"清风急得话都有些说不清楚，"可是他们说季氏死是因为与人私通，还怀了孽种，如今丑事揭开，咱们老爷亲自下的手！"

"什么？"姜梨眉头一皱，站起身来。

"这不就是说的真相吗？"白雪端着热茶闻言怔住，"府里不是不让人将此事往外头说，怎么传出去的？"

"不管怎么传出去的，对咱们来说应当是好事。"桐儿快意道，"本来咱们姑娘就受了委屈，季氏虽然死了，姑娘身上背着的莫须有的罪名可还在。现在好了，真相大白，人人都知道姑娘当年杀弟弑母一事是被人诬陷，咱们姑娘可算是清白了一回。"

"是清白了。"白雪摇头，"但这样一来，府里的人都会以为此事是姑娘说出去的吧。"

桐儿一愣，清风道："就是这个理儿！"

"冤枉啊！"桐儿叫起来，"咱们可真是一个字儿都没往外说！"

姜梨沉思起来。

虽然她是很想替姜二小姐洗清这罪名，但也知道凡事要从大局着想，这事儿要是传得大街小巷尽人皆知，对姜二小姐的声誉并非好事，还对姜元柏的官途有碍。姜元柏要是倒了，姜家必然会被人蚕食鲸吞，是以她从来没打算将季淑然的事往外说。

不是她说的，是谁说的？府里的下人卖身契都在主子手里，老夫人虽然老了，但对于这种事，无论威逼还是利诱，肯定会把下人收拾得服服帖帖。况且对于下人们来说，保命要紧，谁都知道要是说出去，自己也就没命了。

到底是谁？

还没想出个所以然，忽然又听见外头明月惊叫："三小姐，您不能进去。"

紧接着，响起姜幼瑶暴躁的声音："滚开！"像是把明月推倒了。

姜幼瑶气势汹汹地闯了进来。

姜梨站起身，瞧着她。

姜幼瑶看见姜梨，眼中一阵刺痛。姜梨穿着素青的丝绸软缎绣花袄裙，长发半梳，耳朵上两粒莹润的珍珠，衬得她脸庞姣好洁白，秀丽明媚。

她的心头立刻浮起金花与她说的外面那些人的笑谈："姜三小姐不会也是季氏私通生的吧？那姜二小姐可不就是姜家大房唯一的嫡女了？我就说嘛，当日校考六艺的时候，姜二小姐看起来可比三小姐出众多了！"

这话要是放在从前，姜幼瑶只会嗤之以鼻，但如今她悲哀地发现，她无法反驳这话。在不知不觉中，姜梨已经后来者居上，霸占了姜元柏的注意，霸占了祖母的偏心，将自己比了下去。如今，姜梨是首辅千金，她却在外面被人称为私通生的孽种！

何其不公！

"三妹这样横冲直撞，可有要事？"姜梨问道。

"你少来假惺惺地恶心人了。"姜幼瑶冷笑一声，"外面那些传言，都是你放出去的吧。父亲和祖母分明说了，此事不可外传，你居然将此事闹得尽人皆知，让姜家沦为笑柄。姜梨，你是何居心？！"

姜梨摇头："不是我。"

姜幼瑶脸上的嘲讽更甚："不是你？那还会是谁？整个姜家，只有你最恨我和我娘！是你想要绝我生路，才将此事放出去，你毁了我！你毁了我！"

"我说过不是我，若是我要说，当日就会说，不会等到下葬以后。"姜梨道，"再者，让姜家沦为笑柄的不是我，是季淑然。毁了你的也不是我，是季淑然。全都落在我头上，抱歉，我没有那么大的本事。"

论起言语杀人不见血，姜幼瑶并非姜梨的对手。三言两语，她就激得姜幼瑶更加眼红。

她盯着姜梨，嘴里喃喃道："我要杀了你……"说罢就直扑过来。

这屋里却还有一个力气奇大的白雪。白雪在姜幼瑶扑过来的同时，便将手里的茶杯一搁，冲过来挡在姜梨面前。白雪比姜幼瑶个子高一些，一把抓住姜幼瑶的手，姜幼瑶被白雪扭着手，冲一边的金花、银花气急败坏道："还愣着干什么？把这个贱婢给我抓住！"

金花和银花这才回过神，一拥而上，而桐儿也不是省油的灯。招呼清风、明月和这几人搅作一团，姜梨哭笑不得，自己快步出屋，唤来两个婆子将人分开，又让人去找姜老夫人。

姜老夫人的人很快过来，见姜幼瑶衣衫不整，姜梨却云淡风轻，不由得心中一凛。对姜梨道，姜老夫人请二人去晚凤堂一趟。

姜幼瑶这会儿泄了气，在姜老夫人的人面前也不敢放肆。纵然心中不敢，也只得按捺，待来到晚凤堂，却见姜元柏也在。

“爹。”姜幼瑶怯怯地叫了一声。

姜元柏看着姜幼瑶，心中五味杂陈。

他不是圣人，对于季淑然的痛恨，难免迁怒姜幼瑶，但看到姜幼瑶如此胆战心惊的模样，又难以硬起心肠。姜幼瑶在姜家娇宠着长大，何时这般瑟缩胆小？他的两个女儿，难道最终都要走上同一条路，对他这个父亲失望，和姜家彻底离心吗？

姜老夫人已经从婆子嘴里得知了来龙去脉，看着姜幼瑶怒道：“三丫头，你太过分了，平日里就是这般学的规矩，竟然谋害自家姐妹！”

“祖母，”姜幼瑶双膝一软，干脆利落地跪下来，“幼瑶也是一时冲动，可是……如今外面到处都在谈论娘……母亲的死。将此事传得沸沸扬扬，身为女儿，幼瑶自知母亲犯了无可饶恕的错，是以没有为母亲求情，但母亲已经离去了，付出了应有的代价，为何连死去的人都不放过？这让做子女的心情如何？父亲，请您也感同身受一回吧！”

姜梨瞧着姜幼瑶，看来姜幼瑶在季淑然死后到底也成长了一些，至少会用苦肉计，寻得旁人同情心了。

“再者，母亲的事传出去，受伤的还有姜家。旁人会怎么看姜家，现在外面人人都说父亲治家不严，姜家乌烟瘴气。二姐姐，”她看向姜梨，泪如雨下，对着姜梨就磕了几个头，“幼瑶自知无法弥补二姐姐所受的伤害，但请二姐姐高抬贵手，不要再抹黑姜家了，只要你能放过姜家，幼瑶什么都愿意做！”

姜梨道：“三妹，此事不是我做的。”

“不是你还会有谁？”姜幼瑶抽噎着道，“只有你最恨母亲，你想洗清自己的冤屈，每日能自由出府的也只有你了……”

姜梨每日都要去叶家，而姜元柏和姜老夫人因着先前的事对姜梨心中有愧，也没有拘着姜梨，没想到这会儿却成了姜幼瑶的“证据”。

“我虽然对父亲、对姜家有怨，却也不至于拉着姜家一道下水。”姜梨平静地道，“虽然说出此事能解了我的委屈，但会让姜家处于很不利的境地。这样一来，于我也没有任何好处。”姜梨微微一笑，“三妹的难过我很清楚，但再难过，也要权衡利弊，不要冲动做事。”

她如此坦然地说出对姜家有怨的话，让姜老夫人和姜元柏都愣了一愣。紧接着，姜梨说的话又令他们心中复杂。权衡利弊，为了姜家着想，这本是一件好事，但姜梨的话太理智，太冷冰冰，太没有“家”的感觉了。

姜梨走到姜幼瑶面前，亲自伸手将姜幼瑶扶起，姜幼瑶下意识往后一缩，想要避开姜梨的手。被姜元柏看在眼里，姜元柏微微皱眉，姜幼瑶见状，只得咬了咬牙，将手放在姜梨手心。

“三妹妹，”姜梨将她扶起，“你的母亲已经为当初犯下的错付出代价了，无论这代价是不是足够，但人已经去世，说其他的也没有意义。此事就当揭过，我从未想过不依不饶。而且，看着母亲离开，身为女儿的痛心，别人不知道，可是在我面前，你怎么能说我不知呢？”她淡淡道，“我当然知道。”

她当然知道，因为叶珍珍就是被季淑然害死的。

只一句话，让姜元柏和姜老夫人对姜梨再也生不出别的想法了。姜元柏只问：“阿梨，此事真的不是你说出去的？”

“父亲大可以彻查，不是我所为。”

姜元柏点头：“好。今日之事，就当是一个误会，背后之人是谁，我也会查清楚的。”他看向姜梨，“若是没事，你就回院子里休息吧。”话语里甚至带着小心翼翼的讨好。

姜幼瑶愣愣地看着眼前这一幕，突然发现，无论是姜老夫人还是姜元柏，对姜梨如今竟然是彻底没办法。好似无论姜梨做什么，他们都会妥协。

是的，妥协。因为姜梨总能轻而易举勾起他们的愧疚，又深知他们的底线，于是在底线里提出最大的要求。

姜幼瑶不甘心，还要再说什么，姜老夫人已经冷冰冰地吩咐身边人，把姜幼瑶送回瑶光筑。

这是要软禁她的意思。

姜幼瑶大惊，不明白分明她是被害的人，为何还要这样被惩罚。她想求一求姜元柏，激起姜元柏对自己的同情，可是姜元柏只神情复杂地看着姜梨。姜幼瑶看着看着，眼中的火渐渐熄灭了。

她一声不吭任由姜老夫人的人来“送”她回院子。

心中却是明白，姜家，她待不下去了。不会再有一个人站在她身边，她和姜梨是死仇，注定不死不休，然而如今只要她和姜梨发生冲突，毫无疑问，府里的每一个人都会站在姜梨那边。

首辅千金这个位置，随着死去的季淑然一起消失，再也找不回来。

她必须另谋生路。

另一头，回到芳菲苑的姜梨在书房坐了下来。

清风、明月忙着收拾方才和姜幼瑶丫鬟打架后的满地狼藉。白雪和桐儿跟着忙前忙后，姜梨的心却不如面上看起来的平静。

看姜幼瑶的样子，显然对此事也不知情。不是姜幼瑶传出去的，也不是自己传出去的。当日在场的人除了姜家人就只有姜府的下人。如今季淑然与人私通的事传了出去，事情再无转圜余地。姜家声名受损，姜元柏和姜元平的官途受损也是必然的，此事怎么看，都对姜家有百害而无一利。

整个姜家，看起来只有姜梨的嫌疑最大，因着想洗清自己的罪名，可排除这一点后，会不会是想要对付姜家的人借着季淑然一事，故意将此事泄露出去。

会是谁？右相李家？永宁公主？成王？还是其他什么隐藏在暗处的人？如果是这些人，姜家的下人里也许就有他们的探子。自己在姜家的一举一动，从此以后也要多加注意。

如果不是这些人，而是姜家本身的内鬼，就更要重视了。自古以来家贼难防，若是从府里出了问题，在府里和府外里应外合，姜家只怕困难得很。

姜梨按了按额心，桐儿见状，宽慰道："姑娘不必太过担心，咱身正不怕影子歪，老爷就算令人去查，也查不到姑娘头上。虽然此事莫名其妙，姑娘却也因祸得福，如今燕京城人都晓得当年之事姑娘是被冤枉的，反正天大地大，再也怪不到姑娘头上来。"

"而且比起来，现在季家人才应该头疼吧。"桐儿有些幸灾乐祸，"自家姑娘出了这回事，季家所有的女子名声都要被连累。别说是未出阁的，就算出嫁为人妇的季家女子，都要被人指指点点。丽嫔娘娘不就是季氏的姐姐吗，陛下要是听到这回事，指不定怎么想丽嫔呢。"

丽嫔？！

姜梨猛地站起身，吓了桐儿一跳，道："姑娘，您怎么啦？"

姜梨没说话，神色变幻不定。她总觉得自己遗漏了什么，但这些日子也都没放在心上，这会儿听桐儿提起才突然想了起来。冲虚道长一事，可还有一个关键人物，丽嫔！姜元柏是抓到了冲虚道长的，也说过会把冲虚道长的事直言相告洪孝帝。

若是没有意外的话，洪孝帝应当知道冲虚道长是骗子了，也知道丽嫔当年的厌胜之术一案是假的。如今宫里没有任何消息，难道洪孝帝还不知道冲虚道长是骗子？抑或是宫中隐瞒了消息？但要是隐瞒，至少季家人会找姜元柏来说情，可自从季淑然死后，季家人可是一次都没有来过，分明是不想再与此事沾上关系了。

真相一瞬间变得扑朔迷离起来，姜梨也想不明白，她身在姜家，要想知道宫中的事，怕是有些难。姜梨的手摸向袖中的口哨，面前倒是有个捷径……不过，姬蘅会放任赵轲告诉她吗？

到底也不是一件小事。

在姜梨想到丽嫔的同时，宫中的丽嫔这几日也过得不甚安稳。

季淑然突然死了。

丽嫔上一次见季淑然的时候，还在与季淑然商量如何利用冲虚道长对付姜梨。那一日离开后，就再也没有季淑然的消息。不仅如此，冲虚道长也失去了消息。丽嫔心里隐隐有些不安，她派出去的人却没有任何结果。姜家如同铁桶一般，什么消息都传不出来。

再等了两天后，等到了季淑然暴毙的消息，丽嫔心中一惊，怀疑其中出了什么变故，写信给季家，但季彦霖回信什么都没说，也不让丽嫔去姜家吊唁。丽嫔这回便笃定其中肯定是发生什么事了，令人蹊跷的却是季家的态度。听闻季家也没有参加姜家的吊唁，丽嫔就更加不安了。

因着心中有事，丽嫔这几日干脆称病，极少出偏殿，便说前几日身子还没好。丽嫔的丫鬟红珠从外面进来，小跑到丽嫔跟前道："娘娘，外面出事了。"

"什么事？"丽嫔坐起身子。

"说是季夫人的死另有内情。"红珠将自己从外面听来的消息一五一十告诉了丽嫔，"如今街头巷尾议论的都是此事，怕是……怕是陛下也知道了。"

乍然得知这个消息，丽嫔一时半会儿有些回不过神。过了好久，她才找回了自己的思绪。

关于季淑然的那点子事，丽嫔怎么会不知道，陈季氏隔三岔五来宫里坐坐的时候，总是与她说过。对于季淑然这个小妹，丽嫔当年并不如何看得上眼，季淑然不如陈季氏强势，不过叶珍珍和柳文才一事，却让丽嫔刮目相看，到底骨子里还有几分狠劲。

只是这份欣赏，如今连累到了自己，就变成了厌恶。

"怎么会传出去的！"丽嫔怒道。

季淑然出事，整个季家的女眷声名都会受损，连她也是一样。身在宫里，更是明争暗斗不断，能借着此事扳倒她的人，怕是数不胜数。

等等，季淑然如何会死？是因为丑事暴露被姜元柏处死？那么丑事为何会暴露？算起时间来，正是在冲虚道长去府上驱邪不久后？

难道冲虚道长是骗子的事被人发现了？丽嫔绞着帕子，此事要是真的被发现，第一个倒霉的就是她！皇上不会容许一个欺骗自己的人活在世上！

正想着，外头的宫女来报，皇上来了。

丽嫔连忙下榻，起身相迎。

她低下头，眼角能瞥到明黄色的龙袍一角。龙袍在她面前停下，往日里，丽嫔胆子极大，不如宫里其他嫔妃对洪孝帝毕恭毕敬，她能与洪孝帝调侃，因此对着龙袍也并无太多惧怕。而就是这份无惧，让她成为洪孝帝眼里最特别的一个。

可是今日，明黄的色彩却如催命符一般，她也第一次生出了对皇权的恐惧。她是卑微的，脆弱的。她低下头的时候，只觉得时间过得分外漫长，不知道等待自己的是什么样的命运。

过了很久很久。

丽嫔的额头上开始渐渐渗出冷汗的时候，熟悉的声音响了起来，道："免礼。"一双手将她扶了起来。

洪孝帝笑着看向她，一如从前的宠溺与英俊，丽嫔的一颗心这才渐渐放下来——看洪孝帝待她的态度，似乎并未受到外头传言的影响。

应当也不知道冲虚道长一事了。

洪孝帝伸手替她将散落在面前的长发别到耳后，顺势摸到她冷汗涔涔的额头，皱眉道："丽嫔怎么流了这么多汗？这么冷的天。"

丽嫔笑盈盈道："大约是身子还有些虚弱，还未曾大好。"

洪孝帝点头，吩咐下人让太医过来给丽嫔把脉。见洪孝帝同从前一般无二的态度，丽嫔彻底放下心来。

事实上，只要冲虚道长的事情不被洪孝帝知晓，光是季淑然一事，并不足以撼动她的地位。丽嫔完全可以用其他法子，表示此事自己完全不知情，甚至还可以用苦肉计。

只要她能将自己与此事割裂开，把自己变成一个受骗的人就好了。

还好，还好。仿佛从生死路上走了一遭，丽嫔露出一个真切的笑容，将头轻轻倚在帝王的肩膀之上。

洪孝帝拍了拍她的手，安抚似的，只是目光寒冷至极。

燕京城的冬至，悄无声息地来了。

雪下得极大。桐儿站在院子门口，道："在青城山还从没见过这么大的雪呢，真好看。"

北地人们司空见惯的景象，到桐儿眼里却是十分新奇。毕竟两人在寺庙住了多年，极少见到这般银装素裹的画面。

桐儿问姜梨："姑娘，今日还要去叶府吗？"

"去。"姜梨笑道，"不过在这之前，先去别的地方吧。"

"别的地方？"桐儿不解。

姜梨笑了笑，没有回答。

街上空荡荡的，连行人都十分稀少。厚厚的雪地上，只有马车驶过留下两道深深的车辙印子，以及凌乱的马蹄形状。

出府出得很顺利，姜梨去了白鹭湾的烟雨阁——薛昭长眠的地方。

桐儿和白雪对这个地方仍有印象，上次回桐乡之前，姜梨曾来过一次。听闻烟雨阁看烟雨最好，上次也是下了雨。如今可没有下雨，莫非烟雨阁的雪景不错，所以今日姜梨趁着兴致才会前去？

姜梨让丫鬟们在院子外头等，自己进了烟雨阁后院，桃树下，薛昭的坟冢仍旧安静地立着，几乎要被白雪覆盖，若非还有露在外面的半截碑文，只怕根本无迹可寻。

自姜梨回桐乡后，这地方仍旧没有一人祭拜过。姜梨眼睁睁瞧着，不由得心头一酸，将薛昭一个人孤零零地留在这里，令她难受极了。

她弯下腰，从旁边寻了一把破旧的扫帚，将墓前的积雪扫干净，扫出一小片空地来，又拿篮子里的抹布将石碑仔细擦拭一遍，才拿出香火供果摆在腾出来的空地上。

就算如今她可以随意出府，却也不能随意来到烟雨阁。叶家好歹是她的外祖家，薛昭可是与姜二小姐八竿子也打不着的关系。若是被人瞧见，关联前些日子替薛怀远打官司一事，生出什么事端就不好了。

但今日是冬至日。过去的日子，总是薛昭、她以及薛怀远三个人一起在屋里过。薛昭会烤上山打猎猎来的鹿肉，薛怀远会允许他们在那一日喝酒，于是火炉上煨着清冽的梅酒，薛昭手舞足蹈地说着他的江湖梦，而她附和两句，薛怀远就在一边纵容地笑。

物是人非，仍旧是冬日，人却死的死，散的散，疯的疯。姜梨现在还不能把薛怀远带到薛昭墓前，她只能一个人来。

她坐在墓前，将油纸包好的鹿肉放好，给薛昭倒了一杯梅酒，如同过去的那些年一般。

又坐了一会儿，她才站起身，拍了拍衣裳上的雪粒，转身离开。

桐儿和白雪在外面都等得浑身发冷了，好容易看姜梨出来，也没有询问姜梨来时提着的竹篮去了什么地方，只道："回去了吗？"

姜梨点头。

"那走吧。这天儿外头可真不能待久了。"桐儿把暖炉塞到姜梨手里，扶着姜梨上了马车。

接下来，姜梨去了叶府。

叶府里，叶明煜带着他的江湖兄弟们正在大块吃肉大口喝酒。门房来报姜梨来了的时候，叶明煜一时慌了神，满屋子狼藉，如何能见人？还是叶世杰见状，摇了摇头，自己起身先去见姜梨了。

姜梨在屋里没瞧见叶明煜，但见叶世杰一个人前来，就问："舅舅怎么不在？"

"喝了酒，知道你来了，正在换衣裳。"叶世杰有些头疼。听着屋里传来吆喝行酒令的声音，再看叶世杰无奈的神色，姜梨心中了然。

姜梨瞧了瞧后面，笑道："舅舅生性豁达，你也多担待了。"

"我知道。"叶世杰回答，"三叔历来如此。你怎么这么早就过来了？"

"今日冬至，过来看看你们。"姜梨让白雪拿出提前做好的点心，"顺便送点糕饼给你们。"

叶世杰接过来，有些怔忪，叶明煜换好衣裳出来，虽然换过衣裳，仍有酒气，好在还算清醒，看见姜梨，道："阿梨，你来了啊！进去坐坐？"

"舅舅还有客人，我就不多留了。"姜梨也笑，"我拿了些东西给你们，顺便看看薛县丞。看过之后就走。"

"怎么……"

叶明煜还要劝，却被叶世杰打断了："好，今日的确也不方便你在此，等改日府上没什么外人的时候，你再过来。”

他把“没什么外人”几个字咬得很重，看了一眼叶明煜。

叶明煜自知理亏地摸了摸鼻子，打了个哈哈道：“那什么，那快去看薛县丞吧。这几日司徒小姑娘来给扎了几次针，老爷子身体好多了，每日能吃一满碗饭，精神不错！”

边说边带着姜梨去了薛怀远的院子。

薛怀远正在聚精会神地看皮影戏，看得十分起劲，不时开心地笑起来。姜梨眼见着，不由得有些失望。

并没有神志清醒的痕迹。

叶世杰像是看出了她心中所想，道：“你也不必太过心急，司徒姑娘说过，薛县丞这病不好治，得徐徐图之。而且如三叔说的，这几日薛县丞的身子好了很多，刚从桐乡来燕京的时候，尚且虚弱至极，如今已经几乎养好了。”

姜梨这才平静下来，摇头道：“是我太心急了。”

“知道。”叶明煜挠了挠头，“你把薛老头儿看得比你爹还重，当然为他上心了。要不等薛老头儿好了以后，你认他当个义父吧。你为他付出这么多，他也不会拒绝的。至于你爹那头儿，你也不用担心，我去说！”说罢又恨恨道，“季淑然那事儿我还没找他算账，当年之事，红口白牙全凭季淑然一人说了，把我叶家人置于何地？”

说起这事儿，叶明煜咬牙切齿。

“义父？”姜梨却是心中一动，不过在这之前，得先让薛怀远恢复清明才行。

想到这一点，前路似乎又多了一个新的方向，姜梨的心情也轻松了许多，再和叶明煜二人说话的时候，笑意也更真切了些。

叶世杰隐隐察觉到姜梨态度的变化，却也不知道这是为什么，只是看着姜梨笑靥如花，难得不曾有心机筹谋的轻松模样，顿了顿，还是把到嘴边的疑问咽了下去。

一直到离开叶府，姜梨的心情都是十分不错的。

白雪问：“姑娘，现在回府吗？”

“回去吧。”姜梨看了看天。其实时间还早，本来应该会在叶府待久一些的，但因为叶明煜的兄弟客人都在，姜梨不方便，便先离开了。这会儿雪还未停，待在外面也实在太冷，既然没什么事，不如先回去。

桐儿高兴地应了一声，想着回去芳菲苑烤着暖融融的火炉，比在外面挨冻强得多。几人正要上马车，忽然听得身后传来一个热切的声音：“姜二姑娘？”

姜梨回头一看，便见是不久前见到的闻人遥和司徒九月二人。叫住姜梨的，正是闻人遥。

一见到姜梨，闻人遥便凑了上来，笑眯眯地道：“姜二姑娘这是刚从叶府出来？”

姜梨点头，对司徒九月道：“司徒姑娘是要去叶府为薛县丞施诊吗？”

“不。”司徒九月回答道，“近三天不必针灸。”

姜梨笑道：“原是我错了，二位这是要去哪儿？”

她只是顺口这么一问，并未真正想知道答案，谁知道闻人遥立刻答道：“我们要去国公府。”

司徒九月白了闻人遥一眼，姜梨也是诧异了一瞬，随即便道：“如此，那便不耽误你们了。”她侧身让开，想让司徒九月和闻人遥先走。

谁知闻人遥一张俊秀的脸上笑容分外热情，道：“不耽误，我们去国公府也只是去串串门。今日不是冬至嘛，过去蹭饭而已。姜二姑娘这是要回去吧？时候这么早，不如一起去国公府用饭？”

姜梨心中费解，闻人遥这脑子到底是如何长的，她和姬蘅之间的关系看起来像是熟络到可以随意去对方府上走动吗？当然，姬蘅是可以来姜家走动的，那是因为姬蘅任性，并不是因为他们私交甚好。

姜梨礼貌地拒绝：“不必了。”

“你还客气做什么？”闻人遥继续笑道，“择日不如撞日，既然路上相见，就是有缘，大家都是朋友，一起用饭算不得什么大事。我看姜二姑娘办事也是爽快人，不必拘泥于这些。”

姜梨道：“我想公子大约想岔了我与国公爷的关系，我们并非朋友。”

本以为这句话已经很明确地表达了自己的态度，谁知闻人遥却道：“我明白，他的脾气，世上是没有人愿意与他做朋友的。不过就当你不是他的朋友，是我的朋友总行了吧！你千万别客气，千万别觉得姬蘅没有邀请你去府上就不好意思前去。姬蘅也没邀请我呀！我还不是去了？”

对于这位闻人公子，她实在是无话可说。

一边的司徒九月看不过去了，瞪了闻人遥一眼，又看向姜梨，思忖了一下，道：“你若是没事，倒也可以去国公府看看。前几日你们府上的事我都听说了，这事私下里姬蘅也有参与，或许你们可以谈一谈。”

司徒九月这句话，让姜梨想起了一件事，就是丽嫔为何安然无恙，还有冲虚道长如今到底在什么地方，洪孝帝究竟有没有知道冲虚道长是骗子。这事儿她本来打算询问赵轲，现在想想，询问姬蘅可能更方便一些。赵轲到底是日夜都在姜府守着，姬蘅却能知道宫里的消息。

这会儿闻人遥相约，她可以趁势去一趟国公府，就是……不请自来，她实在无法做到如闻人遥一般若无其事。

“没事，你可以说是闻人遥把你绑来的。”司徒九月像是看出了她心中所想，淡淡道。

闻人遥精神一振，闻言非但没有反驳，反而笑道：“乐意效劳。”

于是事情就这么莫名其妙地决定了，姜梨刚出了叶府，就被拐到了走向国公府的路上。

马车到了国公府门口，闻人遥跳下来，桐儿和白雪搀扶姜梨下了马车，就见闻人遥已经熟络地让门房赶紧开大门。

前后两世，姜梨都是第一次进国公府。关于国公府的传言，或阴森恐惧，或香艳风流，姜梨走进去的时候只有一个感觉，很美。

不同于叶家的财大气粗，也不同于姜家的清流风雅，国公府就如它的主人一般，艳丽多姿。寒冷的冬季，府上的花园里竟然还是一片姹紫嫣红，一片银装中点染着艳丽的春色。初春还是严冬，教人傻傻地分不清楚。就如他的主人，多情还是无情，总是令人困惑。

闻人遥见姜梨仔细地盯着沿途的花儿，就道："这府里上上下下全都是姬蘅的宝贝花花，你可千万别踩到碰到。哦，绝不是因为它们太过珍贵，又是姬蘅花大价钱移栽过来的，你要是踩了会把你做成花泥，而是因为这些花大多都是有毒的，要是不小心弄到手上，恐怕有性命之忧。"

"有毒？"姜梨诧异地回过头来。

"是。"回答的是司徒九月，"越艳丽的东西越有毒，花也一样。"

姜梨不说话了，转念一想，这似乎也很符合姬蘅的性子。姬蘅可不是仅仅为了美景愿意花大价钱将其供养的性子。况且他自己也说了，他只要有价值的东西。毒性，就是这些花朵附带的价值。

穿过长廊、花坛，绕过大部分走道，姜梨甚至还看见了一处练武场，旁边稀稀拉拉散落着一些兵器和箭靶子。在国公府开辟出这么大一块练武场，可谓是十分珍稀了。

闻人遥俨然一副主人的姿态介绍道："这是老将军的地盘，姬蘅怕老将军在家耍刀伤害了他的花花，就特意给老将军辟了一块地。"

府里似乎没有女眷，不过真如外头传言的，所有往来的小厮都长得明媚俊秀，看着十分养眼。这些下人应当都是经过了严苛训练，见闻人遥带人前来，皆是目不斜视，各自做手中的事，并未多看一眼。

总算，走到了正堂。

这府邸也算是十分大了，刚刚走到正堂，就听闻里头传来一阵哈哈大笑，声如洪钟，令人闻之振奋。

"老爷子——"闻人遥亲亲热热地喊道。

姜梨跨进门，就看见一个穿着铠甲的老者正坐在中间，手持一把带着红缨子的长枪，挽了个花。听见闻人遥说话，老爷子转身，那枪杆子太长，差点戳到了闻人遥脸上。

"遥小子，你什么时候回燕京了？"那老者瞪大眼睛，又看向司徒九月，"哟，九月也来了！"

闻人遥低声对姜梨道："这是老将军，姬蘅他爷爷。"

姜梨恍然，对于老将军，她只是闻其名未见过其人，能知道的也是年轻时候老将军骁勇善战的故事。眼下看来，传言是真的，至少这么大年纪还能中气十足，应当不是假硬汉。

不过，老将军和闻人遥、司徒九月看起来也很是熟稔，姜梨对这二人同姬家的关系又有了别的了解。

闻人遥与姜梨说悄悄话这番动作，却是一着不差地全部落入老将军的手心。他这才看到闻人遥身边还有个人，走近了几步，打量了一番姜梨，突然道："遥小子，几年不见，你媳妇都有了？这是哪家的姑娘？看着挺聪明的，怎么就把你瞧上了呢？"

这老爷子说话还真不客气。

闻人遥道："您老这是说的什么话！什么叫怎么就把我瞧上了？我哪点不好了，你别摆出这神情，北燕想要嫁给我的姑娘数不胜数，怎么在您老嘴里我就没点像样的？"

"可拉倒吧你。"老将军毫不留情地戳破闻人遥的谎言，"就你，别说其他的，我孙子样样比你强，他都没媳妇，你就有媳妇了，这不是姑娘瞎了眼是什么？"

眼见着话头越扯越歪，居然没有人解释一下自己的身份，姜梨只有自己站出来，无奈地道："老将军，我并非闻人公子内人。"

屋里沉默了一会儿，陡然间，姬老将军爆发出一阵大笑，笑声洪亮，院子里的人都能听到。他道："我就说嘛！"

闻人遥面红耳赤。

"丫头，你是谁？怎么会跟遥小子一起来府上？你是九月的朋友？"姬老将军问。

"不是我的朋友。"司徒九月否认得十分干脆，"是姬蘅认识的人。"

"姬蘅认识的……"姬老将军眼睛一亮，看向姜梨的目光仿佛贫穷人看到一堆金子，他又凑近了几步，"姑娘，你和姬蘅那个臭小子是什么关系？"

"祖父。"就在姜梨被姬老将军的热切态度弄得一头雾水的时候，门外响起了一个冷漠的声音，回头一看，姬蘅面无表情地走了进来。

"哟，怎么姜二小姐也来了？"有一个声音从姬蘅背后钻出来，这人姜梨认识，是孔六。他手里端着一盘点心，紧跟在他身后的是陆玑。

怎么人全都到这里来了？姜梨只觉得头疼，今日出门是否没看皇历，她要是真想找姬蘅说话，也是私下里，并不希望别人知道。但这是怎么回事？国公府这是设家宴，于是现在所有人都知道她不请自来找姬蘅了。

"姑娘，你找我们阿蘅做什么？"姬老将军不依不饶。

姬蘅把手中的碟子一甩，丢到桌上，道："我让她来的。"不等姬老将军再说，他就冷着脸道，"再多问，没的吃。"

姬老将军立刻不说话了。

姜梨瞅了瞅姬蘅，觉得今日的他十分古怪，好像心情不佳，孔六看姜梨怔怔地盯着姬蘅，就凑到她身边，道："姜二小姐怎么了？"

"没什么，"姜梨道，"我只是觉得，国公爷今日好似十分不开心，是……我来的缘故？"

"不是。"孔六显然深知其中原委，热情地为姜梨解惑，"他做饭的时候，一贯心情不好。"

"他做饭？"姜梨震惊。

"是啊。"孔六说得理所当然，朝桌上指了指，"全是他做的，老爷子钦点，不爱做也得做。"

姜梨这才注意到，正堂中间的长桌上摆满了各式各样的菜肴，看上去色香味俱佳。大约是快要到用饭的时候了，孔六又朝姜梨示意自己手中的盘子，"国公爷亲手做的点心，尝一个？"

姜梨不由自主地顺着孔六的动作望向碟子里，但见碟子里的点心精美异常，颜色可爱，散发出诱人香气，倒比燕京城最红火的糕饼店做的还要漂亮。

她觉得这一切都十分荒谬，甚至生出一切都不是真实的感觉。

她又看向姬蘅，姬蘅察觉到了她的目光，淡淡瞥了姜梨一眼。

那一眼没有惯来伪装的笑意，甚至称得上是云淡风轻，却让姜梨心中一凉。

呃，她好像知道了姬蘅的又一个秘密，会不会被灭口？

莫名其妙来到国公府，正赶上国公府用午饭的时间，于是大家就一起坐下来吃饭。

除了姬蘅看上去不如往日笑盈盈以外，别的人都挺高兴。

孔六和闻人遥最活泼，闻人遥热情地道："姜二姑娘尝尝咱们国公爷的手艺，那可比宫里的御厨还要地道，也不是日日都能尝到的，逢年过节……"

啪的一声，姬蘅手中的银筷应声而断，闻人遥立刻噤声，安静得不得了。

姬老将军看了姜梨一眼，问："丫头，你姓姜？还没问你是哪家府上的姑娘，听你的口音是燕京人吧？"

姜梨便礼貌地答道："是。我父亲是姜首辅，老将军应当认识的。我在家中行二。"

"姜元柏？"姬老将军神色变了变，"你是姜元柏的女儿？"

姜梨颔首。

姬老将军嘴里不知咕哝了句什么话，看向姜梨的目光不如之前热切了。想来是过去和姜元柏有什么过节儿之类，不过姜梨也不甚在意。

她尝了一点面前小盅里的火腿鲜笋汤，十分鲜美，又尝了尝枣泥山药糕，酸甜可口。

姬蘅会下厨，手艺还如此之好，这颠覆了姜梨以往的想象。像他这般成日里除了会算计人就忙着勾魂夺魄的人，居然还有这么烟火气的一面，姜梨就觉得，大约自己从来不曾真正认识过姬蘅。

“怎么样？”孔六笑道，“饭菜还合口味吧？”

姜梨点头：“很好。”

姬蘅不耐烦地摔了筷子，似乎在这里和这么大一桌人吃饭已经用尽了全部耐心。

“姜二姑娘可会下厨？”闻人遥突然问姜梨道，“我听闻一些姑娘在下厨一事上天赋异禀，不过我从来未曾遇到。像九月就不会下厨，我怕她在里面下毒。”

司徒九月冷笑道：“你现在碗里就有毒。”

姜梨愣了愣，道：“会一点。”

“我知道姜二姑娘自来谦虚，所谓的会一点，应当就是很会了。”闻人遥眼前一亮，“姜二姑娘最拿手的是什么？”

姜梨想了想：“烤鹿肉，还有叫花鸟。”

此话一出，屋里人的目光全都聚集到了姜梨身上，就连一直不怎么愉悦的姬蘅都探究般看向她。

“这，这，姜府会做这些？”闻人遥迟疑地问。

“倒像是江湖客。”陆玑眯起眼睛，“二小姐向来很有潇洒风姿。”

“我在青城山住了八年，许多事情和燕京城不太一样。”姜梨笑道，“山上寒气重，冬日虽然不下雪，却好像比燕京城更冷一些。若是有猎人猎了鹿，鹿皮拿走，鹿肉贱卖我们一点，我与丫鬟便可在林中架起柴火，将鹿肉烧烤，也不必放什么作料，一点点粗盐足够了。烤出来的鹿肉并无腥气，反而因有竹扦串着，染上了竹子清香。”

她说得不紧不慢，却让众人眼前不由得浮现起一幅画面。冬日深山里，一主一仆二人，两个小姑娘围着热乎乎的柴火堆，脸蛋被烤得通红。鹿肉架在竹竿之上，烤得嗞嗞冒油，成为深山里唯一的滋味。

“寺庙里不许杀生吃肉，你们是偷着跑出去的吧？”司徒九月问。

“是。”姜梨笑道，“背着庵堂里的人。”

“难为你还笑得出来。”司徒九月哼了一声。

众人看向姜梨的目光带了一点怜悯，倒是让姜梨哭笑不得。其实她并未真正在青城山待八年，这些烤鹿肉的办法也是从薛昭那里学来的，但看在别人眼中，大约就是苦中作乐，还十分满足了吧。

“姜丫头，那叫花鸟又是什么来头？”姬老将军大约是个吃货，并未对姜梨的悲惨境遇表示出一点别的情绪，只是追问，“老夫只听过叫花鸡，没听过叫花鸟。”

“其实和叫花鸡也差不多。”姜梨笑了笑，“把用弹弓打下来的鸟清理干净以后，不必拔毛，往肚子里塞些调料，裹上泥巴，埋进生火的灰堆里。等过半个时辰之后，拿出来拍掉泥巴，自然毛都被带了下来，很漂亮的金黄色，刷上一层蜂蜜，就可以吃了。”

姬老将军一拍大腿：“这个好！我明日就去打一串鸟来！”

“老爷子，这天寒地冻的，哪来的鸟……”陆玑无奈。

“你的生活挺丰富。”姬蘅一手支着下巴，笑着看向她。

总归不是方才那副要吃人的死样子了。

“是啊姜二姑娘，你这下厨，和我想的不太一样。”闻人遥道，“我以为你的下厨，是在自家小厨房里，旁人把材料都准备好，丫鬟也备好，你只需要动动嘴就行了。没想到你连食材都要自己寻，吃的也和别人不太一样。听上去挺有趣的，和普通的闺阁小姐不同！”

姜梨笑笑：“情势所逼而已。”

在她还是薛芳菲的时候，沈母不让她在府里做烤鹿肉。说是味儿太大，是农人猎户才会吃的东西，上不得台面。

于是，冬日里烧烤酌饮的乐趣也没了。现在想想，从嫁到沈家开始，她就牺牲了太多东西。

她陷入了自己的思绪，直到姬蘅的声音将她唤回，姬蘅道：“改日国公府也可烤鹿肉。”他看向姜梨，笑盈盈道，“你来。”

“我？”姜梨惊讶。

“我不会。”姬蘅漂亮的长眸一眯，“当然你来。”

“可是……”

“好好好！”姬老将军第一个大笑着赞同，对姜梨的称呼也从“姜丫头”变成了“梨丫头”，“梨丫头，你就过来！府里把所有食材都准备好，你只管烤就是！需要什么跟老夫说，决不让你忙累！”

光是烤已经很累了好吧。

“不错不错，这个提议我认为不错。”闻人遥还要来插一脚，“我还从没吃过烤鹿肉哪！既然这样，咱们约定一个时间，二姑娘开烤鹿肉的时候，咱们都来。要不把那个叫花鸟一起做了吧，大伙儿尝尝鲜！”

孔六：“同意。”

陆玑：“同意。”

司徒九月虽然没说话，但没有明确拒绝的神色，分明就是默认了。

姜梨：“我不同意。”

一句我不同意，连水花都没激起来，就淹没在大家七嘴八舌的讨论里。姜梨气闷，不由得看向姬蘅，就见姬蘅托腮看着她，目光里分明带着恶作剧成功的笑意。

他根本是自己不喜欢下厨，所以才把她也一道拖下水吧。所谓的不能自己一人入地狱？

真是奸诈。

这顿饭吃完后，众人各自散去。闻人遥还要拉姜梨去赏花，道：“不走近，远远地看着就好，燕京城里大冬天的也只有这里有花了。”

他还真拿国公府当自己家，一点儿也不见外。

姜梨在门前站定，问道："有件事我很好奇，冒昧问一句，闻人公子与国公爷是什么关系呢？"

"我爷爷和姬老将军是世交，我爹和姬将军是世交，我和姬蘅……算是世交吧！"

姜梨："为何说算是？"

"啧，姬蘅不承认我是他世交。"闻人遥很委屈，"他嫌弃我。"

姜梨觉得，就这一点来说，闻人遥不委屈，谁要摊上这么个世交，都不会愿意承认的。

"不过我爹、我爷爷都死了，我们一门就剩下我一个。"闻人遥道，"他不承认也得承认，要是没了我，谁给他扶乩？"

"扶乩？"姜梨怔住。

"我们一门，是乩仙门，有我们扶乩占卜吉凶，不过一生只能为一人扶乩。"他抱歉地看向姜梨，"虽然我对姜二姑娘十分倾慕，但恕我不能违抗师命，是不能为姜二姑娘扶乩的。"

姜梨诧异，原来闻人遥才是货真价实的高人。

"其实在下也认为，自己一身才华，只能付诸一人身上，实在有些浪费。尤其是每次为姬蘅扶乩的时候，结果都差不多。为他占卜了这么多年，除了一个女人外，每次都一样，没什么特别的。"

"女人？"姜梨好奇地问，"什么女人？"

"姬蘅命里注定的一个女人呀。"闻人遥凑近道，"你可别告诉别人，当年我为姬蘅扶乩的时候，就发现他这一生性命系于一个女人身上。简单说来，就是成也这个女人，败也这个女人，一念成佛，一念成魔。当时卜出来的签文是这么写的……"

"闻人遥。"话还没说完，一个声音就从背后打断了他，二人回头一看，姬蘅就站在院子门口，不远不近地看着他们。

也不知方才他们说的话被姬蘅听到了多少。

姜梨有些尴尬，对闻人遥道："我还有些事要与国公爷商谈，就不耽误闻人公子时间了。"

"哎？"闻人遥问，"不赏花了吗？"

"不了。"姜梨笑笑，"下次吧。"

闻人遥摸了摸鼻子，不情不愿地走了。

姜梨走到姬蘅面前，笑道："国公爷。"

冰天雪地里，他的一身红衣格外显眼。

姬蘅问："你有话跟我说？"

姜梨点头。

"随我来吧。"他转身就走，姜梨犹豫了一下，跟了上去。

院子被雪覆盖成一片银白色。他红衣流火，姜梨翠裙青青，一个美艳，一个灵秀，分明是不相容的两种色彩，看起来竟也异样地和谐，像是天生就该如此。

躲在门后偷看的几人中，姬老将军摸着下巴若有所思。

孔六悄悄碰了碰陆玑的手臂，问：“你觉得吗，国公爷对姜二小姐好像有些不一样？”

陆玑轻蔑地看了他一眼，还需要觉得吗，傻子都能看出来！

身后人如何评价，姜梨并不知道，姬蘅带姜梨到了他的书房。

和姜梨以为的不同，姬蘅的书房极为黑白肃杀，东西不是很多。她以为如姬蘅这般华丽的人，应当极尽奢华温暖，但进来后才觉得仿佛两个世界。

门外文纪尽忠职守地站在门边，姬蘅走到桌前坐下，姜梨也在他对面坐了下来。

书桌靠窗，一眼能看到外面的雪景。小厮送上热茶，姬蘅斟了一杯，推到姜梨面前。

姜梨接过茶，抿了一口。

茶味清香微苦，热腾腾的，进到肚子里能缓和一些外头风雪的寒意。

“说吧。”姬蘅一边给自己倒茶，一边道，“有什么话？”

姜梨迟疑了一下，才问：“冲虚道长现在在何处？”

姬蘅倒茶的动作一顿，问：“什么意思？”

“我父亲说过，要将冲虚道长的真实身份告诉皇上。倘若皇上知道冲虚道长的身份，必然会迁怒于丽嫔，但到了现在，丽嫔仍旧没有动静，所以我想，是否冲虚道长根本没有在燕京城，或是我父亲临时改变了主意？”

“哦。”姬蘅又低下头，给自己倒茶。茶水不多也不少，刚好覆盖住茶杯边缘，呈现着浅浅的褐色，衬得瓷白的茶杯更加莹润光彩。

姬蘅复又看向姜梨，似笑非笑道：“这种事你问姜元柏就是了，为何问我？”

“我父亲未必会对我说实话。”姜梨道。

“那你怎么肯定，我不会对你说假话？”

姜梨笑笑：“国公爷没有必要骗我这个小女子，我不值得国公爷费心去骗。”

“你也不必贬低你自己，你可不是小女子，在我看来，你比冲虚道长更像骗子。”姬蘅懒洋洋地瞧着她，“打听丽嫔就打听丽嫔，拿冲虚当什么幌子。”

姜梨一时语塞。

半晌后，她道：“国公爷看得很清楚，我实在惭愧。”

“你看着不像是惭愧，像是破罐子破摔。”姬蘅拿起桌上的折扇把玩，修长的手指抚过扇柄。形容女子的纤纤玉指是“指如削葱根”，姬蘅的手指倒是没有那么柔弱，虽然形状好看，却充满力量。

可以相信，这双手要是扼住别人的喉咙，轻而易举就会将其折断。

“国公爷能否告知呢？”姜梨收回盯着姬蘅手指的目光，婉言问道。

“可以。”姬蘅回答得爽快，“冲虚被关在私牢里，皇上也知道他的身份。”

姜梨一怔，试探地问：“难道……皇上已经迁怒了丽嫔，只是因为此事事关重大，不对外透露？”毕竟倘若承认了冲虚道长的身份，便又要扯出当年的案子，当年可是冤死了一位贵人，而且要皇帝承认自己错认了骗子，对于皇家威严也有所损耗。

“没有。”姬蘅的回答出乎姜梨的意料，“丽嫔平安无事。”

姜梨这回是真的掩饰不了面上的惊讶了：“为何？陛下真的已经宠爱丽嫔到了如此地步？”

姬蘅笑着瞥了姜梨一眼，反问：“你说呢？”

他的语气里听不出对于此事是何看法，却让姜梨渐渐冷静下来。不会的，如果丽嫔真是受宠到如此地步，季家早就步步高升到可以同姜家分庭抗礼的地步了。况且姜梨以为，洪孝帝并非一个势弱无能的年轻皇帝。他有自己的章法，也很有自己的野心。

“皇上为何知而不说？”姜梨摆出一副虚心求教的姿态，“留着丽嫔对他还有别的用处吗？”

姬蘅仍旧笑着，道：“这可是宫廷机密，小姑娘，你可别什么都想知道，当心惹来杀身之祸。”

可惜姜梨如今在他面前越发胆大起来，并不畏惧地道：“可是我如今这条命都是国公爷的，国公爷告诉我的秘闻，总归会被我带到棺材里去，死人最是能守住秘密的，不是吗？既然如此，说给我听又怎么了？”

少女微微仰着脸，她年纪并不大，正是很好的年华，面上的青春朝气如同国公府院落里的花朵，便是在寒冬腊月里，也能灿烂开放。

姬蘅活了二十多年，见过许多笑谈生死的人。有身怀秘密的死士，也有大义赴死的勇者，但不曾见过一个十五岁的小姑娘，平静地谈论自己的死亡。她脸上没有对死亡的敬畏，也没有胆怯，她说得坦然，坦然到让人不禁猜疑，在她身上究竟发生过什么样的事，才会养出这般矛盾的性子。

他哂笑一声，道：“说得跟你死过一次似的。”

姜梨的目光微微一黯。

她当然死过，正因为死过一次，才更加明白当初永宁公主为何要置她于死地，还要灭了她满门。因为在永宁公主看来，唯有死人才会守住秘密。

“说起来，”姬蘅忽然想到什么，看向姜梨，“你既然口口声声说你的命是我的，你打算什么时候把命给我？如今季淑然已经死了，首辅府上再没有你的对手。”

姜梨一怔，抬眼看向他。

年轻男人红袍映雪，姿态懒散优雅，一双琥珀色的眸子里盛满清浅动人的笑意，眼底的那颗红色小痣又让他的风华也带了几分妖冶。

姜梨垂眸：“还不是时候。”

“那什么时候是时候？”他难得咄咄逼人起来。

“等永宁公主死了。”姜梨抬起头，坚定地道，“我把一切都处理好，就亲自登门，任凭国公爷处置。”

姬蘅挑了挑眉，道：“你就这么说出来？”

“对国公爷，我没什么好隐瞒的。”姜梨笑笑，“隐瞒了也是白费力气。”

“你很识时务。”姬蘅道，“又嘴甜，我的幕僚里，没有一个比你讨喜。”

姜梨弯了弯眼眸：“谢谢国公爷夸奖。”

她笑起来的时候真如一个天真烂漫的豆蔻少女。姬蘅眼中的深意一闪而过，他知道，当然不是这样。

这个姑娘，亦是戴着面具站在台上，涂满油彩，以至于人们瞧见她的笑颜，并不晓得油彩之下藏着的真相是什么。

没什么，慢慢来，真相总会被发现的。

他轻咳了一声，道：“你真想知道丽嫔为何无事？”

姜梨道：“真的。”

姬蘅：“为何？”

“皇家秘事嘛，谁都想听一听。”姜梨说得理所当然。

这么个不能算是理由的理由让姬蘅也噎了一噎，沉默了一会儿，他道：“丽嫔是成王的人。”

姜梨正打算端起茶杯，闻言手下一个不稳，差点翻倒，好在姬蘅手疾眼快，一把抓住她的手腕，她才不至于打翻茶杯，让滚烫的茶水溅到身上。

他的手冰冰凉凉的，覆在肌肤上像是被玉贴了一般舒服，姜梨的脑子里没来由冒出这么一个念头。姬蘅收回手，并未注意姜梨的走神，只问：“有这么惊讶？”

姜梨怔忪地看着他：“当然……”

丽嫔是成王的人！

丽嫔可是季家的人，季家居然投靠了成王？这件事姜元柏肯定不知道！

“季家没有投靠成王。”姬蘅似乎能猜到她心中所想，及时开口道，“只是丽嫔一人所为。”

“为、为什么？”姜梨道，“季家不知道这件事？”

“你和季家人打过交道，应当知道季家人的性情。”姬蘅笑容里带着一丝刻薄的嘲讽，“说到权衡利弊，没人比得过他们。”

“丽嫔进宫多年无子，季家已经准备把别的季家女眷送进宫了。”姬蘅只说了一句话，姜梨就明白过来。

丽嫔虽然得洪孝帝宠爱，但这么多年都没诞下皇子，就算再受宠爱，也不能算在宫里站稳脚跟，正因如此，丽嫔才没有恃宠而骄。

但季家人不满足于此，如果丽嫔不能诞下皇子，不能进一步巩固自己的地位，季家就不能继续往上走。人心不足蛇吞象，季家打算从宗族里挑选一些貌美聪慧的少女进宫，丽嫔须在一边帮衬着，夺得洪孝帝欢心，最好让少女们诞下子嗣。

这看上去是为了大局着想，但对丽嫔来说是非常不利的。多一个美貌少女来分走皇帝的宠爱，尤其这还是自家人的主意，丽嫔肯定会不甘心。

“成王知道丽嫔的不甘心。”姬蘅道，“他蛊惑了丽嫔，而丽嫔上当了。”